나는 조선의 처녀다

눈물로 쓴 정신대 위안부 이야기

초판 1쇄 발행 ｜ 2015년 8월 15일
초판 2쇄 발행 ｜ 2016년 3월 15일
지은이 ｜ 다니엘 최
펴낸이 ｜ 최대석
펴낸곳 ｜ 행복우물

편 집 ｜ 엠피케어(umbobb@daum.net)

등록번호 ｜ 제307-2007-14호
등록일 ｜ 2006년 10월 27일

주 소 ｜ 경기도 가평군 경반안로 115
전 화 ｜ 031)581-0491
팩 스 ｜ 031)581-0492
이메일 ｜ danielcds@naver.com

ISBN 978-89-93525-26-7
정 가 15,000원

나는 조선의 처녀다

눈물로 쓴 정신대 위안부 이야기

다니엘 최 지음

행복우물

일러두기

＊이 책에 등장하는 특정 인명, 지명, 학교명 등은 소설의 생동감과 사실감을 살리기 위한 장치일 뿐입니다. 특정 인명, 지명, 학교명 등을 찬양하거나 폄훼할 의도가 없음을 밝힙니다.

＊시대상을 반영하기 위하여 이야기의 배경인 1940년대의 언어를 사용하려고 노력하였습니다. 예를 들면, 월사금(수업료), 벤또(도시락), 변소(화장실), 반공일(토요일), 비율빈(필리핀), 구름다리, 사카닥질 같은 단어들입니다.

"일본군의 군화발 아래 무참히 스러져간 조선의 처녀들에게"

•목 차•

프롤로그: 빼앗긴 들에도 봄은 오는가? · 8

제1부 남경대학살 · 29

　－목 베기 시합
　－세 통의 필름
　－남경대학병원, 그곳은 지옥이었다
　－중국인들의 은인 존 라베
　－일본군 수뇌부의 고민
　－위안부를 보급하라
　－중국은 결코 지지 않는다

제2부 나라 잃은 백성들의 수난 · 153

　－중국 소녀 왕링과 화란 처녀 안나 밤베르그
　－오산면의 두 소녀
　－간호보국대가 위안부였네
　－나는 돈 벌러 탄광으로 간다
　－순임이를 흑룡강변에 묻고
　－나물 캐다 끌려간 소녀들
　－학도병 강제징용
　－출장위안, 하루 100명을 받다

제3부 나는 조선의 처녀다 · 325

  – 사이판으로 가는 멀고도 험난한 여정
  – 죽음의 섬 사이판
  – 나는 아무 것도 보지 못했다
  – 7일 간의 지옥탈출기
  – 미군 포로수용소
  – 조선인 가미카제, 나고야 하늘에 지다
  – 교토 앞바다에 묻힌 귀극의 꿈, 우키시마마루 사건
  – 아무도 없는 고향

에필로그: 제인 에반스 교수의 고별강연 · 506
책을 마치며 · 521

빼앗긴 들에도 봄은 오는가?

1932년 4월 29일, 상해 홍구공원의 날씨는 잔뜩 흐려있었다. 바람이 불 때마다 공원을 가득 메운 포플러 나무들이 심하게 흔들린다. 단상에 열십자로 교차하여 세워져있는 대형 일장기 두 개도 그 바람을 따라 펄럭~ 펄럭~ 소리를 내며 나부끼고 있었다. 그것들은 어른 키 두배는 됨직했다. 일장기 앞으로는 일본군 수뇌부와 거류민단장 등 7명이 도열해 엄숙히 앉아 있었다. 단상 주변으로는 헌병들이 눈초리를 번득이며 왔다 갔다 했다. 단상 앞 다섯째 줄 회색코트를 입고 정면을 뚫어져라 응시하고 있는 청년, 한인애국단의 윤봉길이다.

이렇게 가까이 자리를 잡은 것도, 또 여기에 들어오면서 검문검색에 걸리지 않은 것도 모두가 천행이다. 갑자기 너무나도 많은 인파가 몰려드니 제대로 검문검색을 할 여유조차 없었던 것이다. 게다가 윤봉길은 고급양복에 외투까지 새로 사 입고 왔으니 누구의 눈에라도 일본의 저명인사 정도로 보였을 것이다.

비행기들이 폭음을 내며 하늘을 날았고 시내에서는 탱크와 장갑차가 요란한 소리를 내고 질주하였다. 그 뒤를 따라서 보병부대들이 질서도 정연하게 시가를 행진하였다. 이 모든 관병식은 이미 한 시간 전에 끝났다. 개회사와 축사도 막 끝났다. 곧 이어서 일본국가인 기미가요가 확성기를 통하여 울려나오기 시작했다. 윤봉길은 어깨에 맨 물통과 손에 들은 도시락을 다시 한 번 만져보았다. 아아, 지난 수년 동안 기다리고 기다리던 순간이 드디어 오고 있구나. 오, 천지신명이시여, 제게 힘을 주소서.

바로 그 순간 갑자기 확성기에서 삑~ 하는 요란한 잡음이 들려왔다. 누가 선을 건드린 모양이었다. 동시에 하늘에서는 빗방울이 떨어지면서 세찬 바람이 불어왔다. 주변의 포플러 나무들이 요란한 소리를 내며 흔들린다. 일순간 단상 위에 있던 요인들이 당황하는 모습을 보였다. 관중들도 술렁거렸다. 바로 이때다. 윤봉길은 어깨에 메었던 물병폭탄의 안전핀을 뽑자마자 젖 먹던 힘까지 다하여 단상으로 내던졌다. 물병이 정확히 단상의 한 가운데 서 있던 시라가와 상해주둔군 사령관을 향하여 날아갔다. 작달막한 키의 그에게로 물병이 떨어지는 광경이 눈에 들어왔다.

"쾅!~"

됐다, 드디어 해냈다. 요란한 폭음과 함께 단상이 아수라장으로 변하는 광경을 보자마자 그는 바닥에 놓아두었던 도시락을 집어 들었다. 도시락폭탄의 안전핀을 뽑으려는 순간 헌병들이 달려왔다. 헌병 두 놈이 윤봉길의 회색코트를 움켜쥔다. 또 몇 놈인가가 달려들어 자신을 덮쳤다. 이제 내가 할 일은 끝났다. 그는 속으로 만세를 불렀다. 대한민국만세! 대한민국만세!

어릴 때부터 싸움과 놀기를 좋아했던 봉길은 어머니의 지극정성 덕택에 서당에서 천자문을 깨우치고 한학공부에 매진한다. 수덕사 근처에 있는 성주록이라는 한학자가 까마귀고개에 서당을 세우고 나서부터였다. 봉길은 성주록 훈장으로부터 사서삼경은 물론 성삼문이나 이순신 등, 위대한 선조들에 대한 이야기를 들으면서 소년시절을 보냈다.

삼일만세운동이 일어나고 나서 그는 불과 열서너 살의 어린 나이에도 불구하고 배우는 일과 가르치는 일을 병행하기에 이른다. 그는 틈틈이 예산에 나가서 조선일보, 동아일보, 개벽과 같은 신문과 잡지를 사 가지고 왔다. 그걸로 무지한 농촌 아이들을 교육시켰다.

그러던 어느 날, 윤봉길에게 더 이상 가르칠 것이 없다고 판단한 훈장이 결별을 선언하였다. 그러면서 훈장 어른은 자신의 호인 매곡에서 '매'자와 성삼문의 호인 매죽헌에서 '헌'자를 떼어내어 졸업하는 제자에게 매헌(梅軒) 이라는 호를 지어주기에 이른다. 민족정신을 잃지 말고 큰 일을 하라는 뜻이었다.

윤봉길은 채 20도 안 된 젊은 나이에 농촌부흥운동이 곧 조국의 독립으로 나아가는 지름길임을 깨닫고 농촌에서 야학을 열어 학생들을 가르치게 된다. 교재도 밤을 새워가면서 직접 저술하였다. 그가 저술한 ≪농민독본≫의 주제는 주로 농촌계몽과 민족정기의 회복이었다. 이렇게 몇 년을 농촌계몽운동과 교육에 헌신하던 윤봉길은 온건한 방법만 가지고는 조국의 독립이 어렵겠다는 자각을 하게 된다. 그는 1929년 12월의 어느 날 일기에 이렇게 적어 놓고 있다.

"함흥수리조합 일본인들이 조선인 세 명을 때려 죽였다. 아! 가엾어라 백성이여! 이 압박과 설움을 어느 날이나 갚을꼬?"

그가 스물세 살이 되던 해인 1929년 봄, 윤봉길은 장부출가 생불환(丈夫出家生不還)이라는 비장한 글을 남기고 집을 떠난다. '대장부가 집을 떠나면 뜻을 이루기 전에는 살아서 돌아오지 않는다'는 뜻이다. 그토록 사랑하던 어머니에게도, 어린 나이에 시집와서 아들을 낳아준 아내에게도, 작별인사조차 없이 몰래 야반도주하듯 떠나는 것이다.

우여곡절 끝에 1931년 여름이 되어 윤봉길은 드디어 꿈에 그리던 중국 상해에 도착하였다. 그는 그곳에서 장사를 하며 일본군의 동향을 살펴가면서 임시정부의 지도자인 김구 선생을 만날 길을 모색하며 지낸다. 그러나 당시는 '미쓰야협정'이라는 것이 체결되어 있어서 독립운동의 핵심인 김구 선생을 만나는 것이 쉽지 않았다. 이는 일본과 중국 사이에 체결된 협정으로 조선인 독립군이나 그 연루자를 일본 측에 밀고하면 큰 상금을 주는 제도로써, 중국과 만주에서 활약하던 독립단체들에게는 엄청난 타격을 주었다.

상해에 도착한 그는 안중근의 동생인 안공근의 도움으로 그집에 거처하며 자리를 잡아 나갔다. 독립운동도 당장 먹고 사는 문제가 해결되어야 가능한 일이었다. 당시 상해임시정부조차도 사무실 비용을 대지 못하여 이리저리 옮겨 다니는 형편이었기 때문이다. 그는 공장도 다니고 장사도 했다. 그러면서 일본인들의 동향을 살피며 김구 단장을 만날 기회만을 노리며 지냈다.

상해에 도착한지도 거의 일 년이 다 되어 오는 1932년 4월에 윤봉길은 드디어 김구 선생을 만나게 된다. 안공근과 박진이라는 독립투사가 중간에서 힘을 많이 쓴 덕택이었다. 짧은 머리에 둥그런 얼굴의 김구는 50이 넘은 나이임에도 윤봉길을 잡은 손에는 힘이 넘쳐났다. 힘이라면 천하장사라고 예산 일대에 소문이 난 윤봉길도 김구의 아귀힘을 당하지 못할 지경이었다. 윤봉길을 몇 차례 만난 김구는 이 사람이야말로 조국을 위해 목숨을 기꺼이 바칠 열혈투사임을 간파하고는 마침내 그를 한인애국단의 단원으로 받아들였다. 그는 여기서 비장한 입단선언문을 작성하기에 이른다. 수류탄을 든채로 사진도 찍었다.

한인애국단의 단원이 된 이후에도 윤봉길은 여전히 시장통에서 야채행상을 하고 있었다. 일본인들에 대한 정보를 수집하기 위함이었다. 그러던 중, 4월 20일자 상해일일신문(上海一日新聞)에서 놀라운 기사를 발견하게 된다. 거기에는 대문짝만하게 '천장절에 상해사변 전승축하식'이라는 제목의 기사가 실려 있었다.

상해주둔군 사령부는 오는 4월 29일 천황폐하의 탄신일인 천장절(天障節)을 맞이하여 동일에 상해 홍구공원에서 상해사변 전승축하연을 열기로 하였다. 상해주둔군 헌병사령부는 이날의 행사에 대하여 다음과 같이 알린다.

첫째, 식장에 참석하고자 하는 사람은 당일 행사 시작 전에 헌병사령부의 검열을 받은 후 행사에 참석할 수 있다.

둘째, 행사에 참석하고자 하는 사람은 각자 도시락 1개, 물통 1개, 일장기 1개만을 휴대할 수 있다.

윤봉길은 신문을 움켜쥐고 김구에게로 달려갔다. 그는 흥분하여 소리쳐 말했다.

"선생님, 드디어 제가 노리던 순간이 왔습니다. 제가 놈들에게 폭탄을 선물하겠습니다."

김구도 이미 그 내용을 알고 있었다. 그는 윤봉길의 손을 꼭 잡았다. 윤봉길의 손에서는 이번 거사의 성공을 확신하는 열기가 느껴졌다.

"선생님, 제 한 몸 기꺼이 조국을 위해 바치렵니다. 무슨 망설임이 있겠습니까? 문제는 폭탄입니다. 성능 좋은 폭탄 두 개만 구해 주십시오. 하나는 원수놈들을 죽일 폭탄이고 또 하나는 제가 자폭할 폭탄입니다."

김구는 윤봉길의 열의에 감탄하여 그에게 얼마의 돈을 내주었다. 초라한 입성으로는 당일의 행사장 진입이 어려울 수도 있으므로 그 돈으로 옷도 사 입고, 사전에 홍구공원의 지리도 철저하게 익혀두라는 뜻에서였다.

다음날 아침 김구는 김홍일을 찾아갔다. 김홍일 장군은 일찍이 중국의 육군사관학교를 졸업하고 외국인으로서는 최초로 중국군 제19사단장을 역임한 인물이었다. 그는 당시 중국군 상해 병공창의 책임자로 일하고 있었다. 그의 임무는 각종 병기와 탄약을 제조하여 중국군에 분배하는 것이었다.

김홍일도 불과 석 달 전, 이봉창이 일왕 히로히토에게 던진 수류탄이 폭발력이 부족하여 당초의 목적을 달성하지 못한 사실에 마음이 상해 있던 차였다. 이때 던진 수류탄도 김구의 요청에 의해 김홍일이 제작한 것이었다. 하지만 두 번 실패는 있을 수 없었다. 지난 번의 실패를 거울삼아 김홍일은 훨씬 가벼우면서도 강력한 파괴력을 지닌 폭탄 제조에 나섰다. 그는 즉시 폭탄제조반원에게 도시락과 물통 모양의 폭탄을 만들게 하였다. 3일 후에 완성된 폭탄을 가지고 김구 선생이 참관하는 앞에서 폭발시험까지 하여 마침내 완벽한 폭탄을 만들었다. 이렇게 중국 측에서도 적극적으로 협조한 이유는 당시 조선과 중국은 일본에게 침략을 당한 같은 운명체였기 때문이었다. 물론 중국인들 중에는 일본에 협조하는 친일분자들도 많았다.

1932년 4월 29일, 드디어 운명의 날이 밝았다. 그날 아침, 김구와 윤봉길은 아침상을 사이에 놓고 마주 앉았다. 이것이 이 세상에서 마지막 아침밥이 될 조선의 젊은이에게 지도자인 김구가 할 수 있는 최선의 대우였다. 식사는 동포인 김해산의 집에서 정성껏 차린 음식이었다. 김해산 부부에게는 윤봉길이 만주로 중요한 임무를 띄고 떠나는 길이라고 거짓으로 일러두었다. 김해산 부부가 정성들여 지은 밥과 고깃국을 배불리 먹고 나자 벽의 시계가 일곱 시를 알렸다. 윤봉길은 자신의 손목에서 시계를 풀었다.

"선생님, 이것은 제가 6원 주고 산 것입니다. 선생님 것은 낡았으니 제 것을 차십시오. 저는 더 이상 시계가 필요치 않습니다."

김구는 물병을 윤봉길의 어깨에 걸어 주었다. 도시락과 일장기를 건네주면서 윤봉길의 손을 꼭 잡았다. 그리고 그에게 한마디를 하였다.

"윤 동지, 우리 훗날 하늘나라에서 다시 만납시다."

1932년 4월 30일, 국내 신문사에는 일제히 낭보가 날아들었다. 그것은 멀리 중국의 상해에서 날아온 소식이었다. 바로 조선청년 윤봉길이 일본군 우두머리들을 폭사시키고 여러 명에게 중상을 입혔다는 소식이었다. 아무리 일제가 언론통제를 철저히 한다 해도 조선의 기자들은 귀머거리가 아니었다. 그들은 이런저런 경로를 통하여 이 소식을 전해들을 수 있었다. 그러나 그 기쁜 소식을 백성들에게 전할 방도가 없었다. 그래도 그의 영웅담은 백성들의 입에서 입을 통하여 순식간에 전국으로 퍼져나갔다.

시간이 지나자 더 자세한 소식이 전해졌다. 그날의 의거로 인하여 거류민단장 가와바타가 현장에서 즉사하고, 일본 육군의 상징이라고 알려진 시라카와 대장은 치료 도중 사망하였다는 것이다. 또 해군 중장 노무라는 한쪽 눈 실명, 육군중장 우에다는 다리 절단, 주중공사 시게미쓰 마모루 등은 중상을 입었다고 보도되었다. 장개석(蔣介石) 총통은 '중국의 100만 대군이 못하는 일을 한국의 한 의사(義士)가 능히 하니 장하다'라고 격찬하고 중국의 모든 역량을 동원하여 대한민국의 상해임시정부를 적극적으로 지원하겠다고 약속하였다.

봄이다. 산에는 온갖 꽃들이 아름다운 자태를 뽐내고 나무들도 뒤질세라 서로 앞다투어 연두색 이파리들을 틔우며 신록의 향연에 동참하고 있다. 나물 캐는 처녀들의 하얀 저고리 뒤로 드리어진 붉은 댕기가 더욱 처연하다. 소를 몰고 들판으로 나가는 농부의 뒤를 누렁이도 따라 나섰다. 농부와 앞서거니 뒤서거니 하는 것은 황소와 누렁이뿐이 아니었다. 너울거리는 아지랑이와 꽃향기를 찾아 날개짓 하는 노랑나비도 있었다. 젊은 처녀총각들은 어른들의 눈을 피해 산척저수지의 물가를 걷기도 하고 필봉산 자락에서 사랑을 속삭이기도 했다.

멀리 산척과 기흥에서부터 흘러내려 온 오산천의 물은 제법 수량이 풍부했다. 그 물은 동탄과 오산의 너른 논과 밭을 적시며 서탄으로 흘러가서 진위천과 만나 더 큰 물줄기를 이루고 평택의 고덕을 거쳐 마침내는 서해바다로 흘러들어간다.

오산 천에서 그저 아이들 걸음으로 이삼백 보 거리에 오산 장터가 있다. 3일과 8일에 인근의 주민들이 모두 어우러지는 장마당이 선다. 장날에는 닭을 가지고 오는 할머니도 있고 소를 끌고 오는 농부도 있다. 계란을 지푸라기꾸러미에 담아서 가지고 오는 새댁도 있고, 멀리 제부도 쪽에서 맛살을 건져가지고 오는 바닷가의 아낙도 있다. 장터에는 어떤 때는 서커스가 들어오기도 했고 또 어떤 때는 여성국극단이 천막을 치기도 했다. 그러나 그것도 추석이 임박했을 때의 일이지, 다른 날의 장터는 그저 아이들의 놀이터일 뿐이었다.

4월 30일 반공일(半空日) 오후, 오산 장터의 너른 마당에서 아이들의 노래소리가 들려온다. 거기에 맞추어서 땅을 밟는 경쾌한 소리도 들린다. 여자아이들이 고무줄놀이를 하고 있다.

"무궁화 무궁화 우리나라 꽃~ 삼천리 강산에 우리나라 꽃~ 피었네 피었네……"

"야, 금순이, 너 틀렸어!"

나이가 좀 들어 보이는 아이가 지금 막 줄을 넘고 있는 아이를 손가락으로 가리키며 틀린 곳을 지적해 준다. 그 아이는 금세 울상이 되어서 줄을 잡은 아이 뒤쪽으로 와서 섰다.

"우리나라 꽃 할 때 사카닥질을 해야 한단 말이야. 그런데 넌 그냥 발만 높이 들었잖아. 그러니까 틀린 거야. 빨리 경자 들어 가."

이렇게 정리를 해 주는 아이는 다른 아이들보다 몇 살은 더 되어 보이는 열서너 살 정도의 아이였다. 집이 제법 잘 사는지 화사한 치마저고리에 운동화를 신었다. 머리도 짧게 단발을 했다. 다른 아이들은 대개가 검정치마에 흰 저고리 차림이다. 아이들은 거의가 열 살 전후였다. 대여섯 살짜리 꼬마 아이들은 부러운 얼굴로 언니들이 하는 양을 쳐다보고만 있었다. 어떤 아이는 자기만큼이나 큰 어린 아기를 포대기에 업고 서성대기도 했다. 큰 아이들은 고무줄놀이를 하면서도 연신 고개를 주변으로 돌리며 무언가를 살피는 눈치였다. 일제가 한글과 우리말을 못 쓰게 하니 아이들이 놀 때에도 주변을 살피면서 눈치를 보아야 하는 것이다. 행여 일본 순사가 오지나 않나 하면서.

"야, 더 높여, 더 높여!"

곧바로 고무줄이 겨드랑이에서 이제는 머리 위로 올라 왔다. 동시에 아이들의 노래가 빨라지기 시작했다.

"금강산 찾아가자 일만이천봉 볼수록 아름답고 신비하구나 철따라아 고운 옷 갈아 입는 산~ 이름도 아름다와 금강이라네 금가앙~이라네."

"정화언니 깍두기 해."

정화라는 아이에게 깍두기를 하란다. 놀이를 하는 아이는
모두 일곱 명이다. 주변에서 구경하는 아이들도 그만큼 있다.
짝이 맞지 않을 때 한 아이가 남으면 그 아이가 깍두기가 되
는데 이 아이는 양편에 번갈아 가면서 줄넘기를 할 수 있다.
곧 이어서 정화라는 단발머리가 현란한 동작을 선보이며 줄
넘기 대열에 참여하였다. 그 아이가 빠른 발을 놀릴 때마다
흙먼지가 일었다. 아직 줄넘기를 하기에는 어린 꼬마 계집아
이들은 언니들의 하는 양을 부러운 눈으로 지켜보기만 할 뿐
이었다.

원래 이 놀이는 두 편으로 나누어서 한다. 고무줄을 잡은
편이 상대편에게 특정한 노래를 지정하여주면, 이긴 편은 그
노래에 알맞은 일정한 동작으로 고무줄을 넘나들며 놀이를
하는 것이다. 만일 한 아이가 중도에서 잘못하면, 다음 번 아
이는 자기 몫과 잘못한 아이의 나머지부분을 해야 한다. 만약
여기서 이어하기가 성공하면 다음 단계의 동작으로 넘어가지
만, 실패하면 순서가 바뀌어 고무줄을 잡아야 한다.

다음 동작으로 넘어갈 때는 고무줄의 높이와 노래가 달라
진다. 고무줄의 높이는 처음에는 땅바닥에서 시작하여 발목,
무릎, 넓적다리, 궁둥이, 허리, 겨드랑이, 어 목, 귀, 머리, 그리

고 머리 위 한 뼘, 두 뼘, 그리고 마침내는 손을 뻗친 높이에 까지 이른다. 마지막 단계에서는 키가 제일 큰 아이가 줄을 잡는다. 또, 줄의 높이가 겨드랑이에 이르면서부터는 뛰어넘기가 어려워지므로 물구나무서기로 줄을 넘기도 한다. 이렇게 하여 가장 높은 단계의 동작을 해내는 편이 이긴다. 지금 정화는 제일 높은 단계의 동작을 하는 것이다.

"분예야~ 순예야~ "

장터 양철집 뒤편의 초가집에서 머리에 수건을 뒤집어 쓴 아낙 하나가 나오더니 아이들 쪽을 향하여 큰 소리로 부른다. 장마당의 주변에 있는 집들은 양철지붕집 한 채를 빼고는 모두가 다 초가집이다. 땀을 뻘뻘 흘리며 고무줄놀이에 열중하던 아이들 중 두 명이 순간 얼굴색이 변하여 소리 나는 쪽을 쳐다보았다.

"이년들아, 빨리 와. 새참 내가야 한단 말이야."

아이들은 울음이 터질 것 같은 얼굴들을 하고는 뒤를 돌아다보다가 기어코 작은 아이가 울음을 터트렸다.

"앙~ 나 몰라. 윗말에 새참 갔다 주고 오면 고무줄 다 끝나는데……"

아이들 둘이 빠져나가자 그때까지 옆에서 구경만 하고 있던 꼬맹이들이 신이 나서 초롱초롱한 눈망울을 굴리며 언니들을 쳐다보았다. 정화가 그중 두 명을 불렀다.

"야, 수희하고 순임이 너희들 두 명, 분예하고 순예 대신 들어 가."

두 아이들은 뛸 듯이 기뻐하며 고무줄놀이 대열에 참여했다. 구경만하고 있던 나머지 꼬맹이들은 부러운 눈초리로 그 아이들을 쳐다본다.

멀리 월출산이 올려다 보이는 덕진면의 작은 시골마을, 사방이 너른 평야다. 동쪽으로는 월출산이 장대한 용태를 뽐내고 솟아있고, 동네의 앞으로는 영암천이 굽이굽이 흘러가고 있었다. 초가집 40여 채가 옹기종기 모여 있는 금강리의 한복판 공터에 아이들 10여 명이 모여서 가이생을 하느라고 정신이 없다. 흰 바지저고리 차림을 한 아이도 있고 국민학교 교복인 검정 옷을 입고 있는 아이도 있다. 모두가 입성은 남루하고 얼굴에 허연 버짐도 피었지만 놀이에 대한 흥분감으로 한껏 들떠 있는 것이다. 아이들이 지금 두 패로 갈라서 하고 있는 놀이는 일본에서 전래된 것으로 8자를 그려 놓고 그 안에 있는 상대편 아이들을 밖에서 잡아 끌어내는 놀이이다. 모두 다 끌려나오면 그편이 지는 것이다. 아이들은 흔히 8자가 시계와 같이 생겼다고 해서 '시계부랄 가이생'이라고 불렀다. 영암천변의 5월 1일은 완전한 초여름으로 들어서고 있었다.

"아이고메, 나 교복이 찢어져 뿌랐네, 어쩐당가?"

한 아이가 울상이 되어 허연 속이 드러난 자기의 검정 옷을 쳐다보며 하는 말이다. 가이생은 상대방을 무지막지하게 잡아 끌어내야 하므로 상대편의 옷이 찢어지는 일은 다반사였다.

"요거 내일 핵교 입고 가야 쓰는 디 어쩌코롬 한다나?"

"병철아, 걱정 말드라고. 우리 춘녀 누님께 부탁드려 보장게."

"잉, 누님이 시방 집에 있는감?"

"아까 논에 나갔는디 돌아 왔을 거이고만."

아이들은 춘식이 집으로 향했다. 다행히도 춘녀는 집에 있었다. 거기에 옷을 벗어 놓고 춘식이의 옷을 빌려 입은 병철이와 패거리들은 다시 동네로 나왔다. 벌써 오후 해는 월출산의 서쪽으로 향하고 있었지만 아이들의 놀이는 끝날 줄을 몰랐다.

"자, 이번에는 우리 작전 놀이 하드라고."

"잉, 그려. 고거이 솔찮게 재미있어뿌러제."

"빨랑 집에가서 창허구 칼허구 갖고 오랑께. 늦게 온 놈은 여기 안 껴줄 겨."

춘식이의 그 말 한마디에 아이들은 순식간에 사방으로 나 있는 골목으로 사라졌다. 잠시 후 그들의 손에는 자기들 키보다 훨씬 큰 작대기며 싸리빗자루 들이 하나씩 들려 있었다.

"여그 병철이, 칠봉이, 경태, 나, 이렇게 우리덜 넷은 의병허고, 철수허고 병호허고 느그들 다섯은 왜놈 혀."

춘식이가 그렇게 편을 가르자 키가 작달막하고 그저 아홉 살이나 되었을까 하는 꼬맹이가 형들에게 앙칼지게 대들었다. 빡빡 깎은 머리에 눈이 초롱초롱한 꼬맹이는 형의 옷을 내려 입었는지 검정 학생복이 헐렁하게 커 보였지만 그래도 반항하는 폼이 여간 아니었다. 소매에 말라붙은 콧물이 저녁 햇살에 반짝거렸다.

"싫당께, 지난 번에도 왜놈 혔는디 워찌코롬 맨날 나허고 병호하고 순돌이만 왜놈이여."

"느그들은 등치가 작응께 왜놈 혀란 말이시. 아, 왜놈들 못 봤는감? 다 쬐개만허잖혀."

"그려도 형들은 맨날 의병만 허면 되간? 그런 법이 워디 있당가?"

춘식이가 또래들을 돌아다보면서 기가 막히다는 표정을 지었다. 그는 짝 째진 눈을 찡그리더니 이빨 사이로 침을 찍 쏘아댔다. 못마땅할 때 나오는 버릇이었다.

"워따, 철수 요놈이 쬐께만헌 게 여간내기가 아니란 말이시. 그려, 그럼 다음 번에는 우리가 왜놈 할팅게 느그들이 의병 혀."

그 말과 함께 춘식이는 검정 더그레를 머리에 쓰고는 앞장 서서 골목으로 해서 동네 뒤 쪽으로 뛰어갔다. 더그레는 할아 버지가 포졸로 있으면서 그때부터 물려받은 가보라고 했다. 그 뒤를 아이들 10여 명이 뒤질세라 따라갔다.

60여 호의 동네 뒤로는 야트막한 야산이 자리 잡고 있었는 데 아이들은 그 산을 '목매달아 죽은 산'이라고 하며 무서워 하였다. 몇 년 전, 이웃 달구말 동네의 젊은 처녀가 그 산에까 지 와서 거기서 소나무에 목을 매달아 죽었다고 했다. 그 다 음부터는 비가 오는 날 밤이면 거기서 귀신이 우는 소리가 들 린다고 하여 그 근처에는 얼씬도 하지 않았다. 그렇지만 지금 은 아직 저녁때가 되지 않았으니 병정놀이를 하기에는 거기 만큼 좋은 곳도 없었다. 산의 초입새에 있는 커다란 묘지 근 처에는 언제나 잘 손질된 잔디가 깔려 있었다. 남녘의 5월1일 은 이미 소나무도 싱싱했고 잔디도 손가락 두 치 정도나 자라 있었다.

"자, 나가 고경명이여, 느그들 모두 나를 따르는 겨! 저 왜 놈들을 때려 죽이장께!"

이들이 말하는 의병장 고경명은 임진왜란 당시 두 아들과 함께 금산전투에서 왜적을 맞아 싸우다가 장렬하게 순직한 전라도 광주 출신의 의병장이다.

이렇게 해가 뉘엿뉘엿 넘어갈 때까지 땀을 뻘뻘 흘리면서 놀던 아이들은 집에 들어갔다가는 재빨리 또 뛰어 나왔다. 이번에 가는 곳은 동네의 한복판에 새로 지은 양철지붕 교회였다. 작년에 이 마을 사람들이 십시일반하여 20평짜리 집을 지었다. 공일(空日) 낮 11시와 저녁 7시 하루 두 차례 예배를 보고 그밖에 다른 날에는 마을의 대소사를 의논하는 공회당으로 쓰는 것이다.

코가 크고 머리가 노란 미국 목사라는 사람이 공일마다 금강리에 와서 설교를 하고는 갔다. 그 사람은 덕진면에서 교회를 하고 있다고 했는데 일본 순사들도 심하게는 간섭하지 못한다는 것이었다. 마루를 사이에 두고 마주보고 있는 방 두 개에는 남자와 여자들이 서로 나뉘어서 가득 들어차 있었다.

아이들이 기를 쓰고 예배당에 모이는 이유는 바로 그 달콤한 맛의 눈깔사탕 때문이었다. 예배당에 가기만 하면 알록달록한 눈깔사탕이 공짜였다. 아이들은 그걸 받아먹으려고 일주일 동안 예배가 있는 공일이 오기만을 눈이 빠지게 기다리는 것이다. 사내아이들 10여 명이 비좁은 자리를 파고 들어가 앉자 덕진면에서 미국인 목사를 따라 온 백발의 장로가 찬송을 인도하기 시작하였다.

"삼천리 반도 금수강산 하나님 주신 동산 삼천리 반도 금수강산 하나님 주신 동산~"

그러나 윤봉길이 상해에서 왜놈 대장을 폭사시키고 중장 두 놈을 병신 만들어도, 계집아이들이 줄넘기를 하면서 무궁화는 우리나라 꽃이라고 노래하며 금강산 일만이천봉을 찾아가자고 외쳐대도, 사내아이들이 의병놀이를 하며 왜놈들을 쳐부수어도, 양철지붕 교회에서 삼천리 반도 금수강산을 목청껏 불러대도, 조선의 독립은 아득하고 먼 다른 나라의 이야기인 양 요원하기만 할 뿐이었다. 그것은 마치 봄 하늘 높이 날아다니는 종달새만큼이나 우리의 손이 미치지 않는 곳에 있었다. 아니 그 보다도 더 높은 하늘을 유유히 흘러가는 흰구름만큼이나 아득하고도 먼 하늘나라의 이야기였다. 그래도 조선 사람들은 모이기만 하면 독립을 이야기하였다.

제1부
남경대학살

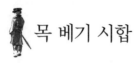# 목 베기 시합

"어이, 사카이. 이건 정말 특급비밀이야."

누런 군복을 입고 모자는 손에 집어든 채로 헐레벌떡 막사 안으로 뛰어들어 온 병사가 교실 바닥에 누워 있는 다른 병사를 보고 소리치자 총을 닦고있던 병사들이 일제히 그를 쳐다보았다.

"야마모토, 무슨 일인데 그렇게 호들갑이야?"

"야, 너희들은 어서 총이나 닦고 있어. 이건 나와 사카이 사이의 은밀한 일이란 말이야!"

일단 이렇게 호통을 쳐서 막사 안에 있던 10여 명 병사들의 기선을 제압해 놓은 야마모토가 사카이의 옆에 앉더니 은밀한 목소리로 속삭였다. 그가 마루에 앉자 대검과 총이 마루

바닥에 부딪치면서 둔탁한 소리를 냈다.

"사카이, 사흘 후에 말이지…"

말을 할듯 하던 그가 잠시 주위를 둘러보더니 다시 더욱 은근해진 말투로 친구의 귀에 대고 속삭였다.

"쉿, 사카이, 내가 이 이야기 해 주면 너 미치코 사진 나에게 줄 거야?"

"뭔데 그래, 야마모토. 먼저 이야기를 해 주어야 할 거 아니야."

사카이의 얼굴이 붉어졌다. 화를 내고 있는 게 틀림없어 보였다. 미치코는 사카이의 5살 밑 여동생이었다. 그러니까 지금 16살이다. 며칠간이나 수염을 깎지 않은 듯한 야마모토의 얼굴은 덥수룩한 수염이 얼굴의 절반을 덮고 있었다. 이들은 같은 오사카 출신의 하사관들로 지금 막 남경을 점령한 제6사단의 33연대에 배속되어 있는 고참들이었다.

"사카이. 이번 일요일은 아주 기막힌 날이 될 것 같아. 방금 연대 작전참모 미야베 소좌님을 만났어. 참모님 말씀이…"

야마모토는 더욱 목소리를 낮추어서 사카이의 귀에 자신의 입을 바짝 들이대고 속삭였다. 다른 병사들이 호기심이 가득한 눈으로 이들의 수작을 지켜보고 있었다. 이들이 숙소로 쓰고 있는 태평학교는 남경의 북문인 태평문(太平門) 쪽에 있는 소학교로 지금은 일본군 제6사단 33연대가 숙소로 쓰고 있다. 학교 건물은 불과 며칠 전까지만 해도 중국군과 하루 종일 교전이 있었던 곳으로 아직도 곳곳에 깨어진 유리창들이 당시의 치열했던 전투상황을 그대로 보여주고 있었다. 그래도 3학년 1반 교실은 상태가 양호한 편이었다. 네 개의 창문 중 두 개는 유리창이 온전하고 너머지 두 개는 나무판자로 임시로 막아 놓아서 그나마 12월의 찬바람을 피할 수 있었기 때문이다.

"뭔데 그렇게 호들갑이야? 그리고 미치코의 사진을 왜 네 놈에게 주냐? 하나밖에 없는 내 동생의 소중한 사진인데."

"야, 사카이, 이번 일요일에 저기 사단본부가 있는 중화중학교 운동장에서 포로들 목 베기 시합을 한다는 거야. 지난번까지는 106 대 105였지? 무카이 소위님이 노다 소위님보다 하나 뒤졌단 말이지. 그래서 이번에는 사단본부에서 두 사람의 목 베기 시합을 직접 주관한다는 거야. 물론 앞으로는 사단에서 공식적으로 확인한 것만 전과로 인정해 주겠다는 거야. 개인적으로 한 살상은 인정을 하지 않겠다는 말이지. 더 기쁜 소식은 그날 우리 소대도 그 대회를 직접 참관할 수 있도록 해 주시겠다는 거야. 그러니까 그 사이에 전투가 있어서 내가 죽으면 그 기막힌 경기를 볼 수 없잖아. 어이, 사카이. 너는 내 죽마고우 아니냐. 제발 미치코 사진 좀 빌려 다오. 미치코가 내 품속에 있으면 난 절대로 죽지 않을 것만 같은 생각이 든다니까."

사카이는 잠시 즐거운 회상에 빠졌다. 우리 소대가 그런 기막힌 경기를 볼 수 있다는 건 그야말로 행운이 아닌가. 이제 중국 계집들을 강간하고 나서 죽이는 것은 그다지 큰 흥미를 느낄 수 없었다. 야마모토와 함께 강간하고 죽인 것만 계산해도 아마 100명은 되지 않을까? 여순에서부터 시작해서 대련을 거쳐 천진에 이르기까지 도시건 농촌이건 우리 군대가 지나가는 곳은 모두 쑥대밭을 만들어 놓았으니까. 그는 앞에 있는 야마모토를 손가락으로 쿡 찔렀다. 그 즐거운 과거를 도저히 혼자만 생각하고 있을 수가 없었던 것이다.

"야, 야마모토, 너 몇 달 전에 천진 작전 끝나고 상해 쪽으로 이동하면서 들렀던 마을에서 있었던 일 기억하지?"

"아, 석가장이라는 마을?"

이들의 목소리가 커지자 신병들의 시선이 모두 이들 두 명에게 집중되었다. 그들은 졸병들이 모두 처다보자 더욱 신이 났다. 사카이가 자리에서 벌떡 일어나더니 침상에 서서 야마모토를 처다보면서 당시의 상황을 이야기했다.

"그래, 그래, 한 200호 정도 될까? 꽤 큰 마을이었지. 그런데 마을이 얼마나 지저분하던지. 어쨌든 그래도 거기서 재미 좀 보았지. 그 동네는 유난히도 여자들이 많더란 말이지. 어떤 집에 들어가니까 여자들 아홉 명이 바글바글 한데 9살 먹은 계집애부터 70살 먹은 할머니까지. 먼저 사내놈들 세 명을 대검으로 찔러 죽이고 그것들을 전부 차례로 강간하고 모두 죽여 버렸지. 그때는 내가 분대장이었고 여기 야마모토 하사님이 부분대장이었어. 아, 그러고 보니까 너희 신병들은 아직 그런 경험을 별로 못 해 보았겠구나. 이제 배속된지 겨우 보름도 안 됐으니까. 여기 중국 계집들은 말이야. 너무 웃기는 거야. 아래에 바지밖에 안 입어. 너희들 상상할 수 있니? 바지만 벗기면 그냥 하얀 몸이 드러난다는 거야. 어떻게 바지를 벗기냐고? 흐흐흐, 경험이 없으니까 상상이 되지 않을 테지. 그렇다면 이 고참들께서 가르쳐 주지. 야, 야마모토! 시범을 보여 줘라."

야마모토는 허리에 차고 있던 대검을 쑥 뽑아 들었다. 내무반의 전등불빛에 대검이 번쩍거리며 빛을 냈다. 그는 그것을 사카이의 허리 가까이에 대고 시범을 보였다.

"힘들게 옷을 벗길 필요가 없지. 여기 이렇게 허리에다 대고 슬쩍 끈을 자른단 말이지. 그러면 바지가 스르르 내려가고 아랫도리가 그냥 알몸이 되는 거야. 게다가 중국 것들은 모두 검정색이나 청색 옷을 입지. 그것이 흘러내리면서 그 속에서 하얀 속살이 드러나는 맛이란…… 정말 경험해 보지 않은 놈들은 몰라."

그런데 야마모토 이 놈에게 정말 미치꼬의 사진을 주어야 하나? 이놈이 벌써 강간하고 죽인 중국 계집들만도 50명은 넘을 텐데. 더러운 놈이지. 하긴 뭐 나도 그 정도는 되겠지만. 그래도 야마모토하고는 어려서부터 같은 동네에서 자란 죽마고우가 아닌가. 고등보통학교까지 같이 나오고 또 지금은 바로 옆자리에서 자고 있으니 인연도 이렇게 끈질긴 인연은 없는 셈이지. 벌써 죽음의 고비를 넘긴 치열한 전투만도 열 차례 넘게 치르고서도 우리들은 굳세게 살아남았으니까.

"알았어. 내가 경기 끝나는 대로 줄 게."

"정말이지? 사카이, 너 약속했다."

야마모토는 만족한 듯 얼굴 가득 웃음을 띠고 사카이의 옆자리에 벌렁 드러누웠다. 잠시 후 그의 코고는 소리가 교실 내에 울려 퍼졌다.

드디어 1937년 12월 19일 일요일, 병사들에게는 기가 막힌 구경거리가 있는 날이요, 목이 잘릴 처지에 있는 포로들에게는 운명의 날이 밝았다. 비단 학살 장소는 여기 뿐만이 아니었다. 남경 시내와 외곽에서는 이날 하루에도 또 다시 1만이 될지 2만이 될지 모르는 중국인들이 이유도 없이 일본군들의 총칼에 쓰러져 갈 것이다. 어떤 사람들은 산채로 구덩이에 묻혀 죽는 운명에 처할 것이고, 또 다른 이들은 불에 태워져서 죽어 갈 것이다. 여자들은 강간을 당한 후에 처참하게 살해

될 것이다. 그런 학살은 남경이 함락된 12월 9일 이후 지금까지 열흘이 넘도록 날마다 되풀이 되어 왔으니까.

그래도 일본군들은 희희낙락이다. 그들은 손톱만큼의 죄의식도 느끼지 않았다. 그러기는커녕 오히려 중국인들을 죽이는 행동을 아주 즐거운 오락 정도로 생각하고 있었다. 항상 그들의 상관들은 일본의 황국신민을 제외한 그 밖의 종족들은 그저 개돼지만도 못한 하층 인간들이라고 교육하였다. 그렇지 않으면 어떻게 5천만의 일본이 5억의 중국을 상대하겠느냐는 논리였다. 그러므로 중국놈들은 남녀노소를 가릴 필요 없이 그냥 없애버려야 할 숫자에 지나지 않았고, 모두가 그렇게 생각하고 있었기 때문에 그들이 죄의식을 느낄 필요도 없었다.

"야, 사카이, 넌 누구에게 걸 거야?"

"나야 당연히 노다 츠요시 소위님이지. 노다 소위님은 전국 검도대회에서도 우승한 전력이 있는 분이니까. 야마모토, 너도 나와 마찬가지이지?"

"아니, 아니. 난 무카이 도시아키 소위님이야. 그분의 호리호리한 몸매하고 날카로운 눈을 보면 나는 무카이님이야 말로 우리 일본 최고의 사무라이라는 생각이 든다니까."

남경의 초겨울 날씨는 쌀쌀했다. 잔뜩 흐린 하늘에서는 간간히 찬바람이 휘몰아치며 불어왔다. 그래도 행사장으로 향하는 병사들은 어느 누구하나 추위하는 기색이 없어보였다. 모두가 흥분에 들떠 있는 것이다. 그도 그럴 것이, 지금 이들은 중국인들을 상대로 하는 세기적인 '목 베기 시합'의 관전을 바로 눈앞에 두고 있는 것이다. 두 명의 장교 중 누가 승자가 될 것인지를 두고 돈을 걸고 내기를 하는 병사들이 부지기수였다.

이렇게 모두가 잔뜩 기대에 부풀어 모여 있는 이유는 엊그제까지의 시합에서 두 검사들이 목을 벤 포로들의 숫자가 105 대 106으로 막상막하를 이루고 있었기 때문이기도 하고, 또 이들의 목 베기 전적을 일본의 유수신문들이 앞 다투어 대서특필하고 있었기 때문이기도 했다. 모든 일본 국민들의 눈과 귀가 자신들이 속한 제6사단에 집중되어 있는 것이다.

지금 이 자리에 있는 이들 모두는 꿈을 꾸는 것만 같았다. 이들은 불과 여섯 달 전에만 해도 일본 본토에 있던 본토 주둔군이었다. 그러니까 여름에 일본을 떠나서 천진의 관동군으로 배속되었다. 거기서 여러 차례의 전투를 치른 후 상해 상륙작전을 거쳐서 지금은 중국의 수도라는 남경까지 점령한 것이었다. 그야말로 파죽지세요 질풍노도처럼 달려온 여섯 달이었다.

이들이 잔뜩 기대를 걸고 있는 또 다른 이유는 오늘의 목 베기 시합이 기상천외한 것이기 때문이었다. 지금까지 살인

방식이 주로 포로들을 묶어 놓고 무릎을 꿇린 상태로 뒤에서 목을 치거나 아니면 나무 기둥에 묶어 놓고 목을 베는 방식이었는데 오늘은 그 방식이 사뭇 달랐다. 즉, 오늘은 스무 명의 포로들을 땅에 상반신만을 내어 놓고 묻어 놓은 상태에서 목을 베는 방식이었다. 사령부에서는 신병들의 담력을 키워준다는 명분으로 갓 전입해 들어 온 병사들을 제일 앞에, 그러니까 고급장교들 바로 뒷줄에 배치해 놓았다. 도착 열흘 밖에 되지 않는 병사들도 상당히 많이 있었다.

"이번 대회에서 이기는 사람에게는 사단장님이 표창장을 준다고 하던데 그게 사실일까?"

"사단장님으로서는 그럴 수도 있지. 사단 내 최고 검객들이 마침 연대를 대표하고 있으니까 어찌 보면 연대 대항전이라고도 할 수 있는 시합이거든. 노다 소위님은 우리 33연대 소속이고 무카이 소위님은 9연대 소속이니까. 어쨌든 난 연대야 다르지만 무카이 도시아키 소위님을 볼 때마다 마치 그 옛날에 전설처럼 들려오던 미야모토 무사시를 보는 것만 같아 가슴이 찌릿찌릿 하단 말씀이야, 하하하!"

아까 몇 시간 전부터 현장에서 이 사건을 취재하고 있는 아사히(朝日)의 혼다 가츠로 기자는 자신을 이곳에 보낸 야마시타 상해 지국장이 원망스럽기만 했다. 상해에 나와 있는 아사히 신문사의 기자라고 해 보았자 모두 세 명뿐이지만 하필이면 자기가 이런 끔찍한 현장을 사진 찍고 글로 써야만 하는지 심한 자괴감이 들었던 것이다. 어려서부터 천주교 집안에서 자라 난 혼다에게 이렇듯 잔인한 전장을 취재하는 것은 그야말로 못해 먹을 노릇이었다. 지난 열흘 간 이곳 남경에서 취재를 하여보니 남경은 지사가 있는 상해나 전에 있던 천진과는 또 다른 전장이었다. 가는 곳마다 살육의 도가니였던 것이다. 천진에서는 여간해서 보지 못했던 집단학살 현장들이 그가 가는 곳마다 널려 있었다. 지휘관의 차이 때문일까? 아니면 여기서 우리 황군이 무슨 엄청난 피해를 보았기 때문일까?

그는 그야말로 섬세한 감성을 가진 청년이었다. 집안이 웬만큼 사는 덕택에 혼다는 나고야대학에서 철학을 공부할 수 있었다. 고등학교와 대학 학창시절에는 톨스토이의 ≪전쟁과 평화≫나 빅토르 위고의 ≪레미제라블≫과 같은 고전들을 읽었다. 그는 특히 기독교적인 사상을 배경으로 한 소설책들이 좋았다. 어려서부터 시인이자 기자였던 아버지를 좋아하여 혼다 역시도 신문기자의 길을 택했다. 그리고 입사 하던 해에 중일전쟁이 터졌고 천진지국에서 6개월을 지냈고 지금은 상해지국에서 파견나와 남경에서 취재활동을 하고 있는 중인 신참기자였다.

지금 수백 명이 운집한 바로 앞에는 중국인 포로들 20명이 땅 속에 절반쯤 파묻힌 상태로 두 명의 장교들의 칼날에 목이 떨어질 시간만을 기다리고 있었다. 어떤 포로는 옷을 입었고 또 어떤 포로는 웃통이 모두 벗겨진 채로 있었다. 아무리 보아도 혼다의 눈에는 그들이 군인들 같아 보이지 않았다. 모두가 그저 선량한 농사꾼의 얼굴들 뿐이었다. 개중에는 그저 많게 보아주어도 열다섯 살 정도로밖에는 보이지 않는 어린 아이들도 서너 명이나 눈에 띄었다.

그런데 혼다를 놀라게 한 것은 그 포로들 중에 여자들이 두 명이나 섞여 있다는 사실이었다. 나이는 한 50 가까이 되지 않았을까? 가슴 부분까지 땅 속에 묻혀 있기 때문인지 포로들은 호흡이 무척 벅차 보였다. 몸의 절반 이상이 땅속에 묻혀 있어 피부로 숨을 쉬지 못하니 저렇듯 얼굴이 검푸르게 변해 버린 것인가? 그들의 눈알은 모두 앞으로 툭 튀어 나와 있었다. 특히 산발을 하고 있는 여자들의 모습은 더욱 더 처참해 보였다. 그런데도 그중 한 할머니는 눈에 불을 켜고 앞쪽만을 노려보고 있었다. 혼다는 그 할머니를 보면서 섬뜩한 두려움을 느꼈다. 어렸을 때 큰아버지와 함께 북해도로 사냥 갔던 일이 떠올랐기 때문이었다.

아마도 아홉 살 때였을 것이다. 학교에 들어가고 그 다음 해였으니까. 엽총과 함께 덫도 몇 개를 준비해 가지고 갔었다. 수렵감시원이었던 큰아버지는 사냥을 유난히 좋아하셨다. 큰 아버지는 바로 이웃에서 살고 있었는데 거의 사냥광이었다. 그래서 혼다는 학교에 들어가기 전부터 큰아버지의 손에 이끌리어 사냥터를 누볐다. 딸만 셋을 두고 있었던 큰아버지는 혼다를 친자식 이상으로 귀여워하였다.

아침에 덫을 놓고 사냥총을 든 큰아버지와 하루 밤을 산속에서 지내고 그 자리에 와 보니 거기에는 너구리 한 마리가 걸려 있었다. 아마 오후 다섯 시 가까이 되지 않았을까? 해가 아직도 남아 있었으니까. 옴짝달싹 못하는 너구리의 앞발목과 덫에는 피가 엉겨 붙어 있었다. 그런데 어린 혼다를 놀라게 만든 장면은 그 너구리의 눈에서 쏟아져 나오는 파란 불꽃이었다. 파란 불이 눈에서 뚝뚝 떨어지는 것만 같았다.

그건 마치 학교 근처에서 보았던 대장간의 풍경을 생각나게 하는 장면이었다. 소학교와 집 사이에 꽤 큰 대장간이 있었는데 거기서는 주로 철판을 자르고 용접하는 일을 해서 어린 혼다의 눈을 사로잡았다. 그는 학교에서 오는 길에 가끔씩 철공소 앞에 쭈그리고 앉아서 쉭~ 소리와 함께 푸른 불꽃을 내뿜는 용접기를 넋 놓고 바라보다 돌아오곤 하였다. 그날 밤 너무 놀란 혼다가 큰아버지에게 묻자 큰아버지는 어린 혼다의 머리를 쓰다듬으면서 동물들이 아주 극한 상황에 놓이면 그런 현상을 보이는 경우가 종종 있다고 설명해 주었다.

용접기에서 나온 불똥이 사방으로 튀는 장면, 지금 중국 할머니의 눈에서 그런 불꽃이 튀어나오고 있지 않은가. 금방이라도 죽어갈 것만 같은 할머니의 눈에서 어쩌면 그리도 무서운 안광이 쏟아져 나오는지 혼다는 너무 놀라워서 주변을 둘러보았지만 병사들의 눈에는 안 보이는 것 같았다. 그들은 어서 빨리 목 자르기 시합의 주인공들이 나왔으면 하고 자꾸 앞쪽에 있는 천막만 둘러보곤 할 뿐이었다.

혼다는 눈을 감았다. 그리고 집에서 아들이 무사히 특파원 생활을 마치고 돌아오기만을 날마다 기도하고 있을 엄마를 생각했다. 저들이 어찌 중국군일까? 그저 천진스런 시골 농부들과 할머니들로밖에는 보이지 않는데. 저 어린 아이들은 또 어찌하여 잡혀오게 되었을까? 왜 이들은 여기서 죽어야 하는 걸까?

갑자기 웅성거리던 소리가 뚝 그쳤다. 바로 오늘 이 시간의 주인공인 노다 츠요시와 무카이 도시아키가 등장한 것이다. 두 명의 소위는 학교 건물 한 편에 세워 놓은 야전 텐트에서 보무도 당당하게 걸어 나왔다. 누런 군복에 각반을 단단히 조여 맨 그들의 모습에서 잘 훈련된 일본군대의 위용이 넘쳐흘렀다. 노다의 누런색 군복 목 칼라에는 빨간 견장과 함께 33연대를 표시하는 금색표식이 햇빛을 받아 반짝거렸다. 무카이는 약간 큰 키에 호리호리한 몸매이다. 그보다 약간 작은 키의 노다는 땅딸막한 체격에 짙은 콧수염 밑으로 꽉 다문 입에서는 오늘의 결전에 대비한 강한 의지가 엿보인다. 두 사람이 각기 왼손에 꼭 움켜잡은 군도에서는 벌써부터 차가운 살기가 풍겨져 나오고 있었다. 이들이 발걸음을 옮길 때마다 군도와 칼집이 부딪히는 소리가 쥐죽은 듯한 운동장의 적막을 깨트린다.

"철컥! 철컥!"

이들 두 명의 소위를 중심으로 왼쪽에는 33연대의 간부들이 운집해 있고 오른 쪽에는 9연대의 장교들이 자리를 잡고 의자에 앉아서 있었다. 간부들에게도 오늘의 이 시합은 연대의 명예가 걸려있는 한판 승부였다. 맨 앞줄에 있던 장교 한 명이 의자에서 일어나 성큼성큼 사단장 앞으로 나오더니 거수경례를 했다. 사단장이 고개를 끄덕이자 병사들을 바라보고 섰다.

"제6사단 참모부의 노리다케 소좌입니다. 오늘까지의 경과를 간략하게 보고 드리겠습니다. 여러분들도 모두 신문지상을 통하여 발표된 바를 통하여 알고 있듯이, 오늘까지 두 사람의 전과는 무카이 소위 105명 대 노다 소위 106명으로 우열을 가리기 힘든 상황입니다. 지금 온 일본열도가 이 두 사람의 목 베기 시합에 열광하고 있는 만큼 오늘부터는 좀 더 객관적인 기록을 위하여 우리 대일본제국 관동군 제6사단 참모부에서 직접 이 행사를 주관하기로 하였습니다. 오늘의 시합 규정은 동전을 던져서 앞이 나온 쪽이 먼저 시작합니다. 열 명의 포로들을 쉬지 않고 목을 베어 나가는 경기입니다. 단, 목이 몸에서 완전히 떨어져 나가지 않은 포로는 전과에 포함되지 않습니다. 한 선수에게 주어진 시간은 단 3분입니다. 물론 오늘의 경기로 모든 게 결정되는 건 아닙니다. 앞으로 총 150명을 먼저 벤 사람이 최종 승자가 되는 것이니까요. 자, 이제 그럼 시합을 시작하십시오."

그 말이 끝나자 두 명의 소위가 먼저 사단장에게 거수경례를 한 후 장교들과 병사들에게도 가볍게 고개를 까딱했다. 인사가 끝나자 일제히 좌우로 서너 발씩 이동한 후 서로를 보고 다시 허리를 굽혀 인사하였다. 아마도 오늘의 이 행사를 앞두고 미리 예행연습을 해 둔 모양이었다. 그때 조용하기만 하던 운동장에 갑자기 괴성이 터져 나왔다.

"이 귀신같은 일본 놈들아, 어서 나를 죽여라!"

"죽어서라도 네 놈들의 간을 씹을 테다!"

이들 두 명의 장교들 뒤에 절반쯤 몸을 드러내 놓고 있던 두 명의 할머니 중 하나가 중국말로 악을 써대는 것이었다. 그 소리는 마치 돼지를 도살할 때 돼지들이 지르는 비명과도 같았다. 500여 일본군들의 간담을 서늘케 하기에 충분한 고함이고 단말마였다. 일본군들은 순간 움찔했다. 그리고 웅성거리기 시작하였다. 그러자 다른 포로들도 거기에 힘을 얻었는지 모두 고개를 쳐들고 할머니 쪽으로 얼굴을 돌렸다. 벌써 이렇게 땅 속에 묻혀 있는지 한 시간 가까이가 지났다.

순서는 무카이가 먼저였다. 그는 왼손에 잡고 있던 일본도에서 서서히 칼을 뽑아내서 그것을 하늘에 비켜보며 한동안 응시하였다. 그러더니 맨 왼쪽 포로의 앞으로 가서 한 발짝 쯤 앞에 섰다. 칼을 약간 비틀자 칼에서도 강한 햇빛이 반사되어 살기가 뿜어져 나왔다. 두 다리에 바짝 힘을 주고 심호흡을 한 무카이는 옆 눈질로 열 번째 포로까지의 거리를 가늠해 보았다. 칼을 비껴 잡은 두 손에 침을 퉤! 하고 뱉더니 온 몸의 힘을 두 팔과 두 다리에 주고는 오른 쪽에서 왼쪽으로 비스듬히 칼을 내리쳤다. 순간 첫 번째 포로의 목이 앞으로 툭! 떨어지면서 피 보라가 분수처럼 뿜어져 나왔다. 다시 왼쪽으로 한 걸음을 옮긴 그는 가벼운 기합소리와 함께 두 번째 포로의 목을 날렸다.

이렇게 하여 그가 열 번째 포로까지 발을 옮기며 목을 벤 시간은 채 2분도 걸리지 않았다. 목은 모두 일정하게 거리를 유지하며 포로의 몸 앞에 떨어졌다. 그들의 몸에서 쏟아져 나온 피를 모두 뒤집어 쓴 무카이의 얼굴은 그야말로 흡혈귀의 모습과도 같았다. 군복은 말할 것도 없고 그의 목에 두루고 있던 하얀 스카프도 검붉은 피로 범벅이 되었다. 포로들의 목이 떨어져 나간 바로 다음 순간까지도 모두 놀라서 입을 벌리고 있던 병사들이 잠시 후 제정신을 차렸는지 일제히 우레와 같은 함성과 함께 박수를 쳐댔다. 그러나 뒷줄의 병사들과 장교들이 이 살인게임을 즐기고 있는 것과는 대조적으로 앞줄의 신병들은 너무나도 비참한 광경에 놀라 모두 눈을 질끈 감은 채로 부들부들 떨고 있었다. 어떤 병사는 땀을 흘리고 있었고 또 몇몇은 심한 공포감에 캑캑거리며 구토를 하고 있었다.

다음은 노다의 차례였다. 노다는 많이 긴장한 모습이었다. 무카이가 단 한 차례의 실수도 없이 열 명의 포로들 목을 날렵하게 몸통에서 베어내자 거기에 부담을 느낀 것이다. 두 다리를 벌리고 섰는 노다의 모습에서 불안한 기색이 역력해 보였다. 포로들도 이미 넋이 나가서 열 명 모두가 고개를 푹 숙이고 있었다. 아마도 기절한 포로도 있으리라.

그러나 경기는 경기가 아닌가. 노다는 얍! 하는 기합소리도 요란하게 첫 번째 포로의 목을 뒤에서 앞으로 베었다. 목은 역시 그 앞으로 뎅구르 구르며 떨어졌다. 그의 목에서 쏟아져 나온 피는 그대로 노다의 군복을 적셨다. 노다는 옆으로 걸음을 옮기며 차례차례 목을 베어 나갔다. 세 번째 포로까지 갔을 때 강한 회오리바람이 불어 왔다. 순간 하늘을 바라보며 눈을 잠시 찌푸린 노다는 다시 호흡을 가다듬고 다음 포로의 목을 날렸다. 아까 악을 써 대던 그 할머니 포로였다. 놀랍게도 이 여자 포로는 그때까지도 눈을 뜬 채 노다를 노려보고 있었다. 기합소리도 요란하게 칼을 날렸으나 목은 몸에서 떨어지지 않고 가슴팍에 매달린 채로 있었다. 늙어서일까? 피도 별로 쏟아져 나오지 않고 그저 꾸역꾸역 흘러내릴 뿐이었다. 이제 노다는 완전히 평정심을 잃은 것 같아 보였다. 다음 포로부터 연속으로 칼을 날렸지만 정작 몸통과 목이 분리된 포로는 다섯 명 뿐이었다. 열 명의 포로 목 베기를 모두 마친 노다는 칼을 땅에 꽂고 주저앉아서 가쁜 숨을 몰아쉬고 있었다.

오늘의 승리는 완벽하게 무카이의 것이었다. 이로써 전적은 무카이 115 대 노다 111로 단연 무카이가 앞서나가기 시작했다. 병사들은 모두 일어나서 열렬하게 두 명의 선수들에게 박수갈채를 보내고 있었다. 이때까지도 죽은 포로들의 상반신에서는 피가 꾸역꾸역 쏟아져 나오고 있었으며 몸은 여전히 꿈틀대고 있었다.

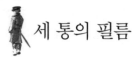# 세 통의 필름

"문 열어! 문 열란 말이다!"

발로 문을 걷어차는 소리와 고함소리가 들려왔다. 벽의 시계를 보니 밤 11가 조금 넘었다. 진범영은 서둘러 아내와 딸을 뒷문으로 나가게 했다. 뒷문을 열고 나가면 작은 뜨락에 장독 항아리들 몇 개가 있었다. 그 밑으로 아내와 딸이 겨우 들어갈 만한 굴을 파 놓은 것이었다. 수많은 집들이 가족 모두가 몰살당하거나 일부가 죽어가는 참상을 목격하면서 진범영이 이틀간을 파서 겨우 완성한 아주 작은 토굴이다. 남경에 일본군이 들어온 지 보름이 넘도록 아직껏 이렇게 온 가족 세 명이 온전하게 살아남은 것을 진범영은 조상대대로 집안에 모셔놓고 정성껏 섬겨온 관운장의 혼령이 보살펴 준 덕택이라고 생각하고 있었다.

딸은 부시시 잠이 덜 깬 눈을 뜨고는 곧바로 사태의 심각성을 알아차렸다. 밖에서는 대문을 두드리는 소리가 계속하여 들려왔다. 아내와 딸이 뒷문으로 나가자마자 진범영은 대문으로 나가서 문을 열었다. 일부러 잠에서 막 깬 듯 졸린 표정을 하고 또 추운 날씨에 웃통까지도 벗고 나가서 문을 열자 거기에는 일본군 두 명이 서 있었다.

"왜 이렇게 꾸물거리나?"

그중 하사관으로 보이는 군인이 큰 소리를 치면서 진범영의 배를 꾹 찔렀다. 그가 말할 때 입에서 심한 술 냄새가 풍겨나왔다. 진범영은 뒤로 주춤 물러서면서 이들의 표정을 살폈다. 무엇 때문에 왔을까? 그들은 뚜벅뚜벅 집안으로 들어왔다. 진범영은 지금까지 5년 가까이를 이곳 강남대학 앞에서 사진관을 하고 있었다. 그냥 자신의 주택 일부를 사진실로 쓰고 있는 것이다. 살림은 안채에서 했었는데 전쟁이 나고부터는 땔감도 구하기 힘들어 사진실 뒤에 붙어 있는 작은 방에서 네 식구가 함께 살아오던 터였다. 다행스럽게도 열여섯 살 먹은 아들은 한 달쯤 전에 YMCA의 주선으로 국제안전지대로 피신한 상태였고, 아내와 딸은 한꺼번에 움직일 수가 없어서 조만간 기회를 보아 피신하기로 하고 있었다.

일본군들은 사진실과 거기 딸린 방을 뒤졌다. 전부 다 해

보아야 그저 열 평 정도나 될까 말까 한 공간이다. 전등 두 개가 켜져 있어서 대낮처럼 밝아진 집안이니 뒤지고 말고 할 것도 없었다. 하사관으로 보이는 자가 이맛살을 찌푸리더니 진범영에게 다가 와서는 들고 있던 일본도의 칼집으로 진범영의 명치를 힘껏 찌르며 윽박질렀다.

"가족들은 어디로 도망갔나? 응? 빠가야로!"

명치를 찔리는 순간 숨이 턱 막히면서 다리에 맥이 풀려 그대로 주저앉고 말았다. 뒤이어 퍽! 소리와 함께 곤봉이 어깨에 날아들었다. 눈을 돌려보니 일본군 병사가 곤봉으로 이불을 들추어보고 있었다. 이불 속에서는 베개 두 개가 나왔다. 아내와 딸도 급한 김에 베개 위에 이불을 덮어 놓은 채로 피신한 것이다. 진범영이 사색이 되어 무릎을 꿇고 손바닥을 비비며 살려 달라고 애원을 해 대자 그중 하나가 뒷문을 열고 나가더니 손전등을 켜고 뒤뜰 여기저기를 살피기 시작하였다. 잠시 후 아내와 딸의 찢어지는 비명소리가 들려왔다.

밝은 전등불 아래 끌려온 이들은 거의 사색이 되어 있었다. 일본군에게 얻어맞은 모양인지 머리채를 잡혀서 끌려오고 있는 아내의 얼굴과 입에서는 피가 흘러내리고 있었다. 일본군에게 잡히면 무조건 강간당하고 죽는다는 소문이 퍼져 있어 며칠 전에 딸의 머리를 가위로 모두 깎았지만 그래도 딸 미령은 이제 열 세 살의 막 피어나는 소녀였다. 딸을 끌고 오는 병사는 좋아서 어쩔 줄을 몰라했다.

며칠 전까지만 해도 전기가 복구되지 않아 이틀간이나 촛불을 켜고 생활했었는데 그제부터 전기가 들어와서 사진도 찍고 현상도 하며 일상의 생활로 되돌아 올 수 있게 되었다. 그걸 무척이나 다행이라 생각했는데 이렇게 온 집안이 환하게 밝혀지고 나니까 오히려 더 쉽게 발각이 되고 만 것이다. 병사가 '빠가야로!' 소리를 외치면서 곤봉을 사정없이 휘둘렀다. 희미한 정신 속에서도 고개를 들어보니 한 놈이 아내를 끌고 한쪽으로 가고 있었고 또 다른 놈은 바로 자기가 팔을 뻗으면 닿을 만큼 가까운 거리에서 딸의 옷을 찢고 그 위에 올라타려고 하는 중이었다.

아내와 딸이 울부짖는 소리가 작은 사진실을 가득 채웠다. 진범영은 어떻게 해서든지 아내와 딸을 보호하여야 한다는 생각에 몸을 움직이려고 해 보았지만 다리는 마치 남의 다리인양 맥이 풀려 있어 꼼짝달싹 할 수가 없었다. 바로 옆에서 딸을 범하던 놈이 진범영이 꼼지락거리는 소리를 들었는지 옆을 힐끔 쳐다보았다. 그놈이 딸의 몸 위에서 엉거주춤 일어서서 곤봉을 들었다고 생각할 때 눈에서 불이 번쩍! 하고 튀었다.

진범영이 눈을 뜨자 제일 먼저 시야에 들어 온 것은 시계였다. 새벽 1시 10분을 가리키고 있었다. 정신이 퍼뜩 난 진범영은 무의식적으로 아내와 딸을 찾았다. 옆에 있어야 할 딸이 보이지 않았다. 그는 엉금엉금 기어서 방으로 갔다. 방으로 가보니 아내와 딸이 뉘어져 있었다. 일본군은 여자를 강간하면 모두 죽인다고 하던데 그렇다면 내 딸도? 딸아이를 만져보니 몸이 따뜻했다. 딸이 덮고 있는 이불을 들추어 보니 딸의 하복부에 피가 조금 묻어 있는 것 말고는 크게 다친 곳이 없어 보였다. 그 제서야 아내는 남편이 깨어난 것을 눈치 채고 손가락으로 사진실을 가리켰다. 그는 벽을 의지하여 일어섰다. 다행히 다리가 부러진 것은 아닌 모양으로 걸을 만 했다.

절뚝거리며 사진실로 나가자 뜻 밖에도 일본군들은 혀가 꼬부라진 소리로 진범영을 가까이 오라는 것이 아닌가. 그들은 군도도 곤봉도 모두 바닥에 내동댕이친 채로 술을 마시고 있었다. 가까이 가서 보니 그들은 두어 달 전에 아내가 담근 옥수수 술을 꺼내서 마시고 있는 것이었다. 어른 머리통만한 작은 항아리에 담아 놓았는데 아마도 거의 다 마신 모양이었다. 하사관 계급장을 단 놈이 자기가 가지고 온 가방에서 무언가를 꺼내어 탁자 위에 놓았다. 그것은 세 통의 코닥 필름이었다.

"잘 뽑아, 그렇지 않으면 네놈 목을 칠 테다. 이건 우리 일본의 무사혼이 담겨있는 사진이란 말이다."

"아, 네네. 시간을 주시면 정성껏 뽑아 놓겠습니다."

"하루 시간을 주겠다. 됐지?"

벽에 걸린 달력과 시계를 가리키며 하는 말이 내일 낮 12시까지 사진으로 만들어 놓으라는 것이었다. 하루도 아니고 반나절이었다. 성한 몸으로 해도 하루는 필요한데 지금 자기는 너무 두들겨 맞아서 거동조차도 제대로 할 수 있는지 자신이 없었다. 또 현실적으로 단 몇 시간 만에 현상을 해서 사진을 만들기는 불가능하였다. 그는 그들의 군화 발아래 엎드려서 빌고 또 빌었다. 모레 아침 아홉 시까지는 틀림없이 완성하겠다고 해서 겨우겨우 그들의 승낙을 받아 냈다.

시간이 지나자 곤봉에 맞은 고통에서 벗어나 머리가 점차 맑아오기 시작했다. 이제는 모든 사태가 마치 안개가 걷히듯 명확하게 이해되기 시작했다. 이놈들은 급히 사진 현상을 할 일이 있어서 여기를 찾아 온 것이다. 중국군들에게 기습당해 죽어간 일본군들이 수없이 많기 때문에 먼저 집 수색을 하다 보니 아내와 딸이 나왔다. 우선 욕정을 채우고 나에게 볼 일이 남아 있기 때문에 아내와 딸을 죽이지는 않은 것이다.

하사관이 군복 호주머니에서 종이와 인주를 꺼내더니 진범영의 손을 끌어다가 종이 위에 엄지손가락을 꾹 눌렀다. 안 찍으려고 손을 뺐지만 그런다고 될 일이 아니었다. 거기에는 한자로 '보병 제6사단장 귀하'라는 글과 함께 '확약서'라고 씌어 있었다. 정신을 가다듬고 들여다보니 이 사진들을 외부에 유출시키면 어떤 처벌도 달게 받겠다는 서약서였다. 일본군은 붉은 손도장이 찍힌 그 옆에 진범영의 이름을 쓰라고 윽박질렀다. 아내와 딸까지를 강간한 놈들에게 내가 이런 협조를 해야 하다니…… 이런 찢어 죽여도 시원치 않을 놈들의 요구를 들어 주어야만 한단 말인가. 생각할수록 분통이 터질 일이지만 어쩔 도리가 없었다. 지금 이 순간은 그저 목숨을 부지하는 것만이 최선의 방책이었다.

그들은 끄윽~ 하는 트림 소리도 요란하게 자리에서 일어나더니 모자를 집어 쓰고 혁대를 매고 칼과 곤봉을 챙겼다. 그들은 옥수수 술에 한껏 취해 있어서 기분이 꽤 좋은 모양이었다. 집을 나가기 전에 뒤따라 나온 진범영에게 지폐 한 장도 꺼내 주었다. 대문을 잠그고 집에 들어와 확인해보니 5원짜리 돈이었다. 결코 적지 않은 돈이지만 그는 돈을 탁자 위에 던져 놓고는 서둘러 아내에게로 왔다. 어느 사이에 딸도 깨어 있었다. 그들 가족은 서로를 부둥켜안고 소리 내어 통곡하며 울었다. 얼마나 울었는지 모른다. 눈물과 콧물이 범벅이 되어 한없이 울었다. 얼마나 소중하게 키운 딸이었던가. 이런 꼴을 당하지 않으려고 머리까지 다 자르고 얼굴에는 검댕을 발랐는데 결국은 이렇게 되다니. 그러나 울기만 한다고 해결될 문제도 아니었다. 어차피 모든 상황은 끝났다. 그저 칼에 찔려 죽지 않은 것만도 다행으로 생각해야 할 처지였다.

한참을 울던 그는 안채로 들어갔다. 한 달 이상 불을 때지 않은 안채의 문을 열자 12월의 서늘한 기운이 밖으로 몰아쳐 나왔다. 그는 벽을 더듬어 불을 켜고 관운장 불상 앞에 향을 한 다발 피워 놓고 절을 몇 번 한 후 한참을 거기에서 무릎을 꿇고 있었다. 돌이켜보니 이렇게 고마울 수가 없었다. 딸과 아내가 기적적으로 살아남은 것이다. 주변 사람들의 이야기를 들어보면 임신한 여자까지 강간하고 그도 모자라 뱃속에 있는 태아까지도 꺼내어 패대기치는 놈들이라도 하지 않던가. 한 방에서 60먹은 할머니와 30먹은 며느리와 9살 먹은 손녀까지도 강간을 했다던 놈들이다. 그렇게 욕심을 차리고는 석유를 뿌려 온 집안 식구들을 모두 태워 죽였다는 짐승만도 못한 놈들이 아닌가 말이다. 그런 속에서도 모두가 기적같이 살아남았으니 이것이야 말로 관운장의 혼령이 지켜준 게 아니면 무엇인가.

벌써 시간은 두시가 다 되어간다. 이제부터 서둘러야 한다. 내일 밤중으로는 어떻게 해서든지 여기를 떠나서 국제안전구로 피신을 해야만 한다. 진범영 뿐만 아니라 남경에 남아 있는 중국 사람들이라면 누구나 국제안전구를 알고 있었다. 금릉여자대학을 중심으로 한 그 일대가 안전지구라고 했다. 거기까지만 가면 외국인들이 보호해 주어 안전하다는 소문이었다. 약속한 시간이 모레 아침, 아니 이미 날이 밝아오니 내일 아침 9시까지이다. 피신하려면 오늘 밤 밖에는 없다. 문제는 일본군들이 온 시가지를 점령하고 있는 삼엄한 전장에서 일가족 세 명이 그들의 눈을 피해 움직인다는 것이 거의 불가능에 가깝다는 점이었다. 죽더라도 가야 한다. 살려고 발버둥이라도 쳐 보아야 하는 것 아닌가.

암실로 돌아 온 진범영은 필름을 현상하면서 그야말로 기겁을 할 뻔하였다. 첫 번째 필름 24장은 어느 곳인지 중국인 쿠리들이 깊은 구덩이를 파는 사진, 그 구덩이를 일본군 장교로 보이는 자가 자로 재는 사진, 시체들을 나르는 사진, 거기에 석유를 붓는 사진, 불을 지르는 사진이 차례차례로 찍혀 있었다. 필름의 중간부터는 장소가 바뀌어 중국인들을 나무에 묶어 놓고 앳딘 일본군 병사에게 총검술을 시키는 사진, 일본군의 칼날에 목이 막 잘려 나가는 사진도 있었다. 필경 사진전문가가 찍은 것이다. 그것은 어찌나 순간적인 포착을 잘 했는지 머리와 목이 거의 붙어있는 것처럼 약간 떨어져 있었고 그 사이를 막 칼이 지나가는 장면이었다. 또 다른 사진은 성벽 바로 옆의 계단 같아 보였다. 거기에는 수십 명의 여자들이 모두 아랫도리만 벗겨져 있는 채로 죽어 넘어져 있었다. 그중 어떤 여자의 국부에는 유리병이 거꾸로 꽂혀 있었고, 또 어떤 여자의 국부에는 대나무가 꽂혀 있었다. 이번에는 일본군 장교로 보이는 사람이 자기가 강간한 여자에게 가랑이를 벌리게 하고 그곳에 자기의 지휘봉인 듯한 나무를 집어넣으며 웃는 장면이 찍혀 있었다. 세 통 모두가 중국인들을 학살하거나 희롱하는 장면을 담은 사진이었다.

진범영은 순간적으로 자기 아내와 딸을 생각해 보았다. 내가 저들에게 무엇을 해 주었나? 아내와 딸이 당하는 데도 명청하게 그냥 지켜보고 있었단 말이야. 그래, 이걸 빼 돌리자. 내가 아내와 딸을 강간한 놈들에게 복수할 수 있는 길은 이 사진들을 어떻게든 잘 간직하고 있다가 외국 사람들에게 넘겨주어서 일본 군인들의 잔학상을 온 세상에 알리는 것이다. 그런데 어떻게? 생각이 거기에 미치자 진범영은 갑자기 온몸이 저려 오면서 오줌이 마려웠다. 그래도 일단 빼 놓기만 하면 어떻게든 넘겨 줄 길이 나오겠지.

필름을 현상하고 있던 진범영의 귀에 아내와 딸의 울음 섞인 속삭임이 들려온다. 인화지를 들고 있는 핀셋이 심하게 떨리면서 현상액을 담은 스텐그릇에 부딪쳐 덜덜 거렸다. 아내가 딸을 달래는 소리가 들린다. 엄마, 난 이제 어떡해, 난 죽어야 하지? 아냐, 미령아, 그렇지 않아. 시간이 지나면 괜찮아질 거야. 앞집 설씨 아줌마는 목매달아 죽었다던데? 아니라니까, 미령아, 그게 아니야. 설씨 아줌마는 아저씨하고 싸우고 아저씨한테 너무 많이 맞아서 화가 나서 목을 맨 거야. 아냐, 난 죽어버릴 거야. 미령아, 그러지마, 네 잘못이 아니라니까. 아내와 딸의 흐느끼는 소리는 한참을 더 이어졌다.

골방이 조용해졌다. 아마도 둘 다 잠이 들은 모양이었다. 간간히 들리던 총소리도 이제는 더 이상 들리지 않는다. 어느덧 날이 훤하게 밝아온다. 새소리와 함께 두부장수의 종소리도 들린다. 여자들과 젊은이들은 다 성을 떠났거나 국제안전구로 피신하였지만 그래도 늙은 노인들은 남아서 아직도 장사를 하며 새벽거리를 돌아다니는 것이다.

진범영은 아들이 피신해 있는 국제안전구를 생각했다. 거기까지만 가면 살길이 열린다는 소문은 꼬리에 꼬리를 물고 퍼져서 이제 남경에 남아 있는 사람들은 거의 다 알고 있었다. 금릉여자대학은 집에서 가까워 진범영도 여러 번 놀러 간 적이 있는 곳이다. 외국인 선교사들이 세웠다는 그 대학에는 좋은 건물도 많았지만 무엇보다도 나무가 울창하고 잔디밭이 넓어서 남경 시민들에게는 아주 좋은 휴식처였다. 남경대학, 강남대학과 함께 남경 성내의 사람들이 주말이면 흔히 놀러 가는 곳이었다. 아들이 생각났다. 아이는 잘 있겠지? 거기는 안전하다니까. 그리고는 생명의 은인인 한스 마크 선교사가 생각났다.

마크 선교사는 5년 전 처음 이 사진관을 연 캐나다인으로 덩치도 크고 우직한 사람이었다. 증조할아버지가 독일인인 마크 선교사는 중국에 와서 10년 넘게 선교활동을 했다. 말년에 그는 사진관의 필요성을 느끼고 힘들게 사진관을 열었다. 자신의 이름으로 영업을 할 수 없어서 진범영의 집에 사진관을 냈고, 조수 겸 대표자로 진범영을 대표자로 내세운 것이었다. 물론 사진촬영 도구나 현상기자재는 전부 자신의 돈으로 구입했다.

그때가 1932년 가을이었다. 진범영은 그 당시 한스 선교사가 목사로 있던 남경 YMCA 부설 교회에서 서무를 맡고 있었다. 당시 중국인들은 열강들 중에서도 특히 독일에 대한 호감이 비교적 좋았다. 영국은 중국과 아편전쟁을 치른 적국이었고 미국은 일본과 가까웠기 때문에 중국인들의 눈 밖에 나 있었다. 중국 사람들이 뭐가 뭔지 구체적인 내용은 몰라도 미국과 일본이 서로 손발이 척척 맞아서 미국은 필리핀을 차지하기로 하고 일본은 조선을 차지하기로 밀약을 맺었다는 것이다. 외교계에서는 이 꿍꿍이를 '가츠라 - 태프트 밀약' 이라고 불렀다. 누가 뭐래도 조선은 수천 년간 중국이 영향력을 행사해 오던 땅이다. 그러니 중국 사람들의 미국인들에 대한 시선이 고울 리가 있겠는가.

그렇게 하여 가게 이름을 '독일사진관'이라고 지었는데, 그 이름 덕분인지 아니면 한스 마크의 뛰어난 사진기술 때문인지는 몰라도 사진관은 무척 바쁘게 돌아갔다. 눈썰미가 있던 진범영은 조수생활 3년도 되기 전에 이미 스승을 능가하는 사진기술자가 되었다. 그러자 마크 선교사는 2년 전에 캐나다로 돌아가면서 돈도 한 푼 받지 않고 사진관을 진범영에게 넘겨주었다. 그 대신 수익금이 나면 그 수익금으로 YMCA를 후원해 달라는 당부만을 남겨 놓았다. 마크 선교사의 후광 덕분에 아들도 YMCA를 통하여 국제안전구로 무사히 대피할 수 있었다. 그런데 올 해 일본군이 남경까지 쳐들어오자 진범영은 사진관의 장비를 그대로 두고 갈 수가 없어 가족들만 먼저 대피시키려고 하였던 것인데, 그만 딸아이가 아빠 없이는 절대로 안 가겠다고 버티는 바람에 아내까지도 도피시기를 놓쳐 버린 것이다.

집에서 금릉대학까지는 10리길이었다. 빠른 걸음으로 걸으면 한 시간이면 닿을 수 있는 거리다. 달력을 보았다. 오늘은 12월 19일, 다행스럽게도 그믐이었다. 달이 없으니까 잘하면 들키지 않고 갈 수도 있지 않을까? 내일 또다시 그놈들이 와서 이번에는 자기들의 목적을 달성했으니까 아내와 딸을 그냥 두지 않을지도 몰라. 그래, 가는 거야. 가다가 죽는 한이 있어도 가야만 해. 혹시 관운장의 혼령이 보호해 주신다면 살아날 수도 있지 않을까? 금릉대학까지 가는 길은 중산대로를 통하여 가는 큰 길과 이리저리로 꼬불꼬불한 옛날 골목길이 있었다. 아무래도 대로는 일본군들의 순찰도 많을 것이니 골목길로 가자. 그도 20대의 청춘을 군대에서 5년을 넘게 복무했었다. 봉천의 83사단에서도 있었고 심양의 739 수송부대에서도 근무했었다.

깜빡 잠이 들었던 모양이다. 눈을 떠 보니 눈이 퉁퉁 부은 아내가 어느 사이에 밥을 짓고 있었다. 아직도 시내에 남아있는 중국군과 교전을 하는지 간간히 멀리서 소총소리가 들리곤 한다. 딸은 날이 훤히 밝았는데도 그냥 이불을 뒤집어쓰고 있었다. 죽고만 싶을 것이다. 불과 열세 살의 어린 나이에 그런 짓을 당했으니. 그는 아내에게 차근차근 오늘 밤의 계획에 대하여 설명하였다.

"주먹밥을 만들어야 해. 그리고 집에서 가지고 갈만한 것들 중 꼭 필요한 것만 챙기란 말이야. 알아들어?"

아내는 고개를 끄덕였다. 눈을 똑바로 뜨지 못하는 아내의 심정을 이해할 만 했다.

저녁이 되어 아내가 주섬주섬 챙긴 것들을 보니 꽤나 많은 물건들을 긁어모았다. 조상 대대로 내려오던 그릇들과 가족사진들, 그리고 이불과 옷가지가 꽤나 많았다. 거기다가 쌀도 거의 한말 이상이나 자루에 담아 놓았다. 그것들을 다 짊어지고 가려면 장정이 서너 명은 필요할 것 같았다. 진범영은 아내와 딸을 앉혀 놓고 타이르듯이 설명하였다.

"여보, 잘 들어. 오늘 밤 우리가 사느냐 죽느냐 하는 모험을 하는 거야. 내가 어제 일본놈들한테 받은 필름을 현상하다 보니까 그게 엄청난 거였어. 거기에 있는 참혹한 사진들을 내가 다 설명하면 아마 당신은 죽어 나자빠질 거야. 더 이상은 설명하지 못하니까 그런 줄만 알고 있어. 내가 오늘 밤에 목숨을 걸고서라도 집을 떠나려고 하는 이유는 내일 아침에 일본놈들이 그 사진을 찾으러 올 거란 말이야. 아홉시에 약속을 했으니까 어쩌면 그 전에 올지도 몰라. 그놈들이 이번에는 우리들을 더 이상 살려두지 않을 거란 말이지. 어제 우리들을 살려 둔 건 저 필름들을 현상해야 하기 때문이었어."

이 말을 마치고 그는 현상한 사진들을 걸어 놓은 작업장을 가리켰다. 밖에서는 누구를 쫓아가는지 호루라기 소리가 들리고 군화 소리가 어지럽게 들리더니 잠시 후 조용해 졌다.

"이게 그놈들 손에 들어가고 나면 더 이상 우리들을 살려 둘 이유가 없단 말이지. 그러니까 우리들은 어차피 여기 있어도 죽고 가다가 일본놈들에게 발각되어도 죽는 거야. 그렇지만 혹시라도 운이 좋으면 무사히 안전지대까지 갈 수도 있어. 너 미령이도 금릉대학 알지? 거기까지만 가면 우린 살 수 있단 말이야."

딸의 눈이 초롱초롱 빛났다. 이제는 더 이상 아까처럼 이불을 뒤집어쓰고 훌쩍거리던 나약한 소녀가 아니었다.

"아빠, 옛날에 아빠가 거기서 찍어준 사진도 갖고 가는 거야?"

"그럼, 그건 우리가 제일 즐거울 때 찍은 가족사진인데. 꼭 가지고 가야지."

아내도 힘이 나는지 밝은 목소리로 끼어들었다.

"여보, 미령이는 소학교에서 6년 내내 달리기 선수만 했잖아. 미령이가 제일 먼저 금릉대학 안으로 뛰어 들어 갈 거야."

딸도 아내도 이제는 삶에 대한 의욕이 다시 살아나는 모양이었다. 가위로 쑥덕쑥덕 자른 머리카락을 한 미령이가 더욱 측은해 보였다. 그는 아내와 딸을 꼭 끌어안으며 어떻게든 살아남자고 다짐을 하였다.

아내가 챙겨 놓은 것들 중에서 금반지와 가락지와 같은 금붙이 몇 개와 가족사진 몇 장, 그리고 담요 두 장을 챙겼다. 그밖에는 먹을 물과 주먹밥이 전부였다. 사진 현상에 필요한 도구들을 넣다 뺐다 하기를 여러 번, 결국은 다 두고 가기로 했다. 지금은 살아남는 게 우선이다. 어서 날이 어두워지기만을 기다리는데 시간은 생각만큼 빨리 가지 않았다.

진범영은 깜빡 잠이 들기도 하고 깨기도 하면서 기다렸다. 12시 조금 전에 어설프게 잠든 아내와 딸을 깨웠다. 드디어 출발하는 것이다. 뒷문을 나서 보니 정말 달도 없는 캄캄한 그믐밤이었다. 그들은 골목을 돌고 돌아 살금살금 도둑고양이처럼 금릉대학을 향하여 걸음을 옮겼다. 아내의 허리춤에

는 먹을 것이 들어 있는 작은 보퉁이 하나만을 묶었다. 딸은
현상한 사진과 필름만을 지녔다. 진범영은 담요 두 장을 허리
춤에 매었고 옷과 금붙이, 그리고 그릇 몇 개 등, 아주 추리고
추린 것들을 담은 궤짝을 어깨에 메었다. 그 속에는 당장 먹
을 쌀도 한말이나 들어 있었다.

세 명 모두가 검은 옷을 입고 살금살금 숨어서 온지 벌써
두 시간, 중간에서 쓰레기를 뒤지던 개와 고양이 들을 만난
것 말고는 아직까지 일본군을 만난 적은 없었다.

"아빠, 배고파. 밥먹고 가"

뒤를 돌아다보니 미령이 다 쓰러져가는 담 벽에 기대어 주
저앉아 있었다. 진범영도 힘들기는 마찬가지였다. 얼마나 긴
장을 하고 왔는지 먹을 것을 지니고 있다는 사실조차 까맣게
잊고 온 것이다. 그들은 그곳에 주저앉아서 허겁지겁 주먹밥
을 꺼내먹었다. 두 시간이 지났지만 등에 메고 온 때문인지
아직도 주먹밥에는 온기가 남아 있었다. 진범영도 등에 지고
있던 궤짝을 내려놓았다. 무거운 궤짝을 두 시간 넘게 메고
달려온 탓에 어깨가 까져서 몹시 쓰라렸다.

"미령아, 여기 물도 먹어라. 체할라, 천천히 먹어"

아내와 딸은 주먹밥 두 덩이씩을 게걸스레 먹어 치웠다. 남
경 성내의 인구를 어떤 때는 60만이라고도 했고 또 어떤 때는
70만이라고도 했다. 그래도 성 전체의 둘레는 사방 80리 밖

에 되지 않는다. 몇 년 전 봄에는 친구들과 일부러 하루 종일 성곽을 따라 성을 한 바퀴 돌기도 했었다. 남경 성내는 태평문(太平門), 중화문(中華門), 광화문(光華門), 상원문(上元門) 등, 가는 곳마다 경치가 달랐다. 꽃구경을 하며 문루에 도달할 때마다 그 근처에서 술을 한잔 씩 하고 또 다음 문을 향하여 떠났던 그날의 추억은 두고두고 생각났다. 그 친구들은 이미 다 죽었다. 그런 진범영에게 성내의 골목골목을 따라 금릉여자대학까지 오는 것은 문제도 되지 않았다. 이 모두가 15년 동안을 성내에서만 살아 온 덕이었다.

땀이 식자 온 몸에 추위가 엄습해 왔다.

"자, 힘을 내자고. 이제 조금만 더 가면 대학 정문이야"

"여보, 다리가 너무 아파. 발가락이 다 까졌나 봐."

아내가 진범영의 손에서 물을 받아 마시면서 하는 말이었다. 딸도 조금만 더 쉬어 가잔다. 그런 그들을 진범영은 일으켜 세웠다. 죽느냐 사느냐의 갈림길에서 더 이상 지체할 수가 없다. 아마 새벽 세시 가까이 되지 않았을까?

"이제 거의 다 왔어. 저 앞에서 골목 두 개만 더 빠져나가면 바로 금릉대학이야."

그래도 주먹밥을 먹고 물도 마시고 나니까 한결 힘이 솟았다. 그리고 지옥을 벗어난다고 생각하니 더욱 힘이 났다. 진범영은 어제 밤의 그 일을 생각하며 몸을 부르르 떨었다. 또 한참을 소리 없이 걸어왔다. 드디어 골목이 끝나고 커다란 대로가 나타났다.

대학 정문 쪽을 보니 불이 환하게 켜져 있다. 마치 빨리 들어오라고 손짓하는 것만 같다. 그런데 정문과 진범영의 사이에는 모닥불을 피워 놓고 있는 일본군 초소가 가로 놓여 있었다. 모래주머니를 잔뜩 쌓아 놓고 그 안에는 작은 임시막사를 지어 놓았는데 일본군 두 명의 머리통이 보였다. 거리는 불과 30m 정도, 어떻게 할 것인가? 그냥 뛰어가면 승산이 있을까? 후문 쪽은 어떨까? 그곳까지 돌아가려면 한 시간을 더 가야 한다. 큰 길을 따라가면 20분이면 되겠지만 골목을 되돌아가서 다시 샛길들을 찾아가야 하기 때문이다. 거기에도 분명 경비들이 있을 것이다.

진범영은 일본군 초소를 유심히 지켜보았다. 앉아서 잡담을 하고 있기 때문에 뛰어가면 놈들에게 발각당하기 전에 정문까지 도달할 수 있을 지도 모른다. 살금살금 걸어가다가 그 앞에서 뛰자고 했다. 아내도 딸도 고개를 끄덕인다. 초소 앞에 켜 놓은 전등 불빛에 아내와 딸의 얼굴이 번들거렸다. 땀에 절고 겁에 잔뜩 질린 얼굴들이다. 그들은 큰길로 나서자 누가 먼저랄 것도 없이 후닥닥 뛰어서 길을 건넜다. 발자국 소리에 일본군들이 초소 문을 박차고 뛰어나와서 소리친다.

"도마렛!"

그러나 죽기를 각오한 이들의 뜀박질이 더 빨랐다. 그들이 초소 밖에까지 나왔을 때 이미 딸 미령이는 정문으로 들어간 뒤였고 진범영과 아내도 거의 다 온 상태였다.

"탕! 탕! 탕! 탕!"

연이어 몇 발의 총성이 울렸다.

"여보~"

뒤를 돌아다보니 아내가 쓰러져 있다. 아내에게 팔을 뻗으려고 하는데 총소리가 또다시 연이어 울리더니 허벅지를 인두로 지지는 듯한 따끔한 통증이 왔다. 그리고는 온 몸에 맥이 탁 풀리며 더 이상 몸을 움직일 수가 없었다. 학교 안까지 뛰어 들어간 딸이 엄마와 아빠를 부르는 소리가 먼 곳에서 나는 듯 희미하게 들린다.

"엄마~ 아빠~ 빨리 와!"

남경대학병원, 그곳은 지옥이었다

하루 종일 남경대학병원에서 꾸역꾸역 밀려들어오는 환자들을 보면서 외과의사인 로버트 윌슨은 초저녁 무렵에는 그야말로 파김치가 되어버렸다. 그도 그럴 것이, 그가 있는 남경대학병원의 의사라야 그가 유일한 외과전문의였고 내과에 추 박사와 외과 수련의 왕 박사가 있을 뿐이었다. 다른 의사들은 전쟁 통에 모두들 남경을 떠난 상태였다. 또 다른 미국 의사 리처드 브래디도 가족이 아프다는 핑계로 남경을 떠나 버렸다. 외국인 의사나 간호사들에게 아무리 국제법을 들먹이며 안전하니 걱정 말라고 해도 소용없었다. 그들은 밀려드는 환자들과 죽어가는 사람들에게 질렸고, 국제안전구라는 남경대학병원조차도 중국군을 색출한다는 핑계로 수시로 들락거리며 살상과 강간을 서슴치 않는 일본군들을 보며 공포를 느낀 것이었다. 그들에게 윌슨 박사의 말은 상징적인 구호였고 일본군 병사들의 만행은 현실이었다.

1937년 12월 26일, 이날은 크리스마스 다음 날이자 일요일이기도 했다. 윌슨 박사는 지금 쏟아지는 잠을 억지로 참아가면서 미국의 친구에게 편지를 쓰고 있는 것이다. 어떻게 해서든지 여기 남경의 참상을 알려야 한다. 이건 내가 환자 한두 명을 더 치료하는 것보다 수십 배, 수백 배 더 중요한 일이다. 이런 사명감으로 그는 막 감겨오는 눈꺼풀을 억지로 치뜨고 편지를 쓰고 있는 중이다. 그러니까 이 편지는 지금 그 앞에 쌓여 있는 10여 통 편지들의 종합편인, 일종의 종합보고서인 셈이다. 그는 Dear My Friend Philip이라고 서두를 써 놓고는 잠시 회상의 나래 속으로 빠져 들어갔다.

여기 남경에서의 화려했던 지난 날들을 생각하면 도저히 현재의 상황이 이해가 되지 않았다. 불과 1년 전까지만 해도 토요일이면 남경에 사는 외국인들은 이런 저런 모임으로 파티를 열었고, 그들은 또 이런 저런 인연으로 파티에 참석하여 즐거운 시간을 보냈다. 파티 장소까지 가는 것 자체가 멋이고 낭만이었다. 중국인이 모는 인력거를 타고 시원한 바람을 쏘이며 시내를 달리는 맛은 미국에서 최신형 뷰익 Y-Job을 타고 맨해튼 거리를 달리는 것 이상의 맛이었다. 맨해튼에서 어떻게 말과 낙타와 물소가 거리를 쏘다니는 광경을 볼 수 있단 말인가.

봄에 남경 성벽을 올라가서 성 안을 둘러보는 재미는 미국이나 유럽에서는 맛볼 수 없는 또 다른 즐거움이었다. 성 안으로는 회색, 붉은색, 그리고 푸른색 지붕들이 온갖 종류의 꽃나무들 속에서 조화를 이루며 멋진 장관을 이룬다. 회색 지붕 집들은 가난한 서민들의 집이었고, 붉은색이나 푸른색 지붕 집들은 부자들의 집이었다. 남경은 가난한 사람들과 부자들, 중국적인 멋과 이국적인 멋, 그리고 과거와 현대가 절묘하게 조화를 이루고 있는 국제도시였다. 지금의 남경은 과거 2천 년 전, 중국의 고전 중의 고전인 삼국지에 등장하는 오나라의 수도 건업이 아니었던가.

여름밤이면 윌슨 박사 가족은 친구네 가족들과 함께 강가로 나갔다. 중국인들이 장강이라고 부르는 양자강의 하류이다. 마치 거대한 바다를 연상케 하는 장강의 강변에는 어디를 가나 수양버들이 축축 늘어져 있었다. 그리고 나루터를 가면 언제나 굽실거리며 맞아주는 뱃사공들이 있었다. 그들이 노를 저어주는 배를 타고 강 가운데로 가면 제법 시원한 강바람이 불어 왔다. 그러면 그 가마솥같이 무더운 여름 날씨도 그런대로 견딜만하였다. 그건 미국에서는 결코 경험할 수 없는 또 다른 피서법이자 일종의 호사였다. 중국인들은 그 끈적거리고 무더운 여름 날씨를 그냥 부채 하나만 가지고도 용케 참고 견뎠다.

윌슨은 남경의 모든 것을 사랑했다. 자기가 태어난 곳이 남경이었고 40평생 중 30년 이상을 살아 온 곳도 남경이었다. 그리고 지금의 아내 로잘린을 처음 만난 곳도 남경이었던 것이다.

연애 당시 아내 로잘린은 남경에 나와 있는 미국 제네럴일렉트릭 지사장의 딸이었다. 부모님은 모두 남경에 있고 로잘린만 미국에 유학을 가서 그곳의 한 병원에 취직을 하고 있었는데 잠시 휴가 차 남경에 와서 자신을 만났던 것이다. 고향이 남경이고 미국에서 공부한 건 윌슨도 마찬가지였다. 그래서 두 사람은 만나자마자 의기투합했다. 둘의 상황이 너무나도 판박이처럼 똑같았기 때문이었다. 연애시절 그녀와 함께 거닐 던 남경 시내의 조약돌 골목길은 지금은 아스팔트로 변해 버렸고, 그렇게도 흔하던 호롱불 대신 지금은 가스등이 곳곳에 서 있지만, 그래도 여전히 그에게 남경은 제1의 고향이었다.

그러나 그 아름답던 남경은 1937년 지금은 지옥으로 변해 버렸다. 단테의 신곡에 나오는 지옥이 여기만 할까? 크리스마스가 하루 지난 지금, 남경 성곽의 거리 골목골목에는 시체들이 넘쳐났고 개들은 제 세상을 만났다는 듯 시체들을 파먹었다. 들리는 소문에 의하면 어느 곳에서는 한 군데에 4만 명을 산채로 매장했다고도 하고, 또 다른 곳에서는 2만 명을 불에 태워 죽였다고도 했다. 윌슨은 단테의 ≪신곡-神曲≫을 떠올리고는 그 첫 도입부 '지옥문'의 시를 입속으로 웅얼거렸다.

"나는 슬픔의 나라로 들어가는 문
나는 영겁의 고통으로 들어가는 문
나는 영원히 버림받은 자들에게로 향하는 문
정의는 지존하신 창조주를 움직이고
성스러운 힘과 최상의 지혜, 그리고
태초의 사랑으로 나를 만드셨도다.
나보다 먼저 창조된 것이란 영원한 것뿐이니
나는 영원토록 남으리라
여기 들어오는 너희들아
온갖 희망을 버릴 지어다."

윌슨의 방 창문은 커튼가지고도 모자라서 검은 담요로 2중으로 막아 놓았다. 저 앞에 있는 책상 위에는 그동안 그가 쓴 편지들이 수북이 쌓여 있다. 모든 우편물을 일본군들이 통제하기 때문에 그가 쓴 편지를 보내려면 국제안전구의 책임자로 있는 존 라베에게 부탁을 해야만 한다. 물론 그라고 해서 아무 때나 거침없이 우편물을 보낼 수 있는 것은 아니다. 그렇지만 존 라베는 독일 정부의 신임을 받고 있는 중요 인물이기 때문에 일본군들도 그의 지위를 인정해 주었다. 존 라베 덕분에 국제안전구도 지탱되는 것이고 여기에 있는 백 명 가까운 외국인들도 구호활동을 할 수 있는 것이다.

남경대학병원은 그야말로 아수라장이었다. 여기저기 장소를 가릴 것 없이 환자들은 쉴 사이도 없이 밀려 들어왔다. 병실이고 복도고 구분도 없었다. 진료실과 가까운 곳은 모두 환자들이 차지했고, 환자들이 없는 강의실은 모두 일본군들의 학살을 피하여 쏟아져 들어온 난민들로 차고 넘쳤다. 의약품도 모자라고 의사도 모자라서 중상을 입은 환자들은 그냥 죽기만을 바라는 실정이고 경상자들만 겨우겨우, 그것도 거의 응급조치 수준으로 치료해 주는 형편이었다. 그렇게 환자들이 넘쳐나고 의사는 부족하니 윌슨과 동료 의사들은 거의 잠을 잘 수 없었다. 어제 수련의를 하고 있는 중국인 의사는 메스를 들고 있다가 그대로 졸아서 환자의 엉뚱한 부분에 상처를 낸 일도 있었다.

지금 그가 있는 남경대학병원은 미국, 독일, 영국 등의 대사관, 적십자위원회, 그리고 각종 선교단체들이 주축이 되어 일본군과 협상을 벌여 설정해 놓은 일종의 치외법권지역 내에 있는 유일한 병원이었다. 이곳은 외국인들과 외국 유수 신문사의 해외특파원들도 많아서 일본군들도 함부로 하지 못하는 곳이지만 그렇다고 온전히 치외법권이 보장되는 곳은 아니었다. 일본군들은 남경을 함락한 후 중국군 패잔병들을 색출한다는 명분아래 수시로 구역 내에 들락거리면서 젊은이들뿐만 아니라 부녀자들을 끌고 가곤 했다.

오늘도 일단의 일본 병사들이 들이닥쳐서 젊은이들 20여 명을 끌고 갔다. 또 그들은 밖으로 나가기 전에 병원에 있는 피란민들 중 젊은 여자들 다섯 명을 한 쪽으로 끌고 가서 거기서 집단으로 강간을 했다. 그들은 대낮이건 밤이건 가리지 않았다. 또 사람들이 보건 말건 그런 것도 신경 쓰지 않았다. 그 장소를 목격한 사람에 의하면, 다섯 명을 스무 명이 돌아가면서 윤간을 했다고 했다. 그리고 그들은 그 여자들을 총으로 쏘아 죽이고 떠났다는 것이다. 그래도 아무도 항의할 수가 없는 곳이 여기 국제안전구였다. 그야말로 국제안전구는 '일본군의 자비심이 발동하는 한 안전한' 곳이었다.

윌슨의 아버지는 1904년부터 남경에 정착하여 몇 개의 학교도 세운 감리교 목사였다. 지금 그들이 몸담고 있는 남경대학교도 윌슨의 외할아버지인 존 퍼거슨이 설립한 학교였다. 윌슨의 아버지는 학교에서 중국 학생들을 가르쳤고 어머니는 선교사들이 다니는 선교사 자녀학교에서 아이들을 가르쳤다. 윌슨은 남경에서 태어나서 남경에서 컸다. 어려서 그는 유명한 소설가인 펄 벅 여사와 같은 동네에 살았기 때문에 그녀로부터 중국어, 영어, 논리학, 수학, 기하학 등을 배웠다. 나중에는 펄 벅의 남편인 로싱 벅으로부터 중국어 문법과 중국고전을 공부하기 위해 아예 그들 부부의 집으로 옮겨서 거기서 1년을 함께 지내기도 하였다. 그런 덕분에 그는 미국으로 건너가서 하버드 의대에 진학할 수 있었고 거기서 외과학 박사 학위를 받은 것이다.

지난 몇 년의 남경생활은 그야말로 윌슨에게는 황금기였다. 의과대학에서 학생들을 가르치고 아내와 단란하게 생활하면서 중국의 아름다움을 만끽했다. 남경은 그 옛날부터 중국의 수도답게 평화롭고 살기 좋은 도시였다. 일본이 만주에서 전쟁을 일으켰지만 그때까지만 해도 남경은 안전한 곳이었다. 평일에 일과가 끝나면 테니스도 쳤고 강가로 나가서 배를 타는 여유도 가졌다. 중국 친구들과 차를 마시면서 중국의 장구한 역사에 귀를 기울이기도 했다. 주말이면 각국 대사관에서 주최하는 연회에 참석하였고 주일에는 교회에 나갔다. 중국인 하녀들과 하인들이 정원을 손질하고 그들을 시중들었다. 어디를 가나 이들 윌슨 부부는 존경과 찬사를 한 몸에 받았다. 그러나 그로부터 5년, 이제 남경은 이 세상 어느 곳에서도 그 유래를 찾아 볼 수 없는 지옥, 살인과 광란의 도시, 집단학살과 강간이 넘쳐나는 도시가 된 것이다.

그는 편지를 쓰면서도 간절한 기도를 올렸다. 하나님 아버지, 부디 이 편지들이 모두 친구들에게 전달되도록 인도하여 주십시오. 그리고 이런저런 언론사들에게 전달되어 이곳의 참상이 전 세계에 알려지도록 해 주세요. 일본군들이 이 도시에서 어떤 일을 벌였는지 세계의 모든 사람들이 알아야만 합니다.

필립, 오늘은 크리스마스 다음 날이네. 일요일이기도 하지. 자네와 헤어지고 또 한 해가 지났군. 자네는 잘 지내고 있는가? 에이미도 잘 지내겠지? 수잔도 이제 완전한 소녀티가 나겠군. 나야 늦게 결혼해 아직 아기가 없지만 수잔이 그렇게 쑥쑥 자라는 걸 보니 나도 어서 아기를 갖고 싶네. 여기서는 외부 세계와 단절되어 살고 있으니 그저 모든 것이 다 궁금하기만 하네. 필립, 요즘 나는 하루하루를 넘기기가 너무 힘이 든다네. 일본군이 남경을 함락한지 벌써 보름 정도 되었는데 그 사이 일어난 끔찍한 사건들이 하도 많아서 하루하루를 버티는 게 정말 신기할 정도네.

필립, 정말 하나님이 살아 계신 걸까? 요즘 나는 하루에도 몇 번이나 이런 질문을 하곤 한다네. 여기 일본군들은 미친 사람들 같아. 아니 사람이라고 할 수가 없을 정도야. 몇 백 명 죽이는 것은 눈 하나 깜짝하지 않는다네. 엊그제는 방산이라는 산 밑에다가 3만 명을 묻었다고 하더군. 남경 성을 나가서 동북쪽으로 가면 있는 산인데 산세가 아름다워서 재작년 여름에 아내 로잘린과 놀러 간 적이 있었지. 펄 벅 여사네 가족도 함께 갔었다네.

생각해 보게. 3만 명이 도대체 얼마나 많은 숫자인가? 자네가 지금 살고 있는 뉴저지 전체 주민도 3만이 안 될 걸세. 그런 대학살이 여기저기서 일어난다네. 나는 이 사람들이 단단히 미쳤거나 아니면 일본군의 수뇌부 장군들이 정신적으로 이상이 있는 사람들일 거라는 생각이 든다네. 그렇지 않고서야 어떻게 아무런 죄도 없는 사람들을 수만 명씩이나 생매장을 하거나 불에 태워 죽일 수가 있느냐는 말이지.

차마 자네의 아내가 이 편지를 볼까 봐 겁나는군. 필립, 놀라지 말게. 여기서는 강간이 그냥 우리들이 즐겨하는 농구경기 정도로 대낮에도 수시로 벌어진다네. 어제도 금릉대학 앞에서 어린 소녀 아이들 세 명을 일본군들 열두 명이 집단으로 강간을 한 사건이 있었다네. 밝은 대낮에 여자아이들이 울고불고 하는 속에서 돌아가면서 윤간을 하였다니 자네 상식으로는 믿어지는가? 다행히 그 소식을 듣고 여기 국제위원회 사람들이 불이나게 달려가서 그나마 그 소녀들이 죽는 것만은 모면하였다니 그것만 해도 하나님이 도우신 거야.

여기 국제위원회에는 아직도 수십 명의 외국인들이 있지. 나처럼 얼굴 생김새가 중국인이나 일본인과는 확연히 다른 외국인들 말일세. 그들도 그야말로 죽을 노릇이지. 잠도 자지 못하고 수시로 여기저기 뛰어 다녀야 하니 말일세. 그래도 일본이 외국 언론은 많이 신경을 쓰는 것 같아. 함부로 외국인들을 죽이지 않는 걸 보면 말이야.

필립, 나는 아마도 사흘 전에 들어 온 여인의 사건을 죽을 때까지도 잊지 못할 거야. 혹시 내가 죽고 없더라도 자네가 이 일에 증인이 되어서 많은 사람들에게 알려 주게나.

사흘 전에 아주 끔찍한 환자가 사람들에게 업혀서 들어 왔지. 목이 거의 다 잘려나간 여인인데 다행스럽게도 경동맥은 다치지를 않은 거야. 자초지종을 말하면 이렇다네. 한 열흘 전부터 일본군 비행기들은 남경 시내 상공을 날아다니면서 삐라를 뿌렸다네. 여기 내가 편지에 동봉한 거야. 자네도 삐라의 그림을 보면 일본군이 참 인자하다는 생각을 갖게 되지 않는가? 어린아이를 안고 있는 일본군, 그 옆에는 어머니가 만족스러운 웃음을 짓고 아버지는 허리를 굽히며 그 일본군에게 감사를 표시하는 그림 말일세. 자네가 일본어를 모르니 내가 설명을 해 주어야겠군. '일본군에게 투항하는 사람들에게는 밀가루 한 포와 설탕 한 포씩을 무료로 나누어 준다. 우리 일본군은 여러분의 안전을 책임지고 보호하여 준다. 그러니 모두 안심하고 집 밖으로 나오라.' 이게 그 삐라의 내용일세.

순진한 부인이 그 내용을 믿고 나가서 일본군을 집안으로 끌어 들였어. 당시 집 안에는 어린 아이들 세 명이 있었지. 그런데 집안에 들어 온 일본군들 다섯 명은 그 꼬맹이들이 보고 있는 가운데 이 여인을 윤간하였다네. 그들은 욕심을 채우고 나서는 그 여인의 목을 베었어. 칼로 목을 잘랐으니까 당연히 죽은 것으로 알았지. 그런데 그 여인은 죽지 않았던 거야. 목의 절반만 잘라진 것이지. 아이들을 죽이지 않고 살려두고 간 것만 해도 정말 하나님의 은혜일세.

아이들이 미친 듯 울어대니까 동네 사람들이 들여다 본 거고, 그 여인과 아이들을 병원으로 데리고 온 거지.

내가 무슨 말을 더 하겠나. 그 여인의 처참한 몰골을 보니 내 다리가 후들거리며 떨리더군. 채 서른 살도 안 된 여인이야. 나와 다른 의사들이 세 시간 넘게 달려들어서 겨우 살려 내었네. 이건 자화자찬 같지만 사실 여기 남경에 남아있는 외과의사로는 내가 유일한 외과 전문의라네. 우리 병원에 중국인 의사들이 두 명 있지만 하나는 내과 의사이고 또 하나는 나의 조수인 외과 수련의야. 그래도 그 여인이 깨어나서는 제일 먼저 자기 아이들을 찾더군. 놀랍지 않은가? 그 모습을 보면서 우리들이 얼마나 울었는지 모르네.

또 하나 정말 이건 인간승리, 여성승리라고 밖에는 할 수 없는 이야기이네. 이 여자는 무려 30군데 이상을 칼에 찔리고 베이고도 살아남은 여자일세. 열일곱 살 먹은 여자인데 그녀의 남편은 군인이었다네. 남경 철수작전 때 남편은 다른 군인들과 함께 남경을 떠났지. 당시 임신 7개월이던 이 여성은 떠날 수가 없었어. 그런데 일본군들이 집에 들이닥친 거야. 그녀는 일본군들에게 강간당하느니 차라리 죽는 게 낫다고 생각하면서 각오를 단단히 하고 있었지.

일본군들이 방안에 들어 왔을 때 그녀는 '내가 지금 임신 7개월로 많아 아프다'고 했어. 그건 또 사실이었고. 그런데 일본놈들이 어디 아픈 여자 안 아픈 여자 가리는 놈들인가? 그녀를 끌어내려고 이불을 젖혔지. 그 순간 이 여자가 벌떡 일어나서는 장교의 허리춤에 있던 칼을 뽑아 든 거야. 순간 장교는 당황했지. 그래서 밖에 있던 병사들을 불렀어. 그런데 병사들이 방에 들어와 보니 자기네 상관과 여자가 막 엉켜 있는 거야. 그래서 칼도 못쓰고 총도 못쓰고 하는 어정쩡한 상태가 된 거지. 곧 이어서 칼부림이 시작되었지. 그러나 연약한 여자 하나가 어찌 남자들 몇 명을 당하겠나. 결국 그녀는 일본군들이 휘두른 칼에 수십 군데를 찔리고 베이고 했지.

일본군들은 당연히 피투성이가 된 그녀가 죽었으리라고 생각하고는 그 집을 떠났다네. 그런데 그녀는 그런 몸을 하고는 우리 병원까지 걸어 온 거야. 내가 치료해 주었지. 결국 살아났어. 참 지금 돌이켜보면 기적 같은 일이기도 하고, 모성애라고 할까? 여자의 본능이 이다지도 끈질기구나 하는 걸 느끼게 해 준 사건이었어. 그런데 이 열일곱 살 먹은 여자는 보통의 중국여자들과는 달리 조금 독특해. 그녀의 집안 남자들이 모두 군인 아니면 경찰이었던 거야. 그러니까 거기 섞여 살면서 자기도 모르는 사이에 남자처럼 억세게 자랐겠지.

필립, 지금 막 잠이 쏟아지지만 조금만 더 참고 한 가지 사건을 더 이야기 하겠네. 이건 정말 자네 아내에겐 비밀로 해야 하네. 로잘린에게는 그냥 삐라만 보여 줘. 부탁일세. 너무 끔찍해서 차마 입이 떨어지지 않지만 그래도 증거를 남기려는 마음에서 자네에게 보고를 하는 걸세. 이것도 아주 최근에 일어난 일이야. 어떤 집에 다섯 명의 일본군들이 들이닥쳤어. (일본군들은 꼭 다섯 명씩 움직인다네. 난 그 이유를 잘 모르겠지만 하여튼 그래) 집 안에 60대 할머니 밖에 없으니까 그들은 그 할머니를 윤간하고는 그녀의 국부에다 그 집에서 쓰는 식칼을 꽂아서 죽이고 나왔다네. 이건 그 할머니의 손자가 부엌 옆에 있는 골방에 숨어서 보았다고 증언한 거야.

이것도 말해야 하나? 정말 망설여지네. 그렇지만 일본군의 야만성을 전세계에 알린다는 사명감으로 이 내용도 써야만 하겠네.

두 명의 일본군이 한 가정을 뒤졌네. 그런데 거기에 만삭이 되어서 미처 피란가지 못한 여자가 있었던 거야. 남자는 아마도 중국군으로 나갔는지 그들이 들이닥쳤을 때는 만삭의 여인 혼자만 있었다지. 그 놈들은 겁에 질려 있는 임산부를 앞에 두고 내기를 했다네. 필립, 정말 쓰기 힘드네. 그래도 써야지. 무슨 내기인가 하면 여인의 배 속에 있는 아이가 남아인가 여아인가를 두고 내기를 벌인 거야. 그리고는 배를 갈랐다네. 거기서 여자아이가 나왔다는 거야. 그 작은 생명은 악마들의 손에 달려서 첫 울음을 터트렸다네. 그런데 그놈들은 그 아기를 땅바닥에 패대기쳐서 죽여 버렸다는 거야. 물론 아기의 엄마는 배가 갈라졌으니까 현장에서 죽었지.

필립, 나를 용서하게, 자네를 너무 심하게 괴롭히는 것 같아 정말 미안하네. 이 이야기도 빼 놓을 수가 없어서 그래. 이건 지난주에 있었던 일이야.

남경 성 밖 산에서 땔감을 줍던 중국인 청년이 일본군에게 발각된 거야. 그런데 그 청년의 옷을 벗겨보니 여자였더란 말일세. 그 남장 여인은 열 아홉 살인데 결혼을 했다더군. 그런데 일본군들은 그 여자가 자기네들을 속였다면서 발가벗겨서 남경성 내를 조리를 돌린 거야. 중산문에서부터 태평문까지 발가벗겨서 몰고 다녔다니 그 여자가 수치심을 어찌 감당했겠나. 그래서 결국은 일본군들로부터 풀려나자마자 집에 와서는 곧바로 쥐약을 먹고 자살을 했지. 그런데 다행스럽게도 바로 옆집에 있는 사람이 발견하고는 우리 대학병원으로 데리고 온 거야. 우리 의사들이 위세척을 해서 겨우 살리기는 했지만, 엊그제 들은 바에 의하면, 결국 미쳐버렸다고 하더군.

그밖에 내가 여기의 참상을 다 말하려면 정말 오늘 같은 편지를 수백 통은 써야 할 걸세.

자네가 여기 함께 동봉한 편지들을 모두 수신인들에게 전달해 주게. 편지들을 여러장 복사해서 이곳저곳의 신문사에 보내서 되도록 많은 사람들이 여기 남경의 참상을 알 수 있도록 해 달란 말일세. 이 편지를 자네에게 부치는 것도 쉽지 않아. 어쩌면 자네 손에 닿지 못할 지도 몰라. 모든 걸 하나님의 손에 맡기네. 더 쓰고 싶어도 눈이 자꾸 감겨서 더 이상 쓸 수가 없네. 날이 밝자 마자부터 또 환자들을 돌보아야 하네. 어제는 한 시간이나 잤나? 약도 다 떨어져 가고 참으로 답답한데 그래도 나는 여기 남경을 떠나지 않을 걸세. 기어코 일본이 패망하는 걸 보고야 말 거란 말일세. 자네 아내 에이미에게는 내가 잘 있다고만 전해주게. 그리고 여기 내용 중에서 이야기 해 줄 수 있는 것만 이야기 해 주게.

1937년 12월 26일 새벽 3시 15분
자네의 영원한 친구 로버트

추신: 언제였나? 자네와 나, 그리고 로잘린과 에이미 이렇게 우리 네 명이 뉴욕에서 저녁 식사하던 날, 기억나나? 윌리엄스 다리 근처의 *Peter Luger*에서 식사하던 때 말일세. 우리 일생에서 제일 멋진 날이었지. 뉴욕에서 제일 오래된 식당에서, 제일 좋은 사람들과, 제일 좋은 음식을 먹은 날이었지. 음식도 정말 맛있었고 분위기도 너무나 멋졌어. 언젠가 그런 날이 또 올 수 있을까?

중국인들의 은인 존 라베

"탕! 탕! 탕! 탕!"

연이은 총소리가 나고 얼마 지나지 않아 간이 숙소를 두드리는 다급한 소리가 들렸다. 시계를 보니 시벽 세시 반이 조금 넘었다. 낮은 물론이고 밤에도 잠을 제대로 자지 못해 간이침대에 쓰러져 살짝 잠이 들었던 존 라베는 황급히 자리를 털고 일어났다. 그가 밖으로 나와 정문 가까이 왔을 때, 어린 사내아이 하나를 데리고 온 안전지대 요원들과 마주쳤다. 그들의 뒤로는 중무장한 일단의 일본군들이 금릉대학의 정문 안으로 막 뛰어 들어오고 있었다.

"무슨 일인가?"

"라베 선생님, 이 아이가 사선을 넘어 왔습니다. 아마도 가족인 듯한 어른들 두 명은 저 앞에서 사살된 것 같아요. 저기 쓰러져 있는 사람들 보이시죠?"

독일인 선교사 다름 슈바가 숨을 헐떡이며 상황을 설명해 주었다. 그는 작년에 신학교를 졸업하고 금년 여름 처음 해외 선교지로 중국을 택하여 남경으로 들어 온 젊은이였다.

라베가 졸린 눈을 뜨고 앞쪽을 보니 초소 앞에 설치해 놓은 밝은 조명등 앞에 두 명의 사람들이 땅바닥에 널브러져 있었다. 라베의 앞에 서 있는 어린아이는 작은 가슴을 할딱이며 겁에 질린 눈으로 이 금발의 독일인을 올려다보고 있었다. 라베가 무릎을 꿇고 자세히 보니 이 꼬마는 사내가 아닌 여자아이였다. 아이는 넘어졌는지 얼굴이 긁혀 있었고 거기서 흘러내린 피가 턱 밑에까지 말라붙어 있었다. 꼬마 아이는 연신 뒤를 돌아다보며 허리춤에 찬 전대 비슷한 보퉁이를 손으로 꼭 움켜쥐고 있었다. 아마도 쓰러져 있는 가족을 찾는 모양이었다.

"그 아이를 이리 내 놓으십시오. 그렇지 않으면 우리들이 들어가서 그 아이뿐 아니라 다른 사람들을 색출하여 끌고 나오겠습니다. 들어가서 뒤지기만 한다면 100명 이상의 젊은 놈들을 찾는 것은 식은 죽 먹기보다도 쉬운 일입니다. 이제 더 이상은 난민을 받지 않겠다고 한 약속은 국제적십자 측에서 한 약속이 아니었나요?"

일본군 중위가 안전지대 안으로 들어 와서 존 라베에게 위협조로 하는 말이었다. 그들의 양 옆에는 일본군 병사들 네 명이 착검을 한 상태로 존 라베와 안전지대 요원들을 향하여 총검을 들이대고 있었다. 존 라베도 잘 아는 이 일본군 장교는 여기 안전지대 앞 초소를 책임지고 있는 도쿄 출신의 장교였다.

"중위, 여기는 자네들 최고사령관까지도 인정해 준 국제안전지대이다. 이곳의 안전은 반드시 보장해주기로 약속하였다. 그걸 모르는가?"

라베의 느릿하면서도 묵직한 언동에 일본군 장교는 조금 누그러진 태도를 보였다.

"그렇지만 마냥 중국인들이 이곳으로 몰려드는 것을 좌시할 수는 없습니다. 그리고 사령부에서도 더 이상 중국인들이 안전지대로 들어가는 것은 용납할 수 없다는 지시가 내려 왔습니다. 거기에는 분명히 적십자위원회 측에서도 양해가 되었다고 적혀 있었습니다만…… 아닌가요?"

그는 말을 마치고 나서 주위를 둘러 보았다. 이들 주위로 다시 다섯 명의 일본군이 보강되었고 안전지대 요원들도 몇 명이 더 늘어나서 지금 금릉대학 정문에는 20여 명의 사람들이 12월의 새벽 공기에 하얀 입김을 내 뿜으며 어린아이와 존 라베를 둥글게 둘러싸고 대치하고 있는 형국이 되었다. 자신의 곁에 선 부하들에게 위엄을 보여야 하겠다고 생각을 하였는지 갑자기 중위는 돌변한 태도로 부하들에게 명령했다.

"무엇들 하는가? 빨리 저 아이를 끄집어 와라!"

"핫!"

구호소리도 요란하게 병사들이 일제히 앞으로 나섰다.

"그건 절대 안 돼!"

존 라베는 큰소리로 그들을 제지하고는 두툼한 겨울 점퍼 속에서 커다란 독일국기를 꺼내서 흔들었다. 절 만(卍) 자를 뒤집은 형상의 붉은 색 나치 깃발이었다. 갑작스런 그의 돌출 행동에 놀란 일본군들이 주춤하며 한 발짝 뒤로 물러섰다. 라베는 그 기회를 놓치지 않고 장교를 몰아세웠다.

"자네 이게 무엇인지 아나? 독일제국의 히틀러 총통께서 나에게 직접 내려주신 스와스티커일세. 독일과 일본은 동맹국이야. 자네의 작은 실수 하나가 수십만 명의 독일군을 적으로 만들 수도 있다는 사실을 알아야 해. 10만이 됐건 20만이 됐건 내가 자네들에게 난민들의 식량을 달라고 했나? 아니면 의약품을 달라고 했나? 여기로 찾아 온 사람들은 모두 우리가 책임진다. 그러니까 그냥 돌아가게. 여기는 자네들이 찾는 중국군 병사는 없으니까."

중위는 분을 참을 수 없는지 자신도 존 라베가 한 행동과 똑같이 목덜미를 뒤져서 스카프를 휙! 소리가 나게 밖으로 끄집어냈다. 붉은 별이 그려진 하얀 스카프가 그의 목에서 벗겨져서 땅으로 내동댕이쳐졌다. 그는 분을 참을 수 없는지 철컥~! 하는 소리와 함께 군도를 칼집에서 뺐다가 도로 집어넣었다. 그가 뒤돌아서서 걸어가자 나머지 장병들이 일제히 등을 보이고 따라갔다. 병사 하나가 땅에 떨어진 스카프를 집어 들더니 동료들의 뒤를 허겁지겁 쫓아 뛰어갔다.

"엄마, 엄마~"

엄마를 애타게 외치며 가지 않으려고 몸부림치는 꼬마를 안으로 끌어가야 하는 요원들의 가슴은 메어지는 듯 했다. 그들은 미령을 금릉대학 여자기숙사 건물로 옮겼다. 여기는 난민들 중에서도 여자들만을 모아 놓은 곳이었다. 그곳에 도착하여 아이에게 목욕을 시키고 새 옷으로 갈아입히는 과정에서 미령이의 소지품을 조사하는 일이 있었다. 허리에 차고 있던 전대를 풀어보는 순간 그 자리에 참석한 적십자요원들은 벌어진 입을 다물지 못했다. 70장의 사진 중 군대 행사사진 10장 정도를 뺀 나머지 사진은 그야말로 잔혹이나 처참이라는 말로는 도저히 표현할 수 없는 경악할만한 장면들이었다.

그들은 지체없이 이 사실을 존 라베에게 알렸고 라베는 날이 밝는 대로 세계의 각 언론사 특파원들에게 이 사진들을 공개하기로 결정하였다.

12월 20일 아침 10시가 되기도 전에 남경대학 본관에 마련된 기자회견 장에는 20여 명의 기자들과 백여 명에 이르는 관계자들이 모여서 그야말로 입추의 여지가 없을 지경이었다. 이 자리에는 국제적십자위원회의 직원들, 국제안전지대의 간부들, 그리고 남경이 함락되기 직전까지 시의 행정을 맡았던 공무원들도 다수가 참석했다. 한가운데에 마련되어 있는 가로 3m 정도의 테이블에는 흰색 천이 덮여 있고 그 위에는 수십 장의 사진들이 펼쳐져 있었다. 테이블 한 가운데에는 미령이 아직도 잠이 덜 깬 졸린 눈으로 의자에 앉아 있었고 그 좌우에는 존 라베와 마이너 베이츠가 입을 꾹 다물고 근엄한 표정으로 앉아 있었다. 미국 국적의 베이츠는 국제적십자위원회의 위원장을 맡고 있었다. 사진기자들은 테이블 주변으로 몰려 나와 펑~ 펑~ 소리도 요란하게 카메라 플래쉬를 터트리며 사진을 찍어대고 있었다.

20여 명의 외국 특파원들 틈에 섞여서 탁자 위에 있는 사진들을 들여다보고 있는 아사히(朝日) 신문의 혼다 기자는 부끄러워서 얼굴을 들 수가 없었다. 현재 상해와 남경에 나와 있는 일본 신문사는 아사히, 마이니찌, 요미우리, 이렇게 세 군데 뿐이었다. 혼다는 오늘 아침 국제적십자위원회로부터 연락을 받았다. 오전 10시에 남경대학 본관에서 기자회견을 하니 각국의 신문사 특파원들은 모두 참석하여 달라는 요청이었다.

연락을 받고 부리나케 달려오자마자 진열되어 있는 사진들을 보는 순간 그는 숨이 턱! 막혔다. 그건 기자들이 전장에서 흔하게 찍을 수 있는 사진들이 아니었다. 기자들의 사진은 일일이 헌병사령부의 검열을 받아야만 한다. 조금이라도 문제가 발생할 소지가 있는 사진들은 모두 불허가(不許可)라는 붉은 도장이 찍히고 압수당하고 마는 것이다. 그런데 여기에 놓여있는 수십 장의 사진들은 불허가 정도가 아니라 찍은 사람이 즉시 사형에도 처해질 만큼의 위험성이 높은 사진들이었다.

그는 옆에 있는 요미우리의 하세가와 기자를 돌아보았다. 그도 얼굴에 당혹감이 가득한 표정으로 다른 기자들의 눈치를 보고 있었다. 이것들이 여과 없이 그대로 외국 언론에 노출된다면 그 여파는 일파만파로 번질 것이었다. 일본은 그야말로 국제사회에서 매장되고 마는 것이다.

그래도 헌병대에서 지금까지는 외국의 사진기자들을 비교적 잘 통제하여 왔다. 사진기자 한 명에 언제나 한두 명의 헌병들이 따라붙었던 것이다. 어찌해야 하나? 고개를 숙이고 주춤거리며 뒷자리로 물러나오는 혼다의 귀에 서방 기자들과 어린 소녀가 주고받는 말소리가 들려왔다. 중간에 일본군들의 검문을 받지는 않았나요? 네, 아빠가 남경에서 오래 사셨기 때문에 골목길로만 왔어요. 집에 침입한 일본군들을 만약에 이 자리에 불러온다면 알아 볼 수 있나요? 안돼요, 그건 안 돼요. 무서워요, 무서워요.

"라베 선생님, 왜 이런 위험한 곳에서 계속 있으려고 고집하십니까? 어서 빨리 남경을 떠나시지요. 저희들도 더 이상 선생님의 안전을 보장해 드릴 수가 없습니다. 오늘도 저희 대일본제국의 황군 헌병대에서 이 대학구내에 들어오겠다고 하는 것을 제가 제지하고 오느라고 무척이나 고생을 했습니다. 여길 수색하면 중국군 중에서 도망한 병사들을 1만 명 이상 색출해 낼 수 있다는 겁니다. 그걸 제가 겨우 뜯어 말렸습니다. 이건 정말 제가 라베 선생님을 존경해서 드리는 특별한 우정의 충고입니다. 선생님, 제발 고집을 그만 부리시고 이제 독일로 가세요. 이런 전쟁 통에 지멘스의 제품이 팔리면 얼마나 팔리겠습니까? 또 누가 그 상품의 안전한 수송을 보장하겠습니까? 아마 본사에서도 선생님의 입장을 십분 이해하여 줄 것입니다. 선생님 돌아가실 때 섭섭지 않게 다 배려해 드리겠습니다. 그러니 제발 마음을 고쳐 잡수시고 독일로 돌아가세요. 전쟁이 끝나서 다시 오시면 되지 않겠습니까?"

오카모도 고우키 대좌는 중지나방면군 총사령부의 민사참모이다. 중국을 상대로 하는 대민선전 업무의 책임자인 셈이다. 어떻게 해서든지 이 고집불통 독일인을 국제안전지대에서 축출해야만 중국인들을 상대로 한 작전을 마음대로 전개하겠는데 이 작자가 도대체 말을 들어먹지 않는 것이다. 사사건건 이 사람이 개입해대니 그야말로 미칠 노릇이었다. 존 라베가 있는 한 중국인들을 마음 놓고 처리할 수가 없는 것이다.

남지나방면군 중에서도 강경파와 온건파가 있었다. 강경파는 제114사단장 세이치 소장을 중심으로 한 아오모리와 홋카이도 출신 장군들이었다. 오늘 아침, 전군지휘관회의가 열린 자리에서 세이치 소장은 국제안전구를 무력화시켜야 한다며 열변을 토했다.

"국제안전구에는 10만이 넘는 중국인들이 몰려 있다. 그중에는 우리가 수색을 하면 당장 1만 명 이상의 중국군 패잔병들을 찾아낼 수가 있다. 만약 그들이 무기를 다시 공급받는다면 우리들은 엄청난 피해를 감수해야 할 것이다. 따라서 당장 안전지대를 수색해서 몸이 건강한 중국놈들을 모두 가려내서 즉각적으로 사살해야 할 것이다."

"그렇지만 우리는 이미 국제안전구를 약속했습니다. 만약 그 약속을 깨트리면 우리는 국제적인 비난을 면치 못할 것입니다."

오카모도 대좌는 온건파 동료들과 함께 국제안전구의 보호를 주장하였으나 회의장을 주도하고 있는 강경파들 앞에서는 역부족이었다.

"안전구역이라는 게 도대체 무슨 의미가 있소? 전쟁의 역사는 오직 승자의 편에서만 기록되는 것이오. 위대한 제국건설을 위해서는 그까짓 국제적인 비난 따위는 무시하도록 하시오. 오카모도 대좌는 오늘이라도 당장 남경대학 구내로 들어가서 중국군 패잔병 놈들을 몽땅 잡아서 차에 실어 오란 말이오."

군대의 생명은 명령이다. 오카모도 대좌는 어쩔 수 없이 그 명령을 수행하기 위하여 여기에 온 것이다. 그리고 세이치 장군의 명령은 사실 따지고 보면 전략상 옳은 지시이기도 했다. 이것이 오늘 오전에 이곳에 출동하기 직전까지의 상황이었다. 오카모도의 입장에서 보면 분명 명령을 수행해야 하겠는데 그렇다고 이 사람을 죽일 수도 없고 참으로 답답한 노릇이었다. 오카모도는 라베가 앉은 책상 뒤의 벽에 걸려있는 대형 나치 깃발을 바라보며 긴 한숨을 내 쉬었다.

한참을 창밖만을 응시하던 라베가 마침내 무겁게 입을 열었다.

"나는 중국에서 벌써 30년 이상을 살았소. 내 자식도 여기서 태어났고 손자도 여기서 태어났소. 나는 독일인이지만 중국은 나의 제2의 고향이오. 만약에 내가 일본에서 태어나고 그곳에서 30년을 넘게 살았더라면, 그리고 지금 일본이 동일한 위험에 처해 있다고 한다면 나는 역시 똑 같은 선택을 할 거요. 무슨 말인지 알아 들으시겠소? 그럴 경우 나는 일본인들의 안전을 위해서 일본 땅을 떠나지 않을 거란 말이오."

존 라베는 1882년에 독일에서 태어난 후 어린 시절을 독일과 아프리카에서 보냈다. 그 이후로는 계속 중국에서 살았다. 따라서 30년 이상을 중국에서 살아 온 라베에게 중국은 제2의 고향이나 마찬가지였다. 지금 라베는 독일 지멘스의 중국 지사장으로 근무 중이다. 그의 머릿속에는 어떻게 하면 이 선량한 중국인들을 일본인들의 살인과 강간의 광기로부터 구출해 내느냐 하는 단 하나의 생각밖에 없었다.

존 라베가 국제안전지대를 만드는 과정에서 설득해야 할 상대는 일본만이 아니었다. 중국 또한 힘겨운 상대였다. 안전지대 설정에 가장 큰 장애는 역설적으로 남경지구 중국군 총사령관 당생지의 저택이 바로 이 국제안전지대로 설정하려고 하는 지역 안에 위치하고 있다는 사실이었다. 안전지대를 설치하는 목적이 그 안에서는 일체의 군사적인 활동을 금지하기 위함이었는데 양측 모두가 반대하고 나서는 입장이었다.

일본군은 그 안에 중국군 수뇌부들의 근거지가 있다고 하여 반대하는 것이고, 중국군은 자기네 최고사령관의 주둔지를 국제안전지대라는 이유로 옮겨야 한다는 것은 자존심의 문제라고 맞서는 형편이었다.

여기에서도 존 라베의 뚝심이 결정타를 날렸다. 즉, 라베는 만약 중국군이 끝까지 고집을 부린다면 자기는 국제안전지대고 뭐고 다 그만두고 본국으로 귀국하겠다고 최후통첩을 했던 것이다. 그러자 거리 곳곳에 바리케이트를 치고 기관총 총좌를 세우기 위하여 모래주머니를 쌓던 중국군도 마침내 존 라베의 계획에 찬동하여 안전지대 밖으로 철수하였다.

그뿐만이 아니었다. 존 라베는 독일의 히틀러 총통에게까지 전보를 쳐서 안전지대를 설정할 수 있도록 도와달라고 요청했다. 열렬한 나치당원이기도 했던 존 라베는 히틀러 정부의 요직에 아는 친구들이 많이 있었다.

원래 남경에 안전지대를 만들자는 의논들은 상해가 함락된 직후부터 일어났다. 상해에서는 프랑스 신부들이 주축이 되어 국제안전지대를 설치하고 결과적으로 50만 명 가까운 중국인들을 보호해 주었다. 남경에서는 존 라베를 중심으로 한 독일과 미국 장로교의 선교사들이 움직였다. 거기에 수십 명의 국제적십자위원회 위원들과 외교관들이 동조했다. 존 라베는 그들을 규합하여 일본 측과 협상을 벌였다. 일본 측도 전쟁을 하면서 마냥 국제조약을 무시하기도 곤란했다. 그래서 하는 수 없이 남경대학과 금릉대학을 중심으로 한 지역에 국제안전지대를 설치하는 데에 동의한 것이다.

이렇게 해서 안전지대가 설치되자 남경시민들은 누가 먼

저랄 것도 없이 안전지대로 몰려들었다. 안전지대를 설치하자마자 불과 며칠 사이에 이 좁은 지역에는 무려 10만이 넘는 난민들이 밀려들었다. 중국인들이 이곳에 있는다고 해서 100% 안전을 보장받는 것은 아니지만 적어도 안전지대 밖에 있는 것보다는 '비교적' 안전했던 것이다.

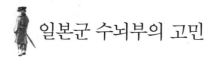

일본군 수뇌부의 고민

　중지나방면군(中支那方面軍)사령관인 마쓰이 이와미치 대
장의 집무실 한가운데에서 무쇠난로가 더운 열기를 뿜어내고
있었다. 조금 전에도 당번병이 조개탄을 한 삽이나 집어넣고
나갔다. 무연탄을 으깨어 황토 흙과 섞어서 조개모양의 크기
로 만든 조개탄은 난방용으로는 최고의 연료였다. 둥그런 탁
자를 가운데 두고 정면에는 마쓰이 사령관이 앉아있고 그 옆
에는 가토 소장이 앉아 있었다. 가토는 중지나방면군의 헌병
사령관이다. 마쓰이 대장의 앞에는 오카모도 대민참모가 궤
도 앞에 서서 그간의 업무를 보고하는 중이었다. 오카모도 대
좌는 남경을 점령한 지난 한 달 동안의 대민업무와 국제안전
지대와 국제적십자위원회 지도자들을 설득하려고 시도한 결

과를 아주 소상하게 보고하였다. 보고를 다 들은 마쓰이 대장은 난로 위에서 끓고 있는 물주전자를 한참이나 바라보았다. 그는 오카모도에게 이제 의자에 앉아도 좋다는 손짓을 했다. 그리고는 아주 천천히 입을 열었다.

"사실 문제는…… 국제안전지대나 국제적십자위원회가 아니야. 오히려…… 대민업무가 이렇게 최악의 상황까지 된 데에는 애당초 우리들이 중국 당국과 이곳에 거주하는 각국의 외교관들에게 했던 외교적인 약속을 무참히 짓밟고 날뛰는 한심한 자들 때문이지. 무토, 아사카, 나카지마, 세이치…… 이들이 문제인데……"

마쓰이 대장은 고개를 들어 천장의 전등불을 응시하면서 잠시 생각에 잠겼다. 그는 눈을 감고 불과 한 달 전인 1937년 12월 13일의 남경 입성식 열병장면을 머릿속에 그려 보았다.

남경 성내의 중산대로에서 밤색 애마 위에 늠름한 모습으로 병사들을 사열할 때의 감격을 지금도 잊을 수가 없다. 앞으로 자기의 남은 생애에 그와 같이 황홀한 순간은 다시 오지 않을 것이다. 중산문이 바라보이는 대로 양 옆으로는 만 명도 넘는 황군 병사들이 일사불란하게 도열하여 있고, 20m 쯤 뒤로는 10여 명의 장성들이 말을 타고 천천히 따라오고 있었다. 승전을 알리는 나팔소리도 우렁차게 군악대가 나팔을 불어대고 병사들이 합창으로 노래하는 관동군 군가는 온 남경시내

가 들썩거릴 정도로 우렁찼다. 그들은 30만에 이르는 중지나
방면군 겸 상해파견군 중에서 남경입성식 행사에 특별히 선
발된 최정예 병사들이었다.

　　"새벽구름 밑에서 보라 저 멀리
　　끝이 없는 산과 강이 몇 개인가
　　우리 정예가 그 위세와 무용으로
　　맹방의 백성들이 지금 편안하다.
　　영광에 찬 관동군 우리 관동군"

　　그러나 이런 기쁜 순간을 맞이하기까지는 엄청난 희생이
뒤따랐다. 그러니까 작년 여름, 즉 1937년 8월의 일이었다. 그
는 10만 명의 상해파견군 사령관이 되어서 상해 북쪽 오송
(吳淞) 해안가에 상륙했다. 당시 그와 참모들은 해군의 함포
사격 지원을 받으면서 10만 중 4만 명의 정예병만으로도 단
2~3일 내에 상해를 손쉽게 점령할 것으로 판단했다. 그 해안
가는 6년 전 제1차 상해사변 당시 비무장상태로 유지하기로
중국 측과 합의가 되어 있던 곳이었다. 따라서 별다른 저항이
없을 줄로 알고 편안한 마음으로 상륙작전을 감행하였던 것
이다. 그런데 예상과는 달리 중국군이 야포와 기관총으로 엄
청난 저항을 해 대는 것이었다. 일본군의 침략에 대비하여 장

개석 군대는 지난 3~4년 간 이곳을 철옹성의 군사시설로 만들어 놓은 것이었다. 수천 개의 참호를 파 놓고 철책을 세웠다. 그뿐만이 아니었다. 중국군은 최정예부대 5만을 포함하여 무려 30만에 가까운 군대를 상해 방어 작전에 투입하여 일본군의 공격에 철저히 대비하고 있었던 것이다.

워낙 방심하고 달려들었던 터라 일본군은 거의 궤멸에 가까운 손실을 입었다. 그런 참패가 그냥 전장터에서의 참패로 끝났으면 오죽이나 좋았을까. 그런데 한 병사가 그 당시의 상황을 일기에 적은 것이 어떻게 하여 한 반전단체 측의 기자에게 넘겨졌는데 그게 기사화되어서 일본 전역에 뿌려진 것이었다. 곧바로 모든 신문을 수거하는 조치를 내리고 해당 기관지를 폐간시키기는 했지만, 이로써 마쓰이 사령관의 체면은 그야말로 땅에 떨어져 버렸다.

그 병사의 일기는 이렇게 되어 있었다.

"우송의 상륙지점인 해안 절벽 앞에 펼쳐진 광경은 그야말로 한 폭의 지옥도였다. 아마 지옥이 있다해도 이렇게 처참하지는 않을 것이다. 해안 벽 아래의 한쪽은 완전히 시체의 산이었다. 우리 일본군의 시체가 겹겹이 쌓여 있어서 바닥이 보이지 않았다. 마치 수산시장 의 바닥에 참치를 잔뜩 쌓아 놓은 것 같았다. 구역질이 나올 만큼 썩은 냄새가 코를 찔러 댔다. ……

중략…… 이것이 불과 열흘 전에 여기에 상륙했던 나고야사단의 모습이었다. 도대체 지휘관들은 중국군들이 기다리고 있다는 것을 예상하지 못하고 작전을 펼쳤단 말인가? 아! 상륙하자마자 무엇이 무엇인지도 모르고 처참하게 총알받이가 되어 죽어간 병사들의 넋은 누가 달래줄 것인가."

　마쓰이로서는 참으로 곤욕스러운 시기였다. 그래도 곧바로 증원군을 대거 투입하여 결국 중국군을 몰아내고 상해를 점령하기는 했지만 초기의 판단착오로 인해 그는 무려 3만이 넘는 아까운 병사들을 잃었다.

　마쓰이 대장의 불운은 거기서 끝나지 않았다. 1937년에서 1938년으로 넘어오는 지난 두 달 동안 상해의 다음 점령지인 남경지역 내외에서 벌어진 처참한 학살극은 결코 자신이 원했던 게 아니었다. 애초에 자신과 본국의 내각은 상해에서 중국군을 몰아내는 정도까지만 전장을 확대하려고 계획했었다. 대본영에서 온 전문도 상해 작전의 목적은 '상해 내에 거주하는 일본인들을 보호하기 위함'이라고 못 박고 있었던 것이다. 작년 여름 상해를 점령하여 소기의 목적을 달성하였으므로 더 이상 전장을 확대할 이유가 없었던 것이다.

　그런데 여기에 두 가지 요소가 더 결합되어 일본군 지휘부와 일선병사들을 앞뒤를 분간 못하는 살인집단으로 만들어

버렸다. 즉, 상해 상륙작전 때 거의 괴멸에 가까운 손실을 입은 상해파견군의 초기 패전이 그 한 원인이었고, 또 하나는 천황의 탄신일인 4월 29일을 기념하여 거행된 전승절 축하행사 때 벌어진 조선인 윤봉길의 폭탄 투척사건이었다. 이날의 사건으로 인해 시라카와 대장과 카와바다 거류민 단장 등 거물급 인사들이 사망하였고 중장 두 명이 다리를 절단하고 실명을 하는 등, 그야말로 중국주둔 일본군 지휘부는 엄청난 타격을 입었다

그러나 냉정하게 생각해보면 일본의 현재 역량으로는 중국과 전쟁을 벌여 국지적인 승리를 거둘 수는 있어도 광활한 대륙 전체를 장악하기에는 역부족이었다. 일본의 지휘부에서도 여기에는 이견이 없었다. 단지 몇몇 전쟁광들이 최초의 승전에 들떠서 중국을 얕잡아보고 전쟁에 계속 광분하고 있을 뿐이었다. 대본영의 참모들도 그들의 주적은 오로지 소련이라고 판단하고 있었다. 소련 공산주의자들은 '노동자와 농민의 세상'을 만드는 것이 그들의 목표라고 하지 않는가. 그들의 준동을 막는 것이야말로 천황폐하를 보호하는 길이며 천황폐하의 영도 하에 대일본제국을 지키는 첩경임을 일본군의 수뇌부는 모르지 않았다. 병력과 무기 모두 부족한 상황에서 만약 소련과의 전면전까지 발발한다면 일본으로서는 그야말로 최악의 상황에 직면하는 꼴이다. 이것이 그때까지 본국의

대본영이나 자신이 판단한 정세였다.

그런데 지금 상황은 그야말로 걷잡을 수없는 사태에까지 온 것이다. 도처에서 살인과 약탈과 강간이 넘쳐난다. 참모들이 집계한 바로는 여기 남경에서만 지난 두 달 동안 20만의 중국군을 죽였다고 하고, 외국의 신문에서 보도되는 바로는 30만에 달하는 양민을 학살했다고 한다. 그것이 꼭 소문만도 아니었다. 연일 미국, 독일, 프랑스의 신문에서는 남경의 참극을 앞다투어 보도하고 있는 실정이었다. 자신들의 정보가 맞는지 아니면 외국의 신문에서 보도하는 숫자가 맞는지 확실히는 알 수 없으나, 수없이 많은 사람들을 죽였다는 사실 하나만큼은 분명해 보였다. 일본군은 마치 고삐 풀린 망아지처럼 닥치는 대로 점령지를 파괴하고 있는 것이다. 남경이 어떤 도시인가. 지난 수천 년 동안 중국의 심장 역할을 해 온 도시가 아닌가. 중국인들의 자존심이 걸려 있는 그 유서 깊은 도시를 이렇게 쑥대밭을 만들어 놓았으니 장차 어찌 뒷감당을 할 것인가.

오카모도 대좌는 지금도 계속 기침을 해대는 마쓰이 사령관이 측은해 보였다. 초췌한 그의 모습에서 아직 병마가 완전히 치료되지 않았음을 알 수 있었다. 오카모도 역시도 지금 마쓰이 사령관이 무슨 생각을 하고 있는지 훤히 알고 있었다.

그는 벌써 10여 년 이상을 마쓰이 장군을 따라다니며 모셔왔던 마쓰이의 핵심 참모이다. 사령관은 지금 군대 내의 강경파들을 어떻게 하면 살살 달래면서 점령지인 상해와 남경을 원만하게 통치할 것인가 하는 문제를 가지고 고민에 쌓여 있는 것이다.

그가 말하는 무토란 강경파 중의 강경파인 지금의 참모부장 무토 대좌를 말함이다. 그는 남만주철도사건을 기획한 장본인으로 그 사건으로 인하여 1931년 9월에 만주사변이 일어나자 '신나는 일이 시작되었다'고 기뻐 날뛰던 전쟁광이었다.

아사카는 천황폐하의 아저씨뻘이 되는 아사카 특명사령관을 지칭함이다. 아사카 중장 역시도 강경파 중에서도 강경파였다. 그는 마쓰이 대장 후임으로 상해파견군 사령관이 된 사람이다. 지난 12월에는 백기를 들고 항복한 중국군 패잔병들을 처리한다는 명목으로 '모자를 오래 쓴 흔적이 있거나 손에 굳은 살이 있는 남자는 모두 기관총으로 사살하라'는 명령을 내린 잔학하기로 소문난 인물이다. 그래도 히로히토 천황 폐하의 삼촌이 되는 인물이니 군대 내에서는 아무도 그를 제지할 사람이 없는 형편인 것이다.

지금 비록 마쓰이 사령관이 30만에 달하는 중지나방면군의 총사령관을 맡고는 있지만 그중 8만은 아사카 특명사령관 겸 상해파견군 사령관의 소관이고, 5만은 야나가타 헤이스케

중장이 지휘하는 제10군이다. 그 역시도 아사카 못지 않은 강경파이다. 그런 인물들을 통제하려니 마쓰이 사령관으로서는 힘에 부치는 형편인 것이다.

사령관이 거명한 또 한 명, 나카지마는 제6사단장 나카지마 소장을 일컬음이다. 작달막한 키에 목이 거의 머리와 달라붙어 있는 나카지마 소장은 아주 잔인한 인물로 12월 한 달 동안에 무려 10만에 달하는 중국인들을 죽였다는 살인광이다. 군대 내에서도 그의 잔학성을 잘 알기 때문에 아무도 그와 상대하려고 하지 않는 기피인물이다. 그러나 이런 인물들을 본국에서는 오히려 군인정신이 투철하다면서 우대하고 있으니 마쓰이 사령관으로도 어떻게 해 볼 도리가 없는 실정이다.

마쓰이 사령관은 분이 안 풀리는지 연신 손가락으로 탁자를 손으로 탁! 탁! 소리가 나도록 두드리고 있었다.

가토 소장 역시도 뭐라 대답할 말이 있는 건 아니었다. 지금 중지나방면군 내에는 사실 마쓰이 사령관을 따르는 온건파보다는 아사카 특명사령관을 중심으로 한 강경파들이 주도권을 쥐고 있었던 것이다.

마쓰이 대장이 당번병을 불렀다. 잠시 후 당번병이 녹차 세 잔을 들고 들어왔다. 가토 소장은 마쓰이 대장이 차를 마시고 찻잔을 탁자에 내려놓자 비로소 자신의 찻잔을 들었다. 그 역시도 마쓰이 대장을 따르는 온건파로 이번 남경작전에 대하여 불만이 많은 인물이었다. 그는 만약에 마쓰이 대장의 건강이 좋아서 남경작전을 온전히 지휘할 수 있었더라면 지금과 같은 처참한 학살극은 벌어지지 않았을 거라고 확신하고 있었다.

그가 기억하기로는 작년, 즉, 1937년 8월에 사건이 발생했다. 남경진입작전을 몇 달 앞두고 마쓰이 대장의 폐결핵이 심해져서 각혈을 한 것이었다. 보고를 받은 도쿄에서는 부랴부랴 마쓰이 사령관을 입원시켜 요양토록 하고 그 직무대리로 히로히토 천황의 아저씨뻘이 되는 아사카 중장으로 하여금 남경작전을 지휘하게 한 것이다. 마쓰이 대장은 8월부터 석 달 간을 심천의 육군병원에서 요양을 하였다. 그러한 관계로 마쓰이 사령관은 실제 전투를 지휘하지 못한 채 종합적인 보고만 받아왔다. 그러는 사이에 아사카 중장을 따르는 강경파들이 남경으로 진격하여 남경 성내를 쑥대밭으로 만들어 버린 것이다.

그뿐만이 아니었다. 아사카 중장을 비롯한 강경파들은 아직 본국의 내각과 대본영에서 남경 공략에 대한 결정이 나기도 전인 11월 13일, 중지나방면군과 상해파견군을 총동원하여 남북에서 서로 경쟁적으로 남경을 향해 진격을 시작하였다. 해군 지휘관들까지도 부추겨서 항모에서 출격한 해군항공기의 전투기와 폭격기들이 도주하는 중국군 행렬 위에 맹렬한 폭격을 해댔다.

일이 이렇게 되자 본국의 대본영이나 내각도 하는 수 없이 히로히토 천황에게 사후 보고하고 천황의 재가를 받기에 이르렀다. 확인할 수 없는 소문이기는 하나, 오히려 그들은 천황폐하로부터 '훌륭한 장군들'이라는 칭찬을 들었다는 후문이었다.

가토 소장이나 오카모도 대좌가 보는 마쓰이 사령관은 온화한 얼굴만큼이나 성격도 부드러운 사람이었다. 그는 독실한 불교 신자로 육군사관학교와 육군대학을 나온 엘리트답게 매사에 합리적인 사람이었다. 작달막한 키에 여덟팔(八)자로 콧수염을 기른 마쓰이 대장은 그래서 그들이 군대 내에서 제일 존경하는 인물이기도 했다. 그들은 남경함락 직후 마쓰이 대장이 복귀하면서 휘하 장성들에게 보낸 명령서의 내용을 지금도 또렷하게 기억하고 있다.

"남경은 수백 년 동안 중국의 수도이자 심장이었다. 외국의 수도에 일본군이 발을 들여 놓는 것은 역사적인 사건이다. 당연히 세계가 주목하고 있다. 제군들은 부하 군사들에게 주의사항을 미리 알리고 어떠한 약탈행위도 없도록 교육을 철저히 하라. 특별히 남경 성내에 있는 외국인들에게 주의하라. 보초를 배치하여 약탈과 강간행위를 철저히 예방하라. 헌병부대가 이 일을 책임지고 관리하기 바란다."

마쓰이 사령관도 평소 오카모도와 가토를 신뢰하고 있었기에 이렇게 저녁 늦은 시간에 둘을 불러 현재 남경 전역에서 벌어지고 있는 참상을 소상하게 보고 받으면서 앞으로의 대책을 논의하고 있는 중이었다. 한참을 난로 위에서 김을 내뿜고 있는 커다란 양은 주전자만을 응시하고 있던 마쓰이 대장이 다시 입을 열었다.

"남경 작전이 개시되기 그 바로 직전에 내가 병이 도진 게 또 다른 큰 악재였단 말이지. 내가 이 작전을 선두에 서서 지휘할 수만 있었어도 중국인들을 이렇게나 대량으로 살육하는 일은 막을 수 있었을 텐데 말이야. 요즘도 살인과 강간이 계속되고 있나?"

"사령관 각하의 지시에 따라 저희 헌병들이 적극적으로 막고 있습니다. 그렇지만 전쟁이라는 괴물이 우리 선량한 젊은 이들을 흡혈귀로 만들어 버리는 것 같아 소관도 안타깝습니다. 그리고 또…… 병사들의 사기를 위해서 그런 행위를 아주 차단하기는 힘듭니다."

가토 소장이 무릎에 올려놓은 모자를 쥔 손을 가지런히 모으며 자신의 의견을 피력했다. 그는 최근의 남경지구 내의 분위기를 자세히 보고하였다. 특히 강경파 장군들이 지휘하는 제6사단과 제16사단이 관할하는 구역 내에 엄청난 대량학살이 일어났다는 사실도 보고하였다. 보고를 다 들은 마쓰이 대장은 가토 헌병사령관과 오카모도 대민참모의 의견을 물었다.

"우리 사령부 산하의 군대 중에서 절반가량은 그런 강성 지휘관들이 부대를 지휘하고 있네. 그래서 말인데…… 그 무엇인가? 일전에 해군 쪽에서 대본영으로 올렸다는 위안부 건에 대하여 자네들은 어찌 생각하나?"

가토 소장이 오카모도 대좌를 쳐다보았다. 먼저 의견을 이야기 하라는 뜻이었다. 오카모도가 상황을 설명하였다.

"금년 8월 남경작전이 개시되기 바로 직전에 이곳 해군사령관께서 해군 병사들의 강간행위를 방지하려면 군대 내에 위안소를 설치해야 한다는 의견을 대본영에 올렸지요. 대본영에서는 좀 더 숙고해 보자는 회신을 보낸 걸로 알고 있습니다. 그러나 사실 해군은 물론 육군 쪽에서도 이미 5~6년 전부터 위안소를 설치하고 운영 중에 있습니다. 벌써 중국 전역에 수백 개소의 위안소가 있는 것으로 알고 있습니다."

그러자 여기에 힘을 얻은 가토 헌병사령관이 자신이 평소에 구상하고 있던 계획을 발표하였다.

"병사들의 살인과 강간 행위를 근절시키려면 역시 그 방법 밖에는 없다고 생각됩니다. 지금까지 운영해 오던 위안소는 직업적인 창녀들이 돈벌이를 위해서 하는 위안소입니다. 그들은 대다수가 성병보균자들입니다. 자연적으로 성병이 군대 내에 만연하고 그로 인한 전투력의 손실이 막대합니다. 그래서 저희들이 착안한 위안소는 그런 곳이 아닌 아주 깨끗한 처녀들을 모집해서 병참부대 소속으로 관리하자는 것입니다. 좀 더 부연설명을 드리면, 지난 1차 상해사변, 즉, 1932년에 상해 주둔군의 참모장으로 있던 니시무라 야스지 대령이 당시 군의 강간행위를 근절하려면 위안소를 설치할 수밖에 없다고 주장하고 육군에도 위안소를 여러 군데에 설치한 적이 있지요. 지금 운영되고 있는 위안소들은 모두 그렇게 시작된 것으로 보아도 됩니다. 문제는 창녀들이 직업적으로 몸을 파는 것과 식민지 처녀들을 데려다가 강제로 병사들의 위안부 역할을 하게 하는 것은 분명 차이가 있다는 겁니다. 그렇게 했을 경우 과연 문제가 없을지……"

그는 여기서 잠시 말을 멈추었다. 말을 다시 꺼내기가 어색한지 무릎 위에 놓인 모자의 별을 만지작거리면서 잠시 호흡을 가다듬은 가토 소장은 자신의 의견을 이렇게 이어나갔다.

"저의 사관학교 후배가 조선에서 3년 간을 근무하다 돌아왔는데, 그가 하는 말로는…… 조선 처녀들은 정조를 죽음과도 바꿀 수 없는 소중한 가치라고 생각한다는 겁니다. 그야말로 정조 지키기를 목숨같이 소중하게 여긴다는 거지요. 그래서 가급적이면 조선 처녀들을 모집하여 해당 부대장이 직접 책임지고 관리하게 만들면, 다시 말씀 드려, 부대장의 소속 하에 두고 병참과가 관리하도록 만들면 됩니다. 부대가 이동할 때는 당연히 위안부들도 함께 이동합니다. 위안부들은 부대의 자산인 셈이지요. 이 제도가 잘만 운영될 경우 병사들의 성욕을 해결해 주고, 고질적인 문제인 성병의 문제까지도 해결할 수 있는, 그야말로 1석3조(一石三鳥)의 획기적인 제도입니다. 지금 어느 부대이건 간에 성병에 걸린 병사들이 수도 없이 많은 실정입니다. 정확한 통계는 어렵지만 적어도 전 병사의 10% 이상이 성병에 걸려서 전투에 참여하지 못한다고 봅니다. 단지 그러한 군 직영의 위안소제도를 만든다는 게 역사상 유례가 없어서 과연 훗날에 어떤 평가를 받게 될지 그것이 걱정입니다."

같은 시각, 남경성 중화문(中華門) 밖의 장군산 밑에 야영을 하고 있는 일본군 제6사단의 사단장 실, 사단장 나카지마 히사모리 소장은 지금 네 명의 부하 장교들과 술판을 벌이고 있었다. 커다란 천막의 한 가운데 다섯 개의 전등이 천막 안을 대낮같이 밝히고 있는 가운데 사단장을 비롯하여 작전참모와 33연대장, 9연대장, 11연대장이 남경작전에 대한 종합

평가겸 파티를 벌이고 있는 중이다. 여기 중국에서는 백주라는 중국술밖에 없는데 오늘은 사단장이 특별히 일본으로부터 공수되어 온 사케를 한 상자 내 놓았다. 명목은 그간의 노고를 치하한다고 하는 자리였지만 사실은 자기와 가장 성격이 비슷한 과격분자 네 명을 특별관리하기 위하여 사단장이 자리를 마련한 것이다. 그들은 모두 같은 동향인 오사카 출신이었다. 그래서 제6사단의 비공식명칭도 '오사카사단'이었다.

"그때 언제였나? 12월 초였나? 1만 5천 명이나 되는 중국놈들을 자금산(紫金山) 밑에다 묻어 죽였던 날 말이지. 그렇게나 많은 놈들이 제대로 싸워보지도 않고 항복을 하다니. 우리 대일본제국의 군대라면 어림도 없는 일이지. 암, 그렇고 말고."

숨이 벌써 꽤나 돌았다. 나카지마 장군은 혀가 꼬부라진 말투로 부하 연대장들의 술잔에 연신 첨잔을 해 주면서 이야기를 주도해 나갔다. 네 명의 대좌들도 무척이나 많이 마셨다. 탁자 위에는 빈 술병들이 가득했다. 당번병이 연신 회를 썰어다 각자의 앞에 있는 접시에다 얹어 주었다. 정말 이들 오사카사단 장병들이 죽인 숫자만 해도 5만은 충분히 넘을 것이다. 지금 나카지마 소장은 그런 살인행위를 한 부하들을 장하다고 격려해 주고 있는 것이다. 33연대장 쓰지 대좌가 입을 열었다.

"사단장 각하, 저희 연대에서 이번에 중국놈들을 묶어 죽일 때 쓰는 밧줄을 구하느라고 무지하게 고생을 했습니다. 무려 3개 중대를 풀어서 밧줄을 구하려고 온 남경 시내를 다 뒤졌으니까요. 사단장님도 짐작해 보시면 아시겠지만 1만 5천 명을 모두 묶는 데 밧줄이 얼마나 많이 필요했겠습니까? 저희들이 평소에 그런 일이 있을 줄 어디 생각이나 해 보았어야지요."

"그래, 그 밧줄을 구해온 중대장에게 일 계급 특진을 시켜 주었던가?"

"네, 그렇습니다. 사단장 각하!"

쓰지 연대장이 포로들을 묻어 죽일 때 심경을 마치 책을 읽듯 담담하게 이야기 했다. 이때 당번병 두명이 또다시 회를 커다란 접시로 하나 가득 들고 들어 왔다. 먼저 사단장의 접시에 몇점을 조심스레 덜어 주자 그가 큰 소리를 쳐대며 좋아했다. 나카지마는 머리 숱도 별로 없는 머리를 한 번 쓰다듬은 후 코밑의 팔자 수염을 만지작거리며 한마디 했다.

"아하, 이건 도미 아닌가? 이 귀한 것을 어디서 구했나, 응?"

칭찬을 받은 당번병 하나가 부동자세로 쓰지 연대장 쪽을 쳐다보면서 대답했다.

"핫! 33연대장님께서 보내주신 게 방금 도착했습니다."

"오호~ 쓰지 군이었군 그래. 훌륭해, 훌륭하다고, 하하하!"

쓰지 연대장이 자신을 얻었는지 목에 힘을 주면서 당시의 상황설명을 계속해 나갔다.

"어쨌든 그날과 그 다음날 항복한 병사들과 민간인들을 모두 묶어서 땅에 묻어 죽였지요. 땅도 그놈들이 팠고 묶는 것도 그놈들이 스스로 했어요. 우리 일본군이 한 일이라고는 그냥 삽과 곡괭이를 갖다 준 것과 묶을 때 쓰라고 밧줄을 갖다 준 게 고작이었다는 말씀입니다. 그놈들은 땅 속에 밀어 넣을 때만 아우성을 치면서 저항을 조금 했을 뿐이었지요. 그러나 제깟 놈들이 뭐 어쩌겠습니까? 우리 병사들이 뒤에서 총을 쏘아대는 데야.

대략 집계로는 병사들이 1만이고 민간인들이 5천 정도 됐던 것 같은데 민간인들 중에는 여자도 있었고 어린아이들도 있었어요. 그러나 그게 무슨 상관입니까? 사단장 각하! 오히려 우리 연대가 장사를 잘 지내 준 편이지요. 땅에 고스란히 매장해 주었으니까요. 소문에 의하면 116사단은 8천 명을 불에 태워 죽였다고 합니다."

"나중에는 석유가 모자라서 많이 애를 먹었다면서? 하하하! 정말 멍청한 놈들이야, 그 아까운 석유를 포로들을 태워죽이는 데 쓰다니. 난 총알도 아까워서 몽둥이로 때려 죽이라고 명령을 내릴 판인데 말일세. 어쨌든 이번 작전은 재미있었어. 최고야! 최고!"

나카지마는 기분이 좋아서 연신 박수를 쳐 댔다. 그러자 다른 대좌들도 모두 함께 박수를 쳤다. 그들의 술잔치는 밤이 깊어가는 데도 그칠 줄을 몰랐다.

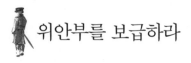 위안부를 보급하라

소화(昭和) 13년, 서기로는 1938년 3월 14일, 이타가키 쇼지로 육군대신은 자신의 책상 위에 놓여있는 결재판들을 힐끗 쳐다보고는 잠시 눈을 감았다. 커다란 일장기가 걸려 있는 그의 등 뒤에는 히로히토 천황의 사진이 그를 감시하듯 내려다보고 있었다. 그는 책상 위에 다리를 올려놓고 기지개를 켰다. 2m는 족히 넘을 만한 마호가니 색깔의 책상 위에서 그의 검은 장화가 반짝반짝 빛났다.

지금 이타가키 육군대신은 과거 자신이 누비던 만주와 중국의 전장을 머릿속에 떠올리며 잠시 망중한에 빠져 있는 것이다. 그가 몇 년 간 복무했던 만주와 중국의 전장 곳곳이 마치 활동사진을 보듯이 머릿속을 스쳐지나갔다. 황량한 만주

벌판, 지리멸렬한 중국군들과 마적들을 상대로 벌이는 작전, 죽이고 불태우고 약탈하는 삼광작전(三光作戰)으로 일본군이 한번 휩쓸고 지나간 마을들은 그야말로 초토화되었다. 그리고는 또다시 새로운 마을을 찾아 떠나는 토벌작전은 마치 이리저리로 옮겨 다니는 유랑극단의 생활과도 비슷하였다. 그건 그저 오락이었고 쾌락이었다.

중국인들은 어쩌면 그렇게도 무질서하고 중구난방인지 도저히 대일본제국 황군의 적수가 되지 못했다. 장학량으로 대표되는 군벌들은 서로의 이권에만 눈이 어두웠고 반목과 질시로 세월을 보냈다. 최고사령관을 납치하여 감금하기도 하고 풀어주기도 하는 게 중국 군대였다. 조직적이고 체계적인 저항이라고는 그 어디서도 찾아 볼 수가 없었다.

눈을 감고 생각에 잠겨있는 그의 얼굴에서 흐뭇한 미소가 번졌다. 딱 벌어진 체구에 탄탄한 몸매는 53세의 나이임에도 불구하고 마치 운동선수를 연상케 할 정도였다. 그는 책상에 올려놓은 두 다리를 천천히 내린 후 자리에서 일어나 방 안을 왔다 갔다 하기를 몇 차례 반복했다.

그가 뒷짐을 지고 발걸음을 옮길 때마다 마룻바닥에서 나는 구두소리가 방안에 울려 퍼졌다. 그래, 내가 옳았어. 중국 놈들은 그냥 짐승처럼 다루어야 한다고 내가 수없이 부하들에게 교육했는데 결국은 그게 옳았단 말이지. 그런 미개한 족속들을 가르쳐서 개화시킨다는 건 불가능 해. 내가 그렇게 하니까 다른 지휘관들도 내가 하는 대로 그대로 따라 온 거 아니야? 암, 내가 선구자라니까, 선구자고 말고지, 그래서 지금 대일본제국의 육군대신 자리에까지 오른 것이 아닌가, 흐흐흐!

이타가키는 일본 동북부 이와테(岩手) 현의 사무라이 가정에서 태어났다. 어려서부터 아버지로부터 무사도를 몸으로 직접 익힌 이타가키는 아버지의 소원대로 육군사관학교 생도가 되었다. 졸업 후에는 그렇게도 어렵다는 육군대학을 들어갔다. 매년 겨우 30명에게만 입학이 허용되는 육군대학에 합격한다는 말은 '출세가 보장되었다'는 말의 다른 표현이었다. 소학교 - 육군유년학교 - 육군사관학교 - 육군대학은 군대에서 출세의 최정예 코스였고, 군대에서 출세한다는 것은 곧 일본 정계 전체를 좌지우지하는 실력자가 된다는 말이었다. 그는 러일전쟁과 만주사변, 그리고 중일전쟁에 참전하였다.

그의 출세는 거침이 없었다. 이타가키는 1936년에는 관동군 제5사단의 사단장이 되었다. 그리고 마침내 금년 초, 꿈에 그리던 육군의 최고위직인 육군대신에 임명된 것이었다.

이타가키는 자리에서 일어나서 창가로 갔다. 눈을 들어 창밖을 보니 만개한 벚꽃들이 온 세상을 하얗게 뒤덮고 있었다. 아! 벌써 벚꽃이 만발했군. 그는 혼자서 공상하는 것을 좋아했다. 때때로 한 시간 이상을 골똘히 생각에만 잠겨 있을 때가 있었다. 그는 습관처럼 창틀에 턱을 고이고 바람에 날리는 꽃잎들을 보면서 혼자서 중얼거렸다.

"흠, 인간의 영광이란 게 참 덧없지. 나의 영광도 언젠가는 저 꽃잎들처럼 바람에 날아가겠지. 사람은 누구나 다 죽어야 하는 거니까. 그런데 지금껏 내가 살아오면서 가장 자랑스러웠던 순간이 언제였을까? 지금 육군대신의 자리? 그래, 이 자리도 아무나 오를 수 있는 건 아니지. 그래도 만주에서의 관동군 생활이었어. 그 중에서도 대일본제국을 위하여 중국과의 전쟁을 일으킨 것이 제일 큰 업적이라고 해야 하겠지. 그래, 맞아. 우리 대일본제국이 지금 중국의 모든 도시들을 점령하고 있으니 그게 다 나의 공로인 셈이지. 암, 그렇고 말고.

그의 머릿속 영사기는 어느 사이에 1931년 만주의 유조호(柳条湖)사건 현장을 돌리고 있었다. 그때 이타가키는 관동군 참모장이었는데 작전참모인 이시하라 간지와 둘이 주동이 되어서 중국침략을 위한 사건을 계획했다. 일본은 만주를 점령했지만 허허벌판인 만주에서는 아무런 소득도 없었다. 역시 큰 대륙인 중국을 먹어야만 했다. 그 옛날, 위대한 선조인 도요토미 히데요시 관백께서 못 이룬 꿈을 자신들 세대에서는 이루어야 할 것이 아닌가. 이것이 당시 젊은 피가 끓는 군부 내의 과격파들이 갖고 있던 생각이었고 그 중심에는 이타가키 본인이 있었던 것이다.

이타가키와 이시하라는 가장 믿을 만한 부하들과 봉천 시내에 있는 대화호텔에서 며칠 밤을 연구하고 궁리한 끝에 '만몽영유계획'이라는 중국침략 전쟁계획을 완성한다. 그 부하들이란 특무부대장 하나다니 소좌, 실행부대의 이마다 대위, 그리고 헌병대장인 미다니 중좌였다. 마침내 관동군 사령관인 혼다 시게루 대장의 재가를 얻어 실행에 옮겼다.

1931년 9월 18일 밤 10시 30분 경, 폭파전문가인 가와모토 대위가 지휘하는 공병부대가 만주 심양, 즉, 봉천의 유조호 부근에서 철도 선로를 스스로 폭파하고 이를 중국의 장학량 지휘 하의 동북군들의 소행이라고 발표하였다. 본국의 내각에 사후보고 형식으로 재가를 받은 이 사건은 그 후 장장 14년 동안 중국과 일본을 전쟁의 구렁텅이로 몰아넣는 도화선이 된다. 이른바 만주사변, 중일전쟁, 그리고 태평양전쟁으로 이어지는 일련의 전쟁들이다.

그는 마음을 정리하고 다시 책상 앞에 앉았다. 그는 책상 위에 있는 결재서류들을 차근차근 살피기 시작했다. 검정색으로 된 결재판에는 금빛도 찬란한 국화문양이 박혀져 있었다. 맨 위에 있는 것은 중지나방면군 사령부 참모장이 발신자로 '군위안소 설치 허가 등에 관한 건'이라는 공문이었다. 서류번호 제234호의 문서에는 다음과 같은 내용이 적혀 있었다.

"최근 우리 황군의 병사들이 여자들을 구하려고 거리를 방황하고 있는 광경이 자주 목격됩니다. …… 중략 …… 목적을 달성하지 못한 병사들은 거리 곳곳에서 닥치는 대로 부녀자들을 성적으로 폭행하고 있는 실정입니다. …… 중략 …… 이러한 상황은 군의 점령지 내에서 불가피한 것이므로 차라리 이번 기회에 병영 내에 군위안소를 설치하여 병사들의 성문제를 군에서 직접 해결해주는 것이 더 현명하다고 판단됩니다. 그렇게 되면 성병의 문제까지도 미연에 방지할 수 있을 것이며, 따라서 성병으로 인한 전력손실의 문제도 말끔히 해결할 수 있을 것입니다. …… 중략…… 조속한 결정을 내려 주시기를 앙망합니다."

그는 또 다른 결재판을 펼쳐 보았다. 그것은 '전장에서의 특수현상과 그 대책'이라는 제목의 50쪽에 달하는 논문이었다. 작성자는 일본 동경 육군병원 군의대위 오오야마 히토시로 되어 있었는데 '전장심리의 연구각론'이라는 부제목이 붙어 있었다.

그는 맨 앞장부터 차근차근 읽어나갔다. 그 논문은 상당부분을 전쟁공포(8장)와 성욕과 강간(12장) 부분에 치중하여 설명하고 있었다. 제12장의 성욕과 강간 부분에서는 무려 수십 건의 강간사례들이 적혀 있었다. 다음과 같은 사례들도 있었다. 괄호는 사례의 번호이다.

(4) 어느 병사는 잔뜩 술에 취한 다음 중국 민가에 들어가 부녀자(59세)를 강간하고 칼로 찔러 죽였다.

(6) 어느 병사는 중국인 가게에 들어가서 중국 소녀(6세)를 보고 간음하려고 시도했으나 너무 어린 관계로 몸이 제대로 성숙하지 못하여 자신이 원하던 바 목적달성을 하지 못하고 소녀의 성기에 심한 상처만을 주고 부상을 입혔다.

(10) 병사들 두 명은 중국인 민가에 침입하여 어머니와 딸을 번갈아 윤간한 후 총으로 쏘아 죽이고 그 집을 불살랐다.

(15) 어느 중대는 산속의 여승들만 있는 절에 침입하여 여승들 16명을 140여명의 병사들이 돌아가며 윤간한 후 모두 죽이고 절을 불태워 버렸다.

마지막 결론부분에서 오야마 군의대위는 이렇게 논문을 끝맺고 있었다.

'제가 근무했던 중국 화중지역에서 강간은 너무나도 일상화되어 있어서 중국 여인들은 일본군만 보면 무서워서 숨고 도망치는 형편입니다. 이러한 작태는 황군의 명예에 먹칠을 하는 행동이며 결코 점령지 정책에도 도움이 되지 않는다고 생각됨니다. 심지어 중국인들은 우리 대일본제국의 황군이 상해에 상륙한 첫날 저녁부터 시내로 나와서 중국인들을 닥치는 대로 붙잡고 '여기에 창녀촌이 어디에 있는가?'라고 물으며 다녔다고 비아냥대기도 하였다는 소문입니다. …… 중략 …… 현지의 직업적인 위안소의 문제는 그곳을 이용하는 장병들의 경우 성병이 만연하여 귀한 전력의 손실로 이어지고 있다는 데에 있습니다. …… 중략 …… 이런 폐해를 없애기 위해서는 군부대 직영의 위안소를 설치하여 병사들에게 여자를 안겨주는 방법보다 더 좋은 방법은 없다고 생각합니다. 또한 성병의 예방을 위해서는 정조관념이 철저한 나라의 처녀들을 위안부로 차출하여 활용하는 것이 최선의 방법으로 생각됩니다. 참고로 날씨가 따뜻한 중국 화남지방의 여인들은, 소관이 다년 간 병원에서 조사하고 연구하여 본 바로는, 정조관념이 아주 희박하다고 자신 있게 보고드릴 수 있습니다."

육군성이 위치한 도야마는 봄에는 하얀 벚꽃으로, 또 가을에는 노란 단풍으로 유명한 곳이었다. 그는 자기 고향 이와테 현의 모리오카 시를 생각했다. 도쿄보다는 홋카이도(北海道)가 더 가까운 고향마을에는 겨울에 눈이 참 많이 왔다. 하얗게 바람에 날리는 벚꽃이 마치 고향마을의 하얀 눈송이 같다는 생각을 하고 있는 것이다. 그는 중얼중얼 거리며 자신의 집무실을 다시 두어 바퀴 돌았다. 쳇! 도대체 이놈들은 전쟁을 하기 위해 출정나간 군인들이야, 아니면 여자들을 겁탈하기 위해 파견된 군인들이야. 벌써 이런 공문이 이달 들어서만도 다섯 건이나 올라왔군.

그는 '군위안소 설치 허가 등에 관한 건'이라는 공문을 다시 찬찬히 살펴보았다. 그 서류에는 기안자는 말할 것도 없고, 주무, 주무과장, 고급부관, 주무국장, 그리고 육군차관의 도장까지도 줄줄이 찍혀 있었다. 의자에 앉은 이타가키 육군대신은 팔을 목 뒤로 돌려 깍지를 낀 채로 천장을 쳐다보며 입속으로 중얼거렸다.

"그렇지만 나 혼자 결정하기에는 어렵겠어. 나중에 문제가 생긴다면 내가 책임을 져야 할 터인데…… 아무래도 도조 히로유키와 상의해 보아야겠어. 그런 천재를 옆에 두고 내가 공연히 머리를 썩였군 그래."

그리고 손뼉을 쳐서 밖에 있는 부관을 불렀다.

"오잇, 하야시 부관!"

문이 열리더니 작은 키의 소좌가 뛰어 들어와 부동자세로 그의 앞에 섰다. 동그란 얼굴에 검정 뿔테 안경을 쓴 20대 후반의 장교는 마치 대학생을 연상케 했다.

"핫! 각하! 부르셨습니까?"

그는 자리에서 벌떡 일어나면서 명령했다. 그의 기세에 부관이 다시 한 번 부동자세를 취하면서 똑바로 섰다.

"도조 차관을 모셔오도록 해라."

그가 나가고 10여분이 지난 후, 도조 육군차관이 들어왔다.

"부르셨습니까? 육군대신 각하!"

작달막한 키에 로이드안경을 쓴 도조가 허리를 숙여 먼저 인사를 했다. 이타가키는 만면에 웃음을 띠며 도조의 손을 잡고 그를 자리에 앉혔다.

"어서 오게, 도조. 자네와 오랜만에 차 한 잔 하고 싶어서 불렀네. 앉게나. 그리고 그런 말투는 하지 말게나. 나와 자네는 한 몸이 아닌가."

이타가키는 도조 히로유키를 찬찬히 쳐다보며 참으로 끈질긴 인연이라는 생각을 하고 있는 것이다.

두 사람은 태어나서부터 같은 길을 걸어왔다. 육군중앙유년학교 - 육군사관학교 - 육군대학 - 관동군 - 그리고 지금의 육군성에 이르기까지, 도조와 이타가키는 서로 앞서거니 뒤서거니 하면서 이 질풍노도의 시대를 함께 달려오고 있는 것이다.

더 구체적으로 살펴보면, 도조가 1884년 12월 30일 생인데 이타가키는 1885년 1월 20일 생이다. 불과 20일의 간격을 두고 두 풍운아가 태어난 것이다. 그런데 육군사관학교는 이타가키가 1년 빠르게 졸업했다. 또 작년, 즉, 1937년까지는 둘다 만주의 관동군에서 근무하였다. 이제 1938년이 되어 이타가키는 벼락출세를 하여 육군대신이 되었고 도조는 그보다 한 직급 아래인 육군차관이 되어 있는 것이다.

이타가키의 눈에는 도조 히로유키야말로 앞으로 일본을 이끌어 갈 중심인물임에 틀림없어 보였다. 도조의 별명은 가미소리, 즉, 면도날이었다. 업무처리가 마치 면도날처럼 빠르고 날카롭다고 하여 관동군 시절 주변에서 붙여준 별명이다.

열어 놓은 창문으로 다시 하얀 꽃잎들이 우수수 떨어져서 그들이 앉은 탁자에까지 날아왔다. 이타가키는 이런 저런 이야기를 하면서 차를 마신 후 본론을 이야기하기 시작했다.

"자네도 요즘 군대 내에서 발생하는 큰 문제를 잘 알지 않는가? 전쟁과 직접적인 관계가 있다고 할 수도 있고 또 없다고 할 수도 있는 일이지. 바로 군대 주둔지 내에 위안소를 설치해 달라는 공문이 계속 일선부대로부터 날아든다니까. 그걸 마냥 미루면서 방치할 수도 없고, 그 문제를 어떻게 해결해 주면 좋을까?"

"그게 참…… 쉽지 않은 문제지. 지금까지 병사들의 성적인 욕구를 사실은 현지 부대에만 맡겨 놓은 감이 없지 않단 말일세. 내가 관동군 헌병사령관 때도 보니까 제일 많이 발생하는 문제가 약탈과 강간이란 말일세. 군인들은 자연적으로 난폭해질 수밖에 없는데 그걸 풀어주는 유일한 방편이 바로 위안부인 셈이지. 그런데 현지 부대 주변에 충분한 위안소가 없으니까 병사들이 닥치는 대로 부녀자들을 강간하고 죽이고, 또 그러니까 주민들의 반감이 생겨나서 점령지를 통치하기가 어렵고…… 이런 악순환이 계속되는 거지."

"바로 이 서류 말일세."

이타가키는 문서번호 432호라는 서류를 도조 차관 앞으로 내밀었다. 도조는 이미 서류에 도장을 찍으면서 다 살펴 본 것이기에 그 내용을 다시 확인할 필요는 없었다. 거기에는 이렇게 적혀 있었다.

육군 병무국 병무과 기안
군위안소 종업부 등 모집에 관한 건
1938년 3월 4일
육지밀(陸支密) 제745호
"지나사변 지역에 있어서, 위안소 설치를 위해 내지에 있는 종업부(從業婦) 등을 모집하는 것에 대하여 군부의 양해 등이 있는 것처럼 명의를 이용해 군의 위신을 손상시키고 일반민의 오해를 사도록 하는 우려가 있고, 혹은 종군기자, 위문자를 개입시켜 통제가 안되는 모집을 야기시킬 우려가 있다. 그러므로 모집자의 인선이 잘못 선정되어 모집의 방법에 있어 유괴와 같은 방법으로 경찰당국의 조사를 받고 있는 자, 등을 주의하지 않으면 안 될 것이다.

　장래 이런 모집 등에 있어서 파견군으로 하여금 통제토록 하고 모집과 관련한 일을 할 수 있는 인물의 선정을 적절하게 하고, 그 실시에 있어 관계지방의 헌병 또는 경찰 당국과의 연대를 긴밀히 하여 앞으로는 군의 위신을 유지하고, 또는 사회 문제 상 소홀함이 없도록 배려하기를 명에 따라 통첩한다."

"자네도 결재하면서 잘 보았겠지만, 이게 자칫 잘못하면 마치 우리 군부가 직접 위안소의 설치나 운영을 재가해 준 것 같은 인상을 줄 수가 있어서 후일 국제적인 문제로까지 비화되지 않을까 하는 걱정일세. 그래서 최종 결재를 하기 전에 차관인 자네의 의견을 다시 한 번 듣고자 부른 걸세."

　민머리의 도조는 안경 속으로 비치는 눈에 묘한 웃음을 지으면서 이렇게 말했다.

"자네도 관동군에서 오랜 기간 동안 근무를 해 보았으니까 잘 알겠지만, 중국놈들이 부녀자를 건드리지 않는 건 참으로 신기하단 말이야. 마적들이 휩쓸고 지나간 동네에도 부녀자들은 온전하단 말이지. 그런데 우리 일본군이 한 번 지나가면 그 동네에 여자란 여자는 모두 멸종이, 아, 참, 미안하군. 너무 거친 표현을 써서."

　도조가 얼굴에 당황하는 빛을 하고 사과하자 이타가키는

얼른 손을 들어 보이면서 웃음을 지었다. 상관없으니 의견을 계속 말하라는 태도였다. 사실 두 사람 모두에게도 이 문제는 하루 빨리 해결해야 할, 중요하지 않은 것 같으면서도 무시해 버릴 수만도 없는, 마치 계륵(鷄肋)같은 사안이었던 것이다.

"씨가 남지 않는다는 표현이 적당할 것 같네. 내가 헌병사령관을 오래 했으니까 자네보다는 이런 문제에는 더 정통하다고 말할 수 있지.

지금까지 군부대 주둔지 근처에는 이런 저런 위안소가 있네만, 본토나 현지의 창녀들을 고용한 직업적인 위안소는 그 숫자가 턱없이 부족하다는 게 문제야.

그래서 나도 이 문제를 이제는 공론화해서 제도적으로 해결을 해 주어야 하겠다는 생각이네. 지금까지 나온 의견을 종합해 보면, 우리 군이 직접 전면에 나서지 않고 업자들을 내세워서 그들이 모집을 하고 운영을 하도록 해야 한다는 거야. 그래야 나중에라도 뒤탈이 없을 거란 의견이지.

이건 육군성의 간부들이 대본영의 참모들과 오랜 기간 의논을 하여 내린 결론일세. 그러니까 모집이나 운영은 업자가 한다, 우리 군은 단지 적당한 이용료를 내고 이용한 것뿐이다. 이렇게 논리를 잡아 나가면 나중에라도 문제가 생길 소지가 없을 거란 말일세."

"과연 가미소리군, 자네의 그 면도날 같은 판단력이 또 다시 빛을 발하는 군 그래. 좋아. 내가 왜 며칠 동안을 이 문제를 가지고 끙끙댔을까 몰라, 하하하!"

이타가키는 부관을 부르더니 그에게 병무국장을 데리고 오라고 지시했다.

꽤 많은 시간이 지나서 병무국장이 헐레벌떡 가쁜 숨을 몰아쉬며 육군대신의 방으로 들어섰다. 그는 국민복 차림이었다. 밖은 벌써 오후 늦은 시간이 되었는지 봄바람이 심하게 불고 있었다. 병무국장이 문을 열자 창문을 통하여 맞바람이 불면서 꽃잎들이 우수수 밀려 들어왔다. 마치 세찬 눈보라가 치는 것만 같았다. 그는 육군대신과 차관이 함께 있는 것을 보고는 무척이나 긴장한 모습이었다. 이타가키 육군대신이 그에게 앉으라고 손짓을 했다. 도조가 먼저 입을 열었다.

"우리가 자네를 부른 이유는 자네가 위안부 문제에 있어서 아주 정통하다기에 자네의 의견을 참고하려는 것이야. 문제는 어떻게 하면 우리 군부가 개입하지 않은 것처럼 하면서 전선마다 필요한 숫자만큼 처녀들을 보급하느냐 하는 것이야. 자네의 의견을 말해 보게나."

병무국장은 두 사람의 최고위직에게 자기가 잘 보일 수 있는 절호의 기회라고 생각하고 평소에 연구하고 생각해 두었던 의견을 기탄없이 발표하였다. 그는 장장 3~4분 간을 쉬지 않고 위안부 문제, 군의 사기문제 등을 이야기하였다.

"저희들이 대본영 참모들과도 그 문제에 대하여 여러 차례 의견을 나누었습니다만, 결코 쉽지 않은 문제입니다. 업자를 내세워서 위안부들을 모집한다고 했을 때, 과연 군이 개입하지 않은 상태에서 그 위안소가 운영이 된다는 게 말이 되느냐 하는 문제이지요.

우선 모집을 해서 만주가 됐건 중국이 됐건, 또는 남지나 방면의 섬이 됐건 간에 그곳까지 우리 군의 수송수단이 없이 어떻게 그들을 이동시킬 수가 있겠습니까? 더군다나 태평양 상의 섬으로는 선편이 없으면 못 가는데, 거기까지 가는 배는 일반 상선은 없고 오직 군의 수송선만이 있을 뿐인데요."

"뭐, 이동수단을 군에서 제공하는 것이야 문제가 되겠나? 그건 그렇고 병무국장 자네는 적절한 인원을 몇 명으로 보나? 관계자들로부터 나온 의견이 있는가?"

"네, 대략 10만은 있어야 병사들에게 충분히 돌아간다는 의견입니다. 기계도 쉬지 않고 쓰면 고장이 나는데 하물며 사람이야 오죽하겠습니까? 그러니까 가끔씩 교체를 해 주어야지요. 위안부도 일종의 소모품이니까요."

"소모품이라, 재미있군, 하하하!"

두 명의 육군 최고위 직 상관들이 서로 마주보며 통쾌하게 웃어대자 병무국장은 한껏 신이 났다. 그런데 육군대신은 한 수 더 떠서 자기에게 특명을 내리는 게 아닌가.

"알았네. 그러면 병무국장이 앞으로 이 일이 아주 매끄럽게 진행되도록 점령지를 순회하면서 관계자들을 잘 설득하게나. 특히 조선에 가서 총독부 측의 협조를 구해야 할 거야. 위안부 모집에 총독부가 앞장서고 뒤에서 헌병이나 경찰이 밀어주도록 하란 말일세. 그들이 얼마나 적극성을 띄고 열심히 일하느냐에 따라서 전선에서 목숨을 내걸고 전투하는 우리 황군 병사들의 사기가 올라간단 말일세. 이마무라 군, 알아듣겠나?"

도조 히로유키 차관은 그냥 팔짱을 낀 채로 듣고만 있었다.

병무국장은 자기 방으로 돌아와서는 잠시 멍하니 천장을 바라보았다. 그도 도조 차관의 집에 여러 차례 가 보아서 그의 가족사항을 잘 알고 있었다.

도조에게는 딸이 네 명 있었다. 조선의 처녀들을 전쟁터에 위안부로 끌고 간다면 결국은 자기의 딸들과 같은 나이 또래의 처녀들이 아닌가? 어떻게 네 명의 딸을 둔 아버지로서 딸과같은 여자아이들을 병사들의 노리개로 동원한다는 계획에 찬동할 수 있을까?

중국은 결코 지지 않는다

그러나 전쟁은 일본군 수뇌부가 예상했던 대로 진행되지 않았다. 1938년 1월로 접어들자 벌써 일본은 중국과 벌인 전쟁을 후회하기 시작하였다. 애당초 전쟁을 시작하기 이전에 일본 측의 전략을 담은 '제국 국방 방침'에서는, 만약에 중국과의 전면전을 해야 할 상황이 온다면 4개 사단 12만 명이면 충분할 걸로 예상했다. 그것도 전쟁 개시 후 1년이면 전쟁이 종결된다고 호언장담했던 것이다. 예상했던 1년의 절반인 6개월이 지난 시점에서 일본은 벌써 중국에 16개 사단 50만 명의 병력을 투입하였다. 병참 보급선은 끝없이 길어졌다. 일본군 수뇌부는 자기네들이 점령하고 있는 중국 땅은 대도시들뿐이고 그것도 중국 내륙의 대도시는 아직 근처에도 가지 못한 상황이라는 사실을 솔직히 인정하지 않을 수 없었다.

전쟁 전에 일본은 중국을 '점과 선'으로 연결한다고 했지만, 현실은 마이니치 신문사 종군기자의 촌평대로 그저 일본군의 발이 닿는 만큼의 작은 땅일 뿐이었다. 마이니치의 중국특파원인 마스이 야스이치는 '일본군의 점령지는 점과 선은커녕 일본군이 신은 양말뿐'이라고 썼다가 곤욕을 치르기도했다. 일본은 벌써 한계점에 도달한 것이었다.

1938년 1월 내륙의 한구(漢口)로 총사령부를 옮긴 장개석은 지도부 회의를 열었다. 작년 7월 7일 북평성 근처의 노구교(盧構橋)에서 일어난 총격사건으로 시작된 일본과의 전쟁 상황을 총 점검하고 앞으로의 대책을 수립하기 위한 회의였다. 참모들의 모든 보고와 의견을 검토하여 보니 상황은 열세였지만 그래도 그렇게 비관적인 것만은 아니었다. 중국 측이 대략적으로 추산한 바에 따르면 일본군은 그간 전사자 5만에 부상자 20만 명의 손실을 입었다. 물론 중국 측도 전사자 15만에 부상자 35만으로 결코 만만치 않은 손실을 입었지만, 냉정하게 비교하자면 피해가 큰 쪽은 일본이었다. 일본은 5천만 인구에서 25만의 손실을 본 것이고 중국은 5억의 인구에서 50만의 손실을 본 것이다. 인구 대비로 보자면 일본은 200명 당 1명이요, 중국은 1,000명 당 1명인 셈이다. 일본은 공격을 하는 입장이고 중국은 수비를 하는 입장이다. 더군다나 일본은 중국이라는 광활한 땅에 원정을 와서 싸우고 있지 않는가.

장개석은 우선 나라를 안정시키는 것이 급선무라고 판단했다. 지금의 상황은 남쪽의 대도시는 국민당군이 장악하고 있고 북쪽의 농촌마을들은 공산당군에게 점차 흡수되는 상황이었다. 게다가 바닷가를 연한 남쪽의 대도시들은 최근 여섯 달 동안 거의 다 일본군의 수중에 들어간 상태였다. 장개석으로서는 일대 결단이 필요했고 그러기 위해서는 모험을 걸어야만 했다. 장개석은 공산당을 포용하기 위하여 공산당의 핵심인물인 주은래를 국민정부의 정치부장에 임명하였다. 손문 시절부터 고수해 온 국민당 일당독재 체제를 과감히 탈피하는 시도를 한 것이다.

또한 중국 군대의 사기를 높일 필요성을 절감했다. 계속되는 패전으로 인하여 사기가 곤두박질 쳐 있는 중국군에 통쾌한 승전의 소식을 전할 필요성을 느낀 것이다. 통신 시설이 전무하다보니 바로 옆 40km, 즉, 100리만 떨어져 있어도 옆의 부대가 전투에서 승리했는지 패배했는지, 부대원들이 죽었는지 살았는지 알 길이 없었다. 또한 종래의 작전개념인 지구전과 유격전을 더욱 확대하기로 결정하였다. 무기나 훈련 강도가 월등한 일본군과 정면대결을 한다는 것은 곧 자살행위나 다름없었기 때문이었다.

한편, 일본 대본영은 당초에는 남경 점령 후 곧장 한구와

광동 공략을 계획했으나 병참의 한계와 병력 부족으로 1938
년 2월 전장 불확대 방침을 결정한 후 전투를 최대한 소극적
으로 수행하라고 명령하였다. 따라서 겨울에서 봄으로 넘어
오면서 전선은 잠시 소강상태의 국면으로 전환되었다. 일본
군의 후방에서는 50만에 가까운 모택동과 팽덕회의 유격부
대가 활동하며 적을 괴롭히고 분산시켰다. 이는 중국군의 항
전의지가 여전히 건재하다는 것을 대내외적으로 보여주기에
충분한 행동이었다.

　장개석은 총사령관으로서의 권위를 어느 정도 회복하였다
는 자신이 들자 자신이 가장 아끼는 부하 진성에게 중국군 전
체의 사기를 드높일 수 있는 홍보활동을 하도록 '특별선무반'
을 편성하라는 지시를 내렸다. 진성은 장개석의 최측근이자
당시 중국군 최고위 장성중에서는 가장 유능한 인물이었다.
장개석이 오호상장(伍虎上將)과 팔대금강(八大金剛)에 모두
진성을 포함시킨 것을 보면 진성에 대한 그의 신임이 어느 정
도인지 짐작할 수 있을 것이다. 5호상장이란 삼국지에 나오
는 오호장군, 즉, 관우, 장비, 조자룡, 황충, 마초를 모방하여
장개석이 중국군에서 가장 용맹한 장군 다섯 명에게 부여한
칭호이다. 팔대금강 역시도 최고의 힘센 무장들 여덟 명을 지
칭하는 용어이다.

　진성은 황포군관학교 1기 졸업생으로 장개석을 '위원장님'

이라 부르지 않고 '교장선생님'이라고 부를 만큼 장개석을 추종하는 인물이었다. 황포군관학교는 중국의 육군사관학교로 정식 이름은 중국국민당육군군관학교이지만, 광주(廣州)의 황포강에 있어 보통 황포군관학교라고 불린다. 중국 삼민주의의 주창자인 손문(孫文)이 수천 년 동안 계속되어 온 왕조 중심 봉건주의의 잔재를 청산하고 인민 중심의 혁명 간부들을 양성하려는 취지에서 1924년 설립한 학교이다. 초창기부터 장개석이 교장을 맡았기 때문에 이곳 출신들은 장개석에 대한 충성심이 유달리 강했다.

진성은 부하 양건교를 불렀다. 장개석 위원장의 지시사항을 제대로 수행할 적임자는 아무리 생각해 보아도 양건교 밖에 없었다. 양건교는 황포군관학교를 최고 성적으로 졸업한 수재로 당시에는 상교의 계급으로 제5전구의 정치주임을 맡고 있었다. 그는 군관학교를 졸업한 뒤에 북경대학에서 ≪손자병법의 현대전 접목과 그 활용방략≫이라는 제목으로 박사학위를 받은 사람이다.

양건교는 부하들과 한 달에 걸쳐서 밤을 새워가며 고생한 끝에 마침내 교안을 완성하였다. 그는 정신전력을 강화하기 위한 방침으로 중국의 5천년 유구한 역사를 일목요연하게 소개할 수 있는 소책자를 만들기로 하였다. 군의 문맹률이 엄청나게 높다는 문제가 있었지만 그것은 소규모 단위부대에서 지휘관이 병사들에게 옛날이야기를 하는 형식으로 책을 읽어주면 해결될 문제였다.

군의 사기를 높이기 위한 전략으로는 작년 여름 상해에서 있었던 치열한 공방전에서 일본의 나고야사단을 궤멸시킨 송호 전투를 모범사례로 소개하기로 하였다. 비록 결과적으로는 중국이 패하였지만 일본의 최정예 사단이라고 자랑하던 제3사단, 즉, 나고야 사단을 전멸시킨 것은 아무도 부인할 수 없는 엄청난 전과였던 것이다.

그것 가지고는 미흡하다고 판단하여 작년 7.7사변 직후 만리장성 부근에서 있었던 송철원의 제29군 휘하 대도대의 활약상을 소개하기로 하였다. 최신식 무기로 무장한 일본군에 비록 맨몸으로 뛰어드는 꼴이나 마찬가지였지만, 그래도 대도대의 활약상은 중국사람 누구에게나 통할 수 있는 아주 좋은 소재였기 때문이다.

마지막으로 앞으로 지휘관들이 참고하여야 할 전략으로는 모택동이 주도하고 있는 팔로군의 생존전략을 소개하기로 방침을 확정하였다. 그런 전략을 소규모 부대의 지휘관들까지 모두 숙지하도록 만들자는 계획이었던 것이다.

1938년 춘절이 끝나자마자 특별선무반의 행동대가 편성되었고 특별선무반에서는 위의 네 가지 내용을 중심으로 한 교재를 수천 부 만들고 200여 명의 요원들을 선발하여 합숙훈련을 시켰다. 이들은 교재의 핵심내용들을 속속들이 암기하는 교육이 모두 끝나자 중국 전역으로 흩어져 나갔다. 72개의 3인 1개조로 편성된 특별선무반은 가깝고 길이 좋은 곳은 도보로 떠났다. 귀주성, 호북성, 섬서성, 산서성, 하남성 등의 산악지역으로는 말을 타고 떠났다. 하북성이나 길림, 요령성 등지의 동북부 지역에는 가는 데만도 한 달 이상이 걸릴 것이었다. 어떤 곳은 적의 점령지를 돌파하면서 가야하는 곳도 있었다. 앞으로 중국군의 사기가 어느 정도까지 올라가느냐가 본부요원을 포함한 이들 200여 명의 특별선무반에게 달려 있는 것이다.

귀주성을 담당한 마등휘 소교는 부하 두 명과 함께 사흘간을 걸어서 귀양전구사령부에 도착하였다. 여기서 그는 사령부 휘하 간부들 80여 명을 모아놓고 그동안 준비해 온 교안을 설명하는 중이다. 오늘은 그 첫 번째 날 첫 번째 시간으로 작년 8월 상해의 송호 해변가에서 있었던 송호회전을 설명하는 시간이다. 일본군은 오송전투라고 불렀다.

원래 제2차 상해사변은 일본군이 계획하고 저지른 전쟁이었다. 일본군 중위 오오야마란 놈 하나가 제멋대로 우리 비행장인 홍교(虹橋)공항에 들어오려고 하다가 경비병의 제지에 불응하고 먼저 사격을 하였기에 병사들의 총탄세례에 맞아 죽은, 아주 단순한 사건이었다. 그런데 일본놈들은 이것을 빌미로 삼아 제2차 상해사변을 일으켰다. 우리 장개석 위원장께서는 일찍이, 만약에 전쟁이 일어나서 적이 상륙한다면 필경 여기 상해의 송호지역이 될 것이라고 예측하셨다. 위원장님의 선각자적인 판단아래 우리 중국군은 송호해변을 난공불락의 요새로 만들었다. 수천 개의 참호를 팠으며 해안가에 물샐 틈 없는 철조망을 2중, 3중으로 둘러쳤다. 또한 요소요소마다 포대를 설치하였다. 부대는 10만의 직계군대를 정예화하여 독일제, 체코제 무기로 무장시켰다. 그런데 과연 위원장께서 예상하신대로 여기에 일본군이 상륙한 것이다.

1937년, 즉, 작년 8월 23일 일본군은 제3사단과 제11사단 병력 6만을 동원하여 상륙작전을 감행하였다. 우리 중국군을 허수아비로 보고 아무 은폐 엄폐할 곳도 없는 송호(淞湖) 해안가를 그냥 밀고 들어 온 것이다. 우리 중국군은 참호 속에서 체코제 기관총으로 응사했다. 여러분에게도 일부 지급되어 있지만 체코제 기관총은 수냉식이라서 물로 식혀만 주면 수천 발도 쏠 수 있는 아주 훌륭한 무기이다. 조금 북쪽인 천사진(川沙鎭)에 상륙한 제11사단 역시도 상황은 마찬가지였다. 이들은 일본 육군이 최정예라고 자랑하는 부대들이다. 전원 현역병일뿐더러 상륙훈련도 여러 차례 받은 바 있는 군대이다. 그런데 그들은 우리 중국군의 주도면밀한 방어선 앞에 모조리 죽어갔다. 일본군이 함포사격과 공중공격으로 아무리 포격을 해 대도 우리 중국군은 결코 물러서지 않았다. 그들은 하루에 겨우 200m 정도씩 밖에 전진하지 못했던 것이다. 그러자 그들은 대규모의 증원군을 파견하였다. 대만에 있던 제9, 제13, 제101사단 등, 무려 10만에 가까운 병력을 추가로 투입한 것이다.

결국 3개월간의 치열한 공방전 끝에 우리 중국군은 눈물을 머금고 후퇴하지 않을 수 없었다. 여러 가지 이유가 있지만, 우리 군이 보유하지 못한 전차를 저들이 갖고 있다는 점, 그리고 해군력과 공군력에서 절대 열세라는 점을 들 수 있을 것이다. 결과적으로는 우리가 송호를 적에게 내어주고 연달아서 상해까지 잃었지만, 송호해변 전투는 분명히 우리 중국군이 이긴 전투였다. 참고로 일본군이 최정예 사단이라고 자랑하던 제3사단은 3만 명중 9할인 2만7천명이 전사하거나 부상당했다. 제11사단 역시도 절반의 손실을 입었다. 그러나 무엇보다도 우리의 가장 귀한 전과는 3개월이라는 기간 동안 일본군을 상해 외곽지역에 꽁꽁 묶어 두었다는 점이다. 송호를 포함한 상해 일대를 점령하는 데에 일본군은 3개월을 소비하였다. 또한 7만에 달하는 사상자를 냈다. 상륙 한 시간 만에 1만 명이 해변에서 도살당했다면 여러분은 믿겠는가? 일본군 지휘부는 이제 깨닫지 않았을까? 10년이 걸려도, 1천만을 투입해도 결코 중국을 점령할 수 없다는 사실을.

자, 이제 여러분들에게 묻겠다. 전장에서 비겁한 장수가 되어서 적에게 등을 돌릴 것인가? 아니면 장렬하게 싸우다 죽는 명예를 택할 것인가? 여러분들의 마음가짐 여하에 따라서 우리 한족이 묘족(苗族)과 함께 수천 년을 살아 온 이 소중한 귀주성을 일본 동양마귀들에게 내어주고, 여러분들이 사랑하는 마오타이 주를 다시는 맛보지 못할 수도 있다. 여러분들이 죽음으로써 나라를 지키면 여러분들의 가족은 이 땅에서 자자손손 행복하게 살 수도 있다. 선택은 여러분들의 몫이다.

부하 두 명과 함께 산서성 태원의 제29군 휘하 제7집단군 사령부를 찾아 떠난 고휘 중교는 도중에 부하장교 한 명을 잃었다. 호북성을 떠나서 도보로 걸어만 오다보니 시간도 지체되었을 뿐더러 중간에 서안을 지날 무렵에는 일본군의 매복에 걸려 부하 장교 하나를 잃은 것이다. 그래도 지급받아 온 독본 300권을 온전하게 가지고 올 수 있었던 것만 해도 천만다행이었다. 그는 한구에서 한 달 간 교육받은 그대로 먼저 입을 열었다.

"지금은 두 번째 날, 두 번째 시간으로 작년 7월 7일에 있은 7.7사변 직후 북평 근처에서 있었던 우리 대도대(大刀隊)의 활약상을 소개하는 시간이다."

북평성 근처 귀추촌 부락을 탈환하기 위한 대도대의 활약상은 이미 여러분들도 다 들어서 익히 알고 있을 것이다. 대도대란 무엇인가? 바로 우리 중국의 전통 칼인 대도를 가지고 전투를 하는 부대이다. 총과 대포가 난무하는 전장에서 무슨 칼이냐고 하겠지만, 실제로 여러분들이 들어서 알고 있다시피 우리 대도대의 활약상은 일본군들의 간담을 서늘케 한 바가 있다.

　작년부터 본격적으로 시작된 일본과의 전투에서 여러분들이 직접 몸으로 겪었듯이 우리 중국군은 장비가 턱없이 부족했다. 지금 전 중국 군대가 400만이라고는 하지만 그중에서 제대로 무장을 하고 있는 부대는 장개석 위원장님의 직계부대인 제88사단과 제89사단 등 극히 일부 병력뿐이다. 그들은 독일제 무기로 무장을 하고 수년간 치열한 훈련을 받아온 군대이다. 여기에 그저 조금 더 보탠다면 제15사단, 제36사단, 제118사단 정도뿐이다. 이들을 다 합쳐도 겨우 10만에 불과하다. 나머지는 소련, 체코, 이태리, 영국, 미국 등등의 잡다한 나라들로부터 원조 받은 오만가지 무기와 중국 자체 내에서 생산한 조잡한 무기로 겨우겨우 무장하고 있는 실정이다.

　기동성으로 들어가면 상황은 더욱 열악하다. 일본군이 무장한 전차와 같은 장비는 하나도 없다. 심지어는 말이나 당나귀를 타고 전투에 임하는 부대만도 10만이 넘는다. 여기에서 궁여지책으로 탄생한 부대가 바로 대도대이다. 대도는 우리 중국이 그 옛날부터 사용해 온 칼이다. 여러분들이 이미 잘 알고 있기에 구태어 자세한 설명은 필요 없으리라고 본다. 우리 중국에 철광석은 무진장하게 묻혀 있으니까 그걸 활용하여 당장에 전장에 투입하기에는 대도만큼 효과적인 무기도 없을 것이다. 그런데 이런 원시적인 대도가 지난 번 북평 전투에서 크게 전과를 올렸다는 사실이다.

여기 이 사진은 대도대 병사들이 참호 속에서 적진을 바라보며 전의를 불태우고 있는 모습이다. 명령만 떨어지면 금방이라도 뛰쳐나갈 것 같지 않은가? 또 여기 이 사진은 대도를 등 뒤에 꽂고 연병장에 집결해 있는 병사들의 모습이다. 이들은 무려 30근도 넘는 대도를 가지고 적의 목을 베는 연습을 수도 없이 한 병사들이다. 대도의 역사는 곧 중국의 역사이다. 삼국지에서 관운장이 사용한 청룡언월도라는 것도 따지고 보면 대도에 긴 손잡이를 붙인 것에 불과하다. 물론 관운장은 원체 장사이기에 80근이 넘는 청룡언월도를 자유자재로 휘둘렀지만, 우리 병사들의 것은 그것의 절반에도 미치지 못하는 30근 짜리이다.

그래도 일본놈들의 그 간사한 일본도에 비하면 거의 두 배에 달하는 무게이다. 대도를 실제로 병사들의 무기로 활용한 역사는 아득한 2천 년 전으로 거슬러 올라간다. 또 그것을 체계적으로 훈련시킨 역사는 소림사의 역사와 함께 한다. 여기에 대한 설명은 시간 관계상 생략하겠다.

귀추촌에서 우리 용맹무쌍한 중국군 병사들은 대도 하나만을 믿고 적진으로 뛰어들었다. 물론 적의 집중 포화에 병사들 중 대다수는 참호에 도착하기도 전에 죽었다. 그래도 끝까지 살아남은 병사들은 적진에 뛰어들어 두 명, 세 명씩의 목을 베었다. 살아남아 귀환한 병사들의 증언을 들어 보았는가? 그들은 마치 썩은 무를 베듯 한칼에 뎅겅뎅겅 떨어져 나가는 일본 놈들의 모가지를 보면서 말로 표현할 수 없는 희열을 느꼈다고 한다.

또 생포된 일본군의 포로들로부터 나온 증언을 들어보면 그들이 대도대를 얼마나 무서워하고 있었는지 알 수 있다. 일본군 포로 하나는 울면서 이렇게 증언하였다.

"처음에는 뭐 저렇게 무식한 전쟁을 하는 군대도 있나 싶었지요. 그런데 그게 몇 차례 반복되니까 나중에는 피리소리와 나팔소리만 들어도 오줌이 질질 나오는 겁니다. 그리고 주변을 둘러보면 몰래 도망가는 병사들도 있었어요."

들어 보았는가? 이게 대도대의 심리효과이다. 병사들이 한밤중에 적진을 마주하고 적군의 피리소리와 나팔소리를 들을 때의 공포감을 상상해 보라. 피리와 나팔, 징과 꽹가리 소리가 끝나고 나면 시퍼런 칼을 든 중국군 병사들이 자신들의 참호를 덮친다고 상상해 보라. 정육점에서 소나 돼지를 도살할 때나 쓰는 엄청나게 큰 칼날 한 방에 자기들의 목이 덜렁 떨어져 나간다고 생각해 보라. 그렇게 덜덜 떨고 있는 병사들이 총은 어떻게 쏠 것이며 육박전은 어떻게 할 것인가. 그러한 대도대를 창안하신 분이 바로 여기 제7집단군의 상급부대인 제29군의 최고 지휘관이신 송철원 장군이시다.

섬서성의 서안에 도착한 구개충 대위는 부하 장교 두 명을 모두 잃고 자신만이 홀홀단신으로 도착하였다. 중간에 서악 화산의 잔교를 넘어오다가 그만 까마득한 절벽 밑으로 굴러 떨어졌다. 현지인들 두 명이 짐꾼으로 따라 붙었으나 일정을 단축하려고 무리하게 횃불을 든 채로 잔교를 타고 넘다보니 그만 실족사를 한 것이다. 그는 서안과 그 일대에 주둔하고 있는 팔로군 제115사단, 제120사단, 제127사단, 그리고 제129사단의 선무공작을 맡았다.

오늘은 세 번째 날로 제127사단의 간부들을 대상으로 하는 교육이다. 이제 내일의 제129사단 간부 교육이 끝나면 교육을 받은 간부들이 각 사단별로 그 예하부대를 돌며 병사들을 상대로 똑같은 교육을 반복하여 실시하도록 되어 있는 것이다.

서안 외곽의 산악지역에 자리 잡고 있는 사단 본부는 산에서 베어 온 나무와 풀로 얼기설기 지은 초가집이었다. 구개충 대위는 단상 앞으로 나갔다.

"지금은 세 번째 날, 세 번째 시간으로 모택동 정치위원의 정치노선인 대중노선 실천방안을 소개하고 또 군사전략인 유격전략을 소개하는 시간이다. 이 전략은 여러분들에게 특히 필요한 전략이므로 주의를 집중하여 들어주기 바란다."

먼저 모택동 정치위원께서는 3대 기율을 강조하셨다. 기강이 흐트러진 군대는 대중의 지지를 받지 못한다는 철학이다. 그것들을 구체적으로 살펴보면,

첫째, 명령에 절대 복종한다.

둘째, 인민의 물건은 바늘 한 개도 건드리지 않는다.

셋째, 모든 노획물은 공적인 것이므로 개인이 착복할 수 없다.

이상이 3대 기율이고, 다음으로는 유격대원들이 명심해야 할 8대 행동지침을 살펴보겠다.

첫째, 말할 때는 부드럽게 하여야 한다.

둘째, 물건을 사고파는 행위는 공정하게 하여야 한다.

셋째, 빌린 물건은 반드시 되돌려 주어야 한다.

넷째, 물건을 파손하면 반드시 배상해야 한다.

다섯째, 사람을 때리거나 욕하지 않는다.

여섯째, 덜익은 농작물에 피해를 입히지 않는다.

일곱째, 부녀자를 희롱하지 않는다.

여덟째, 포로를 학대하지 않는다.

다음으로는 유격대원들의 기본전술인 군사전략에 대하여 알아보겠다. 이것 역시도 모택동 정치위원께서 주창하신 전략으로 이미 여러분들도 다 알고 있는 전략이라고 믿는다. 복습을 위하여 재차 강조하면, 유격전략의 기본개념을 모택동 정치위원께서는 '16자 전법'으로 명명하셨다.

첫째, 적진아퇴(敵進我退): 적이 진격해 오면 나는 후퇴한다.

둘째, 적퇴아추(敵退我追): 적이 후퇴하면 나는 추격한다.

셋째, 적주아요(敵駐我搖): 적이 머무르면 나는 시끄럽게 한다.

넷째, 적피아타(敵疲我打): 적이 피로해지면 나는 타격한다.

이상의 전략은 이미 화북지역의 우리 팔로군이 실행에 옮겨서 많은 전과를 올리고 있는 전략이다. 이제 여러분들도 이 전략을 더욱 더 정교하게 발전시켜서 우리의 주적인 일본괴뢰들을 이 땅에서 몰아내 주기 바란다. 오늘의 세 번째 시간 교육은 이것으로 마치겠다.

황포군관학교에서 사관생도들에게 정신교육을 하는 사람은 가거채 중교였다. 당시의 황포군관학교는 전쟁을 피하여 임시로 운남성으로 이전하여 있었다. 그는 감회가 새로운 듯 자신의 후배들을 둘러보며 강의를 시작하였다.

"우리 중국의 미래를 이끌어 갈 군관학교 생도 여러분들

앞에서 내가 교육을 맡게 된 것을 영광으로 생각한다. 지금은 네 번째 날, 네 번째 시간으로 이번 교육 중 가장 중요한 우리 중국의 장구한 역사에 대하여 설명하는 시간이다. 연 4일간을 똑같은 교육만 한다고 불평하는 사람이 있을 것 같아 잠시 부연설명을 하겠다. 무릇 교육이란 반복교육이 최상의 교육이다. 본 교관이 그 옛날 황포강변의 군관학교에서 교육을 받을 때도 반복교육의 중요성을 귀에 못이 박히도록 들으면서 교육받았다. 이제 여러분들은 지난 3일간의 교육을 통하여 지금부터 내가 한 시간 동안 하려고 하는 교육이 어떤 것인지를 다 알고 있을 것이다. 그리고 벌써 네번째 교육이니 그저 지겹기만 할 것이다. 그러나 앞으로 여러분들이 여기를 졸업하고 초급장교가 되어서 실제로 병사들을 앞에 놓고 교육을 하다보면 이번 4일간의 교육이 얼마나 큰 도움이 되는지를 실감하게 될 것이다."

우리 중국은 이 세상의 중심이다. 그렇기에 중국(中國)이라고 하는 것이다. 중국은 삼황오제의 시대부터 장장 5천년의 역사를 자랑하는 나라이다. 지금 전 세계의 인구가 15억이라고 한다. 그중 5억이 여기 우리 중국 땅에 살고 있는 우리 동포이다. 그러므로 이 세상의 어떤 일을 이야기 할 때 우리 중국을 빼 놓고는 이야기가 성립되지 않는다. 비록 최근 100년 동안 만주족이 중국 땅을 지배하면서 잠시 한눈을 판 사이에 우리가 이런 수모를 당하고 있기는 하지만, 머지않아 오늘의 굴욕을 딛고 다시 당당히 세계의 일등국가로 되살아 날 것이다.

화약도 종이도 나침반도 불화살도 중국이 세계에서 처음으로 발명해 낸 것들이다. 세계에서 우리 중국이 최초로 발명한 진기한 물건들을 나열하자면 끝이 없을 정도이다.

불교를 아시아 여러 나라에 보급한 것도 우리 중국이다. 또 대규모 선단을 지구의 반대편에 파견한 것도 우리 중국이 최초였다. 명(明)나라 때의 정화라는 위대한 선각자께서는 무려 80여 척의 대규모 선단을 이끌고 인도양과 아라비아 해를 거쳐 멀리 아프리카까지 진출하였다. 마젤란보다도 무려 100년이나 앞선 1400년 초였다. 정교한 지도와 나침반, 그리고 월등한 조선 기술과 항해술이 있었기에 가능했던 일이다.

그뿐인가? 변방에 위치해 있는 나라들이 모두 우리에게 조공을 바쳤었다. 사신이 우리 중국 황제가 계시는 궁궐에 당도하면 궁궐의 입구에서부터 기어서 들어오던 나라가 바로 중국이라는 말이다.

철학과 사상은 어떠한가? 우리 중국의 사상이 곧 세계의 사상이다. 위대한 철학자요 사상가인 공자는 우리 중국만의 공자가 아니다. 멀리 유럽의 내로라하는 철학자들 중에 공자의 사상에 영향을 받지 않은 사람이 거의 없을 정도이다. 이건 여러분들에게 무척 어려운 이야기일 것이다. 그러나 참고 들어 달라. 존 로크, 데이비드 흄, 장자크 루소, 몽테스키외, 라이프니츠, 프랜시스 허치슨, 리차드 컴벌랜드, 볼테르, 프란시스 케네, 칼 융, 기타 등등, 정말 공자의 학문에 영향을 받지 않은 학자들을 이야기 하는 편이 더 쉬울 지경이다.

바로 이런 나라가 우리 중국이다. 저 동방의 섬나라 오랑캐가 감히 서구문명을 일찍 들여와서 약간 발전하였다고 우리를 상대로 전쟁을 일으켰지만, 그리고 그 초기에 우리가 잠시 이렇게 궁벽한 처지에 있기는 하지만, 틀림없이 우리 중국은 다시 일어날 것이다.

장개석 위원장께서는 이렇게 말씀하셨다. 일본은 청일전쟁도 기습으로 일으켰고 노일전쟁도 기습으로 승리했다. 만주사변도 중일전쟁도 기습으로 촉발시켰다. 그렇게 교묘하고 간사하게 남의 허를 찌르는 작전으로 잠시 승리를 맛 볼 수는 있으나 영원한 승리는 가져갈 수 없다. 일본은 매번 기습으로 약간의 재미를 보았으나 그 동안 본 재미의 열 배, 스무 배의 고통을 머지않아 당하게 될 것이란 위원장님의 예언이다. 그것이 언제 어느 때가 될지, 또 어느 곳이 될지는 모르지만 분명 일본은 혹독한 대가를 치를 것이라고 하셨다. 그것이 곧 인과응보(因果應報)의 법칙이고 대자연의 법칙이라는 말씀이었다.

제2부

나라 잃은 백성들의 수난

중국 소녀 왕링과 화란 처녀 안나 밤베르그

중국소녀 왕링은 산서성(山西省)의 태원이라는 도시에서
도 이틀길을 가야하는 산골마을인 상규촌에서 태어나고 그곳
에서만 자랐다. 부모님은 근처의 식초공장에 다녔고 위로 오
빠 둘은 군대에 들어갔다. 왕링이 14살이 될 때까지 동네를
벗어나서 멀리 가 본 곳이라고는 온 가족과 함께 가본 포복사
라는 절 뿐이었다. 포복사의 포복암(抱腹岩)이라는 곳은 너무
나도 힘들어서 두 번 다시 가고 싶지 않은 곳이었지만, 그래
도 아버지 엄마와 모처럼 꼬박 나흘을 함께 지낸 소중한 추억
이 있는 곳이었다.

아버지와 엄마는 걸어서 한 시간 거리에 있는 동호(東湖)

식초공장을 아침 일찍 갔다가 언제나 밤이 되어서야 돌아왔다. 왕링이 사는 동네 근처에는 그런 식초공장이 많이 있었다. 밤에 부모님이 집안에 들어오면 식초냄새가 심하게 났다. 부모님이 하루 종일 나가 있는 동안 왕링은 밥도 짓고 빨래도 하고 집에서 기르는 돼지 세 마리에게 먹이도 주곤 했다.

포복사와 포복암은 면산(綿山)의 중턱에 있는 산인데 그 산은 멀리서 보기에도 까마득히 구름 한 가운데에 떠 있었다. 아버지는 날마다 공장만 다니다가 모처럼 여행을 간다고 계획을 세웠던지라 무척이나 들떠 있었다. 멀리 면산의 산봉우리가 구름 위로 모습을 드러나자 연신 흥분을 감추지 못하며 저 산의 높이가 얼마라는 둥, 저 산 속에는 호랑이와 곰이 산다는 둥, 그 옛날에 어떤 충신이 산속으로 들어가서 불에 타죽었다는 둥, 이런 저런 이야기를 쉬지도 않고 해 주셨다.

왕링은 어려서부터 전족(纏足)을 했던지라 많이 걷지를 못했다. 4일 여행의 거의 절반을 당나귀의 등에서 보냈고 그곳에 도착해서는 까마득한 산꼭대기까지 아버지의 등에 업혀서 올라가고 내려와야 했다. 동네 사람들의 말에 의하면 발을 어려서부터 꽁꽁 묶어 자라지 못하게 하는 전족풍습은 중국의 다른 지방에서는 많이 없어졌다고 했다. 그렇지만 산서성에서 만큼은 전족을 안 한 여자는 여자 취급을 받지도 못했고 시집을 갈 때도 흠이 잡혔다. 친구들도 전족은 여자라면 의례

다 하여야 하는 것 정도로 생각했다. 그러나 집에서 살림을 하거나 가까운 학교를 오갈 때는 괜찮았지만 먼 거리로 여행을 떠날 때는 큰 문제였다. 왕링이 하루 종일 제일 많이 걸어본 것은 왕복 20리 거리에 있는 이모네 집을 다녀 온 것이 고작이었다. 그것도 10리 길을 걸어가서 이모네 집에서 사흘을 묵고 왔으니 한꺼번에 20리를 다 걸은 것도 아니었다.

아버지는 혼자서도 올라가지 힘든 포복암을 땀을 뻘뻘 흘리며 왕링을 업고 올라갔다. 집을 떠나 중간의 공요촌이라는 곳에서 하루 밤을 자고 아침 일찍 출발했음에도 불구하고 포복암 동굴에 도착한 것은 오후 늦은 시간이 되어서였다. 포복암 동굴은 정말 아버지가 그토록 며칠을 들떠서 기대할 만큼 멋진 곳이었다. 어쩌나 동굴이 넓은지 마치 학교 운동장만 해보였다. 거기서 내려다보니 온 세상이 눈앞에 펼쳐져 있는 것만 같았다. 끝없이 펼쳐진 산들 앞으로는 하늘이 그대로 내려앉아 있었다. 아버지와 엄마는 불상 앞에 연신 무릎을 꿇고 앉았다 일어났다 하면서 머리를 조아리며 불공을 드렸다. 저녁에 산에서 내려와서 객주에 묵을 때 왕링은 부모님께 무엇을 그리도 열심히 빌었느냐고 물었다. 아버지는 왕링의 통통부은 다리를 주무르며 군대에 가있는 오빠들이 무사히 집으로 돌아오기를 빌었다고 했고, 엄마는 왕링이 좋은 곳에 시집가서 아들 딸 많이 낳고 잘 살기를 빌었다고 했다.

1942년 3월, 이제는 겨울도 다 가고 여기저기서 봄기운이 샘솟는 그런 화창한 날씨였다. 그런 좋은 날씨에도 엄마는 집에 누어서만 지냈다. 열흘 전부터 엄마는 몸을 다쳐서 식초공장을 나가지 못하고 있었다. 식초 통을 들어서 마차에 싣다가 허리를 삐끗했다고 했다. 엄마는 일어나지 못하고 자리에 누워서 끙끙거리며 신음을 해 댔지만 별다른 치료약도 없었다. 수양버들 가지를 잘라서 끓여 먹으면 좋다고 하여 그걸 끓인 물을 매일 여러 차례 먹는 게 전부였다.

왕링의 동네에까지는 아직 아니었지만 여기서 2백리 정도 떨어진 태원에는 일본군들이 들어와 있단다. 왕링은 아직까지 태원(太原)을 가보지 못했지만 사람들의 말에 의하면 태원은 아주 큰 동네라고 했다. 왕링이 사는 상규촌 같은 동네보다도 100배는 더 크다는 것이었다. 작년 겨울에 일본군들이 태원에 들어 왔는데 그놈들은 마귀같이 생겨서 여자아이들을 보기만 하면 잡아가고 펄펄 끓는 물에다 삶아 먹는다고도 했다. 그래서 상규촌의 왕링 나이 또래 여자아이들은 지난 반년을 토굴 속에서 살았다. 마을 뒷산에 있는 토굴에 들어가서 하루 종일 지내다가 저녁때가 되면 내려와서 집안일도 거들고 하다가 잠을 자고, 또 다음날 날이 밝으면 토굴 속으로 들어가곤 했다.

학교에서도 5, 6학년의 고학년 여자아이들은 일본군 때문에 위험하니 학교에 오지 말라고 했다. 2년이나 늦게 들어간 학교였지만 그것마저도 졸업을 못했다. 일본군들 때문이었다. 그런데 토굴생활도 몇 달 간을 계속하니까 지루해졌다. 처음에는 동네 열대여섯 살 아래 여자아이들 열 명 가까이가 토굴 속에서 함께 숨어 지내다 내려오곤 했는데, 일본군들의 모습이 보이지도 않고 아무도 잡혀가지 않자 더 이상 산속으로 가는 아이가 없었다. 퀴퀴하고 어두운 굴속에서 떨면서 지내는 게 싫기도 했기 때문에 아이들은 얼굴에 숯으로 칠만 하고 다녔다. 일본군들은 얼굴에 검댕칠을 하고 다니면 안 잡아간다고 어른들이 가르쳐 주었기 때문이었다.

그날도 왕링은 수양버들 가지를 자르려고 가위를 들고 동네 근처를 돌아다니고 있던 중이었다. 왕링의 동네는 사방이 높은 산으로 둘러 쌓여있었다. 사실 그걸 높은 산이라고 해야 할지 밭이라고 해야 할지 어쨌든 사람들이 그 높은 산을 계단처럼 깎아서 거기다가 밭을 만들었다. 그 중에서도 오직 한 곳, 남쪽으로 겨우 당나귀 한 마리 정도가 다닐 수 있는 길이 있을 뿐이었다. 그 길이란 커다란 바위 두 개가 마주 보고 있고 그 사이가 조금 벌어진 틈이었다. 우마차 하나가 통과하기도 힘든 길이지만 동네 사람들이 외부로 나가려면 그 길 말고는 없었다. 사람들은 그 길을 '조개바위길'이라고 불렀다. 조개바위에서 동네를 내려다보면 마치 우물 속을 들여다보는 것 같았다. 사방이 높은 산으로 삥 둘러쌓인 곳에 자그마한 흙벽돌집 100여 호가 옹기종기 모여 있는 것이다.

동네의 아래쪽에는 호수가 하나 있었는데 왕링의 걸음으로 한시간이면 한 바퀴를 돌 수 있는 정도의 연못이었다. 수양버들은 그 둘레에 많이 심겨져 있었다. 수양버들은 열흘 전에 처음 와서 자를 때보다 훨씬 더 야들야들해지고 약간 연두색 빛깔이 보이기도 했다. 그동안 왕링이 자주 왔던지라 왕링의 키가 자라는 곳에는 가위로 자를만한 가지가 별로 없었다. 왕링은 낑낑거리며 근처에 있는 커다란 돌멩이를 옮겨 놓고 그 위에 올라가서 가위질을 했다. 몇 개를 잘라 놓고 그걸 바구니에 주워 담고 또 돌을 옮기고 자르기를 여러 번, 그렇게 하여 바구니에 버들가지를 가득 채워서 집으로 돌아왔다.

3월이라고는 하지만 밖에서 두 시간을 그렇게 보내고 오니 무척이나 추워 왕링은 온돌 위로 올라가서 이불을 들추고 엄마 옆으로 바짝 앉았다. 엄마의 궁둥이 밑으로 손을 넣자 추위로 오그라들었던 손이 금방 녹는 것만 같았다. 조그만 봉창으로 밖을 내다보니 밖은 이미 어둑어둑해져 오고 있었다. 그렇게 조금만 있다가 나가서 밥도 짓고 버들도 끓이려고 하는데 느닷없이 군인들 두 명이 좁은 집 안으로 들이닥치는 게 아닌가. 누런 색 옷을 입고 모자를 쓴 모습을 보니 그동안 말로만 듣던 일본군인들이 틀림없어 보였다. 왕링이 깜짝 놀라

소리쳤다.

"어? 엄마!"

그 말을 하는 사이에 왕링의 몸이 허공으로 붕 뜨는 것이었다. 고개를 돌려 쳐다보니 엄마가 잠에서 깨어나 놀란 눈을 하고 자기와 군인들을 쳐다보고 있었다. 엄마가 벌떡 일어났다. 평소에 몸을 돌리지조차 못하던 엄마였는데 엄마는 어느 사이에 뛰어 와 일본군의 팔에서 자기를 떼어내려고 하고 있었다.

"칙쇼!"

자기를 안은 군인 옆에 있던 다른 군인이 뜻 모를 소리를 지르면서 엄마를 발로 걷어찼다. 엄마는 온돌에 심하게 머리를 부딪치고 좁은 방에 팔다리를 쫙 벌린 채로 나가떨어졌다. 산발을 한 머리에 푸른색 바지 밑으로는 맨발이 드러나 있었다. 그게 마지막으로 본 엄마의 모습이었다. 밖으로 나오니 거기에도 세 명의 군인들이 망을 보고 있었다. 끌려가면서 발버둥을 치고 소리를 지르니까 그중 한 명이 왕링의 입에 무언가를 쑤셔 넣었다. 자기네들이 끼고 있던 장갑이었다.

밖으로 통하는 조개바위를 넘었다. 캄캄한 밤중을 당나귀 등에 태워져서 어딘가로 끌려갔다. 얼마를 가니까 거기에 차가 한 대 있었다. 차를 타고 털털거리며 또 한참을 왔다. 그렇게 한 시간 이상을 와서 마침내 내려진 곳은 어떤 동굴 속이었다.

입구는 머리를 숙이고 들어가야 할 만큼 좁았지만 안으로 들어갈수록 점점 넓어졌다. 마치 항아리 같았다. 왕링은 동굴 안에 발을 들여 놓자마자 하마터면 토할 뻔했다. 썩은 냄새 같기도 하고 쉰 냄새 비슷하기도 한 냄새가 코를 찌르는 것이었다. 식초냄새와 비슷하지만 그것과는 또 다른 아주 고약한 냄새였다. 식초냄새는 이미 코에 익숙해져 있어서 왕링에게는 그다지 거부감이 없었다.

동굴의 안쪽에는 양옆으로 온돌이 놓여있었는데 그 위에는 병사들이 누어있기도 하고 앉아 있기도 했다. 그런데 희미한 석유등잔 불빛에 자세히 보니 그 몇 명의 일본군 속에는 여자도 한 명 섞여 있는게 아닌가. 그 여자는 일본 군인들과 똑 같은 옷을 입고 있었는데 옷이 너무 커서 소매를 여러 번 접은 게 보였다. 일본군인 한 명의 품에 누워있던 그 여자는 왕링과 다른 군인들이 들어오자 부스스 일어났다.

그들은 왕링을 바닥에 내던졌다. 바닥에는 마대자루가 여러 개 깔려 있었다. 왕링에게 주먹밥 하나가 던져졌다. 왕링은 밥도 안 먹고 계속 울어대기만 했다. 일본군 중 우두머리가 화로 앞에 의자를 놓고 앉아 있다가 화로 속에서 시뻘겋게 달구어진 꼬챙이를 들고 일어섰다. 그는 꼬챙이를 왕링의 코 바로 앞에다 대고 뭐라고 했다. 약간은 침침한 동굴 속에서 불에 달구어진 꼬챙이가 시뻘건 빛을 내고 있었다. 왕링이 겁에 질려 고개를 뒤로 빼자 군인들이 낄낄거리며 마구 소리를 질러댔다. 어떤 놈들은 박수를 치기도 했다.

그때 먼저 와 있던 여자가 중국말을 하면서 왕링에게로 다가 왔다. 무서운 남자들만 있는데 거기서 같은 중국말을 하는 언니가 있다는 게 여간 안심이 되지 않았다. 그 언니는 왕링의 머리를 쓰다듬으며 소곤소곤 이야기 하였다.

"애야, 이제 어쩔 수 없다. 여기서 지내는 거야. 저 사람들 말 듣지 않으면 나처럼 된다."

언니는 팔뚝을 덮고 있는 군복을 위로 쭉 올렸다. 그러자 팔목이 거의 잘라진 것 같은 흉터가 있었다. 불에 덴 자국이었다.

열네 살 어린 나이의 왕링은 그날 밤 처녀를 잃었다. 부대의 대장인 듯한 사람이 그 억센 팔로 왕링을 잡아끌더니 굴의 안쪽으로 끌고 들어갔다. 굴은 점점 좁아졌는데 맨 끝에는 담요로 가려 놓은 곳이 있었다. 담요를 들추고 안으로 들어가자 거기에는 가마니가 깔려 있었다. 희미한 등잔불이 굴의 군데군데에 켜져 있기는 했지만 컴컴해서 잘 보이지 않았다. 그 군인은 칼을 끌러서 내려놓고 옷을 벗었다. 왕링의 옷을 벗긴 후 밑에다가 무슨 미끈한 기름 같은 것을 발랐다. 그리고는 어린 왕링을 사정없이 강간했다.

왕링은 너무 놀라고 아파서 팔을 허우적대며 울음을 터트렸다. 그가 한참을 하고 있을 때 아까의 언니가 다른 군인과 함께 들어 왔다. 네 명이 누우면 움직이기도 힘들 정도로 좁은 공간이었는데 그들은 전혀 아랑곳하지 않고 바로 옆에서 그 짓을 했다. 언니는 깔깔거리며 웃기도 했고 소리를 지르기도 했다. 그날 밤 왕링은 네 명의 군인들에게 당했고 그 언니는 그 보다 훨씬 더 많은 사람들과 상대했다.

　다음 날 아침에 눈을 떠보니 벌써 동굴 입구에는 환한 빛이 비치고 동굴 안에는 양소여라는 언니만 있었다. 병사들은 모두 작전을 나갔다는 것이었다. 그 언니는 여기서 꽤 먼 곳에서 잡혀 왔다고 했다. 차로 두 시간은 가야 되는 곳이란다. 나이는 열여덟 살로 잡혀 온지 다섯 달이 다 돼 온다고 했다. 언니의 이야기를 들어보니 여기 동굴에서 열 다섯 명이 자고 옆에 동굴에도 또 그만한 숫자가 잔다는 것이다. 그러니까 두 개의 동굴은 서른 명 가까운 인원이 주둔하는 막사인 셈이고 식당인 셈이었다. 또 여자 두 명을 데리고 번갈아 가면서 날마다 강간을 하며 성욕을 푸는 곳이었다. 언니의 말을 들어보니 자기가 잡혀 오기 전에 다른 언니 한 명이 더 있었는데 그 언니는 병이 깊어서 군인들이 밖으로 끌고 가서 총으로 쏘아 죽였다고 했다. 눈으로 보지는 못했지만 죽인다고 끌고나가고 총소리 나는 것까지 들었다고 했다.

"왕링, 네가 여기서 살아나가려면 병사들이 하라는 대로 해야만 해. 그리고 그놈들이 꼭 샤쿠라는 걸 끼니까 항상 그걸 낀 놈하고만 하란 말이야. 내가 보니까 그걸 끼지 않고 하면 아마도 높은 놈에게 처벌을 받는 모양이야. 그러니까 그걸 끼지 않고 달려드는 놈이 있으면 소리를 질러도 돼. 병에 걸리지 않고 계속 버티다 보면 언젠가는 살아나갈 수 있을 거야. 얼마 전에 총에 맞아 죽은 아이도 매독이라는 아주 지독한 병에 걸려서 밑이 자꾸 썩어 들어가니까 쏘아죽인 거란 말이야. 더 이상 쓸모도 없고 또 여기서 큰 부대에 있는 의무대까지 가려면 산길을 한 시간 내려가서 트럭을 타고 또 한 시간을 가야 한단 말이야. 한마디로 귀찮아서 죽인 거지. 그러니까 너도 병에 걸리지 않게 아주 조심해. 그래도 내가 시키는 대로만 하면 되니까 너무 걱정할 건 없어. 그리고 왕링아, 날마다 부처님께 기도하란 말이야. 어서 빨리 또 다른 여자아이들이 잡혀 들어오기를. 그래야만 우리도 살아."

두 번째 날 저녁에 병사들이 들어와서는 저녁을 먹고 나자 동굴 속에 빙 둘러 앉아서 노래를 하며 놀았다. 아마도 밖에서 좋은 일이 있었던 모양이었다. 석유등잔불을 있는 대로 다 켜 놓아서 매캐한 석유냄새가 동굴 안에 가득했다. 한참 흥이 무르익었을 때 왕링을 부르더니 발가벗겨서 가운데에 세워 놓았다. 그리고는 그들 앞을 빙빙 돌라고 하는 것이 아닌가.

그들은 연신 손뼉을 치면서 떠들어 댔다. 왕링이 울면서 저항하자 대장이 싸리 회초리를 들고 다가서더니 휙! 소리도 요란하게 왕링을 때렸다. 왕링은 울면서 한참을 빙빙 돌았다. 아직 다 성숙하지도 않은 열네 살의 조그마한 소녀가 발가벗은 채로 뒤뚱거리며 돌아다니는 게 그들에게는 모처럼의 즐거운 오락이었던 셈이다. 얼마 동안을 그들에게 시달리고 있는데 양소여 언니가 무어라고 대장에게 이야기하자 그들은 왕링을 온돌 위에 올라가서 쉬라고 했다.

왕링은 언니의 품에 안겨서 통곡을 하며 울었다. 내가 왜 이렇게 되었을까? 엄마는 어떻게 지내실까? 내가 없으니 누가 엄마에게 버들가지를 끓여 드릴까? 아버지는 내가 여기에 끌려온 것을 알기나 할까?

세 번째 날 낮에 양소여 언니는 군인들의 찢어진 옷 몇 벌을 가지고 왔다. 바느질을 해야 한다는 것이었다. 동굴 안에는 작전에 나가지 않은 병사들 두 명이 누워서 잠을 자고 있었다. 언니는 목소리를 낮추어서 소곤거리며 이야기를 했다. 동굴 밖에서 보초를 서는 병사들 두 명의 왔다갔다하는 그림자가 동굴 안으로 비쳐 들어왔다.

"내가 살던 빈양촌은 꽤 큰 동네야. 모두 300호 정도 되지. 집집마다 밤나무, 호두나무, 대추나무가 엄청 많았지. 일본놈들이 오기 전까지는 정말 세상에서 둘도 없는 낙원이었단다.

그런데 하루는 저녁 해가 넘어갈 무렵에 몇 명의 사람들이 우리 집을 찾아 온 거야. 내 친구 아이들도 세 명이 뒤에 서 있더라고. 진진하고 곽옥련하고 추령앵이었지. 나이는 한 살 위 아래였지만 다 같은 동네의 친구들이었어. 나는 그때 우물에서 물을 길어서 막 집안으로 들어오고 있었거든. 촌장과 치안유지회 회장이 왔는데 그 놈들은 아주 악질들이었어. 동네 처녀들도 다 그놈들이 꼬셔가지고 일본놈들한테 팔아먹었지. 나는 숨으려고 했지만 어떻게 해 볼 방법이 없었어. 친구 아이들이 잔뜩 겁에 질려 있더라고. 그 놈들이 태원에 있는 일본군인 식당에서 일하는 사람이 필요한데 돈도 꽤 많이 준다고 하면서 아버지를 꼬득이는 거야. 거기다가 선불을 준다고 하니까 아버지가 얼씨구나 하고 나를 팔아버린 거지. 아버지는 술에 중독이 돼서 하루라도 술을 마시지 않으면 못 살아. 엄마도 그렇게 해서 팔아 버렸어. 한 삼 년 됐지. 남자 동생들만 세 명이 있었는데 그 애들은 모두 돈을 번다고 떠나버렸어. 집에는 나하고 아버지만 있었지. 다른 아이들 세 명은 도중에 먼저 내렸고 나만 여기까지 끌려 온 거야. 보나마나 그 아이들도 이런 일을 하겠지, 뭐."

안나 밤베르그는 화란의 암스텔담에서 태어나서 그곳에서 자랐다. 아버지는 로테르담에 있는 에라스무스 대학에서 의학을 공부한 후 암스텔담 병원에 취직했고, 그곳에서 간호사로 일하던 엄마를 만나 결혼했다. 안나는 어려서부터 엄마와 아버지가 근무하는 병원을 여러 차례 들락거리면서 병원 일에 매력을 느꼈다. 특히 아버지의 전공이 외과인 관계로 가끔씩 아버지와 엄마가 하는 절단이니 봉합이니 하는 수술용어들을 들으면서 자랐다.

그녀가 열세 살이 되었을 때 아버지를 따라 인도네시아의 자카르타로 이주했다. 화란은 이미 100년 전부터 인도네시아를 점령하고 있었기 때문에 자카르타에는 화란에서 건너온 사람들도 많았고 또 그들의 2세, 3세들도 많았다. 자식들은 대개 부모의 직업에 매력을 느끼게 마련이다. 어렸을 적 안나의 꿈도 엄마처럼 간호사가 되는 것이었다. 그래서 안나는 어려서부터 집에서건 밖에서건 흰색 계통의 옷을 주로 입었다.

안나의 집은 자카르타 시내에서도 매우 부유한 축에 속했다. 집에는 가정부와 정원 일을 하는 사람, 그리고 이런저런 심부름을 하는 사람까지 모두 세 명의 인도네시아인들이 있었다. 안나도 외국인학교를 다니면서 학교를 졸업하면 화란으로 건너가서 대학을 들어가려고 준비하고 있었다.

그러던 차에 일본군이 인도네시아에 들어왔다는 소식을 들었다. 1942년 여름, 안나가 열일곱 살 때의 일이었다. 엄마는 피란을 가야한다며 이참에 아예 암스텔담으로 돌아가자고 했으나 아버지의 의견은 달랐다. 아버지가 몇 년 전에 학회 일로 일본을 한 차례 다녀온 경험이 있는데 일본 사람들이 아주 예의바르고 특히 외국인인 아버지 일행에게 깍듯이 잘 해 주었다고 했다. 그러니까 걱정하지 않아도 된다고 했다. 그러나 그건 아버지의 착각이었다.

일본군들은 자카르타 시내를 점령하자마자 닥치는 대로 사람들을 끌고 가곤 했다. 며칠이 지나자 안나의 집에도 일본 군들이 들이닥쳤다. 안나네 가족도 동네 사람들과 함께 트럭에 실려서 어딘가로 이동했다. 차를 타고 두 시간도 넘게 간 것 같았다. 나중에 알고 보니 자바 섬 중부에 위치해 있던 앙바라와 수용소였다.

엄청나게 높은 산 밑에 나무판자로 얼기설기 지은 집들이 보였다. 건물 하나에 삼십 명 정도는 들어갈 만큼의 큰 집이었는데 그런 집들이 수십 채도 넘었다. 또 한쪽에서는 일본군들이 인도네시아 사람들을 동원해서 계속 나무를 베어내고 땅을 고르며 그런 집들을 지어나가고 있었다. 사람들이 얼마나 많은지 짐작조차 되지 않았다. 어떤 사람은 2천 명이라고도 하고 또 어떤 사람은 3천 명이라고도 했다. 거기에 갇혀서 온갖 학대를 당하며 중노동에 시달리자 그때서야 아버지는 자신이 일찌감치 인도네시아를 뜨지 못한 것을 후회하였다. 수용소에 갇힌 지 보름 만에 아버지와 엄마는 한밤중에 어딘가로 끌려갔다.

그렇게 부모와 생이별을 하고 또 며칠을 갇혀서 지내던 어느 날, 일본군들이 트럭 몇 대를 타고 수용소에 들어왔다. 그날은 인도네시아 사람과 일본 군인이 확성기를 들고 다니면서 수용소 이곳저곳을 돌았다. 병원에서 간호사로 일할 젊은 여성들이 많이 모자라서 데리고 간다는 것이었다. 그러면서 열다섯 살부터 스물다섯 살까지의 여성 중 결혼하지 않은 여성은 모두 수용소 내 공터로 모이라고 했다. 안나는 병원에 가면 간호일도 배우고 또 엄마 아빠도 만날 수 있지 않을까 하는 생각에 선뜻 가겠다고 자원했다. 아무려면 여기서 감자 한두 알로 연명하는 것보다는 낫지 않을까? 그런데 안 간다고 버티는 아이들도 있었고 또 어떤 아이들은 도망가다가 잡혀오기도 했다.

그렇게 해서 한 시간 동안에 잡혀 온 여자아이들이 100명이 넘었다. 거의 다 피부가 까만 인도네시아 아이들이었고 안나처럼 피부가 흰 백인은 몇 명 되지 않았다. 그들은 트럭에 아이들을 20명 씩 태운 후 어디론가 달렸다. 트럭에는 커다란 적십자 깃발이 하나씩 놓여 있었다. 군인들은 아이들에게 교대로 그걸 꼭 들고 있어야한다고 했다. 바람에 펄럭이고 또 먼지가 날리는 속에서 그걸 계속 들고 있기는 무척 힘이 들었다. 트럭은 숲속으로도 가고 흙길로도 갔다. 차가 겨우겨우 넘어가는 산길로도 갔다. 도중에 길이 갈라지자 트럭 몇 대는 다른 길로 갔다.

그렇게 두 시간을 오는 동안 이곳저곳 부대에 들러서 아이들을 다섯 명도 떨어뜨리고 열 명도 떨어뜨렸다. 안나가 일행 여섯 명과 내린 곳은 보고르라는 곳에 있는 야전병원이었다. 안나는 정말 병원에서 근무하게 되나보다 하고 잔뜩 기대에 부풀었다.

먼저 이들이 들어 간 곳은 커다란 식당이었다. 저녁시간인지 일본군 병사들이 무척이나 많았다. 안나 일행은 인솔자를 따라 줄서서 배식을 받고 저녁을 먹었다. 저녁은 카레가 나왔는데 수용소보다 훨씬 맛도 좋고 양도 많았다. 그 다음에는 커다란 목욕탕으로 데리고 갔다. 몇 시간을 먼지를 뒤집어쓰고 온 터라 아이들은 모처럼 뜨거운 물로 마음껏 목욕했다. 안나가 시계를 보니 벌써 밤 8시가 넘어 있었다. 그 다음에 또 인솔자를 따라 간 곳에서는 사진을 찍고 무슨 서류인가를 꾸몄다. 마지막으로 간 곳은 소독약 냄새가 무척이나 심하게 나는 곳이었는데 거기에는 군의관과 위생병들이 있었다. 안나는 드디어 여기서 일하나보다 하고 잔뜩 기대에 부풀어서 사방을 두리번거렸다. 그런데 위생병들이 안나 일행을 보면서 연신 키득거리며 손가락질을 해 댔다. 또 뒤를 보니 장교로 보이는 사람들 몇 명이 의자를 갔다놓고 자기네들을 유심히 쳐다보면서 무언가 소곤거리고 있는게 아닌가.

위생병 하나가 종이에 적힌 무언가를 들고는 이름을 불렀다.

"안나 밤베루구!"

정확한 발음은 아니었지만 어쨌든 자기의 이름을 부르는 것이었다. 안나는 대답하고 앞으로 나갔다. 그는 커텐이 쳐진 안으로 안나를 데리고 들어갔다. 수술대 위로 올라가란다. 무슨 일일까? 주춤 주춤 올라갔더니 위생병 두 명이 양 옆에서 안나의 하얀 치마를 걷어 올리고 다리를 벌리는 것이 아닌가. 안나는 깜짝 놀라 벌떡 일어났다. 안나는 네델란드 아이들 중에서도 덩치가 큰 편이었다. 군의관도 위생병들도 모두 안나보다 덩치가 작았다. 그러자 그때까지 지켜보고만 있던 군의관이 안나의 뺨을 사정없이 내리쳤다. 그리고는 안나를 밀쳐서 수술대에 눕게 했다. 안나가 울고 있을 때 무언가 차가운 것이 사타구니 속을 헤집고 들어 왔다. 안나는 밑이 찢어지는 고통에 비명을 질렀다. 군의관은 몇 가지를 불러주어 위생병이 받아 적게 했다. 안나가 울면서 돌아오자 다음 차례의 여자아이가 올라갔다. 그렇게 다른 아이들이 검사를 받고 있는데 진료실 안에서 대기하고 있던 장교가 자기를 부르더니 앞장서서 끌고 나가는 것이 아닌가. 안나는 뒤를 돌아보며 주춤거렸지만 그 억센 손을 뿌리칠 수는 없었다. 다른 장교들이 안나와 그 장교를 보고는 뭐라고 하면서 저희들끼리 깔깔대고 웃었다.

그 장교를 따라 밖으로 나오니 작은 차가 시동을 걸고 기다리고 있었다. 장교가 다가가자 병사가 경례를 부치고는 이내 운전석에 앉았다. 차는 큰 길에서 빠져나와 밀림이 우거진 숲속으로 또 한참을 달렸다. 그렇게 한 시간을 넘게 달려와서 마침내 도착한 곳은 어느 군대 주둔지였다. 안나는 장교의 손에 이끌려서 어느 막사 안으로 들어갔다.

그 사람은 그 부대의 대장인 모양이었다. 꽤 넓은 방에는 바닥에 다다미가 깔려 있었다. 안나는 부모님과 함께 자카르타에서 일본식당을 몇 차례 가 본 경험이 있어서 다다미가 낯설지 않았다. 40살 정도로 보이는 장교는 안나의 하얀 옷을 벗기면서 손을 부들부들 떨었다. 옷을 모두 벗긴 후 자기도 옷을 벗고는 전등불을 껐다. 밖은 달이 밝은지 유리창 안으로 환한 달빛이 들어왔다. 안나는 아까 무엇인가로 국부를 쑤셔서 거기가 너무 아픈 터에 또다시 그런 일을 당하자 자신도 모르게 다리를 비틀며 반항을 했다. 그는 안나에게 일본말로 무어라고 계속 사정을 해댔다. 그러면서 자꾸 안나의 다리를 벌리려고 했다. 그렇게 해서 꿈 많던 화란 처녀 안나 밤베르그는 몸을 망쳤다.

오산면의 두 소녀

얼마 전까지만 해도 성호면 오산리였던 동네가 이제는 제법 인구가 늘어서 어엿한 오산면의 면소재지가 되었다. 성호면 사무소가 수원에 있을 때는 관청 일을 보려면 수원까지 힘들게 가야 했으나 이제는 그럴 필요가 없게 된 것이다. 갈곶리에서 오산까지 논과 밭을 가로지르는 신작로를 따라 오다 보면 오산이 시작되고 오산의 초입새를 지나면 역전 사거리가 나오는데, 사거리를 지나쳐 허름한 집들을 몇 채 지나다보면 제법 규모를 갖춘 기와집들이 나온다. 그중 하나가 오산에서 서당을 하며 아이들을 가르쳤던 부농 최복성의 집이다. 여기서 계속 북쪽으로 신작로를 따라가면 얼마 전에 새로 놓은 오산교가 보인다. 그 밑으로는 멀리 동탄의 산척골에서부터 흘러내려오는 오산천이 언제나 마르지 않는 수량을 자랑하며 도도히 흐르고 있었다.

최복성의 집 건넌방, 달도 없이 캄캄한 밤에 창호지에 비친 남녀의 그림자가 마치 활동사진의 한 장면처럼 드리워졌다. 여자가 남자의 어깨에 기대어 울고 있는 모양이다. 간간히 여자의 어깨가 들썩인다. 3월의 밤바람은 아직도 매서웠다. 야경꾼의 딱딱이 소리가 점점 가까워지나 싶더니 여기저기서 개 짖는 소리가 요란하게 울려 퍼졌다.

"수희야, 너무 마음 아파하지 마. 집안 형편이 그러니 어쩌겠니. 아버지도 많이 괴로우실 거야."

"순임이 그년이 교복을 입고 와서 또 내 속을 뒤집어 놓지 뭐야. 오빠, 나 정말 죽고 싶어."

상필이는 수희의 가녀린 어깨를 살며시 안아주었다. 수희는 흐느끼면서 오빠의 어깨에 얼굴을 기댔다. 너무나 슬픈 일이다. 그날은 3월의 첫 번째 반공일(半空日)이었다. 수희의 단짝인 순임이가 서울의 수도교녀 학생이 되어서 오산에 내려와서 수희를 찾아 온 것이다. 그것도 교복을 입은 채로.

수희와 순임이는 오산의 성호국민학교 동창이다. 1학년부터 6학년까지 줄곧 한 반에서 공부했다. 성호국민학교는 전체학생이 700명이 조금 넘는, 오산면에 단 하나밖에 없는 국민학교이다. 모두 남자와 여자가 함께 섞여있는 합반이었다.

2학년과 4학년 때는 짝이 되기도 했었다. 그리고 둘은 수원에 있는 남수원여중을 들어갔다. 거기서도 3년 내내 같은 반에서 공부했다. 서로 떨어진다거나 누군 고등학교를 가고 누군 못 간다는 건 상상조차 할 수 없는 일이었다. 그런데 올해 바로 그런 사태가 벌어진 것이다.

상필은 자기의 어깨에 기대어 훌쩍거리고 있는 동생이 너무나도 가여웠다. 얼굴을 들여다보니 눈이 복숭아처럼 발갛게 되어 퉁퉁 부어 있었다. 얼마나 서러웠을까. 자신보다 네 살이 어린 수희는 너무나도 착하고 여린 아이였다. 훈장을 하시던 아버지의 어깨너머로 배운 한문실력도 상당하고 국민학교와 중학교 9년 내내 우등상을 한 번도 놓친 적이 없는, 그야말로 표창장이나 상장에 씌어져 있는 상투적인 문구 그대로 '품행이 방정하고 성적이 뛰어난' 아이였다. 그런 동생이 올해 고등학교를 가지 못하게 된 것이었다.

"수희야, 꼭 공부만이 전부는 아니야. 너 다음 달부터 서울 고모 집에서 학원 다니면서 자수 놓는 거 잘 배우고 또 책 많이 읽고 그러다보면 좋은 남자 만날 수 있을 거야. 여자가 가정에서 좋은 남편 만나 아들 딸 낳고 살림 하는 것 보다 더 큰 기쁨이 어디 있겠니? 너 석현이 좋아한다면서? 그런 아이를 배필로 만나면 그게 여자의 성공인 거야. 그리고 석현이도 너 마음에 있는 눈치더라. 여러 가지 조건을 두루 갖춘 신부감이라고 하더란 말이지 ”

“그래도 나는 이화고녀 가서 공부 더 많이 하고 유학도 갈 거야. 장차 유명한 소설가가 될 거란 말이야.”

“그래, 그러니까 내가 너에게 더욱 더 희망을 가지라고 말하는 거지. 유명한 소설가 중에서 교육을 많이 받은 사람이 몇 명이나 되니? ≪마지막 잎새≫를 쓴 오 헨리도 너처럼 15살 정도까지 밖에 교육을 받지 못했어. ≪여자의 일생≫을 쓴 모파상도 제대로 된 학교 교육보다는 엄마의 밑에서 문학을 배운 사람이야. ≪마지막 수업≫의 알퐁스 도테도 고등학교를 들어가자마자 아버지 사업이 망하는 바람에 독학을 한 사람이야. 문학도의 길이란 네가 얼마나 열심히 책을 읽고 또 그 내용을 네 것으로 만드느냐에 따라 탄탄대로처럼 열려있는 거지. 또 그길을 가다보면 언젠가는 훌륭한 소설가가 될 수도 있는 거야.”

수희는 아무 말도 하지 않고 눈을 내리 감은 채 손톱을 질근질근 씹고 있었다. 수긍하는 눈치가 아니었다. 동생이 그걸 모를 리가 없다. 염상섭이건 현진건이건 유명한 작가들 모두가 중국이나 일본에 유학을 다녀 온 사람들이라는 걸 모를 리가 없다. 자기가 갖고 있는 책은 수희가 다 읽었으니까. 상필이는 수희를 물끄러미 쳐다보면서 몇 달 전, 아버지가 사랑에서 자기에게 하셨던 말을 수희에게 전해 주어야 하나 말아야 하나를 두고 고민에 잠겼다.

작년 12월 성탄절이 지났으니까 연말이 거의 다 됐을 때였다. 아버지는 수희를 더 이상 공부시키지 못하는 답답한 심경을 담뱃대를 뻑뻑 빨면서 천장을 쳐다보는 것으로 대신하셨다. 그 전날, 밤새도록 눈이 와서 무릎까지 찰 정도로 쌓였는데 그날도 계속 눈이 내리던 날 밤이었다. 상필을 앞에 놓고 아버지는 한 동안 아무 말이 없으셨다. 창호지를 바른 문 밖에서는 윙~ 윙~ 소리를 내면서 겨울바람이 무섭게 몰아치고 있었다. 그럴 때마다 문풍지가 심하게 떨렸다.

오산에서는 제법 부농에다가 3년 전까지만 해도 서당을 했었다. 그것도 일제의 모진 압박 속에서도 뚝심하나로 버티어 온 아버지였다. 일제는 1936년 미나미 총독이 부임하면서 내선일체(內鮮一體)를 주창하며 민족문화 말살정책을 추진하였다. 학교에서도 일본말만 쓰게 했다. 조선말을 하는 아이가 있으면 선생이 곧바로 달려들어 따귀를 때리고 벌을 주었다. 일체의 서당교육이나 민족교육도 금지시켰다. 그 결과 다른 동네에서는 이미 5~6년 전에 모든 서당이 간판을 내렸다. 그런데도 아버지는 꿋꿋하게 버티어 나갔다. 아버지의 뚝심도 작용했지만 아버지가 돈으로 면의 관리들이나 지서의 순사들을 잘 회유한 덕이었다.

사랑의 한편으로는 책장 네 개에 책이 가득히 꽂혀 있었다. 모두가 고서들과 한문책들이었다. 평소 아버지의 손때가 묻은 것으로 색이 누렇게 변한 책들이 많았다. 집에 찾아오는 사람들은 아버지의 사랑에 오면 우선 벽을 가득 채우고 있는 책들에 압도당했다. 인근의 오산면 사람들은 아버지를 존경하였고 이런저런 명목으로 거주하는 일본사람들도 아버지를 함부로 대하지 못했다. 다 아버지의 학식 때문이었다. 또 오산에서는 몇 번 째 가는 부자이기도 했다. 아들을 서울의 전문학교에 통학시키는 집은 오산면 전체에서 세 집 밖에는 없었다.

방안을 환하게 밝힌 남포불 앞에서 아버지는 담뱃대를 재떨이에 탁~ 소리가 나게 두들겼다. 그건 아버지가 마음이 편지 않을 때에 하는 습관임을 상필은 잘 알고 있었다. 내년이면 50이 되는 아버지는 머리가 희끗희끗하고 이마에는 주름이 가득했다. 아버지가 퇴침에 비스듬히 기대어 하시는 말씀이었다.

"상필아, 수희가 많이 슬퍼하지?"

대답할 필요도 없이 아버지도 어머니도 이미 다 알고 있는 사실이었다. 아버지는 3남매 중에서도 특히 수희를 아끼셨다. 막내 동생 상석이도 있었지만 아버지는 유난히도 가운데 수희를 아꼈었다. 수희를 부르실 때도 그냥 수희가 아니었다. 언제나 '내 딸 수희'였다. 그런 딸을 더 이상 공부시키지 못하는 게 얼마나 가슴 아프셨을까? 엄마는 아예 며칠을 식음을 전폐하고 누워만 계셨었다.

"네, 공부하기를 원체 좋아하는 아이니까요. 그 아이는 꼭 이화고녀에 갈 거라고 했거든요."

"그래…… 어차피 언젠가는 너에게 이야기 할 때가 오리라고 생각했는데, 이처럼 빨리 올 줄은 몰랐다. 이제는 이야기해야 할 때가 된 것 같구나. 상필아, 너 우리 집 논과 밭이 매년 조금씩 줄고 있는 건 알고 있지? 너 전문학교 월사금도 보통 비싼 게 아닌데 거기다가 수희까지 서울로 통학을 하게 되면 도저히 감당이 되지 않아 내가 오랫동안 생각한 뒤에 내린 결정이다. 참 수희에게는 미안하지."

그건 어렴풋하게 알고 있었다. 재작년에는 밀머리 앞의 논도 팔았고 작년에는 남촌 개울가 옆의 널찍한 밭도 팔았다. 뒤로는 오산 중학교가 올려다 보이는 아주 넓고도 평평한 땅이었다. 그 넓은 밭에는 여름마다 참외와 수박을 심었다. 낮에는 친구들과 냇가에서 고기를 잡고 밤이면 밤을 새워가며 이야기꽃을 피우던 정들었던 땅이었다. 밤에 원두막에서 먹는 수박 맛은 또 얼마나 좋았던가.

"실은 내가 땅 팔은 돈 중에 얼마씩을 떼어서 상해로 보내고 있었다. 이건 내가 죽을 때까지 꺼내지 않으려고 했던 말인데……. 네가 알지 모르겠다만 경주 최씨 가문에서는 상당한 돈을 독립자금으로 보내고 있었단다. 내가 알기로도 벌써 30년도 넘었을 거야. 합방되고 나서부터라고 들었다. 정말 뚝심이 있는 가문이지. 그래서 우리 전주 최씨 종친회에서도 임정에 돈을 보내기로 결의했지. 5년 전 일이다. 오산에서는 나와 정남면에 사시는 현도공파 쪽에서 주축이 돼서 이 일을 추진하고 있는 거야. 그러니까 내가 다른 친척들보다 더 많이 보내야 되고 그러다보니 농사지어서 나오는 소출 가지고는 감당이 되지 않았다. 그래서 내가 수희의 공부를 막은 거야. 물론 독립자금을 보내자면 작은 돈은 몰라도 큰 돈은 어차피 논을 팔지 않으면 해결이 안 돼."

아버지는 일어서더니 벽장 속에서 누런 치부책 하나를 꺼내 오셨다. 벽장문을 열자 그 속에서 싸늘한 바람이 들어와서 촛불이 흔들렸다.

"이게 그 장부인데. 나중에 문제가 생기면 이걸 보고 그대로 둘러대라. 빌려 주었다고 하란 말이야. 왕십리 고모는 미나리깡을 크게 하면서 왕십리 일대의 농산물 도매까지도 하니까 사업자금으로 융통해 주었다고 하면 통할 것이고, 종로 상균이네는 화신에서 포목상을 하니까 사업확장을 위해서 빌려 준 것이라고 둘러 대란 말이다. 물론 그게 통할지 어떨지는 모르지만 다행스럽게도. 저놈들이 눈치를 차리지 못한 건지 아니면 내가 평소에 이리저리 입막음을 잘 해 놓은 덕분인지 지금까지는 별 탈 없이 잘 넘어 갔구나."

"수희야, 있니?"

그 소리와 함께 순임이가 어느 사이에 대문 안까지 들어와서 방문 앞에 섰다. 문을 열고 보니 순임이가 교복차람에 한손에는 지우산(紙雨傘)을 들고 또 한손에는 책가방을 들고 서 있었다. 밖에는 봄비가 조금씩 오고 있었다.

"어? 너 순임이 어떻게 왔니?"

"응, 오늘은 반공일에 내일은 공일이잖아. 그래서 네가 보고 싶어 기차에서 내리자마자 너희 집으로 먼저 온 거야."

3월 초에 왔던 순임이가 오늘이 3월 24일이니까 20일 만에 온 것이다. 순임이네 집과 수희네 집은 같은 동네에 있어서 걸으면 겨우 10분 거리 밖에 되지 않았다. 수희는 순임이가 들어오자마자 순임이를 끌어안고는 서로 얼굴을 비벼댔다. 이달 초까지만 해도 순임이만 서울로 유학갔다고 울며불며 식구들을 괴롭혔지만 이제는 수희의 마음도 많이 안정되었다. 수희도 며칠 있으면 서울로 가서 왕십리 고모네 집에서 지내면서 자수학원을 다니기로 되어 있었다.

"응, 수희야. 나 지금 역에서 여기로 곧장 오는 길이야. 네가 보고 싶어서 견딜 수가 있어야지. 그래서 먼저 여기부터 왔는데 너 이따가 밤에 우리 집에 와라. 내가 재미있는 이야기 많이 해 줄게. 경성은 정말 별천지야. 어쩜 그렇게 사람도 많고 또 전차에 다꾸시에 정신이 하나도 없다니까."

순임이는 방에 들어와서 앉자마자 서울 이야기로 호들갑을 떨었다. 순임이를 찬찬히 보니 양쪽으로 머리를 가지런히 따서 내렸는데 목덜미를 감싸고 있는 하얀색 칼라가 너무 깨끗해 보였다. 또 곤색 교복 허리를 잘록하게 동여맨 수도고녀의 벨트가 유난히 돋보였다. 한 2~3분 정도 이런 저런 이야기를 하던 순임이는 서둘러 집으로 가야 한다며 일어섰다.

"수희야, 나 집으로 갈게. 너도 빨리 따라 와. 알았지? 그런데…… 오빠는 건넌방에 있니?"

그 말과 함께 순임이는 오빠가 있는 건넌방 쪽을 쳐다보면서 안부를 묻는 것이었다. 순임이가 상필이 오빠를 좋아하는 눈치는 예전부터 보였지만 오빠는 서울의 연희전문에 들어가고 나서는 별로 관심이 없어 했다. 하긴 학교에 예쁜 여학생들이 많이 있을 터인데 구태여 오산 시골구석에 있는 아이가 마음에 차기나 할까. 잠시 좋아했던 것도 다 옛날이야기이지.

"인사하고 갈까?"

오빠에게 자기가 왔다는 걸 알려달라는 표시였다. 이때 마루의 괘종시계가 밤 9시를 알렸다.

"순임아, 오늘은 늦었으니까 그냥 가고 부모님이나 오빠한테도 내일 밝은 낮에 인사드리자. 그게 좋겠다. 내가 곧 너 따라서 갈 테니까 오늘은 우리 밤새도록 서울 이야기하면서 놀자."

순임이는 둥글넓적한 얼굴에 환한 웃음을 짓고는 고개를 끄덕했다. 작년까지만 해도 얼굴에 주근깨도 많았는데 어느 사이에 다 없어졌다. 서울 물이 정말 좋긴 좋은가 보다. 눈이 작아서 그다지 예쁜 얼굴은 아니었지만 사람들은 순임이를 복스럽게 생겼다고 하기도 하고 부잣집 맏며느리감이라고 하기도 했다.

10시가 조금 넘은 시간에 수희는 순임이네 집을 향해 떠났다. 엄마는 다 큰 처녀가 밤에 친구집에 가서 자고 오는 것은 별로 좋은 게 아니라고 하셨지만, 수희를 고등학교에 보내지 못한 게 한이 되어서 그냥 허락해 주셨다. 상석이가 바래다주겠다면서 등불을 들고 나섰다. 유리 네 장을 두꺼운 창호지로 발라 붙여서 만든 등이었다. 안에는 초를 넣고 불을 밝혔다. 상석이가 집에서 대충 만든 건데 그래도 밤길을 다닐 때는 꽤 요긴하게 써먹곤 했다. 오산 사거리를 건너 중국집을 지나면 황 의원이 나오고 거기서 조금만 더 가면 순임이네 집이다.

상석이가 중국집 앞을 지나치면서 코를 킁킁 거렸다. 밤이 늦은 시간이고 영업도 다 끝난 시간이지만 중국집 안에서는 맛있는 중국음식 냄새가 났다. 상석이가 중국집을 손가락질 하면서 수희에게 물었다.

"누나, 일본이 중국하고 전쟁을 한다면서 왜 여기서 중국 집 하고 있는 중국 놈은 안 죽이지? 적군 아닌가?"

수희는 동생의 갑작스런 질문에 뭐라고 대답할 말이 없었다. 사실 그러고 보니까 몇 년 전부터 만주와 중국에서 전쟁을 하고 있다고 들었는데 어떻게 여기서는 중국 사람이 살고 있는지 이해가 되지 않았다. 수희는 적당한 말로 얼버무릴 수밖에 없었다.

"응, 나도 잘 모겠는데. 우리 내일 오빠에게 물어볼까?"

상석이는 황 의원 앞을 지나면서는 또 그 노래를 했다. 황 의원은 오산에 단 하나밖에 없는 병원이었다.

"맹규 맹규, 황맹규, 뭐 먹고 살쪘냐, 소부랄 먹고 살쪘지."

이상하게도 아이들은 황 의원 앞을 지날 때면 그 노래를 부르곤 했다. 황맹규 의원은 수희도 잘 아는 정화 언니의 아버지이다. 황 의원은 오산 사람들에게 소문이 아주 나쁘게 났다. 그것은 황 의원이 지나치게 돈에만 눈이 멀어서 아무리 위급한 환자가 와도 먼저 돈을 내 놓기 전에는 치료를 하지 않는다는 것이었다. 그 소문은 오산은 물론이고 인근의 병점, 동탄, 서탄, 정남 등, 화성군 군내는 물론 청호리나 갈곳리 등의 오산과 인접해 있는 평택군 지역에까지 퍼져 있었다.

황 의원 아저씨의 생김새도 사람들의 반목을 살만했다. 모두가 먹고 살기 힘들고 얼굴이 누렇게 떠 있는데, 그 의사 아저씨는 얼굴에 기름기가 짜르르 흐르고 목도 거의 안 보일 만큼 살이 많이 찌고 뚱뚱했다. 수희도 두어 차례 가 본적이 있는데 가까이서 진찰을 할 때면 숨이 가빠서 씩씩~ 하는 숨소리가 들리곤 했다.

재작년 겨울에 정화 언니가 들려 준 이야기였다. 정화는 황의원 집의 무남독녀 외동딸이다. 지금은 일본 동경으로 유학가서 의전에서 의사공부를 하는 언니다. 정화 언니는 아버지 흉보는 것을 별로 부끄러워하지도 않고 한참 동안 신이 나서 떠들어 댔다. 언니의 이야기는 이랬다.

한밤중에 소달구지에 실려 온 환자가 있었단다. 동탄 산골에 사는 젊은 새댁인데 그만 밤에 바느질을 하다가는 바늘을 이불에 꽂아 놓은 채로 잠이 들었는데 그 바늘이 몸속으로 들어갔다는 것이었다. 그 며느리는 두 시간을 소달구지에 실려서 왔다. 잘은 모르지만 정화 언니의 말에 의하면, 바늘은 사람의 몸속으로 들어가면 혈관을 타고 몸을 빙빙 돌아다닌다고 했다. 다 죽게 된 사람을 앞에 놓고 아버지는 먼저 돈을 내놓으라고 실랑이를 벌였다는 것이다. 너무 급하게 나와서 가진 돈이 없다고 하자 그러면 내일 아침에 다시 오라고 하더란다. 마침 따라온 가족 중에 시어머니가 금반지를 끼고 있어서 그걸 빼주자 아버지는 신이 나서 수술을 시작하겠다고 간호원을 불러 오라면서 호들갑을 떨었다는 것이다. 결국 아버지와 간호원이 밤새 고생하고 자기도 옆에서 거들고 하여 그 환자를 살려냈다고 했다. 정화 언니의 말로는 자기는 어려서부터 병원에서 아버지 심부름을 해서 이제는 웬만한 간호원보다 실력이 더 낫다고 자랑까지 했다.

황 의원은 일본 사람들이 무슨 일을 한다하면 거기에 큰돈을 척척 내 놓지만 조선 사람들이 어렵다고 하면 눈 하나 깜짝하지 않는 사람이었다. 오산에 단 하나밖에 없는 병원이기 때문에 돈을 많이 벌지만 돈을 쓰는 데는 인색한 사람이라고 아주 나쁘게 소문이 났다. 그래서 사람들은 다 그 집 앞을 지나칠 때면 힐끗거리면서 침을 뱉곤 하였다. 그래도 의술만큼은 뛰어나서 백 번 굿해도 안 낫는 병을 단 며칠 만에 낫게 하기도 하여 오산 인근에서는 명의로 소문이 짜르르 한 사람이었다.

저 멀리 순임이네 양조장이 보인다. 순임이네 집은 양철지붕으로 지은 집이 모두 세 채였다. 한 채는 순임이네 살림집이고 그 뒤로는 커다란 양조장이 있었다. 그리고 그 양조장에 붙어서 일꾼들이 먹고 자는 집이 또 한 채 있었다. 그 뒤로는 멀리 갈곶리까지 논과 밭이 끝없이 이어졌다.

오산에 단 하나밖에 없는 양조장이라 순임이네도 돈을 잘 벌었다. 그래도 오산에서 '박 첨지네' 하면 인심 좋고 베풀 줄 아는 집으로 소문이 나 있었다. 황 의원이 인색한 사람으로 악

명이 높다면 순임이네는 그와는 정 반대였던 것이다. 3년 전에도 성호국민학교에 널찍한 강당을 공짜로 지어주기도 했다.

수희는 순임이네 집이 가까워 오자 작년 겨울에 양조장에서 보았던 지저분한 장면이 떠올라 자신도 모르게 눈을 찌푸렸다. 그러니까 중학교 3학년에 막 올라가기 전 겨울방학 때였다. 그때도 지금처럼 날씨가 꽤 추웠던 기억이 났다. 순임이가 이제 3학년에 올라갔으니까 막걸리를 먹으면서 파티를 하자는 것이었다. 그때 중학생 아이들은 아무 것도 모르면서 미국이나 불란서 같은 나라들에서는 무슨 즐거운 일만 있으면 파티라는 걸 한다면서 모이기만 하면 물이나 사이다를 마시면서 파티라는 걸 하곤 할 때였다.

순임이네 집을 수없이 들락거렸지만 수희가 양조장 구경을 한 것은 그날이 처음이었다. 순임이를 따라서 양조장을 들어가면서 보니 사무실에 커다란 술독이 있었다. 아이들 세 명이 들어가 앉아도 될 만큼 커다란 독이었다. 술을 사러 오는 사람들에게 거기서 술을 떠서 됫박으로 팔기도 하고 말술로 팔기도 한다는 설명이었다. 순임이는 '술은 지금 막 걸러낸 술이 최고'라면서 수희를 공장 안으로 데리고 들어갔다. 문을 열자마자 보이는 것은 목욕탕만큼이나 커다란 막걸리 저장고였다. 매캐한 막걸리 냄새가 코를 쏘았다. 수희가 코를 막고 있자니 순임이는 막거리를 푸는 커다란 국자를 휘휘 돌리면서 목욕탕처럼 생긴 막걸리 저장고에서 술을 양은 냄비에 하나 가득 퍼 담았다. 나오려고 하는데 한 쪽 옆 구석을 보니 거기에 무언가 검은 물체가 모여 있었다.

"어머, 순임아, 저게 뭐야?"

"으~응, 공장 아저씨들이 저걸 치우지 않은 모양이구나. 저거 별 거 아니야."

수희가 가까이 가서 보니 빗자루 옆에 모여 있는 것은 커다란 쥐였다. 물에 빠져 죽은 쥐가 무려 세 마리였다. 수희는 질겁을 하고 문을 열고 뛰쳐나왔다. 그런 수희를 달랜다고 순임이가 변명 아닌 변명을 하는 것이었다.

"응, 막걸리 저장고 속에 쥐가 못 들어가게 판자를 쳐 놓아도 그놈들이 죽기 살기로 들어가서는 거기에 빠져 죽는다니까. 하룻밤에도 서너 마리씩 죽는 거야. 그런데 오늘은 건져내고 그걸 버리지 않았나 봐."

순임이는 대수롭지 않다는 듯이 말했지만 수희에게는 엄청난 충격이었다.

"그럼 사람들이 그걸 먹는 거야? 쥐가 빠져 죽었던 막걸리를 먹느냐고."

"응, 누가 본 사람이 있니? 쥐도 막걸리를 좋아하나 봐. 그리고 또 술에 취하면 그렇게 빠져죽나 봐. 사람이나 똑 같지 뭐."

그날 밤에 막걸리 파티는 없었다. 순임이만 혼자서 아마도 반 되는 마신 것 같았다. 나중에는 혀가 조금 꼬부라지기도 했지만 그래도 토하지는 않았다. 수희는 순임이 엄마가 내 온 식혜도 먹지 않고 밤새도록 이런 저런 이야기만 했었다. 그게 어느덧 또 작년의 일이었다.

"누나, 내일 집에 일찍 와. 교회에 함께 가야 돼, 알았지?"

그 소리에 수희는 퍼뜩 정신이 들었다. 이런 저런 생각을 하면서 오다보니 어느 사이에 순임이네 집 앞에까지 다 온 것이다. 순임이네 집 앞에서 상석이가 재빨리 작별인사를 하고는 아까보다 훨씬 빠른 걸음으로 오던 길을 되돌아갔다.

"응, 점심때까지 갈게. 고맙다, 동생아."

순임이네 방은 펄펄 끓고 있었다. 어느 사이에 순임이는 편한 몸빼 차림으로 갈아입고 있었다. 책가방에서 꺼낸 책을 앉은뱅이 책상 위에 가지런히 올려놓았다. 곧바로 순임이의 서울 학교생활 이야기가 시작되었다. 순임이는 마냥 들떠 있었다.

"수도고녀는 용산에 있는 거야. 여기 시골의 오산여중이나 남수원여중과는 비교도 되지 않을 정도로 크지. 학교도 얼마나 멋진데, 내가 제일 좋아하는 과목은 음악인데 3월 한 달 동안에는 홍난파 선생님의 노래 두 곡을 배웠어. 그 유명한 '봉선화' 하고 '성불사의 밤'을 배웠단 말이지. 그냥 노래만

배운 게 아니야. 음악 이론에 관해서도 공부했고 또 그 노래
들을 조금씩 다른 장조와 단조로 바꾸어 불러보는 편곡연습
도 해 보았단 말이야. 두 말할 것도 없이 다 함께 노래도 불렀
지. 선생님이 피아노를 치고. 너 피아노 알아? 여기 오산학교
에서 연주하던 풍금이 아니란 말이야. 피아노는 독일에서 만
들은 건데 선생님이 피아노를 치시고 우리들은 노래를 불렀
지. 나중에는 아이들이 막 울더라니깐. 나도 많이 울었지. 다
행히도 우리 반에는 일본 아이들이 없어. 그 아이들은 모두 1
반에 몰려 있거든. 근데 나는 3반이야."

　　수희는 입을 벌리고 순임이의 말을 듣고만 있었다. 아, 얼
마나 좋을까? 피아노 반주에 맞추어서 노래를 한다니. 작년
여름에 상필이 오빠와 서울의 단성사에서 보았던 영화에서
피아노를 연주하는 장면이 나오던데.

　　"그럼 어저께 여기 올 때는 어떻게 왔니?"

　　수희는 한껏 호기심에 부풀어서 순임이의 곁으로 바짝 바
다 앉으며 물었다. 물론 수희도 서울을 십여 차례 다녀와서
서울 물정을 어느 정도는 알고 있었다. 방학 때면 서울 왕십
리의 고모 집에 가서 있으면서 가끔씩 종로의 작은 아버지 집
에도 들른 적이 있었다. 작은 외숙모가 원체 인정이 없어서
수희도 그렇고 오빠나 동생도 웬만해서는 종로에 발걸음을
하지 않았다.

"응, 돈암동에서 전차를 타지. 그러면 서울역까지 한 열 정거장 될 거야. 서울역에서 기차를 타는 거야. 너도 알지? 여기 오산에 올 때는 아무 거나 타도 된다는 거. 정부선이건 호남선이건 말이야."

순임이가 제법 서울물을 먹었다고 아는 체를 했다. 이런 저런 이야기 끝에 광철이의 이야기로 번졌다. 박광철! 망나니도 그런 망나니가 없다 싶을 정도의 개구쟁이였던 광철이 이야기가 나오자 순임이가 벌떡 이불에서 일어났다. 그야말로 광철이는 국민학교 내내 여자아이들에게는 공포의 대상이었다.

"그래, 광철이 말이야. 너 그애가 지난 달에 만주로 간 거 알아?"

"응? 만주? 만주는 왜?"

"왜는 왜야. 독립운동하러 간 거지. 그 애 떠날 때 청호리 복동이네 집에서 모였는데 오산 아이들 거의 다 모였어. 어쩌면 그렇게도 의젓하던지 정말 그 옛날의 광철이가 아니더라니까."

수희가 광철이 송별식 장면을 한참 동안이나 이야기 했다. 그러는 내내 순임이는 이불을 가슴께까지 덮고는 수희의 말에 눈만 깜빡였다. 무척 충격적인 모양이었다. 그도 그럴 것이. 광철이는 여자아이들이 고무줄하고 놀 때면 어느 사이엔가 면도칼을 가지고 달려들어서 고무줄을 끊어 버리고 도망치곤 했다. 그래서 여자아이들이 고무줄을 할 때는 노는 아이들 절반 또 광철이 패거리가 오나 안 오나 망보는 아이들 절반으로 나누어서 놀이를 해야 했다. 그것만이 아니었다. 여자아이들이 변소에 들어갔다 하면 어느 사이에 알아차리고는 그 아이의 변소 뒤로 돌아와서 그 아이가 들어가 있는 칸 뚜껑을 열고 커다란 돌멩이를 집어 던지고 도망치곤 했다. 그러면 그 아이는 똥물이 튀긴 궁둥이를 제대로 닦지도 못한 채 엉엉 울면서 집으로 돌아가곤 했다.

"애, 나는 광철이 그놈만 생각하면 3학년 때 궁둥이하고 옷에 똥물 잔뜩 묻히고 집에까지 돌아온 기억밖에 없어. 어쩌면 그렇게 못된 놈이 있니?"

"애, 순임아. 너만 그러냐? 우리 여자애들 치고 광철이한테 그런 봉변당하지 않은 애가 하나라도 있는 줄 아니? 그런데 그거 너무 웃기지 않니? 나도 그날 거기에 갔었는데 완전히 새 아이가 되었더라. 한 1년 만에 보았을 거야. 일본놈들 몰래 모임 갖는다고 저기 청호리 복동이네 집에서 모였어. 너도 김복동이 알지? 광철이 단짝 말이야. 그날 한 서른 명 가까이 모였나 봐. 여자애들도 일곱 명인가 왔으니까. 그런데 자기는 내일 새벽에 떠난다면서 자기를 위해서 앞으로 잊지말고 기도를 해 달래. 자기는 조국을 위해 목숨을 바칠 의혈단원이 될 거라나? 그러면서 아주 의젓하게 연설을 하더라니까."

밖에는 아까 잠시 그쳤던 봄비가 다시 내리는 모양이었다. 양철지붕 위에 빗방울이 떨어지는 소리가 들렸다. 봄비와 바람 속에 섞여서 양조장에서 퍼져 나오는 구수한 막걸리 냄새에 순임이는 코를 벌름 거렸다.

"자기는 윤봉길 의사와 같은 의열단원이 될 거라면서 아주 당당하게 말 하더라. 자기는 그냥 독립군 같이 총 들고 왜놈들과 싸우는 건 시시해서 안 한 대. 그 애가 벌써 이렇게 저렇게 만주 쪽하고 연결이 되었나 봐. 작은 아버지하고 함께 떠난대. 다른 남자애들도 광철이를 몹시 부러워하는 눈치더라니까."

"수희야, 난 그래도 광철이만큼은 독립운동가 아니라 뭐가 된대도 싫어. 정말 그게 뭐니? 약한 여자아이들에게 못된 짓이나 하고."

"그렇긴 하지만 그래도 그건 옛날에 어렸을 때 이야기이고 지금은 아니라니까."

두 아이들은 밤이 늦도록 이런 저런 이야기를 하다가 둘이서 손을 꼭 잡고 이불을 덮고 누었다. 집 바로 뒤의 논에서 간간히 개구리 우는 소리가 들렸다. 논은 멀리 갈곳리까지 끝없이 이어졌다. 걸어서 논길로 가면 두 시간 거리였다. 3월 말, 벌써 개구리들이 나왔나? 두 아이들은 천장을 쳐다보며 각기 다른 생각을 하고 있었다. 천장은 육각형의 꽃무늬 비슷하기도 한 도배지가 발라져 있었고 벽에는 달력이 걸려 있었다. '화성군농림조합근정'이라고 씌어져 있는 달력의 아래 왼쪽에는 서기(西紀) 1943년이, 그리고 오른 쪽에는 소화(昭和) 18년이 찍혀 있었다. 그런데 그 밑에는 검정색 잉크로 단기(檀紀) 4270년이라고 씌어져 있었다. 순임이가 써 넣은 모양이었다.

내일은 바쁘게 하루를 보내야 한다. 오후에는 교회에 가서 예배도 보고 친구들도 만나야 하고, 또 저녁에는 서울로 떠나야 한다. 수희는 월요일부터 시작되는 서울생활에 대한 기대감으로 잠을 자지 못했다. 수예와 자수를 가르치는 학원이 아무려면 수도고녀만 할라고. 그렇지만 할 수 없지 뭐. 거기서도 열심히 배우면 좋은 일이 있겠지. 순임이는 순임이대로 내일 교회에서 만날 오산 친구들에게 서울생활을 자랑하고 싶은 생각에 잠을 이룰 수가 없었다. 아이들이 많이 나오려나? 장희동이는 얼마나 변했을까? 자기가 오산에서 제일 좋아하던 아이였는데. 희동이도 벌써 몇 달이나 못 보았네. 수희 말이 희동이도 요즘 교회에 열심이라던데.

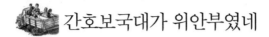 간호보국대가 위안부였네

오산 장터 뒤편에 있는 천막교회에서 우렁찬 찬송소리가 울려 퍼졌다.

"내 주를 가까이 하려함은 십자가 짐 같은 고난이나~"

천막 입구에는 '대한예수교장로회 오산교회'라는 간판이 붙어 있었다. 천막을 들추고 안으로 들어가니 거기에는 단상에서 찬양을 인도하는 초로의 목사와 그 옆에서 아코디온을 연주하는 젊은이가 보였다. 20여 명의 아이들이 바닥에 깔아 놓은 가마니 위에 앉아서 아코디온 반주에 맞추어 노래를 부르는 중이었다. 코흘리개 꼬마아이들부터 수희와 순임이 또래의 여자 아이들까지, 또 눈을 힐끔거리며 여자 아이들에게 신경이 곤두서 있는 총각들도 있었다. 오후 2시의 '소년소녀

반'이다.

곧이어 목사의 설교가 이어졌다. 머리가 절반은 하얗게 센 목사가 사과 궤짝을 포개 놓은 단상 위로 올라갔다. 그는 아이들을 찬찬히 쳐다보면서 설교를 시작했다. 내용은 출애굽기에서 발췌한 것이었다.

"애굽에서 종살이 하던 이스라엘 백성들을 하나님께서 인도하여 내셨습니다. 젖과 꿀이 흐르는 땅으로 말이지요. 여러분, 애굽이 어디입니까? 오늘날의 이집트입니다. 거기서 우리 하나님은 그들의 억압 속에서 시달리던 이스라엘 백성들을 모세를 통하여서 약속의 땅인 가나안으로 인도하여 내신 겁니다."

하얀 두루마기를 걸친 목사는 고개를 돌려 옆에 서 있던 청년을 쳐다보았다. 청년이 아코디언을 가마니 위에 내려놓고 천막 입구 쪽으로 나가서 밖을 잠시 둘러보았다. 그리고는 목사에게 고개를 끄덕여 보였다.

"여러분, 지금 우리가 그렇게 애굽의 억압 속에서 시달리고 있는 겁니다. 우리말을 마음대로 쓰지도 못하고 학교에서 배우지도 못합니다. 학교에서 우리말로 대화를 하면 선생님에게 매를 맞습니다. 그래도 여러분, 우리말, 우리글을 잊어버리면 안 됩니다. 언젠가 우리들이 마음껏 떠들고 노래할 날이 올 겁니다. 그때까지 여러분들은 조선의 소년이요 소녀라는 생각을 버리지 말고 열심히 살아가야 합니다."

목사의 설교는 한참을 이어졌다. 밖을 둘러보던 청년이 얼른 천막의 입구에 드리워진 천을 내리고는 목사에게 손짓을 했다. 목사는 설교를 아주 빨리 다른 말로 바꾸면서 해 나갔다.

"그러니까 지도자들의 인도에 순종하는 삶, 에…… 그러니까…… 이것이 곧 천황폐하의 은덕에 보답하는 길이고 황국 신민의 길이고 또 예수님의 발자취를 따라가는 길인 것입니다……."

목사는 허둥대며 설교를 마치고 떨리는 소리로 기도를 시작했다. 그리고는 찬송가를 한 곡 더 부른 후 서둘러 예배를 마쳤다.

예배가 끝난 후 천막 밖으로 나온 아이들은 깜짝 놀랐다. 거기에는 검은 제복에 긴 칼을 찬 일본 순사 한 명과 옆구리에 몽둥이를 차고 있는 조선인 순사보 둘, 이렇게 모두 세 명의 주재원들이 그들을 기다리고 있었다. 아무 영문도 모르고 천막 밖으로 나온 아이들 중에서 어린 아이들은 밖에서 철컥! 철컥! 거리며 일본도를 차고 서성거리는 일본 순사를 피해 재빨리 천막 뒤로 도망쳤다. 까까머리 꼬마 하나는 얼른 자기 누나의 치마를 붙들고 그 뒤로 숨었다. 놀란 아이의 눈망울이 마치 보름달만큼이나 커졌다. 그 아이는 오줌을 질질 싸더니 기어코 울음을 터뜨렸다.

제복을 입은 세 명의 순사들은 아이들을 하나하나 세심하게 살피기 시작하였다. 그중 하나가 수희와 순임이를 가리키며 순사에게 굽실댔다. 그 사람은 수희도 잘 아는 방씨라는 순사보로 몇 년 전까지만 해도 아버지의 서당에서 글공부를 한 사람이었다. 재작년에 수원에서 순사보 시험에 합격했다고 들었다. 방씨는 수희를 똑바로 쳐다보기가 미안한지 수희와 순임이를 지목하고는 곧바로 얼굴을 돌렸다. 둘을 자세히 살펴보던 순사가 천천히 입을 열었다.

"이 아이들인가?"

"핫! 그렇습니다!"

수희와 순임이는 왜 이 사람들이 여기에 와서 자기들을 살펴보는지 몰라서 어리둥절해 하고 있었다. 밖이 소란스러워지자 목사가 천막 밖으로 나왔다. 장터 앞의 교회는 일순간에 이십여 명의 아이들이 순사들을 중심으로 빙 둘러 서 있는 모양새가 되었다. 그들은 모두 몸을 절반쯤은 뒤로 빼고 걱정스러운 눈길로 사태를 지켜보고 있었다.

"요시, 가자!"

순사가 구두 소리도 요란하게 앞장서자 그 뒤를 순사보들이 따라갔다. 아이들은 비로소 겁에서 풀려났는지 서로의 얼굴을 쳐다보았다. 수희와 순임이는 서둘러 목사님께 인사를 하고는 집을 향하여 뛰어갔다. 어서 빨리 가서 오늘의 이 이상한 일을 아버지께 고해야만 할 것 같았다.

숨이 턱에까지 닿도록 뛰어 온 수희를 엄마가 큰길가에까지 나와서 기다리고 있었다. 엄마는 얼마나 울었는지 얼굴이 통통 부어 있었다. 수희는 덜컥 겁이 났다.

"엄마, 왜 그래? 무슨 일 있어?"

검정 무명치마에 흰 저고리를 입은 엄마는 대답대신 옷고름으로 눈물을 닦더니 수희를 잡아끌었다. 엄마의 손에 끌려 집에까지 가는 그 수십 초 사이에 수희는 여러 가지 생각이 교차했다. 도대체 무슨 일이길래 엄마가 길가에까지 나와서 울며 자신을 기다리고 있었을까?

엄마의 손에 이끌리어 방안에 들어가니 엄마가 방바닥에 있는 서류를 한 장 보여주는데 거기에는 '흥아청년근로보국대 적십자간호요원지원서'라는 긴 제목이 적혀 있었다.

엄마의 설명에 의하면, 아까 점심때가 조금 지나서 일본순사하고 순사보가 들이닥쳐서는 이걸 놓고 가더라는 것이다. 교회에 온 바로 그 사람들이었다. 그들은 다짜고짜로 최수희가 여기에 가도록 되어 있으니 내일 저녁까지 이걸 작성해서 본인을 대동하고 오산역 앞까지 나오라고 하고는 돌아갔단다. 1년만 근무하면 돌아올 수 있다고 했다는 것이었다. 아버지는 왜 우리 딸이 여기를 가야 하냐며 못 보낸다고 했지만 그들은 '황국신민' 운운하며 아버지를 겁박하더라는 것이었다. 그래서 아버지와 오빠는 부랴부랴 어떻게 된 것인지 알아보겠다고 집을 나섰단다. 아버지는 오래 전부터 오산에서 제일 큰 서당을 열었기에 이리저리로 아는 제자들이 많이 자리 잡고 있었다.

아버지와 오빠는 밤이 늦어서야 돌아 왔다. 아버지는 그 짧은 시간동안 얼마나 근심을 했는지 입술이 바짝 타 있었다. 물을 벌컥벌컥 들이켜고는 그동안 알아 본 내막을 소상하게 이야기하기 시작하였다.

아버지가 이리저리 연줄을 대어 알아본 바에 의하면 이번 일은 서울의 경무국장이 교육수준이 있는 아이들을 차출하기 위하여 직접 각 도의 경무과로 내려 보낸 명령이라는 것이었다. 지난 2~3년 동안 여러 차례 아이들을 뽑아서 일본으로 보냈지만 거기 뽑힌 아이들이 백이면 백, 다 못 배우고 가난한 아이들만 뽑혀 와서 본국의 높은 분께서 진노했단다. 그래서 이번에는 조선에 주둔하고 있는 경찰의 최고 우두머리인 경무국장이 직접 특명을 내렸다는 것이다. 그런네도 왜 오산면에서는 수희와 순임이 두 명만이 차출되었는지에 대하여는 알 길이 없다는 이야기였다. 내일 관청 문을 열면 더 자세히 알아보겠지만 문제는 당장 내일저녁까지 아이를 데리고 오산역 앞으로 모이라는 데 이걸 어찌해야 좋을지 모르겠다고 했다. 아버지가 이야기를 하는 내내 오빠는 옆에서 수희의 손을 꼭 잡고 있었다.

수희는 오빠의 손에 이끌리어 건넌방으로 건너왔다. 오빠는 아버지와 다닌 이야기를 더 자세히 해 주었다. 오산면 사무소에는 최영일이라는 같은 전주 최씨 먼 친척뻘이 되는 형이 있었다. 그가 사흘 전에 수원경찰서에서 근무하는 친구로부터 오산면에서 최수희와 박순임 두 아이가 적십자간호요원으로 차출이 되어 다음 월요일에 떠나도록 결정됐다는 이야기를 들었다는 것이다.

밤늦은 시간, 순임이네는 순임이네 대로 난리였다. 순임이가 간호보국대로 끌려가게 되었다는 소식을 듣고 온 가족은 물론 근방의 친척들이 다 모인 것이다. 엄마는 아이고~ 아이고~ 하면서 방바닥을 치면서 통곡을 해 댔다. 중리고개 샘말에서 온 큰 이모는 엄마를 붙잡고 울며불며 통곡을 해 댔다. 이미 눈이 퉁퉁 부어 있는 엄마에게 왜 진즉에 순임이를 시집보내자고 할 때 말을 안 듣고 이렇게 멀쩡한 딸을 보국대에 끌려가게 만드느냐고 하면서 엄마의 등을 펑펑 때렸다. 남촌 다리 건너의 작은 이모는 '가난하고 못 배운 아이들만 데리고 가는 건 줄 알았는데~' 하면서 엉엉 울었다.

순임이는 순사들이 놓고 간 서류를 다시 찬찬히 들여다보았다. 밑에 아버지의 지장이 빨갛게 찍혀있는 서류를 들여다

보니, 기간은 1944년 3월 31일까지로 되어 있었다. 그러니까 꼬박 1년만 근무하면 되는 거였다. 순임이는 학교를 당분간 다니지 못하는 것이 아쉽기는 하지만 그까짓 1년이야 못 견딜까, 또 이번 기회에 일본구경을 하는 것도 좋겠다 하는 생각을 하면서 오히려 기대감에 들떠 있는 중이었다. 좋다고 할 수는 없어도 별로 걱정은 되지 않았던 것이다. 그런데 정작 주변의 부모나 친척들은 마치 죽으러 가거나 하는 것처럼 울며불며 난리를 치고 있었다. 무얼 몰라서 그런 거라고 생각하며 오히려 어른들이 한심하다는 생각마저 들었다.

다음날 저녁 5시가 조금 못 된 시간에 오산역 앞으로 나가니 거기에는 이미 사람들이 새까맣게 운집해 있었다. 아마도 100명은 넘을 것만 같았다. 수희와 순임이는 치마저고리로 갈아입고 속에는 춥지 않게 몸뻬도 껴입었다. 순사들은 호루라기를 불며 사람들을 물러나라고 소리쳐 댔다. 아이들 여섯 명을 가운데 두고 그 주위를 아줌마들이 빙 둘러 섰다. 나이로 치면 15살에서 18살이다. 그중에는 놀랍게도 수희와 순임이의 친구인 동탄리의 길자도 있었다. 서울에서 공장을 다니고 있던 길자가 어떻게 돼서 여기에서 자기네들과 함께 보국대로 끌려가는 것일까?

아줌마들은 어깨에서 허리께까지 흰색 천에 검은 글씨로

된 '대일본제국 경기도화성군부녀회'라는 띠를 두른 채로 연신 주먹을 위 아래로 올렸다 내렸다 하면서 군가를 부르고 있었다. 그것을 지휘하는 사람은 오산의 황 의원 부인이었다. 남편인 황맹규 만큼이나 살이 찐 그 여자는 오산에서 내놓고 친일행각을 하는 여자였다. 항상 밑에서부터 틀어 올린 히사시카미 머리를 하고 검정 핸드백을 들고 다녀서 오산에서는 그 여자를 보면 다들 '작은 쪽발이'라고 뒤에서 수군대곤 했다. 사친회 때에는 일본인 교장 옆자리에 앉아서 거만을 떠는 여자였다.

인원점검에 이어서 화성군수의 인사말이 있었다. 누런 군복 비슷한 옷에 당꼬바지를 입고 팔자수염을 기른 그는 연신 하이칼라 머리를 뒤로 쓸어 넘기면서 나팔처럼 생긴 확성기에 대고 한참을 떠들어 댔다.

"이번에 차출된 간호보국대는 역사상 가장 정예화 된 고등인력으로 어쩌고저쩌고……. 이런 고학력자를 여섯 명씩이나 보내는 우리 화성군의 명예가 어쩌고저쩌고……. 여러분들은 우리 대일본제국의 황국신민답게 어쩌고저쩌고…… ."

드디어 기차가 기적을 울리자 순사들이 아이들을 마치 소를 외양간으로 몰고 들어가듯이 역 안으로 몰고 들어가려 했다. 그러자 여기저기서 엄마들이 쏟아져 나오더니 자기 딸을 끌어안고 울어대기 시작하자 온통 눈물바다가 되었다. 순사들이 호루라기를 불며 소리쳐도 소용없었다. 엄마들은 놓을 줄을 몰랐다. 행사를 주관하고 있는 관리들 십여 명이 달려들어서 겨우 이들을 떼어 놓았다. 열차가 기적을 울리면서 서서히 움직이기 시작하자 역에 모였던 사람들은 열차를 따라가며 수건을 흔들어댔다. 가족들의 울부짖는 소리는 곧 열차의 소음에 묻혀 버렸다.

수희를 그렇게 떠나보낸 최복성은 사랑에 꼿꼿이 앉아서 눈을 감고 있었다. 아, 내가 수희를 사지로 내 몬 것이 아닐까? 이번에 딸이 보국대로 끌려간 것도 알아보니 결국은 자신이 일제에 밉보여서 그렇게 된 것이라고 했다. 그렇다면 고분고분 그놈들의 행사마다 찾아다니며 돈을 뿌려댔어야 했을까? 황맹규처럼 자신도 그렇게 처신했어야만 했는가? 수희의 손목도 잡아주지 못하고 자기는 그저 먼발치에서 수희를 바라보며 전송했을 뿐이다. 지금쯤 어디를 가고 있을까?

"아버지, 저 왔어요."

상필이었다. 아들은 술이 조금 취해 있었다. 동탄 방아다리의 길수네 집에 자전거를 타고 다녀왔다고 했다. 방아다리는 오산에서 10리쯤 떨어진 동네이다. 길자가 어찌하여 서울에서부터 여기로 끌려 왔는지 그걸 알아보려고 갔던 모양이다.

"길수네 일가가 경찰서에 근무한대요. 그래서 길자가 끌려가게 된 배경을 알아보았더니 경찰서 고등계에서 화성군 관내의 반일적인 사람들을 다 조사해서 그런 집의 아이들부터 먼저 차출했답니다. 그게 여기 화성군뿐만이 아니라 전국적으로 다 명단이 작성됐대요. 이달 중으로 다섯 차례에 걸쳐서 모두 703명을 공출해서 보내기로 했대요. 이번 1차에는 경기도와 그 이북 아이들만 뽑아서 보낸 거랍니다."

"그럼 일본으로 가는 게 아니더냐?"

"네, 이번에는 만주로 보낸다고 하네요."

상필이는 여기까지 이야기하고는 엉엉 소리 내어 울었다.

"2월 말에 졸업하자마자 서울 고모네로 보내자고 하시는 걸 제가 말렸잖아요. 한 달만 더 있다가 가도록 하자고요. 그때 보냈더라면 안 갈 수도 있었을 텐데. 아버지, 제가 죽일 놈이에요."

굵은 눈물방울이 뚝뚝 떨어졌다. 4월초의 바람에 방안의 촛불이 일렁거렸다. 불빛에 비친 아들의 얼굴을 보면서 최복성은 눈을 감았다. 아들아, 울지 마라. 다 나라를 잃은 백성의 슬픔일 뿐이다. 서울에 잘 있던 길자까지도 잡아서 끌고 내려온 놈들인데 수희라고 무사할 수 있겠느냐. 따지고 보면 다 내 잘못이 아니겠느냐. 독립운동을 한다고 돈을 보내 보았자 나라를 찾을 가망도 없는데 무작정 계속 그 일에 매달렸으니 참으로 내가 바보였다. 그러나 저러나 내가 일본 놈들에게 밉

게 보였다면 과연 이번 한번만으로 끝날 수 있을까? 스물한 살 상필이는 앞으로 어찌될 것인가?

기차에 올라타면서 옆의 칸을 슬쩍 보니 그쪽 칸은 모두 군인들만 가득했다. 누런 군복에 어깨에는 붉은 완장을 찬 헌병 두 명이 왔다 갔다 하며 수희네 일행을 감시했다. 굴을 지났다. 아마 병점을 조금 지나 왔을 것이다. 밖은 벌써 어두워져 있었다. 열차는 몇 번을 서고 가고 하면서 계속 아이들을 더 태웠다. 경성에 도착할 때까지 아무 것도 먹지 않았다. 모두들 먹을 것을 싸 왔을 법도 한데 누구하나 꺼내어 먹는 아이가 없었다. 밖을 내다보아도 헌병이 와서 눈을 부라렸다. 변소를 갈 때도 헌병 한 명이 변소 앞에서 오줌을 다 누고 나올 때까지 기다리고 있었다.

경성역에 내려서야 잠시 쉴 수가 있었다. 역 안으로 들어간 것이 아니라 역 구내에 있는 군인들이 쓰는 군인전용 휴게소 비슷한 곳이었다. 거기서 뜨거운 물과 나무벤또를 하나씩 나누어 주었다. 시계를 보니 벌써 밤 9시가 넘어 있었다. 헌병들도 먹으러 갔는지 오로지 여자 아이들만 바글바글했다. 모두 100명 정도 되는 것 같았다. 아무도 감시하는 사람이 없자 아이들이 갑자기 웅성거리며 이야기를 하기 시작했다. 그중에서 나이가 제법 많아 보이는 언니가 아는 체를 하기 시작했다. 우리 일행은 간호보국대로 가는 게 아니라고 했다. 정신대로 가서 군인들의 시중을 들어주는 일이라고 했다. 수희도 순임이도 정신대나 간호보국대나 결국은 일본군인들 시중 들어주는 것이니까 그게 그거려니 했다.

잠시 후 인솔하는 헌병들을 따라서 구름다리 두 개를 넘어 갔다. 거기에는 다른 기차가 기다리고 있었다. 그런데 그 기차는 화물차였다. 쌀가마니를 실었었는지 지푸라기와 쌀알들이 떨어져 있었다. 아이들이 멍하니 있으니 헌병들이 각자 알아서 앉으라고 했다. 그렇게 쭈그리고 앉은 채로 몇 시간을 갔다. 새벽에 평양에서 또 다른 기차를 갈아탔다. 평양에서도 30명 정도가 더 합류했다. 다행히도 거기서 탄 기차는 먼저 번 것과 같이 의자가 있는 여객 전용차였다. 기차는 칙칙폭폭 소리를 내며 밤새 달렸다.

또 하루를 더 달려서 저녁 무렵 내린 곳은 봉천이었다. 역 광장에 나가보니 그 앞이 엄청나게 넓었다. 마치 커다란 운동장 같았다. 커다란 역인데도 지나다니는 사람들이 별로 없었다. 뒤를 돌아보며 수희는 놀란 입을 다물 수가 없었다. 거기에는 서울에서 보았던 경성역과 똑같은 역이 있는 게 아닌가. 어쩌면 저렇게도 똑같이 지을 수가 있을까? 순임이를 툭 치며 보라고 하자 순임이도 그걸 보고는 놀란 표정을 지었다. 그들은 새삼 일본 놈들의 기술력에 감탄했다. 그러나 그런 걸 제대로 생각할 시간조차도 없었다. 헌병들이 호루라기를 불면서 아이들을 역 앞에 세워져 있던 트럭에 나누어서 태웠다. 차는 털털 거리면서 한참을 달려서 시내의 어떤 여관 앞에서 내리게 했다.

여관에서 주는 저녁밥을 먹자마자 모두들 그대로 쓰러져 잠이 들었다. 다음 날 아침에 일어나서 보니 통통 부어있던 다리가 어느 사이에 다 가라앉아 있었다. 아침을 먹자마자 다시 기차를 타고 저녁 무렵이 되어서야 어느 역에 도착했다. 가림막을 들쳐보니 하얼빈이라는 표지가 있었다. 아, 그러면 안중근 의사가 일본 놈 이등박문을 죽였다는 데? 그러나 그런 것을 생각하고 말고 할 시간도 없었다. 기차에서 내려서 구름다리를 건너 또 다른 기차를 탔다. 옆으로 보니 무슨 강이 흐르는 것 같았다. 강은 한참을 계속 철길 옆으로 이어졌다가는 떨어지고 또다시 만나고 했다. 그걸 타고 밤새 달렸다. 날씨가 엄청 추웠다. 일본 군인들이 나누어 준 담요 한 장씩을 가지고는 추위를 감당할 수가 없었다. 한 아이가 흐느껴 울자 그게 전염되있는지 모든 아이들이 따라서 울었다. 밖은 이제 깜깜해서 아무 것도 보이지 않는다. 덜컹덜컹~ 칙칙폭폭~ 그리고 아이들의 흐느낌 소리만이 있을 뿐이었다.

다음 날 아침, 군인들이 깨우는 소리에 눈을 떴다. 기차에서 내리니 아침 햇살이 비치고 있었다. 집을 떠나 며칠을 끌려 왔는지조차도 가물가물했다. 거기는 조그마한 역이었다. 거기도 어김없이 군인들이 트럭을 대기하고 기다리고 있었다. 트럭에 함께 탄 군인들은 먼저 보았던 군인들보다 얼굴도 더 새까맣고 온 몸에 누런 흙먼지를 뒤집어 쓴 모습이었다. 여건이 훨씬 더 열악한 곳이라는 느낌이 들었다.

차를 타고 끝없이 달렸다. 지붕에 천막을 씌운 트럭이었는데 뒤로 보이는 광경은 오로지 누런 흙으로 된 산 뿐이었다. 나무도 한 그루 없었다. 가끔씩 모래사막 같은 것이 보였다. 아이들은 담요를 뒤집어썼다. 누런 흙먼지가 입으로 코로 밀려들어오기 때문이었다. 어쩌다가 들에서 일하는 농부들이 간간히 보였지만 그것도 길옆에 있는 것이 아니고 아주 까마득하게 멀리 떨어져 있어서 잘 알아보지도 못할 지경이었다.

두 시간을 달려서 그들이 도착한 곳은 벌판의 어떤 외딴집이었다. 그곳에 갔더니 조선 여자들이 열 명 정도 있었다. 그들은 일본 옷을 입고 얼굴은 진하게 화장을 하고 있었는데 나이가 모두 스무 살은 넘어 보였다. 그들은 새로 온 수희네 일행을 보면서 불쌍하다는 듯 연신 혀를 쯧쯧! 하면서 찼다.

중년의 일본인 부부가 얼굴 가득 웃음을 지으면서 이들을 큰 방으로 안내하였다. 인솔 장교는 옆의 방으로 들어가더니 중년의 부부와 한참을 이야기하고는 트럭을 타고 돌아갔다. 주인 여자가 목욕탕에 들어가서 씻으라고 했다. 탕이 너무 좁아서 두 명 밖에는 들어갈 수가 없었다. 더운 물도 많지 않아 충분히 씻을 수는 없었지만 그래도 사흘인지 나흘인지 만에 처음 대해보는 따뜻한 물이었다. 저녁밥을 먹었다. 밥은 옥수수와 조가 대부분이고 쌀이 간간히 섞여 있었다. 반찬도 단무지와 배추를 소금에 절인 것, 그리고 멀건 된장국이 전부였지만 너무나도 배가 고팠던지라 밥이고 반찬이고 가릴 처지가 아니었다. 모두들 허겁지겁 먹어 치웠다. 목욕도 하고 밥도 먹고 따뜻한 방으로 들어가니 잠이 막 밀려왔다. 어떻게 잠이 들었는지도 모른 채 깊은 잠에 골아 떨어졌다.

잠결에 소란스러운 소리가 들려 눈을 떠보니 모두 밖으로 나오란다. 순임이의 시계를 보니 밤 7시가 넘었다. 밖에는 조그마한 군용차 몇 대가 시동을 켠 채로 대기하고 있었다. 차에 한 명도 타고 두 명도 탔다. 수희는 혼자만 작은 차에 탔다. 앞에는 장교와 운전병이 있었다. 긴장이 되었지만 쏟아지는 잠을 주체할 수가 없어서 계속 잤다.

깜깜한 밤중에 도착한 곳은 어느 병영이었다. 불은 거의 없었는데도 수희를 데리고 온 장교는 길을 잘도 찾아 갔다. 어느 막사 안으로 들어가자 거기에는 뜨겁게 달구어진 난로 옆에 40대 중반쯤으로 되어 보이는 사람이 파자마 바람으로 앉아 있었다. 거의 아버지 또래였다. 작은 키에 짧은 머리, 거기다가 시커먼 턱수염을 기른 꽤 높은 장교인 모양이었다. 장교가 경례를 하고 나가자 그가 수희를 옆의 작은 방으로 잡아끌었다. 술을 먹었는지 그의 얼굴은 벌겋게 달아 있었다. 난로가 있는 커다란 방에 붙은 침실인 모양으로 거기에는 다다미가 세 장 깔려 있었다.

그는 거기에 수희를 밀어 넣고는 자기가 먼저 옷을 벗기 시작했다. 가슴에 털이 수북하게 난 탄탄한 몸매가 드러났다. 창은 불빛이 새나가지 못하게 모두 검정 천으로 가려져 있었다. 벽에는 일본도와 긴 총이 기대어져 있었고 그 옆의 서가에는 평소에 그가 보는 책인 듯 책이 수십 권 꽂혀있었다. 그는 우악스러운 몸으로 수희를 깔고 앉아서 옷을 벗기려 하였다. 수희는 손바닥을 비비면서 '도조! 도조!' 하고 사정을 해보았다. 다시 그의 우악스런 손바닥이 철썩! 소리도 요란하게 뺨을 때렸다. 곧 이어서 입술에서 찝찔한 피가 흘러내렸다. 귀에서 윙~ 소리가 나면서 귀가 안 들렸다. 수희가 겁에 질려서 엉엉 울어대자 그가 만족한 웃음을 지으며 수희의 옷을 벗겼다. 손가락을 사타구니에 집어넣을 때 온 몸에 소름이 돋았다. 곧 이어 아랫도리가 찢어지는 것 같은 통증이 왔다. 잠시 씩씩거리는 소리가 나는가 싶더니 그가 옆으로 마치 통나무가 넘어가듯 쓰러져 누웠다. 조금 있다가 일어나 앉은 그는 아주 만족스러운 듯 담배를 꺼내 물고는 수희의 사타구니를 들여다보면서 기쁜 얼굴로 중얼거렸다.

"기레이네. 아다라시데스요, 아다라시데스요."

수희는 너무 큰 충격에 빠져서 겨우 옷을 끌어당겨 입고는 방구석으로 가서 쪼그리고 앉았다. 눈물이 끝도 없이 쏟아져 내렸다. 얼마나 울었는지 또 얼마나 시간이 지났는지 모른다. 당번병이 식사를 가지고 왔다. 된장국 냄새에 생선을 구운 듯 생선냄새도 났지만 그걸 먹고 싶은 마음이 들지 않았다. 옆방에서 크게 경례를 부치는 소리가 나더니 아까 그 사람의 목소리가 들렸다.

"에또, 내가 제군들을 부른 이유는 바로 이 옆방에 오늘 새로 온 싱싱한 조선삐가 있다. 열여섯 살 아다라시다. 내가 제군들을 아끼는 마음에서 불렀으니 조심해서 살살 다루도록 하라. 나는 두어 시간 영내를 순찰하고 오겠다."

"핫! 감사합니다. 연대장님!"

잠시 후 그들이 소곤거리는 소리가 들리고 문이 살짝 열리며 한 사람이 방안을 들여다보았다. 곧 이어서 키득거리는 웃음소리가 들리고 그들의 커다란 외침소리가 들렸다. 막사가 떠나갈 지경이었다.

"짱 께이 뽀! 짱 께이 뽀!"

"내가 이겼다!"

수희는 그들의 가위바위보 소리를 들으며 그것이 곧 자기를 차지하기 위한 순서를 정하는 것임을 직감했다. 차라리 죽고 싶다. 방안을 둘러보니 세워져 있는 일본도가 보인다. 살금살금 다가가서 그것을 손에 잡았다. 그때 첫째 순번으로 정해진 놈이 들어왔다. 그는 약간은 재미있다는 듯 밖의 두 사람을 불렀다.

"오이! 여기 좀 보게나. 이 아이가 칼을 잡고 있다네."

두 명이 금세 모습을 드러내더니 서로 배꼽을 잡고 웃어댔다. 수희는 커다란 일본도를 손에 잡기만 했지 그걸로 어찌해야 좋을지 몰라 그들을 노려보기만 할 뿐이었다. 첫째 놈이 들어와서 수희를 겁탈했다. 그리고 잠시 후 두 번째가 들어왔다. 그 다음에는 어떻게 됐는지 수희는 정신을 잃고 말았다.

수희는 거기서 꼬박 이틀을 그 연대장이라는 놈과 또 그의 부하 세 놈에게 당했다. 밥 먹는 시간만 빼고는 계속 그놈들이 달려들었다. 몇 번인지 셀 수도 없었다. 밤에 잘 때는 연대장의 품에 안겨서 자야 했고 아침부터 저녁까지는 대대장이라는 놈들 세 명이 시도 때도 없이 들락거렸다. 어떤 때는 뒤로 돌아서서 엎드리라고도 했고 또 어떤 때는 자기 몸을 핥으라고도 했다. 요구에 응하지 않으면 가차 없는 매질이 이어졌다. 수희는 그냥 하나의 배설도구일 뿐이었다.

나는 돈 벌러 탄광으로 간다

영암천 변의 너른 들판이 황금빛으로 넘실거린다. 뚝방에 앉아서 황금들판을 바라보고 있던 춘식은 고이춤에서 담배쌈지를 꺼내 들었다. 담배연기가 가을 바람에 흩어져 날린다. 9월 중순이라 아직도 한낮의 햇볕은 머리가 벗겨질 정도로 쨍쨍하다. 그는 밀짚모자를 조금 올리고 멀리 동쪽으로 보이는 월출산을 쳐다보며 혼자서 중얼거렸다.

"명산이시. 어찌코롬 이런 너른 벌판에 쩌그 월출산만 저러코롬 덩그러니 삐죽 솟아 있느냐는 거시여. 참맬로 조물주으 장난이 아니고넌 안 될 일이랑께."

구름 한 점 없이 맑은 가을 하늘 위로 참새 떼들만 어지러

이 날아다닌다. 왜 이렇게도 많은 곡식이 우리에게는 돌아오지 않고 날마다 배를 곯아야만 할까? 이제 보름 후면 추수를 해야 하는데 그 하얀 쌀이 절반 이상은 공출이라는 명목으로 일본으로 실려 가야 한다. 나머지는 지주와 마름 차지이다. 온 식구가 죽어라고 소작을 하며 이곳저곳 품팔이를 다녀도 항상 꽁보리밥, 감자, 옥수수조차도 배불리 먹을 수가 없는 살림이다.

그래도 가을이라 얼마나 좋은가. 보릿고개라는 춘궁기에는 먹는 날보다 곯는 날이 더 많은 실정이다. 산으로 들로 나물이며 쑥을 캐러 다녀도 그것조차도 흔치 않고, 소나무껍질도 남들이 전부 벗겨가서 봄에는 인근의 산에 성한 소나무가 하나도 없는 형편이다.

그래도 그 옛날에 춘식이 여섯 살 될 때까지는 그의 집안은 영암 덕진면에서는 알아주는 부농이었다. 아버지의 말에 의하면 당시에 갖고 있던 논만 해도 200마지기 가까이 되었다고 했다. 그 많던 농토를 동척 놈들의 농간에 다 빼앗겼다는 것이다. 일부는 궁토(宮土)라고 빼앗겼고 또 나머지는 신고를 늦게 했다고 빼앗겼단다. 지금도 아버지는 술만 드시면 그 이야기를 한다. 얼마나 한이 맺혔으면 15년 동안 잊지 못하고 두고두고 하실까. 춘식이가 어렸을 때는 그게 무슨 말인지 몰랐는데 이제 자신도 다 커서 실제로 남의 집 일만 하면

서 지내보니 논밭을 빼앗긴 아버지의 설움을 조금은 이해할
것 같았다.

아버지 뿐 아니라 동네 어른들의 말을 들어보아도 영암의
농민들이 모두 동양척식주식회사라는 놈들의 농간에 땅을 빼
앗겼다고 했다. 조선총독부 놈들이 앞에서 북치고 면사무소
와 도청이 뒤에서 장구치면서 강제로 빼앗아 간 것이라고 했
다. 토지조사를 한다면서 기한을 정해 놓고 그 안에 신고를
하라고 했는데 아버지도 그렇고 동네의 노인들 모두가 까막
눈이라 그걸 제대로 신고하지 못한 것이 한 원인이었다. 또
일본놈들이 하는 짓이 미워서 거기에 반항한다는 핑계로 차
일피일 미루다 보니 결국 시한을 세 번이나 넘겨버린 것이다.

조상 대대로 농사를 해 오던 땅이 어떻게 해서 궁토인지
제대로 알 길도 없었고 동척 놈들이 그렇게 우기는 데는 법을
모르니 어떻게 대항할 방법도 없었다. 그 땅들은 거의 다가
동척으로 넘어갔고 그 중 얼마는 김 부자네 집으로 넘어갔다.

김 부자 그놈은 일찌감치 일제에 빌붙어서 수리조합장인
가를 하더니 아들놈을 일본에 유학시키고 또 유학을 다녀오
자마자 어떻게 사바사바 하여 동척 군산지점에 취직시키는
것이 아닌가. 그러더니 덕진면 일대의 땅을 몽땅 차지했다.
사람들 말로는 영암 여기저기에도 땅이 엄청나다고 했다. 이
제는 행여 길거리에서라도 그놈을 만나면 '김 주사 어르신!'

하면서 숨도 제대로 쉬지 못하는 형편이 되어버린 것이다.

오늘은 오전 내내 비가 와서 일을 나가지 못했다. 오후가 되어 날이 개이자 춘식이는 답답한 마음을 달랠 겸 영암천 냇가로 나온 것이다. 그래도 헛발질이야 할 수 있는가 싶어 그는 길 옆의 강아지풀을 쑥 뽑았다. 다 영근 벼 이삭 위에도 또 길 옆의 콩밭에도 메뚜기는 널려 있었다. 그는 집으로 가는 내내 메뚜기를 잡아서 풀에 꿰었다. 냇가에서 집에까지 오는 30여 분 동안 강아지풀 세 개에 메뚜기가 가득 매달렸다. 풀무치도 있었지만 그건 구어보아야 별 맛이 없었다. 그러나 메뚜기는 가마솥에 소금을 넣고 볶으면 훌륭한 간식이 되는 것이다.

여섯 살 어린 춘자는 메뚜기볶음을 아주 좋아했다. 어린 소녀들까지도 마구잡이로 끌고가는 때인지라 집에서는 춘자를 시집보낼 곳을 물색 중이었다. 며칠 전에는 매파가 다녀갔다. 해남의 감골에 열일곱 살 먹은 신랑감이 있다는 것이었다. 아마도 다음 달에는 춘자가 떠날 것 같다. 찢어지게 가난한 집이니 혼례라고 할 것도 없고 그저 딸을 그 집으로 보내주면 그걸로 결혼이 끝나는 것이다. 아, 춘자마저도 떠나버리면 나는 무슨 낙으로 살까? 일곱 식구가 방 두 칸에서 비비적거리며 살아가는 궁한 살림이지만 그래도 오누이의 정만큼은 이 세상 어떤 집보다도 더 끈끈했다. 춘자 밑으로는 일곱 살짜리 막내 춘녀가 있지만 춘녀는 동생이라고 하기에도 부끄러운 코흘리개이다. 이웃에 사는 불알친구 경태는 5년 전인 열다섯에 장가가서 벌써 딸이 다섯 살이다.

춘식이는 덕현국민학교를 졸업하고 지금껏 집에서 소작일을 하는 아버지를 도우며 살고 있다. 그래서 내년 쯤에는 대처로 나가서 일자리를 찾아보려고 생각 중에 있었다. 같은 동네의 친구 칠봉이는 작년에 장가를 들고는 마누라하고 군산으로 떴다. 그곳 부두에서 막노동을 하고 부인은 함바집에서 밥짓는 일과 빨래를 해주면서 산다고 했다. 겨울에는 나까오리 모자에 양복으로 빼입고 와서 술도 한 상 걸지게 샀다. 그래도 춘식이가 고향을 뜨지 못하는 이유는 병들어 계신 할아버지와 할머니를 두고 가기가 마음이 편치 않아서였다.

저 앞에 집이 보인다. 초가지붕이 거의 땅에 닿을 정도로 초라한 집, 그래도 가족의 정이 있는 집이다. 집에 도착하니 아버지가 어서 빨리 마을 공회당으로 가야 한다고 재촉하였다. 아까 구장이 다니면서 공회당으로 동네 사람들을 다 모이라고 했다는 것이다. 오후의 따가운 햇살을 받으면서 동그랗게 꾸부러진 아버지의 등 뒤를 따르다보니 어느 새 공회당의 빨간 양철지붕이 보인다. 마을에 하나밖에 없는 양철지붕 집은 금강리의 자랑이다. 비가 그친 뒤라 고추잠자리 된장잠자리 들이 어지럽게 날아다닌다.

공회당 앞 마당에는 마을 장정들과 노인네들까지 50명 가까이가 모여 있었다. 부녀자들도 무슨 일인가 호기심에 몇 명이 뒤쪽에서 서성대며 마당을 기웃거렸다. 면에서 온 사람이 구장과 뭐라고 귓속말을 속삭이더니 마루 위로 올라가서 일장 연설을 늘어놓았다. 그 옆에는 영암지소에서 나온 순사도 보였다. 꼬마들은 순사의 총을 신기해하면서도 무서운 마음에 멀찍이 떨어져서 쳐다보고 있었다.

"에또, 나가 누군지 잘 아시지라? 내는 덕현면 서기 변진수요. 이번에 영암군으로 징용영장이 14장이 나왔는디, 에 그러니께 다른 면은 워찌코롬 하냐면 말이시, 누구누구를 가라고 지목해서 보낸다고 들었당께. 그란디 우리 면언 면장어른께서 고 방법보다는 제비뽑기를 혀서 보내는 아조 민주적인 방법으로 하기로 했단 말이시. 그래서 여그 모인 남자덜 중에 제비에 뽑힌 사람이 차출되는 것잉께 그리 알고 시방부텀 제비뽑기를 혀 보드라고. 그라고 한마디만 더 허면, 오늘 여그 안 나왔다고 징용 안가는 것이 아니여. 여그 명부가 있응께 아께 이름 부를 때 빠진 사람덜언 나가 대신 직접 뽑겄소. 그렇게 행여 빠질라고 생각허면 안 된단 말이시. 아, 그러고 봉게 젤로 중요헌 야그럴 안 해뿌렀구먼. 금강리는 딱 두 명이요이, 두 명!"

그 말이 떨어지기가 무섭게 금강리에서 제일 거칠기로 소문난 기출이 아버지가 면 서기에게 삿대질을 하면서 앞으로 성큼 나섰다. 기출이 아버지는 40대 초반으로 인근 마을까지도 싸움꾼으로 소문이 자자한 인물이었다.

"아니 징용이 나왔으면 미리미리 갤켜 줄 거이제 이거이 무신 애덜 장난도 아니고 어찌코롬 다짜고짜로 달려들어서 제비뽑기로 뽑아간다여? 참말로 요상시런 면 일도 다 있구먼 그랴."

그는 말을 마치고 제 분을 못 이기겠는지 머리에 매고 있던 수건을 벗어서 땅바닥에 휙 집어던지고는 발로 짓이겼다. 면 서기도 얼굴에 핏대를 곤두세우고 마루에서 내려오더니 기출이 아버지에게로 다가섰다. 자기의 체면이 묵사발이 되느냐 마느냐의 순간이니 결코 질 수 없는 다툼이었다.

"아니, 뭐시여? 그라면 거근 시방 면장님 방침에 반대한다는 거여?"

"그거이 아니고 이짝도 시간을 줘야 준비를 헬 거 아니라고. 요런 느자구없는 일이 어디 있냐는 거여, 나가 뭐 틀린 말 했간디? 니가 면 서기면 다여?"

면 서기가 수세에 몰리는가 싶던 바로 그 찰라에, 여태까지의 수작을 가만히 지켜보고 있던 일본 순사의 얼굴이 일그러졌다. 어깨의 멜방으로 손이 올라가는가 싶더니 총을 들어 개머리판으로 기출이 아버지의 머리통을 찍어 버렸다. 그야말로 눈 깜짝할 사이였다. 기출이 아버지는 머리통이 터지면서 앞으로 고꾸라졌다. 공회당 앞마당은 순식간에 공포의 분위기가 되어 버렸다. 누군가가 바닥에 떨어진 수건으로 그의 앞이마를 감싸주는데 어느 사이에 수건이 시뻘겋게 피로 물들었다. 여자들의 탄식이 이어졌다. 아이고메, 저걸 우짠다냐. 면 서기는 별 일 아니라는 듯 기출이 아버지를 힐끗 쳐다보고는 하던 일을 계속 진행시켰다.

"자자, 이깐 일 가지고 시간 끌 거 없응께 후딱 해 치워버리드라고. 싸게 싸게 허고 끝맺어 뿌러야제, 이거이 뭐 그리 대단한 일이라고 여그서 피까정 보아감스로 댓거리당가?"

면 서기는 미리 준비해 놓은 듯 제비뽑기에 쓸 나무상자를 집어들고는 사람들 앞에 흔들어 보였다.

"여그 접은 종이럴 넣겄소. 그중에 빨간 도장이 찍힌 놈얼 뽑넌 사람이 징집가는 사람잉께 그리 알고 어여 싸게 뽑드라고 잉. 나이넌 열아홉 살보텀 마흔 살 꺼정이요."

사람들이 주춤주춤 앞으로 나서면서 상자에 손을 넣어 제비를 뽑아갔다. 서른 명이 넘도록 도장이 찍힌 종이는 나오지 않았다. 이제 남은 사람은 10여 명 정도였다. 춘식이는 미적미적 대다가 마지못해 상자에서 종이를 꺼냈다. 아! 종이를 펴보니 거기에는 동그란 도장이 빨갛게 찍혀 있는 게 아닌가. 순간 온몸에 땀이 흘렀다. 그 다음 다음에 또 한 장이 나왔다.

아랫말 사는 철수 아버지였다. 철수 아버지는 곧 울상이 되었다. 내년이면 마흔이 되는 나이였다. 게다가 철수네는 애들이 여섯이나 돼서 철수 아버지가 도저히 가면 안 되는 상황이었던 것이다. 사람들이 수군거렸다. 웨메, 어찌코롬 철수 아부지랑가, 참말로 요상허시……. 그들은 혀를 쯧쯧 하면서 안됐다는 표정들이었다.

이때 병철이가 앞으로 나섰다. 병철이는 춘식이를 보면서 씩! 웃더니 자기가 대신 가겠다고 손을 번쩍 들었다. 면 서기는 대환영이었다. 입이 헤~ 벌어져서 기쁜 표정을 지었다. 스무살 젊은이들 두 명이 가게 되었으니 신체검사는 보나마나 합격일 것이고…….

이렇게 해서 금강리에서는 두 명의 젊은이가 제비뽑기라는 기묘한 방식으로 강제징용에 나가게 되었다. 면 서기와 순사 일행은 구장에게 내일 아침 9시까지 면사무소로 두 사람을 데리고 오라는 말을 남기고 횡~ 하니 떠났다. 그들이 타고 가는 자전거 두 대의 바큇살이 오후의 햇빛을 받아 반짝거리며 사라져 갔다.

그날 저녁 마을에서는 두 사람을 위한 조촐한 잔치가 벌어졌다. 면 서기가 더 자세히 들려준 말에 의하면 이번에 징용 가는 곳은 멀리 일본의 동쪽에 있는 섬 홋카이도인데, 해산물도 지천에 널려 있는 곳이라고 했다. 거기에 미쓰비시라는 일본에서 제일 큰 회사가 운영하는 큰 탄광이 있는데 대우가 엄청나게 좋다며, 이번에 가는 사람들은 그야말로 횡재를 한 셈이란다. 그러면서 여수에 가면 거기서 작업복도 주고 얼마씩의 선불도 줄 거라는 말까지도 했다. 춘식이와 병철이는 많이 취했다. 서로 부둥켜안고 혀가 꼬부라진 말을 해 댔다.

"병철아, 우리도 거그서 돈 벌어가지고 나까오리 모자에 양복으로 빼입고 선물도 많이 사들고 오드라고. 2년이랑께 뭐 눈 깜짝할 새에 후딱 갈 거이구먼."

"그려, 아무럼 여그서 찢어지도록 가난허게 사는 것 맹키로 비참헐 것잉가. 한 번 가 보드라고. 나도 인자는 아조 지겹네, 지겨워. 야, 춘식아, 나넌 말이여, 춘식이 너럴 혼자 보낼 수가 없어서 지원했당께. 철수네가 불쌍혀서 나가 대신 나선 거이 아니라고, 춘식이 너 내 맴 잘 알지야, 잉?"

다음날 덕진면 면사무소 앞에 도착해보니 면에서 징용된 사람들이 벌써 다 모였다. 12명을 모두 둘러 본 춘식이와 병철이는 자기네들이 오길 잘했다는 생각을 했다. 징용된 사람들 모두가 다 20대였다. 서른 초반쯤으로 보이는 사람이 한두 명 있는 것도 같았으나 모두가 다 팔팔한 젊은이들이었던 것이다. 만약에 어제 제비 뽑은 대로 철수 아버지가 왔더라면 두고두고 덕진면의 웃음거리가 될 뻔했다. 금강리에서만 늙은이를 보냈다고.

주먹밥을 먹고 간단한 신체검사를 했다. 그리고 징용서류에 손도장을 찍었다. 신체검사에 떨어진 사람은 하나도 없었다. 털털거리는 트럭을 타고 몇 시간 걸려서 저녁 무렵에야 여수에 도착했다. 작은 배를 타고 바다 한가운데까지 오니 엄청나게 큰 배가 기다리고 있었다. 그 배에 옮겨타고 일본의 시모노세키라는 곳까지 왔다. 배 안에서는 계속 아래에 갇혀 있기만 해서 몰랐는데 시모노세키에서 내리면서 보니 엄청나게 많은 조선 사람들이 그 배에 타고 있었다는 사실을 알게 되었다. 수백 명도 넘는 사람이 앞서 내렸는데 뒤를 돌아보니 내리는 사람은 끝이 보이지 않았다.

다시 배를 타고 아오모리라는 곳에 내렸다. 타고 내릴 때마다 사람들이 자꾸만 적어졌다. 내리는 곳마다 수십 명씩 떼어 놓고 또 다음 목적지를 찾아서 떠나는 모양이었다. 여수에서 탄 큰 배에는 헌병들이 함께 타고 수시로 왔다 갔다 하며 감시를 했다. 거기서는 처음 타는 배의 배 멀미에다가 또 모르는 사람들하고 섞여있고 감시도 심하다 보니 옆 사람과 이야기할 여유가 없었다. 그런데 일본에 도착하고부터는 비교적 자유롭게 내버려 두었다. 옆 사람과 이야기해도 무어라고 하지 않았다.

사람들의 이야기를 들어보니 끌려 온 사연들도 여러 가지였다. 순천에서 왔다는 사람은 산에서 나무를 하다가 순사에

게 잡혀서 왔다고 했다. 임실에서 왔다는 사람은 면 서기가
공출 나온 쌀을 면까지만 날아달라고 해서 그걸 짊어지고 갔
는데 거기서 그대로 잡혀서 끌려 왔다고 했다. 고흥에서 왔다
는 청년은 면사무소 노무계가 집으로 찾아 와서는 징용장을
주고 갔다고 했다. 그는 무슨 자랑이나 하듯이 징용장을 일행
앞에 흔들어 보였다.

징용출두명령서

주소: 전남 고흥군 고흥읍 등안리 15

생년월일: 1919년 3월 18일 생

성명: 정길생(鄭吉生)

내용: 상기 자는 국민징용법 제7조 2항에

의거한 징용대상자로

다음 일시에 다음 장소로 출두할 것을 명함.

집결일시: 소화(昭和) 18년 9월 19일 토요일 10시

집결장소: 고흥읍 앞 공회당

고흥군수 유키 겐사이(結城賢哉)

그때까지 여러 사람들의 이야기를 조용히 듣고만 있던 한
청년이 억울해서 못 견디겠다는 표정으로 소리를 치며 이야

기에 끼어들었다. 겨우 열여섯 살이라고 했다.

"지는 평택 큰 집에 심부름 갔다가 돌아오는 길에 잡혀 왔구먼유. 천안역에서 순사가 잡아 끌대유. 뭐 조사할 게 있으니께 지소로 가야 한 대유. 거기 가니께 대여섯 명이 끌려 와 있었어유. 그날 저녁에 그냥 기차에 태워서 여기 여수로 보낸 거예유. 지가 뭘 잘못 했남유?"

그 아이는 아직 집에서는 이렇게 끌려온 것도 모를 텐데 어찌 알려야 할지 모르겠다면서 엉엉 소리 내어 울었다. 사람들이 모두 그 아이를 달랬다. 2년이라니까 그때까지 집에 무슨 일이야 있겠냐 하면서 그 아이를 다독거렸다. 우리 모두 일본에서 돈벌어가지고 돌아가자.

춘식이가 가만히 사람들의 사연을 들어보니 징용장을 받고 온 사람들이 제일 많았다. 그러니까 이놈들이 징용으로 숫자를 다 채우지 못하니까 나머지는 그냥 이런 저런 방법으로 마구잡이식으로 끌어 모은 셈이었다.

아오모리에서부터 가야누마까지는 가까운지 배를 타고 얼마 걸리지 않아 도착했다. 갑판에서 바라본 그곳의 풍경은 한마디로 절경 그 자체였다. 세상에 이렇게 아름다운 곳이 있을까 싶은 생각이 들 정도였다. 바다 가운데에는 기암괴석들이 군데군데 눈에 띄었는데 어떤 바위는 집채만한 바위가 마치 바다에 꽂혀 있는 모양새로 거꾸로 서 있는 것도 있었다. 9월

하순이었는데 섬 한가운데에 있는 산에는 벌써 하얀 눈이 덮여 있었다.

며칠 만에 최종목적지에 도착하였다. 중간 중간에서 모두 떨어져 나가고 최종 목적지에 함께 내린 일행은 38명이었다. 이들이 처음으로 안내된 곳은 2백 명은 족히 들어갈 만큼 커다란 식당이었다. 거기까지 가면서 보니 그저 모든 게 까만색 뿐이었다. 산도 까맣고 땅도 까맣고 건물도 까맣고 사람도 모두 까만 사람들뿐이었다. 식당에는 나무로 만든 식탁과 의자가 4열로 질서정연하게 늘어서 있었고 벽에는 커다란 글씨로 '채탄보국(採炭保國)'이라는 구호가 붙어 있었다. 이들에게 이렇게 커다란 건물은 그야말로 충격이었다. 또 하나의 충격은 식당에서 나는 기름 냄새 비슷한 것이었다.

"어이, 여그가 식당이 맞긴 맞는감?"

"어찌코롬 요상한 냄새가 난단 말이시. 요거이 영락없는 참기름집 냄새 아니라고?"

이들은 모두 코를 벌름거리며 주변을 둘러보았다. 그러나 아무리 쳐다보아도 여기가 무슨 기름을 짜는 공장처럼 보이지는 않았다. 모두가 이상한 냄새에 고개를 갸우뚱거리며 군시렁댈 때 현장소장이라는 사람이 들어 왔다.

일본인 현장소장의 인사말을 강씨가 통역해 주었다. 설명에 의하면 여기는 미쓰비시 광업소 소속의 가야누마 탄광 제

3작업장으로 인원은 이번에 새로 도착한 사람까지 합하여 300명이 조금 넘는데 모두 조선에서 건너온 사람들이다. 언덕 너머에는 제2작업장이 있는데 거기도 대략 비슷한 인원이 있다. 탄광의 총인원은 2천 명이 약간 넘는다, 계약기간은 2년이며 연장할 수 있다, 기간 내에 중도귀국은 불가하다, 이것이 일본인 현장소장의 말이었다. 곧 이어서 작업감독인 강씨의 설명이 이어졌다. 마치 씨름선수처럼 육중한 체격의 강씨는 이들 앞에 서서 아주 거만한 연설조로 앞으로 지켜야 할 사항들을 설명하였다.

"여그는 대일본제국으 동력원인 석탄을 캐는 탄광 중에서도 쩨일로 큰 미쓰비시 탄광이여. 나가 여그 작업감독인디 강금성이여, 강금성이. 이자 여러분들언 내일보텀 작업에 투입될 것인디 아침반, 저녁반, 이렇게 두 반으로 갈라져서 할 거이구만. 나가 주의사항얼 말 허겄는디 첫째, 머시냐, 작업시간에 절대 늦지 말 것이고, 둘째, 긍께, 안전사고에 주의허란 말이시. 여그서 다침사 본인만 손해니께, 알아서들 헐 것이여, 그라고 셋째, 이거시 젤로 중요헌디, 하루 작업량을 꼭 채우란 말이시. 만약 못 채우면 밖으로 나올 수가 없다 이것이여. 어어, 안심딜 혀, 그랴도 당장 낼보텀 작업량을 주진 않을 것잉께. 한 달 간언 견습기간이여, 견습이 머냐 허먼 말이시, 그것이 연습해 보넌 기간이다 이것이여. 그라고 여러분들 계약

기간은 2년이여, 2년. 그렇게 2년 동안만 나 죽었소 허고 일허믄 큰 돈 벌어서 고향으루 돌아간다 이것이여. 워쩌? 이만허먼 아조 좋은 탄광 아니여?"

그의 설명이 다 끝나자 누군가가 손을 번쩍 들더니 질문을 했다. 순천에서 나무하다가 잡혀 왔다는 친구였다. 둥그런 얼굴에 사람 좋게 생긴 그는 도착하자마자 지급받은 새 작업복이 신기한지 연신 옷을 쓰다듬으며 히죽히죽 웃으며 말했다.

"쩌그, 거 머시다요. 그란디 감독님언 고향이 어디시다요?"

그러자 강금성이 얼굴을 찌푸리더니 그의 말을 묵살해 버렸다. 여기서는 개인적인 질문 같은 것은 하지 말라고 하면서 더 이상 설명할 게 없다고 했다. 그래도 춘식이와 병철이는 강 감독이 전라도 사투리를 심하게 쓴다는 사실에 조금은 안심이 되었다. 설마 동향출신인 사람이 동포들에게 못되게야 굴까?

그들은 드디어 숙소로 안내되었다. 숙소는 식당을 가운데에 두고 그 주위에 군데군데 배치되어 있었다. 모두가 다 통나무로 지은 집들이었다. 거기서는 숙소를 '료'라고 불렀는데 제1보국료, 제2보국료, 제1충성료, 제2충성료, 하는 식으로 명칭 앞에 번호가 붙어 있었다. 춘식이와 병철이가 배정받은 숙소는 제7충성료였다. 한 료에 12명씩 배정되었다. 식당의 뒤에 있는 산으로 5분쯤 걸어가면 나오는 집으로 숙소 중에서는 제일 꼭대기에 위치해 있었다.

저녁때가 되자 식당 쪽에서 종소리가 들렸다. 내려가면서 보니 커다란 탄피를 종으로 대신 쓰고 있었다. 식당에서 저녁밥을 받아 들고서야 아까의 참기름냄새 같은 것의 정체를 알 수 있었다. 밥은 깻묵과 잡곡이 거의 다였고 쌀은 그저 조금 흉내만 낼 정도로 섞여 있었다. 그런데 그 양이 너무 적어서 먹자마자 배가 고팠다. 모두들 돌아와서 '오늘은 작업이 없으니까 이렇게 조금 주나보다'라고 생각했다.

4시에 일어나서 아침식사를 하고는 6시까지 현장에 도착하여야 했다. 춘식이네 료는 모두 채탄반이었다. 구루마 보다 조금 더 큰 것에 두 명씩 타고 굴속으로 들어갔다. 고참 한 명과 새로 도착한 신참 한 명이 한 조였다. 굴은 내려가면 갈수록 점점 더 낮아졌다. 10분 이상을 내려가자 거기서는 조금만 머리를 들어도 머리가 천정에 닿을 것만 같았다.

9월 말이라 밖은 무척 추었는데도 굴속은 점점 더 더워졌다. 그들이 내린 곳에서는 광부들이 세 방향으로 굴을 파면서 탄을 캐내고 있었다. 교대조를 보자 너무 좋아 하였다. 웃는데 하얀 이만 반짝이며 보였다. 그들로부터 작업공구를 인계받자 곧바로 작업이 시작되었다. 고참의 할당량은 25구루마인데 신참은 15구루마만 채우면 된다고 했다. 10분 정도 일하자 숨이 턱턱 막혔다. 12시간은커녕 단 한 시간도 버티지 못할 것 같았다.

첫날 12시간을 어떻게 채우고 나왔는지 정신이 하나도 없었다. 씻고 저녁을 먹고 료에 돌아온 춘식이는 병철이가 어디에 있는지도 모른 채 그대로 잠이 들었다. 다음날 새벽에 종이 쳤는데도 그것도 모르고 거의 모두가 다 잠에서 헤어나질 못했다. 2년은커녕 단 한 달도 못 버틸 것만 같았는데 그래도 하루 이틀이 지나자 조금씩 적응이 되어 갔다.

그렇게 석 달 정도가 지난 1944년 1월 초의 어느 날이었다. 그 사흘 전부터 병철이는 몸이 불덩이처럼 열이 올라서 도저히 일을 할 처지가 못 되었다. 그래서 이틀을 산 아래에 있는 병원에서 누워있다가 조금 회복이 되어 다시 일을 하게 되었다. 나름대로 탄광에서 배려를 해 준다고 하여 병철이는 채탄조에서 제외되고 동력실에서 기계를 감시하는 일을 맡았다. 동력실 보조 업무는 건강이 좋지 못한 환자에게 힘들지 않은 일을 하게 해주는 대신 일당은 절반 밖에 되지 않았다.

광산에서는 엄청난 동력이 필요했다. 광부들을 실어 나르는 차, 탄을 운반하는 차, 또 채굴한 탄을 쌓아 놓은 곳에서부터 밖의 저탄장까지 운반하는 차도 모두 전기로 움직였다. 병철이가 하는 일은 모터에서 피대가 벗겨지지 않고 제대로 돌아가나 감시하는 일로, 만약 이상이 생기면 즉시 기술자에게 알리기만 하면 되는 아주 단순한 일이었다. 그런데 그만 사고

가 나고 말았다. 병철이가 현기증을 일으키면서 넘어져서 오른 손이 피대 속으로 들어가서 손목을 다친 것이었다.

저녁에 밖에 나온 춘식이는 병철이의 사고소식을 접하고는 눈앞이 하얗게 되었다. 고향에서부터 천신만고 의지하면서 여기까지 함께 온 친구가 아닌가. 어려서 발가벗고 자랄 때부터 함께 커 온 친구가 아닌가 말이다. 지금 생각해보니 모두가 다 거짓말이었다. 벌써 석 달을 넘게 일했지만 견습기간의 월급 25원을 가지고는 배고파 매점에서 사 먹는 간식 값으로도 모자랐다. 저축한다고 모두 떼고 정작 현금으로 주는 돈은 매달 5원 밖에 되지 않았다. 그 돈 5원가지고는 간식비로도 모자랐다. 한참 먹을 나이인 스무 살짜리 청년들에게 콩깻묵 밥만 먹고 하루 열 시간을 일한다는 건 사실상 말도 안 되는 이야기였다. 그것도 말이 10시간이지 자기 작업량을 채우지 못하면 11시간이건 12시간이건 계속 해야만 했다.

산 아래 병원을 가보니 병철이는 손목을 아예 잘랐단다. 절반 쯤 잘라진 손목을 그냥 놓아두면 팔 전체를 잘라야 하기에 손목만 절단했다는 것이었다. 오후 무렵 사고를 낭했다는데 아직 의식도 없었다. 춘식이는 병철이의 침대 옆에서 엉엉 소리 내어 울었다.

"아이고, 병철아, 니가 이거이 뭔 꼴이다냐. 돈벌어서 고향 가자고 이바구 하고선 이꼴이 머냔 말이시."

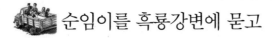# 순임이를 흑룡강변에 묻고

만주에 와서 맞이하는 첫 번째 공일날 아침, 조그만 창문을
통해서 아침의 밝은 햇빛이 들어온다. 수희는 눈을 뜨자마자
멍하니 창문 쪽을 바라보았다. 사타구니가 찢어지는 듯한 통
증 때문에 일어날 수가 없다. 간밤의 일을 생각해 보았다. 혹
시 내가 꿈을 꾸고 있는 건 아닌가? 여기가 어딜까? 방 안을
둘러보았다. 함께 온 아이들은 아직도 모두 곤히 자고 있다.
다리를 옆의 아이 배 위에 얹은 채로 자는 아이도 있고, 담요
를 목에까지 꼭 끌어당겨서 덮고 자는 아이도 있다. 수희는
바로 옆에서 코를 골며 잠들어 있는 순임이를 바라보았다. 정
말 이게 꿈은 아닌데 어떻게 사람의 운명이 불과 일주일 사이
에 이렇게도 바뀔 수 있을까?

밖에서는 복도를 오가며 저벅대는 소리가 들렸다. 된장국 냄새도 났다. 수희는 안간힘을 쓰고 겨우 일어나서 방문을 열고 복도로 나가 보았다. 언니 하나가 밖을 나갔다 들어오는지 기지개를 하면서 수희를 보며 아는 체를 한다. 주변은 황량한 벌판이었다. 집이고 뭐고 아무 것도 없다. 그런 벌판은 어디가 시작이고 이디가 끝인지도 모르게 끝없이 펼쳐져 있었다. 고향의 파릇한 들판과는 전혀 딴 세상이었다. 그 끝으로 방금 떠오른 시뻘건 태양이 한 뼘 이상이나 올라와 있었다. 만주의 날씨는 4월 중순인데도 무척이나 추웠다.

복도를 가운데 두고 양 옆으로는 작은 방이 수없이 많이 있었다. 맨 끝에는 변소 겸 세수간이 있고 그 맞은 편으로는 방금 자고 나온 큰 방이 있다. 그 다음부터는 벌집같은 방들이 좌우로 늘어서 있었다. 방문에는 모두 번호가 붙어 있었는데 맨 끝의 방은 22번이었다. 맨 가장자리에는 주인이 쓰는 방이 있었다. 넓은 복도 한가운데에 있는 석탄 난로 두 개가 뜨겁게 달아 있었다. 난로 위에서는 커다란 양은주전자에서 물이 끓고 있었다. 어쩌나 근지 수희 혼자서는 늘기조차도 힘들 것만 같았다.

복도가 끝나는 곳의 문을 열고 내다보니 거기에는 별채가 있었는데 주인여자와 60은 돼 보이는 노파가 아침밥을 준비하고 있는지 된장 냄새가 났다. 수희가 고개를 숙이며 인사를 했다. 주인여자가 오하이오! 하면서 아는 체를 했다. 노파는 중국 여자인 모양으로 그저 멀뚱히 쳐다보고는 그만이었다.

얼마 후 주인여자가 수희네 방문을 열더니 아침을 먹으러 오란다. 아이들은 대충 씻고 모두 식당에 모였다. 언니들은 나중에 먹는단다. 나무판자로 대강 만든 커다란 식탁에 열 명의 여자아이들이 앉았다. 아이들은 부끄러워서 서로 얼굴을 쳐다보지 못하고 우물우물 대면서 밥만 먹었다. 모두가 다 끌려가서 강제로 당하고 어젯밤에 돌아왔으니 그럴 만도 했다.

주인여자는 키도 작달막하고 몸도 바람이 불면 날아갈 것만 같은 40대 중반 정도로 경상도 말 비슷하기도 하고 일본 말 비슷하기도 한 억양으로 말을 했다. 밥을 빨리 먹으라고 재촉했다. 밥을 먹고 어디를 가야 한다는 것이었다. 밥도 조와 옥수수로만 지은 것이고 반찬이라고는 소금에 절인 배추와 노란 다꾸앙이 전부였다. 아이들은 그래도 그것마저도 안 먹으면 어찌 버틸까 싶어 억지로 입 속으로 밥을 집어넣었다.

수희 일행은 아침밥을 먹자마자 군부대에서 보내 온 트럭을 타고 어딘가로 향했다. 트럭 하나에 열 명의 아이들이 탔다. 주인 내외는 앞자리에 앉았다. 길이 나빠서 차는 빨리 달리지를 못했다. 가끔가다가 군인들이 탄 트럭이 옆으로 지나가곤 했다. 아이들은 담요를 뒤집어쓰고 서로 몸을 밀착시켜서 추위를 조금이라도 피해 보려고 했다. 차는 포장을 둘러서 그래도 덜 추웠다. 4월의 만주 날씨는 고향의 3월 날씨보다도 더 추웠다. 차 뒤로 가끔씩 농부들이 보였다. 어떤 사람들은 밭에서 말이 끄는 쟁기를 가지고 밭을 갈기도 했다. 어째서 여기 사람들은 말로 밭을 갈까? 그것도 이상했고 흙이 모두 검정색을 띄고 있는 것도 이상했다.

그렇게 한 시간 이상을 달려와서 도착한 곳은 군대 주둔지였다. 아마도 어제 밤에 왔던 곳이 아닐까 싶은 생각도 들었다. 트럭은 빨간 십자가가 그려진 병원 건물 앞에 멈추었다. 병원은 커다란 홀을 가운데 두고 사방으로 크고 작은 방들이 있었다. 병원 안은 훈훈했다. 병원 안의 어떤 방으로 들어가서 사진을 찍었다. 생년월일을 말하라고 했고 출신지를 말하라고 했다. 그리고는 명패 비슷한 것에다 이름과 번호를 적었다. 수희의 명패에는 118번 스미꼬라고 씌어 있었다. 수희는 왜 자신이 스미꼬인지 알 길이 없었지만 어쨌든 그걸 들고 사진을 찍었다. 순임이는 121번 아야꼬였다. 열 명의 아이가 오유미라는 이름 하나만을 빼고는 다 무슨 무슨 '꼬'였다.

그렇게 모두 사진 찍기를 마치자 이번에는 진료실로 데리고 갔다. 잠시 후, 아이들의 이름이 하나씩 불리면서 칸막이가 되어 있는 곳으로 안내되었다. 거기에는 허리 높이의 탁자 앞에 장교가 앉아 있었다. 호리호리한 키의 젊은 장교는 동그란 안경 속으로 눈을 번득이면서 첫 번째 아이에게 그 위로 올라가 누우라고 했다. 턱이 뾰족한 게 매우 차갑게 생긴 얼굴이었다. 그 아이가 무슨 뜻인지 몰라 어리둥절해 하자 그 장교는 주인 여자를 쳐다보더니 눈을 부라렸다. 주인 여자가 하나꼬! 하고 소리치고는 그 아이의 손을 잡아끌어서 그 위에 눕게 했다. 아이는 울면서 반항했다. 그러자 여자가 손을 번쩍 들어서 아이의 뺨을 때렸다.

다른 아이들은 모두 뒤에서 고개를 길게 빼고 그 광경을 지켜보고 있었다. 모두가 겁에 질려서 발을 동동 굴러댔다. 수희의 차례가 왔다. 수희는 몸빼를 입고 있었다. 몸빼를 내리고 다리를 벌리자 장교가 오리주둥이처럼 생긴 것을 국부 속으로 집어넣었다. 다시 아랫도리가 찢어지는 통증이 왔다. 그걸로 사타구니를 벌리고는 그 안을 들여다보는 것이었다. 면봉을 집어넣어서 찍어 본 다음 그걸로 무슨 검사를 했다. 그렇게 한 아이 당 3~4분 정도씩 걸린 것 같았다. 검사를 마친 아이는 울면서 내려왔고 검사를 아직 안 받은 아이들은 또 겁에 질려서 울었다. 위생병들은 히죽히죽 웃으며 옆에서 군의관을 도왔다. 재미있어 죽겠다는 표정들이었다.

돌아오는 차 안에서 아이들은 엉엉 울었다. 수희와 순임이도 서로 꼭 끌어안고 울었다. 황량한 들판, 인가도 별로 없는 곳, 여기서는 각자 제 발로 도망가라고 해도 도망갈 곳조차 없을 것만 같았다. 이 넓은 만주 천지에서 어디가 어디인지 어떻게 알고 탈출을 할 것인가. 이게 무언가? 왜 우리가 이렇게 됐을까?

주인 남자는 여자아이들에게 서둘러 씻고 30분 내로 식당에 모이라고 하고는 총총히 안채로 사라졌다. 흙먼지를 뽀얗게 뒤집어 쓴 아이들은 부랴부랴 세숫간으로 향했다.

주인부부는 나란히 서서 소녀들을 둘러보았다. 아이들이 겁에 질려서 오돌오돌 떨고 있는 게 재미있는 모양이었다. 식당 천장에 닿을 듯 큰 키에 굵은 눈썹 밑으로 찢어진 날카로운 눈, 두툼한 입술, 게다가 약간 얽은 자국까지 있는 주인남자의 모습은 아이들을 한껏 움츠러들게 만들었다. 주인 남자는 얼굴을 잔뜩 찌푸리고 아이들을 훑어보면서 일장 훈시를 했다. 아주 느릿느릿한 말투였다.

"나는 관동군 제80혼성독립여단에서 3년 전에 제대한 미나미 쇼이치이다. 너희들은 앞으로 나를 아버지라고 불러라. 나의 아버지도 너희들과 같은 조선 출신이다. 엄마는 일본 분이시다. 여기는 치치하얼에서도 한 시간 가량 떨어진 아주 외딴 동네다. 너희들이 오며가며 보아 알겠지만 여기는 사방 10리 안에 농사짓는 사람들 집이 그저 20여 호 정도 있을 뿐이다. 그밖에는 오로지 군대의 막사뿐이다. 앞으로 여기서 너희들이 할 일은 병사들을 성적으로 만족시켜 주는 일이다. 너희들은 조선에서 많이 배운 아이들이라고 들었다. 그러나 그런 건 여기서는 아무런 관계가 없다. 그저 너희들은 내가 사온 창녀들일 뿐이다."

아이들은 거기까지 듣고는 서로 얼굴을 쳐다보면서 울상을 지었다. 이제 모든 게 명확해 진 것이다. 이 사람이 어떤 방법인지는 모르나 자기네들을 돈을 주고 사 왔고 이제부터는 여기서 일본 군인들에게 몸을 팔아야 하는 신세인 것이다. 그 남자는 보란 듯이 병에 든 술을 한 잔 따르더니 그걸 입 속으로 한 입에 털어 넣었다. 살짝곰보에 험상궂은 그가 술잔을 탁! 소리도 요란하게 식탁 위에 내려놓자 아이들은 모두가 움찔했다. 그의 연설은 계속 되었다.

"앞으로 지내면서 차차 알게 되겠지만 여기서는 도망가려고 해도 도망갈 곳이 없다. 그러니까 그런 생각일랑 아예 말고 여기서 내 말을 잘 듣고 지내도록 해라. 그러면 1년 후에는 돈 많이 벌어가지고 가족들 품으로 돌아 갈 것이다. 만약 반항하거나 탈출을 시도한다면, 길은 딱 한 가지, 여기서 죽어나가는 것뿐이다. 그러니 우리 대일본제국의 황군에게 너희들의 몸을 바치는 것을 영광으로 생각하고 즐거운 마음으로 봉사해라. 그러면서 신께 간절히 기도해라. 어서 빨리 우리 일본이 전쟁에서 이겨서 너희들이 원하는 조선으로 돌아갈 수 있게 해 달라고 말이다. 어떻게 손님을 받을지 또 어떻게 지내게 될지는 너희들보다 먼저 온 언니들이 자세히 가르쳐 줄 것이다. 특별히 오늘 하루는 쉬고 내일부터 본격적인 영업에 들어간다. 이상!"

다음 날 오후 한 시 정도가 되니까 밖에서 트럭 소리가 들렸다. 한 대가 도착하더니 곧 이어서 또 한 대가 도착했다. 일본군 병사들이 우르르 뛰어 내렸다. 그들은 마치 달리기라도 하듯 서로 앞 다투어 건물 앞에 줄지어 섰다. 맨 앞에 선 놈부터 차례로 주인남자가 있는 방으로 가더니 누런 딱지를 내밀고 그걸로 번호표를 샀다. 그들은 거기에 적힌 번호의 방으로 뛰어갔다.

순임이의 방에 들어온 병사는 흙먼지를 잔뜩 뒤집어 쓴 병사였다. 수염은 며칠을 깎지 않았는지 온 얼굴을 덮고 있었고 몸에서는 심한 땀 냄새가 났다. 신을 벗고 들어오자마자 그는 하의만 벗어던진 채로 순임이에게 달려들었다. 순임이를 거칠게 다다미 바닥에 쓰러트린 후 그 위로 올라가더니 옷을 벗기기 시작했다. 그가 가쁜 숨을 내쉴 때마다 입에서 심한 입 냄새가 났다. 순임이는 본능적으로 그의 가슴팍을 힘껏 밀쳤다. 전혀 예상치 못한 반항에 병사는 잠시 어이없는 표정을 짓더니 그 두툼한 손바닥으로 있는 힘껏 순임이의 얼굴을 후려 갈겼다. 순임이가 판자벽에 넘어지면서 요란한 소리가 났다.

이건 아니다. 벌써 일본놈들에게 당하는 손찌검이 몇 번인지 모른다. 어제 저녁에 언니들에게 교육을 받았지만 이건 도저히 자신이 감당할 수 없는 모욕이었다. 4남매의 맏이로 밑으로 남동생들만 세 명을 둔 순임이는 지금껏 살아오면서 누구에게 맞아본 적이 없었다. 집에서 곱게만 자란 외동딸이었다. 코에서 코피가 뚝뚝 떨어지면서 치마를 적셨다. 순임이는 벌떡 일어나서 발로 그놈의 얼굴을 내 질렀다. 얌전하게 학교만 다니던 학생이 아니었다. 주문이 밀리면 막걸리 통을 자전거에 싣고 배달도 다녔던 순임이였다.

전혀 그런 공격을 예상하지 못했던 하사관은 뒤로 벌렁 나자빠지면서 방문에 머리를 부딪쳤다. 하사관은 완전히 이성을 잃었다. 그는 옆에 세워 두었던 군도에서 칼을 뽑아 위로 치켜들었다. 우당탕! 거리는 소리를 듣고 주인이 황급히 뛰어들어와서 그의 팔을 붙잡았다. 곧이어 주인여자도 들어왔다. 양 팔을 벌리면 닿을 정도의 좁은 공간에 세 명이 순임이를 가운데 두고 몸싸움을 해 댔다.

하사는 분을 참지 못하겠는지 문밖으로 나가면서 방문을 있는 힘껏 걷어찼다. 방문이 우직끈~ 소리를 내며 부서졌지만 그래도 간신히 위쪽은 매달린 채로 문틀에 걸려서 덜렁거렸다. 주인남자의 험악하게 일그러진 얼굴을 보았다. 그리고 그가 번쩍 발을 들어 자신의 가슴팍을 겨누었다고 생각하는 순간 순임이는 정신을 잃었다.

수희의 방에도 병사 한 놈이 들어왔다. 누런 군복을 차근차근 벗어서 한 쪽에 개켜 놓은 뒤 수희를 찬찬히 쳐다보았다. 수희는 주인여자가 내 준 원피스를 입고 있었다. 복도에 난로를 두 개나 피워 놓고 또 바닥도 다다미인 관계로 그다지 춥지는 않았다. 수희는 자진해서 원피스를 홀떡 벗었다. 원피스 속으로 입었던 몸빼도 벗었다. 그가 몸을 핥아대자 온 몸에 소름이 돋았다. 어제 밤에 들었던 언니들의 목소리가 귓전을 맴돌았다. 참아야 해, 참아야 해. 일본놈들이 망할 때까지 참아야 해. 이윽고 그는 수희를 덮칠 기세로 수희의 앞에 섰다. 그놈의 음경이 수희의 바로 코앞에서 하늘을 향해 벌떡 서 있었다.

수희는 언니들이 가르쳐 준대로 옆에 있는 샤쿠를 집어들었다. 그것을 그의 음경에 끼워 주어야 하는데 제대로 쳐다볼 수가 없었다. 가까스로 거기에 닿았지만 손이 덜덜 떨려서 제대로 끼워지지 않았다. 그는 입가에 빙그레 웃음을 짓더니 자신이 샤쿠를 끼고 곧바로 잔뜩 발기된 성기를 수희의 몸속으로 집어넣었다. 서두르지 않는 모양새가 아마도 여러 번 경험이 있는 것 같았다. 처음 장교들한데 당할 때처럼 그렇게 아프지는 않았다. 그는 몇 번 상하운동을 하자마자 그대로 몸 위에 엎드렸다. 그는 고개를 돌리고 있는 수희의 뺨을 마구 핥아댔다. 뜨거운 입김이 귀와 볼로 쏟아져 내렸다. 그때 복도 저쪽 끝에서 무슨 일이 일어났는지 우당탕 거리는 소리가 나면서 사람들이 뛰어가는 발소리가 어지럽게 들렸다. 잠시 소란이 일더니 이내 조용해졌다.

병사는 아주 만족한 표정으로 일어나서 담배를 피워 물었다. 수희는 얼른 성냥불을 붙여서 그에게 갔다 댔다. 머리를 깎은 지가 하루 이틀 밖에 되지 않은 모양으로 거의 스님의 까까머리를 연상케 했다. 곧바로 담배연기가 온 방안에 가득했다. 수희는 원피스로 앞가슴을 가리고 일어나서 창문을 열었다. 그는 못 참겠다는 듯 수희의 궁둥이에 얼굴을 갖다 대고는 한참을 그대로 있었다. 황사가 불어오는지 창밖으로 보이는 세상은 온통 누런색이었다.

그의 각반을 매어주었다. 그와 함께 문간방으로 와 보니 방 앞에는 병사들이 여전히 길게 줄을 서 있었다. 주인남자는 잔뜩 화가 난 표정으로 씩씩거리며 방안을 서성이고 있었다. 앞에 서 있던 병사가 이찌방! 이라면서 엄지손가락으로 수희를 가리켰다. 그걸 본 주인의 표정이 조금 누그러졌다.

수희와 아이들이 이렇게도 불과 며칠 만에 순종적으로 변한 이유는 따로 있었다. 먼저 와 있던 정자 언니로부터 끔찍한 이야기를 들었기 때문이었다. 경상도 하동에서 끌려 왔다는 정자 언니는 자기와 함께 온 친구 효순 언니의 너무나도 처참했던 최후를 이야기 해 주었다.

"끌려오고서 얼마 지나지 않았다. 가가 원체가 반항적인 기라. 멫달간 뚜딜기 맞기도 엄청시리 뚜딜기 맞았다 안카나. 그런데도 마 소용없능기라. 하루는 산적맹키로 험상궂인 장교 놈이 왔능기라. 근데 가가 또 말을 듣지 않았거덩? 아마도 자기 것을 빨아달라고 했능갑더라. 효순이가 누고? 마 택도 없다. 그러자 이놈이 칼로 빼들고 단 칼에 효순이 목을⋯⋯. 아이고 마, 내사 마 말 몬한다. 효순이 목을 댕겅 짤라삐분기라. 하이고, 고 귀한 가시나이가 그렇게나 끔찍하게 죽을지 누가 알았노 말이다. 근데 그 살짝곰보 놈이 우리를 보고 뭐라 캤는지 너덜 아나? 피바다가 된 방에 들어가서 죽은 걸 얼렁 끌고 나오라카는기라. 죽어도 몬한다캤다. 이놈이 또 우리를 들고 쥐패뿌는기라. 엄청나게 맞고 질질 짜면서 가를 포대기에 둘둘 말아서 저 산 밑에다가 묻었다 아이가. 넬보고는 효순이 목을 들고 가라카데. 마 내는 죽는 날까지 저놈아 살짝 곰보놈 용서 몬한다. 내 손으로 기어코 쥑이뿔고 말끼다. 느그들도 여기서 살아남고 싶으믄 쓸데없이 말썽부리지 말거래이. 그냥 고분고분하는기이 최고라 안카나."

정자 언니는 얼굴에 핏대를 세우고 눈물을 줄줄 흘리면서 당시의 상황을 이야기 했다. 손도 덜덜 떨어가면서 하는 이야기는 정말 모든 아이들의 간담을 서늘하게 했다.

"내사마 단칼에 쥑이뿐다카는거이 말로만 그런 줄 알았지. 그런데 그게 참말인기라. 우째 칼 한방에 목이 뎅겅 잘라지노? 하이고 무시라."

수회나 다른 아이들도 '단칼에 목을 자른다'는 말을 이야기로만 듣고 책에서만 읽었지 실제로 이 세상에서 그런 일이 일어난다고는 꿈에도 생각하지 못했다. 그런데 여기 위안소에서 그런 일이 실제로 발생했다는 것이다. 그리고 바로 그날로 그 시체를 둘둘 말아서 갖다 묻었다고 하지 않는가. 그날 밤, 모두가 울고불고 또 토하기도 하고 난리를 쳤지만 주인놈은 그 장교를 돌려보낸 후 울고 있는 여자들에게 분풀이라도 하듯 사정없이 매질을 가했다고 했다.

경상도 언니의 말을 들어보면 미나미는 효순 언니의 죽음에 대한 보상을 얼마 정도는 받은 모양이라고 했다. 그 다음날 미나미는 자기가 부대에 들어가서 부대장에게 단단히 항의를 하고 왔노라고 큰소리를 치면서 기분이 좋아져 있었다는 것이었다. 돈이라면 끔찍이 생각하는 미나미 놈이 앞으로 엄청난 돈을 벌어 줄 여자 하나가 죽었는데 그걸 그냥 없던 일로 하고 넘어갈 위인이 아니라고 언니들은 입을 모았다.

수희는 그 군인을 돌려보내고 자기의 방으로 돌아오면서 갑자기 정자 언니가 했던 이야기가 떠오르면서 불안한 마음이 들었다. 순임이 생각에 마음을 안정시킬 수가 없었던 것이다. 그러나 곧바로 다른 군인이 들어와서 맨 끝에 있는 순임이의 방을 들여다 볼 시간이 없었다. 수희는 그 끔찍한 이야기 말고도 또 평안도에서 왔다는 언니들 두 명으로부터 이곳의 사정을 비교적 소상히 들을 수 있었다. 스물 두 세 살 씩 먹은 언니들은 원래 여기에 오기 전부터 평양의 술집에서 있었다고 했다. 술도 팔고 몸도 팔았다는 것이다. 벌써 이런 생활이 3년째 되는 데 여기는 평양의 술집과는 아주 많이 다르다고 했다.

"평양에서는 행동이 자유로웠지비. 돈도 벌고 또 손님과 이런저런 이야기도 했다이. 노래도 하고 춤도 추면서리, 여기는 그런거이 아니지비. 오기만 하므 그저 밑에만 판다. 다른 거 다 일 없다. 그저 밑에만 판다."

"그냥 하루 종일 누워만 있음서리 백 명 가깝게도 받아 봤다이. 나중엔 까무러쳤지비."

언니들은 여기서 반항할 생각, 도망갈 생각일랑 아예 말라고도 했다. 반항하면 죽지 않으면 병신이 되는 거고, 조금 형편이 낫다고 해 보아야 자기네들처럼 여기저기 흉터투성이의 추한 꼴이 된다고 했다. 그러면서 언니들은 자진해서 옷을 벗고 몸을 보여주었다. 담뱃불로 지진 자국, 칼자국 같은 흉터들이 가슴이며 허벅지에 어지럽게 널려있었다. 또 도망가면 열이면 열 다 잡혀 온다고 했다. 원래 봉천에서 이곳으로는 다섯 명이 함께 팔려왔는데 작년에 한 명이 도망을 쳤단다. 그런데 여기는 일본놈들 뿐만 아니라 만주족이건 중국놈들이건 모두가 다 한 통속이란다. 여기서 기차를 타도 이틀은 가야만 겨우 조선의 신의주에 도착하는데 기차 안에서 수시로 검문이 있기 때문에 도저히 거기까지 무사하게 갈 수가 없다는 이야기였다.

그런데 그것보다 더 무서운 일은 여기 만주족이나 중국인들은 여자가 귀하기 때문에 일본 경찰이나 헌병에 신고하기 전에 자기들이 먼저 잡아간다는 것이었다. 만주 벌판에 띄엄띄엄 있는 부락에 한 번 잡혀 들어가면 살아서 나오지 못한다고 했다. 그곳에서 농사꾼들의 부인이 되어 아이들을 다섯이건 여섯이건 되는 대로 낳고 뼈 빠지게 농사일을 해야 한다는 것이었다. 그것뿐이 아니란다. 여자란 여자는 모두 일본놈들에게 강간당해서 죽거나 위안부로 끌려가고 남아있는 여자가 없기 때문에 한 동네에서 대여섯 명의 남자들이 여자 하나를 가지고 공동으로 사용하기도 한다는 것이었다. 그러면서 실제로 작년에 도망쳤다가 치치하얼에서도 한참 떨어진 동네에 잡혀간 친구는 채 몇 달을 버티지 못하고 목을 매어서 죽었다는 소문을 들었단다.

수희는 자신들은 팔려 온 게 아니라 그냥 끌려왔다고 했다. 그러자 언니들은 끌려온 간 맞지만 여기 주인은 어떤 방식으로든 돈을 주었을 거라고 했다. 일본놈들이 그냥 공짜로 여자들을 위안소 업자에게 넘겨주지는 않는다고 했다. 이번에 온 아이들 열 명도 분명 무슨 부채관계가 있을 거라고 했다. 그러면서 여기서 살아나가려면 그냥 순종하면서 사는 방법밖에는 없다고 했다. 언니들은 평안도에 있을 때 교회에 열심히 다녔다고 했다. 유키꼬라는 이름의 언니는 한숨을 쉬면서 이렇게 말했다.

"도망갈 생각말라. 하루빨리 전쟁에 왜놈들이 지기만을 기도하는 수밖에 없다이. 오 주님, 제발 날래 오시구래!"

뒤에서 누군가가 도끼를 들고 따라오고 있었다. 순임이는 죽어라고 힘을 내서 도망을 쳤다. 그런데 아무리 열심히 뛰어가도 그냥 그 자리였다. 뒤를 돌아보니 도끼를 든 사내가 바로 뒤통수에 와 있었다. 그가 하늘 높이 손을 들어 도끼를 내려치는 순간 순임이는 악! 소리를 지르며 번쩍 눈을 떴다. 캄캄한 어둠 뿐이었다. 식은땀은 나자마자 말라버렸는지 재채기가 나면서 추위가 온몸을 덮쳐왔다. 몸을 더듬어보니 알몸이었다. 바닥은 그냥 흙바닥이다. 벽을 만져 보았다. 흙벽돌이 손에 만져졌다. 여기가 어딜까? 내가 왜 여기에 있을까? 배가 너무 고팠다. 조금 지나자 눈이 밝아져서 주위가 보이기 시작했다. 방안에는 아무 것도 없었다. 창문도 없었다. 일본놈에게 반항한 것이 생각났고 주인 남자에게 발길질을 당한 것이 생각났다. 그 다음은 어찌 됐는지 통 생각이 나질 않는다.

문이 있었다. 손을 대보니 쇠의 차가운 감촉이 느껴진다. 문틈으로 아주 희미하게 빛이 들어왔다. 아마도 한 밤중인 모양이다. 순임이는 문을 거세게 두들겼다. 아무런 기척이 없다. 겨우 벽을 짚고 일어서서 있는 힘을 다해 발로 문을 걷어찼다. 그래도 아무런 반응이 없다. 밖에서는 윙~ 윙~ 거리는 바람소리와 짐승들의 울부짖는 소리가 들려 올 뿐이었다. 짐승소리는 멀리서 들려오더니 점점 가까이 들려 왔다. 이윽고 문밖에서 헉헉~ 하는 짐승의 숨소리가 들렸다. 바로 문 앞에 있는 모양이었다. 너무 춥다. 너무 무섭다. 너무 배고프다. 엄마, 내가 왜 이렇게 됐어? 엄마, 나 좀 살려 줘.

두 팔로 온몸을 끌어안고 껑충껑충 뛰었다. 그래야만 추위를 이겨낼 것 같았다. 얼굴과 등짝에서 심한 통증이 느껴졌다. 얼굴을 만져보니 입술이며 눈두덩이 퉁퉁 부어 있었다. 그렇게 한 시간은 뛴 것 같았다. 몸에서 열이 나며 조금 추위가 가셨다. 밖에서 컹컹대던 짐승들의 소리가 사라져가면서 문틈으로 불빛이 들어온다. 곧 이어서 저벅거리는 소리가 들려왔다. 철문에 열쇠를 대는 소리가 들리고 문이 열렸다. 거기에는 주인여자가 누비옷을 입은 채 횃불을 들고 서 있었다. 그 뒤로 주인남자가 얼굴을 드러냈다. 순임이는 뒤로 주춤 물러섰다. 그는 가느다란 회초리를 여러 개 들고 서 있었다. 이글거리는 횃불에 비친 주인남자의 얼굴은 마치 악마와도 같았다. 그는 히죽거리며 웃고 있었다. 불빛에 금니가 반짝였다. 횃불을 든 주인여자는 그 뒤에서 마치 그냥 할 일을 한다는 듯한 표정으로 서 있었다.

"아야꼬, 조선삐에 불과한 네가 감히 우리 대일본제국의 하사관을 발로 차? 이년이 미쳐도 단단히 미쳤군. 너 여기가 어딘 줄 아나? 너 하나 죽여서 밖에 내버려보았자 단 하룻밤 사이에 늑대들이 뼈 조각 하나 남기지 않고 모두 먹어치우는 곳이다. 만주의 치치하얼에서도 100리도 더 떨어진 흑룡강변, 소련과의 국경이란 말이다. 여기서 고생고생하면서 우리 조국을 지키는 천황폐하의 군인에게 네가 감히 발길질을 하다니. 너 같은 건 죽어 마땅하다. 어디 한 번 따끔한 맛을 봐라. 그러면 다시는 그런 짓을 하지 않을 거다."

획~ 소리가 나면서 회초리가 순임이의 알몸을 파고들었다. 순임이는 바닥에 쓰러져서 몸을 웅크렸다. 알몸 위로 인정사정없는 매질이 계속됐다. 회초리가 부러지면 새 걸로 또 때렸다. 방안에서는 바람을 가르는 회초리 소리와 순임이의 울부짖는 소리만이 들릴 뿐이었다. 순임이의 정신이 가물가물해 질 무렵 문이 쿵! 소리를 내면서 닫혔다.

순임이가 풀려난 것은 갇힌 지 사흘이 지난 어느날 아침 무렵이었다. 순임이가 갇혔던 곳은 집에서 100m 쯤 떨어진 곳에 지어 놓은 징벌방이었다. 황량한 벌판의 약간 높은 둔덕 너머에 주인남자가 2년 전에 지은 시설이다. 방안에는 아무 것도 없다. 심지어 대소변도 그 자리에서 싸야 한다. 먼저 와 있던 언니들로부터 그곳의 소문을 들은 수희는 치를 떨었다. 순임이가 그곳에 사흘씩이나 갇혀 있었다니. 더군다나 발가 벗긴 채로 물 한 모금 먹지 못하고.

거기서 풀려 나온 순임이는 정신이 나간 모습이었다. 큰 방에는 순임이를 둘러싸고 여자아이들이 빙 둘러 앉아서 훌쩍였다. 담요에 둘러 쌓여서 방으로 들어 온 순임이의 모습은 그야말로 처참했다. 단발머리는 마구 흐트러져 있었고 눈동자는 초점이 없었다. 얼굴은 여기저기에 피가 말라붙어 있었다. 담요를 벗겨서 보니 온 몸이 마치 붉은 줄을 이리저리 그어 놓은 것처럼 피멍이 들어 있었다. 순임이는 수희를 겨우 알아보는 듯하더니 이내 수희의 품에 안겨서 통곡을 해 댔다. 다른 아이들도 다 통곡을 했다.

순임이는 며칠이 지나고 나서부터 다시 손님을 받기 시작했다. 그러나 그 옛날의 순임이 모습이 아니었다. 손님을 한 명 받고 나서는 반드시 세수간으로 가서 밑을 씻고 다시 손님을 받도록 되어 있었다. 그건 규칙이라고 했다. 무슨 약품인지 빨간 색이 들은 물을 함지박에 항상 가득 부어 놓았는데 그 물로 사타구니를 씻고 다시 방에 들어가지 않으면 큰 일이 난다고 했다. 병이 옮는다는 것이었다. 스무 명의 여자들이 거기서만 씻어야 하기 때문에 어떤 때는 두세 명이 차례를 기다릴 때도 있었다. 각자의 방에서부터 거기까지의 거리가 불과 몇 발짝 되지 않았지만 그래도 언니들이나 아이들 누구라도 거기까지 가는 동안은 옷을 입고 갔다. 자기의 알몸을 내보이고 돌아다닐 수는 없기 때문이었다. 그런데 순임이는 수시로 거기를 발가벗은 채로 들락거렸다. 모두가 처음에는 기겁을 했지만 나중에는 그냥 그런가보다 했다.

초여름으로 접어 든 6월 초순, 드디어 사단이 벌어졌다. 언니들이 순임이가 아무래도 임신을 한 것 같다는 소리를 했다. 수희가 보기에도 순임이의 몸이 옛날 같지가 않아 보였다. 순임이는 가끔씩 자두가 먹고 싶다고 수희에게 자두를 달라고 했다. 그럴 때면 마치 엄마에게 응석을 부리는 어린아이 같았다.

그날도 세숫간에서 빨간 물로 사타구니를 닦고 있는데 순임이가 들어 왔다. 수희는 순임이의 배를 만져 보았다. 배가 조금은 불룩했다. 여기서는 먹는 것도 제대로 주지 않아서 모두가 몸이 많이 축나 있는데 배가 부르다니? 수희는 순임이를 잡고 눈을 들여다보면서 꼬치꼬치 캐물었다. 제 정신이 돌아왔는지 순임이는 그 동안 자기가 샤쿠를 끼고 하기도 했고 안 끼고 하기도 했다고 자백했다. 병사들 중에는 샤쿠를 끼면 재미가 없다고 그냥 하려고 덤비는 족속들이 많이 있었다. 그래도 절대로 그대로 하면 안 되는 것이다. 여기서 임신을 한다는 것은 곧 죽음을 의미했다.

밤 11시 가까이 됐을 때 수희는 주인남자에게로 갔다. 그날은 누런 황토물 같기도 한 비가 주룩주룩 내리는 밤이었다. 비가 어쩌다 오면 처음 비는 항상 그렇게 황토물을 뒤집어 쓴 물이 내리는 것이었다. 언니들은 그 방을 '살짝곰보네 죠바실'이라고 불렀다. 주인은 그때까지 카운터에서 계산을 하고 있었다. 누런 전표 딱지를 20장 씩 묶어서 상자 속에 넣고 있는 중이었다. 수희는 조그만 유리창 위에 붙어 있는 '요금표'를 들여다보았다. 여기 와서 여러 달이 됐지만 내용을 자세히 살펴보기는 처음이었다.

수희는 한 동안 그것을 멍하니 쳐다만 보았다. 그때 주인이 안에서 유리창을 똑똑 두드리며 짜증스럽게 물었다.

이용시간

병　사 : 13:00부터 18:00까지

하사관 : 18:00부터 20:00까지

장　교 : 20:00 이후

요금표

병　사 : 1원 50전(15분)

하사관 : 2원(20분)

장　교 : 3원(30분)

　　　8원(1박)

소화 19년 1월 주인 백

"스미꼬, 뭐야?"

퍼뜩 정신이 돌아 온 수희는 주인에게 순임이가 임신을 했으니 이제 더 이상 손님을 받지 않게 해 달라고 사정을 했다. 내키지 않는 아버지 소리도 여러 번 했다. 그는 끌려오던 날부터 여자아이들에게 자기를 '아버지'라고 부르라고 했다. 그러나 수희가 아버지 소리를 한 것은 이때가 처음이었다. 그는 하던 일손을 멈추고 수희를 쳐다보았다. 왜 귀찮게 하느냐는 표정이 얼굴에 그대로 묻어 있었다. 그리고는 수희의 청을 일언지하에 거절했다.

"그년이 평소에도 반항하더니 그렇게 제 몸 하나 간수하지 못하고 덜컥 임신을 했단 말이지? 흥, 그런 년은 죽어도 싸. 너도 꼭 샤쿠끼고 하는 거 잊지 말아. 이제 가 봐!"

영업은 계속되었다. 잠깐 씻는 시간과 밥 먹는 시간만 빼고는 하루 종일 남자들을 받아야 했다. 지금까지 수희가 알아 본 바에 의하면 자기네 스무 명이 맡은 부대는 제2사단 29연대인데 모두 2천 명이 넘는 어마어마한 인원이란다. 그 2천 명이 요일마다 1대대, 2대대, 3대대, 수색/기갑대대, 포병대, 본부병력, 하는 식으로 교대로 나누어서 오는 것이었다. 게다가 아주 멀리 떨어져 있는 5대대는 한 달에 한 번씩 두 명을 보내서 4일 동안 출장위안이라는 걸 하고 와야 했다. 그것도 모자라서 수희네 위안소에서는 치치하얼 시내에 있는 제17방면군 사령부의 일부 병력도 받아야만 한다는 것이었다. 바로 그러한 이유 때문에 수희네 위안소가 치치하얼과 29연대의 중간 쯤에 애매하게 위치하고 있는 것이라고 했다.

적게 받는 날은 20명, 많게 받는 날은 50명도 넘었다. 그날은 그래도 운이 좋은 날이었다. 하루 종일 28명을 받고 밤에 장교를 받았는데 꽤 나이가 들은 장교였다. 그놈은 수희를 딸과 같은 나이라면서 단 한 차례만 관계하고는 이러저런 이야기만 하다가 곧 잠이 들어버렸다. 다른 장교들은 자기네들이 하룻밤을 돈 주고 샀다는 생각으로 밤에도 서너 차례 이상 몸을 요구하는 게 보통이었다.

깜빡 잠이 들었다가 새벽에 눈을 뜬 수희는 순임이가 걱정이 되어 끝의 22호실로 갔다. 방과 방은 그저 나무 판자때기만으로 가려 놓았기 때문에 옆방에서 소곤거리는 소리는 물론 숨소리까지도 들렸다. 그래서 수희는 13호실 자기 방에 있으면서도 14호실 유끼꼬의 방에 들어온 놈이 옷을 벗고 있는지, 지금 막 끝냈는지도 다 알 수가 있었다.

22호실에 귀를 기울여 보았다. 방에서는 아무 소리도 들리지 않았다. 손잡이를 소리나지 않게 돌리고 문을 살며시 열어 보았다. 거기에 순임이는 없었다. 그 맞은 편 방인 10호실에서는 아직도 씩씩거리는 숨소리와 하나꼬의 간드러진 콧소리가 들렸다. 하나꼬는 여기서 제일 어린 아이로 14살인데 경성에서 중학을 다니다 세라복을 입은 채로 끌려 온 아이였다. 주인남자는 여자아이들에게 손님을 받을 때 교성을 질러서 남자들을 기쁘게 해 주라고 가르쳤다. 일을 마치고 가는 군인이 조금이라도 불평을 내 뱉고 가면 그는 즉시로 회초리를 들고 그 아이 방으로 갔다. 그래서 언니들은 소리내는 데 도통해 있었고, 이제 온 지 석 달 째인 아이들도 제법 소리를 질러가며 병사들의 기분을 맞추어 줄 정도가 된 것이다.

수희는 덜컹 겁이 났다. 이 새벽에 순임이가 어디를? 수희는 변소로 달려갔다. 세숫간을 겸하고 있는 변소에는 백열등만 환하게 켜져 있을 뿐 순임이는 없었다. 문을 닫고 나오면서 뭔가 이상한 느낌이 들었다. 무척 심한 냄새가 났던 것이다. 평소에 변소에서 나는 냄새보다도 훨씬 더 지독한 똥오줌 냄새와 함께 무슨 비릿한 냄새가 나는 것이었다.

어린 시절 집에서 잔치를 한다고 동네사람들이 돼지를 잡았다. 상석이가 함께 보자고 해서 그걸 구경한 적이 있었다. 돼지의 목에서 시뻘건 피가 쿨럭쿨럭 나왔다. 동생은 돼지오줌보를 얻으면 그걸 가지고 공차기를 한다고 좋아했지만, 수희는 그 비릿한 피 냄새가 너무 싫어서 며칠을 밥을 못 먹은 적이 있었다. 지금 바로 그 냄새가 나는 것이다.

혹시나 하는 마음에 다시 문을 활짝 열어 보았다. 그러자 문 뒤에 무언가 물컹한 게 부딪치는 느낌이 들었다. 문 뒤를 돌아 본 수희는 그걸 보는 순간 두 다리에서 힘이 쭉 빠져나갔다. 바닥에서 한뼘정도 위에 순임이의 발이 대롱대롱 걸려 있는 게 아닌가! 엉덩이를 타고 내려 온 똥과 오줌, 그리고 팔목에서부터 흘러내려 온 피가 범벅이 되어 있었다. 순임이는 커다란 못에 줄을 걸고 목을 맨 것이었다. 안 돼 순임아! 안 돼! 수희는 거의 제정신이 아니었다. 아이들과 언니들이 뛰어 왔다. 곧 이어서 주인 남자와 여자도 뛰어 왔다.

변소에서 목욕을 할 때 깔고 앉던 작은 의자가 있었다. 무릎의 절반 높이에도 못 오는 앉은뱅이 의자였다. 순임이는 그 위에 올라섰다. 만감이 교차했다. 하나 밖에 없는 귀한 딸로 자라서 서울까지 통학하는 학생이 되었다. 오산에서 서울에 있는 고등학교에 다니는 여자는 단 세 명 뿐이었다. 통학하는 기차에서건 내려서 집에 올 때건 모두들 부러워하는 눈길로 바라보던 소녀였다. 현모양처(賢母良妻)가 꿈이었다. 상필 오빠와 결혼하면 정말 행복하게 살 자신이 있었다. 수희와도 사이좋게 지내면서 세상에 보란 듯이 좋은 시누이와 올케의 관계를 만들고 싶었다. 그렇게 되지 못할 하등의 이유도 없었다.

그런데 어느 날, 단 하루 만에 자신의 인생은 송두리째 박살났다. 벌써 석 달 동안 자기 몸을 짓밟고 간 일본 놈들이 어림잡아 1천명도 넘는다. 이제는 뱃속에서 누구의 씨인지도 모르는 아이까지 자라고 있다. 비록 일본 놈의 자식일망정 잘 낳아서 키워 볼 생각도 안 해 본 것은 아니었다. 그러나 어디서 살 것인가? 이 세상 자기의 몸을 숨길 곳이 어디란 말인가? 게다가 날마다 끝없이 밀어닥치는 군인들, 배는 점점 불러오고⋯⋯. 순임이는 마음을 정리했다. 그래, 죽는 거야. 내가 세상을 잘못 만난 거라고 생각해야지. 저 세상에는 이런 일이 없겠지. 미련 없이 떠나자. 그래도 엄마가 보고 싶어, 엄마, 엄마, 미안해. 나 먼저 가.

눈물이 너무 흘러내려 밧줄이 보이지 않았지만 그래도 더
듬거리며 올가미를 잡았다. 발 뒤꿈치를 들고 목에 걸었다.
준비했던 면도칼로 손목을 긋자마자 있는 힘껏 줄에 매달려
서 발로 의자를 찼다.

순간 순임이는 새가 되었다. 까마귀인지 까치인지 모를 까
만 새. 집의 장독대가 보였다. 엄마가 그 앞에 서 있다. 물을
떠 놓고 손바닥을 비비면서 뭐라고 하신다. 장독대 나무에 앉
아야지. 그러나 아무리 앉으려 해도 발이 나무에 닿지 않았
다. 엄마가 눈을 들어 하늘을 쳐다본다. 그러면서 연신 팔을
휘둘러 무언가를 쫓아버리려고 한다. 엄마의 목소리가 들린
다. 훠이~ 훠이~

다음 날 순임이를 구루마에 싣고 강 쪽으로 향했다. 사람
이 목을 매 죽었는데도 무슨 검사 같은 것도 없었다. 살짝곰
보 놈이 자기가 군부대에 가서 신고할 테니까 그냥 먼저 갖
다 묻으라고 했다. 수희가 앞에서 끌고 아이들이 뒤에서 밀었
다. 누런 담요 두 장에 둘둘 말린 순임이의 몸이 구루마 위에
서 이리저리 흔들렸다. 아이들도 언니들도 모두 울면서 따라
왔다. 그렇게 반 시간을 왔다. 저 멀리 언덕 너머로 강이 보였
다. 약간 높은 곳으로 갔다. 꼬불꼬불한 나무가 있는 밑이었

다. 여기 나무들은 모두 그렇게 땅에 착 달라붙은 듯 꼬불꼬불하고 볼품이 없었다.

땅은 자갈과 돌이 섞여 있어서 잘 파지지 않았다. 교대로 땅을 파서 무릎이 들어갈 정도의 구덩이를 만들었다. 거기에 순임이를 뉘였다. 수희가 제일 먼저 흙을 덮었다. 다른 아이들이 흙을 퍼서 구덩이를 메웠다. 수희는 얼마나 울었는지 손발이 마비되면서 정신이 아득해져 왔다. 가물가물한 속에서 평안도 언니의 목소리가 들려왔다. 흙에서 와서 흙으로 간다 했으니서리 너희 에미나이들 너무 슬퍼할 거이 없다이. 오, 주님, 어드메 계시오까? 제발 날래 오시구래. 오늘도 에미나이 하나이 주님 품으로 갔수다래.

수희는 하늘을 쳐다보았다. 누런 흙먼지 속에서도 태양이 뿌옇게 빛나고 있었다. 눈물이 볼을 타고 흘러내려서 입 속으로 들어 왔다. 수희는 찝찔한 눈물을 먹으면서 주먹을 꼭 움켜쥐었다. 내가 기필코 복수를 하고 말거야. 그놈을 내 손으로 반드시 죽이고야 말겠어.

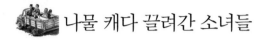 나물 캐다 끌려간 소녀들

"끝순아, 여기 냉이 밭이랑게. 싸게 이리로 오드라고."

"웜메 참말이시, 냉이가 지천에 널려부랐어야?"

검정치마에 흰저고리의 소녀 둘이서 신바람이 나서 냉이를 캐는 곳은 금강리 마을에서 밤골로 넘어가는 고개 마루턱에서도 한참을 더 산 속으로 들어간 후미진 곳이었다. 야트막한 야산을 개간한 밭 옆으로 진달래가 흐드러지게 피어서 군락을 이루고 있었다. 냉이는 이제 막 야산을 밭으로 개간한 곳과 다 허물어져가는 무덤 사이에 널려 있었다. 여기저기에 별 모양 같기도 하고 눈송이 모양 같기도 한 냉이들이 봄의 따사로운 햇살을 받으며 파랗게 돋아나 있는 게 아닌가. 처녀들의 호미질 속도가 더욱 빨라졌다. 그렇게 한 시간 정도를 캐자 어느 사이에 대나무 바구니의 절반이 파란 냉이와 달래, 쏨바귀로 덮였다.

"춘자야, 내년 말이시, 여지꼬롬 냉이를 캐러 다녔어도 이다시 허벌나게 많은 디는 생전 첨이구만 그랴. 어쩨 그 귀한 달래와 취나물도 많다냐? 여근 아무도 안 왔는갑네."

"잉, 그려, 여그는 우덜이 원체 산속으로 깊이 들어 왔웅께. 쩌그 목매달어 죽은 산을 넘은 것도 생전 첨이구만."

"그려, 참말로 우덜이 겁이 없능개비다. 내도 목매달어 죽은 산 넘은 것은 이번이 첨이랑게. 근데 넘어오고 봉게 별 거 아니구먼 그랴."

아이들이 그렇게도 무서워하는 '목매달어 죽은 산'이란 십여 년 전, 이웃마을의 처녀가 남자에게 버림을 받고는 여기에 와서 소나무가지에 목을 매어 달고 죽었다는 산이다. 야트막한 야산인데 아이들은 날씨가 조금만 흐리거나 해가 저물면 이 산을 넘어가지 못했다. 사실인지 아닌지는 알 수 없으나 비오는 날이면 여기 산 속에서 처녀의 울음소리가 들린다고도 했다.

"끝순아, 우리 다리 잠 펴고 또 캐더라고. 쩌그 무덤 앞 잔디가 아조 좋은 디."

소녀들은 무덤가로 갔다. 아마도 꽤 잘 살던 사람이 죽어서 묻혀있는 무덤인 듯 그 주변이 잘 손질돼 있었다. 소녀들은 무덤가 잔디밭에서 하늘을 보고 훌떡 누었다. 멀리 파란 하늘 위로 흰 구름이 무심히 흘러가고 있었다. 어느 사이에 알에서 깨어났는지 종달새 두 마리가 하늘 위를 날며 알 수 없는 저 희들만의 노래로 종알댄다. 누렇게 흙이 묻은 버선 위로 드러 난 소녀들의 하얀 종아리가 애처럽다. 여기저기를 기운 누더 기 검정치마와 다 닳은 검정고무신이 이들의 고단한 형편을 말해주고 있었다.

"춘자야, 너 이참에 소리 한자락 해 보드라고."

"아무도 없는디?"

"아, 긍께 좋지라. 짜~ 여그 영암 명창 박춘자 등장이오~"

춘자가 검정치마 한 끝을 살짝 잡고 사뿐히 절을 한다. 평 소 창에 재주가 많아서 동네 잔치면 꼭 불려다니는 춘자에게 지금 끝순이가 멍석을 깔아 준 꼴이다. 무덤 앞 잔디에 선 춘 자, 호미를 입에 대고 목청을 가다듬더니 노래를 시작한다.

"그려, 그라믄 나가 이러코롬 만장허신 여러분께 오널은 심청전 중에서 심봉사 눈뜨는 대목을 해 볼 것인디. 잘 들어 보시드라고. 흠! 흠!"

심봉사가 반갑기는 반갑나 눈을 뜨고 보니 도리어 처음 보 는 얼굴이라, 딸이라 허니 딸인 줄 알지마넌 한 번도 보지 못헌 얼굴이라. 그러나 어찌 머뭇거릴 수 있으리오, 이내 딸에게 달 려들어 두 모녀가 부웅쳐 안고 통곡을 허는디.

"잘 헌다!"

끝순이가 추임새를 넣어주자 춘자 더 신이 나서 덩실덩실 어깨춤을 추며 소리 높여 창을 하는데,

정녕 꿈이런가, 내 딸 청이가 틀림없는가, 얼씨구절씨구 지화자 좋을씨고~

"조~오타!"

끝순이가 나물바구니를 두드리며 소리 지른다.

죽은 내 딸 심청이를 다시 보니 양귀비가 죽었다가 다시 살아났는가, 우미인이 살아서 돌아 왔는가. 아무리 보아도 내 딸 심청이지, 딸 덕으로 어두운 눈을 뜨니 해와 달이 다시 밝아 더욱 좋도다. 태평세월 다시 보니 얼씨구 좋을시고.

"지화자, 잘 헌다! 과시 영암으 명창 박춘자드라고."

끝순이도 일어나서 덩실덩실 춤을 추고 춘자와 손을 잡을 듯 말듯 서로 마주보면서 무덤 앞을 빙빙 돈다. 이제 이들의 흥은 절정에 이르렀다. 어린 나이지만 제법 창하는 사람답게 목소리가 걸걸한 춘자의 판소리가 무덤 앞으로 펼쳐진 벌판에 끝도 없이 울려 퍼진다. 춘자는 심봉사가 용왕을 알현하는 대목까지 창을 하고는 자리에 앉았다. 어느 새 봄바람을 타고 흰나비 두 마리가 너울대며 무덤가를 돌아 밭쪽으로 날아갔다. 이제 오후의 봄바람이 제법 차다.

"춘자야, 너 짜장 다음 달 시집가는겨?"

끝순이가 가지고 온 보퉁이에서 찐 고구마를 꺼내어 하나를 춘자에게 건네며 묻는 말이다. 춘자는 한바탕 신명나게 놀고는 숨이 찬지 코 끝에 송골송골 맺힌 땀방울을 손으로 닦아내며 끝순이가 건네 준 고구마를 받아들었다.

"그려, 해남 산정리라고 바닷가에서 쪼깨 떨어진 곳인디 지난 가을에 날을 잡아 뿌렀어야."

"그람 내년 어쩌코롬 산다냐? 너하고 산으로 들로 다니넌 재미로 살았는디,"

"끝순이 너두 후딱 시집가뿌러야 헐 것이구마. 왜놈덜이 하도 극성잉께. 처녀들언 몽땅 잡아들인다등마. 아 쩌그 영북리에선 지난 겨울게 열시 살쩌리도 잡아갔다고 안혀? 우덜보덤도 두 살이나 어린 기집애를 순사가 델고 갔다등마."

"워쩌끄나 잉, 그 엄마 맴은 을매나 아플까이, 참말로 일본 놈들이 나쁜놈들이구만 그랴. 근디……. 너 시집은 워쪄? 먹고 살만 항가?"

끝순이가 호기심이 가득한 눈을 둥그랗게 뜨고 춘자에게 물었다. 춘자가 어떤 집으로 시집가는지 궁금하지 않을 수가 없었기에 진즉부터 물어보고 싶은 말이었다.

"응…… 긍께…… 사는 거야 뭐 거그나 여그나 다 에렵제. 근디 거느넌 바닷가랑게. 바닷가에넌 물에만 들어가면 먹이고 따개비고 많이 있잖혀? 긍게로 여그보덤언 훨썩 낳제. 몸

만 움직이먼 굶어죽지넌 안 헝게. 울 엄마가 거그 해남에서
자랐구먼."

오후의 봄바람이 조금 더 거세지자 이들은 추위를 느끼면
서 일어났다. 소녀들은 나물바구니를 앞으로 껴안고 노래를
부르며 내려 왔다. 이들이 깡총거리며 발걸음을 옮길 때마다
예쁘게 땋은 검정머리가 오른쪽 왼쪽으로 춤을 추듯 따라다
녔다. 빨간 댕기가 없는 것은 아이들이 초경을 하지 않은 때
문인가?

이들이 오솔길을 거의 다 내려와서 우마차가 다니는 큰길
에까지 왔을 때였다. 서낭당을 막 지나서 꼬부라진 길을 돌아
서자 누런 옷을 입은 남자들 두 명이 이쪽 편을 향하여 걸어
오는 모습이 보였다. 어린 소녀들은 본능적으로 길 옆으로 숨
으려고 했다. 그런데 그들이 이리오라며 손짓을 하는 게 아닌
가. 30대로 보이는 남자들 두 명은 무서운 표정을 하고 아이
들을 몰아 세웠다.

"느그들 요거 워디서 캔 것이여?"

"쩌~그, 산 속에서 캤구만요. 뭐가 잘못 됐어라?"

"우덜언 면에서 나왔는디 느그덜 쪼깨 조사를 혀 봐야 허
겄응게 쩌그 차를 타고 잠깐 가드라고."

"우덜이 뭘 잘못했간디요?"

"아 잘허고 잘못허고넌 면에서 조사를 혀 보면 알 것이고

일단은 가장께."

"아자씨덜, 우린 집에 가야 허요. 집에다 야그도 안허고 어
딜 간당가요?"

이때 저 앞으로 말끔한 신사양복을 입은 사람 하나가 오면
서 일본말로 이들을 윽박질렀다. 키가 작달막하고 옷 입은 모
양새가 영락없는 일본사람이었다. 그가 나타나자 조선 사람
들 두 명은 '하이, 우찌다상, 하이, 우찌다상' 하면서 굽신거렸
다. 아이들은 덜컥 겁이 났다. 일본사람은 무섭다고 알고 있
던 터였다. 그들의 우악스런 손에 끌려서 조금 더 내려가니
거기에는 파란 칠을 한 트럭이 한 대 서 있었다. 아이들은 강
제로 트럭에 태워졌다. 차에 올려지면서 끝순이의 호미가 땅
에 떨어졌다.

"아니고, 내 호미, 내 호미 잠 주워갖고 갈랑 게 나 좀 내려
주씨오. 호미 안 갖고 가면 울 어미한티 맞어 죽는당게요."

아이는 땅에 떨어진 호미를 향해 연신 두 팔을 허우적거리
고 있었다. 그래도 그들은 들은 척도 하지 않았다.

차 앞에서는 한 사람이 무언가를 열심히 돌리고 있었는데
일본 사람은 막 욕을 하면서 그 사람을 몰아세우고 있었다.
그 사람은 트럭의 운전수였다. 시동을 걸려고 앞에서 연신 쇠
꼬챙이를 집어 넣고 돌리는데 엔진이 돌아가지 않는 것이었
다. 그때 길 위쪽에서부터 두런두런 이야기소리가 들리면서

바지저고리를 입은 노인들이 지게를 지고 내려 왔다. 바로 그 순간에 부릉~ 부릉~ 하면서 엔진이 돌아가기 시작했다. 아이들은 저만큼 서 있는 어른들을 보고 손을 허우적거리며 소리를 질러댔다. 아이들이 강제로 끌려가는 낌새를 눈치 챈 노인들이 뭐라고 하면서 차를 쫓아왔다. 그러나 차는 순식간에 그들을 멀찌감치 따돌리고 내리달려서 신작로를 들어섰다. 아직은 이른 봄인지라 들에는 일하는 사람들이 없었다. 옆의 두 사내는 아이들의 겨드랑이를 하나씩 끼고서는 차의 짐칸 뒤쪽에 등을 착 기대어 아이들을 꼼짝 못하게 했다.

한 시간을 넘게 실려 와서 도착한 곳은 커다란 함석지붕 집이었다. 거기에 도착할 때까지 아이들은 계속 훌쩍거리기만 했다. 일본사람이 조선 남자들에게 돈을 주었는지 그들은 연신 '아리가또! 아리가또!' 하면서 허리를 굽실댔다. 긴 복도를 지나서 끝에 있는 방으로 들어갔다. 다다미가 여러 장 깔린 커다란 방에는 여자 아이들이 다섯 명이나 있었다. 모두들 겁에 질려서 훌쩍거리고 있다가 새로운 아이들이 오니까 울음을 뚝 그쳤다. 구석에 쓰러져서 잠을 자는 아이도 있었다. 저녁때가 되자 또 트럭 소리가 나더니 다시 한 명이 잡혀 들어왔다. 마당에는 일본 옷을 입은 청년 두 명이 왔다 갔다 하면서 망을 보고 있었다.

오후 늦게까지도 춘자와 끝순이가 돌아오지 않자 동네 사람들은 아이들을 찾아 나섰다. 동네 곳곳을 돌아다니면서 아이들의 이름을 불렀으나 어디서도 대답이 없었다. 젊은이들이 횃불을 만들어가지고 다니면서 찾아보았지만 결과는 마찬가지였다. 밤이 꽤 돼서야 밤골에서 노인들 두 명이 왔다. 그들은 그냥 잘까 하다가 아무래도 그 아이들이 이쪽 동네 아이들일 것 같아서 찾아 왔다는 것이다.

"아, 밭에다 거름얼 내리놓고 빈지게럴 지고 가는디 웬 트럭이 서 있둥마. 우리가 강게 고놈이 엄청 빨리 내빼더란 말이시. 뭔 놈들인디 저러코롬 빨리 갈까 혀서 쳐다봤더니만 거 그 남자놈덜 둘허고 꼬맹이 기집애덜 둘이가 있더라고. 여그 갸들이 떨구고 간 호미잉갑네."

"아이고, 요거이 우리 끝순이 호미랑게. 아이고메~ 이걸 워쩐다냐~ 기여니 잡혀 갔구먼 그랴."

끝순이 엄마가 통곡을 해대자 춘자 엄마도 울음보를 터트렸다. 마을의 청년들이 이러고만 있지 말고 면사무소 쪽으로 가서 알아보자고 했다. 그들은 부랴부랴 집을 나섰다. 밤이 늦어서야 면사무소에 도착했지만 거기는 당직하는 사람만 한 명이 있을 뿐이었다. 이집 저집을 문을 두드리며 물어 보았지만 그런 트럭을 보았다는 사람은 한 명도 없었다.

불과 여섯 달 전인 지난 가을에 아들을 강제징용으로 잃은 데다가 이제는 어린 딸마저 빼앗겨버린 춘자네 집에서는 밤새 울고불고 난리가 났다. 그 딸이 어떤 딸인가? 가르친 것은 없어도 제 스스로 다섯 살 때부터 창을 익혀 영암 일대에서는 꼬마명창이라고 소문이 났던 아이였다. 해남으로 시집보내려고 없는 살림에 옷 한 벌까지 다 마련해 놓은 새색시가 아닌가 말이다. 동네 아낙들이 까무러친 춘자 엄마의 손발을 주무르면서 밤을 같이 새워주었다.

"아이고, 이러다가 해남댁이 죽어나가겠구먼 그랴, 이걸 워쩐디야?"

"이놈덜이 놋그릇에 숟가락꺼정 죄다 뒤져갖꼬 빼앗아 가뿌러등마 인자는 사람꺼정도 죄다 끌고 가 뿌러야. 하이고, 징헌 일본 넘덜."

"긍께, 아덜 춘식이 징용보낸지가 얼마라고 또 춘자꺼정 끌려가니 어찌 살 것잉가. 내라도 못 살겠제."

우찌다 상이라는 일본인 남자는 조선말을 아주 잘했다. 그 남자는 키도 작고 몸도 호리호리한 게 꼭 여자같이 생겼다. 멀리서 볼 때는 젊은 사람인 줄 알았는데 가까이에서 보니 꽤 나이가 먹은 사람이었다. 아마도 40살 가까이는 된 것 같았다. 그의 이야기로는 멀리 남쪽지방의 어떤 나라에 가서 군인들 옷을 빨아주고 밥을 지어주는 일을 하면 된다고 했다. 그러면 한 달에 월급도 30원씩 받고 일 년만 일하면 큰돈을 벌어서 온다는 것이다. 아이들은 집에 보내달라고 울며불며 사정을 하였으나 소용없었다. 그 사람은 다 연락을 해 놓았으니 집에서도 걱정을 하지 않을 거라고 했다. 그러면서 너희들을 이런 식으로 갑자기 끌고 오지 않으면 집에서 고분고분하게 보내주겠느냐고도 했다.

밤이 늦어서야 밥이 나왔는데 밥은 집에서 먹던 것보다 훨씬 더 좋았다. 밥을 이렇게 잘 주는 걸 보니까 정말 아까 주인 아저씨의 말이 맞는 것 같다는 생각을 하며 아이들은 고개를 갸우뚱했다.

아이들은 다들 지쳐서 이리저리 아무렇게나 쓰러져서 잠이 들었다. 얼마나 잤을까? 한 밤중에 문이 열리더니 주인 남자가 들어왔다. 그 사람은 아주 좋은 일본 옷을 갈아 입고 손에는 부채를 들고 있었다. 주인은 잠들어 있던 춘자를 깨웠다. 전등불이 켜지고 옆에서 부스럭대는 소리가 들리자 아이들이 하나 둘 잠에서 깨어 일어났다. 방안에 들어 와 있는 사람이 주인남자임을 알아차리자 먼저 와 있던 아이들이 겁을 먹으며 모두들 구석으로 갔다. 그는 춘자에게 자기를 따라오라고 하고는 앞장서서 나갔다. 춘자는 주춤거리며 그 남자를 따라갔다. 뒤돌아보다 끝순이의 겁에 질린 눈과 마주쳤다.

남자를 따라 간 곳은 같은 울타리 안에 있는 별채였다. 거기에 가보니 아까 보았던 부인이 얼굴 가득 웃음을 지으면서 아는 체를 했다. 그러자 그 남자가 일본말로 뭐라고 하니까 곧바로 하이! 하면서 밖으로 나갔다. 어찌나 조용조용히 발걸음을 옮기는지 마치 선녀가 미끄럼을 타는 것만 같았다. 주인 남자는 안방을 건너서 그 옆에 붙은 방으로 갔다.

그는 벽을 더듬어서 불을 켜고는 곧바로 달려들어서 춘자의 옷을 난폭하게 벗기기 시작했다. 여자처럼 생겨서 힘이 없을 것 같았는데 막상 당해보니 힘이 장사였다. 춘자가 반항을 하자 그 사람은 벌떡 일어나더니 춘자의 뺨을 사정없이 때리기 시작했다. 두 눈에서 불이 번쩍번쩍하며 입과 코에서 피가 흘렀다. 거의 정신을 잃을 지경에서야 그는 매질을 멈추고는 춘자 위에 엎드러졌다. 그의 입에서 씩씩~ 하는 거친 숨소리가 나왔다. 억지로 입을 갔다대는데 입에서는 단내가 풍겼다. 열다섯 살 어린 춘자는 비명을 지르며 그렇게 꼼짝없이 당했다.

한 번을 그렇게 겁탈을 한 그가 옆방으로 가더니 거기서 무엇인가를 가지고 왔다. 그리고 그걸 춘자에게 먹으라고 내밀었다. 춘자는 그걸 먹을 정신도 아니고 해서 정신없이 울기만 했다. 그가 옆방으로 건너가더니 잠시 후 거기서 자기 부인하고 이런저런 이야기를 하는 소리가 들렸다.

한참을 울던 춘자는 앞에 놓아둔 네모난 종이 안에서 달콤한 냄새가 자꾸 나서 그것을 살며시 집어 들었다. 종이를 벗겨보니 거기에는 고구마 색깔 같기도 하고 약간 검정 색깔 같기도 한 게 들어 있었다, 입술이 터져서 입이 잘 벌어지지 않았다. 그래도 억지로 입을 벌려 먹어보니 그 맛은 그야말로 꿀맛이었다. 춘자는 이 세상에 그렇게 맛이 좋은 게 있다는 걸 처음 알았다. 바로 연양갱이었다.

옆방에서는 남자의 너털웃음소리와 여자의 깔깔거리는 소리가 들려왔다. 잠시 후 미닫이문이 열리면서 여자가 살며시 방안을 들여다보았다. 여자는 춘자에게로 오더니 찢어진 치마로 앞을 가리고 있던 춘자의 사타구니를 더듬었다. 정말 눈 깜짝할 사이였다. 그리고는 손가락 끝을 전등 불빛에 비추어 보더니 다시 깔깔거리며 옆방으로 건너갔다. 두 사람의 떠들썩한 웃음소리와 이야기소리가 한참이나 계속되었다.

얼마나 시간이 흘렀을까? 춘자가 울다가 얼핏 잠이 들었나 싶었는데 인기척이 나서 번쩍 눈을 뜨니 그 남자가 발가벗은 채로 들어오고 있는 게 아닌가. 이제 남자는 아까처럼 난폭하게 굴지 않았다. 다시 한 번 욕심을 채우고 난 남자가 건너가자 곧 이어서 여자가 들어오더니 옷가지를 주고 갔다. 그것은 부드러운 천으로 된 몸빼와 스웨터였다. 거기다가 알록달록한 무늬가 있는 양말도 있었다. 춘자는 눈이 휘둥그레졌다. 양말은 영암에서도 아주 잘 사는 집 아이들만 신는 호사품이었다. 못사는 아이들은 그냥 버선이었다. 춘자는 끌려 온 첫 날밤을 밤새 주인 남자에게 시달리면서 지새웠다.

다음 날 아침이 되자 모두 안채의 부엌으로 모였다. 부엌에 는 커다란 탁자가 있었는데 거기에 아침 밥상을 차려 놓은 것 이었다. 춘자는 몸뻬를 입고 가기가 너무 부끄러워 치마저고 리를 찾았으나 너덜너덜해서 도저히 입을 수가 없었다. 밥은 된장국에 노란 다꾸앙, 그리고 김이 있었다. 밥은 쌀이 많이 들어간 보리밥이었다. 그래도 집에서 먹던 것과는 비교할 수 없이 좋은 음식이었다.

밥을 먹는 내내 춘자는 고개를 들지 못하고 밥만 먹고는 먼저의 큰방으로 왔다. 그런데 거기에 와서 끝순이의 옷을 보 니 끝순이도 옷이 바뀌어 있었다. 그 제서야 춘자는 다른 아 이들도 모두 자기가 입은 옷과 똑같다는 사실을 알았다. 춘자 는 비로서 자신이 생겨서 끝순이에게 물어 보았다.

"너 그거 워디서 난겨?"

"이거……"

끝순이는 아무 말도 하지 못했다.

"그럼 너도 당한 겨?"

"저그 망 보던 놈덜도 다 일본놈들인디…… 긍게……. 저 놈덜이 어지께 밤에 델고 가설랑……. 그렇게 됐당께."

끝순이가 울자 어제 끌려온 아이도 함께 엉엉 통곡을 해

대며 울었다. 그 아이는 열네 살이라고 했다. 여기서 제일 어린 아이였다. 이야기를 나누어보니 나머지는 모두 열일곱, 열여덟 살이었고, 그중에 한 명 경상도에서 왔다는 언니는 스무 살이었다.

춘자네 일행이 다시 차를 탄 것은 끌려온 지 닷새 째 되는 날 아침이었다. 아이들은 불어나서 모두 열두 명이 되었다. 떠나기 전날은 머리를 자르고 사진을 찍느라고 바쁘게 보냈다. 어떤 여자가 오더니 아이들의 머리를 모두 싹둑 잘랐다. 아이들은 긴 머리채가 잘라지는 것을 보며 다시 한 번 통곡을 해 댔다. 이미 머리를 짧게 자른 언니들은 아이들이 울며 머리 잘리는 모양을 물끄러미 바라보고만 있었다. 또 무엇에 쓴다면서 사진도 찍었다. 사진기를 들고 온 남자는 펑~ 펑~ 소리를 내며 사진을 찍어댔다.

밖에 나가보니 며칠 전에 자기들을 태우고 온 차가 대기하고 있었다. 사내들 두 명이 아이들의 엉덩이를 받쳐주어 아이들을 차에 다 태우고 나자 그들도 함께 탔다. 여자아이들은 그놈들을 똑바로 쳐다볼 수가 없었다. 밤마다 자기네들을 끌고 가서 욕보이던 놈들이었기 때문이었다. 두 놈 중의 하나가 일어서더니 천막의 포장을 내렸다. 그러자 차 속은 컴컴한 것이 마치 서커스단의 천막 속에 들어온 것 같았다. 차가 달릴 때마다 차 속으로 흙먼지가 뿌옇게 들어 왔다. 젊은 일본놈들은 아이들을 보면서 연신 장난을 해 댔다. 아이들의 얼굴을 쓰다듬기도 했고 젖가슴을 만지기도 했다. 여자아이들도 몇 번 씩이나 당했던 놈들인지라 거칠게 반항하지는 못하고 몸을 구석으로 피할 뿐이었다.

아이들이 그렇게 희롱을 당하기도 하고 흙먼지를 먹기도 하면서 반나절 가까이를 와서 도착한 곳은 여수였다. 커다란 배들이 보였다. 엄청나게 큰 창고에 가니 여자 아이들이 창고 하나 가득했다. 백 명도 넘을 것 같았다. 거기서는 빨간 별을 붙인 모자를 쓰고 누런 군복을 입은 군인들 수십 명이 뛰어다녔다. 그들은 호루라기를 불면서 아이들을 이리저리 줄을 세웠다. 주인 남자가 열두 명의 자기 아이들 주변을 왔다 갔다 하면서 이것저것을 챙겨주었다. 그래도 며칠을 함께 있었다고 주인남자가 안 보이기라도 하면 아이들은 모두 불안해했다.

저녁때가 되어서 배를 탔는데 산더미처럼 큰 배였다. 배를 타고는 계속 밑바닥으로만 내려갔다. 쇠로 된 계단을 얼마나 내려가는지, 계단은 돌고 또 돌며 내려가고 또 내려가도 끝이 없었다. 앞에 가고 뒤에 따라오면서 소곤소곤 하는 이야기들을 들어보니 경상도 사투리도 들리고 충청도 사투리도 들렸다. 선실은 엄청나게 더웠다. 바람을 일으키는 것이 돌아가기는 했지만 후덥지근한 더위를 막지는 못했다. 선실에는 군인들 여러 명이 타서 아이들이 이야기를 하거나 울면 다가와서 발로 걷어차고 몽둥이로 때리곤 했다. 배가 출렁일 때마다 여기저기서 토하는 소리가 나고 오물들을 쏟아내어서 냄새가 엄청나게 났다. 그러면 군인들은 막 소리를 치면서 걸레를 갖다가 닦으라고 야단을 쳤다.

그 다음 날 도착한 곳은 일본의 시모노세키라는 곳이었다. 사람들이 거기를 그렇게 불렀다. 거기서 하룻밤을 잤다. 다시 큰 배를 탔는데 이번에 탄 배는 여수에서 오던 것과는 비교도 할 수 없는 엄청나게 큰 배였다. 천 명도 훨씬 넘을 만큼의 많은 군인들이 먼저 배에 탔다. 여자아이들은 배낭을 짊어지고 총을 어깨에 맨 군인들이 배에 타는 것을 몇 시간이나 서서 지켜보아야 했다. 군인들은 여자아이들 앞을 지나치면서 뭐라고 욕을 해대기도 하고 장난을 치기도 했다. 그러다가 헌병에게 들키면 그 자리에서 두들겨 맞기도 했다.

배에서 며칠을 있었는지 기억도 할 수 없을 정도로 한참을 가서 춘자 일행이 도착한 곳은 중국의 상해라는 곳이었다. 거기는 날씨가 엄청 더웠다. 첫날밤은 생전 처음 보는 굉장히 큰 건물에서 잤다. 몇 층을 올라가더니 방 두 개에 아이들을 몰아넣었다. 방안에는 작은 침대 두 개에 하얀 광목이 덮여져 있었다. 원래는 두 명만 자도록 되어 있는 방인데 여섯 명씩을 때려 넣은 것이다.

주인 남자가 밖에서 문을 잠그고 돌아가자 드디어 아이들만 있을 시간이 생겼다. 몇날 며칠을 오느라고 피곤도 했지만 그동안 못했던 이야기들을 하느라고 정신이 없었다. 제일 나이 많은 언니는 일본말을 아주 잘 했는데 자기의 이름을 분예라고 소개하면서 자기가 아는 대로 이런저런 이야기를 해 주었다.

"그 문디 놈하고 네 번을 안 잤나. 참말로 더러버서 말도 몬한다. 즈그 딸내미캉 비슷한 날 데불고 자면서 뭐라 캤는지 아나? 뉴기니에 가면 나하고 살림 차리자는 기라. 참 내 더러버서, 퉤! 퉤! 그놈 우찌다 상 말이다, 그놈이 뭐라카노, 바로 군무원이라고 하는기라. 옛날에 군대에 있었던 놈인데 일본에서 술집을 했다 카더라. 그 놈아가 군대하고 총독부하고 사바사바해서 위안소 허가권을 땄다 캤다. 그래서 자기 돈으로 조선에서 가시나들을 모아서 뉴기니에 가서 영업을 한다캤거덩?"

"그곳이 워디랑가?"

강진에서 잡혀 왔다던 언니가 묻자 분예 언니는 신이나서 이야기를 해 나갔다. 얼굴에는 뽀얗게 분칠도 하고 입술도 새빨갛게 칠했다. 아이들이 자기의 입술을 유심히 쳐다보자 분예는 변명 아닌 변명을 했다.

"이거 말이가? 구찌베니라 카는기다. 이걸 바리믄 여자가 더 요염해 보이는기라. 머서마들이 환장을 하는기지. 이것도 그놈이 준기라. 아, 뭐라캤노? 그래 그 뉴기니라는 데는 여기서도 몇 날 며칠을 더 가야한다캤다. 억수로 더운 나라라 카더라. 그 쪽바리새끼가 거기서 위안소를 연다카더라. 위안소가 뭐냐꼬? 아이고, 인자 느그 가시나덜 큰 탈 났다. 위안소는 군인들 받고 몸 팔아서 돈 버는 데다. 내는 마 다 포기했다. 그냥 되는 대로 살란다. 나라없는 백성이 뭐 우짜겠노.”

분예 언니가 그동안 주인 남자와 이야기해 본 바로는, 주인 남자는 조선에서 허가를 받아서 자기네들이 운영할 위안소에서 일할 여자아이들을 잡아 왔다는 것이었다. 총독부도 군대도 경찰도 다 묵인해 주는 일이라고 했다. 그러면서 주인 남자가 하는 말이, 자기가 거기까지 데리고 가는 데 들어가는 돈을 다 대기 때문에 우리들이 군인들을 많이 받아서 돈을 많이 벌어야 한다는 것이었다.

첫날밤은 무사히 넘어갔다. 다음 날 주인여자는 여자아이들을 시내 구경을 시켜준다며 데리고 나갔다. 그들이 본 상해는 그야말로 별천지였다. 세상에 이런 곳이 있을까 싶을 정도로 엄청나게 큰 집들도 많고 사람들도 많았다. 영암에서는 거의 볼 수도 없었던 자동차와 인력거라는 게 여기서는 그야말로 사람만큼이나 많았다. 시내 곳곳에서는 가는 곳마다 고소한 냄새가 났다. 기름냄새 같기도 하고 무엇을 볶는 냄새 같기도 한 아주 맛있는 냄새였다.

주인여자는 길거리에 즐비한 음식점들 중에서 한 곳에 데리고 가 모두에게 음식을 사 주었다. 밥을 기름에 볶은 것인데 조선에서는 한 번도 먹어보지 못한 음식이었다. 먹을 때는 맛이 있었는데 먹고 나서는 속이 더부룩하고 무언가 느끼했다. 시내를 다니면서 이런저런 것들을 사고 화장품도 샀다. 뉴기니에 가면 입을 옷이라면서 일본 옷도 한 벌 씩을 사 주었다.

저녁에 호텔로 돌아오면서 여자아이들은 그동안 당한 고통이 말끔히 사라지는 기분이었다. 어쩌면 정말 주인 남자의 말처럼 일 년 정도 고생을 하면 돈을 벌어서 돌아갈 수도 있을 것만 같았다. 분예 언니가 무얼 잘못 알고 있는 것 같다는 생각도 들었다.

그런데 밤이 되자 일본군 장교들이 들이닥쳤다. 아이들을 방 하나씩에 들어가라고 해 놓고는 초저녁부터 계속 장교들을 들이밀었다. 상해까지 오면서 보았던 그런 졸병들이 아니었다. 나이도 많았지만 복장도 화려했다. 어깨에는 노란 금줄에 번쩍거리는 별이 하나도 있고 두 개도 있고 세 개도 있었다. 그들은 아이들이 반항을 하면 사정없이 팼다. 어떤 군인은 칼을 뽑아 들기도 했다. 춘자는 세 명의 군인을 받고나서야 잠을 잘 수가 있었다. 그것도 혼자서 자는 잠이 아니었다.

마지막으로 네 번째 들어 온 군인과 함께였다. 그 사람은 그 때까지 들어 온 군인 중에 제일 높은 사람 같았다.

우찌다와 야스꼬는 아스토르 하우스 호텔 502호실에서 지금 행복한 꿈에 부풀어 있다. 밤 12시가 넘었는데도 잠이 오지를 않는 것이다. 일본에서 하던 술장사를 때려치우고 조선으로 와서 위안부를 데리고 가는 도중에 벌써 오늘 하루만도 400원 가까이를 벌었으니 이런 노다지가 어디 있는가? 한 사람이 30원씩을 번 것이다. 그것도 하루 종일 영업을 한 것도 아니고 단지 저녁에만 했는데도 말이다. 오늘은 아이들 기분을 맞추어 주느라고 돈도 많이 썼지만, 내일부터는 온 종일 돌리면 하루에 천 원도 넘겨 벌 것만 같은 생각이 드는 것이다. 천 원이라니? 일본에서는 한 달 내내 장사해야 겨우 벌 수 있는 돈이다.

모두가 다 매형과 누님 덕이었다. 매형네는 일찌감치 만주의 관동군을 따라다니면서 봉천에서도 위안소를 열었고 천진에서도 위안소 영업을 했다. 지금은 라바울에서 조선삐 스무명 가량을 데리고 영업을 하고 있는, 그야말로 위안소영업에 관한 한 타의 추종을 불허하는 전문가였다. 우찌다는 매형의 조언을 받아들여 조선주둔 제19사단 의무대에서 하던 군무원 생활을 청산하고 일찌감치 이쪽으로 눈을 돌렸다. 그는 이

장사를 염두에 두고 용산의 사단본부에 근무하면서 헌병대나 총독부 쪽하고도 미리미리 발을 넓혀 놓았다. 그래서 이번에 위안부 모집허가를 받는 것이나 상해를 거쳐 필리핀까지 가는 도항허가서도 수월하게 받을 수가 있었던 것이다. 아직 본격적으로 영업을 시작한 것도 아닌데 데리고 가는 도중에 이런 횡재를 했으니, 앞으로 배가 떠날 때까지 며칠을 더 영업하면 5천 원은 거뜬히 벌어서 뉴기니에 들어갈 수가 있겠다 싶은 생각이 드는 것이다.

우찌다는 불을 끄려고 일어서는 아내 야스꼬의 볼품없는 엉덩이를 쳐다보면서 히로꼬를 생각했다. 히로꼬는 우찌다가 분예에게 지어준 이름이다. 물이 오를 대로 오른 히로꼬는 잠자리의 기교가 그야말로 최고였다. 아마도 원래부터 타고난 몸이 그런 모양이었다, 그냥 히로꼬의 몸속에 집어만 넣고 있으면 모든 게 저절로 다 해결됐다. 마치 그 속에 뱀이라도 들어있는 것처럼 연신 무언가가 날름거리며 핥아댔다. 하~ 고게 진짜 말로만 듣던 긴자꾸야. 쪽쪽 빨아들인다니까. 고걸 데리고 살아야 하겠는데, 야스꼬가 그러면 가만있지 않을 테지? 우찌다는 자기의 가슴 위로 올라온 야스꼬의 팔을 슬며시 걷어냈다. 그리고 끙~ 소리를 내면서 옆으로 돌아누웠다.

학도병 강제징용

수희와 순임이가 끌려간 지도 벌써 1년이 지났다. 오산천 변의 너른 들판이 이제 막 모심기를 끝낸 논들로 인하여 초록색으로 가득하다. 다른 논들은 벌써 모내기를 끝냈는데 아직까지도 그냥 물만 받아 놓은 상태로 비어있는 논들이 있었다. 마치 군데군데 이가 빠진 것과 같은 모양새다. 바로 최복성과 박권홍의 논들이다.

그들은 작년 3월 말에 딸들을 떠나보냈다. 간호보국대로 간다고는 했지만 이리저리 알아본 바에 의하면 간호보국대라는 게 위안부의 다른 명칭이라는 것이 아닌가. 과거 4~5년 전, 전쟁이 중국 땅에서만 치러지고 있을 때는 정말로 간호보국대는 전선에서 부상당한 병사들을 간호해주고 돌보아주는 간호원 비슷한 역할을 한 적도 있었단다. 그런데 최근에는 일본이 벌인 전쟁판에 중국은 물론 동남아시아의 모든 나라들, 그것도 모자라 세계에서 제일 큰 나라라는 미국까지도 가세한 것이다. 올해 1944년으로 들어오면서는 일본이 모든 전장에서 연전연패한다는 소식이었다. 물론 신문이나 라디오에서는 천황의 군대가 가는 곳마다 승리한다고 떠벌이고 있지만 그건 어디까지나 일본놈들이 거짓으로 하는 말이었다. 이제 사람들은 모이기만 하면 일본의 패망이 바로 목전에까지 다다랐다고 소근거리곤 했다.

아, 그런데 내 딸, 내 딸 수희는 어디에 있는가? 평소에 별로 술을 즐기지 않았던 최복성은 딸을 떠나보낸 후 자주 술에 취하여 비틀대곤 했다. 친구 박권홍을 만나는 날이면 거의가 폭음을 하게 되는 것이다. 벌써 딸이 떠난 지 일 년 하고도 두 달인데 아직까지 딸로부터는 단 한통의 편지도 없다. 간호보국대라면 병원에서 근무할 것이고, 그렇다면 중국이건 일본이건, 아니면 태평양의 어떤 섬에서라도 편지 한 통은 와야하는 것 아닌가?

자리를 보전하고 병석에만 누워있는 아내는 거의 폐인이다 되었다. 딸이 떠나고 나서부터는 제대로 먹지를 못하니 몸은 비쩍 말라버려서 이제는 더 이상 그 옛날의 후덕하던 종가집 마나님 모습이 아니다. 저대로 과연 딸이 돌아올 때까지 살아 있기는 할 것인가? 참으로 앞날이 걱정스럽기만 하다. 아들 상필이도 연희전문에 다니다 학교를 휴학하고 동생을 찾아보겠다고 백방으로 뛰어다녔다. 만주도 갔고 심천도 갔고 상해도 갔다. 심지어는 해남도라는 섬까지도 다녀왔다. 지난 일 년 동안 온 중국 땅을 헤집고 다녔어도 그 어디서도 수희의 흔적을 찾을 수 없었다.

박 첨지의 집안 사정도 비참하기는 마찬가지이다. 박권홍은 딸 순임이를 떠나보내고 나서부터는 양조장 사업을 하는 둥 마는 둥, 날마다 술로 세월을 보내는 형편이다. 더군다나 순임이가 떠나는 날, 왜놈 순사에게 총대로 맞은 가슴에 울혈이 생겨서 그 다음부터는 힘든 일도 못하고 걸핏하면 쓰러지기 일쑤였다. 그래도 그런 두 집안이 주변의 권유에 못 이겨서 오늘은 합동으로 모내기를 하고 있는 것이다.

"줄 넘겨~"

열 댓 명의 사람들이 일자로 나란히 줄을 서서 한 줄에 모를 다 심고 나면 줄을 잡고 있는 아이들이 소리친다. 오늘은 상석이와 친구 흥래가 줄을 잡았다. 모를 내는 사람들은 일부러 흥을 돋우어 보려고 노래도 하고 떠들어보기도 했지만 최복성과 박권홍은 논둑에 앉아서 연신 담배만 뻐끔거리며 허공을 쳐다보고 있을 뿐이었다. 줄의 한가운데에서 모내기를 하던 상필은 잠시 허리를 펴고 아버지를 쳐다보았다. 아버지의 눈은 허공을 보는 것도 아니었다. 그냥 넋이 나간 사람의 모습이었다. 지난 일 년 사이에 집안의 재산은 더욱 많이 축 났다. 아버지는 아예 작심을 한 듯 논과 밭을 팔아 치웠다. 그 돈은 일부는 엄마의 병구완에 쓰고 나머지는 다 만주나 상해 쪽으로 흘러가는 모양이었지만 집안 어른이 하는 일이라 어 느 누구도 뭐라고 하지 않았다. 또 뭐라고 할 사람도 없었다. 엄마는 병석에 누워있고 동생 상석이는 아직 어리다. 상필이 자신이 맏이니까 자기가 나서야 하지만, 상필이도 여기의 재 산을 다 처분만 할 수 있다면 몽땅 털어버리고 간도 땅으로 떠나서 독립운동을 해 보고 싶은 마음이다. 어서 빨리 일본이 망하는 꼴을 보아야만 하겠는데 일본은 망할 듯 망할 듯 하면 서도 용케 버티어 내고 있는 것이다.

한낮의 햇살이 제법 따갑다. 10시가 넘자 아녀자들이 새참 을 머리에 이고 왔다. 옛날 같으면 엄마는 앞에서 광주리를 이고 뒤에서는 수희가 막걸리 주전자를 들고 생글거리면서 올 텐데 지금은 동네 아낙들뿐이다. 새참을 받아먹는 맛도 없 고 막걸리 맛도 없다. 일꾼들은 빙 둘러 앉아서 밥이며 술을 그저 먹고만 있을 뿐이다.

어제 공일날 그렇게 재미없는 모내기를 하고 월요일이 되 어서 새벽같이 책가방을 들고 신촌의 연희전문을 향하여 떠 났다. 평소 학교는 왕십리의 고모네 집에서 다니고 있었지만 자기가 그래도 매주일 내려와 보지 않으면 마치 무슨 일이 있을 것만 같아서 상필은 공일날도 경성에서 편히 쉬지를 못하는 것이다. 열차가 달리면서 기차길 옆의 전선줄이 오르락내리락 거린다. 춤추듯 올라갔다 내려왔다 하는 전선을 보자 마음이 조금 편해졌다. 인생도 저렇게 오르막이 있으면 내리막이 있고 결국 시이소 같은 것이 아닐까? 간간히 빽~ 하는 소리와 굴을 지날 때 매캐한 석탄 냄새가 차 안으로 스며들어온다. 그것마저도 좋았다. 어찌 다 평안한 날만 있을 것인가.

"삶은 계란 있소~ 벤또 있소~ 따끈한 우유 있소~"

바구니에 먹을 것을 들고 팔러 다니는 사람이 수시로 가운데 통로를 왔다 갔다 한다. 지난 1년은 어찌 갔는지 마치 순식간에 사라져버린 느낌이다. 일 년을 동생을 찾아 다녔다. 중국 땅의 육군병원은 물론 해군병원까지도 다 다녀 보았지만 그 어디에서도 수희의 흔적을 찾을 수가 없었다. 간호원들은 대개가 일본 출신들이었고, 밑에서 빨래 같은 허드렛일을 해 주는 사람들은 주로 중국여자들이었다. 몇 군데에서는 위안소를 찾아가 보기도 했으나 거기는 군인들이 지키고 있어서 군인 외에는 접근이 아예 불가능하였다. 주변에 귀동냥을 한 결과 위안소에서 일하는 조선인 처녀들이 꽤 많다는 것만 확인할 수 있었다.

죽을 고비도 두어 차례 넘겼다. 압록강을 건너기 전, 신의 주역에서 불심검문에 걸렸다. 젊은이가 도강을 하니 의심하는 게 당연했다. 그들은 상필을 감방에 가두고 신원조회를 했다. 다행이 수원에서 조회가 빨리 와서 풀려나긴 했지만 상필은 그 닷새 동안 공포로 몸을 떨어야만 했다. 함께 갇힌 사람들 모두가 구타와 고문에 피투성이였다. 사람들은 수시로 불려 나갔다 다시 돌아오기도 했고 또 새로운 사람이 잡혀 오기도 했다. 온전한 몸으로 들어갔다가 온전한 몸으로 나온 사람은 상필 하나뿐이었다.

상필이는 지금 스물 두 살이다. 다른 아이들보다 1년을 쉬었으니 나이로는 한 살이 더 많지만 아직 2학년이다. 상필이는 만약 올해에 징병이 나오면 어찌할 것인가를 두고 고민 중에 있었다. 그대로 끌려갈 것인가? 아니면 도망을? 작년 4월과 11월에 징용이 나왔었다. 그때 친구들 중 몇 명은 그냥 끌려가기도 했고 일부는 징용을 거부하기도 했다. 그러자 총독부 쪽에서는 지원을 거부한 조선 학생들을 산업체로 보내버렸다. 상필이의 동창생들도 여러 명이 청진 시멘트 공장으로도 끌려갔고 삼척 채석장으로도 끌려갔다. 경성이 고향인 친구 광호는 삼척의 채석장에 끌려간 지 여섯 달 만에 폐병에 걸려 바로 지난 달에 죽었다. 제대로 먹이지도 않고 중노동을 시키니 영양실조가 되어 곧바로 몸이 망가지는 것이다. 또 다른 친구는 오키나와 비행장 건설 현장으로 끌려갔다는데 그 다음 소식은 어찌 되었는지 알 길이 없다.

6월의 첫날이 시작되는 목요일에 학교에서는 수업 대신 전 교생이 남산에 있는 조선신궁(朝鮮神宮)을 참배하러 갔다. 교장의 특별지시라고 했다. 남산은 여전히 서울의 정산(正山)답게 푸르름을 한껏 자랑하고 있었다. 비록 그 옛날에 비해 일제가 심은 아카시아나무가 소나무의 영역을 빠르게 잠식해 가고는 있었지만 남산은 여전히 울창하여 뻐찌나무도 열매를 달고 있었고 참나무도 밤나무도 울울창창하기만 했다. 상필은 친구 석현이와 남산을 들러보며 일제가 아무리 발악을 해도 우리의 민족정기까지는 훼손하지 못하리라는 이야기를 나누었다. 또 절대로 일본놈들에게 기죽지 말고 지내자고 굳게 손을 잡기도 했다.

드디어 줄을 서서 신궁에 입장했다. 신궁에는 커다란 일장기가 걸려 있고 그 앞에는 향이 피워져 있을 뿐이었다.

학교로 돌아오니 다시 강당에 모이라는 지시가 내려 왔다. 학생들이 무슨 일인가 웅성대며 궁금해 하고 있을 때 오후 2시 정각이 되자 가라시마 다케시 교장과 어깨에 별을 달고 가슴에는 훈장을 주렁주렁 단 장군 한 명과 고급관리인 듯한 사람 하나가 위로 올라갔다. 다케시 교장은 작년에 부임하여 온 골수분자였다. 그는 부임하자마자 사상조사를 벌여 일본의 정책에 비협조적인 교수들을 모조리 축출해 낸 인물이다. 잠시 후 마이크에서 엄청나게 증폭된 그의 카랑카랑한 음성이 학생들의 머리 위로 쏟아져 내렸다.

"제군들, 오늘 오전에 신궁을 모두 참배한 것으로 알고 있다. 지금 이 시간에는 여러분들에게 좋은 기회를 제공해 주려고 한다. 놓치면 땅을 치고 후회할 만큼 아까운 기회이다. 이 자리에 참석해 주신 대일본제국 조선군사령부의 히로모리 참모장께서 여러분에게 자세한 설명을 해 줄 것이다."

이어 단위에 올라간 장성은 좌중을 압도하려는 듯 학생들을 찬찬히 살핀 후 입을 열었다. 그의 말투는 사뭇 위압적이었다.

"제군들 중에 대일본제국의 신민이 아니라고 생각하는 사람은 손을 들어라."

모두가 조용히 앉아 있었다. 그의 눈이 빠르게 강당을 훑어 나갔다. 아니라고 할 사람이 누가 있겠는가. 그건 바로 일제에게 '나를 죽여주시오'라고 대드는 것이나 마찬가지 자살행위였다. 잠시 후 그는 흡족한 웃음을 띠더니 단 밑에 도열한 헌병들에게 고갯짓을 했다. 헌병들이 통로를 다니면서 학생들에게 종이를 한 장씩 나누어 주었다.

"지금 여러분들에게 나누어 준 것은 작년 3월에 총독께서 반포한 육군항공관계예비역장교보충복역임시특례법에 따라 여러분들에게 육군특별조종견습사관에 지원할 수 있는, 이른

바 '특조지원신청서'이다. 여러분들은 대일본제국의 영광스런 육군항공요원이 될 수도 있다는 자부심을 갖고 모두 신청서를 작성하여 제출해 주기 바란다. 단, 한 가지 명심해야 할 사항은, 지원한다고 해서 다 합격한다는 보장은 없다는 사실이다. 전 일본에서 여러분들보다 훨씬 더 우수한 인재들이 구름같이 많이 지원하기 때문에 여러분들이 합격할 가능성은 매우 희박하다. 그럼에도 불구하고 이렇게 지원서를 받는 이유는 바로 인자하신 아베 노부유키 총독각하의 당부 때문이다. 각하께서는 조선의 학생들에게도 기회를 주어야 할 것이 아니냐며 특별히 신청서나 써 보게 하라고 하셨다. 본관의 배려로 여러분들에게 한마디 더 한다면, 아마도 제군들 전체에서 한 명, 운이 좋으면 두 명 정도 합격할 가능성이 있다 하겠다. 내가 알려 줄 수 있는 것은 여기까지이다. 이상!"

1천 2백 명의 학생 중 조선 학생 수는 600명 정도이다. 나머지 600명은 일본 학생들이다. 조선 학생들 모두는 상필이와 같은 생각을 했을 것이다. 안 쓸 수는 없고, 쓰더라도 1천 대 1이라는 데 설마 내가 걸리기야 할까?

그런데 7월 8일 목요일, 연희전문 정문 앞에 걸린 합격자 발표 공고문을 보고 상필은 하마터면 까무러칠 뻔 했다. 2학년 합격자 다섯 명 중 자기의 이름이 다섯 번째에 적혀 있던 것이다. 위로 네 명 일본 아이들의 이름이 붙은 그 바로 밑에 분명 高山尚弼(고산상필)이라는 네 자가 한자로 또렷하게 적혀 있었다. 전체 합격자는 모두 12명으로, 1학년이 6명, 2학년이 5명 그리고 3학년이 1명이었다. 일본아이들이 7명, 한국 학생들은 5명이었다. 그놈의 말대로 1천대 1은 아니라 해도 100대 1인데 하필이면 자기가 거기에 뽑히다니! 옆에서 함께 공고문을 보던 친구 석현이도 상필의 어깨를 움켜잡은 손에 힘을 주었다. 그리고는 눈시울을 적셨다.

다카야마 시게루(高山尚弼)! 최상필은 어디가고 다카야마 시게루가 있는가? 아버지 최복성은 1940년 초부터 시작된 창씨개명에 끝까지 버티어오다가 결국은 작년에 고산, 일본 발음으로는 다카야마로 성을 바꾼 것이다. 전주 최씨의 성씨를 더럽히지 않겠다며 아버지가 고심 끝에 새로 만들어 낸 성이었다. 최(崔) 자의 맨 처음에 산(山)이 들어 있으니 기왕이면 산 중에서도 높은 산(高山)으로 한다며 통쾌해하시던 아버지였다. 상필은 아버지가 자랑스러웠다. 조선 천지에서 산속 깊이 들어가 은둔생활을 하거나 화전을 일구지 않는 한, 이름을 바꾸지 않고는 살아갈 수 없는 세상이었다. 그나마 그 정도까지 오랫동안 이름을 바꾸지 않고 일제에 항거한 것도 아버지의 뚝심이 있었으니까 가능한 일이었다.

오산천 앞의 논은 온통 초록색 벌판이었다. 실하게 자란 벼 포기들이 여름 바람을 맞아 이리저리 흔들리고 있었다. 수희가 작년에 떠났고 이제는 자기도 며칠 후면 일본으로 떠난다. 날짜도 정해졌고 장소도 정해졌다. 날짜는 6월 15일로 목요일, 떠나는 목적지는 일본의 사이타마현 토요오카에 있는 육군항공사관학교이다. 상필은 원미뜰 들판에 무심히 앉아서 논을 내려다보다가 하릴 없이 집으로 돌아 왔다.

수희의 방으로 건너가 보았다. 거기는 수희가 중학교 때까지 보던 책들이 아직도 책장에 고스란히 꽂혀 있었다. 마치 수희를 기다리기라도 하는 것처럼. 장롱에서 수희가 쓰던 요를 꺼내어 바닥에 깔고 그 위에 누었다. 동생의 냄새가 나는 것만 같다. 불과 1년 반 전만해도 내가 기타를 쳐주면 수희가 옆에서 따라 노래했었지. 상필은 '사의 찬미'를 웅얼거렸다.

  광막한 황야에 달리는 인생아
  너의 가는 곳 그 어디 메이냐
  쓸쓸한 이 세상 험악한 고해에
  너는 무엇을 찾으려 가느냐

상필은 기어코 요에 엎드러져서 어깨를 들썩이며 울음을 터트렸다. 4년 전이던가? 숭실고보 다닐 때 경성 낙원통에서 기타를 사들고 오던 날, 역 앞까지 마중 나와서 깡충거리며 좋아라 했던 동생이었다. 오산에서 기타가 있는 집은 우리 집뿐일 거라면서 친구들에게 자랑하겠다고 들떠있던 아이였다. 둘이는 밤에 아버지에게 야단을 맞아가면서도 방문을 담요로 가리고 독본을 앞에 두고 기타를 치고 노래를 했다. 왈츠도 배웠고 도롯도도 배웠다. 다시 기타를 꺼내어 퉁겨 보았다. 뽀얗게 먼지가 앉은 기타는 줄도 맞지 않았다.

상필이 입대한 토요오카 육군항공사관학교의 교장은 미키 다츠유키 대좌였다. 상필은 교관과 동승하는 비행훈련을 두 달 만에 마치고 기초조종훈련 합격의 영광을 얻었다. 그뿐만이 아니었다. 80명의 동기생들 중에서 22명의 전투기 조종사 훈련과정에 뽑힌 것이다. 정찰기나 폭격기 조종사도 아니고 주로 적 폭격기를 격추시키거나 적 호위기와 전투를 벌이는 육군항공대의 최정예 전투기요원으로 발탁이 된 것이다. 이제 앞으로 석 달만 더 훈련하면 전투기 조종사가 되는 것이다. 일제는 과거에는 1천 시간을 연습해야 전투에 참가하게 하였는데, 이제는 훈련용 기름도 모자라고 또 항공요원도 절대적으로 부족하고 하여 그저 300시간만 넘기면 전선으로 배치하고 있었다. 벌써 120시간을 마쳤으니 앞으로 180시간 만 더 채우면 되는 것이다.

그날 저녁 상필은 집으로 편지를 썼다. 기쁨에 겨워서 쓰는 편지가 결코 아니었다. 어차피 살아 돌아갈 수 없다면 최소한 비겁하게 죽지는 말자는 결의였다.

아버님 전 상서

아버님, 그동안 강녕하셨는지요? 이 못난 자식 자주 연락드리지 못해 그저 죄송할 따름입니다. 어머니 병환은 좀 어떠하신지요? 차도는 있으신가요? 저는 그저 않으나 서나 어머님 건강 걱정뿐입니다. 행여 제가 없는 사이에 어머니에게 무슨 일이라도 생긴다면 이곳 멀고도 먼 타국에서 그 얼마나 땅을 치며 통곡할 일이겠습니까? 부디 어머님에게 마음을 단단히 잡수시라고 당부하여 주십시오.

아버님, 여기서 저는 건강하게 훈련 잘 받고 있습니다. 엊그제는 제1차 기본교육 과정을 마치면서 제가 최정예 요원 22명 중의 한 명으로 발탁되었습니다. 80명의 동기생들 중에서 성적이 가장 우수한 훈련생으로 뽑혔다는 말씀입니다.

아버님, 만약에 제가 살아서 돌아간다면 우리 집안을 다시 한 번 부흥시켜 보겠습니다. 상석이의 농사도 도와주고 또 제가 가는 길인 상학도의 길로 매진하여 조선의 큰 부상이 되어 보겠습니다. 여기서도 그러한 마음가짐으로 동기생들은 물론 선후배들과도 돈독한 관계를 유지하고 있습니다. 여기에 차출되어 훈련을 받는 생도들은 거의 다가 일본 유수의 대학에서 재학 중 뽑혀 온 학생들입니다. 또 저처럼 조선에서 온 학생들도 여러 명이 있고요.

아버님, 저는 아버님의 피를 이어받은 자식입니다. 결코 아버님의 명예에 어긋나지 않는 훌륭한 군인이 되겠습니다. 그것만이 천황폐하의 은덕에 보답하는 길이고 저를 키워 준 대일본제국에 충성하는 길이라는 사실을 결코 잊지 않겠습니다. 제가 오로지 노심초사 걱정하는 것은 아버님과 어머님의 건강입니다.

아버님, 시절이 하 수상하다 하여도 결코 낙심하지 마시고 이 아들을 기다려 주십시오. 적군인 미국의 군대와 저 미개한 중국의 군대들을 모두 물리친 후 아버님과 어머님이 계신 집으로 돌아갈 것입니다. 부디 그때까지 안녕히 계십시오.

소화 19년 9월 7일 아버님의 못난 자식 高山常弼 드림
추신: 수희로부터는 혹여 무슨 연락이 온 게 없나요?

상필은 일부러 고산상필이라는 이름자를 크게 써 넣었다. 고산이라는 성씨는 아버지가 몇 달을 고민하다가 억지로 만들어 낸 성씨였다. 그런 성과 이름을 일부러 큰 글자로 써 넣었으니 아버지도 자기의 마음을 이해하리라 믿는 것이다. 상필은 대일본제국이니 천황폐하니 하는 말도 일부러 집어넣었다. 검열을 통과하기 위함이기도 했지만, 일제라면 지긋지긋해 하시는 아버님과 함께 일본을 성토하고 모욕하는 보이지 않는 시위였다.

아버님은 꼿꼿한 한학자요, 어머님은 유서 깊은 양반가문에서 자라서 시집 온 양반집의 규수였다. 평생을 남편의 뒷바라지와 동네 아녀자들의 어려운 사정을 살피면서 살아 온 어머니는 지금 병석에 누워 계시다. 상필은 자신의 처지를 생각하면 생각할수록 눈물만이 흐를 뿐이었다. 어쩌다 우리 집안이 이렇게 되었는가? 천진하기만 한 18살 동생은 지금 어디에서 무슨 일을 당하는지도 모르고 있다. 아니, 살아있는지 죽었는지 조차도 알지 못하는 것이다. 이게 다 일본놈들 때문이다.

상필은 집을 떠나올 때의 아버지의 표정을 결코 잊을 수가 없었다. 아버지는 상필이 육군특별조종견습사관, 즉, 특조에 뽑혔다고 말씀을 드리자 그저 담담하게 상필의 손을 잡았을 뿐이다. 촛불 아래에 앉은 아버지는 마치 천근만근의 무거운 돌부처인 양 그렇게 한참을 미동도 없이 앉아만 계셨다. 곧 비라도 퍼부을 듯이 몹시도 무덥던 6월이었다. 상필은 그때 슬픈 마음이 들 때는 평소 안 들리던 동물이나 미물의 울음소리도 귀에 생생하게 들린다는 사실을 처음으로 알았다. 밖에서는 개구리들이 죽어라고 울어댔다. 또 밤늦은 시간인데도 뻐꾸기는 왜 그리도 처량하게 울었던가. 자기 마음이 그다지도 서럽고 슬프지 않았더라면 저렇게 개구리와 뻐꾸기가 요란하게 울어대는지 생각이나 해 보았을까?

그러던 아버지가 번쩍 눈을 떴다. 상필은 너무 무서워 아버지의 눈을 똑바로 쳐다볼 수가 없었다. 아버지는 그 마른 손으로 자신의 두 손을 꼭 움켜잡았다. 그리고는 한참을 또 그냥 계셨다. 아버지의 분노가 손을 통하여 전해져 왔다. 아버지는 그날 왜 한복을 곱게 차려 입으시고 정자관을 쓰고 앉아 계셨을까? 미리 전보를 치고 내려간 아들에게 무언가 비장한 말씀을 하려고 작정하고 계셨던 게 틀림없었다. 아니나 다를까. 아버지가 마침내 입을 여셨다.

"최상필, 너는 내 아들이자 전주 최씨 가문 지평공파의 대들보이다. 나나 네 어미가 너희 3남매를 얼마나 정성스레 키웠는지 너도 잘 알 것이다. 그런데 수희를 작년에 잃었다. 이제 일제는 너를 끌고 가려고 한다. 나와 엄마는 결코 오래 살지 못할 것이다. 그러나 죽더라도 나는 일제를 원망하며 죽을 것이다. 왜 평화롭게 살고 있는 우리네 가정을 이렇게 모질게도 박살을 낸다는 말이냐? 우리가 언제 일본 사람들에게 고통을 준 적이 있더냐? 아마도 나는 이게 우리들의 마지막 상봉이 될 거라고 생각한다. 전쟁은 항상 막판에 제일 많은 희생이 따르게 마련이니라. 지금 일제는 거의 다 망했다. 수단 방법을 가리지 않고 병력을 동원하고 있다. 평생을 남에게 해끼치지 않고 남을 도우며 살아 온 결과가 이렇듯 비참할 수는 없다. 내 아들 최상필아, 결코 잊지 말아라. 우리 가정을 이렇게 파괴한 그 중심에는 일본이라는 나라가 있느니라."

아버지는 울고 계셨다. 눈물이 야윈 볼을 타고 줄줄 흘러내렸다. 상필은 그때까지 아버지가 우는 모습을 단 한 번도 본 적이 없었다. 할아버지나 할머니가 돌아가셨을 때도 그저 아이고~ 아이고~ 하면서 곡을 하셨을 뿐이었다. 그리고 아버지가 항상 입버릇처럼 하시는 말씀이 있었다. 상필이 너는 남자다. 남자는 눈물을 보이면 안 되느니라.

또 한 달이 지났다. 그날은 9월 9일로 반공일이었다. 토요오카의 9월은 아직도 뜨거운 여름이었다. 불같은 태양도 사그라드는 오후 시간에 모든 생도들이 일 주일 동안의 훈련을 마치고 모처럼 해방되어 자유로운 시간을 가져볼까 하는 기대에 부풀어 있는데 갑자기 부대본부에서 '훈련생은 전원 격납고에 모이라'는 지시가 내려왔다. 격납고에 가 보니 거기에는 웬 장군이 조종사 복장을 한 채로 와 있었다. 곧 이어서 마이크를 잡은 미키 대좌가 그 장성을 소개하였다. 마이크를 이어 받은 장성은 스가와라 미치오 항공총감이라고 했다. 전 일본의 육군 항공작전을 모두 지휘하는 항공부대의 총사령관인 셈이다.

"자랑스러운 제군들, 훈련에 고생이 많은 줄 안다. 지금 목하 우리 대일본 황군은 전 전선에서 몹시 힘거운 싸움을 벌이고 있다. 제군들도 우리 대일본제국의 황군이 전 전선에서 연전연승한다는 소식은 이미 사실이 아니라는 것 쯤은 다 알고 있을 것이다."

상필과 모든 생도들에게도 스가와라 사령관의 발언은 가히 파격적이었다. 지금껏 어느 누구도 일본이 밀리고 있다고 대중들 앞에서 연설을 한 적이 없었기 때문이었다.

"우리 항공대는 전기특공(全機特功)의 자세로 모두 특공대가 되어 적의 함선과 폭격기에 돌진하는 임무를 띄게 될 것이다. 이러한 상황에서 본관은 여러분들에게 특별한 각오를 촉구하는 바이다. 이제부터 나누어주는 소정의 용지에 여러분의 희망을 적어주기 바란다."

그 말이 끝나자 동행한 장교들이 곧바로 용지를 나누어주기 시작했다. 거기에는 특공대 신청을 열망한다( ) 희망한다( ) 희망하지 않는다( )의 세 항목이 있었는데 지금 요구하고 있는 것은 이 세 가지 중 하나에 동그라미 표시를 해서 제출하라는 것이었다. 상필은 격납고의 천장을 바라보며 불과 몇 달 전 연희전문에서 있었던 일이 생각났다. 그리고는 속으로 빙그레 웃었다. 그러면 그렇지, 너희 일본놈들이 쓰는 잔꾀는 언제나 똑 같구나. 지금 누가 희망하지 않는다(0)라고 할 사람이 있을까.

이렇게 하여 최상필, 아니 다카야마 시게루는 가미카제 자살특공대의 일원이 되었다. 오로지 공격용 무기만 있는 비행기를 타고 자살을 목적으로 적진에 뛰어드는 임무이다.

출장위안, 하루 100명을 받다

가을로 접어들면서부터 수희는 한 달에 한 번씩 연대에 가서 연대장 시중을 들고 왔다. 매월 25일을 '간조날'이라고 불렀는데 이 날이 되면 미나미 쇼이치는 연대본부를 가서 하루를 묵고 왔다. 한 달 동안 모아둔 전표를 연대에 가지고 가서 그걸 돈으로 바꾸어야 하기 때문이다. 그는 그때마다 꼭 여자아이들을 두 명씩 데리고 들어갔는데, 한 명은 연대장에게 상납하기 위함이고 또 한명은 경리장교에게 상납하기 위함이었다. 그동안은 매월 새로운 아이들을 교대로 데리고 들어갔다. 그런데 7월부터는 그 일을 수희하고 하나꼬에게 전담시키기로 결정한 것이다. 연대장이 수희를 특별히 원하기 때문이라고 했다. 또 경리참모는 하나꼬와 두 차례 자 보더니 그 다음부터는 계속 하나꼬만 데리고 오라고 했단다. 그는 하나꼬의 세라복을 보기만 해도 가슴이 벌렁거린다면서 좋아했다. 하나꼬는 지난 3월에 세라 복을 입은 채로 끌려 온 중학교 3학년, 열여섯 살 윤명희를 말함이다.

두 아이들이 그곳을 다녀오면서부터 눈에 띄게 달라지는 것이 있었다. 바로 두툼한 선물보따리였다. 연대장도 수희에게 이런저런 선물을 했지만, 특히 경리참모는 막강한 힘을 이용하여 먹을 것은 물론 군복과 같은 옷가지나 심지어는 공책과 연필 같은 것도 챙겨 두었다가 미나미에게 안겨주곤 했다. 그런 선물공세가 미나미도 싫지 않은 모양인지 가지고 와서는 아이들에게 나누어주곤 했다. 아마도 연대장이나 경리장교의 귀에 자기가 그것마저도 챙겨 먹었다고 소문이 나면 망신을 당하지 않을까 해서 취하는 행동 같아 보였다.

지난 달에는 작은 트럭도 한 대 구입했다. 폐차 직전에 있던 작은 트럭을 사단본부에서 아주 헐값에 산 것이다. 그 트럭은 많이 타면 여섯 명까지도 탈 수 있었다. 그 일도 미나미 자신이 사단과 연대의 간부들에게 극진한 접대를 한 덕이라고 큰소리쳤지만, 사실은 아이들의 공이 컸다. 특히 수희와 명희의 공이 컸다. 위안소 운영 4년차인 미나미도 이제는 아이들을 다독거려서 부려먹는 게 회초리나 징벌방으로 다스리는 것보다도 더 효과적이라는 사실을 실감하는 것이다.

9월 25일이다. 하필이면 제일 손님이 많은 반공일에 간조날이 걸릴 게 뭐냐고 하면서 미나미는 출발할 때부터 군시렁댔다. 떠나기 전에 그는 작은 트럭 앞에 두 아이를 불러 놓고 마치 장교가 병사에게 하듯 일장 연설을 했다.

"우리 위안소의 운명이 너희들 두 명의 손에 달려 있단 말이다. 그러니까 정신 바짝 차리고 연대장하고 경리참모를 모시도록 해. 너희들의 아버지다 생각하고 지극정성을 다하란 말이야. 어떤 자세를 요구하건 절대로 반항하지 말고 고분 고분하란 말이다. 이제는 너희들도 여기 생활 벌써 여섯 달째니까 어느 정도 익숙해 지지 않았나? 너희들이 잘 만 해 주면 고향으로 돌아갈 때 내가 두둑한 돈뭉치도 안겨 줄 테니까 나를 믿고 지내란 말이다. 나도 너희들이 여기서 천년만년 함께 하면 좋겠지만 내 욕심만 차리고 있을 수는 없고, 2년 이상은 절대로 너희들을 부려먹지 않을 작정이란 말이다. 앞으로 1년하고도 6개월 남았다. 내 말 알아듣겠지?"

사람 키 두 배는 되게 자라 있는 옥수수 밭을 한참이나 지나가고 또 농사짓지 않는 황량한 벌판을 끝없이 지나가고 나서 연대본부에 도착하니 오후 세 시가 넘었다. 수희와 명희는 연대장 숙소 쪽으로 갔다. 연대장은 수희가 식당에서 식사를 하면 병사들의 눈에 띈다고 하여 꼭 숙소에서 당번병이 가져온 저녁을 먹도록 했다. 그리고는 목욕을 하고 자기를 기다리도록 했다. 연대장이 숙소에 없을 때에는 둘이서 함께 목욕을 하는 것도 가능했다. 다행히도 그날은 연대장이 제일 먼 대대 쪽으로 갔다가 밤늦게나 돌아온다고 했다. 수희와 명희는 목욕을 하면서 이런저런 이야기를 했다.

둘은 편지를 부치는 일에 대해서 의논을 했다. 몇 번이나 치치하얼 시내에 가서 편지를 부쳐보려고 기회를 노렸지만 그게 여의치 않았던 것이다. 위안소에서는 한 달에 한 번씩 첫 번째 수요일마다 치치하얼 시내로 나갔다. 주인 여자를 따라서 스무 명 모두가 함께 나가는 유일한 외출이었다. 목욕도 하고 점심도 먹고 여럿이서 돈을 모아 화장품도 사고 그밖에 필요한 것도 샀다. 화대로 받는 전표를 돈으로 바꾸면 분명 돈을 얼마라도 주어야 함에도 불구하고 주인은 돈을 일체 주지 않았다. 저축해 두었다가 귀국할 때 큰돈으로 챙겨준다는 핑계였다. 아이들이 돈을 만질 수 있는 것은 가끔씩 장교들이 자고가면서 얼마의 돈을 주고 가기 때문이었다.

차로 한 시간도 더 걸리는 치치하얼 시내에는 일본인이 경영하는 목욕탕이 딱 한군데 있었는데 그게 또 가관이었다. 남탕과 여탕의 구분이 어른 키보다 조금 높은 벽으로 되어 있을 뿐이었다. 커다란 욕조 가운데를 키 높이까지만 벽돌을 쌓아 둘로 나눈 것이었다. 그래서 옆 탕에서 남자들의 말하는 소리나 물 끼얹는 소리가 그대로 다 들렸다. 더욱 부끄러운 일은,

남자 군인들이 수시로 그 위로 목을 내 놓고 이쪽을 들여다본다는 것이었다. 목욕탕에는 중국여자들은 거의 없었고 주로 일본여자들이 많이 왔다. 어쩌다 조선여자들도 눈에 띄었지만 그들도 거의 다가 수희처럼 끌려온 신세였다.

그런데 일본 여자들은 그런 희롱에 전혀 신경 쓰지 않는 모습이었다. 남자들이 고개를 빼곡히 내 놓고 이쪽을 넘겨다보아도 그들은 그냥 아무렇지도 않게 왔다 갔다 하며 목욕을 계속했다. 수희를 비롯한 조선 처녀들은 그럴 때면 소리를 지르면서 물을 끼얹어 댔고, 여탕 쪽을 넘겨다보던 놈들은 물벼락을 맞고 뒤로 나가 떨어져서 욕조에 빠지기도 했다. 물에 떨어지는 소리가 첨벙! 하고 나면 이쪽에서도 웃고 저쪽에서도 웃고 한바탕 웃음바다가 되기도 했지만 그건 결코 즐거워서 웃는 것은 아니었다. 그래도 그 목욕탕을 가지 않을 수 없는 이유는 그게 단 하나밖에 없는 목욕탕이기도 했지만, 또 한 달에 한 번 목욕하는 그 시간이 몸의 피로를 풀어 줄 유일한 휴식시간이기 때문이었다.

외출하는 날이면 시내에서 점심도 먹었다. 주인 여자는 신경루(新京樓)라는 중국음식점에서 점심 먹기를 즐겨 했다. 신경은 일본 놈들이 봉천이라는 도시에 새로 붙인 이름이라고 했다. 마치 서울을 경성이라고 고친 것처럼 이놈들은 중국의 도시 이름도 제멋대로 바꾸어 버린 것이다. 음식 값은 그

곳이 가장 쌌지만 아이들은 조선인이 운영하는 평양옥을 좋아했다. 거기에 가면 무엇보다도 김치를 먹을 수 있기 때문이었다. 평양옥은 아래층이 식당이고 2층이 여관인 꽤 큰 벽돌 건물이었다. 의주에서 왔다는 50대의 주인 부부는 애당초에는 만주를 넘나들며 장사를 했었다고 했다. 그러다가 여기 치치하얼이 군사도시로 점점 더 커지자 여기에서 중국인들이 지어 놓은 건물을 사 버린 것이다. 언니들은 절대로 속마음을 털어 놓거나 무얼 부탁하면 안 된다고 했다. 또 그럴 짬도 없었다. 주인 여자가 항상 옆에 붙어 있었기 때문이었다.

순임이가 죽고 난 후 처음으로 맞이하는 7월의 첫 번째 월요일, 치치하얼을 가기 전에 있었던 일을 지금도 수희는 또렷하게 기억한다. 어쩌면 그날 언니의 충고가 없었다면 자기가 큰 실수를 저지를 뻔 했는지도 모를 일이기 때문이었다.

그날도 찌는 듯한 더위가 온 땅을 뜨겁게 달구고 있었다. 만주에 와 보니 여름 더위는 고향 동네나 별반 차이가 없었다. 단지 차이라면 여기는 나무나 풀이 별로 없어서 더욱 덥게 느껴진나는 것이고 3월부터 시작되는 누런 모래바람이 6월, 7월까지 이어진다는 점이었다. 고향마을의 여름처럼 논에는 벼가 파랗게 자라고 느티나무에서는 매미가 울어대는 그런 정겨운 풍경이 아니었다. 수희네가 있는 곳이야 벌판 한가운데니까 그렇다고 쳐도, 치치하얼도 별로 크게 다르지 않았

다. 완전한 사막도 아니고 그렇다고 완전한 농촌도 아닌 어중
간한 곳으로 전체 인구라야 한 1천호 정도나 될까? 거의 다가
농사를 짓거나 아니면 요즘 들어서 부쩍 늘어난 군인들과 관
련된 장사를 하는 사람들이었다. 치치하얼에는 만주 관동군
의 제17방면군사령부가 있기 때문에 어디를 가나 누런 군복
을 입은 군인들뿐이었다. 거기서 눈에 띄게 다른 풍습 하나라
면 여자들이 머리에 꽃을 즐겨 꽂고 다닌다는 사실이었다. 두
건 비슷한 걸 쓰고 거기에 꽃을 꽂고 다니는 여자들도 있었지
만 그렇지 않고도 그냥 맨머리에 꽃을 꽂고 다니는 여자들도
많았다.

　그날 수희는 아침 일찍부터 편지를 몰래 품속에 숨기고 치
치하얼에 갈 꿈에 설레는 가슴을 진정시키느라 마당을 서성
거렸다. 그동안 썼던 편지를 계속 모아서 넣은 꽤 두툼한 봉
투였다. 아직 이른 아침인지라 아이들은 일어나지 않고 잠에
취해 있었다. 잠시 후 그 지긋지긋한 만주의 시뻘건 태양이
둥둥 떠올라왔다. 여기의 태양은 오산에서처럼 아름답게 보
이지가 않았다. 고향에서는 아침 해도 푸른 동산 너머에서부
터 살짝 떠올라 온다. 그런데 여기는 어떻게 된 것이 끝없는
황량한 대지 위에서 시뻘건 해가 어느 순간에 불쑥 솟아오르
는 것이었다. 마치 어디선가 잠겨있던 불덩어리가 갑자기 튀
어나오는 느낌이었다.

7월이라도 쌀쌀한 아침 공기에 수희가 옷깃을 여미고 있을 때 안에서 또각또각 소리가 나면서 평안도 언니가 나왔다. 여기서는 료꼬라고 불렀다. 수희는 밤새 고민하고 있던 이야기를 한 번 의논해 보아야 하겠다고 생각했다. 과연 편지를 부치는 게 현명한 일인지 잘 판단이 되질 않았던 것이다. 들키면 또 죽도록 맞아야 하고 어쩌면 징벌방에 갇히게 될지도 모를 일이기 때문이었다.

"료코 언니, 오늘 평양옥 주인에게 편지 좀 부탁할까 하는데?"

료코는 일본군 군복을 입고 나왔다. 팔짱을 끼고 부스스한 머리를 한 언니는 상의 호주머니에서 담배를 꺼냈다. 시뻘건 태양을 보고는 얼굴을 찡그렸다. 햇빛을 등지고 선 언니는 담배연기를 허공에 내뿜으며 잠시 생각하는 눈치였다. 수희는 료코의 군복이 너무나 웃겨서 피식 웃었다. 언니의 군복에는 금줄이 하나에 별이 붙어 있었다. 그건 하사관의 세 등급 중 아래에 속하는 오장, 즉, 하사 계급이었다. 언니는 담배를 흙바닥에 던지고는 게다짝으로 비벼서 껐다.

"스미꼬, 그거이 좋은 짓거리가 못된다우. 그만 두라. 여기 장사치들은 모두 일본놈들 편이다이. 우리 불쌍한 거 모른다. 너 살짝곰보 놈 보고도 모르갔네? 그놈도 아버지가 경상도 어디라고 했다이. 그런 놈이 왜놈보다도 더 나쁜 짓 하믄서리 우리 리용해서 돈벌어 먹는 거 보라. 여기 조선 놈들 하나도 믿을 거이 없다. 행여라도 그 편지가 검열에 걸려서 헌병대 들락거리고 살짝곰보 비위라도 상해 보라. 그 간나 새끼가 얼마나 지랄하겠는가 말이다. 또 스미꼬 너 가족이 그 편지 받음서리 걱정할 거 생각해 보라우. 아무리 여기서 잘 지낸다고 해 보았자 믿을 부모없다이. 그러니끼니 그냥 죽은 듯 있으라우. 기러다보면 일본 놈들 망한다. 벌써 여기 군대를 빼서 저기 더운 나라 쪽으로 간다는 소문이 쫙 돌고 있다이. 왜놈들 망할 때까지 참고 있자우. 내말 알아듣겠지비?"

연대장은 밤 9시가 넘었는데도 돌아올 줄을 몰랐다. 그때까지 수희는 늘어지게 잠을 자고 일어났다. 군인들에게 시달릴 친구들과 언니들에게 미안하기도 했다. 지금쯤 위안소에 있었으면 벌써 서른 명은 넘게 받았어야 할 텐데 여기서는 저녁 먹고 목욕만 하고 이렇게 밀린 잠을 잘 수 있으니 이 얼마나 큰 호사인가? 더군다나 반공일(半空日) 밤은 그야말로 꾸역꾸역 밀려드는 게 군인들이었다. 잠시 여유가 생기자 또 고향에 있는 가족 생각이 났다. 엄마는 무얼 하실까? 아버지는? 오빠는 잘 지내나? 상석이는? 오, 엄마, 엄마, 보고 싶은 엄마. 수희는 오빠가 연희전문 입학시험을 볼 때 엄마가 날이면 날마다 장독대에서 물을 떠놓고 빌던 모습이 떠올랐다. 지금쯤 엄마는 또 그렇게 빌고 계실거야. 내가 무탈하게 돌아오라고.

열시가 다 돼서 차 소리가 들리고 경례하는 소리가 나더니 연대장이 들어섰다. 9월의 밤은 꽤 추워서 연대장은 벌써 외투를 입은 채로였다. 그는 들어서자마자 수희를 끌어안았다. 수희는 연대장의 옷을 천천히 벗겨서 옷걸이에 하나하나 걸었다. 그 옛날처럼 죽고 싶은 거부감도 일지 않았다. 그리고 그 옛날 처음 당했을 때처럼 부하 대대장들을 불러서 수희를 돌려가며 윤간하도록 하지도 않았다. 그건 두 달 전에 수희가 특별히 부탁한 덕분이었다. 그날 밤, 수희는 연대장에게 이런 말을 했다.

"내선일체(內鮮一體)니 황국신민(皇國臣民)이니 하면서 어쩌면 저 같은 어린 아이를 그렇게 무자비하게 대할 수가 있나요? 계속 그러시면 저도 연대장님을 더 정성들여 모시고 싶은 마음이 없어진단 말이에요. 그냥 이 사람 저 사람 아무에게나 주는 몸뚱아리, 뭐 마음대로 하세요. 이렇게 할 수밖에 없다는 거지요. 그러니까 다음부터는 제발 연대장님하고만 자게 해 주세요."

그러자 그는 껄껄 웃으면서 수희의 뺨을 살짝 때렸다. 그건 미워서 한 행동이 아니었다. 그리고는 그 즉시로 수희의 제안을 수락했다. 연대장은 수희와 이런 말 저런 말을 하면 전장에서의 시름을 잊을 수가 있어서 수희를 좋아했다. 특히 수희는 다른 아이들보다도 지식의 폭이 상당히 많은 아이였다. 수희로서는 국민학교와 중학교, 이렇게 거의 10년 가까이를 학교에서 일본말만 쓰게 한 일본놈들이 죽이고 싶도록 미웠는데, 지금은 오히려 역설적으로 그 덕을 톡톡히 보고 있는 셈이었다.

옷을 벗고 전등불 아래 선 연대장은 40후반의 나이임에도 불구하고 몸에 군살이 전혀 없었다. 탄탄한 몸매의 그가 수희를 다다미 위에 쓰러트리더니 그 위에 올라가서 서서히 상하운동을 시작했다. 수희는 다리를 최대한 벌려서 그가 편하게 해 주었다. 곧이어 커다란 한숨소리와 함께 그가 옆으로 쓰러졌다. 그는 누워서 손을 뻗쳐 수희의 젖꼭지를 만지작거렸다. 아직 다 자라지도 않은 젖꼭지였다. 수희는 오랫동안 마음속에 간직했던 말을 꺼냈다.

"아버지, 저 편지 좀 부쳐주세요. 벌써 여섯 달이 지났는데도 편지 한 통 못하고 있어요. 집에서 얼마나 걱정하시겠어요. 네? 아버지, 제발~"

수희는 일부러 콧소리까지 섞어가면서 사정을 했다. 어쨌든 살아남아야 했다. 그래야 엄마도 보고 오빠도 볼 수 있다. 연대장에게도 수희보다 두 살 어린 딸과 다섯 살 어린 아들이 있다고 했다. 수희의 애교는 직방으로 통했다. 그는 아주 만족한 듯이 벌떡 일어나 앉더니 담배를 물었다. 수희가 성냥불을 붙여주려고 성냥 통을 찾자 그냥 누워 있으라는 시늉을 했다. 그는 재떨이를 수희의 배꼽 위에 올려놓고 담배를 피우기 시작했다. 왼손으로는 연신 수희의 젖가슴을 만지기도 하고 또 사타구니의 털을 쓰다듬기도 했다. 수희는 재떨이가 흔들리지 않게 가만히 누워있었다. 천장 도배지에 빗물이 새는 곳이 있는지 누렇게 물이 흐른 자국이 보였다. 그는 담배를 끄고 재떨이를 내려놓고는 수희의 아랫배를 서너 번 쓰다듬었다. 이제 수희는 더 이상 긴장하지 않았다. 아주 편안했다. 사람이란 이렇게 환경에 적응하면서 살게 마련인가?

"그래, 내 이름으로 너희 집에 편지를 보내는 것으로 하면 돼. 얼마나 되나? 많으면 큰 봉투를 준비하게."

위안소의 처녀들은 병사들만을 받는 게 아니었다. 아침밥을 먹고는 매일 물 당번을 하는 고된 일과가 있었다. 여섯 명씩 조를 짜서 집에서부터 200m 쯤 떨어진 곳에 있는 우물에서 날마다 열 번 이상씩 물을 날라야 했다. 물은 거기서만 나온다고 했다. 두 명이 교대로 두레박질을 하면 네 명은 물을 운반해야 했다. 우물도 조선에 있는 그런 정겨운 우물이 아니었다. 위를 나무 판자대기로 막아 놓고 양 옆에 조그맣게 구멍을 뚫어 놓아 거기를 통해서 두레박을 내리고 올리고 하는 구조였다. 시골의 우물처럼 밑에 시원한 샘물이 철철 나는 것도 아니라서 한 시간 정도를 퍼내고 나면 또 한 시간 동안 물이 차기를 기다려야만 했다. 물 당번은 보통 사흘에 한 번 꼴로 왔다. 이상하게 생긴 나무 장대에 물통을 앞뒤로 걸어서 날라야만 했다. 맨 처음에는 위안소까지 오는 동안 흘리는 물이 절반이 넘었지만 그것도 한 달 정도 지나니까 익숙해 졌다.

처녀들은 물이 차오를 때까지 기다리면서 뒷산에 올라가서 노래를 했다. 딱히 산이라고 할 수도 없는 야트막한 둔덕이 우물 뒤에 있었다. 그저 50m나 될까? 물론 풀과 나무도 없었다. 그저 돌과 붉은 흙무더기에 지나지 않았지만 그래도 거기가 위안소 근처에서는 제일 멀리까지 내려다 볼 수 있는 유일한 곳이었다. 아이들이 물 당번을 좋아하는 이유는 그때만큼은 주인놈이 간섭을 하지 않기 때문이었다. 산에 올라가면 해가 중천에 떠올라 있었다. 그런데 조선 방향은 해가 막 넘어가려고 하는 쪽이라고 했다. 모두 그쪽 방향을 바라보면서 노래를 했다. 평안도와 함경도 언니들은 '눈물젖은 두만강'을 불렀고, 전라도 언니들은 '목포의 눈물'을 불렀다. 경성과 경기도 인근에서 온 아이들은 '사의 찬미'나 '울밑에선 봉선화'를 불렀다. 모두가 합창을 할 때는 '아리랑'을 불렀다. 그때는 너 나 가릴 것 없이 모두 눈물바다가 되어 통곡을 하곤 했다.

물 당번이 아닌 날은 군사훈련을 받아야 했다. 미나미는 포주이기도 했고 군사훈련 교관이기도 했다. 매일 아침밥을 먹고 나면 물 당번을 제외한 처녀들은 집 앞의 공터로 모였다. 거기서 총검술을 해야만 했다. 아침에 일어나면 어느 누구를 막론하고 제대로 걷기 힘든 상태가 되었다. 전날 하루 종일 시달려서 다리가 잘 벌어지지 않기 때문이었다. 그런 상태에서 종아리에다 모래주머니를 하나씩 달고 20m 쯤 뛰어가서 나무 기둥에 묶어 놓은 지푸라기 허수아비를 총검으로 찌르고 오는 연습이었다. 맨 처음에는 10m 정도만 가면 쓰러지곤 했는데 그것도 자꾸 하다 보니 제법 능숙하게 할 수가 있었다. 총검은 군부대에서 두 자루를 주고 갔다고 했다.

이것이 위안소 처녀들의 일과였다. 일어나면 밥 먹고 물 당번을 하거나 군사훈련을 받고, 점심을 먹고는 오후 내내 군인들을 받고, 그것도 모자라 저녁을 먹으면 또 하사관과 장교들을 받으면서 사는 것, 그것이 그들 생활의 전부였다. 그리고 일주일에 한 번씩 사단 의무대에 가서 성병검사를 받고 오는 것이 유일한 외출이었다. 만약 그걸 호사라고 할 수 있다면, 한 달에 한 번, 치치하얼 시내에 가서 점심을 먹고 나서 목욕을 하는 정도였다. 그야말로 살짝곰보네 위안소의 조선 처녀들은 군인들의 정액을 받아내는 '변소'에 다름 아니었던 것이다. 그것도 그들이 한창 체력이 왕성할 때인 15세부터 22세 사이의 시기였기에 견디어 낼 수 있는 일이었다. 그런데 결국 거기도 사람이 사는 곳인지라 갈등과 반목이 있게 마련이었다.

몇 달 전부터 그런 불만이 있었다. 스미꼬와 하나꼬는 4대대 출장위안에서 빼주고 자기네들만 혹사 당한다는 불만이었다. 제12연대가 맡은 지역은 원체 넓어서 사방이 80km나 된다고 했다. 그중에서도 4대대는 제일 끝 쪽, 즉, 소련과의 접경에 바짝 붙어 있는데 거기까지 가는 길에는 소흥안령(小興安嶺)이라는 험준한 산맥이 가로막고 있다고 했다.

거기서 군인들이 여기 위안소까지 찾아오려면 너무나도 시간이 많이 들고 또 거기는 최전방이기 때문에 병사들이 이동을 하기가 힘들다고 했다. 그래서 한 달에 한 번씩 수희네 위안소에서도 두 명을 파견하고 또 다른 위안소 한 군데에서도 두 명을 파견하여 일주일 동안 씩 출장위안을 해 준다는 이야기였다. 그런데 이 힘든 일에서 수희와 명희만을 제외시킨다고 하면서 동료들이 불만을 터트린 것이다.

어느 날 미나미가 둘을 불렀다. 아침을 막 먹은 직후였다. 반찬이 언제나 다꾸앙 아니면 매실을 간장에 절인 것뿐이라 수희는 언젠가 조용한 때가 되면 주인에게 건의할 생각이었다. 잘 먹어야 위안도 잘 할 게 아니냐고 설득해 보려고 하고 있던 참이었다. 그는 자기가 처한 난처한 입장을 설명했다. 어디서 났는지 오징어 다리를 질겅질겅 씹으면서 하는 말이었다.

"나는 너희들 두 명을 어떻게 해서든지 보호해 주고 싶었다. 그래야만 온전한 몸으로 연대장이나 경리참모를 모실 수 있을 테니까. 그런데 모두들 너희 두 명 때문에 불만이 아주 폭발 직전이다. 엊그제는 나에게 달려와서 집단으로 항의를 했단 말이다. 그래서 이 달에는 너희들이 다녀와야 하겠다. 그래도 지금 우리 인원이 19명이니까 이런저런 사정 때문에 못가는 아이를 빼더라도 기껏해야 일 년에 한 번 정도만 다녀오면 된다. 이번만 다녀오면 그 다음번은 내년 7월이나 8월쯤 가게 된다는 말이다. 그때가면 내가 또 적당히 늦추어 볼 테니까, 알았지?"

그들은 말없이 고개를 끄덕였다. 겁이 나긴 하지만 어쩔 수 없는 일이다. 그동안 솔직히 친구들에게도 언니들에게도 미안했다. 한 번 갔다 오면 거의 초죽음이 되어서 돌아오는데 자기네 두 명은 그걸 구경만 하고 있었으니. 이야기를 들어보면 하루에 거의 100명 가까운 인원을 받아야만 한단다. 거기서는 여자들 구경을 하지 못하기 때문에 위안부들이 한 번 오면 아주 뿌리를 뽑으려고 한다는 것이었다.

수희와 명희가 떠난 날은 11월 4일 목요일이었다. 어제 하루를 치치하얼에 가서 목욕도 하고 점심도 먹고 왔다. 그리고 화장품 가게에 가서 화장품도 샀다. 특별히 이번에는 밑에 바르는 연고를 세 통이나 더 샀다. 내일의 출장위안에 대비하기 위해서였다. 하루에 100명 가까운 인원을 받으려면 하기 전에 그걸 병사의 음경에도 바르고 자기 사타구니에도 듬뿍 바르는 수밖에는 없다고 언니들이 충고해 주었기 때문이었다.

떠나는 날 아침, 완전한 군복을 차려 입은 미나미가 운전을 하고 뒷자리에는 수희와 명희가 나란히 마주보고 앉았다. 미나미는 가다가 허리가 아프면 차를 쉬기도 했고 또 가기도 하면서 끝없이 운전을 했다. 차가 두 시간을 지나면서부터는 지금까지 소희나 명희가 보아 왔던 치치하얼 근처의 풍광과는 전혀 초록의 벌판이 나타났다. 그들은 그곳에서 잠시 쉬었다 갔다. 아! 만주에도 이렇게 아름다운 곳이 있다니. 푸른 풀밭은 지평선 너머까지 이어졌다. 거기서 조금 더 가자 드디어 소흥안령 산맥이 시작되었다. 쭉쭉 뻗은 나무들 때문에 대낮인데도 전조등을 켜고 가야만 했다. 차는 산을 힘겹게 올라가고 또 내려가고를 반복했다. 미나미의 말을 들어보면 여기 산들은 보통 1천 미터가 넘는다고 했다. 그들은 점심때가 되어서 준비해 간 주먹밥과 미숫가루를 먹었다.

수희는 가는 내내 집 생각을 했다. 벌써 편지를 보낸 지 한 달은 넘었는데 집에서는 과연 편지를 받았을까? 어떤 언니의 말을 들어보니 여섯 달 걸려서 도착한 적도 있다고 하던데, 그러면 아직 못 받았겠지? 옆의 명희는 옷 보통이를 꼭 끌어안고 겁에 질려 있었다. 언니들은 말 할 것도 없고 아야꼬라는 효분이도 얼마나 겁을 주던지 그야말로 4연대 출장위안은 떠나기도 전부터 공포 그 자체였다. 친구들 중에서 출장위안을 다녀 온 아이는 아야꼬와 기요꼬와 마사꼬, 단 세 명뿐이었다. 효분이는 80명까지는 세고 그 다음에는 까무러쳐서 어떻게 됐는지 모르겠다는 말도 했다. 그래도 첫날이 제일 힘들고 그 다음 날부터는 70명, 60명으로 줄어들어 견딜 만 했노라고 자랑스레 경험담을 이야기 했다.

9시쯤 위안소를 떠났는데 4대대에 도착한 것은 1시가 다 되어서였다. 무려 네 시간이나 걸린 것이다. 산길과 자갈길을 털털거리면서 몇 시간을 오다보니 차에서 내리는데 머리가 어질거렸다. 대대 건물은 사방이 약간 들어간 분지 속에 자리 잡고 있었다. 부대 바로 앞으로는 강이었는데 그 너머에는 커다란 포플러나무들이 줄지어 선 강 둑이 있고 그 사이사이를 병사들이 왔다 갔다 하는 모습이 아주 가깝게 보였다. 그게 소련군이라고 미나미가 설명해 주었다. 정문의 위병소도 무슨 나무를 얼기설기 덧대서 지은 건물이고 지붕도 나무로 되어 있었다. 정문에서 검문을 하는 하사관과 병사들이 수희 일행을 보더니 반자이!라고 외치면서 양 손을 번쩍 치켜드는 게 보였다. 얼마나 굶주렸으면 만세까지 부르며 환영할까? 미나미는 본부 건물 앞에 차를 세웠다. 미나미가 없는 트럭 주위로 병사들 몇 명이 순식간에 몰려들었다. 아이들은 겁이 났다. 그동안 수없이 많은 군인들을 상대했지만 과연 여기서 무사히 일을 치르고 갈 수 있을까 하는 걱정이 되자 오금이 저려오기 시작했다.

차는 대대 울타리 안쪽으로 한 참을 들어가서 어느 막사 앞에 멈추었다. 나무판자로 빈약하게 지은 집이었는데 그곳이 위안소란다. 집 안으로 들어가니 수희네 위안소 방보다 세 배는 됨직한 방 안에 현지에서 만들은 것 같은 아주 조잡한 다다미가 이쪽저쪽으로 두 장씩 깔려 있고 다다미 머리 쪽으로는 담요가 몇 장씩 개어져 있었다. 그 가운데는 작은 석탄난로가 피워져 있었다. 두 명을 안내한 위생 하사관이 하는 말이 여기서 군인들을 받아야 한다는 것이었다. 변소는 바로 뒤에 문을 열고 나가면 있다고 했다. 한 방에서 둘이? 위생 하사관은 그들의 궁금증을 안다는 듯, 곧 능숙한 솜씨로 머리맡에 있던 담요를 꺼내어서 그걸 난로 양쪽에 쳐져 있는 철사 줄 위에 하나씩 걸었다. 그러자 곧 방이 둘로 나뉘었다. 곧바로 식당에 가서 식사를 하란다. 병사들은 오후 세시부터 오도록 되어 있다는 설명이었다.

식당으로 가니 밥도 쌀과 콩이 많이 들어간 밥으로 먹을 만 했고 국에는 소고기까지 떠 있었다. 조금을 따로 준비한 모양이었다. 나름대로 위안부들의 대접에 신경을 많이 써 주는 것 같았다. 그렇겠지. 하루에 수십 명을 받아야 한다는데.

그들은 서둘러 밥을 먹고 방으로 향했다. 주인은 계속 따라다니면서 주의사항을 알려주면서 잔소리를 해댔다. 전표를 잘 챙길 것, 샤쿠를 끼었는지 꼭 확인할 것, 절대로 잠들면 안 되니까 정신을 놓지 말고 끝까지 눈을 뜨고 있을 것, 자주 씻을 것, 등등이었다.

위안소 건물 앞에 와 보니 벌써 20명도 넘게 모여 있었다. 세시가 되려면 아직도 30분이나 남아 있는데. 그들은 무엇이 그리도 좋은지 연신 히히덕거리면서 서로 이야기를 나누며 장난을 치고 있었다.

드디어 첫 번째 병사가 왔다. 그는 너무나도 기다렸는지 아랫도리만 벗더니 곧바로 삽입을 하려고 달려들었다. 수희는 천천히 그에게 샤쿠를 끼워주고 크림을 듬뿍 발랐다. 불과 1분이나 지났을까? 그야말로 집어넣자마자 그는 벌떡 옆으로 넘어졌다. 샤쿠를 빼서 옆의 통 속으로 집어 던졌다. 빨리 끝내주니 얼마나 고마운 일인가. 수희는 그 병사의 등을 두드려 주었다. 다음 놈이 들어 왔다. 그놈은 며칠이나 씻지를 않았는지 몸에서 심한 땀냄새가 났다. 그래도 수희는 꾹 참았다. 그런데 옷을 벗더니 수희의 사타구니를 핥으려고 덤벼들었다. 수희는 벌떡 일어나서 그에게 항의했다. 제대로 하지 않으면 헌병을 부르겠다고 위협하자 그는 손바닥을 비벼대면서 사정을 하기 시작했다. 그는 사타구니를 핥자고 하고 수희는 거절하고 하면서 시간이 꽤 지체 되었다. 밖에서 병사들이 하야꾸! 하야꾸! 하면서 빨리 하고 나오라고 소리를 질러댔다. 그는 좀 민망한 표정을 지으면서 수희의 몸 위로 쓰러졌다. 꽤 여러 번 만에 푸우~ 하고 긴 숨을 내 쉬면서 마침내 끝이 났다. 열 명을 받고 세수간을 다녀왔다. 온 몸이 땀으로 범벅이 되었다. 방 한가운데에 있는 난로의 열기와 계속되는 병사들과의 실강이로 땀으로 목욕을 한 것이었다. 그래도 세수간에까지 난로를 피워 놓은 게 여간 고맙지 않았다. 찬물로 목욕을 했지만 그런대로 견딜 만 했다. 서른 명인가 서른 한 명인가를 받고 저녁을 먹으러 식당으로 가는데 다리가 잘 떨어지지 않았다. 명희도 어기적거리면서 걷고 있었다.

저녁을 먹고 왔더니 그 사이에 위생병이 쓰레기통을 다 비워 놓았다. 다시 그 짓이 시작되었다. 밤 10시가 되어서는 정신이 가물가물했다. 아까 70명을 센 것 같기도 했고 80명을 센 것 같기도 했다. 옆의 명희 쪽에서도 이제는 다 죽어가는 신음소리만 들렸다. 담요 칸막이가 방바닥까지 내려오지 않아 바로 옆에 누워있는 명희의 얼굴이 다 보였다.

옆에 놓여있는 쓰레기통에는 샤쿠가 수북하게 쌓여갔다. 거기서는 밤꽃냄새 같은 게 났다. 고향 남촌에는 너른 밤나무 밭이 있었다. 벌써 20년도 전에 아버지가 사들인 밭이라고 했다. 6월에 밤꽃이 피면 그 하얀 꽃이 마치 눈이 내린 것 같이 아름다웠다. 그곳을 오빠와 손을 잡고 거닐던 때가 생각났다. 오빠와 둘이서 '울밑에선 봉선화'라는 노래를 불렀다. 그런데 지금 나는 냄새는 남자들의 지독한 정액 냄새였다. 그걸 치우고 싶어도 밀려드는 병사들 때문에 어떻게 해 볼 도리가 없었다. 시간이 열시가 넘은 후부터는 그냥 다리를 벌린 채로 누워있기만 했다. 그러면 자기네들이 와서 하고 쓰레기통에 버리고 그리고는 나가고, 또 딴 놈이 왔다. 한 밤중에는 장교들을 받았다. 그 다음 날 눈을 뜨니 아침 열시가 다 되어 있었다.

화요일부터 금요일까지 그 지옥과도 같은 4일 간을 어떻게 견디어 냈는지 기억조차 없었다. 돌아오는 차 안에서 그래도 미나미는 입이 함지박만 하게 벌어졌다. 전표 뭉텅이를 세어보더니 엄지손가락을 치켜세우는 것이었다. 모두 600장이 넘는단다. 하루에 평균 80명 가까이를 내리 4일간을 쉬지 않고 받은 셈이다. 명희는 밑이 빠지는 것 같다며 도저히 앉아서 가지 못하겠다고 하여 뒤 바닥에 담요를 깔고 눕게 해 주었다.

수희와 명희는 돌아와서 사흘을 몸살이 나서 누워 있었다. 무엇보다도 명희는 오줌이 나오지 않아 온 몸이 퉁퉁 부어오르는 것이 큰 문제였다. 수희는 사흘 만에 일어났지만 명희는 하루를 더 끙끙대며 앓아누웠다.

11월 중순이 되자 눈이 오는 날이 많아졌다. 여기는 눈이 와도 함박눈이 아니었다. 그냥 칼바람 속에 눈가루가 섞여서 뿌려대는 것이었다. 잠을 자고 아침에 눈을 떠 보면 어디가 마당이고 어디가 벌판인지 구분도 없었다. 어떤 때는 허리까지도 푹푹 빠졌다. 그런 속에서도 군인들은 용하게 위안소를 찾아왔다. 눈이 아주 많이 온 날은 장갑차를 타고 오기도 했다. 그것은 그냥 고무바퀴가 아니라 무슨 쇳덩어리로 된 것이 바퀴에 빙 둘러서 쳐져 있는 차였다. 일본군은 마치 여자가 없으면 전쟁을 할 수 없는 군대 같아 보였다.

부대이동에 관한 소문이 본격적으로 돌기 시작한 것은 바로 그 무렵이었다. 일본이 태평양에서 미국을 상대로 전쟁을 일으켰는데 이제는 계속 지고 있어서 여기의 병사들을 모두 그쪽으로 이동시킨다는 것이었다. 제2사단도 머지않아 남태평양의 어느 섬으로 이동한다는 소문이 끝없이 이어져 나왔다.

제3부

나는 조선의 처녀다

사이판으로 가는 멀고도
힘난한 여정

우찌다는 상해의 아스토르 호텔에 머무는 동안에도 날마다 이곳저곳을 분주하게 다니며 일을 보기도 하고 호텔 아래층에서 사람들을 만나기도 했다. 하루는 열세 살 정임이가 우찌다의 등에 업혀서 들어왔다. 나중에 알고 보니 우찌다 놈이 정임이의 밑이 너무 작다고 거기를 강제로 넓히는 수술을 하고 왔다는 것이었다. 성임이는 정읍에서 끌려온 세일 어린 아이였는데 여수에서 떠나기 전날 우찌다에게 당했다고 했다. 정임이가 울면서 한 말에 의하면, 아침 일찍 자기를 육군병원으로 끌고 가서는 그곳에서 강제로 생살을 찢었다고 했다. 정임이는 꼼짝도 못하고 사흘 간을 울면서 방에서만 지냈다.

상해에 도착한지 지 일주일이나 되었을까? 어느 날, 우찌다는 중국 여자 두 명을 데리고 왔다. 중국 여자들은 중국옷을 입고 있어서 금방 눈에 띄었다. 그중 어린 아이는 말로만 듣던 전족을 해서 제대로 걷지를 못했다. 하나는 스무살 정도 돼 보였고 다른 하나는 춘자와 비슷한 또래로 보였는데 무척이나 겁에 질려 있었다. 더듬거리며 손짓발짓으로 이야기를 해 보니 한 언니는 위안부 생활이 벌써 4년째이고 전족을 한 아이도 3년째라는 것이었다.

상해에 도착한지 열 하루만에 배를 탔다. 그 전날에는 우찌다의 부인을 따라서 시장에 갔다. 중국 시장은 조선 처녀들이 고국에서 접해 본 시장과는 많이 달랐다. 우선 매우 지저분했다. 옆으로는 더러운 개천물이 흐르고 있었는데 야채가게, 생선가게, 정육점, 쌀집, 심지어는 개, 돼지, 염소를 파는 가게도 있었다. 팔려고 끌고 나온 돼지들이 싼 오줌과 똥이 널려있는 좁은 시장길에서는 상인들이 손님들을 끌어 모으려고 목소리를 높여 외쳐댔다. 또 새와 같은 짐승들을 파는 곳이 많았다. 어떤 상인은 세 대의 수레 위에 새장 수십 개를 얹어 놓고 가지각색의 새들을 팔고 있었다. 노인 하나는 기다란 장대를 메고 시장을 돌아다니고 있었는데 신기하게도 그 끝에는 새가 매달려 있었다. 참새처럼 조그만 새는 실에 발이 묶여 있어서 푸드득거리며 날아올랐다가는 다시 장대 끝에 내려앉곤 했다. 새뿐만이 아니었다. 다람쥐도 팔고 심지어는 곰이나 원숭이도 팔고 있었다. 또 다른 특징이라면, 중국 사람들은 모든 음식을 기름에 튀겨 먹는다는 사실이었다. 생선도 튀겨먹고 고기도 튀겨먹고 심지어는 계란도 튀겨서 먹었다.

조선처녀들은 짐승들의 똥오줌 냄새에는 코를 막기도 하고 또 고소한 기름 냄새에는 코를 벌름거리기도 했다. 시장에서 이런저런 것들을 샀다. 치약, 칫솔, 비누, 속옷 같은 것들을 샀고 조선인이 하는 가게에서는 고추장과 멸치도 샀다. 돈은 모두 우찌다의 부인이 내 주었다.

부두에 정박하고 있는 배는 일본에서 올 때 탄 배보다도 훨씬 더 컸다. 마치 엄청나게 큰 시커먼 산이 바다에 더 있는 것 같았다. 일본에서 올 때는 배의 색깔이 흰색이었는데 이번 것은 검정색에 가까운 파란색이었다. 아침을 먹고 우찌다를 따라 부두에 가 보니 배에는 군인들이 거의 다 타고 민간인들이 승선 순서를 기다리고 있었다. 춘자네 일행처럼 옷 보퉁이나 가방을 하나씩 든 처녀들이 많았고 또 무슨 장사를 하는 것 같아 보이는 사람들도 꽤 많았다.

"벌써 이 배에는 2천 명 가까이나 되는 군인들이 탔다. 이제 군인들은 거의 다 탔다. 그 다음에는 우리 차례다."

우찌다가 기분이 좋은지 소곤거리는 목소리로 일행에게 해 준 이야기였다. 일행 중 누군가가 아주 작은 목소리로 얼마나 가야 하느냐고 물었다. 그러자 우찌다는 주의하라는 뜻으로 손가락을 입에다 갔다 댔다. 아이들 주변에도 총을 어깨에 둘러 맨 헌병들이 수시로 왔다 갔다 하면서 감시를 했다. 그들은 병사들이 자기들끼리 무어라고 이야기하면 곧바로 쫓아가서 허리에 차고 있는 몽둥이를 들어서 내리치곤 했다.

한 시간 이상을 기다려서 마침내 배에 올랐다. 갑판에서부터 아래로만 꼬불꼬불 계단을 돌아서 아마도 5층이나 6층도 더 내려간 것 같았다. 거기에는 복도를 사이에 두고 수도 없이 많은 방들이 늘어서 있었다. 해군 병사 한 명이 앞에서 일행을 인솔했다. 그 뒤를 우찌다가 따르고 춘자네 일행은 우찌다를 놓칠까 봐 불안해하며 계속 그 뒤를 졸졸 따라갔다. 한참을 가서 어느 방으로 안내 되었다. 그냥 횅하니 넓은 방에는 아무 것도 없었다. 잠시 후 사람 숫자에 맞추어 담요 두 장씩이 지급되었다. 30명이 누워서 자면 딱 좋을 것 같은 방에 무려 50명도 넘는 인원을 집어넣었다. 대부분이 춘자 네와 같은 처녀들이었지만 병사들도 20명이 넘게 들어 왔다. 병사들이 여자아이들을 보고 치근덕댈 때마다 그 방에 배정된 헌병들이 눈을 부라렸다.

배가 떠나기 전에 부응~ 하는 고동소리가 어찌나 컸던지 모두가 화들짝 놀라는 눈치였다. 배는 그렇게 해서 출발했다. 밥은 날마다 당번을 정해서 두 개 층을 더 올라가서 식당에서 타다가 먹었다. 배 안에서 움직일 때는 항상 헌병이 따라다녔다. 밥은 멀건 죽에다가 무 장아찌 두 쪽이 전부였다.

아침이면 갑판으로 올라가서 모여야 했다. 올라가기 전에 모두 머리에 빨간 일장기가 그려진 하얀 머리띠를 둘렀다. 5~6백 명씩을 모아 놓고 먼저 신민서사와 기미가요를 불렀다. 까마득하게 먼 거리에 있는 단상에서 장교가 마이크를 통해 선창을 하면 모두가 따라서 하는 것이다. 그것이 끝나면 다음에는 체조를 시키고 군가를 부르게 했다. 군가를 할 때는 모두 허리에다가 손을 대고 몸을 좌우로 흔들면서 해야 했다. 군가는 이런 가사였다.

"이기고 오리라 / 용감하게 맹세하고 / 떠난 이 몸이 / 공을 세우지 않고서야 / 죽을 수 있으랴 / 우렁찬 진군나팔소리 / 들을 때마다 / 눈앞에 떠오르는 / 깃발의 물결"

눈을 들어보니 바다는 온통 누런색이었다. 춘자네 일행이 탄 배 옆에는 그보다 작은 군함 두 척이 계속 따라왔다. 군함들이 호위해 주니까 안심하고 가도 된다는 이야기였다. 배는 그렇게 며칠을 갔다. 이제는 바다 색깔이 시퍼런 색으로 바뀌었다. 파랗다 못해 오히려 약간 검은 색이었다. 오후에는 구명대를 입고 잠수함 대피훈련이라는 걸 해야만 했다. 비상 사이렌이 울리면 빨리 갑판으로 뛰어 올라와서 구명대를 목에 걸고 구명보트가 있는 쪽으로 뛰어가는 연습이었다.

춘자네 배가 상해를 떠나고 네 번째 맞는 밤이었다. 한참 단잠을 자고 있는데 배가 무엇인가에 부딪치는 것 같은 쿵! 소리와 함께 엄청난 폭발음이 들렸다. 곧 이어서 사이렌 소리가 계속되었다. 헌병이 춘자네 일행을 모두 갑판으로 내 몰았다. 자다가 잠결에 깨어서 모두가 비몽사몽간에 옷도 대충 입고 계단으로 뛰어 올라갔다. 올라가면서 들으니 미군 잠수함의 어뢰공격에 맞은 것이라고 했다. 여자아이들은 계단을 헉헉대면서 뛰어 올라갔다. 그 옆으로는 군인들이 아이들을 제치고 쿵쿵~ 소리도 요란하게 더 빨리 계단을 올라가고 있었다. 군인들은 모두 배낭을 지고 총을 어깨에 맨 채로였다.

용케도 춘자는 끝순이와 떨어지지 않고 갑판 위까지 왔다. 갑판 꼭대기에 올라서니 배가 기울어지는지 몸을 가누기가 힘이 들었다. 바다는 이미 서서히 동이 터오고 있었다. 갑판 위는 아수라장이었다. 군인들이 이리 뛰고 저리 뛰고 어디선가는 화약냄새가 코를 찌르고, 계속 사이렌은 울려대고, 그야말로 정신이 하나도 없었다. 군인들이 가득 탄 작은 배가 배 위에서 밑으로 밧줄에 매달려 내려지고 있었다. 군인들이 칼을 빼들고 춘자 일행에게 바다로 뛰어내리라고 했다. 평소 훈련할 때처럼 배 옆의 줄사다리를 타고 얼마쯤 내려가다 거기서 뛰어내리는 것도 아니었다. 사람 열 길도 넘는 갑판 위에서 난간을 넘어 그 밑의 시퍼런 바다로 뛰어내리라고 하니 어른들도 무서워 못할 일이었다. 주변을 둘러보니 군인들은 모두 작은 배로 내려지고, 한쪽 편에 몰려서 뛰어내리도록 강요받는 사람들은 모두 춘자네 같은 여자들이거나 아니면 민간인들 뿐이었다. 아무도 선뜻 나서려는 사람이 없자 군인들이 칼로 찌를 자세를 취했다. 그러자 사람들이 마치 도망치듯 난간 밑으로 뛰어 내렸다. 춘자도 눈을 질끈 감고 뛰어 내렸다. 다행히도 아직은 날이 완전히 밝기 전이라서 밑바닥이 보이지 않아 덜 무서웠다.

집에서 잡혀 올 때 첫날 밤, 우찌다의 집에서 강간을 거부하자 우찌다로부터 뺨을 세차게 얻어맞은 적이 있었다. 그때 귀가 멍하고 정신이 하나도 없었는데 이번에는 그것보다 훨씬 더 큰 손바닥으로 따귀를 맞은 느낌이었다. 게다가 코 속으로 물이 들어가니 코가 맹~해지면서 정신이 가물가물했다. 사방에서 사람들이 살려달라고 외쳐대는 소리가 들렸다. 춘자는 아득하게 사라져가는 성신을 다슬으려고 고개를 세차게 흔들었다. 그때 저 앞쪽에서 조선말로 외치는 소리가 들렸다.

"야, 이거 잡아!"

고개를 들어보니 식당에 배식을 받으려고 갔을 때 만났던 조선인 오빠였다. 며칠 전 밥을 타려고 식당에 갔다. 그날 식사 당번은 춘자와 끝순이였는데 조선말로 뒤에서 속삭이는 소리가 들렸다. 춘자네보고 조선에서 왔냐고 묻는 소리였다. 어찌나 반갑던지 커다란 식깡을 들고 배식을 기다리면서 몇 마디 이야기를 나눈 적이 있었다. 그 오빠들은 징용을 당해서 사이판이라는 섬으로 끌려가는 길이라고 했다. 소리 나는 쪽을 보니 그 사람인지 모습은 분명치 않으나 분명 목소리와 말 씨는 그때 만난 오빠 같았다. 춘자는 그래도 여름이면 해남의 외할머니 집에 가서 엄마와 외할머니의 해녀 질을 도우며 바 다에 들어간 적이 여러 번 있었다. 그래서 시집오고 나서 동 네사람들이 부르는 엄마의 이름은 해남댁이었다. 헤엄을 쳐 서 그쪽으로 갔다. 오빠가 밀고 온 커다란 널빤지에 팔을 얹 자 이제는 살았구나 하는 생각이 들었다.

끝순이는 어디 갔는지 보이지 않았다. 주변을 떠도는 구명 보트에는 군인들만이 타서 같은 군인들만 구해 주고 있었다. 오빠가 또 허우적대는 누군가를 건졌다. 그 아이는 같은 방에 있던 중국 여자 왕링이었다. 그 오빠는 일본군인들이 살려달 라고 하면서 가까이 오면 사정없이 발로 차고 주먹으로 내리 쳐서 떼어 버렸다. 학도병 오빠 하나가 또 헤엄쳐 왔다. 이렇 게 해서 문짝처럼 생긴 나무판자에는 모두 네 명이 매달렸다. 그래도 네 명 모두가 구명조끼를 입고 있어서 물에 떠 있는 것은 어렵지 않았다.

조금 더 지나자 해가 완전하게 떠오르고 주변이 확실하게 보이기 시작했다. 저 멀리로 배가 가라앉는 모습이 보였다. 두 동강이 난 배는 아직도 절반 이상이 물 위에 떠 있었다. 여기저기에 구명보트도 떠 있고 나무 기둥이나 판때기를 붙들고 물 위에 떠 있는 사람들도 보였다. 그냥 구명조끼만 입은 사람들은 어떻게 해서든지 의지할 물건들을 붙잡으려고 필사적으로 헤엄쳐 왔지만 오빠들은 그런 놈들이 접근하지 못하게 막았다.

바다 위에 떠 있는 보트건 사람이건 커다란 파도가 올 때마다 파도에 가려서 안 보였다가는 파도가 지나가면 다시 물 위에 그 모습을 드러내곤 했다. 춘자가 주변을 아무리 둘러보아도 끝순이는 보이지 않았다. 그렇게 한 시간 가량을 떠 있는데 멀리서 비행기 소리가 나면서 반짝거리는 비행기가 보이기 시작했다. 곧바로 비행기에서 무언가가 수도 없이 떨어졌다. 춘자네 주변에도 여러 개가 떨어졌다. 물에 뜬 것을 건져보니 밀감이었다. 오빠들의 설명은 노란 밀감을 먹고 버티고 있으면 배가 와서 구해준다는 것이었다.

그리고 얼마 지나지 않아서 정말 배 두 척이 나타났다. 원래 큰 배 옆에 있던 호위함들이라고 했다. 수송선이 미국 잠수함 공격을 받자 멀리 도망갔다가 구조하러 달려 왔다는 것이었다. 천신만고 끝에 군함 위로 올려졌다. 줄사다리를 기어 올라가는데 힘이 딸려서 몇 번이나 쉬었다 올라가야 했다. 구조된 사람들 모두가 추위에 덜덜 떨고 있었다. 배 위에서는 군복을 한 벌씩 지급해 주었다. 목욕을 하고 옷을 갈아입은 후 식당에서 밥을 먹고 보니 살 것만 같았다. 거기다가 식당에 가서 보니 끝순이와 우찌다가 있는 것이었다. 그들은 춘자네 보다 먼저 구조되었단다. 둘은 너무 좋아서 부둥켜안고 엉엉 소리 내어 울었다. 밥을 먹고는 다시 인원점검을 한다고 하여 오빠들과는 또 만나기로 하고 헤어졌다. 오빠들은 모두 학교를 다니다가 끌려 왔다고 했다. 그렇게 징용되어 함께 배에 타고 있던 인원이 모두 200명이 넘는다는 이야기였다.

한 시간 쯤 지나서 구조가 모두 끝나고 나서 다시 인원점검을 해 보니 병사들이 2천 명에서 8백 명 정도가 죽었다는 이야기였다. 우찌다가 데리고 온 인원도 이쪽 배에 4명, 저쪽 배에 9명, 이렇게 모두 13명이 구조되었다고 했다. 저쪽 배의 명단 속에는 자기 부인 야스꼬도 포함되어 있다고 우찌다는 싱글벙글했다. 결국 일행 중 조선 처녀 3명과 중국 처녀 1명이 태평양 한가운데의 바닷물에 빠져 죽은 것이다.

우찌다가 조선처녀들과 함께 내린 곳은 비율빈의 마닐라였다. 비좁은 군함에서 꼬박 이틀을 짐짝처럼 실려서 겨우겨우 도착한 것이다. 그래도 미군의 잠수함 공격에서 살아남은 것만 해도 천만다행이었다. 더군다나 우찌다네처럼 그렇게 떠날 때의 인원이 온전하게 남아있는 인솔자도 드물었다. 배 안에서 만난 다른 포주 하나는 스물한 명을 데리고 나카사키를 떠나 상해에서 같은 배를 탔는데 겨우 세 명이 남았다면서 앞날에 대한 걱정으로 거의 초죽음 상태가 되어 있었다. 그는 고베에서 술집을 하다가 전쟁터로 가서 위안소를 차리면 큰 돈을 벌 수 있다는 소문에 무작정 한 밑천 잡아 보려고 떠났노라고 했다. 이야기를 하여보니 위안소 운영에 대하여는 거의 초보적인 지식만을 갖고 있을 뿐이었다.

그는 이번의 잠수함 피격 사건으로 인하여 아주 혼이 나간 모습이었다. 그러나 조선주둔 관동군의 군속으로 산전수전 다 겪은 우찌다에게는 이번 일은 그저 흔한 전투 중 하나에 지나지 않는 일일 뿐이었다. 그는 돈이고 뭐고 다 필요 없으니 어서 빨리 일본으로 돌아가고 싶다는 뜻을 비치었다. 세상에! 호박이 이렇게 덩굴째 굴러 들어올 수가 있는가? 그거야말로 우찌다 자신이 바라던 일이 아닌가. 그렇지 않아도 어떻게 줄어든 인원을 보충할까 생각 중이었는데 그런 제안을 하니 반갑기 그지없었다. 몇 차례 흥정 끝에 거의 헐값에 가까운 돈을 주고 세 명을 인수하였다. 동경의 술집 출신 작부 두 명과 조선에서 모집한 아이 하나였다.

우찌다는 마닐라에 머무는 닷새 동안 새로 인수한 세 명에 대한 계약을 하고 영사관 경무과에 가서 관계서류를 모두 넘겨받고 확인까지 받았다. 이제 모두 열여섯 명이 되었지만 그것만 가지고 위안소를 차리기는 좀 아깝다는 생각이 들었다. 상해에 머무는 동안 뉴기니의 라바울에 있는 매형과 통화를 해 본 결과에 따르면, 뉴기니는 이미 한 물 갔다며 사이판이 아주 유망하다고 알려주는 것이었다. 그는 그 즉시로 발 빠르게 사이판에서 위안소를 차리겠노라고 군사령부 병참과에 허가를 신청하였다.

바로 그 다음 날, 상해집단군 사령부 병참과장이 직접 우찌다를 불러서 사이판으로부터 온 전통문을 보여주었다. 거기에는 필요한 모든 준비를 다 해 놓고 기다리겠으니 하루 빨리 도착만 시켜달라는 내용이 적혀 있었다. 병참과장은 위안부 인원은 많으면 많을수록 좋다는 말까지 덧붙였다.

그는 마닐라에서도 다섯 명을 추가로 확보했다. 그중에서도 제일 신나는 일은 백인 여자를 한 명 산 것이었다. 나머지 네 명은 비율빈 처녀들이었다. 그 여자의 이름은 안나 밤베르 그라고 했는데 화란 출신이란다. 인도네시아에서 위안부 생활을 하다가 부대를 따라서 비율빈으로 이동해 왔다는 것이었다. 그 주인은 구마모토 현 출신의 아오키라는 60대의 노인이었는데 자기는 이제 돈을 벌만큼 벌어서 위안소 생활을 청산하고 싶다고 했다. 또 체력도 딸려서 더 이상 하기도 힘들다고 했다. 우찌다는 그가 제시한 5백원이라는 돈을 단 한 푼도 깎지 않고 선뜻 지불했다. 그러자 그도 거기에 화답한다면서 비율빈 여자 네 명은 아주 헐값에 넘겨주었다.

상해에 있을 때 매형은 전화를 통하여 아주 돈 될 만한 정보를 주었다. 비싸더라도 서양여자를 구하라는 것이었다. 백인 여자를 구할 수만 있으면 그거야 말로 '황금알을 낳는 암탉'이라면서 매형은 거기에 투자하는 돈은 아끼지 말라고 하였다. 안나는 정말 쳐다보면 쳐다볼수록 탐이 나는 물건이었다. 부모가 화란 사람이라는데 머리카락은 붉은 데다가 하얀 피부를 갖고 있어서 앞으로 고급 장교들만 상대를 하면 큰돈이 될 것 같았다. 게다가 키도 자기보다 크면 컸지 작지는 않을 것 같았다. 거기에 비하면 아내 야스꼬는 그야말로 난장이라고 할 정도로 왜소하고 볼품도 없었다.

오늘 알아보니 사이판으로 떠나는 해군 수송선이 모레 아침에 있다는 것이었다. 우찌다는 그 배에 승선신청을 해서 승선허가서까지 받아 놓은 상태였다. 이제 인력도 충분히 확보했겠다, 떠날 배도 잡아 놓았겠다, 하나도 걱정할 일이 없었다. 중간에 잠수함 때문에 많은 아이들을 잃어버려서 재산상으로 피해는 컸지만 사업을 하다보면 위험은 언제라도 따르기 마련이었다. 더군다나 위험이 크면 기회도 크다고 하지 않던가.

그는 밤이 이슥해서 안나를 데리고 일식집을 가서 코가 비틀어지게 마신 후 비틀거리며 술집을 나섰다. 세 번째 만난 롯뽄기(六本木)라는 일식집 주인도 우찌다를 부러워하는 눈치였다. 그가 묵고 있는 여관은 인도사람들이 많이 거주한다는 '작은 인도'라는 동네의 반탕여관이었다. 그는 사람들을 기세좋게 헤쳐가며 안나의 팔에 의지하여 여관으로 돌아왔다. 취중에 생각해도 자신이 그렇게 대단해 보일 수가 없었다.

그는 자기 방으로 가지 않고 방 하나를 더 빌렸다. 모두 다섯 개의 방을 벌써 여러 날 동안 쓰고 있는 우찌다는 반탕여관으로서는 큰 손님이었다. 화교로 보이는 중국인은 연신 허리를 굽실거리며 방으로 두 사람을 안내했다. 방에 들어가니 안나가 모두 다 알아서 시중을 들었다. 옷을 벗겨주고 목욕을 시켜주고 잠자리에 뉘어주기까지 했다. 그런 고분고분한 모습은 일본 여자들 못지않았다. 우찌다는 발가벗은 안나의 커다란 몸둥이를 끌어안고 여러차례 애무를 한 후에 그 위로 올라갔다. 40 중반의 팔팔한 나이인지라 오늘 밤에 다섯 번은 하리라고 작정하고 올라가서 30분 이상을 열심히 상하운동을 해도 사정이 되지 않았다. 술을 먹은 탓도 있었지만 안나의 몸이 원체 크다보니 자신의 성기가 들어가긴 했는지 조차도 감각이 없었다. 말로만 듣던 백마가 소문만 무성했지 재미는 하나도 없었다. 그래도 안나는 나름대로 주인을 섬긴다고 밑에서 콧소리도 내고 했지만, 이건 영 아니었다. 거의 한 시간 가까이를 땀을 뻘뻘 흘리다가 기어코 사정을 하긴 했지만 그는 두 번 다시 백마를 타고 싶은 생각이 들지 않았다. 역시 자기가 겪은 여자 중에는 히로꼬가 최고였다. 조선에서 모집해 온 히로꼬야말로 보물 중에서도 보물이었다. 이번 난리 통에 그래도 히로꼬가 물에 빠져 죽지 않은 게 얼마나 다행인지 몰랐다.

그는 일어나서 담배를 피워 물었다. 옆을 보니 어느 새 안나가 얇은 이불로 배만 가린 채 코를 골며 잠들어 있었다. 그는 입을 쩝쩝거리며 혼자 중얼거렸다.

"이거 잘못 샀나?"

그 무렵 수희네 일행도 마닐라에 와 있었다. 그동안 소문으로만 무성했던 부대이동이 해가 바뀌어 1944년이 되자 현실로 나타난 것이다. 2월 초가 되어서 제12연대가 먼저 떠났다는 소식이 들리더니 3월 중순에는 수희네가 속해 있던 제19연대가 이동하기 시작했다. 3월 6일 월요일 이른 아침에 수희네 일행은 군부대에서 제공한 트럭을 타고 치치하얼 역에서 기차를 탔다. 기차를 몇 번이나 갈아타고 마침내 산동반도의 청도에 도착했다.

청도는 참으로 아름다웠다. 도시라고는 치치하얼만 보아왔던 수희 일행에게 청도는 그야말로 눈이 번쩍 뜨이는 도시였다. 독일 사람들이 지었다는 도시는 붉은 지붕을 한 집도 있었고 푸른 지붕을 한 집도 있었다. 벽은 하얗게 칠을 해 놓았는데 마치 숲속에 장난감 집들을 이리저리 박아 놓은 것만 같이 아기자기 했다. 수희 일행은 거기서 이틀을 묵고 군인들과 함께 배를 탔다. 만주의 위안소를 떠나서 꼬박 한 달이 넘게 걸려서 마침내 비율빈의 마닐라에 도착했다.

그동안 좋은 일도 있었고 나쁜 일도 있었다. 좋은 일이란 집에서 온 편지를 연대장을 통하여 받은 것이고, 나쁜 일이란, 사실 1년 내내 일어난 일들이 다 나쁜 일들 뿐이었지만, 순임이에 이어서 세라복을 입고 잡혀 온 하나꼬가 만주족에게 팔려간 일이었다. 살짝곰보 미나미 놈의 소행이었다.

그 사건은 몇 달 전인 작년 12월에 일어났다. 하나꼬라고 불리던 명희는 10월에 수희와 함께 4연대로 출장위안을 다녀온 후 매독이라는 병에 걸렸다. 어느 날 명희가 자꾸 아랫도리가 가렵다고 하는 것이었다. 그 다음 주 수요일에 모두 치치하얼의 육군병원에 가서 성병검사를 받는데 명희는 매독이라는 판정을 받았다. 그 병은 아주 독한 약을 써야만 하고 또 잘 낫지도 않는, 성병 중에서도 제일 위험한 악성이었다. 병원에서는 명희가 나을 때까지는 일을 시키면 안 된다고 단단히 주의를 주었지만 살짝곰보는 그 말을 무시해 버렸다. 평소나 다름없이 병사들을 받게 하고는 계속 약만 먹고 일주일에 한 번씩 병원에 갈 때마다 주사만을 맞게 하였다.

명희의 병은 점점 더 센 주사를 놓아도 나을 줄을 몰랐다. 101호부터 202호, 303호, 나중에는 매독약 중에서 가장 세다는 606호를 맞았다. 약도 예전보다 먹는 분량이 두 배도 넘게 늘어나 있었다. 그래도 명희의 몸에는 좁쌀 같은 게 나고 몸은 바짝 야위어 있었다. 명희는 주사를 맞고 오면 귀가 멍하다고 하면서 입에서 엄청 심한 냄새가 난다고 했다. 또 팔뚝을 보니 주사를 맞은 부위가 까맣게 썩어가고 있었다. 명희의 말을 들어보니 위생병이 주사를 혈관에다 세대로 찔러야 하는데, 얼마 전에는 몸이 너무 말라서 혈관이 안 나온다고 쩔쩔매더란 것이었다. 마침내 여러 번 찌른 후에 주사를 맞고 왔는데 그 다음부터 그 언저리가 까맣게 썩어 들어간다는 것이었다.

수희는 명희를 볼 때마다 터져 나오려는 울음을 억지로 삼켜야만 했다. 불과 1년 전만 해도 귀엽고 깜찍했던 세라복을 입은 중학생 명희의 모습은 사라지고 없고, 이제는 바짝 말라서 해골만 남은 쪼글쪼글한 매독환자 하나꼬가 있는 것이다. 간조 날이면 함께 연대본부까지 가서 하룻밤을 자고 오면서 틈틈이 이런저런 이야기도 많이 했다. 자기는 학교 선생님이 될 거라며 선생님이 되려면 책을 많이 읽어야 한다고 끌려올 때 가지고 온 책가방을 보물처럼 간직하고 살던 아이였다.

수희와 평안도 언니가 대표로 살짝곰보를 만나서 명희를 일에서 빼주고 치료만을 받으며 쉴 수 있도록 병원에 입원시켜달라고 요청하였다. 그러나 그의 대답은 냉정했다. 얼굴에 핏대를 잔뜩 세우고는 마치 잡아먹기라도 할 듯이 소리쳤다. 짧게 깎은 머리에 눈에는 핏발까지 섰다.

"내가 그동안 그년한테 들인 돈이 얼만데 쉽게 하나? 뭐? 병원에 입원을 시켜 줘? 육군병원에는 너희들 같은 조선삐들이 누워있을 침대가 없어!"

수희는 평안도 언니와 손을 모아 빌어가면서 매달렸다. 명희의 운명이 오로지 이놈에게 달려 있기 때문에 그를 설득시키지 않고서는 명희를 살려낼 방법이 없기 때문이었다.

"그러면 연대 의무실에라도 입원시켜 주세요. 연대장님께 부탁드리면 그 정도는 들어 주실 거예요."

"닥쳐, 스미꼬! 네가 여기 주인이야?"

그는 당장에라도 장부책으로 때릴 것 같이 팔을 치켜 올리면서 그 부탁마저도 거절했다. 아이들은 집단행동으로 맞섰다. 며칠 간 병사들을 아주 천천히 받았던 것이다. 천천히 받는 방법은 여러 가지가 있었다. 들어온 병사와 천천히 관계를 해도 되고 또 끝나고 나갈 때 옷을 천천히 입혀주고 각반을 매어주는 것도 최대한 천천히 하면 되는 일이었다. 또 나가기 전에 일부러 담배를 권하기도 하면 되었다. 그러자 미나미는 먹는 것으로 맞대응했다. 밥의 양을 절반으로 줄여버렸다. 군부대에서 식량보급이 제대로 되지 않아 어쩔 수 없다는 핑계였다. 아이들은 며칠 동안 허기진 배를 움켜쥐고 병사들을 받아야만 했다.

그런 미나미가 하루는 치치하얼 병원에 다녀온다고 하면서 명희를 데리고 떠났다. 모두가 이상하게 생각했다. 그날은 정기적으로 검진을 받는 수요일이 아니라 목요일이었기 때문이었다. 그런데 명희도 이상했다. 차를 타면서도, 또 차에 올라서도 아주 서글픈 얼굴을 하고 계속 친구들을 돌아다보는 것이 아닌가. 마치 이 세상에서 마지막으로 작별을 하는 사람의 표정이었다. 그날 저녁때 물어보니 명희를 병원에 입원시키고 왔다고 하는 것이었다. 그런데 그 다음 날 아침에 수희와 몇 명이 물 당번을 하느라고 열심히 두레박질을 하는데 평안도 언니가 오더니 아무래도 이상하다는 이야기를 했다. 미나미가 어제 들어 온 시간이 도저히 치치하얼까지 갔다 올 시간이 되지 않았다는 말이었다. 필경은 명희를 만주족 농사꾼에게 팔아버리고 온 것 같다는 추측이었다. 그러면서 이번에 병원을 가면 명희를 찾아보자고 했다.

그 다음 수요일에 성병검사 차 병원을 갔을 때 수희는 미나미의 눈을 피해 의무장교 하사미찌 대위를 찾았다. 그는 연대에서 군의관을 하다가 얼마 전에 치치하얼 육군병원으로 전속을 온 인물로 수희와는 알고 지내던 사이였다. 그런데 그가 병원 행정과에 전화를 해 보더니 여기에 여자는 단 두 명밖에 입원해 있지 않다고 알려주었다. 하나는 방면군 작전참모의 부인으로 사흘 전 아기를 낳아 산후조리차 입원해 있는 여자이고, 또 하나는 제25사단 중(重)포병대의 통신장교 딸로 맹장수술을 한 후 입원해 있다는 것이었다. 그렇다면 명희는 어디로 갔을까?

결론은 농사꾼에게 팔아넘긴 게 분명해 보인다는 것이었다. 언니들이 그렇게 추측하는 이유는 두 가지였다. 첫째는 살짝곰보 놈이 명희를 병원에 데리고 다니려면 시간을 많이 빼앗기기 때문이고, 둘째는 명희가 병사들에게 병을 옮기기라도 하면 자기 위안소가 폐쇄될 수도 있기 때문이라는 것이다. 살짝곰보 놈은 2년 전에도 병에 걸린 친구 하나를 농사꾼에게 팔아넘긴 전력이 있다고 하면서 언니들 모두가 치를 떨었다.

그래도 집으로부터 편지를 받은 일은 생각하면 생각할수록 가슴이 떨리고 눈물이 나는 일이었다. 편지는 1월의 간조 날에 받았다. 명희가 그렇게 되고 나서부터는 함께 끌려온 민지혜가 경리참모를 맡았다. 민지혜는 경성의 최고명문인 이화여고보 1학년을 다니다가 끌려 온 아이였다. 꽤 부유한 집의 딸로 여기서는 미찌꼬라는 이름이 붙었다.

1월 24일 화요일에 간조를 타러 가는 미나미의 차를 타고 연대본부를 가서 연대장을 만나니 그가 환하게 웃으면서 수희를 끌어안았다. 그는 자신의 책꽂이에 꽂혀있던 책들 사이에서 봉투를 하나 꺼내서 수희에게 넘겨주었다. 아! 그건 수희가 그다지도 간절히 기다리던 편지가 아닌가. 수희는 그 자리에서 몇 번이고 허리를 숙여 감사를 표했다. 그리고 그걸 뜯어서 읽어 내려갔다. 봉투 안에는 모두 세 통의 편지가 들어 있었다. 하나는 엄마로부터, 또 하나는 아버지로부터, 그리고 마지막 하나는 순임이의 엄마가 보낸 것이었다.

'수희야 보거라'로 시작되는 엄마의 편지는 구구절절 수희의 가슴을 헤집어 놓는 글들이었다. 오빠가 몇 달 전인 작년 가을에 특공대로 징집되어 떠났다는 소식과 아버지의 병환이 깊어 걱정이 많다는 내용, 그러나 무엇보다도 날마다 딸이 무사히 돌아오기만을 기다리면서 눈물로 기도하고 있다는, 그리고 기도의 힘으로 하루하루를 버티고 있다는 대목에서는 눈물이 앞을 가려서 더 이상 읽을 수가 없었다. 또 오빠가 만주며 중국 땅을 1년 가까이나 헤매고 다녔다는 대목에서는 엉엉~ 소리 내어 통곡을 하고야 말았다. 연대장도 그런 수희가 측은해 보였던지 슬그머니 밖으로 나가 버렸다. 수희는 동봉되어 있는 순임이 엄마의 편지를 읽으면서 그야말로 가슴을 쥐어뜯었다. 엄마가 대신 써 준 아줌마의 편지에는 구구절절 순임이를 걱정하는 내용이었다. 수희는 오열하면서 소리쳤다.

"아줌마, 미안해요. 내가 순임이를 지켜주지 못했어요. 미안해요, 아줌마. 내가 그놈을 꼭 죽여서 순임이의 원수를 갚을 거예요."

죽음의 섬 사이판

"하이고~ 저 오살얼 헐 넘덜, 끝도 읍시 와뿌네."

춘자는 줄을 서서 차례를 기다리는 군인들을 보며 중얼거
렸다. 밤 10시가 거의 다 됐는데 오늘 받은 병사들만 벌써 마
흔 명이 넘었다. 그래도 병사들은 끝이없었다. 이제 잠시 후
부터는 장교들을 받아야 한다. 상해에서 이런 저런 소문을 들
어서 대충은 알고 있었지만 그래도 이런 일인지는 몰랐다. 그
저 군인들을 위로해 준다는 게 다친 병사들에게 붕대를 감아
주고 약을 발라주고 또 노래를 불러주고 하는 정도인 줄만 알
고 온 것이다. 경상도 출신 분예 언니가 남자들에게 '밑을 대
주는' 일이라고 했어도 설마 세상에 그런 일이 있을까 싶어서
믿지 않았다. 그런데 도착해서 바로 그 다음날부터 군인들이

몰려들기 시작하는 것이 아닌가. 그놈들은 우찌다에게 가서 돈을 내고 전표를 사고는 각자 좋아하는 아이의 원두막 근처에 와서 자기 차례를 기다렸다. 하나가 끝나고 나가기가 무섭게 또 다른 놈이 들이닥쳤다.

원두막을 반으로 막아서 저쪽에서는 다른아이가 쓰고 이쪽에서는 춘자가 쓰는 것이다. 칸막이라고 해 보았자 얇은 야자 잎들을 얼기설기 엮어서 가려 놓은 것이기 때문에 옆에서 씩씩거리는 소리는 물론 소곤거리는 말소리까지 다 들렸다. 바닥도 나무를 가로 세로로 놓은 위에다가 나뭇잎으로 만든 조잡한 다다미를 깐 게 전부였다. 그 위에 얇은 요와 담요를 한 장 깔았다. 방안에는 살림살이라고 할 것도 없었다. 달랑 나무로 만든 상자 하나 뿐이었다. 그저 하루 종일 먹고 병사들을 받는 게 여기서 하는 일의 전부였다. 방에는 밑을 씻는 빨간 물이 들은 물통이 하나, 그리고 휴지통, 또 전표를 받는 나무 상자가 놓여 있다.

벌써 여기에 와서 이 지옥 같은 생활을 한지도 한 달이 되었다. 그동안 받은 병사들이 천 명은 넘는다. 이 조그만 섬 어디에 그렇게나 많은 군인들이 있는지 군인들은 시도 때도 없이 들이닥쳤다. 어떤 때는 트럭을 타고 오기도 했고 또 어떤 때는 걸어서 오기도 했다. 춘자는 자신이 사이판에 도착했을 때 그 파란 바다를 보고 처음으로 했던 생각을 하면 지금도 웃음이 절로 나온다.

부두에 배가 닿은 때는 이른 아침이었다. 바다가 어찌나 맑던지 마치 연두색 물감을 풀어 놓은 것만 같았다. 하늘을 보니 여름 장마 뒤에 피어나는 커다란 뭉게구름이 두둥실 떠 있었다. 게다가 바람은 살랑살랑 불어 왔다. 춘자는 바로 뒤에 따라오는 끝순이만 듣게 아주 작은 소리로 중얼거리기까지 했다.

"오메, 참말로 천국이시, 우리가 낙원을 온 개벼."

뒤를 돌아보니 끝순이도 여기의 경치에 홀딱 반한 눈치였다. 나무들도 생전 처음 보는 희안한 나무들이 쭉쭉 뻗어 있었다. 나무들은 마치 커다란 기둥에다가 무슨 바람개비 같은 것을 씌워놓은 모양이었다. 길옆의 풀들도 풀이라기보다는 오히려 나무에 가까웠다. 모두가 엄청나게 컸다. 그리고 대낮에도 컴컴할 정도로 울창했다. 그러나 이 섬을 천국으로 착각한 것은 순진한 조선 처녀들의 엄청난 실수였다. 이 섬에는 무려 3만 명 가까운 일본군이 주둔하고 있었다. 반면에 그들을 상대할 여자들은 채 100명도 되지 않았다.

끝순이는 처음 며칠간을 코피가 터지고 몽둥이찜질을 당하면서도 병사들을 받지 않겠다고 저항했다. 그러나 굶기는 데는 장사가 없었다. 매에도 견디던 끝순이도 사흘을 물 한 모금 주지 않자 마침내 항복하고 말았다. 그 다음부터는 모든 것을 다 포기한 아이 같았다. 병사들이 오면 받고, 밥 먹으라면 먹고, 아주 고분고분한 순둥이가 되어버린 것이다. 그런 끝순이가 춘자는 무서웠다. 저 아이가 여기 와서 맥을 놓아버린 것만 같아서 시간이 날 때마다 고향이야기를 해 주고 또 노래도 불러주며 정신을 차리게 만들려고 무진 노력을 했다.

우찌다는 차포타우 산의 초입새에 위안소를 배정받았다. 사이판 섬의 서쪽 부두 근처에 있는 타나파그 마을에서 조금 더 산쪽으로 들어간 곳이었다. 원래 여기서 위안소를 하던 사람은 부대가 섬 반대편 해안가 마을인 베트스카라에 위안소를 차려서 그쪽으로 옮겨갔다고 했다. 우찌다가 데리고 있는 위안부는 모두 21명이었다. 중국 여자 2, 비율빈 여자 4, 화란 여자 1, 일본여자 2, 그리고 조선 여자가 12명이었다. 거기다가 위안부 일을 하는 건 아니지만 그들에게 밥을 해주고 옷을 빨아주고 뒤에서 거들어 줄 현지인도 5명이 있었다. 부인 야스꼬가 그들을 데리고 그 일을 도맡아 했다.

우찌다도 하루 종일 전표를 받으랴 군부대에서 필요한 물품을 타오랴, 시내에 가서 일용품을 사오랴, 일주일에 한 번씩은 여자 아이들을 데리고 병원을 다니랴, 그야말로 정신이 하나도 없었다. 자기를 도와주는 현지인 총각이 하나 있지만 중요한 일은 모두 자기가 해야만 했다.

그래도 우찌다는 하루하루가 그렇게 즐거울 수가 없었다.

21명을 1년만 잘 굴리면 동경에서 10년 장사하는 것 이상의 돈을 벌 수 있으니 이렇게 수지맞는 사업이 또 어디 있는가 말이다. 지난 달 계산을 해보니 4월은 불과 보름도 일을 하지 못했는데 전표가 9천 장도 넘었다. 하루에 한 명이 평균 마흔 명 씩을 받은 것이다. 이렇게 아이들이 아프지 않고 잘 만 해준다면 머지 않아 동경에 돌아가서는 떵떵거리면서 살 수 있을 것만 같았다.

더 기가 막힌 것은 자기가 거금을 투자하여 데리고 온 안나라는 화란 계집이 그야말로 떼돈을 벌어들이는 것이다. 그 아이는 낮부터 장교들만을 받게 했더니 받는 숫자는 훨씬 적어도 돈으로 환산하면 다른 아이들보다 두 배도 더 많은 돈을 벌어들이는 것이다. 또 가끔씩은 사단장이나 연대장 같은 아주 고급 장교들에게 불려가기도 했다. 그럴 때면 두둑한 선물 보따리까지도 가지고 왔다. 한마디로, 자기도 일본 사람이지만, 일본의 사내라는 족속들은 백인 여자라면 사족을 쓰지 못한다는 표현이 가장 적절한 표현일 것이다. 그는 잠시 눈을 감고 긴자 거리에 우뚝 선 자신의 건물을 상상해 보았다. 거기에 들어갈 술집 이름도 '사이판 싸롱'이라고 벌써 지어 놓았다.

우찌다가 걱정하는 것은 단 한가지, 일본이 전쟁에 지면 어쩌나 하는 것이었다. 이렇게 저렇게 알아 본 바로는 요즘의 전황이 일본에 영 불리하게 돌아간다는 소문이었다. 바로 지난 달, 그러니까 4월에는 솔로몬제도와 뉴기니에서 일본군이 참패했다는 소식이었다. 그런 소식이 사실인 것 같은 생각이 드는 이유는 최근 들어서 사이판에도 미군의 폭격기들이 수시로 날아들어서 폭탄을 떨어트리고 갔기 때문이었다. 지난 달만 해도 별로 그런 일이 없었는데 5월로 접어들면서는 벌써 두 번이나 미군 폭격기들이 출동했다. 한 번은 일본군 진지가 밀집한 서해안 쪽을 폭격하더니 또 한 번은 사이판에서 제일 큰 도시인 가라판 시에 폭탄세례를 퍼붓고는 유유히 사라진 것이다.

우찌다가 위안소를 운영하다보니 자연스레 고급장교들도 많이 사귀게 되었다. 그들이 우찌다에게 바라는 것은 두 가지였다. 하나는 병사들의 성욕문제를 해결해 주어서 그들의 사기가 떨어지지 않도록 해 주는 부대차원의 일이었고, 또 하나는 자기네들이 필요할 때 부르면 언제라도 위안부를 출장 보내주는 개인차원의 일이었다. 그들은 수시로 우찌다에게 차를 보내어 위안부를 숙소로 불러들였다. 통신시설이 열악하여 위안소에까지 전화를 가설해 줄 처지가 되지 못했기 때문에 필요하면 그냥 차량을 보내야만 했다. 그런데 그때 여자가 없다고 하여 빈손으로 온다면 그건 체면에 관계되는 일이기도 했다. 소좌나 중좌까지는 문제가 없었으나 대좌 정도 되면 아무래도 위안소를 들락거리는 게 여간 부담이 되지 않았기 때문이다. 고급장교들을 쥐락펴락하는 요령을 우찌다는 사이판 도착 한 달 만에 터득한 것이다.

장교들을 통하여 알게 된 고무적인 사실은, 대본영에서는 여기 사이판을 최후의 보루로 생각하고 절대사수 작전을 펼칠 계획이라는 것이다. 지금 3만 명 정도인 군인들도 만주의 관동군 쪽에서 계속 이동 중이라 앞으로 4만에서 5만까지도 늘어날 것이라는 정보였다. 그런데 포주들은 여기에서 위안소를 운영하기를 꺼려한다고 했다. 전장이 점차 일본군에게 불리하게 돌아가니까 그깟 돈 몇 푼 더 버는 게 문제가 아니라는 것이다. 자칫하면 사이판에다 뼈를 묻게 될지도 모르는데 누가 섣불리 섬에 들어오려고 하겠는가? 게다가 지금 있는 업자들조차도 위안소를 정리하고 떠나려고 기회만 엿보고 있다는 게 아닌가. 그는 열심히 주판알을 튕겼다. 그래, 사업은 두둑한 빼짱이 있어야 하는 거야. 전쟁이 일찍 끝나지 않고 딱 1년만 더 계속된다면, 소화 20년 봄에 나는 그야말로 동경의 갑부가 되는 거야. 바로 내년 봄에 말이지. 하하하!

날이 어둑어둑해지고 있을 때 또 병사들이 들이닥쳤다. 50연대의 107산(山)포병대 놈들이란다. 이놈들은 섬에서 제일 높은 차포타우 산의 500m 산꼭대기에서 고사포를 다루는 놈들이라 한 번 밑으로 내려오기도 힘들다. 그래서 위안부들을 한 번만 품고는 돌아가려 하지 않았다. 두 번씩은 기본이고 어떤 놈들은 세 번씩 하고 가기도 했다. 그야말로 돈 보따리인 것이다. 우찌다는 귀 사이에 꽂았던 연필을 꺼내들고 장부에다가 '16일 오후 5시 산포병대 병력 하산'이라고 적었다. 그날의 매상이 얼마까지 올라가는지 계산해 보기 위함이었다. 그리고 입속으로 중얼거렸다.

"지금까지 하루에 제일 많이 전표를 팔은 게 864장이었는데 어디 오늘은 1천 장 기록을 깨 봐? 벌 때 확실하게 벌어야지, 장비를 100% 가동해서 말이야, 흐흐흐!"

그는 치부책을 들어서 슬금슬금 기어다니는 도마뱀을 향하여 냅다 내리쳤다. 도마뱀은 그를 비웃기라도 하듯이 벽을 타고 순식간에 천장으로 기어 올라가더니 전등 위에 올라탔다. 그 바람에 검정 천으로 가린 전등이 흔들흔들하며 방안에 그림자를 이리저리 옮겨 놓았다. 전등 갓 밑으로는 모기며 풍뎅이들이 왱왱거리며 날아다니고 있었다.

조선처녀들의 상실감은 이루 말할 수가 없었다. 불과 서너 달 전까지만 해도 각자의 고향에서 먹을 것이 없으면 없는 대로 가족들과 함께 평화롭게 지내던 아이들이었다. 그런데 어느 날 갑자기 낯선 남자들의 손에 끌려서 강제로 납치당하여 왔다. 도대체 여기가 고향에서부터 얼마나 먼 곳인지도 모른

다. 한 달 동안을 이동하여 왔으니 엄청나게 먼 곳인 것만큼
은 분명했다. 거리만 멀리 떨어진 게 아니다. 갑자기 모든 환
경이 급변한 것이다.

남자라고는 전혀 모르던 순진한 소녀들이 하루 사이에 몇
사람에게 강간을 당하고 이제는 날마다 수십 명의 병사들을
몸으로 받아내야 하는 처지로 전락한 것이다. 눈만 뜨면 병사
들이 밀려들었고 잠을 잘 때도 장교들의 품에서 자야만 했다.
거기다가 고향의 그 아름다운 산과 들이 아니었다. 나무도 껑
충해서 이상했다. 고향의 소나무, 밤나무, 감나무가 아니었다.
여름은 똑같은 여름인데도 여기는 날이면 날마다 쩽쩽 내리
쬐는 햇볕에 모기, 풍뎅이, 도마뱀, 지렁이가 들끓고 목욕할
물도 없었다. 마당에 멍석을 깔고 쑥을 피우면서 할아버지의
옛날이야기를 듣는 그런 여름밤이 아니었다. 병사들의 밑에
깔려서 지내는, 그저 죽지 못해 버티는 밤이 있을 뿐이었다.

사이판에서 제일 힘든 것이 물을 충분히 쓰지 못한다는 점
이었다. 여기는 샘을 파도 물이 안 나온다고 했다. 나오는 곳
이 몇 군데 안 된다는 것이었다. 우물은 아주 멀리 떨어져 있
었다. 그래서 사람들은 수시로 쏟아지는 소낙비의 빗물을 받
아두었다가 그걸로 목욕을 하곤 한다. 여기 사람들은 그걸 스
콜이라고 하는데 어떤 때는 하루에 열 번도 오고 열다섯 번도
왔다. 그 비까지도 조선처녀들이 견디기 힘들었다. 고향에 있

을 때는 여름 장마철이면 하루 종일 비가 주룩주룩 내렸다.

춘자는 비가 오면 동네 사내 아이들과 함께 냇가로 뛰었다. 도랑에 가서 체를 들이대고 있으면 송사리 떼들이 체에 걸리는 느낌이 톡! 톡! 하며 손에 전달되었다. 그렇게 한두 시간을 잡으면 소쿠리에 절반은 찼다. 거기에는 물방개도 있고 붕어도 있고 피라미도 있었다. 버들피리도 있었고 민물새우도 있었다. 그걸 가지고 와서 고추장을 풀어 넣고 국을 끓이면 그 맛이 정말 별미였다. 그런데 여기는 비가 와도 후두둑! 하고 쏟아지면 그걸로 끝이었다. 잠시 후면 언제 그랬냐는 듯 말끔히 사라지곤 하는 것이다.

6월초, 기어이 사단이 벌어지고야 말았다. 옥분 언니가 자살을 한 것이다. 함께 잔 장교가 아침에 눈을 뜨고는 자기가 돈을 주고 산 아이가 밤새 도망을 쳤다며 노발대발했다. 우찌다는 그에게서 받은 돈을 고스란히 돌려주고 코가 땅에 닿도록 연신 굽실거리면서 사과를 연발해야만 했다. 그는 화가 머리끝까지 올라서 아침밥도 먹지 않고 여자 아이들을 모두 내 몰았다. 옥분이, 아니 토모꼬를 당장 찾아내라는 것이었다. 그러나 아이들이 한 시간 가까이를 돌아다녔지만 옥분 언니의 모습은 보이지 않았다. 애꿎은 아이들만 아침밥을 쫄쫄히 굶어가면서 병사들을 받아야 했다.

그날 점심 무렵에 타나파그 마을의 현지인 두 명이 위안소를 찾아 왔다. 위안소에서 일하는 아줌마들이 그들과 이야기를 했다. 조선 사람처럼 보이는 여자의 시체가 바닷가 모래사장에 떠밀려 와 있다는 것이었다. 그러면서 지금 자기네들이 신고를 하려고 군부대를 찾아가는 길에 혹시나 여기 여자인가 하여 먼저 들렀다고 했다. 우찌다와 경상도 출신의 분예 언니가 시체를 인수하러 다녀왔다. 분예 언니는 성격이 괄괄하고 남자 같아서 여기서 반장 같은 역할을 하고 있었다. 저녁을 먹고 나서 잠시 쉬는 시간에 분예 언니는 침을 튀겨가면서 당시의 상황을 설명했다.

"하이고, 내사마 별 꼬라지 다 본다 아이가. 동네 사람들 몇 밍이가 빙 둘러서 구경하고 안 있나? 벌써 파리 새끼들카고 게 새끼들이 바글바글 대더라. 근데 옥분이 가가 껌정 고무신을 바위 우게다가 얌전하게도 올려놓았더라. 신발 코가 바다를 향하도록. 내사마 그걸 보는 순간 칵! 목이 메이는기라. 을매나 고향에 가고 싶었으믄 그리 했을까 카고 생각하니 눈물이 나더란 말이다. 옥분이 가가 고향 이바구 참 마이도 했다. 느그들은 잘 모른다. 하모, 내캉만 했으니까네."

그러면서 분예 언니는 코를 캥! 하고 풀어버렸다. 위안소에서 30분 정도만 걸어가면 바닷가 나왔다. 옥분 언니는 새벽에 마지막으로 받은 장교가 잠든 틈을 타서 바닷가로 간 것이다.

옥분 언니는 스무 살로 안면도라는 섬에서 속아서 끌려왔다. 어느 날 동네에 가끔씩 다니던 방물장수 아줌마가 자기를 따라가면 좋은 옷에 뾰죽구두도 신고 돈도 많이 벌 수 있다고 하여 집에 이야기도 하지 않고 도망쳐 나왔다. 엄마와 아버지가 모두 배를 타고 나갔는데 방물장수 아줌마가 오더니 보따리를 풀어서 아래위가 하나로 된 분홍색 옷 한 벌과 뾰죽구두를 꺼내 보여주어 거기에 혹 하고 속아 넘어간 것이었다. 그 아줌마는 집에 이야기를 하면 엄마가 가라고 허락하지 않을 게 뻔하니까 그냥 자기를 따라 가자고 했다. 결국 허황된 욕심이 이렇게 자기를 사지로 몰아넣었다고 틈만 나면 하소연을 하던 언니였다.

분예 언니의 설명이 이어졌다. 아이들 모두는 눈을 동그랗게 뜨고 분예 언니를 쳐다보았다. 우찌다는 자살 사건 뒤처리를 위해서 병참부대에 가고 없었다.

"가가 젤로 못 견뎌 한 게 따로 있었다 아이가. 가는 여기서 군인들 받는 거 그리 대단케 생각도 않았능기라. 뭐 어차피 망친 몸이니까네 한 놈에게 당하건 백 놈에게 당하건 매일반이라는 기라. 가가 젤로 못 참겠다꼬 날보고 한 말이 있다. 뭔지 아나? 바로 바닷가가 지척인데도 바다에서 찝찔한 냄새가 나지 않는다 카는기라. 또 뭐가 힘들다꼬 이바구 한 지 아나? 자기 고향 안면도 소나무캉 여기 나무캉 너무 다르다꼬

안 했나. 느그들 이해 하겠노?"

아무도 대꾸를 못하고 멀뚱한 표정으로 울상을 짓고 있자 분예 언니는 식탁을 손바닥으로 탁! 때리며 말을 이어나갔다. 새빨갛게 칠한 입술연지가 절반은 벗겨져서 여자 아이들이 보기에도 흉했다.

"하이고~ 못난 가스나이, 죽긴 와 죽노 말이다. 몇 달만 참으마 전쟁 끝난다 이카드만 와 죽노 말이데이. 그깟 바다 찝찔하믄 어떻고 밍밍하니 또 어떻노? 내사마 옥분이 없이 우찌 살꼰고 막막하데이, 어흐~ 어흐~"

언니가 목을 놓아 울기 시작하자 모두가 개구리 합창이라도 하듯 일시에 울음보를 터트렸다. 위안소 전체가 삽시간에 울음바다가 되어 버린 것이다. 어찌 서럽지 않을 것인가? 모두가 다 가난하면 가난한대로 집에서 사랑받으면서 살아오던 처녀들이 아닌가 말이다. 생판 모르는 섬나라에 끌려 와서 하루 종일 냄새나는 병사들을 받아야 하니 오히려 옥분 언니처럼 용기 있게 죽지 못하는 자신들의 처지가 슬퍼서 통곡을 해대는 것이다.

도대체 즐거움이라고는 찾을 수 없는 환경과 생활이다. 날이면 날마다 눈만 뜨면 군인들이 들이 닥치고, 더러워진 몸을 씻고자 해도 마음대로 목욕할 물이 있나, 먹는 것이라고 해보아야 펄펄 나는 안남미 쌀과 콩이 들어간 밥 한공기가 전부이다. 꾹꾹 눌러서 푸면 반공기도 되지 않는다. 한참 먹고 자라야 할 십대 소녀들에게는 너무나도 부족한 양이었다. 그래도 인간도처유청산(人間到處有靑山)이라고 했던가. 사람이 어디를 가도 또 나름대로 살아갈 수는 있는 모양이다. 여기 끌려 온 조선 처녀들을 버틸 수 있게 해 주는 몇 가지가 있었으니 그것은 어디를 가나 지천으로 널려있는 바나나와 같은 열대열매와, 원주민들의 따뜻한 마음씨, 그리고 조선인 학도병들이었다.

처음 사이판에 도착한 춘자 일행은 우산처럼 생긴 나무에 이상하게 덩어리 덩어리로 매달린 열매들을 보았다. 첫날 저녁에 그걸 주었는데 노란 게 껍질을 벗겨서 먹어보니 향기도 좋고 맛도 달콤했다. 일본 군인들은 바나나라고 불렀지만 현지인들은 '사깅'이라고 불렀다. 배고플 때 그걸 두 개만 먹으면 금방 배가 차서 배고픈 줄을 몰랐다.

나중에 함께 지내면서 알게 된 이야기지만 바나나에도 가슴 아픈 전설이 있었다. 바나나는 원래 아랍에서 들어온 식물인데 아랍 말로 '바난'이라고 했단다. 중동 바레인의 해변 마을에 서로 좋아하던 처녀 총각이 있었는데 처녀의 아버지는 바난이라는 이름의 총각을 아주 싫어해서 그들은 결혼을 하지 못한 채 밀회만을 즐기며 때를 기다리고 있었단다. 하루는 처녀의 아버지가 집에 돌아와 보니 자기의 딸이 그놈과 붙어 있는 게 아닌가. 기겁을 한 그는 다짜고짜 칼로 총각의 팔을 자르고 죽여버렸다. 총각의 시신은 그 집에서 가지고 가고 남겨진 팔은 그냥 처녀의 집 뒤뜰에 묻어버렸단다. 그런데 다음 해 봄이 되어 거기서 싹이 나고 나무가 자라기 시작하더니 얼마 후에는 사람의 손가락처럼 생긴 열매가 주렁주렁 열렸다는 것이다. 그 다음부터 사람들은 그 열매를 총각의 이름을 따서 '바난'이라고 불렀고 그것이 서남아시아로 건너오게 되면서 '바나나'로 이름이 바뀌게 되었다는 이야기였다. 그런데 또 다른 전설도 있었다. 거기에 따르면 중동 말로 손가락을 바난이라고 하는데 바나나라는 이름은 바로 거기서 나왔다는 이야기였다.

또 하나의 위안은 현지인들이었는데, 그들은 거무스름한 피부에 키도 작달막하지만 마음씨만은 세상 어떤 민족들보다도 더 고왔다. 아마도 원래부터 추위에 떨지 않고 먹을 것이 풍부하니 그렇게 성격이 형성된 모양이었다.

춘자네 아이들은 점심때부터 병사들을 받기 시작해서 저녁 먹을 때가 되면 보통 30명씩을 받았다. 그러면 질 입구가 통통 붓게 된다. 그런데 식당에서 일하는 현지인들도 같은 여자로서 동병상련의 아픔을 느끼는 것 같았다. 그들은 저녁 먹을 때에 뜨거운 물수건을 만들어서 조선처녀들에게 하나씩 나누어 주었다. 그걸 사타구니에 대고 또 새것으로 대고 하기를 서너 번 반복하면 어느 사이에 부은 것이 조금은 가라앉았다. 또 한 밤중 10시가 되면 보통 하사관까지도 영업이 다 끝나는데 그때에도 또 한 번 물수건 찜질을 하도록 해 주었다. 열시 넘어서는 장교 한두 명만 받으면 그날 일과는 끝나게 된다. 그래서 하루에 30명에서 40명을 받으면서도 그런대로 버틸 수 있는 것이다. 그러나 그것도 평일에만 그런 것이지 반공일이나 공일처럼 병사들이 밀려드는 날에는 50명은 기본이고 어떤 날은 80명까지도 받아야만 했다. 그런 혹독한 환경에서도 농담을 할 여유가 있는 것인지, 처녀들은 그런 날을 '왜놈의 배 밑에 깔려서 지옥구경하는 날'이라고 불렀다.

또 하나의 즐거움은 조선이 학도병 오빠들이었다. 나이 많은 언니들과는 비슷한 또래이지만 춘자와 끝순이에게는 작은 오빠나 큰 오빠 정도의 나이가 되는 학도병 오빠들은 제43사단에 많았다. 아마도 그 부대는 순수한 일본군으로만 구성돼 있는 부대가 아니고 일본군을 주축으로 한 여러 나라의 군인들이 혼합된 혼성부대 같았다. 춘자와 끝순이 뿐만이 아니라 모든 조선 처녀들이 학도병들이 오기만을 눈이 빠지게 기다렸다.

조선인 학도병들이 한두 명만 위안소에 와도 분위기가 들썩들썩 했다. 여기저기서 조선말이 거침없이 쏟아져 나왔다. 그들은 위안부 처녀들을 상대해도 몸을 요구하지 않았다. 그냥 앉아서 함께 눈물을 흘리며 슬퍼해주고 위로해주다 가는 게 전부였다. 그리고 간간히 중요한 정보도 제공해 주었다. 춘자는 5월 28일의 추억을 생각하면 지금도 가슴이 설렌다.

그날은 하루 종일 비가 퍼붓다가 또 날씨가 쨍쨍하기를 반복했다. 아마도 열 번 이상은 비가 온 것 같았다. 비가 온 뒤에 바람도 불어서 꽤나 시원한 날씨였다. 마지막 공일이라고 해서 아침 열시부터 병사들이 밀어닥쳤다. 하루 종일 50명도 넘게 받았던 터라 저녁을 먹고 나자 더 이상 다리가 벌어지지도 않았다. 모두가 어기적거리면서 식당에 모여서 밥을 먹고는 우찌다 놈의 등쌀에 떠밀려서 각자의 원두막으로 갔다. 여기서는 위안소를 원두막이라고 불렀다. 고향이 그리우니까 이런 저런 것에다가 모두 조선의 이름을 붙이는 것이다. 그런데 일곱시가 조금 넘어서 한 부대가 도착했다. 모두 80명 쯤 되는 병력이었는데 그게 춘자네들이 그토록 기다리고 기다리면 제43사단의 67연대 병력이란다. 춘자가 저녁 먹고 네 번째로 받은 사람이 바로 조선 청년이었다. 놀랍게도 그는 전라도 사투리를 했다. 춘자는 지금까지 학도병 오빠들을 네 명 만났지만 전라도 출신은 없었다. 학도병들은 거의 다가 경성 출신이거나 경기도 인근 출신들이 많았다.

고향이 전남 벌교라는 그 청년은 춘자의 방에 들어오더니 그 삭막한 풍경에 넋이 나간 모양이었다. 왜 안 그렇겠는가.

두 사람이 누우면 꽉 찰 방에 세간이라고 해야 옷과 일용품을 넣어두는 나무상자 하나가 전부이니. 그 밖에는 빨간 소독물을 담아 놓은 양은 대야가 하나, 나무로 만든 휴지통이 하나, 나무로 만든 전표함이 하나, 그리고 담요와 베개가 전부였다. 그는 춘자의 손을 잡고 눈물부터 뚝뚝 흘렸다.

"나가 고향이 벌곤디, 동상은 워디서 왔능감?"

춘자는 전라도 오빠를 만나고는 너무나 반가워서 말까지 더듬거릴 지경이었다.

"와따메, 오빠가 와 뿌렀네. 나가 시방……. 시방 나가 꿈얼 꾸는 건 아니제라?"

"그려, 그렇게 차분허니 야그럴 해 보드라고."

"영암이여, 월출산 자락이제라. 나물캐다가 끌려왔당께요. 인자 여그서 일 시작헌 제는 두 달 되야부렀소."

그는 아주 선량한 얼굴이었다. 얼굴에서도 고생을 한 흔적이 별로 없었다. 일제는 전쟁에서 계속 희생자가 발생하자 그동안 보류해왔던 조선인 학생들의 징병검사를 다시 실시하고 작년 11월부터 조선 학생들을 강제로 징용하여 전쟁터로 내몰기 시작했다는 것이었다. 그의 손이 따뜻했다.

"광주사범 댕기다가 끌려 와뿌렀어야. 모덤 18명인디 11명언 뉴기니라넌 데로 끌고 갔다둥마. 거그넌 벌써 미군덜이 점령했다고 안혀? 인자 여그도 멀지 않았당게. 동상도 조심혀야 헐 것이여. 여그서 전쟁이 벌어지믄 막판을 조심허란 말이제. 작년 연말에 과달카날이라고 하던 섬에선 난중에 병사덜이건 민간인덜이건 몽땅 동굴 속에다가 쑤셔 넣고 폭탄을 터쳐서 읍새부렀다는 것이여. 긍게로 항상 일본놈덜 경계를 철저하게 하랑게로. 고놈덜이 아조 못 믿을 족속들이여. 동상, 살아서 돌아가야 하덜 안혀? 고향에서 기다리넌 부모님덜 생각혀서라도 말이시."

춘자는 엉엉 울면서 학도병 오빠의 어깨에 매달렸다. 그리고 기어가는 소리로 대답했다.

"나넌 인자 고향에 갈 수도 없당게로. 몸을 망쳐도 수백 번 수천 번 망쳤어야. 이런 몸으로 워찌코롬 엄마럴 본당가요."

"아녀, 아녀. 그건 동상 잘못이 아녀. 다 나라럴 지키덜 못헌 우리 남자들 잘못이제."

그때 밖에서 일본 병사들의 불만에 가득찬 목소리가 터져 나왔다. 동시에 옆 원두막에서도 끝순이가 이쪽의 이야기를 듣고 있다가 참을 수 없다는 듯 소리쳤다.

"하야꾸! 하야꾸! 빠가야로!"

"워매, 고향 오라버니, 내도 잠 보고 가씨요, 잉? 오라버니 그냥 가게 해뿌러면 나 오늘 밤 칵 죽어버리고 말 것잉게, 춘자 너 알아서 하드라고."

"동상, 난 강게. 부디 몸조심 혀. 나가 저 옆 원두막에도 가

볼랑게. 시간이 될랑가 몰르겄네."

견장에 빨간 별만 달랑 두 개가 붙은 누런 육군 군복을 입은 일등병 정학수 오빠는 그렇게 춘자를 뒤돌아보며 방을 나섰다. 떠나면서 주머니를 뒤적이더니 사탕 두 개를 꺼내서 건네주었다.

정학수는 밖에 나가서 또 전표를 사고 30분 이상을 기다린 끝에 이번에는 끝순이의 원두막으로 들어갔다. 끝순이는 미처 먼저 나간 놈의 뒤치다꺼리를 다 마치지 못한 상태에서 정학수 오빠를 맞았다. 허겁지겁 샤쿠를 주워서 물에다 씻고 있었다. 여기서는 보급품이 모자라서 샤쿠도 두 번, 세 번씩 물에 씻어서 다시 사용해야만 했다. 막 샤쿠를 씻는 일을 마쳤는데 '동상, 들어가도 되는감?'하면서 마치 시골에서 친근한 이웃집 언니가 마실을 오듯이 그렇게 원두막 위로 올라온 것이었다.

끝순이가 입고 있는 옷은 앞이 벌어져 있어서 병사를 받을 때 구태여 옷을 벗을 필요가 없었다. 우찌다 놈이 나름대로 머리를 굴린 것이었다. 사타구니까지 시꺼멓게 드러나 있는 모습으로 대야 위에 앉아서 밑을 씻고 있는 바로 그 순간에 정학수 오빠가 들이닥친 것이었다. 끝순이는 모멸감에 죽고만 싶었다. 나름대로 고향 오빠에게 예쁜 모습을 보이려고 생각했는데 그만 그런 추한 꼴을 보이고 말았으니 참으로 억장이 무너질 일이었다. 그도 무척이나 당황한 모습이었다. 일부러 또다시 돈 1원50전을 주고 모기에 뜯겨가면서 한참을 줄을 서서 기다려서 옆의 처녀를 위로해 주려고 왔는데 그런 난감한 모습을 보고야 만 것이다.

"동상, 울지 말랑 게. 나가 미안하잔혀. 나 벌교으 정학수여, 이담에 꼭 살아서 만나장게. 인연도 요로코롬 기묘한 인연이 워디 있당가? 긍게 희망덜얼 잃지 말고 밥 잘 먹고 잘 참고 지내야 혀. 일본놈덜 망헐 날이 을매 안 남었당게. 아 우리 친구덜이 모이기만 허믄 그 소리 해 싸둥마. 틀림없당게. 만주고 중국이고 조선이고 닥치는 대로 군대를 끌어 모아서 여그로 델고 오잖혀? 동상, 이리 앉어 보드라고. 나가 꼭 안어 줄 것잉게."

정학수는 무안해서 엉거주춤 서 있는 끝순이의 팔을 잡아 끌고 바닥에 앉혔다. 끝순이는 앉아서 눈을 감았다. 여기서 고향사람을 만나다니 꿈만 같았다. 끝순이의 뺨에서 눈물이 흘러내리자 정학수는 따사로운 손등으로 끝순이의 젖은 뺨을 닦아주었다.

나는 아무 것도 보지 못했다

노다 츠요시 중좌는 자신의 천막 안에서 앞으로 자신의 운명이 어찌 될 것인가를 생각하며 고민 중에 있었다. 천막 출입구를 덮은 천을 걷으니 해변의 시원한 바람이 불어왔다. 어제 사단 사령부에서 있은 작전회의에서 일본 육군 제43사단장 사이토 요시츠쿠 중장은 침통한 표정으로 최근의 전황을 실토했다. 사단장은 적어도 핵심 지휘관들에게 만이라도 솔직한 전황을 공개하여 전투에 대비하고자 하는 것 같았다. 지금까지 대본영의 발표는 우리 황군이 가는 곳곳마다 연전연승한다고 하였으나, 전선에서 적과 대치하고 있는 최 일선 지휘관들 중에서 그 발표를 그대로 믿는 사람은 하나도 없었다. 오히려 발표와는 정반대로 생각해야만 사태를 정확하게 분석하고 거기에 맞추어서 대책을 수립할 수 있다는 건 고급 참모나 지휘관들에게 이제는 상식이었다.

지금은 해상 수송로가 완전히 봉쇄되어 있어서 보급품조차도 제대로 받지를 못하고 있는 실정이다. 오죽하면 낮에 수송선으로 보급품을 실어 나르기를 포기하고 밤에 잠수함이나 구축함으로 은밀하게 실어 나르는 '두더지작전'이라는 걸 전개하고 있을까 싶었다. 구축함으로 10번 나르는 것보다, 잠수함으로 100번 나르는 것보다 수송선으로 한 번 나르는 게 더 양이 많다. 그러나 수송선들은 이미 다 파괴되어 군용이건 민수용이건 남아 있는 게 거의 없는 형편이다. 더군다나 제해권을 완전히 상실하여 대낮에는 어떠한 배도 움직이지 못한다. 여섯 달 전에는 병력 3천 명을 싣고 오던 수송선이 비율빈 앞바다에서 미군 잠수함의 공격을 받아 병사들 전원이 수장된 일도 있었다. 여기 남태평양의 전황이 그렇게나 악화된 것이다.

1942년에 일본 해군은 미드웨이 해전에서 대패한 후, 다음 해에 벌어진 비스마르크 해전에서 또 연패함으로써 제해권을 완전히 상실했다. 그 후 과달카날 전투에서도 패하여 이제는 바다뿐만 아니라 하늘 길까지도 모두 미군에게 넘겨 준 것이다. 더욱 충격적인 소식은 작년 4월에 전해져 왔다. 6년 전 남경에서 100인 목 베기 시합을 벌였던 자기의 영원한 맞수 무카이 도시아키가 부갠빌에서 전사한 것이다.

무카이는 소위에서 계속 승진하여 자기와 똑같은 중좌로 계급이 올라갔다. 그리고 작년 초에는 제9연대 3대대장으로 6사단의 주력과 함께 부갠빌 섬으로 떠났다. 부갠빌은 남서 태평양의 멜라네시아에 있는 솔로몬제도 최대의 섬이다. 그 길이가 무려 200km에 달하고 섬 중앙에는 2,700m가 넘는 발비아 산이 자리하고 있다. 일본은 최근의 연패의 사슬을 끊어버리기 위해서라도 이 섬을 사수해야만 했다.

무카이가 부갠빌로 떠난 지 꼭 1년 후, 노다 자신은 제33연대 1대대의 대대장으로 연대병력과 함께 여기 사이판으로 이동해서 제43사단에 배속된 것이었다. 그렇게 각자가 대대장으로 임명받아 떠날 때까지만 해도 정말 무카이는 죽는 날까지 자신과 경쟁을 할 놈으로만 보였다. 무카이는 고등학교 때부터 자기의 검도 맞수였다. 전국 고등학교 검도선수권대회에서 무카이가 1등, 자신은 2등을 했다. 학교를 졸업하고는 또 나란히 사관학교에 입학했다. 사관학교 재학시절에 벌어진 전(全)일본검도대회에서는 자신이 1등, 무카이가 2등을 했다.

그런데 그런 무카이가 부갠빌 섬에 도착한 지 채 1년도 넘기지 못하고 전사하고 만 것이다. 그가 죽기 바로 몇 달 전에 아주 나쁜 전조가 있었다. 바로 일본 군인을 대표하는 지장이요 덕장인 야마모토 이소로쿠 연합함대 사령관이 사망한 것이다. 노다는 부갠빌 전투에 관한 소식을 여러 경로를 통하여 자세히 수집하였다. 그것은 자기의 경쟁 상대이자 자기와 가장 절친한 친구인 무카이에 대한 우정이기도 했다.

1943년 4월 18일 오전 7시 20분, 야마모토 제독은 부갠빌 전선의 시찰을 위하여 라바울 비행장을 출발했다. 목표는 부갠빌 섬의 부인 비행장이었다. 두 대의 1식 육상공격기에 총 6명의 최고급 지휘관들이 탄 극비 작전이었다. 1번 기에는 야마모토 소장을 비롯한 참모들 3명, 그리고 승무원 8명이 탑승하였고 2번 기에는 연합함대 참모장 우카키 중장등 3명의 간부와 승무원 8명이 탑승하였다. 이들의 호위를 위하여 제로전투기 6대가 좌우에서 따라붙었다. 그러나 미군은 일본군의 암호를 철저하게 해독하고 야마모토 일행이 출발하기만을 기다리고 있었다.

일본군의 비행기들이 출발하는 것과 거의 같은 시간에 16대의 미군 전투기들이 발진했다. 오전 9시 34분, 미군의 P-38 라이트닝 공격기들은 요격을 위해 따라붙는 일본의 제로전투기들을 무시한 채 1식 육상공격기의 격추에만 집중했다. 결국 1, 2번기 모두 집중공격을 받고 추락했다. 1번기에서는 야마모토 제독을 포함한 승무원 11명이 전원 사망하였고 2번기에서는 다행히도 3명의 생존자가 구출되었다. 기체가 격추된 곳은 착륙 목표인 부갠빌의 부인 비행장에 거의 근접한 지점이었다.

그로부터 6개월 후, 무카이 중좌는 부갠빌 섬에 상륙한 미군 해병대와 치열한 접전을 벌이다가 미군 함포에 맞아 최후를 마쳤다고 했다. 당시 전투에서 생존한 병사들의 증언에 따르면 그는 함포 탄에 맞아 두 다리가 떨어져 나간 상태에서도 자신의 손에 든 일본도를 놓지 않고 대대원들을 지휘하며 장렬하게 죽어갔다는 것이었다.

아, 나는 어찌 될 것인가? 어제 작전회의에서 사이토 중장은 침통한 표정으로 앞으로의 작전 구상을 발표하였다. 지금은 먹는 식량에서부터 군복과 같은 보급품, 심지어는 병기나 탄약조차도 제대로 보급이 되지 않는 형편이다. 사단장의 작전지시란 구태여 작전지시라고 이름 붙일 것도 없었다. 각급 부대의 지휘관들이 알아서 끝까지 싸우다가 우리도 전원 옥쇄해야 할 것이라는, 그저 허울 좋은 명분론을 되뇌이는 것에 지나지 않았다.

그러나 자기는 그렇게 허망하게 죽기는 싫었다. 남아로서 제대로 꿈을 펼쳐보지도 못하고 이렇게 작은 섬에서 그저 쓸쓸히 죽어 없어져야만 하는가? 자신도 별을 단 장군이 되고 싶고 부모님에게 효성스런 아들도 되고 싶다. 총과 대포로 무장한 미군들에게 일본도를 빼들고 달려든다고 한들 과연 몇 명이나 목을 베고 죽을 수 있을 것인가? 그건 그저 개죽음에 지나지 않을 뿐이다.

그는 부관을 불렀다. 그에게 13호 위안소로 가서 왕링을 데려오라고 지시했다. 왕링을 데리고 자면 오늘 밤도 고통을 잊고 넘어갈 수 있겠지. 언제일까? 미군이 상륙할 날은? 방면군 본부에서 예측하기로는 다음 달, 즉, 6월 중순이 유력하다고 했다. 그렇다면 이제 불과 한 달이 남았다. 노다에게 중국 소녀 왕링은 여러 가지 위안이 되는 아이였다. 왕링을 보면 자신이 6년 전 남경에서 목 베기 시합을 하던 때가 떠올랐다. 그때가 자신의 전성기였다. 사관학교를 졸업하고 군대에 배치된 지 채 1년도 되지 않은 때의 일이었다.

지금 생각해도 왜 모든 군인들이 미치광이가 되었는지 잘 모를 일이었다. 그것은 일종의 군중심리였다. 만주에서부터 중국인들을 죽이는 것을 대수롭지 않게 생각해 오던 습관이 급기야는 남경에서 그 절정에 달했다고나 해야 할까? 후일 떠도는 소문에 의하면 당시 작전을 지휘하던 최고 사령관인 마쓰이 이와네 대장이 무리하게 작전을 명령한 때문이라고도 했다. 마쓰이 대장이 후일 본국으로 돌아가서 귀족작위를 받으려는 망상에 사로잡혀서 미처 준비도 되지 않은 작전을 강행했다는 것이었다. 그래서 병사들이 많이 죽었고 동료들의 죽음에 흥분한 병사들이 그 보복으로 중국인들을 대량 학살

했다는 이야기였다. 그러나 자신은 그 진위 여부를 확인할 위치에 있지 않았다. 희생자 수에 대하여도 잘은 모르지만, 떠도는 소문으로는 20만 명이라고도 하고 30만 명이라고도 한다. 자기도 무카이도 모두 신문들이 만들어 낸 영웅주의에 빠져서 미쳐 날뛰었다. 그때는 어떻게 하면 목 베기 시합에서 이길까 하는 생각뿐이었다. 왜 안 그렇겠는가? 일본의 모든 신문이란 신문은 연일 들떠서 자기들 두 사람만을 쳐다보고 있었으니까.

그런데 여기 조용한 섬에 와서 지내면서 돌이켜보니 자기가 얼마나 엄청난 범죄를 저질렀는가를 느끼게 된 것이다. 집에서 열심히 믿는 불교의 법화경이나 열반경의 가르침을 보아도 인간은 그 출생이나 신분에 관계없이 모두 소중하고 평등하다고 하였는데 어찌하여 자기는 그런 가르침에도 불구하고 그렇게나 많은 사람들의 목을 그냥 장난삼아 베었는지 도저히 이해가 되지 않았다. 잠자리에 누우면 목이 잘리기 직전에 그를 쳐다보던 중국인들의 눈동자가 자기를 괴롭혔다. 중국 전선에서 치열한 전투를 벌일 때는 그런 생각이 파고 들 틈이 없었다. 그런데 도착한 지 석 달이 넘도록 한 차례도 전투가 없으니까 자꾸 그런 악몽을 꾸게 되는 것이었다. 어떤 때는 한 밤중에 잠을 자다가도 벌떡 깨어서 일어나 서성거리며 중얼거리곤 했다.

"내가 미쳤었던 거야. 잠시 정신이 나가 있었단 말이야. 그렇지 않고서야……"

왕링이 왔다. 작은 몸에 뒤뚱거리며 다가 온 왕링을 노다 중좌는 꼭 끌어안았다. 왕링의 심장 뛰는 소리가 마치 작은 새의 심장 고동소리 같아 더욱 애처로왔다. 이런 작은 몸으로 벌써 3년 동안이나 위안부 생활을 하다니. 우리가 도대체 얼마나 많은 죄를 짓고 있는 것인가? 그날 밤도 노다는 왕링이 잠꼬대하는 소릴 들었다.

"워샹니, 워샹니……"

오, 얼마나 엄마가 보고 싶으면 잠꼬대를 할까? 가엾은 소녀 왕링아.

아사히(朝日) 신문사의 혼다 가츠로 사회부 주임이 취재를 위하여 사이판 섬에 도착한 것은 6월 초였다. 야마시타 편집주간이 기안한 출장명령서에 따르면 6월 10일에 떠나서 8월 5일에 도착하도록 되어 있었다. 반공일에 출발하여 공일 날 도착하도록 해 놓은 것은 최대한 출장비를 아끼려는 것이니 이해하고 넘어간다고 해도, 단돈 120원을 가지고 두 달 간 출장경비를 충당한다는 것은 정말로 너무한 처사였다. 그래도 본사 측으로서는 상당한 출혈을 감내해 가면서 이번 '동남아전장 특파원 현지르뽀'라는 특별반을 파견한 것이었다. 사이판에 자신이 파견된 것을 비롯하여 비율빈에는 미야자와 문화부 주간, 버마전선에는 사토무라 군사부 주임을 동시에 파견하였다. 전시의 열악한 재정여건에도 불구하고 신문사의 중견간부 세 명을 동시에 전장으로 내보낸다는 것은 경영진의 과감한 결정이 없이는 불가능한 일이었다.

경영진 중에서 이 일을 가장 적극적으로 추진한 사람이 바로 야마시타 편집주간이었다. 그는 1932년 부터 1938년까지 상해남경지국장을 역임하면서 생생한 현장보도야말로 신문사의 생명이라는 확신을 갖게 된 인물이었다. 그가 금년 초에 아사히 신문사의 요직 중에서도 가장 요직이라고 할 수 있는 편집주간 자리로 영전하면서 기어코 큰일을 벌인 것이었다.

혼다로서는 이미 6년 전에 남경에서 2년 동안 야마시타 당시 지국장의 지휘를 받으면서 전장을 누빈 경험이 있었다. 이번에 자기를 사이판으로 보낸 것도 다 그런 과거의 연고가 작용한 덕분이었다. 외국에 파견 나가서 생생한 취재를 한다는 것은 기자로 태어나서 가장 뿌듯하고 보람 있는 일이 아닌가.

요미우리(讀賣)건 산케이(産經)건 모두가 전장에서 천황의 군대가 연전연승한다고 외쳐대고 있었지만 그건 어디까지나 국민을 호도하는 행위였다. 특히 산케이의 기사만을 보게 되면 일본군은 그야말로 전장에서 100전 100승 하는 천하무적의 군대였다. 야마시타는 평소부터 정직한 보도만이 언론사의 책무라는 언론철학을 실천하려고 부단히 노력해 온 사람이었다. 아무리 지금이 전시라고 해도 언론사의 간부로서 그러한 허무맹랑한 보도로 국민을 우롱할 수는 없다는 게 그의 지론이었다.

현지에서 생생한 기사나 사진을 보내온다고 해서 그것이 어느 정도까지 신문지상에 나올 수 있는 지는 미지수이다. 과거의 경험을 보면 보도되는 기사보다는 묵살되는 기사가 더 많을 터였다. 그럼에도 불구하고 야마시타를 비롯한 간부들은 최선을 다 해 보자는 태도였다. 혼다가 보기에도 과거 중국 남경에서 자신과 야마시타 지국장이 송고한 기사 중에서 제대로 나온 것은 채 3할도 안 됐다. 나머지 7할은 다 '불허가'라는 군 검열당국의 붉은 도장이 찍혀서 폐기되었던 것이다. 그럴 때마다 야마시타 지국장은 혼다와 함께 술로 울분을 달래곤 하였다.

야마시타 편집주간은 아사히 신문사에서 유일하게 같은 오사카제국대학 이학부를 나온 동문이었다. 선배님을 위해서라도 혼다는 이번의 출장에서 반드시 특종 기사를 하나 건져 올리겠다고 다짐하고 남양군도로 향하는 군함에 승선한 것이었다. '전승만을 미화하는 기사는 안 된다' 이것이 야마시타 선배와 자기가 그날 술자리에서 서로 확인한 무언의 약속이었다. 그것이 현재로서는 조국에 불충하는 것 같더라도 먼 훗날에는 결국 충성하는 길임을 잘 알기 때문이다.

그가 대만을 거쳐 도착한 사이판은 겉으로는 평화로운 어촌이었지만, 곳곳에서 전쟁의 기운이 감지되고 있었다. 혼다는 2년 전에도 사이판을 방문한 적이 있었다. 마닐라에서 1년간의 주재원 생활을 마치고 귀국하던 참에 잠시 들렀었다. 그때는 그저 조용하고 한적한 어촌이었다. 지친 몸을 1주일 동안 쉬고 가기에 그보다 더 좋은 낙원도 없었다. 그러나 지금은 사뭇 분위기가 달랐다. 먼저 눈에 띄게 달라진 풍경은 도처에 군인들이 넘쳐나는 것이었다. 또 하나는 섬의 곳곳에 공사가 벌어지고 있는 광경이었다. 섬은 마치 하나의 커다란 병영이요 공사판이었다. 아름답던 해변은 참호를 판다는 구실로 마구잡이로 파헤쳐졌고 고운 모래가 반짝이던 모래사장에는 시멘트와 철근으로 만들은 견고한 요새가 세워졌다. 곳곳에 교통로가 파헤쳐지면서 섬은 몸살을 앓고 있었다.

그래도 최전선에 위치한 전장까지 찾아 준 종군기자에 대한 예우로 사이판주둔 제31군에서는 정훈참모 노구치 소좌를 혼다에게 붙여 주었다. 혼다가 섬의 이 곳 저 곳을 취재하고 돌아다니고 있는데 하루는 정훈참모로부터 연락이 왔다. 섬의 수비군 총사령관인 사이토 중장을 면담할 기회가 생겼다는 것이었다.

가라판 시에 자리잡은 사령부에 가서 그를 만났다. 사이토

요시츠쿠 중장은 며칠 동안 수염을 깎지 못했는지 수염이 얼굴 전체를 뒤덮고 있었다. 연이은 미군의 공습 속에서 섬의 수비에 대한 중압감으로 인한 고민의 흔적이 얼굴 곳곳에 나타났다. 눈은 움푹 들어가 있었고 광대뼈가 불거져 나와 있었다.

"아사히에서 파견나온 종군기자라고? 과연 신문사의 기상이 대단하군 그래. 이렇게 최전선까지 기자를 파견하는 걸 보면 말이야. 그러나 혼다 군은 잘못 찾아 왔어. 여기는 한 달 내로 미군의 상륙이 있을 거야. 그 말이 무슨 말인지 알겠나? 우리 모두가 채 두 달을 못 넘기고 죽을 거란 말일세. 그러니 섬을 돌아보면서 필요한 취재를 하고는 어서 빨리 이 섬을 떠나도록 하게나. 자네가 떠나고 싶다고 해도 어쩌면 이제는 떠날 수 없을 지도 몰라. 배편이 모두 끊겼을 테니까. 이제는 더 이상 보급품도 오지 못하는 실정이거든."

그의 이야기는 너무나도 뜻밖이었다. 오사카를 떠나기 전 전날에 야마시타 선배는 올 연말까지는 안전할 거라고 하지 않았던가? 50대 중반의 장군은 이제 전쟁에 지친 모습이 역력하였다. 그는 연신 담배를 피워 물면서 자신의 괴로운 심경을 피력하였다.

"사실은 나도 이 섬에 온 지 얼마 되지 않았어. 여기 사이판에는 중장이 세 명 있어. 중부태평양함대 사령관인 나구모 중장과 제6함대 사령관인 다카기 중장이지. 그들은 이미 보유하고 있던 함정이나 함재기들을 모두 잃어버렸으니 그냥 말뿐인 지휘관이 되어 버렸지."

그 말을 듣는 순간 혼다는 아! 하면서 자신도 모르게 입을 벌렸다. 진주만 기습 때 함재기들을 이끌고 적의 기지를 박살 낸 태평양전쟁의 영웅인 나구모 중장이 여기서 이렇게 고립되어 있다니. 사이토 중장은 혼다의 속마음을 다 안다는 듯 이야기를 계속해 나갔다.

"그래도 다행스럽게 나에게는 아직 3만의 수비 병력이 있지. 혼다 군, 자네도 전장 터를 여러 군데 다녀보아서 알겠지만 전쟁이란 결국 장비의 싸움이고 보급품의 싸움이야. 그런데 지금 우리 군은 연전연패로 수세에 몰려 있단 말일세. 원활한 공급이 되지 않고 이렇게 섬에 고립된 상태로 적이 상륙작전을 감행한다면 얼마나 버틸 수 있을 거라고 생각하나? 그저 길면 한 달이야. 그래도 여기 사이판은 섬 곳곳에 천연 동굴이 많아. 일단 전쟁이 벌어지면 최대한 맞아 싸우다가 나중에는 그런 동굴로 피신해야 하겠지. 그리고…… 그 다음엔…… 모두가 죽는 것 밖에는 다른 길이 뭐 있겠나? 그게 대본영이 우리에게 바라는 것 아닌가?"

그는 허탈하게 껄껄 웃었다. 그것이 혼다가 사이토 중장을 본 마지막 모습이었다. 노구치 소좌와 동행하여 이곳저곳을 돌아다니면서 이야기를 들어보니 그도 구마모토에 아내와 세 살배기 딸이 있다고 했다. 그러면서 자신이 살아서 돌아갈 것 같으냐고 혼다에게 묻는 것이었다. 그의 얼굴 표정은 '나는 여기서 죽을 수밖에 없는데 너는 어떠냐?'고 묻는 것 같았다. 혼다로서도 이런 상황은 생각해 보지 못했다. 오사카를 떠나 올 때만 하더라도 그저 흔하게 있는 전쟁터를 취재하는 임무 정도로만 알고 가볍게 출발했던 것이다. 과거 상해나 남경에 서처럼 여기저기 전투장면을 몇 번 소개하는 르뽀 기사를 쓰고 사진을 찍고 하면 파견임무가 끝날 것으로 짐작하고 나온 것이다. 그러나 지금 상황으로는 다시 돌아간다는 것은 불가능해 보였다. 그가 여기 도착해서 작성한 기사도 본국으로 알릴 방법도 없었다. 이미 섬과 본국을 왕래하는 배편은 모두 없어진 터였다.

미군의 상륙작전은 예상보다 훨씬 더 일찍 시작되었다. 6월 11일부터 함포사격과 함께 미군기들의 공습이 시작되었다. 상륙작전을 위한 전초작전인 셈이었다. 연 이틀 간의 맹렬한 공습으로 가라판 시를 비롯한 섬의 곳곳이 쑥대밭이 되었다. 6월 15일 새벽에는 해병대의 상륙이 있었다. 섬의 모래밭에 상륙한 미국 해병대를 격퇴하려고 일본군도 참호에서 무차별 총격을 가했다. 새벽에는 1천 명의 일본군이 그 특유의 야간돌격을 감행하였다. 나팔소리에 맞추어서 일제히 미

해병대들이 상륙한 지점을 향하여 돌진한 것이다.

혼다는 현장에서 일본 젊은이들의 최후돌격을 생생하게 지켜볼 수 있었다. 모두 머리 위에는 일장기가 그려진 흰색의 머리띠를 둘렀다. 그들이 가진 것은 일본도뿐이었다. 그들이 적진을 향하여 떠난 지 10여분이나 지났을까? 나팔소리와 함께 우렁찬 고함소리가 들려왔다. 적진으로 뛰어드는 것이리라. 동시에 콩을 볶는 듯한 기관총 소리와 박격포탄 터지는 소리가 고막을 찢을 듯이 들려왔다. 그리고 20여 분 뒤, 갑자기 모든 게 조용해졌다. 다음 날 아침, 장교들이 들려 준 말에 의하면 1천 명의 특공대 중 700명이 몰살당했다고 했다.

혼다는 노구치 정훈참모와 함께 다시 본부로 돌아왔다. 노구치는 하루 이틀 내로 전차부대가 적의 심장부를 유린하는 장면을 보게 될 거라고 하면서 매우 흥분하고 있었다. 그로부터 사흘 쩨 되는 날이었다. 밤이 이슥해지자 일본군이 섬에 보유하고 있던 전차부대가 마지막 야습을 감행했다. 총 44대의 전차와 600명의 보병들로 구성된 공격대가 미군 진지를 향하여 돌진했다. 미군이 상륙하여 확보한 섬의 동쪽 차랑카노아 해안을 탈환하기 위한 필사의 공격이었다. 그러나 이 작전도 실패로 끝나고 말았다. 전차들이 그만 늪지대에 빠져서 기동이 불가능하게 되어 버린 것이다. 제대로 움직이지도 못하는 일본군 전차들을 향하여 미군은 수천 발의 포탄을 퍼부었다. 오전 10시까지 계속된 이 전투에서 일본군은 모든 전차를 잃고 말았다. 44대 중 단 1대만을 제외하고는 모두가 파괴되고 만 것이다.

이렇게 연이은 공격이 모두 실패로 끝나자 사이판 방어사령부에서는 소극적인 수비전략으로 방침을 바꾸었다. 즉, 사령부를 차포타우 산의 동굴 속으로 옮겨서 거기서 연합함대가 섬을 둘러싸고 있는 미군을 격퇴하여 주고 다시 보급품을 날라다 줄 때까지 기다린다는 전략이었다. 산에는 크고 작은 동굴들이 수백 개나 있었다. 밀림이 울창해서 여간해서는 찾아내기가 어려운, 그야말로 천연의 은신처였다. 그러나 일본군이 동굴 속으로 철수한다고 하는 소문이 퍼지자 섬에서 거주하던 원주민들도 모두 차포타우 산으로 몰려들었다. 섬에는 수비병력 3만 명 이외에 민간인도 그와 비슷한 숫자가 있었던 것이다. 이들 6만 명이 모두 동굴을 찾아 떠나자 산은 사람들로 북적이게 되었다. 어떤 동굴 속에는 1천 명도 넘게 군인과 민간인들이 들어찼다

거기서 혼다는 처음으로 위안부라는 여자들을 만나게 되었다. 전부터 말로만 들어오던 존재를 실제로 확인하게 된 것이다. 그들은 모두가 많이 지쳐 보였다. 그리고 불안한 듯 연신 좌우를 살피고 있었다. 혼다가 피신한 동굴은 차포타우 산의 200고지에 있는 비교적 큰 동굴로 군인과 민간인 모두 합

쳐서 약 300명이 들어갔다. 민간인들은 100명 정도 되어 보였는데 모두가 군부대에 동원되어 박격포나 포탄, 그리고 식량 같은 보급품을 나르던 현지인 노무자들과 그들의 가족이었다. 노구치가 알려준 바에 의하면 사이토 중장은 바로 옆의 동굴에 측근들과 함께 있다고 했다.

동굴은 폭이 15m 정도로 비교적 좁은 편이었는데 그 길이는 구불구불 꽤 길어 보였다. 병사들은 굴에 도착하자마자 각 부대별로 구역을 정하여 짐과 장비를 옮겨왔다. 일부 병력은 동굴의 제일 안쪽에 나무를 얼기설기 엮어 매어서 구획을 만들었다. 그리고는 나무 막대기에 칸막이 대용으로 담요를 둘러쳤다. 그런 게 10여 개가 넘어 보였다. 그 바로 뒤로는 동굴의 끝으로 천장에서는 물방울이 똑똑 떨어져서 아주 작은 연못을 만들어 놓고 있었다.

저녁 식사는 소금을 집어넣은 주먹밥 하나가 전부였다. 그것을 먹자마자 혼다는 노구치의 도움을 받아 취재를 하러 나갔다. 전투를 따라다니면서 전투상황을 취재하기도 했고 전투 경험이 많은 장교나 병사들의 경험담을 취재하기도 했다. 노구치는 혼다가 이렇게 섬에 고립되어 있는 것이 마치 자기의 책임이라도 되는 것처럼 무척이나 미안해했다. 군대에 입대하기 전에 츠쿠바대학 시절에는 학보를 만들기도 한 문학청년이라고 했다. 아마도 그런 생활을 잠시라도 겪어 본 사람으로서 일종의 동지애를 느끼고 있는지도 모를 일이었다.

다른 동굴로 가서 장교 한 명과 사병 한 명을 취재하고 돌아와 보니 밤 10시가 넘어 있었다. 그런데 굴 입구에 30여 명의 병사들이 서성대고 있었다. 무슨 일인가 물어보니 위안부 차례를 기다리고 있는 중이라고 했다. 그는 배정받은 숙소로 갔다. 숙소라고 해 보았자 현지인들이 조잡하게 만들은 나뭇잎으로 만든 깔개 하나와 담요 두 장이 전부였다. 동굴의 입구는 장교들이 차지하고 있었고 하사관들이 그 다음, 그리고 일반 병사들은 중간에 자리가 배정되었다. 그 다음에는 민간인들 구역이고 바로 그 뒤가 위안부들이 있는 위안소 구역이었다. 위안소 앞에는 주인처럼 보이는 사람이 석유 등불을 밝혀 놓고 돈을 받고 있었다. 혼다가 누운 곳은 동굴의 중간 정도였는데 군인들이 양옆으로 누어서 잠을 자고 있고 한 가운데는 통로였다.

위안소를 이용하는 병사들이 밤새 저벅저벅 대며 드나들었다. 그들의 거친 호흡소리, 위안부 여자들의 콧소리가 동굴 안에 다 들려도 누구 하나 무어라고 하는 사람이 없었다. 위안부 구역 바로 옆에는 사이판 원주민들 30여 명이 자고 있었는데 그중에는 아이들도 꽤 많이 있었다. 그러나 아이들도 모두 잠에 곯아떨어진 모양이었다. 밤새 뒤척이며 잠을 설쳤다. 아무리 전쟁터라고는 하지만 어쩌면 이렇게도 도덕이 타락할 수 있는가? 그는 내일 날이 밝으면 여기서 이런 일을 당하고 있는 위안부 여자 하나와 또 그녀를 노예처럼 잡아 가두어 놓고 돈벌이를 하고 있는 포주를 면담해 보아야 하겠다고 생각했다. 전투는 멀지 않은 곳에서 벌어지는지 밤새 간간히 총소리와 대포소리가 들려왔다.

다음 날 아침, 날이 밝자마자 군화 소리와 총이 부딪치는 소리, 병사들의 떠드는 소리 따위가 동굴 안에 요란하게 울렸다. 혼다는 자기가 늦잠을 자는가 싶어서 벌떡 눈을 떴다. 동굴 밖은 이미 환하게 밝아오고 있었다. 병사들은 아침부터 작전을 나가려는 모양이었다. 일어나 조금 있자니 또다시 주먹밥이 배급되었다. 날마다 이걸 먹고 얼마나 버틸 수 있을까? 혼다는 잠시 생각해 보다가 그 또한 사치스러운 생각 같아서 고개를 흔들며 일어났다.

그때 동굴 안쪽에서 이상한 소리가 들려왔다. 그건 바로 어젯밤에 위안소 구역에서 나던 소리였다. 아니 그렇다면 이른 새벽인 지금도? 혼다는 의아한 생각에 일어나서 그쪽으로 몇 걸음을 옮겼다. 놀랍게도 담요를 쳐 놓은 위안소 앞에는 위안부로 보이는 젊은 여자들이 널브러져서 잠을 자고 있고 담요로 가려져 있는 곳에서는 여전히 히히덕거리는 소리와 교성이 들려나왔다. 혼다는 좀 더 가까이 가 보았다. 자기 자리에서 불과 30보 정도의 거리였다. 슬쩍 옆을 들여다보았다. 담요로 가린 부분보다는 그 옆에 터진 부분이 더 많았다. 하긴 컴컴한 동굴 속이라 천막을 치거나 안 치거나 별다른 차이도 없을 성 싶었다. 병사의 허연 궁둥이가 들썩이는 게 보였다. 동굴 밖에서는 일단의 병사들이 출동준비로 부지런히 군장을 꾸리는 중이었고, 또 다른 병사들은 위안소에 들어가기 위해 줄을 서서 차례를 기다리며 대기 중이었다.

이제 혼다는 어느 정도 사태를 파악했다. 아까 위안소 앞에서 잠을 자던 여자들에 대한 생각이 정리된 것이다. 아마도 20여명이 한꺼번에 활동할 만한 공간이 없으니까 위안부들을 주야 2교대로 돌리는 것 같았다.

노구치 정훈참모가 위안소 주인에게 양해를 구한 모양이었다. 지금 자고 있는 여자 중에서 먼저 잠이 깨는 여자를 데리고 나가서 취재를 해도 좋다는 것이었다. 위안부 여자들은 밤새 시달렸는지 코를 드릉드릉 골면서 잠을 자고 있었다. 아, 그들은 도대체 어떤 사람들이기에 여기까지 와서 사람들이 보는 바로 그 옆에서 몸을 팔아야만 하는 걸까? 혼다는 잠시 여자가 깨어날 때까지 촛불을 켜 놓고 어제 취재한 해군중좌의 전투경험담을 정리하리라 마음먹었다.

얼마나 시간이 흘렀을까? 위안부 여자 중 하나가 일어나더니 나무 게다짝을 또각또각 끌면서 동굴 밖으로 나갔다. 다리를 어기적거리면서 밖으로 나가는 모습이 무척이나 힘겨워

보였다. 포장을 쳐 놓은 그 앞쪽에서 앉은뱅이책상 하나를 놓고 있는 여자는 돈도 받고 또 시계 같은 귀중품도 받았다. 필경은 포주이리라. 혼다는 밖에 나갔다 온 여자를 손가락으로 가리켰다. 주인 여자가 고개를 끄덕였다. 위안부에게 잠시 밖에 나가서 이야기를 좀 해도 되겠느냐고 양해를 구하여 보았더니 놀랍게도 그 여자는 주먹밥을 한 손에 들고는 순순히 따라 나왔다.

굴 밖으로 나와서 20여m 정도를 더 가니 커다란 바위 주변으로 야자나무 두 그루가 서 있는 곳이 보였다. 그 바위 옆으로는 작은 나무들도 여럿이 있어서 다른 사람들의 눈에 뜨이지 않아 이야기하기에는 좋은 곳이었다. 그가 바위 위에 걸터앉자마자, 여자는 바위 밑의 평평한 곳에 담요를 깔고 누웠다. 그러더니 치마를 홀떡 걷어 올리는 게 아닌가. 진한 초록색 치마 사이로 하얀 허벅지와 시커먼 음부가 아침 햇살에 고스란히 드러났다. 혼다는 당황하여 손사래를 쳤다. 아마도 주인에게 특별히 더 많은 돈을 주고 밖에까지 데리고 나온 사람으로 오해를 한 모양이었다.

혼다는 자신이 신문기자임을 밝혔다. 그리고 이렇게 시간을 내어 준 데 대하여 감사하다고 인사를 했다. 그 제서야 여자는 조금 이해가 되는 모양이었다. 나무 위에서는 새들이 지저귀고 있었고 멀리서는 포성과 총성이 요란하게 들려 왔다.

저 멀리로는 파란 바다가 한 눈에 들어 왔다.

조선에서 끌려온 스미꼬라는 여성이라고 했다. 다음 달 20일이면 열여덟 번째 생일을 맞는다고 했다. 놀랍게도 조선에서 중학교 과정까지 마치고 여고보를 들어가려고 하다가 집안 형편 때문에 포기하고 있던 중 불시에 만주로 끌려가서 거기서 1년을 이런 생활을 했다는 것이었다. 부대와 함께 이동했는데 그 부대는 저기 섬의 남쪽에 있는 비행장 근처에 배치되었고 자기네들은 여기 북쪽 산 밑에서 위안부 생활을 했다고 했다.

그녀는 지금은 많이 야위어 있었으나 무척이나 예쁜 여자처럼 보였다. 오똑한 콧날과 가지런한 이, 그리고 동그란 눈썹 밑으로 보이는 초롱초롱한 눈망울은 도저히 이런 곳에서 위안부 일을 해야 할 사람으로 보이지 않았다. 비록 군복으로 가려져 있어서 몸매를 제대로 가늠할 수는 없지만, 아까 따라오는 모습을 보니 호리호리한 몸매가 매우 가냘프게 보였다. 한마디로 남자들로 하여금 보호본능을 불러일으키는 처녀였다.

혼다는 자신도 여기에 특별취재를 하러 왔는데 불시에 섬에 상륙작전이 개시되고 보니 이제는 살아서 돌아갈 길이 막막하다고 지금의 처지를 설명했다. 그밖에 이런저런 이야기를 꽤 많이 했다. 스미꼬라는 여성은 그 제서야 훌쩍여가며 자기의 속마음을 터놓기 시작했다. 한 번 말이 터지자 그녀의 일본어는 거침이 없었다. 그녀는 소학교와 중학교 내내 조선말을 쓰지 못하게 하는 통에 어쩔 수 없이 학교에서는 일본어로만 대화를 하였다고 했다. 끌려온 과정을 이야기 했고 또 만주에서의 1년 생활을 이야기 했다. 혼다는 그녀와 거의 한 시간 가까이를 이야기 했다. 마지막으로 고향에 돌아간다면 무엇을 하고 싶으냐고 물었다. 그러자 그녀는 고개를 들어서 하늘을 쳐다보았다. 야자나무 위로 비치는 햇살에 잠시 미간을 찌푸린 그녀는 주먹을 꼭 움켜쥐고 이렇게 대답하는 것이었다.

"나는 고향에 돌아갈 수 없어요. 이미 내 몸 위로는 1만 명도 넘는 일본 군인들이 지나갔어요. 나는 어려서부터 아버지로부터 공자와 맹자의 말씀을 들으면서 자랐어요. 우리 집안이 한학자 집안이기 때문이지요. 삼강행실도에도 구구절절하게 정조를 목숨같이 지키라는 내용들이 나와요. 나는 그런 게 당연하다고 생각하고 남자에게 정조를 빼앗기는 것은 곧 죽음이라고 배우면서 자랐어요. 이렇게 1년도 훨씬 넘게 수많은 군인들의 노리개가 되고서도 죽지 않고 살아 온 저 자신이 참 부끄럽기도 하지요. 제 친구 순임이는 만주에서 목을 매서 죽었어요. 저는 그 아이처럼 그렇게 할 용기가 없어서 지금까지 살아 온 것이지요. 그러나 요즘은 죽는 것만이 꼭 좋은 방법이 아니라는 생각이 자꾸 드네요. 하루에도 50명, 60명의 군인들이 내 몸을 짓밟고 가지요. 그러고 나서 잠을 자려고 하면 이런 생각이 들어요. 내 눈으로 꼭 일본이 망하는 꼴을 지켜보아야 하겠다고 말이지요. 사필귀정(事必歸正)이라는 말이 있지요. 또 인과응보(因果應報)라는 말도 있고요. 당신 네들은 끔찍한 최후를 맞이할 거예요. 조선 처녀들의 원한이 어떤 것인지를 똑똑히 보게 될 거란 말이에요. 그때까지 나는 어떤 수모를 당하더라도 꼭 살아남아야만 하겠어요. 이제 더 이상 엄마를 보고 싶은 마음도 아버지를 보고 싶은 마음도 없어요. 부모님을 뵙기에는 제가 너무 더러워졌어요."

7일 간의 지옥탈출기

7월로 접어들면서 전쟁은 일본군에게 점점 더 불리하게 돌아갔다. 날이면 날마다 집채보다 더 큰 비행기 수십 대가 하늘에서 유유히 폭탄을 떨어뜨리고 가곤 했다. 모두가 미군 비행기였다. 일본군들의 비행기가 떠다니는 광경은 단 한 번도 보이지 않았다. 미국 육군과 해병대들은 동굴마다 찾아다니면서 총을 쏘고 불을 뿜어댔다. 한번은 수희가 옆 동굴에 보급품을 얻으러 갔을 때였다. 동굴 근처에 갔는데 숲 속에서 무슨 소리가 들렸다. 납작 엎드려 살펴보니 미군들이 거기까지 접근해 온 것이었다. 숫자는 많지 않은 듯 했다. 미군 병사들 두 명이 무슨 총 같은 것을 굴속으로 겨누자 쉭~ 하는 소리와 함께 시뻘건 불길이 굴속으로 빨려 들어갔다. 그건 정말 놀라운 광경이었다. 거의 같은 시간에 굴 안에서는 사람들의 비명소리가 들리고 온 몸에 불이 붙은 병사들 몇 명이 뛰쳐나왔다. 그들은 모두 미군들의 총에 맞아 그 자리에서 죽어갔다. 수희는 지금까지 전쟁이라는 것을 말로만 들었지 실제로 가까이에서 사람들이 죽어가는 광경을 본 것은 이번이 처음이었다. 동굴까지 돌아가야 하는데 다리가 후들거려서 움직일 수가 없었다. 다행히도 미군들은 뭐라고 속삭이더니 발길을 돌려서 산을 내려갔다. 굴속에서는 매케한 석유냄새, 고기 굽는 냄새, 그리고 시커먼 연기가 꾸역꾸역 밀려 나왔다. 수희네는 일본군들과 함께 동굴을 빠져 나와 산 너머에 있는 다른 동굴로 옮겼다. 그들은 거기에서 마지막 저항을 한다고 했다.

곰보 미나미 놈도 제 정신이 아닌 듯 했다. 처음에는 돈 벌이가 좋다며 마냥 즐거워하던 그였지만 이제는 자신도 결코 무사히 살아서 돌아가지 못할 거라는 생각을 하는 모양이었다. 위안부들에 대한 감시도 별로 하지 않았다. 부인은 거의 초죽음 상태였다. 수희는 평안도 언니와 함께 탈출할 방법을 찾고 있었다. 며칠 전부터 미군 비행기들이 삐라를 수천 장씩 뿌리고 다녔다. 거기에는 '항복하고 나오기만 하면 살 수 있다'는 문구가 일본글자, 한자, 영어, 그리고 한글로 씌어 있었다. 동굴을 지키는 병사들도 별로 없었다. 마음만 먹으면 언제라도 탈출은 가능할 것 같았다. 수희는 동료들과 은밀하게 이 문제를 놓고 상의했다. 그 동안 또 몇 명이 죽어서 이제는 모두 14명이 남았다. 모두가 다 기뻐하며 찬동할 것으로 보았다. 그러나 놀랍게도 평안도 언니 단 한 사람을 제외하고는 어느 누구도 함께 따라 나서겠다고 하는 사람이 없었다. 그동안 수차례 탈출하다가 잡혀와서 혹독한 매질과 굶주림 속에 죽어간 친구들의 일을 보면서 터득한 학습효과 때문이었다.

이제 수희가 있는 동굴에는 부상병들 20여 명과 위안부들만이 있었다. 밖에서 감시를 하는 병사가 어떤 때는 있고 또 어떤 때는 없었다. 낮에는 감시가 더 소홀했다. 그러니까 낮에 슬그머니 빠져나가면 될 일이었다. 낮에 미군들의 폭격이 한창 치열할 때, 모두가 거기에 정신이 팔려 있을 때 나가면 된다. 미나미는? 그놈을 죽이지 않고는 결코 떠날 수 없다. 그놈은 어제도 오늘도 병사들을 받았다. 이제는 전표 따위는 받지도 않았다. 돈이나 금반지, 아니면 시계 같은 것들만 받았다. 어떤 하사관으로부터는 금반지를 받고는 '10'이라고 적은 종이쪽지를 주었다. 그 하사관은 그걸 가지고 날마다 찾아왔다. 어떤 날은 두 번도 왔다. 그럴 때마다 미나미는 正자로 위안소를 이용한 횟수를 표시해 주었다. 죽음을 앞두고 자포자기 상태가 되니까 인간의 가장 기본적인 생각, 즉, 식욕과 성욕, 그리고 수면욕 밖에는 없는 것 같았다.

다음 날 정말로 절호의 기회가 왔다. 마지막으로 남아있던 멀쩡한 병사들 몇 명마저도 작전회의를 한다면서 다른 동굴로 간 것이다. 이제 여기는 부상자들과 위안부 동료들, 그리고 보초 두 명이 있을 뿐이었지만 그들 역시도 부상자였다. 수희는 평안도 언니에게 짐을 챙기라고 했다. 떠나기 전에 마지막으로 할 일, 살짝곰보 미나미 놈을 죽이는 일이 남았다. 순임이를 목매달게 만들고 명희를 어딘가에 팔아먹은 놈, 아버지가 조선인이라면서도 온갖 악독한 짓이란 악독한 짓은 골라서 하는 돈밖에 모르는 그런 인간쓰레기를 살려둔 채로 여기를 떠날 수는 없다. 평안도 언니도 미나미라면 치를 떨었다.

수희는 자기 자리에서 몇 걸음 떨어진 곳에 누워있는 한 장교에게 며칠 전부터 공을 들였다. 20대 후반의 곱상하게 생긴 대위였다. 그는 고사포 부대에 중대장으로 있었는데 보름 전 미군의 공습에서 두 다리를 잃고 임시방편으로 지혈만을 해 놓은 상태였다. 군의관도 위생병도 의약품도 모두 부족하니 어쩔 수가 없는 상황이었다. 그의 두 다리에서는 썩어가는 고름냄새가 진동했다. 수희는 자기에게 배급된 주먹밥을 함께 나누어 먹기도 했고 물을 떠다 주기도 했다. 그는 삶의 마지막에 그런 친절을 베풀어 주는 수희를 고마워했다. 편지를 수희의 손에 쥐어주면서 손을 잡고 놓을 줄을 몰랐다. 수희는 그의 머리를 끌어안고 쓰다듬어 주었다. 그건 꼭 자기가 세운 계획만을 생각하고 한 행동은 아니었다. 두 다리가 잘려서 썩어가고 있는 이 불쌍한 사내, 언제 죽을지도 모르는 이 남자. 따지고 보면 상필이 오빠와 비슷한 또래가 아닌가? 오빠는 가미카제에 끌려갔다고 했는데 언제 어디서 또 이런 모습으로 죽게 될까? 오빠 생각을 하자 수희는 것잡을 수 없는 눈물이 쏟아져 나왔다. 그도 수희의 가슴에 안겨서 어깨를 들먹이며 울었다. 수희의 눈물이 그의 얼굴을 타고 흘러내렸고, 그의 눈물이 수희의 가슴을 적셨다. 바로 어제 밤에 있었던 일이었다.

그의 옆에는 혁대에 매어진 권총과 일본도가 놓여 있었다. 수희는 권총집에서 권총을 뽑았다. 그러자 평안도 언니가 그 옆에 있는 일본도를 빼 들었다. 그는 별로 놀라지 않는 표정이었다. 아마도 자신을 죽여주려는 걸로 착각하는 것 같았다. 동굴 속에는 부상자들 중에서 몇 명이 깨어 있었지만 그들 역시도 남의 일처럼 무관심했다. 탄창을 빼 보니 다섯 발이 들어 있었다. 수희는 권총을 들고 미나미에게로 갔다. 평안도 언니가 칼을 위로 치켜들고 뒤를 따랐다. 그 제서야 부상병들이 이쪽으로 고개를 돌리고 호기심이 가득한 눈으로 이들 두 처녀의 행동을 지켜보았다. 위안부 친구들은 아직까지도 모두 잠에 취해 있었다. 미나미는 나무상자에 뚜껑을 덮고 못질

을 하고 있었다. 아마도 짐을 챙겨서 산을 내려가 미군에게
투항하려고 하는 것 같았다. 수희가 앞에 떡하니 버티고 서자
그는 상황을 이해하지 못하는 표정으로 수희를 올려다보았
다. 동굴 벽의 움푹 들어간 곳에서 촛불이 간들거렸다. 수희
는 다짜고짜로 미나미의 허벅다리를 쏘았다.

"탕~"

총은 엄청난 소리를 내면서 불을 내 뿜었다. 순간적으로 조
그마한 동굴 속이 환해 졌다가는 다시 어두워졌다. 잠을 자던
나머지 병사들과 위안부들이 모두 벌떡 일어났다. 밖에서 보
초를 서고 있던 병사 하나도 절뚝거리며 뛰어 들어왔다. 그도
한쪽 발목이 날아간 부상자였다. 동굴 밖이건 동굴 안이건 멀
쩡한 군인은 단 한 명도 없었다. 병사는 총을 지팡이 삼아 의
지하고는 두 사람을 멍하니 쳐다보았다. 곧이어 수희의 날카
로운 음성과 총소리, 미나미의 울부짖는 소리가 거의 동시에
울려 퍼졌다.

"미나미, 하나꼬는 어디다 버렸나?"

"탕!"

"아아~ 내 다리~"

이번에는 다른 쪽 무릎이 박살나면서 미나미가 옆으로 고
꾸라졌다. 그는 숨을 헐떡거리며 말을 더듬었다. 옆에서는 그
의 부인이 연신 손바닥을 비비면서 수희에게 살려달라고 사

정을 하고 있었다. 수희는 양 손목에 가해져오는 엄청난 충격에 하마터면 권총을 떨어뜨릴 뻔 했지만 그래도 이를 악물고 손에 더욱 힘을 주었다. 손이 얼얼했다.

"만주, 만주 농사꾼한테…… 스미꼬, 나 좀 살려 줘……"

수희는 총을 잡은 두 손을 미나미의 얼굴에 겨누고 눈을 질끈 감았다.

"탕~"

순간 피가 사방으로 튀면서 미나미의 두개골에서 허연 물이 쏟아져 나왔다. 수희의 얼굴에도 피가 튀어 그야말로 피범벅이 되었다. 수희와 평안도 언니는 챙겨 놓은 보따리를 들고는 재빨리 동굴을 빠져 나왔다. 피를 뒤집어쓰고 권총을 들고 나가는 수희의 뒤를 따라서 일본도를 번쩍이며 휘둘러대는 평안도 언니의 기세에 눌려서 동굴 안에 있는 스물 댓 명의 사람들은 숨도 제대로 쉬지 못하고 그들을 지켜보기만 할 뿐이었다.

수희는 연대장을 떠올리며 '고맙습니다'라는 말을 입속으로 중얼거렸다. 만주에 있을 때 연대장은 수희를 데리고 연대 사격장에서 사격연습을 시켜주었다. 어쩌면 의도한 행동인지도 몰랐다. 그가 이런 말을 했기 때문이었다.

"여자도 전시에는 권총 정도는 쏠 줄 알아야 해."

자기가 연습하러 갈 때마다 심심풀이로 데리고 가서 총을 쏘아보도록 한 것이었지만 결과적으로는 수희에게 커다란 도움이 된 셈이었다. 수희는 거기서 과녁을 향하여 권총도 쏘아보고 소총도 쏘아 보았다. 또 숙소에서는 연대장의 권총을 분해하고 기름칠을 해 준 적도 몇 번 있었다.

수희는 밖으로 나오자 땀을 뻘뻘흘리며 헉헉대다가 바위 앞에 픽! 고꾸라졌다. 온몸에 땀이 비오듯 했다. 왜 안 그렇겠는가. 열여덟 살 어린 처녀가 권총으로 사람을 죽였으니. 그런 수희를 평안도 언니가 다독거려 주었다.

"일없다, 스미꼬. 죽을 놈이 죽은 거란 말이다. 너는 죄없다."

7월 4일 사이토 중장은 마지막 작전회의를 했다. 동굴의 상황은 비참한 정도를 훨씬 넘어서 지옥도 그런 지옥이 없을 지경이었다. 며칠째 계속된 비로 인하여 동굴은 무릎까지 물에 찼다. 옷은 흙투성이가 되었고 군화와 양말은 모두 썩어버렸다. 사령관이 있는 동굴이라고 해서 특별히 더 나을 것도 없었다. 어느 동굴이나 이미 식량은 다 바닥나 버렸고 식수마저도 없는 상태다. 탄약은 모두 타라판 시의 탄약고에 있는데 철수하면서 가지고 온 것은 이미 다 써 버렸다. 사이토 중장도 며칠 동안 잠을 제대로 자지 못해서 눈이 퀭하니 들어가 있었다. 그는 며칠 전부터 말라리아에 걸려서 신음 중에 있었다. 말을 할 때마다 턱이 덜덜 떨렸다. 사령관이 이 지경일진 대 다른 장교나 병사들이야 오죽할 것인가.

작전회의는 간단했다. 여기 동굴에 남아서 끝까지 저항을 할 것인가, 아니면 전원이 나가서 마지막 공격을 하고 죽을 것인가, 하는 두 가지 방법 중 하나를 선택하는 회의였다. 참 모들 모두가 최후돌격을 하고 죽자는 쪽으로 의견의 일치를 보았다. 사이토 중장은 곧 돌격명령서를 작성했다. 참모들이 그 내용을 여러 장에 옮겨 적었다. 곧 50여 장의 최후돌격명 령서가 작성되었다.

"사이판 수비 장병들에게 고한다. 우리에게는 동굴 속에 있 어도 죽음, 나아가도 죽음이 있을 뿐이다. 이제 우리는 적에게 치명적인 일격을 가하는 것으로써 태평양의 방파제역할을 마 무리하려고 한다. 사이판에 묻히게 될 우리들의 뼈가 대일본제 국을 지켜 줄 것이다. 병사들이여, 저 세상에서 만나자."
– 사이판지역방어사령관 육군중장 사이토 요시츠구

참모들의 의견으로는, 수십 군데의 동굴에 명령서를 모두 전달하려면 이틀은 걸린다고 했다. 그래서 작전 개시 날짜를 사흘 후인 7월 7일 이른 새벽으로 정하였다. 사이토 중장은 곧 자기의 결정을 다른 동굴에 숨어 있는 두 명의 해군 중장에게도 알렸다. 나구모 중장과 다카키 중장도 육군과 행동을 같이 하겠노라고 회신해 왔다. 바다에서 싸워야 할 해군이 육지의 동굴에 몸을 숨기고 있는 형편이니 그들이 데리고 있는 인원이라야 수백 명의 육전대 병력이 전부였다. 사이토 중장은 사이판 수비대의 결정사항을 본국에 타전했다. 다음 날 본국에서 회신이 왔다. 일왕 히로히토의 명의로 되어 있었다.

"사이판 섬의 현 사태를 매우 유감으로 생각하는 바이다. 그러나 수비대의 분투에는 깊은 감명을 받았다. 그대들을 기억하겠노라."

마지막 총공격 명령을 하달한 후 이틀이 지났다. 두 명의 해군 중장은 권총 자살을 했다. 사이토 중장은 할복자살을 택했다. 그는 자기의 동굴에서 참모들과 마지막 고별주를 마셨다. 반합 뚜껑에 따른 술을 한 모금씩 돌아가면서 마셨다. 이 마지막 주연을 위해 아껴두었던 통조림도 꺼내 먹었다. 그는 밖의 평평한 바위로 갔다. 밖은 이미 해가 중천에 떠 있었다. 거기에 담요를 깔았다. 그는 바위 위에 앉아서 하늘을 쳐다보았다. 웃통을 벗은 그의 몸에 7월 초 남태평양의 밝은 햇빛이 비쳤다. 그가 든 작은 단검이 햇빛에 반짝였다. 힘차게 배를 가르며 '천황폐하 만세!'를 외쳤다. 곁에서 지켜보고 있던 부관이 권총을 발사했다.

혼다 기자는 동굴 속에서 그 소식을 들었다. 그리고 수첩을 꺼내 '1944년 7월 6일 오전 10시 10분 사이토 중장 할복자살'이라고 적었다.

며칠 전 부대가 이동하면서 혼다 기자는 다른 동굴로 배치되었다. 7월 7일 이른 새벽에 4천 명의 일본군이 모두 산을 내려가서 해변에 집결한 후 타라판 시의 미군 제105연대 진지를 급습했다. 불과 한 달 전에 혼다 기자가 처음 도착했을 때에는 제법 번듯했던 타라판 시는 폐허 그 자체였다. 타다 남은 건물더미와 전신주, 곳곳에 죽어있는 시체들, 그들이 썩어가는 냄새, 그 시체를 파먹는 파리 떼들과 짐승들, 그야말로 타라판 시는 지옥을 방불케 했다. 미군 측에서는 일본군의 공격을 이미 알고 있었다. 그들이 미리 대비해 놓고 조명탄을 터트리며 폭탄으로, 기관총으로 사정없이 갈겨대니 거기서 살아남는다는 것은 거의 기적에 가까운 일이었다. 애당초 이 작전 자체가 살아남기 위한 작전이 아니었으니 오히려 살아 남는 것은 불명예일 뿐이었다. 병사들 상당수는 이미 미쳐 있었다. 정신이 나가서 비틀대며 노래를 부르고 뛰어나가는 놈이 있는가 하면 술에 취해서 비틀대며 적진을 향하는 놈도 있었다. 또 죽창을 들고 뛰어가는 놈도 있고 심지어는 맨손으로 달려 나가는 놈도 있었다. 이번의 공격에서 4천 명이 거의 다

몰살당했다.

8일 밤, 일본군은 마지막 남아있던 병력에 움직일 수 있는 경상자들까지 끌어 모아 최후의 돌격을 감행하였다. 그러나 이날은 아예 미군진지 앞까지 가지도 못하고 몰살당했다. 거의 맨손이나 다름없는 인간들이 꾸역꾸역 밀려들었다고 보는 게 더 올바른 평가였을 것이다. 이날에만 일본군은 4천 명의 시체를 남기고 철수했다. 이제 일본군은 더 이상 저항 할 힘마저 모두 소진하고 만 것이다.

산 속에는 아직도 1만5천에 달하는 사람들이 있었다. 그들 중 대다수는 섬의 곳곳에서 피란 온 원주민들과 일본 군인가족들, 그리고 조선 등지에서 강제로 끌려온 징용자들과 수십 명의 종군위안부들이었다. 거기에는 3천에 달하는 패잔병들도 섞여 있었다. 그들은 차포타우 산의 북쪽 이곳저곳의 동굴이나 밀림 속에 몸을 숨기고 있었다. 미군은 끈질기게 투항방송을 하고 삐라를 뿌렸다. 그러나 미군의 손에 잡히면 처참하게 죽는다는 이야기를 반복하여 들은 그들은 대부분 자살을 선택했다. 그들 중 상당수는 일본군들의 총부리에 밀려 마지 못해 자살 아닌 자살을 택한 사람들도 많았다.

사이판 섬의 전투는 공식적으로는 7월 9일에 끝났다. 미군의 스플루언스 대장은 이날 오후 4시 45분에 공식적으로 미군이 사이판 섬을 점령했다고 발표했다. 그러나 밀림 속으로 숨어 들어간 일부 패잔병들의 저항은 그로부터 무려 1년이 넘도록 계속되어 세상 사람들을 놀라게 했다.

수희와 평안도 언니는 동굴을 빠져나와 밀림 속으로 몸을 숨겼다. 낮에는 최대한 몸을 숨기고 밤에만 움직여 미군이 주둔하고 있는 곳을 찾아간다는 생각이었다. 일본군에게 발각되면 그 즉시로 죽거나 또다시 끌려가서 치욕을 당하는 것이고, 미군에게 발각되면 자칫 일본군으로 오인되어 죽게 되기 때문이었다. 이들은 일본군 전사자들의 군복 중에서 가장 작은 것으로 골라 입었기 때문에 멀리서보면 영락없는 일본군처럼 보일 것이었다.

첫 날은 비어있는 동굴을 찾지 못해 그냥 숲속에서 잤다. 날씨는 밤이나 낮이나 그다지 차이가 없어서 담요 한 장이면 충분히 견딜만 했다. 그러나 문제는 모기와 같은 물것들과 산거머리들이 달려드는 통에 밤에 잠을 자기가 어렵다는 점이었다. 타라판 시 가까이에 있던 위안소는 나무로 얼기설기 지었지만 그래도 번듯한 건물이었다. 그 후에 옮겨 다닌 동굴도 입구에 쑥 같은 풀을 태워 놓고 있어서 동굴 안에는 벌레들이 별로 없었다. 그러나 산 속의 우거진 수풀에서 담요를 덮고 자려니 그놈들 때문에 도저히 잠을 잘 수가 없었다. 특히 산거머리는 떼어내고 나면 또 언제 붙었는지도 모르게 달려들어서 피를 잔뜩 먹어서 통통해져 있었다. 그 흔하던 바나나 나무도 산꼭대기에는 별로 없었다. 그래도 이동하다가 가끔씩 바나나 나무를 발견하면 그 자리에서 실컷 먹고 한 두 송이는 들고 갔다.

하루 밤을 지나고 그 다음날 이동하다가 원주민이 나무에 꽂아 놓은 채 내버려 둔 칼을 주웠다. 그 즉시로 일본도는 내팽개쳤다. 일본도는 사람을 죽이는 데는 좋은지 몰라도 나무를 자르거나 열매를 따는 데는 별로 쓸모가 없었다. 그러나 길이가 짧고 칼날이 넓적한 원주민의 칼은 밀림 속을 헤치고 나가기에도 좋았고 나무를 자르기에도 좋았다. 그 나무가 꽂혀있던 곳에서는 허연 진액이 흘러나왔는데 그걸 먹어보니 맛도 달콤한 게 머리가 맑아졌다. 그 다음부터는 이동하면서 그런 나무를 발견하면 그 나무 밑에서 야영을 했다. 그 나무는 밑 둥이 둥그런 모양으로 굉장히 넓고 아주 매끈한 게 특징이었다. 마치 잘 빚은 항아리를 연상케 하는 나무였다. 낮에 나무 사이로 보면 파란 바닷물이 훤히 보이는데 그걸 밤길로 가면 그 다음 날도 또 그 다음날도 항상 바다는 그 정도의 거리에 있었다. 아마도 밤중에 방향을 잘못 잡아서 계속 제자리를 돌고 있는 것 같았다.

세 번째 밤에는 동굴 속에서 다른 아이들을 만났다. 그날도 우거진 수풀을 헤치고 나가고 있는데 평안도 언니가 수희의 팔을 잡아끌었다. 그러면서 조용히 하라는 시늉으로 손가락을 입에 갔다 댔다. 바로 얼마 되지 않는 곳에서 두런두런 거리는 이야기 소리가 들렸다. 조금 더 가까이 가보니 조그마한 동굴 속에서 소리가 새 나오는 것이었다. 동굴 입구에는 담요가 처져 있었다. 일행은 많지 않은 듯 했다. 수희와 평안도 언니는 보따리를 잠시 내려놓고 총과 칼을 빼들고 안으로 뛰어들어갔다.

"손들엇!"

희미한 촛불 아래 두 명의 여자들이 앉아 있다가 벌떡 일어났다. 주변을 둘러보니 초에 불이 켜져 있었는데 반합으로 초를 절반쯤 가려서 불빛이 새어 나가지 못하게 막아놓고 있었다. 그들의 입에서 나오는 첫 마디는 뜻밖에도 조선말이었다.

"조선사람?"

이렇게 해서 두 명의 소녀들을 만나게 되었다. 그들은 전라도에서 넉 달 전에 끌려온 춘자와 끝순이라는 아이들이었다. 두 아이들은 일본여자들이 편하게 입는 검정 몸뻬에 군복 상의를 걸치고 있었다. 그들이 이 섬에 끌려 와서 겪은 이야기도 수희네가 겪은 이야기 못지않았다. 이들 네 명은 자신들의 처지가 너무나도 똑 같아서 만나자 마자 마음을 터놓고 앞으로 행동을 함께 하기로 의기투합했다. 그들은 산의 초입자락과 해안가 사이에 있는 위안소에서 일본군인들을 받다가 전황이 나빠지자 한 달 쯤 전에 산 중턱의 동굴로 옮겼다고 했다. 그 과정은 수희네가 겪은 것과 거의 비슷했다. 그런데 나흘 전 점심 무렵에 그들은 놀라운 광경을 목격했다는 것이었다.

그날도 춘자는 아침에 주먹밥 하나를 배급받아서 그걸 먹었는데 이상하게 배가 아파서 오전 내내 고생했다. 주인인 우찌다 놈도 마침 자리를 비우고 없어서 밖으로 용변을 보러 나왔는데 끝순이도 함께 따라 나온 것이었다. 그들은 변을 보고서도 금방 들어가지 않고 여기를 탈출해야 할 것인가, 아니면 계속 이대로 있어야 할 것인가를 두고 한참 동안을 의논하였다. 그런데 얼마 지나지 않아 장교 하나가 무장한 군인들 10여 명을 데리고 오더니 병사들을 동굴 속으로 밀어 넣었다. 위안소를 찾아 온 병사들이겠거니 하고 기다렸는데 잠시 후 동굴 속에서 1~2분 동안 콩을 볶는 듯한 총소리가 나고 병사들이 뛰어나오는 것이었다. 밖에서 기다리던 장교에게 하사관이 무어라고 보고를 하고 그들은 일을 다 마쳤다는 듯이 유유히 왔던 방향으로 되돌아갔다고 했다.

춘자와 끝순이는 너무나도 놀라운 광경에 한참을 떨다가 굴 안으로 들어가 보니 거기에는 스무 명 가까운 위안부 처녀들과 부상병 다섯 명이 처참한 모습으로 총에 맞아 죽어 있었다. 더욱 충격적인 광경은 올해 겨우 열 세 살인 정임이는 사타구니에 대검이 꽂혀 있는 상태로 죽어 있었던 것이다. 스무명 가까운 위안부 중에서 그 아이가 제일 어렸는데 우찌다라는 주인 놈이 그 아이를 처음으로 범하고는 밑이 너무 작다고 마닐라에 도착하자마자 강제로 육군병원에 데리고 가서 그곳을 찢어 넓혀 놓기까지 한 아이였다.

다음 날부터 이들은 낮에 이동을 하기로 계획을 바꾸었다. 밤에 움직이는 것이 눈에 띄지는 않아서 좋았지만 방향을 모르니 자꾸 제자리만 맴돌고 있는 것 같았기 때문이었다. 이러다가는 미군들이 있는 곳까지 가기도 전에 모두 밀림 속에서 굶어 죽을 것만 같았다. 낮에 이동하기는 훨씬 쉬웠다. 일본군 패잔병들만 조심하면 되고 폭격에 당하지만 않으면 되는 것이었다. 미군을 만나면 하얀 깃발을 들고 '코리아'라고 외치라는 말을 징용 나왔던 오빠들로부터 들었던 터라 속옷을 찢어 나무에 매달아 하얀 깃발도 만들었다. 저 앞으로 푸른 바다가 손에 잡힐 듯 가까워져 있는데 갑자기 끝순이가 비명을 질렀다.

"아이고메, 나 비얌에 물렸는갑네!"

쓰러진 끝순이의 발목 옆으로 시퍼런 뱀이 쉭~ 소리를 내면서 사라졌다. 평안도 언니가 날렵하게 몸을 엎드리더니 끝순이의 발가락을 입으로 물어뜯었다. 그리고 피를 빨아내고 뱉고 하기를 반복했다. 그러나 끝순이의 몸은 순식간에 푸른 빛으로 변해갔다. 그리고 몸이 점점 뒤틀리면서 입에서는 거품이 흘러나오기 시작했다. 끝순이의 몸이 뻣뻣해지며 숨이 끊어지지까지는 불과 3~4분도 안 걸린 것 같았다. 그렇게 전라도 처녀 끝순이는 사이판의 밀림 속에서 열다섯 살 어린 나이로 하늘나라로 간 것이다. 춘자는 소리 내서 울 수도 없었다. 그렇게 끝순이를 보내고 또 하룻밤을 밀림 속에서 잤다.

다음 날 아침이 밝아서 다시 출발했다. 바닷가 모래사장은 바로 저 밑인데 까마득한 절벽 밑이라 거기까지 가려면 한참을 돌아가야만 했다. 우거진 풀들을 칼로 쳐내며 조금씩 앞으로 나아갔다. 팔이고 다리고 모두 나무와 풀에 긁혀서 피투성이였다. 여기 풀들은 너무 크고 억세서 칼로 자르면서 조금씩 나가야만 한다. 또 밑에서는 단풍이 들고 잎이 시들어 죽어가는 것 같으면서도 위에서는 새순이 돋아나는, 참으로 이상한 식물들이었다.

주저 앉아서 더 이상 못 가겠다고 버티는 춘자를 수희가 일으켜 세웠다. 춘자의 단발머리가 어깨 위까지 내려왔다. 얼굴은 여기저기 긁힌 상처투성이이고 입술도 나무에 부딪쳤는지 통통 부은 채로 피가 맺혀 있었다. 광대뼈는 툭하니 불거져 나왔고 눈은 움푹 들어가 있었다. 도저히 열다섯 살 소녀의 모습이라고는 찾아 볼 수 없는 비참한 몰골이었다. 아마 자신의 모습도 춘자 못지않을 것이다.

다음 날 아침 어디서 붕붕 거리는 소리가 들렸다. 고개를 들어 울창한 나무 사이로 조금 뚫어진 하늘을 보니 아주 작은 비행기 하나가 위를 빙빙 돌다가는 사라졌다. 그리고 10분이나 지났을까? 이번에는 시커먼 색칠을 한 커다란 비행기들이 머리 위로 오더니 반짝거리는 폭탄들을 수도 없이 떨어트리고 돌아다녔다. 잠시 후 여기저기서 나무들이 뽑히고 바위가 깨지면서 엄청난 폭음이 들리기 시작했다. 그 때 맨 앞장을 서서 가던 평안도 언니가 엎드려 있는 쪽에서 비명소리가 들렸다. 수희가 가서 보니 언니는 포탄의 파편에 맞은 듯 배를 까뒤집고 두 팔과 두 다리를 벌린 채로 몸을 부들부들 떨고 있었다. 배에서는 허연 창자가 시뻘건 피와 함께 꾸역꾸역 쏟아져 흘러내리고 있었다. 수희가 가까이에 가서 손을 잡았을 때는 이미 평안도 언니는 눈을 허옇게 까뒤집고 죽어 있었다. 수희는 엉엉 소리 내어 울었다. 어쩌면 모두가 이렇게도 비참하게 죽어가야만 하는가? 원망스럽기는 일본군이나 미군이나 모두 마찬가지였다. 벌써 며칠을 굶었는지 이제 뱃속에서는 꼬록거리는 소리도 들리지 않았다. 배의 모든 기능이 마비된 것 같았다.

다시 날이 어두워졌다. 밤에는 별만 반짝이고 아직도 해변으로 내려가는 길은 나오지 않았다. 그날 밤에, 기어코 춘자는 울면서 뻗어버렸다.

"수희 언니, 나으 명줄이 여그까정인 모양잉게벼. 나넌 인자 더 이상 못 가겄소. 다리도 떨어지덜 않고 머리도 어찔어찔하요. 긍게 날로 여그 냉겨두고 언니만 가써요."

쓰러지기 일보직전인 것은 수희도 마찬가지였다. 그러나 춘자는 고향에서부터 함께 자라 온 끝순이를 이틀 전에 저 세상으로 보냈으니 그 심정이 오죽할 것인가. 그래서 더욱 더 힘이 빠져나가 버린 것이리라. 수희는 어떻게 해서든지 춘자를 일으켜 세워 함께 가야만 하겠다고 생각했다. 혼자서 이 밀림을 헤쳐 나갈 자신도 없었지만 여기다 춘자를 내버려둔다는 건 그야말로 죽으라는 소리나 마찬가지이기 때문이었다.

"춘자야, 힘을 내. 너 꼭 살아서 돌아가야 하지 않아? 네가 여기서 죽어버리면 끝순이의 소식은 누가 전해주니? 너 어렸을 때 옛날이야기 많이 들었지? 내가 재미있는 이야기 하나 해 줄까?"

수희 역시도 사실 며칠간 먹은 게 없어서 입을 벌려 이야기 한다는 것 자체가 힘들었다. 그렇지만 어떻게 해서든지 춘자를 끌고 가야만 했다. 춘자가 풀숲에 담요를 돌돌 말고 누워서 아주 모기소리만큼이나 작은 소리로 '그려요'하고 대답했다. 수희는 그 옛날 서당에서 아버지의 무릎을 베고 옛날이야기 듣던 때를 생각해 냈다. 마당에서 태우는 매캐한 쑥 냄새가 사랑까지 스며들고 개울 건너 논에서는 개구리들이 죽어라고 울어대던 여름밤이었다.

옛날 어느 고을에 아들 삼형제를 둔 부자가 살고 있었단다. 그런데 이 부자는 늙어서도 꼭 딸이 하나 있었으면 하고 간절히 빌었단다. 그런데 어느 날 아침에 대문간을 나가보니 강보에 쌓여있는 여자아기가 있는 거야. 부자 내외는 늘그막에 얻게 된 딸을 애지중지 키웠어. 딸은 무럭무럭 자라서 열한 살이 되었지. 그런데 그해부터 집안에서 이상한 일이 벌어지더란다. 부자네 집에서는 닭이며, 돼지며, 소며, 말까지 많은 짐승들을 키웠는데 하룻밤을 자고 나면 닭이 몇 마리씩 죽어 있는 거야. 또 어떤 날은 돼지가 죽어있기고 하고, 또 다른 날은 소가 죽어 나자빠져 있기도 했지. 부자는 누군가를 파수를 세워서 족제비 같은 짐승의 소행인지 아니면 사람의 소행인지 밝혀야 하겠다고 생각했어. 하루는 큰 아들에게 볶은 콩을 주면서 이렇게 당부했지.

"아들아, 네가 이걸 먹으면서 지붕 위에 올라가서 밤을 새워야겠다. 밤새 지켜보다 보면 왜 가축들이 죽어나가는지 알 수 있을 게다."

큰 아들은 졸음을 잘 참고 망을 보았는데 그만 자정을 넘겨서 깜빡 잠이 들었던 거야. 새벽에 깨어서 보니 커다란 말이 똥구멍에서 피를 흘리고 쓰러져 있는 게 아니겠니?

"춘자야, 자니?"
"아녀요, 언니. 잘 듣고 있구만여라."

다음 날은 둘째 아들에게 시켰어. 그런데 둘째 아들도 그만 잠이 들었다 깨어보니 이번에는 소가 죽어 나자빠져 있는 거야. 부자는 하는 수 없이 열 세 살 막내아들에게 이 일을 부탁했지. 막내아들은 지붕 위에 올라가서 아버지가 내어 주신 볶은 콩을 씹어 먹으며 소와 말이 있는 헛간쪽을 뚫어져라고 쳐다 보았지. 그런데 밤 삼경쯤이 되었을까? 집안에서 방문이 열리며 동생이 나오는 거야. 그 아이는 장독대로 가더니 항아리를 열고 소금을 한웅큼 주먹에 쥔 채로 헛간으로 가더란다. 소들이 있는 데로 가서는 팔소매를 쓱 걷고 손을 커다란 소의 똥구멍으로 집어넣는 거야. 곧바로 피가 뚝뚝 떨어지는 간을 꺼내서 소금에 찍어서 먹고는 입을 쓱 씻고 아무 일도 없었다는 듯이 집안으로 들어가더란다.

다음날 날이 밝아서 막내는 지난밤에 보았던 일을 그대로 이야기 했어. 그랬더니 아버지는 노발대발 하면서 막내아들을 야단치더라는 거야.

"이놈이 내가 딸아이만을 귀여워하니까 샘이 나서 제 동생을 시기하고 질투하는구나. 너 같은 놈은 이 아이의 오라비 자격도 없다. 당장 집을 나가거라."

춘자는 연신 모기를 잡으며 이야기에 귀를 기울였다.

"막내 아덜이 을매나 속이 상했을것인가 참맬로 불쌍허구만요."

막내아들은 하직인사를 드리고 깊은 산속으로 들어갔단다. 그런데 거기서 아주 영험한 도사님을 만난 거야. 막내는 거기서 3년 동안을 온갖 무술이며 도술을 다 배웠어. 그리고 3년이 되는 날, 도사님은 막내아들을 불러 이렇게 당부를 했다지.

"내가 가르쳐 줄 것은 이제 다 가르쳐 주었다. 이제 너는 이 산을 떠나거라."

하직인사를 드리고 떠나려고 하는데 스승께서 막내를 부르더니 주머니 세 개를 주시는 거야.

"이것은 내가 정성을 들여서 만들은 비장의 무기이다. 여기 빨간 주머니는 던지면 주변이 불바다가 된단다. 또 여기 노랑 주머니는 터지면 가시덤불 밭이 된단다. 아무도 빠져 나올 수 없지. 그리고 여기 이 파란 주머니는 던지기만 하면 푸른 강물이 된단다. 이 주머니들은 네가 아주 위급할 때에만 쓰거라. 자, 이제 떠나도 된다."

집으로 돌아와 보니 그 옛날에 고래등같던 기와집은 다 허물어져 있었고 그 많던 가축들은 어디로 갔는지 축사에는 잡풀들만 무성하더란다. 도무지 사람이 살고 있는 집 같아 보이지가 않더라는 거야.

"그 동상이 여우지라?"

춘자가 호기심이 동한 목소리로 물어 왔다. 수희는 춘자의 손을 잡고 이야기를 계속했다. 밀림 속에서 이름모를 새들이 잠자리를 찾는지 푸드득대는 소리가 여기저기서 들려왔다.

대문을 두드리자 잠시 후 예쁜 색동옷을 곱게 차려입은 동생이 뛰어 나오더란다.

"아이고 우리 오빠, 어디 갔다 이제 오세요?"

막내는 동생과 이런 저런 이야기를 했지. 집안은 여기저기 거미줄이 쳐 있고 아무도 살고 있지 않은 거야. 동생은 아버지와 엄마, 그리고 두 오빠들이 모두 몹쓸 병이 걸려서 다 죽었다고 했지. 잠시 후 동생이 저녁을 차려주겠다면서 부엌으로 나갔어. 그런데 조금 있으니 슥삭슥삭~ 칼가는 소리가 들리는 거야. 몰래 창호지를 뚫고 밖을 내다보니 뒤란에서 동생이 쭈그리고 앉아 숫돌에 칼을 갈고 있는 데 치마 뒤로는 하얀 여우의 꼬리가 팔 길이만큼이나 나와 있더란다. 막내는 덜컥 겁이 나서 그길로 도망을 쳤지. 아버지 엄마의 원수를 갚을 생각도 못하고 말이야.

"워메, 뭔 남자가 고로코롬 쪼잔하다요? 죽더라도 부모님으 원수를 갚아야제."

이제 춘자는 완전히 이야기에 빠져 들어간 것 같았다. 수희의 몸으로 춘자의 따스한 체온이 전해져 왔다.

한참을 도망가다가 보니까 동생이 막 소리치며 따라오는 거야. 그러더니 어느 순간 여우로 둔갑을 하더니만 엄청난 속도로 말 궁둥이에까지 따라 붙었겠지. 그때 막내는 허리춤에 매달려 있던 빨간 주머니를 힘껏 던졌지. 그 순간 불바다가 되면서 여우가 불속을 헤매는 게 보였지. 그런데 그 여우는 그 속에서도 죽지 않고 또 계속 말을 쫓아 오는 거야. 불에 그슬린 여우가 거의 말 꽁무니까지 왔을 때 두 번째 주머니를 던졌어. 그러자 이번에는 시퍼런 강물에 둥둥 떠내려가는 거야. 그런데 얼마를 가다 보니까 여우는 또다시 강물을 헤엄쳐와서 작은 오빠를 따라잡을 기세였지. 마지막으로 노랑 주머니를 던졌어.

그랬더니 여우는 캥캥거리며 가시덤불을 헤쳐 나오려고 무진 애를 쓰다가는 그만 피를 흘리고 가시에 걸려서 죽고 말았던 거야. 막내아들은 집으로 돌아와서 집을 다 뒤졌지. 부모님과 형님들의 뼈를 찾아서 양지바른 곳에 무덤을 만들어 드렸지. 그리고는 예쁜 색시를 맞이하여 아들 딸 낳고 행복하게 살았다는 이야기란다.

춘자의 손이 미끄러져 내려갔다. 모기가 물어뜯고 거머리가 달려드는 것은 전날과 마찬가지였지만 춘자는 코를 드르렁거리며 깊은 잠에 빠졌다. 옛날이야기의 힘이, 고향의 추억이 춘자를 편히 잠들게 한 것이었다.

드디어 바닷가 모래사장 바로 앞에까지 왔다. 이제 이 절벽만 내려가면 된다. 그래도 사람 키 세 길은 족히 되어 보이는 절벽을 칡넝쿨 비슷한 줄기들을 엮어 나무에 걸고 그걸 붙잡고 내려왔다. 백사장에서 위를 올려다보니 절벽이 까마득하게 보였다. 그래도 거기가 제일 낮은 절벽이었다.

막상 바닷가까지는 왔지만 여기서 어디로 가야 할지 막막하기만 했다. 그래도 서 있을 수는 없어서 몇 걸음을 옮기니 사람이 죽은 시체가 뼈만 앙상하게 남아 있었다. 옆에는 다 헤진 누런 군복과 일본도가 있는 것으로 보아 일본군임에 틀림없어 보였다. 지나치면서 보니까 해골 속에 작은 게 새끼들이 바글바글 댔다. 수희와 춘자는 누가 먼저랄 것도 없이 해골로 달려들어 게 새끼들을 손으로 파먹었다. 모래사장 안쪽으로는 대나무 같이 생긴 갈대들이 무성하게 자라고 있었는데 우선은 거기에 몸을 숨기기로 했다. 그 속에 들어가니 물고기며 게 같은 것들이 지천에 널려 있었다. 춘자는 지금껏 신고 있던 일본군 군화를 벗어서 그걸로 커다란 게를 두들겨 잡았다. 껍데기를 벗기고 몇 마리씩 살을 파먹고 나니까 이제는 정말 피로가 싹 가시는 느낌이었다.

거기서 잠이 들었나 싶었는데 멀리서 통통거리는 배 소리가 들렸다. 잠시 후 미군 보트 하나가 매우 빠른 속도로 해안가로 달려오더니 병사들 네 명이 뛰어내려서 갈대숲을 뒤지기 시작했다. 수희와 춘자는 하얀 깃발을 들고 '코리아!'라고 큰 소리로 외치며 뛰어나갔다. 그들이 가까이에 와서 보니 그중 두 명은 흑인이었다. 수희와 춘자는 덜컥 겁이 났다. 검둥이는 사람을 산채로 잡아먹는다고 일본군들로부터 교육을 받았던 터였다. 군인들은 총을 겨누고 곧 쏠 듯한 자세를 취하더니 이내 이들이 자그마한 체구의 여성임을 알아차리고는 총을 거두었다. 그들은 수희와 춘자의 바로 앞에까지 와서는 영어로 소리치며 코를 틀어막았다.

"오, 마이 갓!"

"오, 깟댐! 깟댐! 배드 스멜~"

미군 포로수용소

미국 육군 전시정보국 소속 수잔 맥켄나 하사가 조선인 여성 포로들을 접한 후 제일 먼저 취한 조치는 소독을 하고 구충제를 먹이고 목욕을 시키는 일이었다. 여자인 자기가 보기에도 이들은 몇 날을, 아니 어쩌면 몇 달간을 목욕을 못 했는지 몸에서 엄청난 냄새가 났다. 그리고 머릿속에는 이가 바글바글했다. DDT를 잔뜩 뿌리고 더운 물로 목욕을 시키고는 밥을 실컷 먹게 했다. 그들은 며칠을 굶었는지 누가 옆에서 지켜보고 있건 말건 허겁지겁 먹어댔다. 그리고는 곧바로 잠에 취해 골아 떨어졌다. 그 다음날도 온 종일 먹고 자기만 하도록 내버려 두었다. 사흘째 되는 날, 말끔하게 씻고 새 옷을 입고 수잔 앞에 나타난 조선 처녀들은 정말 신기하게도 완전히 딴 사람이 되어 있었다. 움푹 들어갔던 볼도 어느 정도 살이 붙었고 얼굴도 윤기를 되찾아가기 시작했다. 수잔은 두 명의 처녀들을 심문했다. 그리고 타자기를 치기 시작했다.

일본인 포로 심문보고 제55호
미국 육군 남태평양 전역군 소속
미국전시정보국 APO698
심문장소: 사이판 제27사단 포로수용소
심문기간: 1944년 7월 18일 ~ 7월 21일
보고자: 육군하사 수잔 맥켄나
포로: 조선인 위안부 F028
체포 년월일: 1944년 7월 15일

서론
이 보고는 1944년 7월 15일 사이판 동쪽 해안에서 투항한 일본군 소속 조선인 위안부 수이 초이(Sui Choi)를 심문한······.

수잔은 보고서를 다 쓰고 나서 같은 여자로서 그 괴로운 심정을 어찌해야 좋을 지 주체할 수가 없었다. 그녀는 밤 12시가 넘어서까지 잠들지 못하고 뒤척이다가 결국은 일어나서 책상 위의 스탠드에 불을 켜고 엄마에게 편지를 썼다. 편지를 쓰는데 자꾸 눈물이 편지지에 떨어져 내려 만년필로 쓴 글씨가 퍼져나갔다.

어쩌면 이럴 수가 있을까? 그렇게도 착하기만 하고 온순하기만 하던 일본사람들이 어쩌면 이렇게도 다른 모습을 보이는 걸까? 그녀는 편지를 쓰는 내내 그 의문을 해결할 수가 없었다. 그건 단 몇 시간에 풀 수 있는 문제가 아니었다. 어쩌면 자기가 평생을 공부해도 못 다 풀 것 같다는 생각을 했다. 인디아나 대학에서 역사학이라는 학문을 건성건성 배우다가 군인이 된 게 후회스러웠다. 본국으로 돌아가면 대학원에 진학하여 일본에 대하여 좀 더 근본적인 문제부터 차근차근 공부해 보고 싶었다. 수잔은 편지를 쓰면서 아직 입학하지도 않은 대학원 석사학위 논문의 제목을 생각해 내고 있었다. 그것을 ≪집단으로의 일본인과 개인으로의 일본인 - 그들의 이중적 심리에 관한 연구≫라고 정했다. 그만큼 이번에 몇 명의 포로들을 심문하면서 그녀가 받은 충격은 엄청난 것이었다. 특히 두 명의 코리안 여성들을 심문하면서는 말로 다 표현할 수 없는 충격을 경험하였다. Dear My Mom으로 시작되는 그녀의 편지는 다음과 같았다.

사랑하는 엄마, 잘 지내지요?

아빠는 어떠세요? 요즘 나를 전쟁터에 보내놓고 나서 혹시라도 밤잠을 이루지 못하고 계시지는 않는지요? 엄마, 걱정하지 마세요. 여기는 전투를 하는 곳과는 거리가 멀어요. 그리고 우리 미군은 지금 연전연승하고 있어요. 한 달 전에는 사이판 섬도 탈환했어요. 로버트에게도 누나 걱정은 하지 말고 대학 공부나 열심히 하라고 해 주세요.

엄마, 요 며칠 동안 나는 엄청난 경험을 했어요. 엄마에게라도 터놓지 않으면 제가 미쳐버릴 것만 같아 이렇게 편지를 쓰는 거예요. 그래도 군대 기밀에 속하지 않는 이야기만 들려드릴게요.

제가 심문한 포로들 중에 코리아라는 나라에서 온 처녀들이 두 명 있었어요. 처음 그들이 잡혔을 때 그 모습을 무어라고 표현해야 할까요? 정말 저는 너무나도 큰 충격을 받았어요. 어찌나 심하게 냄새가 나던지 주변에 있던 사람들 모두가 코를 틀어막았어요. 좋아요. 그건 목욕을 하지 못한 특수한 상황 때문이라고 쳐요. 신체검사를 하는데 몸무게가 겨우 70파운드인 거예요. 엄마, 조카 다니엘의 몸무게가 얼마지요? 작년에 제가 떠나오기 전에 거의 70파운드 가까이 되지 않았나요? 겨우 일곱 살짜리 아이의 몸무게와 여기 스무 살이 다 된 처녀들의 몸무게가 같다는 게 말이 되나요? 하나는 열다섯 살이고 또 다른 하나는 열일곱 살이에요.

좋아요. 그것마저도 섬에서 잘 먹지 못하고 있어서 그랬다고 쳐요. 엄마, 정말 놀라운 사실은 무언지 아세요? 바로 이 처녀들을 일본군들이 강제로 끌고 와서는 군인들의 섹스 상대가 되도록 했다는 거예요. 그것도 하루 밤에 적으면 10명, 많은 날은 100명까지도 받았다네요. 그들이 직업적인 창녀였느냐고요? 아니에요, 절대 아니에요. 한 처녀는 집에서 친구와 산에 무슨 풀인가를 캐러 갔다가 그길로 잡혀서 끌려왔대요. 또 한 처녀는 중학교를 졸업하고 고등학교를 가야하나 말아야 하나 하고 있던 참에 끌려 왔다는 거예요. 그것보다도 더 놀라운 사실이 있어요. 이들이 포로로 잡히기 불과 며칠 전에 동굴 속에서 이들의 동료들을 모두 총을 쏘아 죽였다는 사실이에요. 더 이상 쓸모가 없고 또 포로가 되면 공연히 복잡한 문제를 야기할 지도 모른다는 판단에서 취한 행동 같아요. 그중에 한 아이는 불과 열 두 살인데, 엄마, 제발 놀라지 마세요, 가장 신성하게 생각해야 할 성기(vulva)에 칼을 꽂아서 죽게 했대요.

동굴 속에 사람들을 모아놓고 모두 죽였다는 증언은 몇 달 전에도 나왔어요. 제가 뉴기니에 있을 때 거기서 포로로 잡힌 코리아 남성들 몇 명이 같은 증언을 했지요. 그들은 비행장 건설에 강제로 동원된 청년들인데 공사가 다 끝나자 날마다 사이렌을 불게 해서 사람들을 동굴 속으로 모이게 했대요. (실제로는 여러 차례 폭격도 있었지요) 그러더니 마지막에는 거짓 공습경보를 울려서 사람들을 동굴 속으로 몰아넣고 폭약을 터트려서 모두 죽였다는 거예요. 운 좋게 그 자리를 피한 사람들이 나중에 포로가 되어서 우리 작전반에 증언한 거예요.

엄마, 이들 위안부들(comfort women)의 말이 거짓은 아니에요. 이들 보다 2주 먼저 붙잡힌 중국인 처녀도 똑 같은 증언을 했어요. 그 여자는 발이 자라지를 못했어요. 중국의 풍습 중 전족이라는 것을 해서 어릴 때부터 발이 자라지 못하게 했기 때문이지요. 저는 이번에 몇 명의 포로들을 심문하면서 동양남성들이 여성들을 대하는 태도를 보고 환멸을 느꼈어요. 그리고 우리 동네에 함께 살고 있던 나츠미의 엄마를 다시 생각하게 됐어요. 우리 집에도 자주 놀러 오던 나츠미 엄마는 어찌나 친절하고 상냥한지 온 동네 사람들이 칭찬하던 사람이잖아요. 그런데 그런 사람과 같은 국민이 어쩌면 이렇게도 비인간적인 행동을 했는지 그저 놀라울 뿐이라니까요. 이제 제가 미국에 돌아가면 다시는 일본 사람들을 똑바로 쳐다보지 못할 것 같아요.

혹시라도 그 포로들이 거짓말을 하는 건 아닌지 하는 의구심이 들 거예요. 당연하죠. 저라도 그런 생각을 할 테니까요. 그러나 이건 저 혼자만 한 심문이 아니에요. 이 방면의 베테랑인 찰스 대위님도 함께 계셨단 말이에요. 그리고 저도 이제는 진술자의 눈빛을 보면 알아요. 사실을 말하는지 또는 거짓을 말하는지 말이죠.

엄마, 너무 놀라게 해 드려서 미안해요. 그렇지만 이건 도저히 저 혼자서 감당하기에는 너무 힘든 일이라서 그래요. 조나탄 목사님께 기도 부탁드려 주세요. 제가 이 힘든 일을 잘 마치고 건강하게 귀국할 수 있게요. 이제 전쟁도 거의 다 끝나가요. 아마도 올 크리스마스는 집에서 보내게 될 것 같아요. 사랑해요, 엄마.

엄마의 딸 수잔이

춘자가 수용소에 온지 사흘째 되는 날 아침에 처음으로 식당을 갔다. 그동안은 미군 병사들이 식사를 그들에게로 갖다 주어 식당에 갈 기회가 없었던 것이다. 그런데 식당에서 반가운 얼굴을 두 명씩이나 만났다. 한 명은 정학수 오빠였고 또 한 명은 왕링이었다. 정학수 오빠도 탈출하다가 미군들에게 발견되어 구조되었다고 했다. 정학수 오빠가 들려 준 징용병들의 최후는 너무나도 끔찍했다.

정학수는 '병사들은 모두 8호 동굴로 모이라'는 전갈을 받았다. 7월 5일의 일이었다. 8호 동굴은 차포타우 산의 정상 바로 뒤편에 있었다. 정학수의 동굴에서는 200m쯤 떨어진 곳이다. 그날은 보름인지 달이 무척이나 밝았다. 새파랗게 달빛이 비추니 거의 대낮이나 다름없었다. 그 연락이 오자마자 함께 있던 일본군 동료들과 조선 학도병들은 삼삼오오 짝을 지어 동굴을 빠져 나갔다. 그런데 일본군 병사들은 중간에 슬그머니 다른 곳으로 사라지는 것이 아닌가. 8호 동굴 앞에까지 가니 함께 떠났던 일본군 병사들은 모두 어디론가 사라지고 동굴에 들어가는 병사들은 하나같이 조선출신 학도병들뿐이 있다. 8호 동굴로는 조선 학도병들이 계속 모어들고 있었다.

정학수는 이상한 낌새를 눈치 채고 친하게 지내던 오범호의 옆구리를 찔렀다. 동굴 입구에는 일본병사 두 명이 총을 들고 보초를 서고 있었다. 둘은 30m 밖의 밀림 속 바위 뒤에 숨어서 동굴을 엿보았다. 아마도 20분 정도나 지났을 것이었다. 그때까지 정학수와 오범호가 확인한 조선인 학도병들은 대략 30명 정도 쯤 됐다. 그러나 그 전에도 먼저 들어간 병사들이 있으니 전체 숫자가 얼마나 될지는 알 수가 없었다. 그로부터 10분 정도가 더 지나자 이제는 다 모였는지 더 이상 동굴로 향하는 발걸음이 없었다. 그런데 보초를 서던 병사들끼리 무어라고 귓속말을 주고받더니 한 놈이 사라졌다. 한참만에 그놈은 뒤에 10여명의 일본군들을 데리고 나타났다. 그들은 동굴 안쪽을 향하여 마치 돌팔매를 던지듯이 일제히 수류탄을 던져 넣기 시작했다.

"픽! 픽! 픽!"

수류탄 터지는 소리와 비명소리, 그리고 매캐한 화약냄새와 시커먼 연기가 굴 속으로부터 쏟아져 나왔다. 몇 명의 학도병들이 도망쳐 나왔으나 그들은 밖으로 나오지도 못하고 바로 입구에서 총을 겨누고 있던 일본군들의 총 세례를 받고 쓰러져갔다. 이제 일본군들은 더욱 대담해져서, 입구에 쓰러져 있는 대여섯 명의 조선군 병사들을 엄폐물삼아 동굴 안쪽으로 수류탄을 다시 던져 넣었다. 동굴 속에서는 폭음 소리 외에는 더 이상 아무소리도 들리지 않았다. 일본군들은 동굴 안이 조용한 것을 확인하고는 모두 왔던 길로 되돌아갔다. 다행히도 정학수 일행이 있던 곳은 동굴과는 바로 지척이었지만 앞에 무성한 나무들과 바위로 가려져 있어서 일본군들은 그쪽은 아예 주목하지도 않았다. 그들은 동굴 속을 들어가서 확인할 엄두도 내지 못하고 그 길로 밀림 속으로 도망쳐 나왔다. 그리고 밀림을 헤맨 지 7일 만에 미군 수색대를 만나서 구조된 것이다. 같이 탈출한 오범호 오빠가 이렇게 이야기 했다.

"몽땅 죽었을 것이여. 뻔한 것 아닌감? 동굴에 집어 쳐 놓구선 수류탄을 터트려뿌랐구먼. 즈그덜이 전쟁에서 지구 있응께 불안혀서 저지른 짓거리여. 우리 학도병덜이 뒤에서 즈그덜얼 총질할개비 겁이 난 것이제라."

나중에 미군들로부터 들은 이야기는 동굴마다 자폭한 것인지 누가 폭탄을 집어넣은 것인지 모르지만, 수십 구, 어떤 곳 아주 큰 동굴에는 수백 구의 시체가 쌓여 있었다고 했다. 그런데 그게 전부 일본인인지 거기에 또 다른 민족이 섞여 있는지는 확인하지 못했다고 했다.

아츠카는 남편과 함께 미군의 포로가 되길 잘 했다고 생각했다. 섬에 있던 일본군인들 3만 명이 거의 다 전투 중 죽거나, 최후돌격으로 죽거나, 아니면 만세절벽에서 몸을 던져 죽었지만, 아츠카는 남편과 함께 살아남는 쪽을 택했던 것이다. 죽은 사람들에게 미안한 마음이 없는 것은 아니었지만 그건 어느 누가 보더라도 개죽음일 뿐이었다. 군인들은 상관의 명령 때문에, 그리고 민간인들은 다른 사람들의 눈치 때문에 마지못해 '천황폐하 만세'를 외치고 죽어갔다. 하지만 자기는 그러고 싶은 마음이 조금도 없었다. 옆집의 미유키도 평소에 이야기를 해 보면 자기와 같은 생각이었지만 결국 그녀는 남편과 함께 산악지역으로 피신하는 쪽을 택했다. 필경은 죽었을 것이다. 아츠카와 남편은 사령부의 철수명령을 듣고도 일부러 미적대면서 미군에 포로가 되는 쪽을 택한 것이었다.

아츠카의 남편은 마루베니(丸紅) 상사의 사이판주재원이고 미유키의 남편은 스미토모(住友)상사의 주재원이다. 두 집은 애증을 갖고 있는 이웃이었다. 군납관계 계약을 따내야 하는 치열한 경쟁관계에 있을 때는 둘도 없는 적이지만, 같은 상사주재원의 부인으로서 서로의 심정이나 애로사항을 가장 잘 아는 친구이기도 한 것이다. 둘은 여기에서 아주 급속도로 친해진 사이였다. 그 집도 아들 하나에 딸 하나를 지바 현의 고향집에 맡겨두고 있었다. 같은 상사원의 부인에다가 같은 나이또래의 아이들이 있고, 그것도 똑같이 고향의 부모에게 의탁해 놓고 객지에 나와 있으니, 어쩌면 처지가 비슷해도 이렇게 비슷할 수가 있을까?

아츠카가 남편과 함께 사이판을 온 것은 2년 전이었다. 그 전에는 중국의 상해지점에서 10년을 있었다. 맏이인 딸과 둘째인 아들을 낳은 것도 모두 상해에서였다. 지금 아이들은 고향인 가고시마 현의 고향집에서 친정엄마와 아버지가 키워주고 계신다. 아츠카가 와 보니 스미토모 상사는 벌써 1년 전부터 여기에 둥지를 틀고 있었다고 한다. 사이판에는 공사물량이 엄청나게 많았다. 거기에 들어가는 자재들을 팔려면 아무래도 현지에서 상담을 하는 것이 가장 효과적이었다. 그래서 각 상사의 본사에서는 해외주재원을 상주시키는 데 많은 비용이 들어가는 것을 감수하고서라도 주재원들을 앞 다투어 상주시키고 있었다. 그래도 여기 사이판이 일본의 다른 종합상사들, 예를 들어, 미쓰비시나 미쓰이 같은 곳까지 모두 진출하기에는 시장이 그리 크지 않았다.

상해에서는 10년을 있었는데 초창기에는 엄청난 특수를 누렸다. 중국 측에서 필요로 하는 물량을 다 대지 못할 지경이었다. 그러나 전쟁이 터지고 주재 9년, 10년째 가서는 겨우 군용 담요나 몇 만장 납품하는 게 고작이었다. 중일전쟁이 터져 중국과의 교역이 끊어지자 경쟁도 치열하고 팔아먹을 곳도 마땅치 않았다. 그러나 여기에 와 보니 시멘트건 철근이건 공사에 들어가는 자재는 무궁무진하게 필요했다. 섬 전체를 하나의 요새로 만든다는 게 적절한 표현이리라. 그런데 그것도 올해 들어와서는 쉽지가 않게 되었다. 일본이 해전에서 연전연패하다 보니 바다로의 수송길이 막혀 버린 것이었다. 그래서 이제나 저제나 철수를 할까 고민하고 있던 차에 그만 미군의 상륙작전이 시작되고 결국은 포로가 되고 만 것이었다.

6월 중순 쯤의 일이었다. 하루는 노다 츠요시 중좌가 밤늦은 시간에 여자 아이를 하나 데리고 왔다. 전족 때문에 잘 걷지도 못하는 아주 자그마한 중국 소녀였다. 남편과 노다 중좌는 같은 가고시마 출신으로 가고시마 중학교 동창이다. 아츠카와 남편의 고향인 가고시마(鹿兒島)는 일본의 제일 남쪽에 있는 섬으로 사시사철 따뜻하고 밀감이 많이 나는 동네다. 남편과 노다 중좌는 중학교 시절부터 검도를 했는데 시현류(示現流)의 도장에서 같이 검술을 배운 사이다. 둘은 고등학교까지는 아주 친했으나 그 후에 노다는 사관학교를 들어갔고 남편은 구마모토(雄本) 대학에서 상학을 배워 마루베니 상사에 입사하였다. 그런데 남편이 상해지사에 가서 근무하던 중 노다 소위의 목 베기 시합 소식을 듣고 그의 부대로 가서 재회하게 된 것이다.

상해에 있을 때는 노다의 도움을 많이 받았다. 비록 그는 그 당시 소위에서 갓 진급한 애송이 중위밖에는 되지 않았지만 그의 인기는 하늘을 찌를 듯 했다. 웬만한 군납계약건도 그가 중간에 나서면 실패하는 법이 없었다. 거기서 노다 중위의 신세를 톡톡히 지고 일본에 가서 1년을 휴가 겸 가고시마 지사 근무를 하다가 이곳 사이판으로 발령을 받아 온 것이다. 그런데 여기에 도착하고 얼마지나지 않아 이번에는 노다가 중좌로 진급하여 대대장으로 부임한 것이 아닌가. 둘은 첫날 만나서 밤새 술을 마셨다. 노다 중좌는 그 후에도 자주 집에 와서 놀다 갔다. 그런데 그가 이번에 남의 눈을 피해서 한밤중에 중국 아가씨 하나를 데리고 온 것이다.

노다 중좌는 그 아이를 잘 부탁한다는 말을 남기고 떠났다. 무슨 수를 써서라도 일본군에게 들키지 않게 잘 숨겨달라는 부탁이었다. 왕링이라는 아가씨는 열여섯 살이라고 했다. 이야기를 들어보니 2년 전부터 군인들의 위안을 해주는 일을 했단다. 그러면 겨우 열네 살 때부터? 지금 가고시마에 있는 딸이 열네 살이다. 복숭아처럼 예쁘게 자라라고 모모코(桃子)란 이름을 할아버지가 지어 주었는데, 딸아이의 나이 때부터 그런 일을 당했다는 이야기에 아츠카는 벌벌 떨리는 가슴을 진정시키느라고 한참을 서성거려야 했다.

둘째 날 밤, 아츠카는 옆방에서 잠들은 왕링을 보러갔다. 불을 켜자 어디서 나타났는지 따뜻한 섬지방의 날것들이 검정 갓을 씌운 전등 주변을 열심히 날아다녔다. 군용담요를 목까지 끌어 올리고 자는 왕링은 정말 작은 아가씨였다. 왕링을 보면서 아츠카는 너무 불쌍해서 흐르는 눈물을 주체할 수가 없었다. 2년 전이면 이보다도 훨씬 더 작았을 텐데 그런 어린 아이에게 하루 밤에 열 명도 아닌 스무 명, 서른 명씩이나 달려들었다니, 세상에! 어쩌면 군인들은 그다지도 못된 짓을 서슴치않고 하는 것일까? 잠시 지켜보던 아츠카는 남편이 하던 말을 떠 올렸다. 어제 노다 중좌와 술을 마시면서 두 사람은 아츠카가 들으라는 듯 이야기 했다. 조금 잔인하긴 했어. 그래도 대일본제국의 승리를 위해서라면 할 수 없지. 아츠카는 담요 밖으로 삐져나온 왕링의 손을 살며시 잡았다.

"워샹니, 워샹니."

아츠카는 엄마가 보고 싶다는 왕링의 잠꼬대를 들으며 밖으로 나온 그녀의 손을 담요 안으로 넣어 주었다. 왕링의 손은 정말 작았다. 마치 모모코가 가지고 놀던 인형의 손만큼이나 작았다. 아츠카는 마음 속으로 다짐했다. 그래 왕링아, 일본 군인들을 대신해서 내가 용서를 빌마. 불쌍한 왕링아. 네가 꼭 엄마 품으로 돌아갈 수 있도록 내가 보호해 줄게.

혼다 기자는 포로수용소에서 그동안 모아놓은 원고를 정리하고 있었다. 미군은 소지품을 모두 검사하더니 자신이 아사히 신문사의 종군특파원이라고 신분을 밝히자 가지고 있던 필름이나 원고를 살펴본 후 모두 돌려주었다. 그는 포로수용소의 생활도 나중에 전쟁이 끝나고 나면 훌륭한 기사거리가 될 거란 생각에 수용소의 이곳저곳을 돌면서 포로들의 생활상이나 수용소 시설을 기록으로 남겼다. 미군들은 그동안 보아오던 일본군들과는 사고방식 자체가 달랐다. 우선 수용소의 시설이나 대우가 확연하게 틀렸다. 목욕시설도 완벽했고 먹는 것도 풍족했다. 시시때때로 과일도 나오고 커피도 자주 마실 수 있었다. 포로들을 때리거나 하는 행위도 없었다. 무엇보다도 혼다가 미국 사람들을 보고 놀란 것은 그들은 포로들과 마주칠 때면 으레 눈웃음을 치면서 꼭 아는 체를 했다. '너에게 적의가 없다'는 표시였다.

하루는 식사시간에 좀 늦게 갔는데 여자들 몇 명이서 차를 마시며 이야기를 나누고 있었다. 그가 일본사람임을 알자 그들은 서둘러 자리를 뜨려고 하는 것이었다. 혼다는 미안한 생각이 들어서 그중 하나를 잡고 혹시라도 스미꼬라는 여자를 아는지 물어 보았다. 그녀는 다리에 전족을 한 중국 여자였는데 모른다는 뜻으로 고개를 가로저었다. 그러자 저만큼 앞서 가던 여자가 뒤를 돌아보더니 자기가 스미꼬를 안다고 했다. 그 여자를 따라서 여자들만 있다는 수용소 건물 앞에까지 갔다. 거기서 스미꼬를 기다리는 10여분 동안 혼다는 뛰는 가슴을 달래느라고 일부러 먼 하늘을 올려다보기도 했고 푸른 바다를 쳐다보기도 했다. 제27사단 수용소는 바닷가에서 얼마 떨어지지 않은 모래사장 위에 세워져 있었다.

스미꼬의 막사에는 B-02라는 번호가 붙어 있었다. 남자들이 묵고 있는 막사는 나무로 만든 임시거처 같이 조잡한 것이었으나 여자들이 묵는 막사는 둥그런 콘세트로 지은 것으로 아주 튼튼해 보였다. 막사 시설만 놓고 보더라도 미국 사람들이 여자들을 더 우대한다는 사실을 느낄 수가 있었다. 수용소 안에는 남자들의 나무 막사 8개동과 여자들의 콘세트 막사 2개 동, 그리고 식당 겸 체육시설이 있는 커다란 콘세트 건물 하나가 있었다. 그 외에도 미군 시설들이 여럿 있었는데 거기는 별도의 철조망으로 차단되어 있어 접근이 허용되지 않았다.

막사 앞에서 잠시 기다리자 스미꼬가 나왔다. 혼다는 한참을 입을 벌린 채로 멍하니 그녀를 쳐다보았다. 저 사람이 과연 그 스미꼬인가? 한 달 전에 동굴 앞에서 보았던 비쩍 마르고 볼품없던 스미꼬가 아니었다. 얼굴에는 약간 살이 붙었고 단정하게 빗은 머리며, 비록 초록색 군복이지만 깨끗한 옷으로 갈아입은 스미꼬는 한눈에 보기에도 우아한 조선여성이었다. 볼록한 앞가슴에는 F028이라는 포로번호가 적힌 명찰이 붙어 있었다. 반달형의 동그란 눈썹 밑으로 새까만 눈동자가 초롱초롱 빛났다. 빨간 빛이 감돌아 생명력이 넘쳐나는 입술은 보는 사람의 가슴을 설레게 할 지경이었다.

혼다는 스미꼬에게 머리를 숙여 인사했다. 자기를 여기 수용소에서 다시 만나게 될 줄을 꿈에도 생각하지 못하고 있었던 듯, 스미꼬는 상당히 당황한 모습이었다. 혼다는 스미꼬에게 양혜를 구하고 철조망 근처에 미련된 벤치로 갔다. 철조망 밖으로는 에메랄드 빛 바다가 끝없이 펼쳐져 있었다. 파도도 없는 잔잔한 바다를 바라보며 둘은 나란히 앉았다.

"다시 만나게 될 줄 알았어요. 언젠가는 꼭 다시 만난다고 생각했지요."

혼다가 바다를 바라보며 던진 말이었다. 하늘에는 뭉게구름이 둥실거리며 천천히 흘러가고 있었다. 스미꼬는 그저 무덤덤하게 바다만을 바라볼 뿐이었다. 바닷바람이 살랑거리며 그녀의 머리카락을 날렸다. 단발머리가 제법 자라서 어깨에까지 내려와 있었다. 스미꼬의 머리에서는 향긋한 냄새가 났다. 그녀는 두 손을 군복 바지 위에 올려놓은 채 바다 쪽만을 응시하고 있었다. 마치 커다란 산과도 같은 무게가 느껴졌다. 한참 만에 스미꼬가 입을 열었다.

"일본이 졌군요."

10여분 동안 스미꼬와 나란히 앉아 있었지만 그녀가 한 말은 그게 전부였다. 혼다는 이런 말도 하고 저런 말도 했다. 일본을 대신해서 사과드린다. 그건 정말 인간이 할 짓이 아니다. 자기도 같은 일본 사람이지만 조선 여성들을 그런 식으로 유린하였다는 사실이 도저히 이해가 되지 않는다. 그러나 스미꼬는 어떤 말에도 반응을 보이지 않았다.

숙소로 돌아 온 혼다는 여간 기쁘지 않았다. 그녀가 자기를 거부하지 않고 그렇게 10여분 동안이나 앉아서 있어주었다는 게 도저히 믿어지지 않았다. 그래, 그네들에게 한 못된 짓을 어찌 단 몇 분 만에 다 용서받을 수 있겠나. 어떻게 아무것도 아니라는 듯 일본사람인 나와 다시 이야기를 할 수 있겠는가 말이야. 그런 생각을 한 내가 어리석었지. 그나마 그렇게 나를 따라와서 잠시라도 함께 있어 준 것만도 얼마나 고마운 일인가. 내일도, 모레도 시간이 되면 그녀를 만나서 계속 용서를 빌어야지. 언젠가는 스미꼬의 마음이 풀리겠지.

다음 날 점심시간 후에도 스미꼬를 만났다. 스미꼬의 얼굴이 전날 보다는 훨씬 더 부드러워졌다. 그날은 그래도 자신에게 꽤 여러 가지를 물어보았다. 언제부터 신문기자를 했느냐, 여기서 쓴 원고들은 어떻게 할 참이냐, 고향에서는 당신의 소식을 알고 있느냐, 등등, 그만하면 꽤 많은 발전을 한 셈이었다. 스미꼬를 네 번째 만났을 때 스미꼬가 초대를 하는 것이 아닌가. 스미꼬의 말로는 저녁 7시부터 식당에서 한국 사람들의 오락시간이 있다면서 그때 시간이 되면 와 보라고 하는 것이었다.

수희네 일행은 저녁 식사 후 모두 체육관에 모였다. 식당 옆에 있는 건물이었다. 미군들이 즐겨한다는 농구대가 있고 그 한쪽으로는 사람의 허리만큼이나 높은 무대가 있었다. 수희네 일행은 여기서 그동안 세 번을 모여서 연습했다. 수용소 측으로부터 음악회를 해도 좋다는 허락을 받은 것이었다. 여기 미육군 제27사단 포로수용소에는 모두 600명 가까운 포로들이 있었다. 그중 일본인이 200명 정도 되고 조선인이 100명 가량 됐다. 나머지 300명은 거의 다가 사이판 섬 주민들이었다. 일본인들은 3만 명 거의 다가 몰살당했다. 그것도 미군들과의 전투에서 죽었다기 보다는 마지막 전투 때 모두 자살 돌격을 했거나 아니면 절벽에서 몸을 날려 죽었다. 후일 사람들은 그 절벽을 '만세절벽'이라고 불렀다. 들리는 소문에 의하면 사이판의 다른 곳에 있는 포로수용소의 일본인 포로 모두를 다 합쳐도 채 500명이 안 된다고 했다. 그것도 대대수가 군인 가족이거나 전투 중 부상당한 포로들이라는 이야기였다. 한마디로 멀쩡한 군인들은 모두 죽었다는 것이다. 조선인 포로들은 두 군데에 수용되어 있는 인원이 200명 정도 되는데 거의 대대수가 강제징용으로 끌려 온 청년들이었다.

강당에는 조선인 포로 100여 명 이외에 미군들도 여러 명이 구경을 왔다. 일본인들도 몇 명이 왔다. 사이판 원주민 포로들은 오늘 아침 모두 석방시켜 주었다. 미군으로서도 그들을 더 데리고 있어야 할 이유가 없었기 때문이었다. 그들이 포로가 된 것은 일본군들의 강요에 못 이겨 보급품을 나르는 일에 강제로 동원되었기 때문이었지 미국에 적대적인 감정이 있었던 것은 아니었다. 오늘은 이들 한국인 포로들이 벌이는 잔치인 셈이다.

먼저 남자들이 연극을 했다 지난 며칠 간 급히 연습한 때문에 좀 엉성하긴 했지만 그래도 모두들 재미있다고 손뼉을 치며 깔깔대고 웃었다. 제목은 '도깨비 방망이'라고 하는 촌극으로 흥부와 놀부를 도깨비 이야기와 적당히 접목한 것이었다. 춘자는 며칠 전부터 만나는 사람마다 붙잡고 '정학수 오빠가 연극을 모두 지휘한다'면서 마냥 들떠 있었다. 소품도 형편없고 조명도 제대로 되지 않았지만 그래도 오랜만에 실컷 웃어본 시간이었다. 10여 명의 남녀 미군들은 처음부터 끝까지 자기네들끼리 깔깔대며 즐거워하였다. 웃음을 별로 모르고 지내 온 조선 사람들로서는 미국 사람들의 그런 행동이 참으로 이해하기 어려웠다. 그들은 별로 우스울 것 같지 않은데도 박장대소를 했다. 또 남녀 군인이 나란히 앉아서 이야기를 주고받는 모습도 조선 사람들의 눈에는 신기하기만 했다.

다음으로는 노래를 하고 창을 하는 순서였는데 거의 춘자의 독무대였다. 춘자는 영암아리랑으로 시작해서 춘향전, 심청전, 흥부전을 맛보기 정도로만 들려준 후 목포의 눈물로 끝을 맺었다. 목포의 눈물을 부를 때부터는 모두가 흐느껴 울기 시작했다. 뒤이어서 평양 출신의 학도병 하나가 무대 위로 올라가더니 눈물 젖은 두만강을 불렀다. 울음소리가 더 커졌다.

반주는 미군들이 빌려 준 기타 두 대와 하모니카 세 개로 했다. 학도병들 중에는 음악을 공부하다 끌려온 오빠들도 있었다. 모두가 한마음으로 고향의 봄을 불렀다.

"꽃동~네 새 동네

나의 옛 고~향

파란들 남쪽에서

바람이 불~면

냇가에 수양버들

춤추는 동~네

그 속에서 살던~ 때가

그립습니~다."

2절을 부를 때는 모두 각자의 고향 동네로 돌아가 있었다. 춘자는 영암 월출산 자락을 떠올렸고 수희는 오산천 냇가의 고운 모래사장을 떠올렸다. 남자들은 수양버들이 산들거리는 저수지 길을 지나 소 몰고 나무를 베러가던 시절을 떠올렸다. 그러면서 그들은 꺼이꺼이 목을 놓아 울었다. 맨 마지막 곡인 아리랑을 할 때는 그야말로 강당 안이 대성통곡으로 눈물바다가 되었다. 그들은 아리랑을 부르면서 모두 일어나서 춤을 추었다. 엉엉 울면서 덩실덩실 춤을 추는 이상한 광경이 한동안 강당 안에서 연출되었다. 무엇이 무언지도 잘 모르는 미군들조차 함께 일어나서 코리안들을 따라서 손을 흔들며 눈물을 흘렸다.

"아리랑 아리랑 아라리요
아리랑 고개로 넘어간다
나를 버리고 가시는 님은
십리도 못가서 발병난다."

그날 밤, 수잔 맥켄나 하사는 엄마에게 또 편지를 썼다. 잘은 몰라도 코리아라는 나라의 국민들은 노래를 사랑하는 민족인 것 같다고, 감정이 풍부한 사람들인 것 같다고, 눈물이 많기도 하다고, 또 거기에는 분명 나름대로의 무슨 사연이 있을 거라고. 자기가 앞으로 공부해야 할 분야가 점점 더 많아져서 걱정이라고.

조선인 가미카제,
나고야 하늘에 지다

　상필은 본격적인 항공조종훈련에 들어갔다. 그가 훈련받는 기종은 2식 복좌습격기였다. 2식 복좌습격기란 1942년에 정식으로 채택된 기종으로 두 명의 조종사가 탑승하는 전투기로 연합군의 대형폭격기인 B-29를 습격하여 격추하는 임무를 띄고 만들은 비행기였다. 일본이 태평양전쟁 초기에 진주만을 공습하면서 맹위를 떨쳤던 제로형 전투기도 따지고 보면 황기(皇紀)00년도, 즉, 1940년도에 개발이 완료된 전투기라는 뜻이다. 일본은 천황의 연도라고 하여 황기를 사용하였는데 태평양전쟁을 일으킨 해인 1942년은 황기로는 2602년도가 되는 것이다. 따라서 2식 복좌전투기는 1944년의 기준으로 본다면 개발된 지 불과 2년 밖에 되지 않은 아주 최신예 전투기인 셈이다.

태평양전쟁 초기의 조종사들은 비행시간이 최소한 1천 시간이 되지 않으면 실제 전투에 참가시키지 않았다. 그러나 상필이 배치된 부대의 목표는 적과의 공중전이 아니었다. 오로지 비행기가 됐건 함선이 됐건 적의 목표물을 향하여 비행기를 몰고 돌진하여 자폭하면 되는 것이다. 자신의 비행기에 250kg짜리 폭탄을 매달고 목표물을 향하여 자폭하는 것, 이러한 임무를 수행하는 군인을 일본은 가미카제(神風)특공대라고 명명하였다. 이 작전을 제일 먼저 주창한 사람은 오오니시 해군중장이었다.

그는 개전 초기에 야마모토 이소로쿠 대장을 옆에서 보좌하면서 초기의 진주만 공습을 승리로 이끈 인물이었다. 전쟁 개시 3년차에 그가 제1항공함대 사령관으로 임명되어 마닐라에 도착하여 보니 출동 가능한 항공기는 겨우 100여 대에 지나지 않았다. 이것은 보통 심각한 문제가 아니었다. 미군이 만일 비율빈을 탈환하게 되면 일본은 본토와 태평양 상의 섬들이 분리되는 상황이 된다. 즉, 태평양 상의 여러 섬에 흩어져 있는 수십 만의 일본군들이 비율빈의 마닐라기지로부터 보급을 받지 못하여 고립되는 최악의 결과가 되는 것이다. 이런 사태만은 피해야 했다. 그는 자기가 가장 아끼는 부하 세키 유키오 대위를 불렀다.

"내 생각으로는 소수의 비행기로 최대의 전과를 올리기 위해서는 오직 한 가지 방법밖엔 없다고 본다. 즉, 제로전투기에 250kg짜리 폭탄을 매달고 적의 함선으로 돌진하여 자폭하는 것이다. 어때? 세키, 자네가 지휘관을 맡아 보겠나?"

상명하달밖에는 모르는 일본군이었다. 이렇게 하여 세키 유키오 대위를 대장으로 하는 24명의 특공이 편성되어 1944년 10월 25일 아침, 처음으로 출격하였다. 그들은 머리에 일장기가 그려진 흰 수건을 동여매고 그 위에 헬멧을 썼다. 세키 대위의 특공대는 레이테 만에서 일본군 구리다함대와 교전을 마치고 잠시 휴식 중이던 미국 해군 기동함대를 덮쳤다. 미군은 일본 비행기들이 폭탄을 떨어트리고 급상승하리라 생각했지만 일본기들은 그대로 함정의 갑판에 내리 꽂혔다. 미군들은 경악했다. 자살특공이라니!

이날의 특공 결과에 일본군 수뇌부는 열광하였다. 스무 대 남짓의 특공기가 적의 항공모함 세 척을 파괴하고 그중 한 척을 격침시킨 것이었다. 가미카제의 선전은 그 이후 얼마 동안 계속되었다. 그러나 그것도 초창기에 미군이 전혀 대비를 하지 못했을 때의 일일 뿐이었다. 미군도 그 다음부터는 막강한 대공 방어망을 구축하였다. 다음부터는 100대가 출격하면 성공하는 것은 그중 겨우 한두 대에 불과했다. 태평양전쟁이 끝나는 8월 15일까지 일본은 모두 1,200대의 가미카제를 출동시켰고 무려 2,500명의 아까운 젊은이들을 죽음으로 내몰았다.

2식 복좌전투기는 처음엔 폭격기를 호위하는 목적으로 개발되었다. 9월에는 태평양 상공에서 미군의 P-40 키티호크 전투기와 공중전을 벌이기도 하였으나 완패하였다. 그만큼 미국의 군사기술은 나날이 성장하고 있었던 것이다. 그러던 중 B-29 전략폭격기가 등장하였다.

1943년 말에 실전 배치된 이후 미국 육군의 주력폭격기로 자리 잡은 B-29 슈퍼 포트리스는 그간의 폭격기의 개념을 완전히 뛰어넘는, 그야말로 '날아다니는 하늘의 요새'였다. 64톤의 중량에 2,200마력짜리 엔진 4발을 달고서도 최대 항속 거리는 무려 1만km에 이른다. 무엇보다도 이 폭격기의 최대의 장점은 10톤에 달하는 폭탄을 싣고서도 최고 상승고도인 12,500m 까지 날아오를 수 있다는 점이었다. 이 폭격기가 1만 미터 이상을 올라가게 되면 하얀 비행기구름을 만들어 냈는데 일본군은 지상에서 이 비행기가 떠다니는 것을 그저 바라볼 수밖에 없는 형편이었다. 왜냐하면 그 당시 일본이 보유한 가장 최신예 전투기라고 불리는 4식 하야테조차도 겨우 1만 미터까지의 상승이 가능했기 때문이었다.

일본 전투기나 습격기가 무리를 하여 1만m 까지 접근하여 B-29를 요격한다고 하더라도 이 폭격기는 그 자체에 막강한 대공방어 장비를 갖추고 있어서 사실상 격추가 불가능했다.

우선 고장력 강판으로 비행기를 만들었기 때문에 웬만한 기관총으로는 격추가 불가능했다. 또 자체에 20mm 기관포 6문과 13mm 기관총 16문을 장비하고 있어서 그들의 탄막을 뚫고 들어가기도 전에 오히려 요격기가 먼저 격추되는 판이었다. 그야말로 날아다니는 초대형 요새였다. 그러나 무엇보다도 가장 강력한 무기는 미국 보잉사에서 B-29에 처음으로 적용한 여압장치(Cabin Press Regulator)였다. 즉, 기체 내에 고도에 따라서 적절한 산소의 양을 자동으로 공급하여 주는 장치가 되어 있어서 승무원들은 산소마스크나 방한복 착용 없이 편안하게 근무할 수 있었다.

지금까지 일본은 전쟁을 하면서도 병사들의 안전에는 거의 신경을 쓰지 않았다. 제로형 전투기가 태평양 상에서 그렇게도 맹위를 떨칠 수 있었던 것도 사실은 따지고 보면 승무원의 안전에 필요한 장치를 아예 장착하지 않았기 때문에 가능했던 것이다. 즉, 승무원의 안전 따위는 아예 고려하지 않고 오로지 멀리 날고 많이 싣고 빨리 달릴 수 있게만 만든 전투기가 바로 제로형 전투기였다. 그러므로 2식 복좌습격기를 개발할 때에도 승무원의 안전을 위한 여압장치 따위는 아예 고려대상도 아니었고 연구대상도 아니었다. 그만큼 일본군들은 열악한 환경에서 전쟁을 벌여야만 하였다.

훈련을 마친 상필은 혼슈 지바 현에 있는 제53항공연대에 배치되었다. 해가 바뀐 1945년 2월 초였다. 비행학교에서는 항공유가 없어서 비행훈련을 끝마치는데 애당초의 계획보다 시일이 많이 소요되었다. 그때는 이미 남태평양의 사이판 비행장과 타라와 비행장에서 심심치 않게 B-29 폭격기들이 출격하여 오키나와는 물론 일본 본토까지 공습을 감행하고 유유히 사라지곤 했다. 상필의 부대에 주어진 첫 번째 임무는 유황도에 공정대원들 360명을 내려주고 돌아오는 작전이었다.

다행히도 상필의 항공기들은 미군의 공격을 받지 않고 공정대원들을 무사히 유황도에 내려줄 수 있었다. 상필의 첫 번째 특공작전은 멋지게 성공한 셈이다. 유황도의 일본군들은 이들 공정대의 도착으로 사기가 하늘을 찌를 듯이 높아졌다. 비행장의 모든 장병들이 도열하여 이들을 맞았다. 상필이 속한 항공대원들은 마치 개선장군과도 같은 대접을 받았다. 심지어는 수비대 총사령관인 구리바야시 타다미치 육군중장까지도 상필의 항공부대원 64명을 열렬히 환영해 주었다. 상필은 그곳에서 하룻밤을 지낸 후 다시 기지로 돌아왔다. 유황도가 유황성분이 많은 섬이라는 이야기는 맞는 말 같았다. 계란을 삶는 냄새 비슷한 역겨운 냄새가 밤새 그들을 괴롭혔다.

그로부터 며칠 후, 미군의 B-29 공습부대가 본토를 향하여 오고 있다는 연락이 왔다. 사이판에서 출격한 150대의 B-29들은 나고야를 목표로 오다가 일기가 불순하여 중간에 다른 목표물에 폭탄만을 쏟아 붓고 되돌아갔다. 조준폭격을 하기에는 나고야 상공에 구름이 너무나도 많이 끼어 있었던 것이다. 상필의 편대는 상공에서 적을 기다리다가 그냥 기지로 되돌아 왔다. 이날도 또 하루를 무사히 넘긴 것이었다.

또다시 며칠이 지난 2월 23일, 상필은 놀라운 소식을 들었다. 유황도가 미군의 손에 함락되었고 구리바야시 장군은 권총자살로 삶을 마감했다는 소식이었다. 일본군은 18km에 달하는 땅굴 속에 대포를 숨겨 놓고 섬 전체를 하나의 거대한 요새로 만들어 놓고 미군의 상륙을 기다렸지만 미군의 막강한 화력 앞에는 속수무책이었다. 나중에 들은 이야기로는 섬에 나무가 단 한그루도 없이 모두 사라졌다는 것이었다. 모두 미군의 폭격과 함포사격의 결과였다니 그 전투가 얼마나 치열했는지는 짐작하고도 남음이 있었다.

결과적으로 일본군은 유황도에서 2만2천 명의 전사자를 냈고 포로로 잡힌 자는 212명이었다. 한편, 미군은 모두 2만5천 명의 전사자를 냈다. 유황도 전투는 태평양전쟁을 통틀어 미군이 일본군보다 더 많은 전사자를 낸 유일한 전투였다고 한다.

상필은 그 후 몇 차례 특공 명령을 받았으나 모두 작전이 불발로 끝났다. 상필은 특공으로 있는 동안 무사히 죽지 않고 고향으로 돌아가기를 간절히 빌었다. 새벽마다 빌고 또 밤에 자기 전에도 빌었다. 그것만이 자신의 유일한 소원이었기 때문이었다. 그러나 그건 애당초부터 가망이 없는 이야기였다. 전쟁이 지금 시점에서 끝난다면 가능할지 몰라도 앞으로 한 달만 더 계속된다면 자신은 틀림없이 죽을 것이다. 함께 훈련 받았던 동료들 중 벌써 절반 이상이 죽었다.

저녁을 먹고 나서 키요시 군조의 내무반으로 놀러갔다. 일본 동북부의 미야기 현 출신인 키요시는 중학교를 졸업하자마자 항공병학교에 들어왔다. 정비를 배워서 정비사 생활을 하다가 다시 사격수 훈련을 받아 지금은 사수가 되어 있었다. 키요시와 상필은 동갑내기로 만나자마자 급속히 친해졌다. 비록 계급으로는 상필이 위였지만 상하관계라기 보다는 그냥 친구였다. 그는 틈날 때마다 일본군 수뇌부를 비판하곤 했다. 높은 사람들이 판단을 잘못하여 젊은이들을 맹목적인 전장터로 내몰아서 모두 죽게 만든다는 게 그의 주장이었다.

2월 25일은 일요일이었다. 새벽에 눈을 뜨니 하늘에서 흰 눈이 내리고 있었다. 눈은 하루 종일 그쳤다 왔다 하기를 반복했다. 오후도 무사히 넘어가나보다 하고 생각하면서 막 저녁식사를 시작하려던 시간이었다. 갑자기 사이렌이 울렸다. 상필은 격납고로 뛰었다. 조종석에 탑승하자 키요시 군조가 뒷자리로 뛰어 올랐다. 곧이어 전대장의 명령이 무전을 타고 들려왔다. 172대의 B-29들과 그들을 호위하는 200여 대의 호위기가 나고야를 향하여 날아오고 있다는 정보였다. 무려 372대! 그놈들을 요격하는 것이 오늘의 임무였다.

최근 들어 미군은 공습할 때 자신을 얻었는지 B-29의 고도를 종전보다 훨씬 낮추어서 7천m, 때로는 6천m 상공에서 폭격을 하기도 했다. 서쪽하늘로 10여 분을 날아가서 나고야 상공에서 선회하며 5분 정도를 기다리자 하늘을 새까맣게 뒤덮은 적의 공습부대가 밀려오기 시작했다. 나고야 상공까지 나타난 것을 보면 이들의 목표는 보나마나 미쓰비시 항공기 제조창이었다. 곧 이어서 지상에서 대공포화가 불을 뿜었다. 그러나 미군 폭격기들은 대공포에 아랑곳하지 않고 폭탄을 쏟아 내었다. 하늘 위에 마치 은빛 가루를 뿌려 놓은 것 같았다.

편대장 히로세 대위가 앞장을 서서 B-29로 돌진한다. 이에 질세라 미군 호위기들이 벌떼처럼 달려 나온다. 그러나 상필의 습격기들은 공중전으로는 적을 당할 수가 없다. 2식 복좌습격기에는 기관총도 아닌 자그마치 37mm 전차포가 장착되어 있었기 때문이었다. B-29의 막강한 방호장갑을 뚫지 못하자 항공기를 제작하면서 아예 탱크에 달아야 할 대포를 단 것이다. 그렇지 않아도 기동성이 떨어지는 2식 복좌습격기는 더욱 더 둔해졌다.

항공대장이 지시한 목표는 오직 하나, B-29를 잡는 것이었다. 그러려면 호위기들과의 공중전은 최대한 피해야만 했다.

편대장기가 화염에 휩싸였다. 미군의 머스탱 전투기에 당한 것이다. 상필은 P-40 머스탱들을 피하여 B-29로 돌진하였다. B-29의 하체에 매달린 기관총좌에서 무섭게 탄막이 쏟아져 나왔다. 눈 아래로 미쓰비시 병기창에서 불꽃이 솟는 게 보였다. 그 인근이 모두 불바다였다. B-29에서 네이팜탄을 쏟아붓고 있다는 증거였다. 미국에서 최근에 개발했다는 네이팜탄은 화재를 일으키기 위해 만든 폭탄이었다.

하늘은 그야말로 물 반에 고기 반이었다. 그만큼 미군기들이 온 하늘을 뒤덮고 있었다. 상필은 호위기가 없는 놈을 골랐다. 고도계는 이미 7천m를 가리키고 있었다. 엄청난 중력이 몰려왔다. 상필은 머리통을 짓누르는 통증과 눈알이 튀어나갈 것 같은 고통으로 입을 벌렸다. 시야가 급속히 좁아졌다. 동그란 깔때기 속으로 무언가를 내다보는 것 같은 느낌이다. 허리뼈가 부러질 것만 같은 이 고통을 참고 견디어야만 한다.

상필은 토요오카 육군항공사관학교의 미키 다츠유키 대좌의 뒤에서 고도적응훈련을 받던 때를 기억했다. 사관학교 교장이 생도들 한 명 한 명을 특별 지도하는 최종 단계의 훈련 시간이었다. 비행기에 오르기 전 미키 대좌는 정신력강화를 위한 훈시를 하였다.

"인간이 극한 상황에서 살아남지 못할 이유가 없다. 오늘

훈련이 결코 쉽지는 않겠지만 이건 다 너희들의 선배들이 거쳐 간 과정이다."

과연 그랬다. 엄청난 통증이 특히 눈 부분에 가해졌지만 그래도 이를 악물고 참았다. 전방을 주시하라고 했고 밑을 내려다보라고 했지만 그럴 정신이 아니었다. 그래도 10분간에 걸친 그 훈련을 마치고 나니 그 다음부터는 훨씬 더 수월했다.

뒤를 돌아보니 키요시 군조의 얼굴이 마치 호박만큼이나 부풀어 있었다. 그 역시도 엄청난 기압의 고통을 잘도 참고 견디고 있는 것이다. 기압의 고통만이 아니었다. 산소마스크를 쓰고 있으니 호흡은 걱정이 없었지만 기내에는 난방장치가 없었다. 영하 25도의 추위를 온전히 엔진에서 나는 열기로만 버티어야 하는 것이다. 키요시 군조에게 저 멀리서 혼자 떨어져 날아오고 있는 B-29를 가리켰다. 그가 고개를 끄덕인다. 위쪽으로 기수를 올렸다. 위에서 밑을 내려다보며 공격하자는 것이다. 그러자 B-29 조종석의 위에 돌출돼 있는 포대에서 엄청난 탄막이 뿜어져 나왔다. 곧 이어서 연달아 네 번 기체가 흔들렸다.

"쿵! 쿵! 쿵! 쿵!"

2식 복좌습격기의 37mm 전차포가 불을 뿜는 소리였다. 뉘엿뉘엿 어둠이 찾아오는 나고야의 하늘에 전차포의 포탄들이 꼬리에 꼬리를 물고 불덩이가 되어서 B-29를 향하여 날

아가는 게 보였다. 스쳐지나가는 B-29를 보니 뒷날개 부분에
정통으로 한 방을 맞은 모양이다. 뒤쪽에서 불길이 치솟기 시
작했다. 키요시 군조가 유리창을 두들긴다. 명중시켰다는 표
시였다. 바로 그 순간 무언가 둔탁한 것에 기체가 부딪치는
소리가 들리더니 눈앞에 불길이 치솟았다. 엔진에 불이 붙었
다. 눈을 밑으로 돌려보니 B-29들이 새까맣게 몰려 있다. 그
중 한 놈을 향하여 엔진을 고출력으로 높였다. 키요시가 얼굴
을 끄덕인다. 육탄으로 돌격하겠다는 신호를 받아들인 것이
다. 엔진에 붙은 불 때문에 살이 타는 냄새와 매캐한 연기가
조종석에 꽉 찼다. 100여m 앞으로 B-29 조종사들의 놀라는
얼굴이 언뜻 보였나 싶더니 곧 사라졌다. 죽음 직전의 순간에
상필은 엄마의 따뜻한 가슴이 생각났다. 꼭 살아오라고 하시
던 아버지의 얼굴이 떠올랐다. 동생 수희를 한 번만이라도 보
았으면 좋겠다는 생각이 들었다. 미군 조종사 두 명의 얼굴이
스쳐지나가는 정말 1~2초의 짧은 순간이었다. 곧이어 엄청난
폭발음이 들렸다.

"쾅!"

이렇게 하여 조선청년 최상필은 스물 두 살의 나이로 나고
야의 상공에서 꽃이 되어 떨어졌다.

그 다음 날 일본의 신문들은 앞 다투어 다카야마 시게루
소위가 나고야 상공에서 벌어진 공중전에서 B-29 두 대를 격

추시키고 장렬하게 산화하였다고 대서특필했다. 어떤 신문은
그를 군신(軍神)이라고까지 추켜세웠다.

몇 년 후 도쿄의 야스쿠니 신사에는 '高山尚弼'의 위패가
모셔졌다. 그러나 다카야마 시게루, 아니 조선청년 최상필은
일본을 결코 사랑한 적이 없었다. 그는 그토록 미워하고 증오
하였던 일본을 위해 어쩔 수 없이 죽어가야만 했던 운명을 타
고난 식민지 조선의 불쌍한 청년이었을 뿐이다.

유황도의 비행장을 이륙한 육군 제314폭격비행단의 B-29
들은 일본 본토의 나고야 미쓰비시 항공기제작창을 목표로
날아가고 있었다. B-29 'Dream of California'의 기장인 제
임스 맥퀸 소령은 지휘부에 불만이 많았다. 맥퀸 소령은 승무
원들이 듣는 데서 '미쳤군, 미쳤어'라는 말을 여러 차례 했다.
비행단장 토머스 파워 준장의 작전지시를 비난하는 말이었
다. 파워 준장은 B-29들의 폭격 정밀도를 높이기 위하여 계
속 고도를 낮춘 상태에서 폭격을 하라고 명령하였던 것이다.

파워 준장을 비롯한 지휘부의 판단은 그 나름대로의 근거
가 있었다. 고도를 높인 상태에서 폭격을 하면 승무원들의 안
전성은 보장이 되나, 그건 곧 눈을 감고 마구 폭탄을 쏟아 붓
는 것이나 매한가지였다. 고도 1만m에서 폭격을 하는 것과 7
천m에서 폭격을 하는 것은 천지차이였다. 그건 단순히 폭격

의 정밀성 문제만이 아니었다. 1만m 높이로 비행하려면 제트기류의 방해를 감수해야만 했다. 또한 연료소모도 엄청났다. 7천m로 날아서 폭격을 하면 기름을 적게 싣는 대신 폭탄을 5톤에서 8톤으로 두 배 가까이나 실을 수가 있었다. 심한 말로 하면 1만m 이상의 아주 높은 고도에서 폭격을 한다는 건 기름만 싣고 갔다고 그걸 다 소모하고 돌아오는 꼴이라고 해도 과언이 아니었던 것이다. 유황도를 점령하고 나서부터는 7천m 부근에서 하는 중고도 폭격이 미군 폭격의 대세로 자리 잡았다. 물론 고사포에도 떨어지고 요격기에도 격추되는 일이 많이 발생했지만, 그 반대급부로 일본 본토 내에 있는 무기제조공장들을 족집게처럼 파괴할 수가 있었던 것이었다.

맥퀸 소령이 조종하는 B-29는 제52폭격비행대대의 후미 폭격대 4개 편대 12대의 선도 폭격기였다. 그의 폭격기가 떨어뜨린 조명탄을 목표지점으로 하여 나머지 11대의 B-29들이 집중폭격을 가하게 되는 것이다. 잠시 후 비상벨이 울렸다. 나고야에 거의 다 도달했을 때였다. B-29의 하방 사수들이 밑에서부터 치고 올라오는 일본 습격기들을 발견하고는 비상벨을 눌러서 알려준 것이었다. 맥퀸 소령은 격렬한 회피기동으로 습격기들을 따돌려가며 목표지점으로 나아갔다. B-29에서 날아가는 기관총탄들과 일본기에서 발사하는 총탄들이 서로 교차하며 저녁 무렵의 밤하늘에서 불꽃놀이를 벌이고 있었다.

맥퀸 소령은 옆 자리의 부기장 크리스찬센 대위를 쳐다보았다. 폭격담당인 그가 엄지손가락을 밑으로 내렸다. 고도를 더 낮추라는 표시였다. 고도를 6,500까지 낮추었다. 그가 폭탄투하 표시등을 켜는 게 보였다. 폭격기 내에 폭탄투하를 담당하는 요원들의 머리 위에 불이 켜지고 경고음이 울릴 것이다. 곧 이어서 폭탄들이 쏟아져 내려가는지 기체가 가벼워진다는 느낌이 들었다. 밑을 보니 완전히 불바다가 되어 있었다. 왜 안 그렇겠는가? 오늘 출동한 B-29만도 자그마치 172대이다. 무려 1천 톤이 넘는 폭탄을 쏟아 부으니 모르면 몰라도 오늘의 이 폭격으로 미쓰비시 항공기제조창은 더 이상 조업을 할 수 없을 것이다.

폭탄 투하를 모두 마쳤다는 보고가 무선을 타고 들려왔다. 그가 기체를 높이려고 레버를 당기는 데 저 앞으로 일본군의 습격기 한 대가 나타났다. 놈은 어느 사이에 위로 올라갔는지 위에서 밑을 내려다보는 자세로 돌진해 오고 있었다. 불과 1초의 짧은 순간에 적 전투기 조종사의 얼굴을 보았다. 맥퀸 소령은 있는 힘을 다하여 레버를 밀었다. 기수가 조금 내려가서 비켜갔다는 생각을 하는 순간, 뒤에서 쿵! 하는 소리가 들렸다. 놈이 쏜 총탄이 기체의 뒷부분에 명중한 것이다. 그는 낙하산을 타고 뛰어내렸다. 위를 올려다보니 낙하산으로 탈출하는 대원들이 보였다.

언제 왔는지 밑에서 일본군들이 총을 쏘고 있었다. 총알들이 빗발치듯 올라왔다. 부하들의 낙하산이 벌집이 되어 모두가 자기보다 먼저 밑으로 떨어졌다. 맥퀸 소령의 낙하산은 나무에 걸렸다. 낙하산에서 벗어나려고 발버둥 치는데 일본 군인들과 민간인들이 횃불을 들고 그가 매달린 나무 밑으로 몰려들었다. 그들은 연신 무어라고 떠들어댔다.

일본군들이 모는 트럭에 실려서 끌려간 곳은 어느 대학의 기숙사였다. 거기서 조금 있으니 놀랍게도 크리스찬센 대위와 어윈중사도 있었다. 30명의 부하들 중 몇 명은 총에 맞아 죽었고 또 몇 명은 주민들에게 맞아죽었다고 했다. 살아남은 사람은 모두 여덟 명이라고 들었다.

하룻밤을 잔 후 다음 날 아침에 다시 트럭에 실려서 하루 종일을 가서 도착한 곳은 어느 대학병원의 연구실이었다. 하얀 가운을 입은 의사들이 미군들을 한 명씩 각기 다른 수술대 위에 올려놓았다. 그리고는 자기들끼리 무어라고 이야기 하더니 그중 제일 늙어보이는 의사 하나가 맥퀸에게로 주사기를 들고 왔다. 옆에 있던 젊은이가 흰 수건으로 눈을 가렸다. 앳딘 모습이 아마도 실습조교인 모양이었다. 살려주기 위한 주사가 아니라는 건 명확해 보였다. 생체실험을 하는 것 같았다.

그는 맥퀸 소령의 팔을 걷더니 주사를 놓았다. 그는 팔에 따끔한 주사바늘이 들어가는 순간 아내 엘리자베스와 아들 다니엘을 떠올리며 기도를 올렸다.

"Oh, Holy God! please let me have a sleep in your arms in peace for good."

잠시 후 달싹이던 그의 입술에 만족스런 웃음이 배어 나오며 두 팔이 수술대 밑으로 축 늘어졌다.

그로부터 70년이 지난 2015년 5월의 어느 날, 일본 규슈대학교 의학부 해부 실습실에서 미군 포로 여덟 명이 생체 실험 당하는 장면을 지켜본 일본인 의대생이 마이니치신문 취재팀에게 자신의 목격담을 털어 놓았다. 당시 19세였던 의대생은 89세 노인이 된 지금도 자기 앞에서 미군 포로들이 죽어간 모습을 생생히 기억한다고 했다. 산 채로 한쪽 폐를 적출당한 포로도 있었고, 혈관에 바닷물을 주입당한 포로도 있었고, 또 페스트 균을 주입당한 포로도 있었다고 고백했다. 포로들은 모두 며칠을 넘기지 못하고 죽었다고 했다. 노인은 기자에게 다음과 같이 증언했다.

"당시 대학은 군의 명령을 거역하지 못했다. 또 한편으로 보면 생체 해부를 집도한 교수들도 외과의 개척자가 되고 싶다는 공명심에 사로잡혀 있었던 것 같다. 지금 돌이켜 보면 그건 모두 전쟁이 만들어 낸 광기였다."

교토 앞바다에 묻힌 귀국의 꿈, 우키시마마루 사건

춘식이와 병철이가 이누야마 탄광에 끌려온 지도 벌써 일년이 다 되었다. 지금까지 지내오면서 보니 제일 힘든 건 역시 배고픔이었다. 하루 두끼의 밥과 들어갈 때 싸가지고 들어가는 벤또 밥만 먹고 하루 30 구루마를 채우는 중노동을 한다는 건 말도 안 되는 혹사였다. 전쟁에서 물자가 자꾸 부족해지자 탄광 측에서는 인부들에게 할당하는 채탄량을 늘렸다. 올 1월까지만 해도 하루 25 구루마였는데 이제는 하루 30 구루마로 늘어난 것이다. 춘식이네 탄광에도 조선에서 사람들이 끝없이 보충되어 왔다. 300명의 인원 중 한 달에 꼭 열 명가까운 광부들이 죽어나갔다. 탄 덩어리가 떨어지면 거기에 깔려서 죽었고 가혹한 노동을 견디지 못하여 도망치다가 잡혀 와서 십장들에게 맞아 죽었다.

탄광의 십장 놈들은 광부가 도망쳤다는 소식을 들으면 곧바로 구니토모 고개로 가서 진을 치고서 도망친 광부가 오기를 기다렸다. 거기서 도망치면 산을 넘어 바다로 향하는 길은 오직 그곳 밖에는 없다. 그 외에는 깎아지른 절벽이 사방을 가로막고 있어 어느 누구도 그쪽으로는 탈출할 꿈도 꾸지 못했다. 구니토모 고개만 넘으면 한 눈에 항구가 내려다 보였다. 일이 너무 힘들고 먹는 것은 부실하고 해서 날마다 도망치는 사람들이 생겼다. 특히 비 오는 날에는 도망치는 광부들이 속출했다. 그런 날이면 십장들과 관료장들은 밤새 매타작을 했다. 십장들은 일을 감독하는 패거리들이고 관료장들은 숙소에서 기강을 잡는 패거리들이었다. 어쩌면 같은 조선사람들끼리 그리도 모질게 하는지 여기서는 관료장이나 십장이라면 모두가 치를 떨었다.

춘식이보다 1년 늦게 도착한 정읍 출신의 도출이는 한 달을 버티다가 더 이상은 하지 못하겠다며 편지를 써 놓고 도망을 쳤다. 그러나 도망지 색출에 이골이 난 십장들과 관료장들은 길목을 지키고 있다가 도출이를 잡아서 끌고 왔다. 그래도 도출이는 바로 항구 앞에서 잡혔다고 했다. 모두들 그가 어떻게 거기까지 갔는지 의아해 했다. 결국 도출이는 맞아 죽었다. 그를 제일 무섭게 매타작한 놈은 경운호라는 여수 출신의 관료장이었다. 원래 여수 부둣가에서 깡패 생활을 했다는 놈 이었다. 도출이의 죽음 소식이 알려지자 조선인들이 폭동을 일으켰다. 보국1호료에서부터 시작된 폭동은 곧바로 충성7료 까지 전파되었다. 300명 모두가 폭동에 가담한 것이다. 춘식 이를 위시한 광부들은 밥을 더 달라고 소리쳤고 안전시설을 개선해달라고 소리쳤다

그러자 이누야마 경찰서에서 순사들을 급파했다. 그들은 시위를 벌이고 있는 조선인 광부들에게 총을 쏘며 모두 죽이 겠다고 위협을 가했다. 확성기를 통하여 경고소리가 들려왔 다. 그러나 이쪽도 어차피 이판사판이다. 이 정도에서 해산할 것 같으면 폭동을 일으키지도 않았다. 여기 미쓰비시 그룹 계 열 탄광은 조선인 노동자들의 착취 지옥이었다. 광부들은 많 게는 하루 17시간을 일했고, 한 달에 한번 꼴로 대량생산 명 령이 떨어지면 할당량을 채울 때까지 갱내에서 나올 수 없었 다. 그럼에도 광부들의 평균임금은 30원 밖에는 안 됐다.

매 맞은 상처를 제때 치료하지 않아 피고름이 나오는 몸을 그대로 끌고 갱으로 내려가는 광부들이 허다했다. 그런 사람 이 한 명만 있어도 통풍이나 환기가 아예 되지 않는 갱내에는 살이 썩어가는 냄새가 진동했다. 그래도 모두가 그날그날의 목표에 쫓겨 그대로 참아가면서 일을 하곤 했다. 병원을 가서

치료를 받고 싶으나 그러면 하루를 빠져야 하고, 하루를 빠지게 되면 그만큼 일당이 줄어드는 것이다. 그러면 허기진 배를 채울 빵도 먹을 수 없게 된다. 월급도 몽땅 다 저축한다는 평계로 본인들에게 지급되는 돈은 거의 없었지만 그나마 5~6원 정도씩 나오는 돈마저도 없으면 월급날 남들이 빵을 사먹는 모습을 침을 흘리며 지켜보아야만 하는 것이다. 조선인 징용자들은 인간이 아닌, 그저 한 마리의 탄을 캐는 짐승으로 취급될 뿐이었다.

그래도 그날의 집단파업은 상당한 성공을 거두었다. 탄광 측에서 대폭 양보를 한 것이었다. 옛날 같으면 경찰력으로 밀어붙이고 십장들과 관료장들을 동원하여 무자비한 매타작으로 마무리 지었을 일을, 이번에는 거의 모든 부분에서 조금씩 개선해 주겠다고 약속을 한 것이었다. 보복성 폭행도 없었다. 저녁에 료에 모인 광부들은 모두가 고개를 갸웃거리면서도 어쨌든 잘 된 일이라고 각자 십시일반 월급에서 가불을 하여 그 비싼 술도 조금씩 사다 먹었다. 누군가가 말했다.

"이넘덜이 인자 정신을 차리는 게벼. 진즉에 고로코롬 나올 것이제."

또 다시 세월이 흘러서 1년 반이 지났다. 춘식이도 이제는 거의 폐인이 되다시피 했다. 탄가루가 몸에 쌓여서 조금만 일을 해도 숨이 차오르는 것이었다. 춘식이는 아침에 눈을 뜨면 고향 영암의 논과 들을 떠올렸다. 그리고 한탄했다. 아, 나는 여기서 이대로 죽어가야만 하는가? 스물 두 살의 청춘을 이렇게 허망하게 탄광 속에서 마쳐야 하는가?

그런데 4월로 접어들면서부터 이상한 소문이 돌기 시작했다. 그건 사람들의 입에서 입으로 전해지는 전쟁소식이었다. 미군의 폭격소식이 공공연하게 떠돌았다. 그런 이야기를 갱내에서도 했고 밥을 먹으면서도 했다. 그런 분위기는 1년, 아니 6개월 전만해도 어림도 없는 일이었다. 밥을 먹으면서 이야기를 한다 싶으면 곧바로 관리자들이 다가와서 밖으로 끌고 나갔다. 불려나간 사람은 엄청난 매타작을 당하고 초죽음이 되어서 돌아왔다. 확실히 일본놈들이나 그 하수인 역할을 하는 조선 끄나풀들이 많이 위축돼 보였다.

춘식은 그날 주간조라 저녁을 먹고는 료에 누워서 병철이와 이야기를 나누고 있었다. 병철이는 팔을 다친 후로 급격히 건강이 나빠졌다. 채탄작업은 하지 못하고 그냥 동력실 일이나 식당 일만 거들면서 지내는, 여기서 말하는 '폐품'이었다. 월급도 15원으로 다른 사람들의 딱 절반이었다. 그러니 춘식이가 간식비며 이런 저런 비용을 다 대 주어야만 했다. 그래도 죽마고우요, 죽을 때도 같이 죽자고 맹세한 친구이니 춘식이로서는 눈꼽만큼도 불만이 없었다. 그저 병철이와 고향땅을 밟는 것, 그것만이 소원일 뿐이었다.

그날 저녁에 돌격2료에 속해 있는 광철이가 놀러 왔다. 같은 료의 친구들 두 명하고 함께 춘식이네를 찾아 온 것이다. 몇 차례 이야기를 해 보아 서로 알고 지내는 사이였다. 간조 날 매점을 가면 꼭 광철이가 있었다. 그것도 친구들과 함께였다. 춘식이보다 나이는 세 살 아래지만 강단이 있고 통솔력도 있는 아이 같았다. 광철이는 경기도 오산이 고향인데 만주에서 독립운동을 2년 가까이 하다 왔다고 했다. 함께 떠났던 작은 아버지는 해주 경찰서 유치장에서 고문후유증으로 옥사했다고 한다. 어머니가 위독하여 고향에 내려와서 집안일을 돌보다가 여기로 오게 되었다는 청년이었다.

광철이는 아이누족이 빚은 옥수수 술을 한 병 가지고 왔다. 여기 매점에서는 맥주도 팔고 사케도 팔았다. 그러나 가장 인기 있는 술은 옥수수 술이었다. 탄광 근처에는 북해도 원주민촌이 있었는데 매점에서는 그들이 빚은 옥수수 술을 팔고 있었다. 맥주는 한 병에 1원이고 사케는 1원 50전인데 그것들은 맛도 그렇고 한 병을 다 먹어도 간에 기별도 가지 않았다. 그러나 옥수수 술은 양도 많았을 뿐만 아니라 독하기까지 했다. 가장 좋은 점은 정종 큰 병으로 하나 가득 넣어서 단돈 2원이라는 사실이었다. 그건 양이나 취하는 정도로 치면 맥주나 사케의 5~6배에 달했다. 그래서 여기서 맥주는 주로 십장들이 먹었고 광부들은 모두 옥수수 술을 먹었다. 그것도 자주 먹으면 감당하기가 힘들었기에 오늘 광철이가 큰 병 하나를 가지고 온 것은 크게 한 턱을 내는 셈이었다.

광철이와 춘식이를 중심으로 일곱 명이 둘러앉았다. 광철이는 서글서글한 생김새만큼이나 말하는 것도 직선적이었다. 양은 컵이 하나 밖에 없었기에 그들은 잔을 돌려가면서 술을 마셨다. 광철이가 자기 차례가 오자 손을 내밀었다.

"춘식이 형님, 여기 고뿌에 하나 가득 따라주슈."

그는 크~ 소리도 요란하게 한 잔을 마시더니 입을 열었다.

"형님들, 지난 번 파업 때 왜 일본 순사놈들이 그냥 엄포만 놓고 물러갔는지 아세요? 왜 어께 놈들이 비실비실 맥을 못 추었는지 아시느냐구요. 그게 다 일본이 망해가는 징조라는 겁니다. 제가 누구라고 밝힐 수는 없지만 십장 중에 우리 편이 있어요. 그 아저씨 말이 일본이 이제 다 망해간대요. 두 달 전에는 동경에 미군 비행기들이 새까맣게 떠서 아주 도시 전체를 불바다로 만들어 놓고 갔대요. 뭐 10만이 죽었다나? 그러니까 여기 병철이 형님도 힘을 내세요. 우리 고향 갈 날이 얼마 안 남았다니까요."

료의 천장에 매달려 있는 30촉짜리 전구 불빛을 찾아 나비들이 대 여섯 마리나 들어와서 전등 주위를 맴돌며 퍼덕거렸다. 여기 흑해도는 유난히도 나비들이 많았다. 그것도 조선에서 보던 나비와는 사뭇 다른 것들이었다. 모두가 크고 또 검정색 계통의 나비들이 많았다.

7월의 폭염이 시작되면서 그런 분위기는 더욱 더 확산되어 갔다. 우선 십장들과 관료장들이 저희들끼리 모이기만 하면 수군거리다가 광부들이 오면 이야기를 딱 그쳐 버리는 것이었다. 몇 달 전과 완전히 상황이 바뀐 셈이다. 그들은 가끔 헛기침을 해대기도 하고 큰소리를 치기도 했지만 무언가 모르게 맥이 빠져 보였다. 또 구타도 많이 사라졌다. 전쟁이 정말 끝나기는 끝나려는 모양이다. 오히려 춘식이 일행이 그 후속 대책을 세우기에 여념이 없었다.

1945년 8월 15일은 수요일이었다. 그날 저녁반으로 탄광에 들어갔다 16일 아침에 나온 춘식은 놀라운 소식을 들었다. 일본이 항복했다는 게 아닌가! 갱 밖으로 나와 보니 이건 완전히 딴 세상이었다. 어깨들은 모두 어디로 사라졌는지 보이지 않고 광산에 있던 일본놈들도 흔적도 없이 사라진 것이다. 춘식이와 광철이는 비상대기조를 가동시켰다. 그들은 평소에 이런 일이 닥치면 취해야 할 행동들을 미리 정해 놓았던 것이다. 곧바로 20여 명의 젊은이들이 몽둥이로 무장하고 바람처럼 사라졌다.

저녁 무렵에 비상대기조가 끌고 온 놈들은 다섯 명이었는데 거기에는 꼭 들어 있어야 할 놈들이 들어 있었다. 즉, 총감독으로 악명을 떨치던 강금성이와 관료장 경운호가 있었던 것이다. 비상대기조원들의 이야기를 들어보니 강금성이는 광산에서 쓰는 차를 타고 십장 두 놈하고 내빼다가 그만 구니토모 고개 못 미쳐서 차가 고장나자 하는 수없이 차를 버리고 걸어가다가 고개를 지키던 대기조에게 걸렸다고 했다. 또 경운호는 다른 두 놈과 함께 꽤나 큰 트렁크를 짊어지고 쉬엄쉬엄 가다가 붙들린 것이었다. 다행히도 식당에서 일하는 아줌마들은 모두 그대로 있어서 당장 밥을 해먹는 데는 지장이 없었다. 아줌마들의 절반은 조선에서 돈 벌러 건너 온 사람들이었고 나머지 절반은 아이누족이었다.

저녁을 먹고나자 춘식이네 숙소인 충성7료에서 매타작이 시작되었다. 다섯 명을 가운데 두고 그 주위를 20여 명의 광부들이 둘러쌌다. 그간 수도 없이 매만 맞아 보았지 이렇게 몽둥이를 들고 누굴 때려보기는 처음이었다. 먼저 춘식이가 입을 열었다.

"나가 여기 있음사 젤로 이해 못허는 것이 무언인지 아요? 바로 같은 동향 출신인 감독님과 십장님이 워째 우리덜얼 그다지도 모질게 대허는지 당최 이해가 안 된다는 것이요. 오늘은 우리 탁 터놓고 야그 쫌 해 봅시다. 우리덜얼 그렇게 개잡덧 패고 괴롭힝게로 속이 시원합디여?"

강금성은 50줄이 가까운 사내였다. 그는 풀이 죽어서 바닥만 쳐다보면서 부들부들 떨고 있었다. 그러나 경운호는 왈패

답게 고개를 꼿꼿이 들고 불량한 눈을 이리저리 굴리고 있었다. 그는 간간히 침을 내 뱉었다. 그의 표정은 조금도 겁난다거나 하는 모습이 아니었다. 오히려 타이르는 듯한 말투로 이들에게 대들었다.

"뭐 일본이 망했다고 느그덜이 세상 만난 맹키로 설쳐댄다만 안작도 여그 경찰이 있응게 우리덜한테 손끝하나라도 댔다가넌 성치 못헐 것이여. 알아서들 허더라고."

그러자 그때까지 참고 있던 광부들의 분노가 폭발했다.

"개새끼!"

"어이구메!"

광철이가 맨 마지막으로 나섰다. 그는 굵은 참나무 몽둥이를 새로 들고 오더니 주위 사람들을 모두 물러나게 했다. 모두들 어쩌려는가 하며 근심스런 얼굴로 광철이를 쳐다보았다. 그는 다 죽어 있는 강금성과 경운호를 발로 차서 얼굴을 들게 했다. 다른 세 명도 거의 죽은 거나 다름없었다. 먼저 강금실에게로 다가서더니 퍽! 소리도 요란하게 강금성을 내리쳤다. 그의 두개골에서는 허연 골이 꾸역꾸역 쏟아져 나왔다. 경운호에게 두 방을 날렸다. 그도 눈알이 튀어나오고 팔이 어깨에서 떨어져 나와 너덜너덜한 채로 죽어갔다. 구경을 온 광부들까지 합쳐서 30명 가까운 인원이 이 광경을 목격하고는 모두들 고개를 설레설레 흔들었다. 피를 뒤집어 쓴 광철이가 허연 이를 드러내 보이며 씩 웃었다.

"내가 오늘 우리 작은 아버지 원수를 갚았소. 우리 작은 아버지가 꼭 이런 놈들에게 잡혀서 해주 감옥에서 매타작으로 돌아가셨소. 우리 작은 아버지를 때려죽인 놈들이 바로 조선 순사보란 놈들이란 말이오. 나는 이제 죽어도 한이 없소."

다음날 지서에서 소장과 순사들이 미쓰비시 광업소 분 소장을 대동하고 숙소를 찾아왔다. 순사들은 광철이를 끌고 갔다. 끌려가는 뒷모습을 보면서 모두들 같은 생각이었다. 아까운 젊은이가 또 하나 죽었다고.

춘식이 일행이 하코다데 항에서 배에 오른 것은 8월 19일이었다. 항구에는 비가 억수같이 퍼붓고 있었다. 그래도 광부들은 귀국의 기쁨에 만세를 불러가며 밤새 들떠서 배의 이곳저곳을 들락거렸다. 춘식이도 병철이도 그렇게나 많은 조선 사람들이 끌려와 있으리라고는 꿈에도 생각하지 못했다. 1천 명도 넘는 조선 사람들이 배 안을 가득 채우고 있었던 것이다. 그 다음 날 아침에 갑갑한 선실을 벗어나 갑판으로 올라갔다. 그런데 거기서 전혀 예상치 못했던 인물을 만났다. 광철이가 술을 마시며 오징어를 질겅질겅 씹고 있는 게 아닌가! 모두들 광철이가 틀림없이 죽었다고 알고 있었다. 두 명을 때려죽이고 세 명을 반죽음을 만들어 놓았는데 살아 날 수가 있겠는가? 춘식이와 병철이는 누가 먼저란 것도 없이 광철이를 끌어안았다. 그는 멀뚱하게 쳐다보면서 오히려 왜 이리 호들갑이냐는 표정이었다.

"아니, 너 광철이 아니여? 우찌 된 일이냥게."

"요거이 꿈이 아니드라고?"

그는 그간의 사정을 설명해 주었다. 고문이나 매타작은커녕 오히려 극진하게 대접받고 오늘 아침에 해군 쾌속선 편으로 여기 도착했다는 것이었다. 그러면서 광철이는 손에 들고 있던 술병에서 술을 따라 춘식이와 병철이에게 차례로 권했다.

그들은 그 다음 날 저녁 무렵에 아오모리 현의 오미나토라는 항구에 내렸다. 탄광 측의 이야기는 여기서 22일에 출발하여 조선까지 가는 배가 있다는 것이었다. 정말 저 멀리로 바다 한 가운데에 흰색 칠을 한 엄청나게 큰 배가 정박하여 있었다. 그게 부산까지 자기네들을 실어다 줄 우키시마마루(浮島丸)라는 배란다. 그래도 2년 가까이를 부려먹은 게 미안했던지 미쓰비시에서는 귀국자들에게 30원씩의 여비를 마련해 주었다.

작은 통통배를 타고 먼 바다까지 나와서 큰 배에 올랐다. 그 배는 엄청나게 크기도 했지만 거기에는 이미 1천 명인지 2천 명인지도 모를 수많은 조선 사람들이 승선해 있었다.

그 수천 명이나 되는 사람들이 끌려 온 사연들도 가지가지였고 또 그들이 혹사당한 곳도 이루 헤아릴 수 없이 많았다. 어떤 사람은 철도 공사장에서 일했다고 했고 어떤 사람은 굴을 파는 작업에 동원됐다고 했다. 또 어떤 사람은 비행장 닦는 일에 동원됐다고 했고 또 다른 사람은 군대 막사를 짓는 일을 하다가 왔다고 했다. 여자들은 또 여자들대로 사연이 많았다. 군대 내의 식당에서 일하던 사람도 있고 병원에서 간호부로 일하던 여자도 있었다. 또 어떤 여자들은 무기 공장에서 남자들만큼이나 힘든 쇠 깎는 일을 하다가 해방을 맞았다고도 했다. 몰골은 모두가 비쩍 마르고 광대뼈가 튀어나왔지만 그래도 고향에 돌아간다는 꿈에 희희낙락이었다. 일본인이 운영하는 선내 매장에서는 물건을 꺼내 놓기가 무섭게 팔려나갔다.

춘식이는 갑판 위에서 넘실대는 바다를 보면서 춘자를 생각했다. 지금 쯤 해남으로 시집가서 잘 살고 있을까? 아기도 생겼겠지? 벌써 2년이 지났으니까. 어머니와 아버지가 떠올랐다. 부모님은 얼마나 늙으셨을까? 돈벌어 온다고, 나까오리 모자 쓰고 양복입고 온다고 큰소리 치고 떠났지만 얻은 건 병 뿐이고…… 그래도 이렇게 돌아갈 수 있는 게 어딘가. 탄광에서 숱한 사람들이 죽어갔는데.

"뿌~우웅~"

엄청나게 큰 뱃고동소리가 들리더니 드디어 배가 움직이

기 시작했다. 마침내 고향으로 가는 것이다. 서늘한 밤바람이 불어왔다. 지난 2년, 돌이켜보니 중노동, 배고픔, 그리고 구타를 빼면 별로 생각나는 게 없다. 단 하루도 버티지 못할 것 같은 지하 막장생활을 2년이나 어찌 버텨냈을까? 자기가 생각해도 참 신기한 일이었다. 광부들을 개 패듯이 두들겨 패는 십장들과 료장들은 차라리 악마라고 하는 편이 더 나으리라. 아무리 생각해보아도 매를 맞을 짓을 한 게 없는데 구타는 그냥 일상생활이었다.

신참 광부들 중에서는 아침에 점심 벤또를 싸자마자 그걸 먹어치우는 경우가 더러 있었다. 한참 먹을 나이이니 그런 도시락을 다섯 개는 먹어야 겨우 양이 찰 터인데 점심이야 어찌 되었건 당장 배고픔을 이기지 못해서 하는 짓이다. 갱에 들어가기 전 십장들이 벤또 검사를 하고 빈 통을 들고 가는 광부는 초죽음이 되게 맞았다. 그런데 그건 이치적으로 보자면 때릴 이유가 전혀 없는 일이었다. 아침에 점심까지 모두 먹건 말건 그날 작업량을 다 채우지 못하면 갱에서 내보내주지 않았기 때문이었다. 그것만이 아니었다. 숙소에 들어오면 관물 정돈 상태가 니쁘다고 하여 또 구타, 새벽에 일찍 일어나지 않았다고 또 구타……. 그들도 다 같은 조선 사람들인데 어째서 그렇게 난폭해 졌을까?

춘식이는 그래도 자기가 십장이나 관료장을 하지 않기를

잘 했다고 생각했다. 1년 반이 지난 올해 초, 그에게 십장 자리를 맡아보라는 권유가 있었다. 월급도 30원에서 40원으로 오르고 일도 훨씬 더 편하다는 것이다. 그는 생각하고 말고도 없이 그 제의를 거절했다. 결과적으로 그건 잘 한 짓이었다. 탄광에서 도망쳐 나온 십장들과 료장들 중 세 명이 여기 배 안에서 광부들에게 적발된 것이다. 갑판 위, 배의 뒤편에서 매타작으로 둘은 거의 반병신이 되었고 하나는 끝까지 저항하다가 난간 너머 바다로 투신하였다. 일본 군인들도 이제는 조선 사람들끼리 싸움을 하건 매타작을 하건 관심 밖이었다.

저축을 했다가 나중에 돌려준다고 한 것도 다 거짓말이었다. 춘식이보다 먼저 와 있던 사람들 어느 누구도 돈을 받았다는 사람이 없었다. 여기서 저축한 돈 가지고 고향에 논을 사고 밭을 샀다는 사람은 하나도 없었던 것이다. 일본놈들은 조선의 청년들을 데리고 와서 그저 있는 동안 최대한 많은 양의 탄을 캐내면 되는 것일 뿐, 다른 것은 아예 관심도 없었다. 그렇게 부실하게 먹어가면서도 몇 년씩 버틸 수 있었던 것은 조선 사람들 대다수가 춘식이나 광철이처럼 한창 때의 젊은 나이였기 때문에 가능한 일이었다. 그러니까 탄광 측에서는 결국 젊은 피를 탄으로 바꾸어 먹은 셈이었다.

밤바다에서 파도가 출렁일 때마다 찝찔한 바닷물 냄새가

났다. 집으로 가면 보리밥에 고추장을 넣어서 썩썩 비벼먹으리라. 그런 고향의 음식 맛을 보지 못한지 2년이 되었다. 엄마와 춘자를 위해서 옷도 한 벌씩 샀다. 엄마가 얼마나 기뻐하실까? 춘자가 그 옷을 입으면 날아갈 듯 예쁘겠지? 그 바쁜 중에도 부두에서 옷가게를 수소문하여 겨우겨우 장만했던 것이다. 춘식이는 혼자서 빙그레 웃었다.

한참을 이런저런 회상에 젖어있던 춘식의 어깨에 따뜻한 손길이 느껴졌다. 고개를 돌려보니 병철이었다. 그는 절단된 왼 손을 미쓰비시 작업복 소매 속에 감추고 한 손으로 춘식이의 어깨를 쓰다듬고 있었다. 그의 눈에서 눈물이 방울방울 떨어졌다.

"위째 우냐? 이 좋언 날에."

"잉, 그려. 좋구먼. 좋당게."

병철이는 그 말을 마치고는 어깨를 들먹이며 더 세차게 울음을 터트렸다. 나가 니 맴얼 몰르면 사람새끼가 아니제. 그려, 병철아. 울그라. 맴껏 울그라. 그런데 병철이가 울음을 그치고 하는 말이 춘식이를 놀라게 했다.

"춘식아, 나가 여그 나와서 봉께 우리 조선사람덜이 몰러도 너무 몰르고 살았당께. 이 배만 허드라도 이렇게 산더미처럼 큰 배가 일본놈덜이 맹길고 몰고 가는 것 아니라고? 수천 명이 타고 배위에 또 작은 배가 있고 말이시. 근데 우린 뭘 헌

거여. 돛단배나 타고 댕김서 물괴기나 잡는 것 아니라고. 왜 넘덜 헌티 백년은 떨어졌능개비여. 나넌 비록 병신이 돼 갖고 가지만 월사금 씨게 내고 큰 구경 허고 간다고 생각혀. 니는 워쩌?"

춘식이도 병철이나 마찬가지 생각이었다. 우리가 힘이 없으니까 이렇게 끌려와서 당하고 매맞아 죽고 하는 것 아닌가? 춘식이는 병철이의 가녀린 어깨를 꼭 끌어안아 주었다. 머리 위로는 하얀 갈매기들이 끼륵끼륵 소리도 요란하게 날아다녔다.

우키시마마루의 함장실에서 사토야마 함장은 창밖을 내다보며 깊은 고민에 잠겨 있었다. 바다에는 비가 뿌리고 있었다. 어쩔 것인가? 이 사람들을 데리고 부산까지 가야만 하나? 아까 오전에도 다시 한 번 항의를 했다. 우리 배에는 부산까지 운항해 본 항해사도 없는 형편이다. 게다가 장교들이건 병사들이건 조선에 가는 걸 두려워하고 있다. 지금 일본이 패망했는데 조선땅에 가서 덜컹 소련 놈들에게 나포라도 되면 어쩔 것인가? 또 성난 조선놈들이 배에 뛰어들어서 모두를 억류하면 어쩔 것인가? 더군다나 이 배에는 부산까지 갈 연료는 있지만 돌아 올 연료는 없다. 그건 또 어디서 보충할 것인가? 이제 세 시간 후면 출항이다. 그는 히로세 소좌을 불렀다.

그는 처음 이 배가 상선이었을 때 해군인수위원의 자격으로 민간 회사로부터 이 배를 인수해서 요코하마 항까지 몰고 온 인물이다. 승무원 275명 중에서 이 배에 대하여 가장 많이 알고 있는 사람이다.

"부르셨습니까? 함장님."

"응, 히로세, 내가 불렀네. 지금 승무원들의 상황은 어떤가?"

사토야마 대좌가 걱정하는 것은 강제로 출항할 경우, 이 지시에 반발하는 선원들이 선상폭동을 일으키는 것이다. 지금 선원들은 모두가 현역 해군병사들이다. 전쟁은 일주일 전에 끝났다. 이제 병사들은 집으로 돌려보내고 계속 해군에 잔류할 인원만 남겨 놓아야 한다. 지금처럼 그렇게 많은 병력이 필요하지도 않을 뿐더러 연합국 측에서 어쩌면 군대의 존재 자체를 허용하지 않을 지도 모른다. 병사들뿐만 아니라 장교들까지도 흥분상태다.

"모두 가지 않겠다고 합니다."

히로세가 부동자세로 하는 대답이었다. 그럴 것이다. 누가 그런 불확실한 일에 뛰어 들겠나. 전쟁이 한 창 때리면 목숨을 걸 수도 있다. 그러나 이제는 전쟁이 끝났기에 아무도 모험을 하려고 하지 않는다.

"그러면…… 어떤 방법이 있을까? 상부에서는 부산에 가지 않으면 목을 날려 버리겠다고 하지 않는가?"

아까 오전에 있었던 일을 상기시킴이다. 오전에 해군 방어 사령부에 이번 작전을 수행할 수 없으니 재고해 달라는 내용의 요청서를 지참시켜서 장교들을 보냈다. 그러자 방어사령관 후쿠자와 소장은 칼을 빼들고 모두 쳐 죽이겠고 길길이 날뛰는 게 아닌가. 부하들은 혼비백산하여 돌아왔다.

"함장님, 어제부터 장교들과 의논해 보았습니다만, 장교들의 중론은 저희들이 조선까지 가야 할 이유가 없다는 겁니다. 전쟁도 다 끝났는데 그깟 7천인지 8천인지 모를 조센징들을 귀국시켜주자고 우리들이 목숨을 걸어야 할 명분이 없다는 겁니다. 만약에 함장님께서 강행하도록 명령을 내리신다고 해도 아마 십중팔구는 모두 중간에 구명정으로 탈출하고 말 겁니다."

사토야마는 담배를 꺼내어서 히로세에게도 권했다. 히로세가 얼른 주머니에서 성냥을 꺼내어 불을 붙여 주었다. 담배연기가 함장실을 돌더니 열어 놓은 창밖으로 서둘러 빠져 나갔다. 담배 한 대를 다 피울 때까지 창밖만 응시하던 사토야마는 담뱃불을 끄고 히로세를 쳐다보았다.

"그러면 더 구체적인 이야기까지 했겠군, 그래."

히로세도 담배를 재떨이에 비벼 끄고는 미리 준비해 놓았던 대답을 했다. 여기서 어떤 결정이 내려지느냐에 따라 275

명 승무원들의 운명이 결정되는 것이다.

"여기 방어사령부의 의지가 원체 확고하니까 우선 출항은
하고요, 얼마 쯤 가다가, 그러니까 너무 멀리가면 안 되겠죠,
뭐 교토 정도 쯤 가서……"

"그래, 교토 앞 바다에서……"

"폭파시켜 버리는 겁니다. 중간에 우리들은 모두 다 비상
탈출하고요."

"그러면 이 배에 있는 조센징들은 모두……"

"바다에 수장되는 거죠."

"문제가 되지 않을까?"

"기뢰에 부딪쳤다고 하면 됩니다. 우리 측에서 수색을 해
야 하는 데 어느 누가 나서서 사고원인을 밝혀내겠습니까?
어차피 우리하고는 관계도 없는 조센징들의 문제인데요. 당
국에 건의해서 사고가 나자마자 기체를 인양해서 고철로 녹
여버리자고 하는 겁니다. 그러면 아무 흔적도 남지 않지요.
사령부에서는 어쩌면 우리가 알아서 처리해 주기를 바라는지
도 모르지요."

"그래도 숫자가 너무 많지 않은가 말이야. 참, 히로세군, 승
선인원이 모두 몇 명이라고 했나?"

"네, 7천 5백 명 정도로 밖에는 파악이 안 됐습니다. 원체
정신이 없어서요. 적으면 7천 5백명, 많으면 8천 명 정도 될

겁니다. 모두가 다 조센징들입니다."

"그 밖에 다른 민족은 없나? 뭐 미국놈들이라든가 중국놈들이라든가 말이야."

"미국놈은 하나도 없고 중국이나 그 밖의 다른 족속들은 몇 백 있는 것 같은데, 그거야 뭐 상관있겠습니까? 다 그놈들이 그놈들이지요, 배 안에는 폭약도 충분히 있습니다. 시간을 조절하는 신관도 있고요. 하하하!"

이제 사토야마와 히로세의 표정은 많이 밝아졌다. 자기들이 떠맡은 짐을 벗는 순간이기 때문이었다.

배는 22일 밤 10시경에 출항했다. 드디어 고향으로 가는 것이다. 사람들은 모두 설레이는 마음을 가누지 못해 아무나 붙잡고 이야기를 했다. 춘식이와 광철이는 선실 내에서 다른 사람들과 이야기를 하고 있었다. 그렇게 첫날밤을 무사히 보냈다.

다음 날 춘식이네 일행은 갑갑한 마음을 달랠 겸 갑판으로 나왔다. 하늘은 비가 오려는지 잔뜩 흐려있었다. 멀리 왼쪽 편으로는 육지가 보였다. 누군가가 말했다. 거기가 일본 땅이라고. 모두가 고개를 갸우뚱했다. 출발한지 하루가 지났는데도 아직도 일본 땅을 벗어나지 못했단 말인가? 그들은 잠시 바닷바람을 쏘이고는 다시 배 밑바닥의 선실로 돌아왔다. 그렇게

뒹굴거리면서 또 하루를 지냈다.

다음 날 오후 무렵에 그들이 이런저런 이야기로 이야기꽃을 피우고 있을 때 누군가가 헐레벌떡 뛰어들어 왔다. 일본 해군들이 구명정을 타고 배에서 내려가고 있다는 것이었다. 그게 무슨 소린가? 그러면 그놈들은 부산까지 가지 않는다는 말인가? 그들은 갑갑하던 차에 갑판으로 나가보기로 했다. 갑판에 나가보니 정말 일본놈들이 모두 구명정을 타고 육지를 향하여 가고 있었다. 한 열 명 정도가 탄 마지막 구명정도 거의 바다에 내려졌다.

"요거이 뭔 짓꺼리당가? 저넘덜이 다 떠나뿌러면 누가 배를 몰고 간당가?"

"긍게, 고거이 참 요상하시?"

배짱 좋은 광철이가 난간을 붙잡고 목청껏 일본말로 고함을 질렀다.

"어이, 해군들, 어디로 가나? 이 배는 누가 몰고 가나?"

그러나 그들은 아무런 대답도 없이 배에 달린 모터를 조종하며 육지 쪽으로 쏜살같이 도망치기에만 급했다. 아무래도 이상했다. 뭔가가 잘못되고 있는 것이다. 이 소식이 퍼지자 삽시간에 갑판 위로 사람들이 새까맣게 몰려들었다.

그렇게 한 10분이나 흘렀을까? 돌연 쾅! 하는 고막을 찢는 엄청난 폭발음과 함께 배가 하늘로 치솟았다. 사람들이

2~3m씩 공중으로 솟구쳤다가는 갑판 위로 떨어졌다. 그와 동시에 그 커다란 배가 두 쪽으로 갈라졌다. 광철이는 끝까지 난간을 붙잡고 있어서 바다에 떨어질 때도 제일 늦게 떨어졌다. 바다에 잠기고 보니 어디서 밀려 왔는지 시커먼 기름찌꺼기가 더덕더덕 몸을 휘감아서 헤엄은커녕 몸을 움직이기도 힘들었다. 마침 커다란 나무판자 같은 게 보였다. 광철이는 죽을 힘을 다해서 거기까지 헤엄쳐 갔다. 사람들이 필사적으로 몰려들었다. 춘식이나 병철이의 모습은 보이지 않았다. 네 명이 매달리자 더 이상 매달리면 모두가 다 가라앉을 것 같았다. 그들이 서로 밀치고 또 붙잡으려고 하는 싸움을 치르고 있는데 멀리서 나룻배가 몰려오기 시작했다. 인근 마을에서 달려 나온 어부들이었다.

광철이가 탄 배가 침몰된 곳은 교토를 조금 못 온 곳에 있는 마이츠루라는 도시 근처였다. 광철이는 마이츠루 해군사령부에서 마련한 임시숙소에서 보름 가까이를 수용되어 있다가 시모노세키를 경유하여 부산에 도착했다. 9월 16일이었다. 광철이가 알고 있던 친구들은 모두 죽었다. 춘식이도 병철이도. 그런데 참으로 이해하지 못할 대목이 있었다. 그렇게 큰 배가 폭발사고를 당하였으면 분명 인근 해군기지에서 구조선이 와야 함에도 불구하고 그 근처 어촌의 어부들이 나룻배를 몰고 온 것 말고는 아무런 구조 활동이 없었다는 점이다. 또 살아남은 사람들의 이야기를 종합해 보면, 대략 7천 5백 명 중에서 5천 가까운 사람들이 죽었다고 했다. 구조되어 부산에 들어 온 사람들은 2,500명뿐이었으니까. 그렇게 엄청난 사고가 났으면 신문사에서도 취재를 오고 여기저기서 사고를 조사해 보려고 난리법석을 떨어야 당연한 일인데 어느 곳에서도 그 내막을 알아보려고 하지 않았다는 점이다. 생존자들 중에는 강제 징용되어 해군에서 근무하다가 귀국하는 청년들이 10여 명 있었는데 그들의 이야기가 더욱 이상했다. 우키시마마루는 기뢰공격으로 파손된 사실이 아니라 자폭을 한 것이라고 했다. 사고 당시 내부에서 폭발이 있었다는 점과 사고 직전 승무원들이 모두 하선하여 미리 대피한 것이 그걸 입증해주는 증거라고 했다.

사건 발생 1주일 뒤, 오미나토 해군사령부는 공식발표를 통해 이번 사고로 조선인 524명과 일본인 25명이 사망했다고 발표했다.

이렇게 하여 일본이 동양 최대라고 자랑하던 5천 톤급 여객선 우키시마마루는 쿄토(京都) 인근 마이츠루 만 앞바다에 기리앉았다. 귀국의 꿈에 부풀어 있던 춘식이와 병철이를 포함한 5천여 조선 사람들의 원혼을 고스란히 간직한 채로.

아무도 없는 고향

수희가 고향 오산에 도착한 날은 해방이 되고 꼭 한 달이 지난 9월 15일이었다. 경성 행 기차를 타고 오산역에 내린 시간은 밤 10시가 다 되어서였다. 수희는 오산 바로 전 역인 서정리역을 지나면서부터는 뛰는 가슴을 억제할 수가 없어서 옷보퉁이를 꼭 끌어안았다. 가슴 뛰는 소리가 너무 크게 나서 행여 옆에 앉은 사람이 눈치를 차리지나 않을까 걱정이 되어서였다. 밖은 깜깜해서 아무 것도 보이지 않았다. 갈 때는 여섯 명이 떠났는데 지금은 혼자서 돌아오고 있는 것이다. 순임이도 죽었고 길자도 죽었다. 다른 아이들은 어찌 되었는지 알 길이 없지만 그 아이들 역시도 무사하지는 못하리라. 사거리를 지나서 오산교 쪽으로 돌았다. 이제 그저 백 발짝 정도만 더 가면 집이다. 그렇게도 꿈에 그리고 그리던 집이 바로 코앞에 있는 것이다. 수희는 심호흡을 크게 한 번 했다.

집 대문은 열린 채로 있었다. 수희는 안도의 한숨을 내 쉬었다. 마치 식구들이 지난 2년 반 동안 자신을 기다리느라고 날마다 대문을 열어 놓고 기다리고 있었던 것만 같았다. 그래, 그럴 거야. 나도 단 한 시도 우리 가족을 잊어버린 적이 없었으니까. 9월 중순의 집안은 썰렁했다. 화단에는 아무 것도 없었다. 마지막 끝물을 자랑하며 피어 있어야 할 백일홍이나 맨드라미도 없었다. 그저 말라비틀어진 풀잎들이 땅에 찰싹 붙어 있을 뿐이었다. 그 옛날 줄을 매 주면 그걸 타고 줄기차게 올라가며 예쁜 꽃을 피워대던 나팔꽃을 심은 흔적도 없었다. 사랑도 건넌방도 불이 꺼져 있었다. 온 집안이 마치 장례라도 치르고 난 집처럼 썰렁했다. 오직 한 군데, 안방에서만 희미한 불빛이 비칠 뿐이었다. 수희는 덜컹거리는 가슴을 손으로 꼭 누른 채 안방에 대고 소리쳤다.

"엄마~"

딴에는 제법 큰소리로 부른다고 했지만 자기가 듣기에도 모기소리만큼이나 작아져 있었다. 방에서는 아무런 기척도 없었다. 다시 조금 더 크게 소리쳐 불렀다.

"엄마, 나야."

방안에서 부스럭대는 소리가 들리며 방문이 열렸다. 웬 낯

모를 처녀가 잠을 자다가 깼는지 비시시 눈을 비비며 밖으로
나왔다. 그녀는 검정 몸뻬에 흰 저고리를 입고 있었다. 쪽을
진 걸로 보아 처녀는 아닌 모양이었다.

"누구신지?……"

"댁은 누구?"

그때 방안에서 다시 부스럭대는 소리가 들리더니 문이 활
짝 열리며 상석이가 모습을 드러냈다. 그는 어둠 속에서도 밖
에 서 있는 사람이 자기 누나인 줄 알자 허겁지겁 뛰어나왔
다. 그리고는 수희를 끌어안았다. 상석이는 눈물을 뚝뚝 떨구
며 수희를 방으로 끌어들였다. 방안에는 어린 아기가 작은 이
불에 둘러쌓여서 쌔근쌔근 잠을 자고 있었다. 올케의 절을 받
는 둥 마는 둥, 수희와 상석이는 통곡을 하며 서로의 등을 쓰
다듬었다.

어떻게 이렇게도 천지개벽을 할 수가 있는가? 엄마가 작년
여름에 돌아가셨단다. 그 전 해 봄에 딸을 빼앗기고 가을에는
또 아들을 잃고 나서는 먹는 것마다 체하고 하더니만 기어이
자리보전하고 누어서 지냈다는 것이다. 황 의원이 몇 차례 왕
진을 다녀가기도 했지만 엄마의 병은 한약도 양약도, 주사도
아무 것도 듣지 않았다고 했다. 엄마는 칠월칠석 그 다음 날
에 돌아가셨단다. 그러자 그때부터 아버지도 식음을 전폐하
고 시름시름 앓아 누우셨다고 했다. 그러더니 바로 지난 달,

상필이 오빠의 전사통보서가 도착하자 그로부터 불과 열흘을
못 넘기고 돌아가셨다는 것이다. 그것도 엄마가 돌아가신 날
과 거의 비슷한 칠월칠석을 하루 남겨 놓은 8월 13일이라고
했다. 그러니까 겨우 한 달 정도 전에 돌아가신 셈이었다.

수희는 손과 발이 마비되는 것도 모르고 통곡을 했다. 이럴
수는 없다. 이럴 수는 없는 것이다. 그토록 평화롭고 행복했
던 가정이 불과 2년 반 사이에 박살이 나도 어쩌면 이렇게까
지 박살이 날 수 있다는 말인가. 그토록 살갑게 자기를 사랑
해 주던 상필이 오빠마저 전쟁의 제물이 되었다니, 일본놈들
이 우리 조상과 무슨 철천지원수를 맺지 않은 이상은 이럴 수
가 없는 것이다. 수희가 꺼이꺼이 통곡을 해대자 상석이도 방
바닥을 두드리며 통곡을 했고 상석이 처도 함께 소리내어 울
었다. 그러자 아기까지 깨어서 까무러치게 울었다. 최복성의
집 울음소리는 새벽녘에 가서야 잠잠해졌다.

"아니 요것이 누구랑가? 춘자 아니드라고?"
"아이고메, 춘자야, 니가 이게 워쩐 일이다냐? 아이고, 끝순
이 엄마, 여그 좀 와 보씨요. 춘자가 왔당게."
해가 뉘엿뉘엿 넘어갈 무렵 영암 금강리 새미뜰 논에서 일
을 거의 마쳐가던 아낙들이 일제히 한 소녀를 부둥켜안고 소
리소리 지르고 있는 것이다. 논에서 벤 벼를 한 다발 묶어서

논두렁으로 나온 끝순이 엄마는 춘자의 알록달록한 원피스를 보고는 선뜻 끌어안지를 못했다. 행여 자기의 지저분한 손이 춘자의 고운 옷을 더럽힐까 봐서 저어되었던 것이다. 그래도 끝순이 엄마는 대뜸 튀어나오는 말을 참을 수가 없었다.

"우리 끝순이는 웠다 두고 너만 오는겨?"

춘자가 울먹울먹하자 끝순이 엄마는 기여히 눈물을 터트리며 춘자를 끌어 안았다. 그녀는 춘자를 마구 흔들어대며 끝순이의 행방을 물었다.

"이 잡것아, 우리 끝순이는 워디 갔냥께로. 잉?"

춘자로부터 사정 이야기를 전해들은 끝순이 엄마는 그 자리에서 까무러쳤다. 동네 여자 둘이 끝순이 엄마를 부축해서 소달구지가 있는 곳까지 왔다. 동네 어른들 두 명이 이들의 곁으로 다가 왔다. 그들은 연신 춘자의 옷매무새를 쳐다보며 무언가 못마땅하다는 듯 혀를 끌끌 찼다. 춘자가 쥐도 새도 모르게 없어졌다가 1년 반 만에 돌아 온 것도 이상했고, 또 춘자가 입은 요란한 서양식 원피스도 마음에 들지 않았던 것이다.

춘자가 동네에 도착하여 보니 벌써 그 소식을 어찌 알았는지 동네 사람들이 동구 밖에까지 마중을 나와 있었다. 거기에 엄마의 모습은 없었다. 춘자는 엄마를 보고 싶은 마음에 동네 사람들의 눈총 따위에 신경 쓸 겨를이 없었다. 답싸리가 키보다도 더 자란 고삿을 지나자마자 춘자는 큰소리를 치며 집 안으로 뛰어들었다.

"엄마!"

그런데 방에서는 별다른 기척이 없었다. 춘자가 급한 마음에 방문을 열어 제치자 아주 진한 고름냄새가 확 풍겨왔다. 어두컴컴한 방안에는 엄마가 겨우 머리만 내민 채 자기를 멍하니 쳐다보고 있었다. 그 예전의 엄마가 아니었다. 뾰죽한 입이 옆으로 돌아가 있었다. 춘자가 급하게 뛰어드느라고 방 안에까지 신발 한 짝이 함께 딸려 들어왔다. 춘자는 엄마의 이불을 들추어 보았다. 온 방안을 진동시키는 썩은 고름냄새는 거기서 나는 것이었다. 엄마는 중풍으로 턱이 절반 쯤 돌아가 있었고 양쪽 발목 아래가 썩어들어가고 있었다. 춘자는 엄마를 끌어안고 울음을 터트렸다. 엄마의 흐리멍텅한 눈에서는 눈물이 흘러내리고 있었다.

"엄마, 이게 워지코롬 된 사단이여? 이게 뭐냔 말이시."

춘자의 곡성이 터져 나오기를 기다리기라도 한 듯 동네 아낙들이 집으로 들이닥쳤다. 아줌마들의 이야기를 들어보니 아버지는 두 달 전에 돌아가셨단다. 춘식이가 끌려가고 또 불과 반 년 뒤에 춘자마저 끌려가자 아버지는 날마다 술로 세월을 보냈다는 것이다. 그리고 불과 석 달 만에 완전히 폐인이 되더니 어느 날 소리 소문도 없이 사라져버렸다고 한다. 아버지의 시체가 발견된 것은 가출한 후로부터 보름이 지나서였다. 20리도 더 떨어진 동백저수지에서 다 썩은 시체를 건져냈다는 것이다. 날씨가 가물어서 저수지가 거의 바닥까지 드러났는데 거기에 뼈만 앙상한 시체가 있더라는 것이다. 그것도 알아보지도 못할 것을 저수지 상류 바로 옆에 있는 야산에서 춘자 아버지의 잠뱅이와 검정 고무신, 그리고 담뱃대가 발견되었기 때문에 확인한 것이라고 했다.

춘자는 그로부터 이틀 동안을 울다가는 까무러지고 또 울다가는 까무러치고를 반복했다. 동네 사람들은 춘자네 집의 다 허물어져가는 초가 이엉을 바라보면서, 춘자네 안방에서 흘러나오는 곡성을 들으면서, 그리고 춘자네 집에서 풍겨 나오는 썩은 고름냄새를 맡으면서 이렇게들 쑥덕거렸다.

"한 집안이 2년 만에 아조 결딴이 났당께로."

"춘자 아부지가 그 황구랭이럴 잡아뿌런 거이 탈이여."

"맞어, 그렇당께. 뭣땀시 화럴 자초혔을꼬?"

"참말로 겁나넌 일이네 그랴."

2년 전, 춘식이 아버지는 이웃마을 밤골로 보리베기 밭일을 나간 적이 있었다. 병철이 아버지하고 기출이 아버지, 이렇게 셋이서 이른 새벽에 목매달아 죽은 산 조금 못 미쳐 서낭당 고개를 넘을 때였다. 거기에는 엄청나게 커다란 은행나무 두 그루가 있었는데 동네 사람들 말로는 4백년 가까이 된

영험한 나무라고 했다. 임진왜란이 일어나기 전에 고경명이라는 사람이 총각 시절에 이 고개를 넘다 잠시 다리쉼을 하게 되었는데 고개에서 바라 본 전망이 너무 좋더라는 것이었다. 후일 그가 거기다가 막 싹을 틔운 새끼 은행나무 두 그루를 옮겨다 심은 것이 그렇게 자랐다는 전설이 있었다.

5월 초의 쾌청한 날씨였다. 전날 내린 비로 하늘은 더욱 맑게 개어 있었다. 은행나무 가지가지마다 오색의 천들이 걸려서 바람에 나부끼고 있었다. 나무 밑으로는 주먹만한 돌들이 수북히 쌓여 있었다. 천이건 돌이건 모두가 지나가는 사람들이 소원을 빌며 묶어 놓기도 하고 던져서 쌓아 놓기도 한 것들이다. 이들이 잠시 나무 옆에서 쉬고 있을 때 쉭~ 소리를 내면서 어른 팔뚝만한 황구렁이 한 마리가 나무에서 내려오더니 솔밭으로 사라지려고 하는 게 아닌가. 그때 누가 말리고 말고 할 사이도 없이 춘식이 아버지가 작대기를 들고 구렁이의 꼬리부분을 내리쳤다.

구렁이는 몸을 돌려서 춘식이 아버지에게로 달려들었다. 그러자 춘식이 아버지의 작대기가 인정사정도 없이 구렁이의 머리통을 내 갈겼다. 구렁이가 몸을 비비 틀기를 두어 차례할 동안, 춘식이 아버지의 작대기는 열 번도 넘게 구렁이를 내리찍었다. 결국 사람 한 길도 넘음직한 황구렁이는 그 자리에서 뻗어버리고 말았다. 춘식이 아버지는 두려움에 떨고 있는 두 사람에게 보란 듯이 담배쌈지에서 담배를 꺼내더니 죽은 구렁이 위에다가 쏟아 붓기까지 했다. 히죽히죽 웃는 모습은 마치 무엇에 홀리기라도 한 사람 같아 보였다고 한다. 하루 종일 일손이 잡히지 않아 보리를 베는 둥 마는 둥 하고 저녁 무렵에 그 고개를 넘어 오는데 그 황구렁이가 감쪽같이 사라져 버리고 없지 않은가.

그 일이 있고나서부터는 비가 오는 날이면 서낭당 고개 쪽에서 무언가가 구슬피 우는 소리가 들린다고 했다. 여인의 울음소리 같기도 하고 어린아이의 울음소리 같기도 하다고 했다. 동네 사람들은 모이기만 하면 춘식이네가 무슨 일을 당해도 크게 당할 거라면서 걱정들을 했다. 그런데 그게 현실로 나타난 것이다.

오산의 광철이네 집에서는 온 식구가 밤이면 잠을 자지 못하고 밤을 꼬박 새웠다. 광철이가 징용에서 돌아 온 후로 밤마다 땀을 흘리며 헛소리를 하고 벌떡벌떡 일어나는 것이었다. 한참 소리를 지르고 몸을 허우적댈 때면 주변에서 두 명이 달려들어도 그를 찍어 누르지 못했다. 광철이는 눈을 허옇게 뒤집어 까고는 팔을 허우적거렸다. 그렇게 하기를 3~4분, 그런 광기가 진정되고 나면 마치 물먹은 솜이 주저앉듯 그냥 그 자리에 픽 쓰러져 버리곤 했다. 밤새 두 번은 보통이고 많을 때는 다섯 번까지도 그런 발광을 했다. 약도 먹여보고 굿도 해 보았지만 벌써 일본에서 돌아온 지 한 달이 다 돼 오는데도 날마다 그 증세는 점점 더 심해만 갔다. 집안 식구들은 거의 초죽음 상태였다. 오죽하면 안성과 진천으로 시집간 큰누나와 작은 누나까지 와서 밤을 같이 새울까.

그러던 광철이가 하루는 전라도를 다녀오겠다고 하는 것이 아닌가. 몸은 쇠약해질 대로 쇠약해지고 눈은 십리만큼이나 들어가 있는 몰골로 어떻게 전라도를 다녀온다는 것인가. 식구들이 모두 반대를 했으나 아무도 그의 고집을 꺾지 못했다. 그러면서 하는 말이 자기가 전라도만 다녀오면 아픈 증세도 깨끗이 사라질 거라고 하는 게 아닌가. 식구들은 반신반의하면서 또 한편으로는 지긋지긋한 밤샘으로부터 벗어나고픈 욕심 때문에 광철이의 전라도 행을 허락하였다.

광철이는 새벽 첫차를 타고 목포를 내려왔다. 역 앞 버스정류장에 가보니 영암행은 하루에 두 번밖에 없는데 오후 네 시차가 조금 전에 떠났다고 했다. 여관에서 하룻밤을 잤다. 오랫 만에 아무 탈 없이 하룻밤을 편안히 잤다. 그건 자신이 생각해보아도 이상한 일이었다. 시꺼먼 기름을 커켜히 뒤집어쓴 사람들, 오로지 눈과 이빨만이 하얗게 보일 뿐 나머지는 온통 새까만 마귀같은 사람들이 살려달라고 하면서 광철이의 나무판자때기로 달려드는 꿈을 꾸지 않은 것이었다. 눈을 뜨니 머리가 개운했다. 아침 차는 여덟 시에 있었다. 수도 없이 서고 가고를 반복하다가 드디어 점심 때가 다 되어서야 덕진 면사무소 앞에 내렸다. 거기서부터 얼마나 걸었는지 모른다. 10월의 한낮 태양은 머리를 태워버릴 듯이 뜨거웠지만 그래도 황금벌판을 사이에 두고 걸으니 가슴이 탁 뚫리는 기분이었다.

여섯 살이나 되었을까? 배가 남산만큼이나 튀어나오고 버짐이 허옇게 핀 얼굴을 한 까까머리 아이는 앞장서서 걸어갔다. 춘식이네 집은 금강리의 다른 집들보다도 더욱 초라했다. 황토흙으로 지은 집이었다. 진흙을 바른 벽은 곧 허물어져버릴 듯 수수깡이 다 들여다보였다. 마치 비쩍 마른 아이의 옆구리를 들여다보는 것만 같았다. 방문의 창호지도 너덜너덜했다. 이게 사람이 사는 집인가 싶은 생각이 들 정도였다. 아이는 춘식이네 집을 가리켜주고는 곧바로 코를 비틀어 쥐고 도망을 쳤다. 집안에서는 악취가 진동했다.

아무리 불러도 집 안에서는 기척이 없었다. 광철이는 다른 집들을 기웃거려 보았으나 사람을 만나기가 힘들었다. 아까 집을 가리켜 준 꼬맹이도 어디로 갔는지 보이지 않았다. 동네를 한 바퀴 다 돌아서야 겨우 꼬부랑 노파 한 사람을 만날 수 있었다. 백발이 성성한 노파는 기역자 모양으로 구부러진 위태위태한 허리를 그래도 지팡이에 의지한 채 춘식이네 집에 대하여 알려주었다. 할머니는 가죽만 남은 젖을 저고리 밑으로 달랑거리며 마을 뒤쪽의 산을 가리켰다.

"쩌그 저 산에 올라가 보씨요. 춘자 그년이 있을 것잉게. 춘자 어멈이야 다 죽은 목심잉게 불러싸도 모를 것이고 춘녀넌 옆 동네에 아그 봐주러 가고 없을 것이여."

광철이는 북해도에 있을 때 춘식이로부터 동생에 관한 이야기를 여러 번 들은 적이 있었다. 자기보다 여섯 살이 아래인데 아이가 총명하기도 하지만 특히 창을 기막히게 잘 한다고 했다. 그럴 때면 병철이도 팔목이 없는 팔까지 허우적대며 춘식이를 거들었다. 춘자의 노래는 영암일대에서 꼬마명창이라고 소문이 짜 하다는 것이었다. 광철이는 어떤 동생일까 하고 늘 궁금해 했었다. 오빠를 눈이 빠지게 기다릴 그 처녀에게 춘식이의 사망소식을 전하여 주지 않으면 자기가 도저히 견딜 수가 없을 것 같았다. 날마다 가슴이 답답하고 밤에 악몽을 꾸는 것도 다 자기가 할 일을 못 해서 그런 것만 같다는 생각이 들었다.

산은 높지 않았다. 그저 100m나 될까 말까한 야트막한 동산이었다. 그래도 제법 소나무기 울창한 게 동네를 폭 싸안고 있는 모습이었다. 산에 가까이 가자 창 소리가 바람을 타고 들려오기도 하고 끊기기도 했다. 소리는 저 너머에서 나는 것 같았다. 야트막한 산을 넘어가자 갑자기 시야가 확 트였다. 솔나무 사이로 검정치마에 흰 저고리를 입은 처녀가 덩실 덩실 춤을 추고 있었다.

"사랑 사랑 사랑 내 사랑이야. 사랑이로구나, 내 사랑이야.
이이이이 내 사랑이로다. 아매도 내 사랑이야.
니가 무엇을 먹으랴느냐? 니가 무엇을 먹으랴느냐?
둥글 둥글 수박 웃봉지 떼뜨리고, 강릉 백청을 따르르르 부어,
씰랑 발라 버리고, 붉은 점 옴벅 떠 반간 진수로 먹으랴느냐.
아니 그것도 나는 싫소. 그러면 무엇을 먹으랴느냐?
니가 무엇을 먹으랴느냐? 당동지지룩지허니
외가지 당참외 먹으랴느냐? 아니 그것도 나는 싫소.
그러면 니 무엇 먹으랴느냐? 니가 무엇을 먹으랴느냐?"

광철이는 조금 더 내려가서 커다란 소나무 뒤에 앉아 소녀의 노래하는 양을 지켜보았다. 무덤가 잔디 위에서 손에 하얀 손수건을 들고 무덤 주위를 빙빙 돌며 노래를 부르는 처녀는 광철이의 넋을 빼앗아 버렸다. 단발을 한 머리는 많이 자라 목 주변까지 내려와 있었다. 검정 고무신은 저만치 벗어 놓은 채로 치마를 한손으로 살며시 잡고 사뿐사뿐 춤을 추는 모습이 마치 한 폭의 그림 같았다. 하늘에서 내려 온 천사라면 저렇듯 아름다울까? 산 밑으로는 끝도 없이 이어진 황금들판에

서 시원한 바람이 불어오고 있었다.

"저리 가거라. 뒤태를 보자. 이만큼 오너라 앞태를 보자.

아장 아장 걸어라. 걷는 태를 보자. 방긋 웃어라.

잇속을 보자. 아매도 내 사랑아.

사랑 사랑 사랑 내 사랑이야. 사랑이로구나, 내 사랑이야."

처녀는 사랑가가 다 끝나자 다시 자세를 가다듬더니 또 다른 노래를 부르기 시작했다. 이제는 아까처럼 이리저리 움직이지도 않고 손을 가슴에 모으고 있는 듯, 서 있는 뒷모습만 보였다.

"사~아공으 뱃노오래 가아무을 거어리일 때애~

…… 이별으 눈물이냐 목포으 서어어어름~"

광철이는 숨을 죽이며 노래가 다 끝나기를 기다렸다. 드디어 2절까지 마친 처녀는 잔디 위에 털퍽 주저앉았다. 광철이는 기침소리를 내면서 밑으로 내려갔다. 그녀는 화들짝 놀라 일어나며 재빨리 검정 고무신을 줍더니 가슴께로 가지고 갔다.

"누……. 누구, 누구다요?"

"아, 아, 정말 실례했습니다. 잘못했습니다."

광철이는 머리를 몇 차례 조아리면서 자신의 잘못을 빌었다. 눈을 동그랗게 뜬 처녀는 이쪽을 뚫어지게 쳐다 본 후 자기를 해치려 온 사람이 아니라는 생각이 들었는지 조금은 긴장이 풀린 자세를 보였다. 그녀는 뒤로 두어 발짝 물러서더니 신발을 신고 돌아서서 갈 자세를 취했다. 광철이가 다급하게 변명을 해 댔다.

"저는, 아가씨, 저는 경기도 오산에서 온 박광철이라고 합니다. 춘식이 형님 집을 찾아 갔더니 누이동생이 여기 있을 거라고 알려 주어서……"

춘식이의 이야기를 하자마자 그녀의 태도가 돌변했다. 그녀는 광철이 앞으로 바짝 다가들더니 허겁지겁 소리쳤다.

"우리 오빠를 잘 안다요? 오빠넌 워디 계시오? 언제 오시능가요?"

광철이는 순간 어찌 말을 해야 할 지 몰라서 망설여졌다. 사실대로 고해야 할 지, 아니면 어떻게 둘러대야 할 지 머뭇거리자 재차 그녀의 독촉이 이어졌다.

"오빠넌 워째 안작또 못 오고 계신게라우?"

광철이는 무덤 앞 잔디밭에 그녀를 앉혔다. 두어 발치 앞에 엉거주춤 앉은 그녀의 콧잔등 위에는 땀이 송글송글 맺혀 있었다. 어차피 알려주어야 할 것 아닌가? 다시 한 번 그녀를 쳐다보았다. 예쁜 얼굴이라고는 할 수 없지만 초롱초롱한 눈망울에서 선하고 순진한 시골처녀의 모습이 그대로 드러나 보였다. 광철이는 헛기침을 두어 번 하고 이야기를 시작하였다. 멀리 황금들판으로부터 시원한 가을바람이 불어와 그녀의 머리칼을 날렸다. 함께 광산에서 일했다는 것, 귀국선을 탔는데 배가 침몰했다는 것, 그리고 바다에 빠져 죽었다는 것, 등등을 차근차근 이야기했다. 그러자 그때까지 눈을 동그랗게 뜨고 듣던 처녀가 기어이 자지러지면서 잔디를 쥐어뜯었다.

"아니고 엄니, 내년 누굴 믿고 살라고 오빠마저 죽고 못 오신다여. 아이고, 아이고~"

어깨를 들먹이며 통곡을 해 대는 춘자를 광철이는 눈만 멀뚱멀뚱 뜨고 지켜볼 수밖에 없었다. 어느 덧 광철이의 눈에서도 눈물이 줄줄 흘러내렸다.

수희와 춘자는 오산천 냇가에서 반나절 동안을 하릴없이 앉아 있다가 집으로 돌아왔다. 대문 밖에까지 싸우는 소리가 들렸다. 날은 이미 어둑어둑해져 있었다. 그들은 도둑고양이처럼 살금거리며 건넌방으로 들어갔다.

"인제는 혼자도 모자라서 전라도 년까지도 데리고 오지를 않나, 내가 뭐 그년들 뒤치닥꺼리 해 줄 일 있어요?"

올케의 암팡진 목소리가 들리나 싶더니 픽! 소리와 함께 누군가가 나뒹구는 소리가 들렸다.

"이년이 말이면 다 하는 줄 아나, 야, 이년아. 우리 누나가 어떻게 그년이냐? 네가 그러고도 우리 최씨 집안의 며느리야? 이년 너 오늘 죽어 봐라."

이어서 매타작하는 소리와 앙칼지게 대드는 소리가 온 집안을 뒤흔들었다. 둘은 숨을 죽이며 방바닥만 쳐다보고 안절부절 할 뿐이었다. 춘자는 덜덜 떨기까지 했다.

"아니, 내가 뭐 틀린 말 했어요? 내 이야기가 아니고 동네 사람들이 그런다니까. 일본놈들 밑에서 다리 벌려주던 년들이라고 손가락질을 해 댄다니까 그래요. 난 이제 창피해서 밖에 나갈 수도 없어요. 당신도 귀가 있으면 친구들한테 물어보라고요, 나만 개 패듯이 때려잡지 말고."

춘자가 오산에 온 것은 12월 16일, 공일날 밤이었다. 그동안 광철이가 두 차례나 더 영암을 다녀왔다고 했다. 그 옛날에는 그렇게도 못된 짓만 골라 해서 상종조차 하지 않았던 국민학교 동창이지만 일제에 끌려가서 고생하고 왔다는 사정을 알고부터 수회와 광철이는 급속히 친해졌다. 동병상련의 마음이 일었던 것이다.

광철이도 수회를 수시로 불러내서 자기의 속마음을 털어놓았다. 춘자가 없으면 죽고 못 살 것 같은데 집안에서 죽기 살기로 반대를 한다는 것이었다. 급기야 춘자도 광철이를 찾아서 오산으로 왔다. 귀국선을 탈 때부터 수희가 꼭 오산에 오라고 몇 번이나 당부를 했던 터라 광철이도 볼 겸 수희도 만날 겸 해서 찾아 온 것이었다. 그러나 광철이네 집에서는 춘자를 딱 한 번 보고는 더 이상 집에 들이지도 말라고 했다. 광철이는 자기의 병이 나은 것도 다 춘자 덕분이라며 부모님과 누님들을 설득시키려고 무던히도 애를 썼지만 식구들은 막무가내였다. 심지어 작은 누님은 '화냥년'이라는 말까지도 해 대며 춘자를 올케로 맞이하면 자기가 목을 매달고 죽어버리겠다고 광철이를 위협했다. 그날 밤, 춘자는 울면서 수희에게로 찾아 왔다.

수희를 더욱 가슴 아프게 한 것은 정화 언니의 태도였다. 황 의원 집 외동 딸 정화 언니는 일본에 유학을 갔다가 보름 전에 돌아 왔다. 도쿄제국대학에서 의학을 공부하다 방학을 맞아서 돌아 왔다는 정화 언니는 오산에서 성대한 결혼식을 하였다. 바로 지난 주였다. 오산은 말할 것도 없고 수원이며 심지어는 경성에서도 수많은 하객들이 참석하였다. 어려서부터 고무줄을 하며 친하게 지냈던 언니였고 국민학교와 중학교를 모두 같은 학교를 나온 선배였다. 그래서 반가운 마음으로 식장을 찾아 갔는데 정화는 수희를 쳐다보지도 않았다.

쌀쌀한 12월에 눈보라까지 치는 험한 날이었지만 오산공민회관은 발 디딜 틈조차 없는, 그야말로 인산인해였다. 신랑은 함께 일본에서 공부하는 의학도라고 했다. 수희네 집도 불과 3년 전까지만 해도 오산에서 내로라하는 유지였다. 마침 춘자도 와 있는 상태라 어쩔 수 없이 춘자도 함께 데리고 갔다. 그런데 정화는 춘자와 수희를 싸잡아 눈을 휘번덕거렸을 뿐 아는 체도 하지 않았다. 집안이 몰락하고 보니 이런 천대를 받는 것인가 싶어 수희는 돌아오는 길에 얼마나 울었는지 모른다. 그게 바로 일주일 전의 일이었다.

그런데 그 후 이상한 소문이 퍼지기 시작했다. 수희가 일본 군들에게 몸을 팔고 돌아왔다는 소문이었다. 수희와 함께 다니는 여자아이도 같은 위안부 출신이라는 것이었다. 그 소문의 진원지를 캐어보니 다름 아닌 정화 언니라고 했다. 친구들이나 아는 사람들 모두가 수희를 피했다. 수희를 만나기라도 하면 마치 문둥병자를 만나는 것처럼 외면했다. 수희는 가슴이 떨려서 어찌해야 좋을지, 하루하루의 삶이 가시방석이었다. 자기가 도대체 무엇을 잘못했는지 알 수 없었다. 친일파 중에서도 친일파인 황 의원은 저렇게도 떵떵거리며 잘 살고 있는데 자기네 집안은 몰락해서 이제 다 쓰러져가고 자기는 이런 멸시까지 당해야 하는가. 그럴 때면 상필 오빠가 생각났다. 오빠만 살아 있었어도 이러지 않을 것 같았다.

12월 25일, 수희는 남촌에 있는 부모님 묘소를 찾았다. 이제는 오빠도 없다. 춘자도 없다. 춘자도 더 이상 눈치가 보여서 못 있겠다며 경성으로 떠나버렸다. 누구 아는 사람이 있는 것은 아니지만 그래도 자기 한 몸 있을 데 없겠느냐고 하면서 무작정 떠난 것이었다. 그날 광철이는 눈물을 흘리면서 춘자를 배웅해 주었다.

남촌 냇가가 내려다보이는 그 옛날의 밤나무 숲 양지바른 곳에 있는 부모님 산소를 찾았다. 그날도 얼마나 울었는지 모른다. 그 옛날 성탄절이 무슨 날인지도 잘 모르면서 상필 오빠와 밤새 노래를 부르고 돌아다니던 생각이 났다. 자기는 크면 소설가가 될 거라고 했고 상필이 오빠는 공부를 많이 해서 커다란 사업을 일굴 거라고 했던 기억이 떠올랐다. 그래, 나도 떠나자. 나도 춘자처럼 경성으로 가는 거야. 설마 내 한 몸 뉘일 데 없을까. 고모네도 가지 말고 나 혼자 힘으로 꿋꿋이 살아남는 거야.

수희는 떠나기 전에 산소를 어루만졌다. 입힌 지 얼마 되지 않은 잔디 위에는 어제 밤 내린 눈이 듬성듬성 남아 있었다. 그 옆 오빠의 무덤 앞에서 수희는 한참을 또 목 놓아 울었다. 오빠의 무덤은 그냥 조그마한 둔덕에 지나지 않았다. 내가 제일 사랑하던 오빠, 이 세상에 오직 하나밖에 없는 오빠, 언제까지나 영원히 함께 있을 것만 같았던 오빠가 이렇게 차디찬 땅 속에 묻혀 있는 것이다. 그것도 온전한 시체가 아니라 그저 손톱과 발톱, 그리고 머리카락 자른 것 조금이 전부라고 했다. 통곡을 하는 수희의 머리 위로 하얀 눈이 다시 내리기 시작했다.

크리스마스 날 저녁, 상석이는 집에 돌아오자마자 누나를 찾았다. 아내의 말이 수희는 아직 안 돌아왔다고 했다. 벌써 저녁 6시가 넘었는데 어디를 갔을까? 상석이는 누나가 걱정이 되었다. 그러지 않아도 많이 야위어서 돌아 온 누나는 요즘 들어 마음고생이 심한 듯 했다. 특히 함께 있었다는 춘자라는 처녀가 며칠을 못 있고 떠난 후에는 더욱 침울해 보였다. 누나가 무슨 일을 저지를 것만 같아서 여간 걱정이 되는게 아니었다. 그 옛날 곱게만 자랐던 누나가 일본놈들에게 끌려간 후로는 어떤 고생을 했는지 알 길은 없지만 떠도는 소문은 차라리 귀를 막고 싶은 심정이었다.

상석이는 아내가 차려준 밥상은 거들떠보지도 않고 누나의 방으로 갔다. 불을 켰다. 30촉짜리 전구에 불이 들어왔다. 그 옛날 누나가 쓰던 앉은뱅이책상 위에 일기장이 가지런히 놓여 있었다. 마치 자기보고 그걸 펼쳐 보라고 누나가 놓고 간 것 같다는 생각이 들었다. 상석이는 불길한 마음에 일기장을 열어 보았다. 일기장은 1943년 3월 24일 날짜에서 멈추어 있었다.

1943년 3월 24일 토요일 맑음

오늘 순임이가 왔다. 순임이네 집에 가서 자고 왔다. 상석이가 순임이네 집에까지 데려다 줬다. 거기서 밤을 샜으니까 오늘은 사실 3월 25일이다.

순임이 년이 어찌나 제 자랑을 하는 지 마음이 편치 않았지만 그래도 재미있는 얘기를 많이 했다. 아버지가 원망스럽다. 왜 나는 여고보를 보내주지 않으셨을까?

그래도 내가 안 가는 대신 상필 오빠가 연희전문에 다니니까 너무 기쁘다. 내일, 아니 오늘은 예배당에 가는 날이다. 잠깐만 자고 일어나서 예배당에 가야겠다. 나는 찬송가를 부를 때가 너무 좋다.

상석이는 무언가 더 있을 것만 같아서 일기장을 뒤척였다. 그러자 맨 뒷장에 급하게 쓴 듯 한 누나의 편지가 있었다.

상석아,

너와 이렇게 헤어지는구나. 나는 경성으로 간다. 부디 집안 잘 돌보고 네 처와 잘 살아라. 민호를 한번 안아주지도 못하고 떠나는 내 맘이 미어지는 것만 같구나. 아버지도 떠나고 엄마도 떠나고 또 상필이 오빠마저도 떠나고 보니 어디 한 군데 마음 붙일 데가 없구나. 그래도 민호가 무럭무럭 자라는 모습 보면서 조금이나마 위안을 얻었는데 조카를 옆에서 지켜보는 작은 행복조차도 내게는 허락되지 않는 모양이다.

내가 오산에 있으면 네게도 도움이 되지 않을 것만 같아 이렇게 마지못해 떠난다. 부디 잘 살아라. 언젠가는 다시 만날 날이 있을 거야.

1945년 12월 25일 성탄절에

너를 사랑하는 누나가.

상석이는 문을 박차고 밖으로 뛰어 나왔다. 오산 역 앞은 몇몇 사람이 오갈 뿐 한산했다. 역 대합실의 둥그런 시계는 6시 45분을 가리키고 있었다. 다음 기차는 밤 8시 반에 있다고 했다. 상석이는 철로를 내다보면서 머리를 쥐어뜯으며 울부짖었다.

"안 돼, 누나! 안 돼!"

50대의 늙수그레한 간수가 작은 유리창을 통하여 대합실을 내다보며 빙그레 웃었다. 그러면서 작은 소리로 중얼거렸다.

"기차역은 원래 이별을 하는 곳이지, 허허허."

제인 에반스 교수의 고별강연

　미국 콜로라도 덴버에서 한 시간 거리에 있는 콜로라도 주립대학(Colorado State University)이 있는 포트 콜린스는 해발 5천 피트 가까운 높이의 고지대에 자리 잡고 있어서 한여름임에도 불구하고 시원하다 못해 서늘하기까지 했다. 2015년 8월 15일, 토요일인 오늘은 제인 에반스 교수의 정년퇴임식이 거행되는 날이다.

　Lory Student Center내의 대강당에는 1천 명이 넘는 청중들이 모여서 노교수의 정년퇴임을 축하해 주고 있었다. 평소 에반스 교수 부부의 선행을 익히 알고 있었던 지라 수많은 사람들이 그야말로 입추의 여지도 없이 꽉 들어찼다. 빈자리는 하나도 찾아 볼 수가 없고 통로 옆 계단도 젊은 학생들로 넘쳐났다. 총장이 나와서 그간의 업적발표와 기념패를 전달하는 순서를 가졌다.

순서 말미에는 에반스 교수가 참석한 모든 사람들을 깜짝 놀라게 할 만한 발언을 했다. 그건 얼마 전에 작고한 남편 필립 에반스 교수와 자신이 평생을 모은 전 재산 25만 불과 자신들이 소유한 콜드 스프링스의 저택 한 채, 그리고 100에이커에 달하는 농장을 모두 기증하겠다고 발표한 것이었다. 사람들은 모두 입을 벌렸다. 100에이커의 땅이라면 지금 이 콜로로도 대학의 절반에 해당하는 엄청나게 넓은 땅이 아닌가.

그녀의 고별강연이 시작되었다. 60대 중반의 흰머리가 희끗희끗한 동양인의 모습인 제인 에반스 교수는 단상의 마이크 앞으로 나섰다. 하얀 한복을 곱게 차려 입은 모습이었다. 사람들은 그녀의 화사한 모습에 정신을 빼앗겼다.

제인은 'Ladies and gentlemen'으로 말문을 열었다.

"여기 저를 아시는 분도 많이 계시겠지만 모르시는 분도 많을 것 같아 먼저 제 소개를 하고 시작하려고 합니다. 제 이름은 제인 에반스에요. 엄마는 수지 초이 월튼이고 아빠는 론 월튼이지요. 저는 미국 시민권자이고 거의 평생을 미국에서 살았지만 미국 피는 하나도 안 섞인, 피로만 말하자면 순수한 한국사람입니다. 일곱 살때 제가 입양될 때까지의 한국 이름은 강재희였대요. 오늘의 제 고별 강연은 제가 그동안 공부했던 일본역사나 일본문화에 관한 것도 아닌 저의 가족사, 특히 오늘의 저를 있게 해 주신 우리 엄마의 생애를 이야기하는 게될 겁니다. 그것이 어쩌면 제가 평생 동안 추진해 왔던 시민운동인 '여성이 존중받는 사회 만들기'의 결정판이라고도 할수 있겠지요.

저는 낳아 준 엄마의 얼굴도 몰라요. 고아원 출신이거든요. 엄마가 10대 때 어떤 남자와 만나서 동거를 하고 저를 낳았다나 봐요. 그리고는 키울 형편이 안 되니까 고아원에 맡긴 거죠. 대한민국의 서울에 있는 희망고아원이라고 모두 30명 쯤됐던 것 같아요. 저는 지금으로부터 거의 60년 전에 미국으로입양되던 때의 일을 생생하게 기억해요. 제가 미국으로 입양된 건 1957년이었어요. 어느 날 아주 곱상하게 생긴 귀부인이고아원을 찾아 오셨지요. 휠체어를 탄 미국 사람과 함께였어요. 거기는 미군부대가 주둔하고 있던 용산이라는 동네가 가까워서 미군들이 자주 찾아 왔어요. 미군 찝차가 왔다하면 우리 코흘리개들은 미군들에게 다가가서 '할로 껌! 할로 껌!' 그랬어요. 그러면 하얀색, 노란색 껌들을 던져 주곤 했지요. 남자 아이들은 '기브미 쵸꼬렛!' 그러면서 따라다녔죠. 코를 훌쩍거리면서요.

우리 엄마 수지는 너무 좋은 분이었지요. 한국 이름은 수희였죠. 최수희. 8년 전인 2007년에 80살 생일파티를 하고 그해 크리스마스 날 밤에 돌아가셨어요. 엄마의 10대 때 아픈 과거도 모두 뒤로하고 참 편안한 임종을 맞이하셨지요. 제가 어렸을 때 살던 동네는 콜드 스프링스라는 동네지요. 여러분들도 잘 아실 거예요. 여기서 그다지 멀지 않아요. 엄마는 저와 집안에서 이야기할 때는 언제나 한국말로 하셨어요. 그게 바로 지금 제가 한국을 떠난 지 자그마치 60년이 다 되어 오는데도 한국말을 잊어버리지 않고 곧잘 하는 이유이지요. 콜드 스프링스는 겨울에 무척 추웠어요. 그럴 때면 엄마는 벽난로 앞에 앉아서 엄마가 10대 때 겪었던 끔찍한 이야기를 해주었지요. 언제나 제가 충격을 받을까 봐 이야기의 맨 처음은 오빠 이야기, 동생 이야기, 엄마 아빠 이야기였어요. 고향에서 행복하게 살던 이야기였죠. 엄마는 오빠 이야기를 제일 많이 했어요. 그 다음이 윤 선생님 이야기였죠.

상필이라는 오빠는 엄마가 이 세상에서 가장 사랑하던 남자였대요. 그런데 일본군에게 끌려가서 비행기 조종사를 하다가 죽었다고 했죠. 상필 오빠 이야기를 할 때면 언제나 조그마한 사진을 꺼내서 무릎 위에 올려놓곤 했어요. 그러면서 희미하게 웃기도 했고 눈물을 흘리기도 했어요. 윤 선생님 이야기도 자주 했는데 그분 덕택에 그 힘든 위안부생활을 꿋꿋하게 버틸 수 있었다고요. 오빠와 윤 선생님 이야기가 끝나면 그 다음 이야기는 위안부 때 겪었던 끔찍한 이야기였어요. 처음에는 저도 그 상황이 잘 이해가 되지 않아서 그냥 엄마의 옆에 앉아서 이야기를 듣다가 잠이 들곤 했지요. 그러자 차츰 나이가 들어 중학생이 되고 나서부터는 엄마가 당한 일이 얼마나 끔찍한 일인지 깨닫게 되었어요.

저는 어려서부터 위안부 이야기를 들으면서 자라서 거기에 관해서라면 이 세상에 있는 어느 누구보다도 박식하답니다. 그 힘든 상황 속에서도 엄마가 버틸 수 있었던 건 2년의 위안부 생활 동안 항상 품안에 간직하고 있었던 상필 오빠의 사진과, 윤 선생님이 생일선물로 준 ≪빨강머리 앤≫이라는 책이었대요. 거기에 보면 주인공인 앤이 현실을 있는 그대로 보지 않고 환상 속에서 산다는 거죠. 그래서 엄마는 그 수많은 일본 군인들을 몸으로 받아내면서도 희망을 잃지 않고 살아남았대요. 엄마가 80평생을 살면서 간직한 교훈 하나는 바로 이거랍니다."

"언젠가는 만나야 할 사랑하는 사람이 있고, 현실을 현실대로 보지 않고 꿈속에 사는 사람은 결코 죽지 않는다."

"엄마는 중학교를 졸업하고 불과 한 달이 지난 어느 날, 갑자기 일본사람들에게 끌려갔대요. 엄마가 16살 때였죠. 만주에서 1년을 지냈고 사이판에서 또 반년을 위안부 생활을 했다지요. 그러다가 해방을 맞아 한국에 돌아 와서는 공부를 계속하다가 6.25한국전쟁을 맞았다더군요. 아빠 론 월튼은 미국 해병대에 들어가서 한국전쟁에 참가하셨지요. 장진호전투에서 두 다리를 잃고 후송되어 목숨을 건졌다고 하더군요. 그때 엄마는 간호학교를 막 마치고 초급 간호장교로 임명이 되었을 때였고 미군 이동외과병원에 파견되어 근무하셨다고 하더군요. 그때 1927년생 동갑내기 두 분이 만나신 거죠. 아빠는 한국을 곧바로 떠나지 않고 한국에 남아서 구호활동을 하셨대요. 우리 희망고아원을 비롯해서 다섯 군데 고아원을 돌보셨다더군요.

엄마는 간호장교를 하다가 제대하고는 간호학원에서 학생들을 가르치고 계셨대요. 그런데 어느 날 고아원에 봉사를 갔는데 아빠 론도 휠체어를 몰고 거기를 방문하셨다는군요. 그렇게 해서 다시 재회하게 된 거죠. 간호장교 출신인 엄마의 성격 상 휠체어에 몸을 싣고 열심히 고아원을 드나들며 후원해 주시는 아빠에게 측은한 마음이 들었던 것 같아요. 엄마는 늘 제게 말씀하셨어요. 나는 평생 결혼은 하지 않고 살겠다고요. 그건 사실 결혼 자체를 말 하는 게 아니라 남자와 성관계를 갖지 않겠다는 뜻이었어요. 아빠와 결혼해서 살기는 했지만 사실 아빠는 성불구자였죠. 무릎 위에서도 한참을 올라온 데까지 절단을 하면서 그때 성기능까지도 다 망가졌다고 들었어요. 그래도 두 분은 참 잘 어울리셨죠. 서로를 끔찍하게 아껴주셨어요.

엄마를 좋아하는 분들이 두 분 더 계셨어요. 한분은 일본사람인 혼다 아저씨였고 또 한분은 한국사람인 춘자 아줌마였어요.

혼다 아저씨는 미국을 자주 오셨어요. 혼다 아저씨는 일본의 아사히 신문사에서 나중에는 사장까지 하신 분이었는데 보통 1년에 한 번 정도 오셨지요. 태평양전쟁 때는 종군기자로 위안소에서 생활하는 엄마를 직접 인터뷰도 하셨다더군요. 혼다 아저씨는 신문사 일로 미국 출장을 오시면 꼭 시간을 내서 콜로라도의 콜드 스프링스를 찾아 오셨어요. 아저씨가 오면 아빠랑 아주 좋은 말동무가 되었죠. 두 분은 테라스에서 서로 술잔을 기울이면서 밤이 새도록 이야기를 하셨죠. 어떤 때는 언성이 높아지기고 했지만 싸우지는 않았어요. 혼다 아저씨는 당신이 엄마를 그 옛날 위안부 시절부터 좋아했다고 하셨죠. 그럴 때면 엄마는 눈을 흘기곤 했어요. 그래도 엄마가 혼다 아저씨를 싫어하는 것 같지는 않았어요. 싫어하셨다면 집에 들어오게 했겠어요? 아빠는 엄마를 사랑하는 사람은 많으면 많을수록 좋다고 하시면서 껄껄 웃곤 하셨죠.

춘자 아줌마는 엄마와 같이 위안부 생활을 하다가 구사일생으로 살아남으셨대요. 춘자 아줌마의 말로는 끌려간 사람들 중에서 절반도 살아 돌아오지 못했다네요. 위안부 생활을 못 견뎌서 자살하고, 일본군들 칼에 맞아 죽고, 성병에 걸려 죽기도 하고, 또 매맞아 죽기도 했대요. 전쟁이 끝날 때는 위안부들을 모두 한군데 모아 놓고 폭탄을 터트려서 죽이기도 했대요. 그런 면에서 엄마와 춘자 아줌마는 아주 끈끈한 정이 있었어요. 춘자 아줌마가 오면 엄마는 직접 차를 몰고 '붉은 산'도 가고 '로얄고지(Royal Godge)'도 구경시켜 주곤 했지요. 여기 콜로라도에 사시는 분들에게는 너무 유명한 관광지죠. 붉은 산은 인디언들이 살던 곳을 원형 그대로 보존해 놓은 인디언 촌이고요, 로얄고지라는 곳은 콜로라도 협곡에 있는 세상에서 제일 높은 다리지요. 그 밑의 계곡물이 까마득하게 보일 지경이니까요.

저는 엄마와 아빠 덕분에 미국에서 훌륭하게 성장할 수 있었지요. 대학은 시카고대학을 다녔고 대학원은 프린스턴을 다녔죠. 동양사 중에서도 일본의 역사를 전공으로 선택한 건 엄마의 영향이 컸어요. 어려서부터 들었던 일본 사람들에 대해서 풀리지 않는 의문이 있었기 때문이죠. 콜드 스프링스에 살 때 그 이웃에 일본인 가정이 한 집 있었어요. 가끔 마트나 길에서 마주치기라도 하면 어찌나 친절하고 싹싹하던지 제게는 큰 감동이었죠. 그런데 엄마는 그 사람들과 눈도 마주치지 않았어요. 어려서부터 제게는 그게 하나의 경이처럼 여겨졌지요. 그래서 일본 사람들을 연구해 보고 싶다는 생각을 일찍부터 가졌던 것 같아요. 엄마나 춘자 아줌마에게 그토록 엄청난 몹쓸 짓을 한 일본 사람들, 또 언제 어디서 마주치면 그렇게 상냥하고 친절한 일본 사람들, 도대체 그 차이가 무얼까 하는 의구심이 제 머릿속을 떠나지 않았던 거죠.

남편 필립을 만난 것은 프린스턴 교정에서였죠. 그 사람도 한국 고아인데 입양부모님께서 지극정성으로 키워준 아들이 지요. 저는 평교수로 은퇴했지만 남편은 여기 콜로라도 대학의 수의학과 석좌교수가 됐어요. 제가 죽으면 전 재산을 대학에 기증하겠다는 것도 사실은 우리가 받은 것을 모두 돌려주고 떠나겠다는 약속이지요. 사실은 재산의 더 큰 부분은 저의 양부모님과 필립의 양부모님으로부터 물려받은 것이지만요.

이야기가 잠시 곁가지로 흘렀군요. 엄마는 일본이라면 치를 떠셨어요. 토요타 차를 타는 사람이나 소니 TV가 있는 집 사람들과는 아예 상종도 하지 않았어요. 엄마의 한을 풀어드리기 위해서 저는 죽기 살기로 일본을 연구했지요. 일본의 역사와 문화는 물론 심지어는 언어학에까지 손을 댔으니까요. 그래도 지금까지 일본 사람들의 심리에 대해서는 아무 것도 모르겠어요. 한마디로 너무 어려워요. 보통의 서양 사람들은 몇 번 만나보면 대략 그 사람의 성격을 알 수가 있는데, 일본 사람들은 자기네들의 속마음을 꼭꼭 숨겨 놓고 사는 것 같아요. 혼다 아저씨조차도 호탕하게 껄껄 웃고 하시기도 하지만 여전히 베일 속의 인물일 뿐이에요.

엄마는 춘자 아줌마와 이야기 하는 것을 너무 좋아했어요.

춘자 아줌마는 미국에 세 번 오셨어요. 서울에서 여기저기 식당일도 하시고 공장도 다니셨지만 항상 어렵게 사셨지요. 위안부생활 하면서 걸렸던 성병의 후유증이 아줌마를 계속 괴롭혔다고 들었어요. 그래서 엄마가 많이 도와 주셨지요. 춘자 아줌마도 딱 3년만 빼고는 평생을 혼자 사셨대요. 1955년에 중매로 철물점을 하는 사람을 만나서 결혼을 했는데 아기를 낳지 못하자 그 사람이 다른 여자를 얻었다네요. 그래서 이혼을 해 주고 그 뒤부터는 그냥 혼자서 사셨다더군요.

춘자 아줌마는 세상이 너무 야속하다고 불평하곤 하셨어요. 당신이 좋아서 그 짓을 한 것도 아닌데, 어쩔 수 없이 끌려가서 당하고 살아서 돌아온 것뿐인데, 세상에서는 마치 자신을 창녀 취급한다고 하면서 울분을 토하시곤 했지요. 두 분은 밤새도록 과거 이야기를 하셨어요. 이야기를 하다가는 서로 끌어안고 울곤 하셨지요. 밤에도 한 침대에서 주무셨어요. 아빠와 엄마는 교회를 열심히 다니셨죠. 아빠는 틈만 나면 엄마에게 이제는 모두 다 용서해주라고 하셨지만 엄마 입장에서는 그게 말만큼 그렇게 쉬운 일이 아니었나 봐요.

엄마는 영어도 잘 하셨지만 한학에도 아주 깊은 조예가 있으셨죠. 제가 어려서부터 귀에 못이 박히게 들은 이야기는 맹자의 측은지심(惻隱至心)이라는 거였어요. 남을 불쌍히 여기는 마음이 없는 사람은 인간도 아니라고 했지요. 제가 열 살이 넘어가면서는 측은지심이라는 말이 나오면 그 다음 이야기가 어떻게 전개될 지를 다 알게 되었어요. 그 다음 엄마의 레퍼토리는 뻔해요. 일본사람들은 어쩌면 자기네에게도 딸이 있고 누이동생이 있을 터인데 그렇게도 가혹하게 여성을 짓밟을 수가 있느냐, 20명의 군인들이 하룻밤 사이에 너의 몸을 유린한다면 넌 살 수 있겠느냐, 50명이라면 또 어떻겠느냐고 물으셨죠. 하루만 그런 게 아니라 그런 생활이 1년씩 계속된다면 견딜 수 있겠느냐고 하셨어요. 그건 마치 나에게 묻는 게 아니라 이 세상 사람들 모두에게 던지는 질문 같았어요.

엄마의 몸에는 담뱃불에 덴 상처자국이 여섯 군데나 있었어요. 엄마는 심지어 저하고도 함께 목욕하기를 꺼려하셨지요. 등에는 칼자국도 두 군데나 있었으니까요. 다 일본군들에게 당한 거래요. 그 사람들은 재미삼아 담뱃불로 지지고 그래도 반항하면 사정없이 두들겨 팼대요. 지금 생각하면 도저히 있을 수 없는 일이지만 그때는 정말 그런 일이 일어났나 봐요. 그러면서 엄마는 예수님의 가르침 중에 사랑도 있고 용서도 있지만 자기는 절대로 일본 사람들을 용서할 수 없노라고 하셨지요. 엄마는 그래도 가끔은 이런 말도 하셨어요."

"위안부 생활을 한 여자치고 나처럼 행복한 노후를 보내는 사람은 없단다. 단 한 명도 없지. 백이면 백, 다 비참한 생활을 하고 있단 말이야. 그렇기 때문에 나는 춘자를 열심히 도와주어야만 해."

"엄마로부터 일본사람들을 미워하도록 교육받고 자란 까닭에 대학에서 공부하면서 무척 힘이 들었어요. 일본 사람들을 상대 안 할 수는 없고, 그게 제게는 또 다른 고통이었죠. 더군다나 일본에 2년간을 체류하면서 박사 후 과정을 공부할 때는 정말 어려웠죠. 그 가치관의 혼란을 극복하기란 사실 쉽지가 않았어요. 어쨌든 그런 아픔들을 뒤로하고 세월은 계속 흘러가네요. 지금은 엄마도 떠나고 남편도 떠나고 이제는 저만 남았어요.

이제 여러분들과도 헤어질 시간이네요. 두서없이 제 이야기를 한다는 게 어떻게 하다보니 엄마의 이야기만 한 꼴이 되어 버렸어요. 저는 미국을 사랑합니다. 참 좋은 나라지요. 미국인의 피가 하나도 섞이지 않은 저에게 시민권을 부여해주고 또 교육을 받고 평생을 아이들을 가르치다가 이제 생을 마감할 수 있게 해 준 미국에게 큰 빚을 졌어요. 앞으로 10년이 될지 또는 20년이 될지 모르는 시간 동안 제가 받은 것 이상으로 돌려드리고 떠나고 싶어요. 또 저와 제 남편의 피가 흐르는 대한민국을 제2의 조국으로 생각합니다. 일본의 점령지에서 해방되어 한국전쟁이라는 혹독한 참화를 겪고도 이렇게 세계의 선진국으로 당당하게 발전한 나라가 나를 낳아 준 엄마가 태어난 나라이고, 또 나를 길러 준 엄마가 태어 난 나라라는 게 너무나도 자랑스럽습니다.

제가 엄마의 이야기만 할 수 없어서 여기 한 가지 자료를 공개하려고 합니다. 제가 아는 지인을 통해서 얼마 전에 발굴한 자료인데요, 일본 방위청 사료실에서 나온 겁니다."

그녀는 손에 한 장의 서류를 들고 흔들어 보였다. 그러자 뒤에 있는 화면에 그 자료가 영상으로 나타났다. 거기에는 비밀문서 육아밀전(陸亞密電) 118호라고 제목이 적혀 있었다.

"이 자료는 일본육군성 부관이 대만주둔군 참모장에게 보낸 전문입니다. 이걸 보면 '대만주둔군 참모장의 특종위안부 50명이 대만에 도착했으나 그 인원 가지고는 부족하다는 요청에 따라, 오카부대(岡部隊) 인솔증을 발급받아 위안부 20명을 추가로 증원하여 파견한다'는 내용이 나옵니다. 이 문서는 일본이 태평양전쟁을 일으킨 이듬해인 1942년 6월13일 자로 되어 있지요. 이 문서에는 또 '앞으로도 위안부의 보충이 필요할 경우 이와 같이 요청하면 처리하여 주겠다'는 내용이 적혀 있지요. 이것 이외에도 제가 아는 수많은 자료들이 있습니다. 무엇보다도 숨길 수 없는 자료는 바로 살아 계신 위안부 할머니들이십니다. 그 고통을 몸으로 생생하게 겪고도 살아남아서 당당하게 증언하고 다니시는 분들이 저는 너무나도 자랑스럽습니다. 이제 오늘 이 자리에도 그런 분들을 세 분 소개하고 제 고별강연을 마치려고 합니다."

제인은 뒤를 보고 소리쳤다.

"자, 세 분 나와 주세요."

행사 진행요원이 세 명의 할머니들을 안내하여 무대 중앙으로 나왔다. 아주 키가 작은 할머니가 뒤뚱거리며 앞장섰고 가운데에는 허리가 약간 굽은 할머니가, 그리고 마지막에는 붉은 머리에 큰 키의 서양여성이 걸어 나왔다. 앞선 할머니는 중국의 전통의상인 차파오를 입고 나왔고 가운데 할머니는 한복을 차려입고 나왔다. 남색치마에 노랑저고리 차림이었다. 그리고 세번째의 서양할머니는 화려한 장미무늬가 들어 있는 원피스를 입고 나왔다.

"이분들은 제가 죽도록 존경하고 사랑하는 우리 엄마의 친구들이에요. 여기 이분은 중국인 왕링 할머니, 가운데는 한국인 박춘자 할머니, 그리고 저 끝에는 네델란드에서 오신 안나 밤베르그 할머니입니다. 여러분 힘찬 박수로 이분들을 격려해 주십시오."

이들이 허리를 굽혀 몇 차례 인사를 마치고 무대 뒤로 사라질 때까지도 청중들은 모두 일어서서 박수를 쳐댔다. 많은 사람들이 손수건으로 눈물을 닦았다. 남자들도 고개를 숙이고 눈물을 훔치고 있었다. 잠시 후 제인도 고개를 숙여 인사하고 무대 뒤로 사라졌다. 박수가 그칠 줄 모르고 계속되자 제인이 다시 무대에 나타났다. 그녀는 청중들을 둘러 본 후

한 번 더 머리를 숙여 감사를 표하더니 마이크를 다시 잡았다.

"제가 일본을 45년 간 연구한다고 하면서도 지금 이 자리에서 말씀드릴 수 있는 것은 일본에 대해 아무 것도 모른다는 이 한 마디뿐입니다. 그 옛날에 소크라테스가 그런 말을 했나요? 'I know one thing that I know nothing'이라는 말, 저는 그 말이야말로 정말로 명언이라고 생각합니다. 그래도 일본에 대하여 아무 것도 모르는 제가 감히 한마디 한다면 이런 충고를 주고 싶네요."

제인은 잠시 심호흡을 했다. 다시 청중들을 둘러보았다. 모두가 기침소리 하나 없이 자신을 뚫어져라 주목하고 있었다.

"일본 국민은 자신들만의 울타리를 깨부수어야 합니다. 자기 울타리 안에 있는 사람들에게만 친절하고 그 울타리 밖의 사람들에게는 아무렇게나 마구 대하여도 좋다는 생각을 버리지 않는 한, 그리고 선조들이 저지른 잘못을 과감하게 받아들이고 그 잘못에 대하여 용서를 구하지 않는 한, 일본 국민은 세계 일류시민이 될 자격이 없습니다. 그리고 역사를 두려워해야 합니다. 위안부 할머니들이 모두 이 세상을 떠난다고 해서 그 역사가 지워지지는 않습니다."

이 책을 쓰면서 정말로 많이 울었다. 그분들이 겪은 고통을 글로 표현하면서 울었고, 또 연약한 여성들을 보호하여 주지 못한 무기력한 남자들이 바로 나의 선조들이라는 사실에 울분을 느끼면서 울었다. 그런 의미에서 이 책은 대한민국 남자들을 대표한 어떤 남자의 통렬한 자기반성문이기도 하다. 어떤 이유가 되었건 연약한 여성을 그런 폭력으로부터 보호하여 주지 못하였다는 데 대한 참회록이라는 말이다.

나는 '위안부'라는 용어가 사실 마음에 들지 않는다. 몇 년 전까지만 하더라도 정신대라는 용어가 대세였다. 그런데 언제부터인가 위안부라는 용어로 대체되기 시작하였다. '위안부'하면 순간적으로 떠오르는 이미지는 '대가를 받고 남자를 즐겁게 해 주는 여자'라는 생각이다. 그분들이 어떤 대가를 받았던가? 그 짓을 좋아서 하였던가? 아니다. 그들은 힘없는 나라의 백성으로 태어나서 전쟁이라는 광기에 희생된 가련한 처녀들일 뿐이다.

이 책의 집필 과정에서 비록 간접적으로나마 많은 분들의 도움을 받았다. 바로 정신대 위안부 연구에 많은 노력과 수고를 아끼지 않은 선행연구자 여러분들이다. 그중에서도 가장 큰 찬사를 받아야 할 분들은 당연히 '한국정신대대책협의회(정대협)'의 연구원 여러분들이다. 정대협은 정말로 가치있는 저작물들을 꾸준히 발간해 낸, 뚝심 있는 단체이다. 그분들이 아니었다면 정신대 위안부 할머니들은 가슴 가득 쌓인 한을 꼭꼭 숨기며 소리죽여 살다가 언제 사라졌는지도 모르게 이 세상을 떠나셨을 것이다. 정대협 관계자 여러분들께 진심으로 머리 숙여 감사의 뜻을 전한다.

정대협의 저작물 이외에도 많은 도서와 논문을 참고하였다. 수많은 도서들을 일일이 다 열거할 수는 없지만 그중 소중한 자료들 몇 점만을 소개하라면 ≪역사는 누구의 편에 서는가 - 아이리스 장 - 미다스북스≫ ≪홋카이도 최초의 탄광 가야누마 - 정혜경 - 선인≫ ≪빼앗긴 청춘 돌아오지 않는 원혼 - 이국언 - 시민의 소리≫ ≪강제연행사연구 - 김인덕 - 경인문화사≫ ≪천황의 군대와 성노예 - 미네기시 겐타로 - 당대≫ ≪일본, 그 가면의 실체 - 이승만 - 대한언론인회≫ ≪자료집 종군위안부 - 길견의명 - 서문당≫ ≪한국인의 눈으로 본 태평양전쟁 - 심은식 - 가람기획≫ ≪중일전쟁 - 권성욱 - 미지북스≫ ≪위안소 관리인의 일기 - 안병직 - 이숲≫, 그리고 윤명숙님의 박사학위 논문 ≪조선인 군위안부와 일본군 위안소제도 - 이학사》 등을 들 수 있겠다.

끝으로 91세의 고령임에도 불구하고 기꺼이 인터뷰에 응해 주신 이화여대 영문과 명예교수 윤정옥님의 수고와 친절에 대하여 언급하여야 하겠다. 그분은 평생을 영문학 연구와 더불어 정신대 여성들의 권익향상을 위하여 애쓰신 분이다. 지난 수십 년 동안 동토의 땅 사할린에서부터 저 광활한 중국 대륙, 그리고 남태평양의 여러 섬들 등, 그야말로 자료가 있는 곳이라면 아무리 멀더라도 마다하지 않고 찾아가신 분이다. 저자에게 소중한 통찰력을 제공하여 주신 윤정옥님께 감사의 말씀을 드린다.

지금까지 나온 정신대 · 위안부 관련 소설들 대다수가 단편적이거나 지나친 흥미위주로 쓰여진 감이 없지 않았다. 그래서 나는 이 책의 집필방향을 좀 더 폭넓은 시야에서 바라보는 쪽으로 잡아 보았다. 그런 일이 일어나게 된 배경, 일본인들의 여성관, 그리고 전쟁이라는 광풍 앞에 한 개인이, 더군다나 식민지의 여성이 얼마나 힘없는 존재인가를 조명해보려고 노력하였다. 사실 더 많은 일제의 잔학상을 이야기하고 싶었지만 그러면 자칫 이 책이 일제의 만행을 나열하는 종합선물세트 같은 책이 될 수 있겠기에 고발의 폭을 최소한으로 줄였음을 밝힌다.

자료를 발굴하고 진실을 들추어내는 것은 역사학자들이나

전문연구가들이 해야 할 몫이다. 소설가에게는 그와는 다른 사명이 있다. 그것은 바로 그러한 사료들에 본인의 상상력과 이야기재주를 가미하여 재미있게 꾸며서 많은 독자들이 읽도록 만드는 것이다. 그래서 나는 이 책을 역사적인 사실과 상상력을 적당히 섞어서 최대한 흥미로운 책으로 만들어 보려고 노력하였다. 독자들이 한 번 책을 잡으면 단 하루 만에 다 읽지 않고는 배길 수 없는 재미있는 책, 그러면서도 분명한 목적의식이 있는 책, 진정 이 책이 독자 여러분들로부터 그런 평가를 받는다면 본인으로서는 더할 나위없는 영광이 될 것이다.

-가평에서 다니엘 최

슬픔이 밀려올때

컬크 나일리 지음 / 지인성 옮김 / 240쪽 / 12,000원

이제 막 결혼하여 행복한 가정을 이루며 살아가고 있는
아들과 며느리의 삶을 지켜보는 것은 노 목사 부부의
크나 큰 기쁨이었다. 그러던 어느 날 아들의 갑작스런
죽음은 그들 가정에 엄청난 충격을 몰고 오는데…

문화의 벽을 넘어라
−선교와 해외봉사

드와인 엘머 지음 / 김창주 옮김 / 326쪽 / 13,000원

이 책은 선교나 해외봉사에서 필요한 지혜를
가르쳐 줄 뿐만아니라 국제사업 분야에서도
활용될 수 있는 통찰력을 제공한다.

4차원의 세계

유광호 지음 / 신국판 288쪽 / 13,000원

누가 구름을 사라지게 하고 비를 멈추게 하는가?
양자물리학과 양자생물학을 파고 들어서
마침내 밝혀낸 4차원, 그 신비의 세계!

박정희 다시 태어나다

다니엘 최 지음 / 430쪽 / 13,000원

박정희 대통령과 육영수 여사가 만일 비운에
돌아가시지 않고 천수를 다 하셨다면 대한민국은
과연 어떻게 변했을까?
본격적인 가상 정치, 경제, 군사소설.

가난이 선물한 행복

다니엘 최 지음 / 368쪽 / 11,000원

직장에서의 퇴출, 창업, 사업실패, 극빈층으로의 전락…
갑작스런 환경의 변화를 견디지 못한 아내는 급기야
불륜의 늪에 빠지고…

부부치유학

임종천 지음 / 332 쪽 / 14,000원

가정 치유사역의 전문가인 임종천 목사가 오랜
임상/상담 결과를 바탕으로 이룩한 부부 관계개선의
금자탑이자 건강한 가정을 꿈꾸는 사람들에게
선물하는 종합처방전.

악마의 계교

무신론의 과학적 위장 – 신은 만들어지지 않았다!

데이비드 벌린스키 지음 / 현승희 옮김 / 양장 254쪽 / 16,500원

이 책은 무신론 과학자들의 억지 주장 속에 숨겨져 있는
허구들을 낱낱이 들추어낸다. 그리고 그들의 공격으로
인해 고통당하고 있는 수백만의 믿는 사람들에게 자신감을
갖게 해 준다.

의학의 달인이랑 식사하실래요?

김응수·김명희 지음 / 올컬러 / 각권 280쪽 내외 / 1권13,000원·2권 14,000원

닥터 콜롬보의 메디컬 에피소드 1·2

현직 병원장, 중학교 교사, 애니메이션 화가가 힘을 합쳐
완성한 청소년을 위한 메디컬 에피소드.
이 책보다 더 재미있는 의학 이야기는 없다!!!

여우사냥

다니엘 최 지음 / 반양장 368쪽 / 각권 13,000원

제1권 조선의 왕비를 제거하라
제2권 원수 찾아 삼만리
이 책은 명성황후 시해사건의 핵심 3인방인 이노우에 가오루,
미우라 고로, 그리고 이토 히로부미의 젊은 시절을 추적함으
로써 그들과 이 사건의 연관관계를 파헤친다.

동북공정 – 중국의 음모를 분쇄하라

김경도 지음 / 356쪽 / 13,000원

아, 정녕 북한은 중국의 '동북제4성'으로 편입되고야 마는가?
중국의 동북공정 속에 숨겨져 있는 역사왜곡과 영토 확장
음모를 가장 정확히 파헤친 기념비적인 작품!

돈 벌어서 남주자

양승호 지음 / 올컬러 / 256쪽 / 정가 14,000원

남을 돕기 위해 기업을 경영한다고?
어려움에 처해 있는 자영업자들을 돕기 위해 기업을 경영
한다는 양승호 박사의 이타주의 경영!
그의 (황당한?) 경영이론은 과연 요즘같은 시대에 어려움
에 처해 있는 사람들에게 한줄기 빛이 되고 우리 사회의
양극화문제를 해결하는 처방이 될 수 있을 것인가?

일본의 침략근성
그 실체를 밝힌다

이승만 지음 / 김창주 옮김 / 352쪽 / 15,000원

이 책은 일본인들의 심리를 정확히 꿰뚫어보고 분석한
루스 베네딕트의(국회와 칼)에 버금가는 작품이다.

죽음 이후의 삶 –개정판

디팩 초프라 지음 / 정경란 옮김 / 신국판 / 339쪽 / 14,000원

타임지가 선정한 '세계를 움직인 100인' 중 한 명이자,
영혼문제의 대가인 디팩 초프라가 우리들에게 들려주는
삶과 죽음 이야기, 그리고 그 이후의 영혼여행 이야기.
프린스턴, UC 버클리, NASA등 전 세계의 유명 대학과
연구소의 석학들이 밝혀보려는 죽음 이후의 세계는
과연 어떤 것인가?

나는 **자랑스런 흉부외과** 의사다

김응수 지음 / 280쪽 / 12,000원

한전병원 김응수 (전)원장의 흉부외과 이야기. 삶과 죽음
이 교차하는 응급실, 그 긴박한 순간에 적나라하게 드러나
는 환자, 환자가족, 그리고 의료진들의 생생하고도 가슴 뭉
클한 이야기들.

우리는 왜 여기에 있는가?

유광호 지음 / 신국판 312쪽 / 올 컬러 / 15,000원

우리의 몸은 137억년 우주의 신비를 고스란히
간직하고 있는 기적, 그 자체이다.
우리가 품는 모든 생각은 그 즉시 온 우주에 공명된다.
이러한 공명(共鳴)의 원리를 이용하면 어떠한 육체의 질병이
라도 치료할 수 있다. 이것이 대자연의 법칙이다.

박정희의 기업가적 국가경영과 위기관리 리더십

전대열 지음 | 400쪽 | 14,000원

불과 18년이라는 짧은 기간에 대한민국의 가난을 몰아낸
대통령!
이땅의 젊은이들이 마음놓고 자랑해도 좋을 우리들의 지도자,
박정희를 재평가한다.